PRIX CLUB DES LECTEURS

Ce livre a été lu en avant-première par des lecteurs et des libraires de la France entière. Tous ensemble, ils forment la communauté du prix Club des Lecteurs, chargée d'élire leur roman préféré.

Librairie Le Grand Cercle à Éragny (95)
Agnès, Angélique, Catherine
Jean-Christophe, Julie, M

Espace culturel E. Lecl
Annaïg, Brigitte, Florence, Gwen,
Marilyn, Marion, Mor

Librairie Charlemagne à Hyères (83)
Alizée, Coralie, Martine, Sabine, Sabrina, Stéphanie B., Stéphanie P.

Librairie Olbia à Hyères (83)
Anne, Christine, Colette, Fabienne, Françoise, Jacline, Lucie, Maryse, Michelle, Monique, Odile, Sabrina

Librairie Vauban à Maubeuge (59)
Agnès, Anne, Catherine, Édith, Henriette, Isabelle, Ketty, Nathalie, Sylvia

Librairie Colbert à Mont-Saint-Aignan (76)
Brigitte, Catherine C., Catherine M., Christiane, Christine, Jérôme, Monique, Odile

Espace culturel E. Leclerc au Plessis-Belleville (60)
Aurélie, Carole, Cécilia, Christine, Dominique, Ilona, Lou-Ann, Nassima

Espace culturel E. Leclerc Rivières/La Rochefoucauld à Rivières (16)
Amandine, Amélie, Bernadette, Érika, Kris, Laëtitia, Laurence, Martine, Murielle G., Murielle M., Nathalie, Valérie, Véronique

Librairie Forum à Saint-Étienne (42)
Amel, Camille, Catherine J., Cécile, Clémence, Dominique, Fernando, Isabelle, Raphaël, Stéphanie, Varouna

Cultura à Venette (60)

Delphine, Gwenaëlle, Isabelle D., Isabelle N., Maryline, Noémie, Régine, Sylvie, Typhaine

Les jurées exceptionnelles

Alice, Amandine, Aurore, Christel, Clara, Jennifer, Justine, Laurine, Line, Lisa, Marie-Céline, Mathilde, Maya, Mélanie, Nina, Sixtine, Sylvie, Tiphaine, Valentine, Yasmine

Les sorcières de Vardø

ANYA BERGMAN

Les sorcières de Vardø

ROMAN

Traduit de l'anglais (Irlande)
par Fabienne Gondrand

J'AI LU

TITRE ORIGINAL
The Witches of Vardø

ÉDITEUR ORIGINAL
Manilla Press, une marque de Bonnier Books UK

Pour toutes les filles de sorcières
Et particulièrement pour Marianne

« Il y a plus de sorcières en Norvège...
qu'il n'y en a dans le reste du monde. »
Jean Bodin, *De la démonomanie des Sorciers*, 1580

« Les Norvégiens ont tous adopté le christianisme,
à l'exception de ceux qui vivent au nord près de l'océan.
On dit que ces gens-là sont encore versés
en sorcellerie et en magie, au point où ils savent
ce que chaque personne fait sur la Terre. »
Adam de Brême (1044–1080)

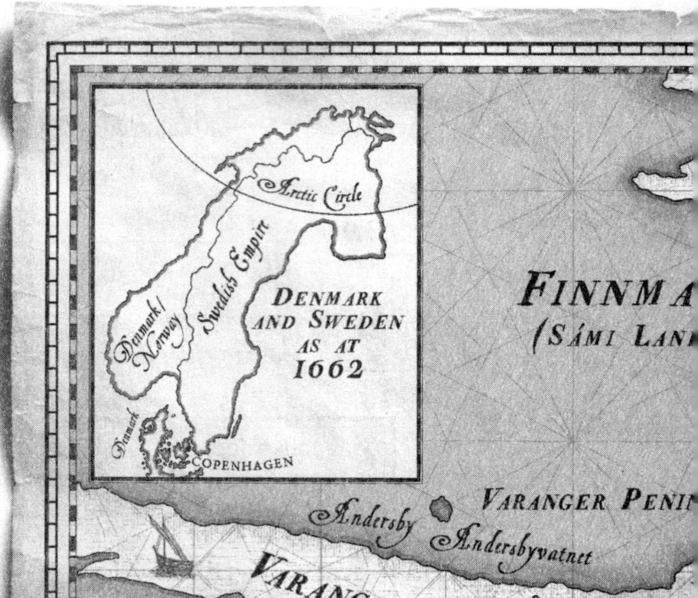
Arctic Circle
Denmark/ Norway
Swedish Empire
DENMARK AND SWEDEN AS AT 1662
Denmark
COPENHAGEN
VARANGER
Andersby
Andersbyvatnet
VARANGERFJORD
Vadsøya

MURMAN SEA
VARANGER STRAITS
VARDØ
Svartnes
Domen Mountain
ENTRANCE WAY TO HELL
Riberg
VARDØ
HARBOUR
CHURCH
STEGELSNES
VARDØHUS FORTRESS

PREMIÈRE PARTIE

Printemps 1662

Chapitre 1

Anna

Troisième jour d'avril en l'an
de Notre Seigneur 1662

Le Nord sauvage me retenait captive. J'étais prisonnière des chutes de neige, aveuglée par la blancheur crue de la lumière, dénuée de toute ombre. Je me tenais sur le pont du navire, face au néant qui se déroulait devant moi.

Je ne distinguais pas le chemin.

Je demeurais à découvert, laissant la neige recouvrir ma cape. Aussi impénétrable que l'albâtre, j'avais froid mais je ne frissonnais pas, malgré mes articulations bleues et mon cœur creux. Les heures s'étiraient, pourtant je n'avais aucune hâte d'atteindre les côtes.

Lorsque je me retrouvai entièrement couverte de blanc, les chutes de neige avaient commencé à faiblir. Je remuai les épaules et la pellicule glissa de ma cape tandis que les derniers flocons tombaient dans un tourbillon. Une nuit bleuâtre affleura.

Je distinguai enfin notre destination.

Avec son petit cercle enclavé d'habitations rudimentaires, c'est à peine si l'on pouvait parler de port. L'ordre me fut donné de débarquer et je descendis la passerelle d'un pas incertain, mes jambes chancelantes après de longues semaines en mer. Un vent mordant m'aiguillonna en direction des mornes terres du Nord, comme si la main d'un homme me poussait, une fois de plus.

C'est là que le capitaine Gunderson me fit ses adieux. J'étais triste que nos chemins se séparent. Nous avions eu plusieurs discussions théologiques appréciables au cours de mon périple le long des côtes traîtresses de Norvège. Il m'avait protégée du danger tout en imposant à son équipage un certain respect à mon endroit. Je craignais que le capitaine Gunderson soit le tout dernier homme civilisé qu'il me soit donné de croiser sur ces terres âpres.

Mes craintes semblèrent se confirmer lorsqu'une grande brute s'approcha de moi. Sa barbe n'était plus qu'un enchevêtrement de poils roux et de stalactites, sa peau crasseuse. Il s'interrompit le temps de cracher sur la neige, trait de glaire jaune tachant le blanc immaculé. Prise de dégoût, je reculai d'un pas, mais il me saisit par les épaules.

— Pourquoi n'êtes-vous pas enchaînée ?

Il me secoua. La puanteur de son haleine était infecte, je décelai un accent écossais.

— Cela n'a pas été jugé nécessaire, répondis-je à l'odieux personnage, incapable de dissimuler le mépris dans ma voix.

Il souffla avec colère et fit tourner une grosse clé accrochée à sa ceinture.

— Vous feriez bien de ne pas oublier ce que vous êtes, Fru Rhodius – la prisonnière du roi.

Il cracha une nouvelle fois, comme pour entériner son ascendant sur moi. Je réprimai un haut-le-cœur et gardai la tête haute tandis qu'il continuait :

— Je suis le bailli Lockhert. Vous êtes désormais sous ma garde, et ce jusqu'à nouvel ordre.

Jusqu'à nouvel ordre. Les mots s'inscrivirent sur ma peau comme une marque au fer rouge.

Comme vous avez été cruel de n'avoir assigné aucune date à ma grâce. Ma vie ne tient qu'à un fil, j'espère que mon exil vous fera revenir sur votre décision. Pourquoi m'avoir envoyée dans des contrées si lointaines ?

— Si vous causez le moindre problème, je vous mettrai les fers, m'avertit Lockhert d'un air funeste.

Quel affront ! Comme si j'étais capable de me comporter autrement que selon vos ordres ! Je lançai un regard méprisant à mon nouveau geôlier, mais il resta de marbre et se borna à me pousser en direction d'un traîneau attaché à trois rennes.

Le conducteur du véhicule, coiffé de son chapeau de fourrure, était emmitouflé dans des peaux de rennes et tenait la bride lâche sur le garrot des bêtes. Ces dernières, malgré les ramifications de leurs bois, avaient l'air dociles. Le renne harnaché tout au bout, celui qui était situé le plus près de moi, tourna la tête et me gratifia d'un regard de compassion presque humain. L'émotion me prit au dépourvu, tout comme l'envie de caresser sa tête, mais Lockhert me poussa sans ménagement à l'arrière du traîneau.

L'obscurité s'épaississait, et m'entraîna dans la nuit la plus glaciale de toute ma vie. Par chance, j'étais entourée de piles de fourrures et de peaux.

Cela faisait bien longtemps que je n'avais pas éprouvé un tel froid dans mes os : ces dernières années, un feu avait constamment brûlé dans mon ventre, gardant mes extrémités au chaud. Certaines nuits, je me réveillais dans ma chambre à Bergen, et la chaleur en moi était si écrasante que j'avais l'impression de m'embraser. Je repoussais les couvertures au sol, au grand dam d'Ambrosius, allant parfois jusqu'à ouvrir le carreau, quelle que soit la saison, pour inspirer de grandes goulées d'air frais, malgré les protestations de mon mari. Peu de temps après, il cessa de partager ma chambre. Nous dormions séparément depuis plusieurs semaines bien avant que je parte pour Copenhague.

En cet instant, mes pensées se tournèrent vers mon mari, en sécurité à Bergen, que je me représentais en train de faire ses quelques pas quotidiens dans le jardin, de cueillir mes plantes et herbes médicinales. De frustration, je me tordis sur mon siège. Il allait fatalement se tromper dans la concoction des remèdes, comme à chaque fois. Sans ma vigilance, on pouvait compter sur Ambrosius pour empoisonner la première âme venue.

Mais à cette heure où le jour décline à Bergen, le Dr Ambrosius Rhodius prendrait place devant la cheminée dans son fauteuil de velours vert, ses lunettes pincées sur le bout de son nez, pour lire *mes* livres. Enfin, la paix, songerait-il.

Tout ce qui avait jadis été à moi – une magnifique demeure, un époux respecté, le jardin le plus prolifique de tout Bergen et la plus vaste bibliothèque en Norvège – avait disparu. Fini. Terminé.

Je refusai si farouchement de verser une larme que je me mordis la lèvre jusqu'au sang.

Autour de moi, la pleine lune déversait une flaque de lumière argentée. Le village qui se découpait derrière le port était sombre et silencieux, toutes ses âmes retranchées dans leurs minuscules cabanes. Dans l'attente du départ du traîneau, je percevais le clapotis de l'eau entre les embarcations de pêche. Un mouvement attira mon regard et je m'efforçai de me redresser pour mieux voir. Là-bas, tapi entre les chaumières, je crus discerner un homme de grande taille vêtu d'une cape et coiffé d'un chapeau.

Ah, ce devait être un leurre de la lune, car l'ombre s'évanouit aussitôt. À la place surgit un souvenir de vous jeune, vos longs cheveux noirs et bouclés tombant à vos épaules, le sourire qui flottait dans vos yeux tandis que vous me tendiez la main : « Dansons, Anna. »

À présent, j'étais transie de froid, secouée de tremblements incontrôlés, mes poings serrés dans mes gants profondément enfoncés dans mon manchon.

Nous nous mîmes en route à vive allure et le froid arctique ne tarda pas à me mordre les joues. Je tirai mon chapeau en fourrure sur mon front, remontai les peaux de phoques sur mon nez, ne laissant dépasser que mes yeux. Les peaux avaient encore des relents de mer glaciale, une viscosité écœurante. Dans ces régions septentrionales, l'océan débordait d'une cruauté toute païenne.

Le capitaine Gunderson m'avait informée que je serais transportée par traîneau à travers la péninsule de Varanger. Une fois au village de Svartnes, on m'emmènerait par bateau de l'autre côté des fjords de Varanger sur le site de mon exil : la forteresse de Vardøhus, sur l'île minuscule de Vardø.

À cette perspective, je sortis une main gantée de mon manchon et la posai sur ma poitrine, en appuyant suffisamment pour pouvoir sentir la fine dentelure de la croix – mon bien le plus précieux. Mais tout cela, vous le savez déjà.

Nous plongeâmes au cœur de la nature sauvage, cahotant sur la surface enneigée de la toundra sous le vaste ciel que venaient consteller les étoiles. Je levai les yeux sur la pleine lune lumineuse, la dernière avant la saison pastorale. Ambrosius l'appelait la lune martyre. Je réfléchis au Christ et à son sacrifice pour l'humanité.

Étais-je votre sacrifice ? Je l'avoue, j'aurais préféré le soulagement de me trouver aux côtés du bon Dieu plutôt que d'être en vie, à trembler de peur à chaque embardée du traîneau qui me rapprochait de la porte de votre royaume béant sur l'Enfer.

Vous m'avez ordonné de ne jamais plus vous écrire le moindre mot, fatigué que vous étiez de mes requêtes incessantes. Mais vous oubliez que si mon devoir en tant que sujet est envers vous, le vôtre en tant que roi est aussi celui de service divin à mon endroit. Vous pensiez me réduire au silence en me confisquant toute mon encre, mais cela ne suffira pas.

Vous recevrez mes missives en provenance du Nord, j'y suis déterminée.

Pendant des heures notre attelage fut ballotté sous le ciel argenté du Nord, je sentais mes os s'entrechoquer, mes articulations s'endolorir.

Mes paupières se fermaient, bercées par une image qui flottait dans mon esprit. Je m'agenouillais devant mon roi, vêtue de ma plus belle robe de soie bleue et votre main, parée de bijoux, se posait sur ma tête. J'éprouvais la gratitude qui exsudait de votre paume.

Je fus tirée de ma rêverie par le cri du conducteur. Devant, je vis les croupes des rennes s'éparpiller tandis que les bêtes glissaient sans bruit sur la neige traîtresse. Le bailli Lockhert hurla de tenir bon, mais en pure perte : le traîneau échappait à tout contrôle. L'attelage patina sur la glace et gravit une congère si haute que je dus m'agripper à ses flancs en bois pour ne pas atterrir sur la tête. Je me préparai à partir en tonneaux, terrifiée à l'idée de me rompre les os, mais par chance le traîneau retomba à plat sur l'épais manteau de neige compacte où il dérapa un bref instant avant de s'immobiliser.

Mon chapeau m'avait obstrué la vue en glissant devant mes yeux, mais j'entendais le bruit sourd des bottes de Lockhert dans la neige. Dégageant mon visage j'aperçus sa silhouette massive qui s'éloignait à grandes enjambées tandis que le conducteur s'employait à apaiser les rennes affolés. Aucun des deux hommes ne s'était préoccupé de moi. Je m'extirpai de sous le traîneau retourné et cherchai des yeux l'emplacement où mon précieux coffret à remèdes avait bien pu atterrir. Je le vis à quelques pas, son contenu éparpillé sur la neige qui étincelait dans les rayons de la lune. Comme je m'en approchais d'un pas titubant, je fus témoin du plus étonnant des spectacles. De l'autre côté de mon coffre se tenait une fille à la peau sombre, pas tout à fait femme encore, les cheveux noirs dénoués, vêtue d'une cape de plumes. Mais le plus étonnant était le chat sauvage à côté d'elle. Je n'avais encore jamais vu une telle créature. Sa fourrure délicate était finement tachetée, alors que son bas-ventre était d'un blanc immaculé. Il arborait de grandes oreilles effilées recouvertes de longues touffes de fourrure. Ses yeux couleur ambre étaient fixés sur moi et me dévisageaient avec assurance, détermination, sans peur.

Dans ce face-à-face entre la fille, le félin et moi, l'atmosphère sembla s'agréger en fines particules de verre. Dans l'air froid, mon souffle exhalait d'épais panaches, mais pas un seul frisson ne parcourait la jeune fille.

Elle posa la main sur la tête du grand chat, qui n'avait pas détaché ses yeux des miens, et ce fut alors la fille, non pas l'animal, qui retroussa les lèvres pour dévoiler ses dents.

Mon cœur donna un grand coup dans ma poitrine. Jamais je n'avais vu d'être humain, et encore moins de jeune fille, arborer une telle expression.

L'étrange jeune fille secoua la tête et son rictus se mua en éclat de rire, à croire qu'elle était ravie de m'épouvanter.

— Qui es-tu ? m'écriai-je.

En guise de réponse, elle écarta les bras, de sorte que sa cape de plumes se transforma en deux grandes ailes, puis elle disparut dans un bosquet de bouleaux blancs, talonnée par son grand chat.

Craignant le retour de la jeune fille et du félin, je ramassai à la hâte le contenu de mon coffret à remèdes, mais lorsque je relevai les yeux, ma possession serrée contre ma poitrine, je vis Lockhert qui revenait en courant de la forêt, un arc et des flèches drapés à l'épaule.

— Vous l'avez eu ? lui demanda le conducteur en agrippant fermement le harnais des rennes agités par la nervosité.

— Non, il a détalé trop vite, répondit Lockhert. Qu'est-ce qu'un lynx fait dans cette région ?

L'autre eut un haussement d'épaules. Évidemment, il s'agissait d'un lynx. J'avais entendu parler de ces grands félins qui peuplent les territoires du Nord. Son pelage luisant devait faire des manteaux de fourrure de toute beauté !

— Et la fille ? demandai-je en époussetant la neige sur ma cape. Qu'est-il arrivé à la fille ?

Lockhert se tourna vers moi, sourcils froncés.

— Qu'est-ce que vous racontez ?

— Il y avait une jeune femme avec le lynx, insistai-je. Ne l'avez-vous pas vue ? Elle avait une longue chevelure noire et une cape de plumes…

Me rendant compte de l'invraisemblance de mes propos, je laissai ma phrase expirer sur mes lèvres.

— Nous sommes à deux heures de piste du village le plus proche, qui peut bien s'amuser à courir dans les bois en compagnie d'un lynx ? me lança Lockhert d'une voix méprisante.

— Elle était juste là, m'obstinai-je. Et elle m'a menacée…

— Ça suffit ! On m'a mis en garde contre vos boniments, mais ce sont là les délires d'une vieille chouette.

Mon corps entier se raidit en encaissant les injures. Mon âge n'avait encore jamais été prétexte à une insulte ; mais en effet, à le regarder de près, je voyais bien que je n'étais guère plus âgée que mon geôlier, avec ses rides sales qui sillonnaient profondément son visage.

— Comment osez-vous…

Mais avant que j'aie eu le temps de terminer ma phrase, il avait déjà plaqué sa main crasseuse sur ma bouche.

— La ferme, dit-il dans une pluie de postillons qui atterrirent sur mon front. Votre présence nous a causé suffisamment d'ennuis.

Sur ces mots, il décrocha une chaîne de sa ceinture et entreprit de l'enrouler à mes poignets.

De toutes les semaines qu'avait duré ma captivité, y compris pendant le procès, jamais je n'avais connu pareille ignominie. Je voulus lutter mais il me repoussa si violemment d'une main contre ma poitrine que je craignis qu'il ne brisât mon cœur.

Quand bien même, mon roi, mon cœur était déjà brisé.

Le traîneau remis d'aplomb, les rennes calmés, nous reprîmes notre chemin. Lockhert avait serré mes chaînes si fort que le moindre de mes gestes était entravé, m'obligeant à rester allongée sur le dos. Je dévisageai l'immense disque de la lune martyre, mon corps entier parcouru de rage.

Exaltée par la lueur de la lune, je fis un serment. Je ne serais pas une martyre, réduite au silence et à l'asservissement, tant cela allait à l'encontre de ma nature.

L'image de la jeune fille toutes dents dehors jaillit devant mes yeux. Un bref instant, j'avais cru la reconnaître, sans aucune raison apparente. Je restais persuadée qu'elle existait vraiment, mais je ne voyais aucun sens à cette apparition.

Chapitre 2
Ingeborg

Le changement s'était opéré chez la mère d'Ingeborg bien avant que le marchand Heinrich ne leur rende visite pour la toute première fois.

Deux ans et demi plus tôt, au cours de l'hiver 1659, leur famille était comme toutes les autres familles de pêcheurs de la péninsule de Varanger : à gagner tout juste de quoi vivre tandis que les bancs de morue s'amenuisaient en dérivant vers le sud ; à tenir bon au gré des longs mois sans lumière sous le fardeau des dettes contractées auprès des négociants de Bergen qui les approvisionnaient en grains ; à tirer profit des brefs étés pour cultiver la terre asséchée de l'Arctique. La vie était dure dans leur village d'Ekkerøy niché entre ses deux croissants de sable blanc et ses falaises de même teinte. Mais leur famille était unie, soudée par un lien fort. Elle était bercée de légèreté et de rires. Une mère, un père, un fils et deux filles.

Mais à présent ils n'étaient plus que trois.

D'après sa mère, Ingeborg avait vécu seize étés. Elle avait quatre ans de plus que sa sœur Kirsten, quand bien même elles faisaient la même taille. Ingeborg était petite, mais elle était solide et avait le pied léger. Ce n'est qu'en scrutant les traits de son visage qu'on comprenait qu'Ingeborg était l'aînée : le sérieux de ses yeux bruns, le dessin de ses lèvres qui trahissait déjà une grande expérience de la vie.

Peu de temps semblait s'être écoulé depuis qu'Ingeborg et son plus jeune frère Axell avaient sillonné le littoral pour y collecter les secrets de la mer : des coquilles de crustacés, des frondes d'algues satinées, du bois flotté nervuré, des oursins hérissés de pointes, des galets aussi lisses que des bijoux polis et des plumes soyeuses de canard.

Cet été-là avait été d'une rare douceur dans le Nord. La pluie se tenait à l'écart dans des nuages duveteux et le soleil de minuit enveloppait leur village. Axell et Ingeborg s'étaient amusés à flâner dans les terres marécageuses couvertes d'une abondance d'herbes vertes, jaunes et marron, de bouquets de coton des tourbières et de bruyères violettes. À leur droite s'étirait la surface lisse de la mer gris pâle, retenue au loin par des sommets de terres mauves qui leur étaient inconnus. Une nuée de moucherons dansait dans la nuit claire et des bandes de guillemots regagnaient à tire-d'aile les falaises qu'ils criblaient de leurs cris suraigus.

Son frère la guida tout autour de la saillie rocheuse de Skagodden, jusqu'à la paroi saturée d'oiseaux de mer. Il lui apprenait à escalader.

— Imagine que tu es un chat, lui conseilla-t-il.

Elle s'était représentée en un petit félin tigré. Son appréhension évanouie, elle glissa les pans de sa jupe dans son corsage pour pouvoir grimper aussi facilement qu'un garçon, et se hissa sans peine sur les rochers.

— Nous sommes des chasseurs, Ingeborg, déclama Axell une fois arrivé au sommet de la falaise avant de se pencher pour lui tendre la main. On garde les yeux sur la proie, toujours. On ne regarde jamais en bas.

Maintes fois, après le départ d'Axell, Ingeborg reviendrait sur les pas de son frère. Ses pieds nus n'avaient que faire des roches coupantes, et elle ne craignait jamais de déraper sur leur surface humide. Axell lui répétait souvent qu'elle pouvait faire tout ce qu'elle voulait, même si elle était une fille, même si elle était pauvre.

Lors de leur toute dernière ascension de la falaise, son frère et elle avaient volé des œufs de guillemots.

— Tu vois le nid ? avait demandé Axell en le montrant du doigt. C'est notre gibier.

— Il est très haut, avait-elle murmuré d'un ton incertain.

— Mais tu vas y arriver, Ingeborg. Tu grimpes mieux que moi.

Il cracha dans les paumes de ses mains et les frotta l'une contre l'autre.

— Nous devons avancer sans bruit, parce que si le guillemot nous voit, il va attaquer.

Il la gratifia d'un clin d'œil et ajouta :

— Autant éviter de se faire crever les yeux, pas vrai ?

Ils s'étaient approchés lentement de la paroi, au mépris total du risque de la chute de cette hauteur vertigineuse qui les broierait contre les rochers en contrebas.

Axell la laissa voler deux premiers œufs. Ils étaient gros, d'un bleu infiniment pâle et moucheté de brun, comme les taches de rousseur sur le nez de son frère. Ingeborg les glissa dans la petite besace accrochée à son cou, par-dessus le butin du jour de polypes et de coquillages.

C'est Axell qui trahit leur présence en voulant s'emparer d'un troisième œuf. En s'agrippant brusquement à un affleurement de la roche, il fit tomber une pluie de gravier et de bouts de bois.

Il s'empara précipitamment du dernier œuf et le fourra dans sa poche tandis qu'ils se laissaient glisser le long de la falaise sous les assauts furieux de la mère oiseau. Ingeborg rentra la tête dans les épaules comme l'oiseau faisait claquer ses ailes contre sa joue en poussant des cris perçants. Elle se sentait coupable de lui avoir dérobé ses œufs, une émotion mêlée à l'excitation d'avoir commis ce larcin.

Arrivés tout en bas, ils posèrent le pied sur la plage boueuse. Le guillemot fondait sans relâche sur eux, les forçant à battre en retraite. Ils s'élancèrent main dans la main sur une strate rocheuse recouverte de déjections d'oiseaux, et trouvèrent refuge dans une grotte minuscule.

Ils s'accroupirent sur le sol humide et échangèrent un sourire triomphant. Le palmipède avait donné des coups de bec sur le crâne de son frère et un filet de sang dégoulinait depuis ses cheveux fauves jusqu'à sa peau pâle.

Ingeborg sortit un œuf de sa besace et le posa sur la paume de sa main déployée pour en admirer toute la finesse.

— Le bébé oiseau est dans la coquille ? demanda-t-elle à Axell.

— Peut-être, peut-être pas, dit-il en lui prenant l'œuf des mains pour le lancer en l'air.

— Attention !

Axell rejeta la tête en arrière et partit d'un rire jubilatoire.

Son frère lui avait annoncé qu'il ne serait pas pêcheur comme leur père. Qu'un jour, il serait marchand comme le jeune et fringant Heinrich Brasche.

En cet instant, il se tourna vers elle et affirma :

— Je naviguerai vers l'Orient d'où je reviendrai chargé d'épices, de pierres précieuses et de soies. J'aurai une demeure grandiose à Bergen. J'y aurai une vitrine remplie de coquillages, de crânes, de fruits à coque et d'ossements en provenance des quatre coins du Nouveau Monde.

Axell prit ses mains dans les siennes.

— Nous quitterons Ekkerøy, ma sœur, pour ne jamais y revenir.

Par cette nuit d'été, Ingeborg et Axell s'étaient précipités à la maison pour montrer leur trophée à leur mère.

— Comme tu es intelligent, mon garçon, l'avait-elle congratulé en lui ébouriffant les cheveux comme si lui seul avait récolté les œufs.

— Ingeborg a grimpé encore plus haut que moi ! avait-il dit à sa mère.

Mais, les yeux rivés sur les gros œufs que son fils avait déposés entre ses mains, elle n'avait pas semblé prêter attention à ces paroles.

— Nous allons faire un festin, avait-elle dit.

Ces œufs de guillemots avaient un goût inégalé. La mère d'Ingeborg les avait fait cuire à la poêle dans l'âtre avec une noix de beurre et une pincée de sel. On aurait dit de l'or en fusion. Ils mangèrent tous les œufs : un à partager entre Axell et Ingeborg, un pour sa mère, un pour son père et un pour Kirsten.

Le dernier œuf englouti, Axell avait donné les coquilles vides à leur petite sœur Kirsten. Elle avait aligné leurs dômes évidés sur le rebord en pierre de la cheminée de la cuisine.

Leur mère avait ordonné à Kirsten de les écraser et de les jeter.

— Mais je veux les garder, avait regimbé la fillette.

— Non, Kirsten, brise-les. Les sorcières se servent des coquilles pour naviguer sur les flots, leur expliqua leur mère. Elles soulèveront des tempêtes et feront couler les navires.

Kirsten avait lancé un regard implorant à son père, car ce dernier intercédait toujours quand leur mère se montrait trop sévère.

— Obéis à ta mère, Kirsten, dit-il d'un ton bourru.

L'air renfrogné sous ses boucles rousses rebelles, Kirsten était sortie d'un pas lourd, les coquilles rassemblées dans le creux de ses petites mains.

C'est au septième jour d'octobre en l'an 1659 qu'Axell partit pêcher avec leur père.

La mère d'Ingeborg avait protesté avec véhémence.

— Il est trop jeune, avait-elle dit à leur père. Attends un peu.

Mais tous savaient qu'à douze ans les jeunes pêcheurs prenaient la mer. Quand bien même leur périple durerait des semaines.

Et puis Axell se montrait rassurant.

— Mère, tout va bien se passer. Je ne veux pas rester à terre avec les femmes.

Axell avait toujours été le préféré de leur mère. Après leur départ, sa mère devint de plus en plus irritable en présence de Kirsten. Ingeborg parvenait à éviter les gifles en s'acquittant convenablement des tâches ménagères, mais sa sœur finissait toujours par prendre sa mère à rebrousse-poil. Elle ne barattait pas le beurre comme il fallait, ne passait pas le balai correctement, et puis pourquoi s'amusait-elle à chantonner ces comptines ridicules à l'agnelle ?

Comme l'hiver s'éternisait, et que sa mère se postait sur les falaises à guetter le retour des pêcheurs, son humeur s'assombrit. Le blizzard glacial qui soufflait de l'est balayait toute chose comme une sourde prémonition.

Ingeborg n'oublierait jamais le jour qui vit le retour des pêcheurs ; son père dans l'embrasure de la chaumière, paumes vers le ciel, qui annonçait à sa mère la disparition de leur fils.

— Il avait à peine douze ans ! gémit sa mère. Iver, je t'avais dit qu'il était trop jeune ! Je t'avais supplié de ne pas l'emmener !

Quel spectacle tragique pour Ingeborg que de voir sa mère rouer de coups la poitrine de son mari et son père fondre en larmes. Il était revenu, une ombre, de la mer. Un homme qui se tordait les mains de culpabilité, incapable d'expliquer à sa propre épouse et à ses filles comment il avait perdu Axell. Pas même Kirsten ne réussissait à faire naître un sourire sur son visage hagard, même quand, juchée sur ses genoux, elle calait ses boucles rousses sous son menton, ses yeux bleus débordant de questions. Où s'en étaient allés les rires ?

Ils étaient avec Axell, songeait Ingeborg. Tout au fond de l'océan.

Quand son père ne rentra pas de la saison de pêche au printemps 1661, Ingeborg sut au fond de son cœur qu'il avait laissé l'océan l'accueillir, que le fardeau de sa tristesse était devenu trop lourd. La bouche grande ouverte, un torrent d'eau salée pour toute rédemption. Comment trouver la force de rentrer chez lui sans son fils ? Il était plus facile de laisser la mer emporter sa culpabilité que de faire face à l'anéantissement de sa femme. Il ne voulait plus retourner chez lui.

Quand Ingeborg pensait à son père seul au milieu des mers déchaînées du Nord, prenant sa résolution de ne plus jamais rentrer, le chagrin lui lacérait le cœur. Mais elle ressentait aussi de la colère envers lui. Il connaissait les aptitudes de sa fille. Il avait abandonné à Ingeborg la tâche de s'occuper de sa mère et de sa sœur.

C'était injuste.

Un mois s'était écoulé depuis que leur père n'était pas rentré avec les autres pêcheurs. Le ventre vide, elles avaient passé cette journée venteuse du mois de mai à fouiller l'étendue sauvage de la plage. Après des heures éreintantes, Ingeborg et sa mère étaient rentrées à la maison chargées de piles d'algues qu'elles feraient bouillir, pour elles-mêmes et pour leurs agneaux.

Lorsqu'elles ouvrirent la porte de la chaumière, Kirsten était agenouillée devant l'âtre et astiquait les coquilles d'œufs de guillemots. Le visage éclairé d'un fin sourire. D'une joie qu'elle n'avait pas affichée depuis la disparition de son papa.

Leur mère se figea, mais Ingeborg sentit que la colère bouillonnait en elle.

— D'où sors-tu ça ? demanda sa mère en laissant tomber les algues sur le sol de la chaumière.

Kirsten leva la tête et blêmit en les apercevant.

— Je les ai gardées, murmura-t-elle. Elles sont si jolies, maman.

Sa mère s'approcha des coquilles et les écrasa sous la semelle de ses vieilles bottes en peau de renne. La fillette tressaillit. Puis sa mère la saisit par le col et la gifla en plein visage.

— Mère ! s'affola Ingeborg.

Mais toute la colère refoulée de sa mère surgissait en une haine dirigée contre sa cadette.

— Tu as tué ton propre frère ! hurla-t-elle à Kirsten. Je t'ai dit d'écraser les coquilles, regarde le résultat ! Les sorcières ont déclenché une tempête et il s'est noyé. Tu as tué Axell et ton père, aussi !

Le visage de Kirsten était trempé par les larmes et la morve.

— Je te demande pardon, maman, je t'en prie...

— Mauvaise fille ! hurla sa mère.

Ingeborg tira sa mère par le bras.

— Elle ne pensait pas à mal ! Mère, je t'en supplie !

— Bien sûr que si, c'est ce qu'elle voulait, cette espèce de petite sorcière ! cria sa mère en tournant vers Ingeborg ses yeux brûlants de douleur.

— Mère, c'est ta fille ! Arrête !

Sa mère dévisagea Ingeborg comme si elle la voyait pour la toute première fois. Elle relâcha Kirsten et enfouit son visage dans ses mains avant de sortir en courant de la chaumière.

Ingeborg prit sa petite sœur dans ses bras, mais Kirsten était inconsolable.

— Elle dit vrai maman, je suis mauvaise ? chuchota-t-elle à Ingeborg.

— Bien sûr que non, la rassura sa sœur en lui essuyant le visage avec sa manche. Axell et papa lui manquent beaucoup, c'est tout.

— À moi aussi, dit Kirsten d'une toute petite voix.

— Je sais, répondit Ingeborg en lui caressant les cheveux.

Kirsten se pencha pour rassembler les éclats de coquilles. Mais il ne restait guère plus que de la poudre sur le sol.

— C'est Axell qui me les a données. Il m'a dit de les garder, renifla Kirsten en essayant de mettre la main sur des morceaux épars.

Ingeborg empoigna le balai.

— Il faut nettoyer avant qu'elle rentre.

Mais Kirsten continuait à ramasser les fragments de coquilles qu'elle comptait du bout des doigts.

— Un, deux, trois, quatre, cinq, six, sept, huit, neuf…

Jusqu'à combien aurait-il fallu compter avant qu'Axell se noie ? Combien de temps s'était écoulé avant que la mer remplisse son ventre et l'emporte vers un sommeil éternel dans ses profondeurs troubles ?

Combien avait-il fallu compter pour son père ?

Elles avaient balayé le plancher de la chaumière et fait bouillir les algues pour elles et les agneaux.

Mais leur mère s'absenta pendant de longues heures.

À son retour, elle n'était plus tout à fait la même.

Plus jamais Ingeborg ne la vit sangloter pour son fils ou son mari ; plus jamais elle ne toucha la petite Kirsten ou ne lui adressa un mot gentil.

Quant à Ingeborg, elle lui parlait comme à une sœur, pas comme à sa fille.

La froideur de sa mère rongeait Ingeborg. Mais jamais fils n'avait été aimé comme sa mère avait adoré Axell. Avec la mort de son enfant, c'était une partie d'elle qui avait disparu dans les flots.

C'est ainsi que s'opéra le changement. Sa mère avait toujours été belle, mais le bleu limpide de ses yeux s'était durci comme de la glace et jusqu'au ton de sa voix était méconnaissable. À croire qu'elle ne se préoccupait plus de ce qui pouvait leur advenir. Qu'elles aient ou non de quoi manger. La responsabilité incombait à Ingeborg, désormais.

Où sa mère s'en était-elle allée la nuit qui avait suivi la découverte des coquilles d'œufs ? Ingeborg avait veillé des heures durant, à guetter son retour, tandis que la lumière de cette journée de mai s'étirait sans fin, qu'au-dehors les oiseaux poussaient leurs cris, que le vent murmurait *Danger, danger*. Et qu'Ingeborg sentait son esprit s'agiter.

Qui une jeune veuve fuyant seule au milieu des tourbières avait-elle bien pu croiser sur son chemin ?

Chapitre 3
Anna

Vous m'avez traînée bien bas, mon roi. Vous m'avez fait transporter à travers les vastes étendues de toundra enneigée sur cette vieille carriole fendue comme si je n'étais qu'un simple fagot de bois, mon corps entier souffrant de l'inconfort. Vous m'avez fait embarquer de force dans un minuscule navire pour franchir les fjords de Varanger et rallier l'île de Vardø, mon visage giflé par les gouttes d'eau glacée soulevée au rythme des rames, la nuit plus noire que l'encre.

Sur les flots, tout se dérobait à mon regard. La pleine lune était enfouie dans d'épais nuages, mais mes sens étaient affûtés. Me savoir entourée du royaume du Démon me faisait frissonner encore plus violemment que le froid glacial. Il y a toutes ces années, vous m'aviez montré dans votre bibliothèque le dessin d'une montagne appelée Domen*[1] dans le carnet de voyage d'un explorateur français. Qui aurait pu prédire que j'en serais si proche en cet instant ? Jamais je

1. Tous les mots suivis d'un astérisque sont à retrouver dans le glossaire à la fin de l'ouvrage.

n'ai oublié l'image de Domen avec sa rondeur basse et trapue et ses entrailles béant sur un lacis de grottes sombrant jusqu'aux Enfers.

Me voici aux confins de votre royaume, dans une région que vous n'avez jamais eu le courage d'arpenter, pourtant c'est bien là que vous m'avez envoyée.

Cette brute de bailli Lockhert m'avait mise aux fers comme si j'étais une vulgaire maraudeuse. Comme vous le savez, c'est bien loin de constituer mon crime. En vérité, des quarante-sept années que j'ai passées sur cette terre, jamais je n'ai rencontré d'homme aussi répugnant. De ses peaux de phoques émanait une puanteur semblable à celle de l'eau croupie des fossés salée par la mer et son haleine empestait le poisson rance, si bien qu'à chaque fois qu'il m'adressait la parole, j'étais prise d'un dégoût nauséeux et qu'il me fallait porter mon mouchoir à mon visage pour inhaler les effluves évanescents de lavande dont je l'avais aspergé des semaines plus tôt.

Je gardais encore fraîche dans ma mémoire la scène du dernier jour sous mon toit. Je m'étais employée à empaqueter mon coffret à remèdes tandis que mon mari égrenait dans mon sillage ses petits bruits de bouche désapprobateurs.

— Anna, ne pouvez-vous donc pas en rester là ? Pourquoi devez-vous absolument faire tout le chemin jusqu'à Copenhague pour déposer une requête auprès du roi ?

J'avais pris une petite pile de mouchoirs blancs soigneusement pliés, à bords de dentelle, et trouvant l'huile de lavande, j'en avais aspergé le tissu comme avec de l'eau bénite, comme si je consacrais mon projet. Je m'étais sentie vertueuse, animée que j'étais d'une grande ardeur.

— Pourquoi le roi vous écouterait-il cette fois-ci, Anna ? m'interrogea Ambrosius. Il vous demande instamment de cesser.

J'avais fait volte-face, l'absence de passion de mon mari me poussait à bout.

— Comment ne pas m'adresser à lui, Ambrosius ? La corruption dans cette ville est flagrante et il est de notre devoir de défendre notre roi contre les manigances traîtresses du stathouder* Trolle et de ses hommes.

— Je vous en prie, Anna, laissez le soin à d'autres de prendre la parole, implora Ambrosius. Notre situation est précaire.

Mon mari avait peur, ce que je jugeais difficilement tolérable. J'avais lu la lettre que le stathouder Trolle lui avait envoyée, lui intimant l'ordre de me faire taire, sans quoi il devrait en subir les conséquences.

Je suis loin d'être sotte et je croyais en la nature unique de notre lien.

— Le roi m'écoutera pour le bien du peuple, avais-je insisté.

Contrairement à Ambrosius, je ne prétends pas être capable de prédire l'avenir. Peut-être mon mari avait-il lu le mien, ca6r il arborait une contenance grave, un teint cireux, comme si le sang du courage avait reflué de ses veines.

— Ce n'est pas votre rôle à vous, mon épouse, d'entreprendre cette tâche, tenta de me convaincre Ambrosius.

— Dans ce cas, vous feriez mieux de partir, cher époux.

Je l'avais défié, pourtant il s'était contenté de baisser les yeux sur les dalles noires et blanches de notre chambre.

— Je ne le puis, murmura-t-il. Mes responsabilités me retiennent à Bergen.

Comme vous le savez, mon mari Ambrosius Rhodius, docteur de son état, est un homme estimé. Il est chercheur et théologien, médecin et professeur à l'école latine de Bergen. Mais saviez-vous seulement que c'étaient mes connaissances, mes compétences et mon assiduité qui lui avaient valu l'obtention de tous ces titres ?

Vous l'aviez forcément deviné, mon roi. Et pourtant toutes les fréquentations du Dr Ambrosius Rhodius estimaient que je ne valais rien, sous le prétexte que j'étais une épouse sans descendance. Or, il était déjà trop tard, car mes menstruations étaient aléatoires, et le cycle lunaire une pure raillerie.

Je refusais de me recroqueviller et de me laisser flétrir, tel que j'avais vu ma mère le faire, ainsi que d'autres femmes de mon âge. Je n'avais aucun désir de devenir une épouse invisible, tel un grain de poussière que son mari balaierait d'une chiquenaude sur l'épaule. Alors que le statut d'un homme prend de l'ampleur avec l'âge, la reconnaissance et les éloges, celui de la femme s'amenuise au point de n'exister qu'à travers ses enfants, ses petits-enfants ; elle devient un fantôme en sa demeure. Témoin silencieuse des liaisons mal dissimulées de son mari, des conséquences de ses escapades futiles.

Le chapitre le plus récent fut pour moi une épreuve à la limite du soutenable. Ambrosius n'avait pas même pris la peine de justifier la disparition de l'argent du ménage qu'il envoyait à une catin.

Je ne quitterais pas ce bas monde sans laisser de trace ; oh non, j'avais mon mot à dire. Cette envie irrépressible m'obsédait au-delà de toute raison, mais j'étais persuadée que de tous les hommes, vous sauriez me comprendre.

Mon mari descendit les escaliers derrière moi et me suivit jusque dans notre bibliothèque. Je sortis des étagères ma précieuse bible, ainsi que la traduction que Christian Pedersen avait faite du Nouveau Testament, pour quand je me lasserai du latin.

Vous n'avez jamais vu ma demeure à Bergen, pourtant vous l'auriez trouvée splendide. Elle possédait des couloirs de bois poli, des fenêtres parées d'un treillis de délicates ferronneries, des tapis venus d'Orient, des chandeliers d'argent et un feu de cheminée dans chacune de ses pièces pour accueillir le visiteur de passage. Mon cellier débordait de la meilleure chère : des fromages crémeux et des pots de riches gelées, des tartes et des pâtés, des rayons dégoulinants de miel, des sachets d'amandes sucrées et des paniers d'œufs bruns. Sur les étagères du milieu reposaient des rangées de citrons jaunes, friandise quotidienne que je dégustais avec une tranche de cône de sucre acheté à des négociants néerlandais commerçant avec l'île lointaine de la Barbade. Tous les jours ou presque, je réduisais en poudre un minuscule morceau de sucre dont je saupoudrais la chair juteuse du citron. Quel délice amer et doux de sucer le citron sucré ! Quel plaisir simple !

Soyez-en sûr, mon roi, vous auriez reçu un accueil triomphal dans ma demeure, car je vous aurais fait préparer un somptueux festin, tel que Bergen n'en avait jamais vu.

Notre bibliothèque était la plus importante de toute la Norvège. Nous possédions quatre cent cinquante ouvrages ! Je les avais comptés l'hiver précédent et j'avais consigné chaque titre dans les pages d'un grand livre sur le secrétaire de mon mari. Je m'étais toujours sentie en sécurité au sein d'une bibliothèque, comme si les livres se trouvaient là pour me protéger, telle une forteresse de mots, de pensées et de savoirs.

Vous souvenez-vous comment vous m'avez trouvée, dissimulée entre les étagères dans la bibliothèque du palais ? Moi, la fille du médecin, je m'étais éclipsée lors d'une visite que mon père faisait à votre père malade. En digne apprentie de mon père assoiffée de connaissances, je m'étais mise en quête de traités médicaux.

J'étais si absorbée par ma lecture que je n'avais pas entendu vos pas, jusqu'à ce que vous me surplombiez de toute votre taille. Effarouchée, je laissai tomber mon ouvrage. L'expression de votre visage trahissait la même stupéfaction. Vous ne vous attendiez pas à trouver une fille dans la bibliothèque ! Quel âge avions-nous ? Je dirais que vous étiez un jeune homme de dix-neuf ans et que j'étais une fille gauche de treize ans. Vous souvenez-vous des mots que nous avons échangés ?

— Et qu'avons-nous ici ? m'aviez-vous sommée.

Pour ma part, je savais parfaitement qui vous étiez : le Prince Frederick, deuxième fils de notre roi. À cette époque, vous n'étiez pas censé succéder à votre père, ce qui vous donnait toute latitude pour déambuler dans le palais sans une cohorte de courtiers et de servants. Je me souviens que vous portiez un pourpoint couleur nuit frangé d'argent, que votre chevelure noire était épaisse et bouclée. Vos cils noirs étaient longs pour un homme, mais absolument parfaits pour un prince, et vous portiez un anneau d'or à l'oreille. De fait, vous étiez l'image même que je m'étais faite d'un prince.

Vous aviez sondé mon visage avant de m'interroger d'une voix ferme :

— Je vous ai posé une question ; qui êtes-vous ? Vous êtes trop bien vêtue pour être une servante. Et de toute façon, elles ne savent pas lire le latin.

Sur ce, vous aviez hoché le menton en direction du livre que je tenais entre les mains.

— Anna Thorsteinsdatter, murmurai-je. Je suis la fille du médecin.

— Ah, fîtes-vous en vous frottant le menton. Et vous savez lire ?

Je répondis d'un mouvement de tête affirmatif.

— Mon père m'a appris.

Vous vous étiez penché pour m'arracher l'ouvrage des mains. J'avais éprouvé un palpitement dans ma poitrine en sentant votre parfum : boisé, pas tant l'arôme d'un prince que celui d'un jardinier.

Vous aviez déchiffré le titre du livre : *Anatomicae Institutiones Corporis Humani.*

— Alors comme ça Anna, fille de notre médecin, on s'intéresse aux écrits anatomiques du docteur et théologien Caspar Bartholin le Vieux ?

Là encore, j'avais hoché la tête, n'ayant plus de langue.

Le souvenir des difficultés que j'avais à prendre la parole quand j'étais jeune fille vous fera peut-être rire. Je suis persuadée que l'ironie de la situation ne vous échappe pas, car quels ont été les derniers mots que vous m'avez adressés ?

Ti stille. Tais-toi. Hold Kœft. Tiens-toi tranquille. Ferme-la. Ferme-la.

— Votre père est en effet un spécialiste de la saignée, mais le mal qui affecte mon père, le roi, vient de plus loin qu'un simple déséquilibre des humeurs.

C'est là que vous m'aviez exposé votre théorie, en toute confiance, dans la bibliothèque du palais. Les rayons de soleil filtraient en biais au travers des étagères de livres, des grains de poussière virevoltaient autour de nous comme des flocons d'or. J'avais l'impression d'être dans un rêve.

Je ne saisis pas grand-chose à vos conjectures quant à la maladie de votre père, d'autant plus que mon père m'avait souvent répété que les affections du corps humain avaient pour origine le déséquilibre de quatre humeurs : sanguine, mélancolique, colérique et flegmatique. La solution aux affections dépendait de l'état des humeurs, et selon les cas les remèdes étaient les saignées, les émétiques ou les lavements. Mon père avait également pour habitude de partager avec moi son intérêt pour la botanique et les bienfaits de son utilisation pour les maux légers.

La plus grande aubaine de mon enfance fut que mon père, médecin du roi Thorstein Johansson, n'avait pas de fils à qui transmettre ses connaissances.

Si j'avais eu un frère, je serais vraisemblablement une femme bien différente aujourd'hui. Je ne serais pas entravée par des chaînes, prisonnière du Nord, et certainement pas envoyée en exil sur ordre du seul homme en qui j'avais plus confiance qu'en mon propre mari.

Mais retournons au souvenir heureux de notre première rencontre. J'étais cette fillette lovée au milieu des livres, avec ses doigts poussiéreux d'avoir couru sur les étagères, ses cheveux qui s'échappaient de leur coiffe blanche – peut-être aviez-vous noté qu'ils étaient aussi noirs que les vôtres – et ses yeux bleus dont ma mère affirmait avec dépit qu'ils étaient de la teinte d'un œuf de canard et trop pâles pour une fille.

Malgré ma timidité avivée par la présence d'un prince du Danemark, ma curiosité avait pris le dessus et je m'étais hasardée à une question :

— De quoi souffre le roi ?

— On lui a jeté un sort.

Vous n'aviez pas eu à expliquer davantage, car ma mère m'avait raconté quantité d'histoires sur les sorcières des royaumes du Nord.

— Comment le savez-vous ? murmurai-je avec avidité.

— Parce que mon père me l'a dit, aviez-vous déclaré comme si j'étais une nigaude. La grande sorcière de Vardø l'a frappé d'une malédiction. Je suis venu étudier tous les écrits qui existent sur les voies obscures des sorcières. Je cherche un volume intitulé *Daemonologie*, dont le roi Jacques d'Écosse est l'auteur. L'avez-vous vu ? Il nous faut briser le sort.

— Comment faire ?

— Par la prière, par la dévotion à Notre-Seigneur.

Vous vous étiez redressé de toute votre stature, les mains nouées dans le dos, le galon argenté de votre pourpoint chatoyant dans la lumière de l'après-midi.

— La plus sainte des personnes vaincra toujours le Démon.

Plongeant mon regard dans le vôtre, j'y avais lu votre conviction, et autre chose. De surcroît, aucun garçon ne m'avait encore regardée droit dans les yeux, même si je suppose qu'en tant que prince, telle était votre prérogative. Je n'avais pas baissé les yeux, car j'avais éprouvé le besoin irrépressible de rester concentrée sur vous, tandis que je sentais l'embrasement de mes joues et ma poitrine à l'étroit dans mon corset.

— Êtes-vous une bonne fille, Anna ?

Un léger sourire avait dansé sur vos lèvres.

Incapable de trouver les mots adéquats, je m'étais bornée à hocher la tête comme vous me rendiez le livre.

— Veillez à être une bonne fille, Anna, aviez-vous insisté sans vous départir de votre sourire. Veillez à ce que le Démon reste soigneusement à l'écart.

Plus tard dans la soirée, tandis que j'étais attablée en compagnie de mes parents devant un souper de hareng et de pain, j'interrogeai mon père sur les troubles du roi.

Il ne me répondit pas immédiatement, mais attendit que notre servante ait quitté la pièce avant de prendre la parole.

— Les symptômes du roi varient d'un jour à l'autre. (Il poursuivit après un soupir.) Un jour, il est pris de maux à l'estomac, l'autre aux intestins ; un autre encore il ressent une douleur violente à la poitrine, ou sa tête est si douloureuse que ses yeux peinent à voir.

— Pensez-vous qu'il va se remettre ?

Ma mère me fit les gros yeux, car elle réprouvait mon intérêt pour la médecine ; elle s'abstint néanmoins de m'intimer au silence, car elle avait parfaitement conscience que le lien entre mon père et moi était celui d'un père avec son fils. J'étais son apprentie. En tout cas jusqu'à ce qu'Ambrosius entre dans nos vies.

— Sachez, ma fille, que certains maux ne se soignent pas uniquement par l'administration que nous autres médecins pouvons faire d'un traitement.

Comme j'avais aimé que mon père me confère le titre de médecin, comme si j'étais son égale. Sous son regard et son appréciation je me sentais rayonner, même si ma mère secouait déjà la tête avec des airs de remontrance.

La nuit, je l'avais entendue admonester son mari à voix basse.

— Thorstein, vous plantez des idées dans la tête d'Anna. Vous devez cesser.

— Où est le mal ? Je suis fier que ma fille ait de l'esprit.

— Vous avez tort, mon mari, cela lui fera grand mal.

Ma mère craintive, qui gît depuis longtemps dans la lourde terre danoise, avait raison.

Mais je souhaite revenir à mon souvenir joyeux de ce souper en compagnie de mes parents, l'année de mes treize ans, que je veille comme une petite chandelle, une infime lueur qui me réchauffe, tandis que le bailli et son homme du port de Vardø me traînaient à flanc de colline jusqu'à la forteresse qui luisait d'un blanc sépulcral en cette nuit la plus sombre de mon existence.

— De quels maux s'agit-il, Père ? l'avais-je interrogé.

— D'illusions de l'esprit. D'une maladie qui déforme la raison dans la tête des hommes.

Ma mère avait étouffé un cri.

— Dire une telle chose de notre roi est une trahison, Thorstein. Faites attention – les domestiques pourraient entendre.

Je m'étais toujours sentie audacieuse chez moi en compagnie de mes parents aimants – car ils l'étaient : de toute mon enfance, aucun d'eux ne leva la main sur moi.

— J'ai entendu parler de la malédiction d'une sorcière, avais-je murmuré sans vouloir dévoiler ma rencontre avec vous, le jeune prince. Cela existe vraiment, Père ?

Mon père posa les yeux sur moi et je me souviens de son regard pensif, du doux gris de ses yeux, de la même teinte qu'une fourrure de lapin.

— Disons, fit-il en tirant sur sa barbe bien taillée, que si l'on croit être victime d'une malédiction, alors autant l'être.

Sa réponse me laissa perplexe.

— Mais est-il possible que la grande sorcière de Vardø ait jeté un sort sur notre roi Christian ?

— C'est ce que croit notre roi, avait conclu mon père sans se prononcer davantage sur la question.

*

Tous avaient entendu parler de Liren Sand, la grande sorcière de Vardø dans le pays de Norvège de notre roi, ainsi nommée d'après l'oiseau de mer des régions du Nord, et qui déployait sa magie noire à travers tout le royaume du Danemark. À la seule évocation de son nom, les hommes se mettaient à trembler d'appréhension, à croire qu'elle pouvait tendre la main et puiser au fond de leur cœur, à des lieues entières du nord au sud, pour se repaître de leurs pensées inavouables et de leurs désirs les plus secrets.

Que diraient mes parents s'ils me voyaient en cet instant sur l'île même qui était son domaine ? Je suis bien reconnaissante qu'aucun des deux ne puisse jamais l'apprendre, et qu'ils gisent six pieds sous terre depuis que la Grande Peste les a emportés il y a plus de dix années.

Était-ce pour venger le trépas de votre père, mon prince, que vous avez anéanti Liren Sand ? Des années plus tard, alors que je vivais à Bergen, je lus le récit de sa capture par votre loyal gouverneur du Finnmark, et de son procès à Vardø, dans les pages des journaux qui claquaient au vent sur leurs étals dans les rues pavées. Des mots – et des dessins pour les analphabètes – qui donnaient des détails sanglants de ses nombreux crimes et de sa fraternisation avec le Démon. Apparemment, Liren Sand avait pratiqué une magie agissant sur les éléments qui avait noyé des marchands de Bergen naviguant en mer de Varanger. C'était Liren Sand qui nous avait infligé le fléau de la peste au Danemark, et ce faisant avait assassiné tant d'âmes innocentes. Liren Sand méritait d'être jetée en Enfer ; en représailles, vous l'aviez jetée au feu et brûlée vive.

J'ai toujours en ma possession, dans un tiroir de ma bibliothèque à Bergen, le journal arborant le dessin de la sorcière Liren Sand ligotée à l'échelle que l'on fait descendre dans les flammes. Il fallut du courage pour affronter tel que vous le fîtes les forces des ténèbres – oserais-je dire plus de courage que n'en avait eu votre père, car jamais Liren Sand ne réussit à jeter ses sorts de maladie sur votre personne.

Je vous ai demandé une fois, des années après notre rencontre, de quoi Liren Sand, la grande sorcière de Vardø, faisait grief à votre père.

— Sa divinité ! aviez-vous clamé. Liren Sand veut semer la terreur et le chaos. Elle veut détruire la monarchie.

Terreur et chaos que la peste ne manqua pas de semer.

— Je mettrai fin à ses jours, aviez-vous affirmé.

Et oui, mon prince, quelques années plus tard ce fut chose faite.

Vous m'aviez prévenue qu'il y aurait d'autres sorcières ; que les mères cédaient leurs filles au Démon. Ces mots étaient restés gravés en moi, tant l'idée qu'une mère puisse sacrifier son enfant au Seigneur des Ténèbres était révoltante.

La blessure laissée par votre trahison est béante, car vous m'avez désormais exilée en ce lieu que nous redoutions tous deux le plus, oh mon roi. Vous m'avez exilée dans une région où prolifèrent un paganisme sauvage et une sorcellerie noire.

Tandis que les grilles rouillées de la forteresse de Vardøhus s'ouvraient devant moi, je sentis la panique s'emparer de mon corps, mon cœur battre furieusement dans ma poitrine, et je crus défaillir. Le souffle court, je me débattis contre mes geôliers.

— Non, c'est injuste, je suis une femme innocente ! plaidai-je auprès du bailli Lockhert.

Il cracha avec hargne :

— Cessez vos plaintes ou je serai contraint de vous passer la bride, espèce de vieille carne !

Je tombai à genoux devant le château désert, sous les cris hostiles des corbeaux qui décrivaient des cercles dans le ciel. J'aurais voulu ne plus jamais me relever.

Chapitre 4
Ingeborg

La faim. La douleur lancinante dans le ventre d'Ingeborg pendant le long hiver de 1661. L'été précédent, elles s'étaient débrouillées. Elle avait récolté des moules et des algues en abondance le long de la plage de sable blanc en forme de croissant de lune d'Ekkerøy, aidée par Kirsten qui la suivait de son pas traînant. Seule, Ingeborg avait escaladé les falaises et prélevé des œufs de guillemots. Ou elle s'était aventurée à l'intérieur des terres pour poser des collets et attraper des ptarmigans, voire un lièvre. Jamais sa mère ne la félicitait, se contentant de prendre les petits corps sans vie de ses mains, encore chauds pour certains, pour les écorcher ou les plumer. Elle donnerait à manger à ses filles, oui. Elle les garderait en vie, mais c'était tout.

Tandis que le bref été de 1661 était chassé par les premières pluies froides de l'automne, Ingeborg et Kirsten s'étaient mises en quête des dernières baies et champignons de l'année. Quand les premières neiges étaient arrivées, Ingeborg avait déterré de la mousse qu'elle avait bouillie pour en faire de la gelée, et des racines pour préparer de la soupe avant que la terre ne soit trop glacée. Elles n'avaient eu d'autre choix que de troquer tous leurs agneaux, sauf un, pour éponger les dettes de céréales qu'elles devaient au marchand Brasche, car leur père n'était pas rentré avec le fruit de la pêche pour le payer.

Elles n'avaient pas de réserve de poisson séché, pas de vache ni de chèvre pour le lait, il leur restait une seule agnelle, que Kirsten adorait, et Ingeborg voyait arriver la famine.

La faim. Ce gouffre dans ses entrailles qui la rongeait comme un rat, l'assaillait d'une douleur sourde. Ses lèvres desséchées qu'elle léchait au point de les dessécher encore plus. Boire de la neige fondue pour lester l'estomac, s'engourdir, s'éveiller avec une douleur fulgurante. Elle avait donné tout ce qu'elle pouvait à Kirsten, mais sa petite sœur s'endormait le plus souvent en pleurant et en quémandant pitance. Sa mère s'amaigrit, se mit à errer comme un fantôme à la chevelure rousse, sillonnant la lande à la recherche de son fils disparu.

Les voisins avaient eu des petits gestes pour elles, mais tous avaient du mal à s'en sortir. Les rendements de pêche ne cessaient de chuter d'année en année, alors que le prix des céréales ne cessait de grimper. Les pêcheurs se retrouvaient contraints de vendre aux marchands de Bergen de quoi nourrir leurs familles, et encore cela ne suffisait pas à leur assurer suffisamment de céréales pour leur *flatbrød** ou pour leurs bêtes.

Le choix se faisait entre mourir de faim et s'endetter davantage auprès du marchand Brasche, qui exerçait sa domination sur le village d'Ekkerøy.

La demeure de ce négociant était comme il se doit des mieux situées, au sommet d'une petite colline sur un sol relativement sec, à côté de l'église. Ingeborg et sa famille vivaient au sein d'un îlot de cinq chaumières en tourbe en bordure du village. L'entrée de chaque masure donnait sur une place faite de boue, avec un puits au milieu et une vue sur la mer. Elles vivaient si près de leurs voisins qu'elles entendaient les toux et les gémissements de chaque maisonnée.

Des journées entières s'étaient écoulées sous le poids terrible de la faim, au point qu'Ingeborg n'était pas en état de sortir pour chasser. L'été allait bientôt revenir, ne cessait-elle de rappeler à sa petite sœur qui gémissait à côté d'elle. Kirsten n'avait plus que la peau sur les os et seule la teinte de sa chevelure – aussi rousse que celle de sa mère – lui prêtait encore un peu de vie, tandis que le reste s'estompait, à l'instar des neiges d'hiver. Une surabondance les attendrait une fois que le soleil aurait fait fondre la neige, promettait-elle à sa sœur secouée par les sanglots. Elle attraperait quantité de bêtes. Les parterres de bruyère seraient noirs de myrtilles, tachetés du rose doré des mûres arctiques, et les poches de leurs tabliers déborderaient de moules bleues de la mer. La profusion était en marche.

La nouvelle de leur malheur s'était répandue. Au matin de la pleine lune de Pâques d'avril 1662, la cousine de sa mère, Solve Nilsdatter, se présenta sur le pas de leur porte. Les vents violents et les blizzards des mois précédents s'étant calmés, ses fils et elle avaient pu parcourir à skis plus de deux heures durant la distance qui les séparait de leur ville d'Andersby pour leur apporter de quoi se sustenter. Elle portait des provisions sur son dos tandis que son plus jeune fils était sanglé contre sa poitrine, recouvert de lourdes peaux de rennes. Elle les salua avec un large sourire, mais elle avait du mal à dissimuler son désarroi à la vue de la silhouette émaciée de la mère d'Ingeborg.

Solve pénétra dans la chaumière sans y avoir été conviée, les joues roses, son fils aîné pendu à ses jupes, et déposa son cadet par terre avant de faire glisser le sac de ses épaules. Elle disposa les offrandes sur la table : des tranches de *flatbrød*, du poisson séché pour faire du bouillon, des œufs d'oiseaux, de la crème et du lait dans des sacs en peau de phoque.

Après qu'Ingeborg et Kirsten eurent bu leurs gobelets de lait et mâchonné le poisson séché, les lèvres pleines de sel, elle s'adressa à leur mère :

— Allons, Zigri. Viens boire un peu du lait de mes meilleures vaches. Il est sucré.

Elle lui tendit un gobelet rempli à ras bord de lait d'un blanc mousseux et la mère d'Ingeborg, lentement, amadouée par sa cousine, accepta de boire.

Solve l'encouragea d'un sourire.

— Merci, cousine, murmura Zigri d'une voix éraillée.

Solve lui répondit d'un petit claquement de langue réprobateur.

— Ce n'est rien. Tu aurais fait la même chose pour moi.

Du fond de son sac, elle sortit une petite noix de beurre enveloppée de peau de phoque.

— Et maintenant, j'ai une friandise pour toi. Du beurre fraîchement battu pour mélanger au poisson, pour que tu puisses préparer des *klinning**, annonça-t-elle à la cantonade. C'est ton plat préféré, n'est-ce pas Ingeborg ?

L'estomac d'Ingeborg grogna d'allégresse. La dernière fois qu'elle avait mangé des *klinning*, son frère Axell était encore de ce monde.

— Tu es trop gentille, dit Zigri en regardant fixement le beurre comme s'il s'agissait d'or pur.

— Nous avons du lait en abondance depuis que la nièce de mon mari est venue vivre chez nous, expliqua Solve. Nos deux vaches donnent deux fois plus, alors qu'elles ne sont plus toutes jeunes.

S'ensuivit un moment de silence pendant lequel Zigri leva les yeux sur sa cousine.

— Tu veux parler de Maren Olufsdatter ? demanda-t-elle d'un ton méfiant.

— Oui, tout à fait, répondit Solve sur la défensive.

— Dans ce cas, je ne peux pas accepter, Solve, rétorqua Zigri en repoussant la noisette de beurre. Les sorcières sont responsables de la mort de mon fils. Je ne peux pas...

— Zigri, allons, un peu de bon sens ! Tes pauvres filles doivent manger, argua Solve. La nièce de mon mari est peut-être un peu... étrange.

Elle passa la langue sur ses lèvres et conclut :

— Mais Maren n'a rien d'une sorcière.

— Sa mère était Liren Sand ! Condamnée au bûcher pour sorcellerie, Solve !

Zigri poursuivit dans un murmure grave :

— Comment peux-tu l'héberger sous ton toit ?

— Je n'ai pas le choix, répondit Solve sèchement. Strycke insiste pour qu'elle reste.

Elle secoua la tête et après un soupir, ajouta :

— Elle a des manières étranges, c'est un fait, mais c'est un atout pour venir à bout des tâches quotidiennes. Si j'avais une fille, ce serait différent. Mais les garçons préfèrent jouer au grand air. Ils n'ont aucun goût pour les corvées.

Zigri posa les yeux sur les deux fils de sa cousine. Le plus jeune, Peder, à peine sorti des langes, était assis sur les genoux de sa mère et s'employait à mâchonner un morceau de poisson séché, les joues rouges comme une pomme luisante. L'aîné, Erik, âgé de cinq ans, courait partout dans la petite chaumière, pourchassé par Kirsten qui s'était levée d'un bond de table après que son repas de poisson et de lait l'avait revigorée.

Lisant la douleur aiguë dans le regard de sa mère au souvenir d'Axell, Ingeborg désira la détourner de telles pensées.

En outre, elle était curieuse d'en savoir plus sur le compte de cette fille, Maren Olufsdatter, si bien qu'elle interrogea Solve :

— Est-ce que Maren parle parfois de ce que sa mère a fait ?

La mère de Maren Olufsdatter, Marette Andersdatter, n'était donc autre que la grande Liren Sand. Ses malédictions s'étaient abattues non seulement sur le royaume de Norvège, mais sur le Danemark aussi.

Elle tenait son savoir d'une femme sámie, Elli, qui lui avait également enseigné l'art de la guérison. La mère de Maren avait concentré quantité de pouvoir entre ses mains, sans que personne ne sache réellement si elle appartenait aux ténèbres ou à la lumière, car il se disait qu'elle pouvait se présenter sur le pas de votre porte avec un sac de racines et d'herbes pour soigner votre enfant malade ou vous aider à survivre à un accouchement difficile. Pourtant cette veuve de pêcheur, qui vivait dans une petite chaumière sur l'île de Vardø avec sa fille unique Maren, était à l'origine de la vague géante qui avait englouti le bateau de Jon Jonson, le marchand de Bergen, noyant tout l'équipage. Elle avait fait venir la tempête pour se venger de son mari disparu qui devait de l'argent au marchand. Le gouverneur de Vardø l'avait vue décrivant des cercles au-dessus de la mer sous la forme d'un grand pétrel, contemplant le spectacle des hommes en train de périr sous ses yeux.

Ingeborg était avide d'histoires sur les pouvoirs de Liren Sand, préférant ces récits à ceux du Démon et de ses tentations que le révérend Jacobsen leur rabâchait toutes les semaines à l'église.

— Oui, en effet, Ingeborg, la fille ne cesse de parler des pouvoirs de sa mère, déplora Solve. C'est pour cela que je préfère me déplacer sans elle, car je n'approuve pas ces idées sur la sœur de mon mari.

Ingeborg, intriguée, se pencha le buste en avant.

— Qu'est-ce qu'elle raconte d'autre sur Liren Sand ?

Mais Solve fut dérangée par le petit Peder qui tirait sur une boucle de ses cheveux échappée de sous sa coiffe.

— Oh, le vilain petit garçon ! Il faut me lâcher, maintenant, dit-elle à son fils d'un ton enjôleur.

Ingeborg chatouilla le menton du garçon qui se tortilla en riant.

La mère d'Ingeborg se leva brusquement et son tabouret racla durement le sol en terre. Son visage était creusé par la douleur.

— Reprenons nos corvées, Ingeborg, déclara-t-elle. Merci, cousine. Nous garderons le beurre.

Ingeborg se saisit de la petite noisette de beurre qu'elle tint délicatement dans le creux de sa main. Elle aurait voulu la lécher, comme un chat.

Deux jours après la visite de Solve, une tempête s'abattit sur le village, comme pour sommer les habitants de ne pas anticiper l'arrivée du printemps. L'hiver tenait ferme, accablant leurs frêles chaumières d'averses de grêle et de grésil. La mer tourbillonnait furieusement, et l'on se félicitait que personne ne soit sorti pêcher.

Les bourrasques ébranlaient leur chaumière faite de tourbe et de bois et Kirsten s'agrippait à son agnelle comme si elle avait été sa nouvelle-née. Jour après jour, la tempête se poursuivit. Les provisions amenées par Solve s'épuisèrent. Il fallait qu'Ingeborg sorte chasser, mais à chaque fois qu'elle tentait d'ouvrir la porte, les vents hurlants la faisaient claquer avec violence. De désespoir, elle suggéra de tuer l'agnelle, mais Kirsten se mit à pleurer à fendre l'âme, sa tristesse décuplée par sa faim.

— Non, l'agnelle est tout ce qui nous reste, dit sa mère en secouant la tête avec lassitude. La tempête va bientôt s'arrêter, et tu pourras sortir chasser, Ingeborg.

Enfin, au dixième jour, le vent cessa si soudainement que le silence qui retomba sur le village sembla irréel.

Ingeborg était blottie contre sa sœur, assaillie d'une telle faim qu'elle pouvait à peine se mouvoir. Sa mère était assise à table, le dos droit, les mains agrippées à l'arête en bois, comme à quelque radeau après un naufrage.

— Ingeborg, souffla-t-elle de sa voix éraillée, la bouche sèche. Va chez les voisins. Voir s'ils peuvent donner un petit quelque chose.

— Je vais sortir chasser, maman, répondit-elle en sachant pertinemment que leurs voisins étaient dans une situation tout aussi désespérée.

Elle décrocha le vieux justaucorps d'Axell, le revêtit en le boutonnant jusqu'en haut, puis glissa dans sa ceinture le couteau qui lui avait appartenu avant de rassembler tout le nécessaire pour poser ses pièges : une corde et un gros caillou rond avec un trou au milieu. La faim lui volait ses forces à tel point que le moindre mouvement semblait l'obliger à charrier un par un tous les os de son corps, et il lui fallut un temps considérable pour se préparer.

Enfin, au moment où Ingeborg s'apprêtait à sortir, un coup retentit à la porte.

Sa mère la regarda, le regard dénué d'expression.

— Peut-être que Solve est revenue, dit-elle.

Mais ce n'était pas sa cousine chargée d'un panier de provisions qui se tenait sur le seuil. Mais un monsieur. Le fils du marchand Brasche : Heinrich.

De grande taille, il était vêtu d'une cape noire sous laquelle Ingeborg devina un élégant pourpoint de couleur verte. Il retira son chapeau et courba la tête pour pénétrer dans la chaumière. Il avait une masse de boucles marron et les yeux de même teinte.

Sa mère se leva dans un sursaut effrayé.

— Êtes-vous la femme d'Iver Rasmussen ?

Son parler était très différent du dialecte qui leur était familier, il répéta par deux fois sa question, pourtant la mère d'Ingeborg restait muette.

Heinrich dévisagea longuement Zigri et, l'espace d'un instant, Ingeborg la perçut à travers le regard du fils du marchand. Sa mère était émaciée, mais son corps n'avait rien perdu de son galbe et sa peau immaculée semblait avoir été épargnée par les vicissitudes de la vie. Mais sa chevelure surtout, était une vraie splendeur. Elle retombait sur ses épaules en cascades de feu. Comme si elle ressentait brusquement l'inconvenance de se présenter tête nue, la mère d'Ingeborg empoigna sa coiffe sous laquelle elle rangea précipitamment ses boucles.

Heinrich Brasche répéta sa question.

— Je suis la *veuve* du pêcheur Iver Rasmussen, réussit à articuler la mère d'Ingeborg.

Heinrich Brasche tressaillit.

— Je suis désolé de l'apprendre, dit-il en étouffant un toussotement. Mais je crains...

Il bafouilla, se tut et Ingeborg se rendit compte avec étonnement que ce noble fortuné semblait perdre quelque peu ses moyens en présence de sa mère.

— Il y a une dette, dit-il en plantant le regard dans le sol en terre battue avant de poursuivre dans un souffle. Il faut la payer, c'est mon père qui le veut.

Ingeborg sentit son estomac se retourner.

Elles n'avaient rien. Si ce n'est une agnelle, dont Kirsten avait fait son animal de compagnie.

Ingeborg vit sa mère s'avancer de quelques pas, les bras écartés. Elle ne supplia pas. Ingeborg avait vu d'autres veuves de pêcheurs le faire : à genoux, à implorer la pitié pour échapper à l'hospice de Bergen et une mort certaine. Pour ne pas être exilées et rejetées du village pour cause de dettes. Pour ne pas errer dans la toundra, s'allonger là et se laisser mourir. Des gueuses. Des bonnes à rien. Des femmes et des filles perdues.

— Que voulez-vous de moi, maître Heinrich ? Je ne possède plus rien de valeur.

Le fils du marchand oscilla d'un pied sur l'autre, leva les yeux et ne put arracher ses yeux à la contemplation de sa mère.

— Je vais faire mon possible pour vous, madame, dit-il enfin en posant une main sur son bras. Je vais parler à mon père.

Ingeborg aurait bien été en peine de dire ce qui l'étonnait le plus : ce geste inconvenant d'Heinrich Brasche, ou le fait que sa mère ne repoussa pas sa main. Se bornant à le regarder droit dans les yeux. Sans peur.

Tel fut le changement qui s'opéra chez la mère d'Ingeborg. Elle ne se préoccupait plus de ce que quiconque pensait d'elle. Quelle importance, à présent que son fils n'était plus et que son mari avait disparu ?

Mais ce changement était plus dangereux que sa mère n'aurait pu l'imaginer, ou qu'Ingeborg n'aurait pu l'envisager. Le jour qui suivit la tempête, quand Heinrich Brasche entra dans leur chaumière et proposa son aide par ses paroles déconcertantes qui troublèrent la trêve laissée par le vent épuisé de sa violence, sonna la fin de leur famille.

Des mots qui allaient faire courir à sa mère, à Ingeborg et à Kirsten le plus grand des périls.

Chapitre 5

Anna

Sous le regard de deux soldats qui montaient la garde aux portes, je franchis l'entrée de la forteresse en trébuchant sur de profondes ornières de neige verglacée. Une fois dans l'enceinte, Lockhert me libéra enfin de mes chaînes. Je jetai un œil à ma nouvelle demeure tout en frottant mes poignets endoloris.

Sur la droite, le château s'élevait dans le ciel noir, laissant voir ses pierres chaulées à la lueur de la lune qui affleurait les nuages. Je me tenais dans une cour de petite superficie. Elle était dotée d'un vieux puits en son centre, et d'un château surmonté d'une tourelle entouré de bâtiments délabrés aux toits de tourbe affaissés.

Je peinais à croire que cet agrégat d'habitations misérables constituait la forteresse du gouverneur – et le siège de votre pouvoir aux confins septentrionaux de votre royaume.

Le corps fourbu, je me dirigeai vers le château pour m'y reposer. Il me tardait de réchauffer mes os devant un feu de cheminée, de m'allonger sur une couche.

Mais Lockhert me tira en arrière comme si j'étais un chien au bout d'une laisse :

— Vous allez où comme ça, ma petite dame ?

Je me tournai vers lui, décontenancée.

— Ne suis-je pas attendue par le gouverneur ?

Lockhert eut un rire cruel.

— Avez-vous déjà oublié que vous étiez prisonnière ? Vous n'avez rien à faire dans la maison du gouverneur.

Il détourna la lumière de sa torche du château pour éclairer une longue bâtisse basse couverte d'un toit en tourbe moisie. Jadis, ses murs avaient dû être blancs. Aujourd'hui, derrière les congères durcies qui les ceinturaient, ils paraissaient miteux. Je remarquai l'absence d'une volute réconfortante sortant du trou à fumée et mon cœur se serra.

Lockhert donna l'ordre à un soldat de déblayer la neige devant la porte, puis beugla « Helwig ! » avant de l'agonir pour sa lenteur.

Une fille à l'aspect rustre émergea de l'arrière du château, et se hâta de nous rejoindre avec force glissades sur la glace pour s'épargner le courroux de son maître.

— Voici votre bonne, Helwig, m'informa Lockhert. Elle s'occupera de vous.

Sentant le regard de la servante peser sur moi, je m'efforçai de me tenir la tête haute tandis que Lockhert ouvrait la porte de la maison longue. Elle n'était manifestement dotée ni de clé ni de verrou, ce qui n'était pas pour me déplaire, pourtant c'est avec une émotion fugace que je m'avançai sur le seuil.

La maison était plongée dans le noir. Je jetai un œil à l'intérieur, où m'accueillit un air glacé alourdi d'une puanteur qui me laissa penser que la bâtisse avait servi au bétail. Je cherchai désespérément un rai de lumière dans l'épaisse pénombre, car la perspective de résider dans une chambre aveugle affolait mon cœur, mais la nuit ne me permit pas de distinguer quoi que ce fût.

Mon corps entier se révoltait, et je me trouvai incapable d'avancer d'un pas de plus. Je me tournai vers mon geôlier en tentant de me redresser de toute ma taille mais, j'ai beau être grande, Lockhert me surplombait aisément.

— Je ne peux pas loger ici, protestai-je. C'est immonde et il n'y a pas même un feu d'allumé.

Le garde interrompit son travail de déblayage et la jeune Helwig se figea, les yeux écarquillés par la stupeur. À l'évidence, personne n'avait jamais vu une prisonnière s'insurger de la sorte, mais comme vous le savez, je ne suis pas une prisonnière comme les autres.

Lockhert me saisit par les épaules et me fit pivoter si violemment que je sentis mon souffle se couper. De sa grosse main, il désigna la masure en tourbe de l'autre côté de la cour. Barricadée d'une porte, elle était borgne et même de loin elle puait la terreur et le désespoir.

— Si vous voulez, je peux vous mettre là-bas dans le trou à sorcières, Fru Rhodius, dit Lockhert. Le Démon est très absorbé par sa horde et on est à la recherche de ses maîtresses. Si vous étiez la première sur laquelle on mettait la main ?

Je lui lançai un regard horrifié, en même temps que son effronterie faisait bouillonner la colère en moi. Je n'étais pas plus sorcière que lui, ces mots se bousculaient sur mes lèvres.

Mais comme je m'apprêtais à protester, Helwig me tira par la manche.

— Venez, madame, je vais vite faire un feu.

Je dégageai sa main sale de mon avant-bras. De quelle maladie pouvait bien être porteuse cette fille crasseuse ?

— Très bien, dis-je à Lockhert comme si j'étais à l'origine de la décision.

Pour rien au monde je n'aurais voulu trahir mon désarroi. J'avais croisé suffisamment d'hommes comme lui pour savoir qu'il en aurait retiré de la jouissance.

Je pivotai sur mes talons et donnai instruction au garde de transporter précautionneusement mon coffret à remèdes jusqu'à ma nouvelle demeure. Tâchant de mon mieux de ne rien laisser paraître de mon accablement, j'entrai dans l'infâme taudis.

Je pris place à côté du minuscule feu à l'intérieur de ma maison délabrée, mon mouchoir parfumé à la lavande pressé contre mon nez, les yeux sur Helwig qui alimentait les flammes de maigres mottes de tourbe. Le feu grandissant, je sentis la chaleur irradier mes membres fourbus et le courage me revenir.

Je commençais à comprendre pourquoi vous m'aviez exilée sur cette île sauvage.

— Bien sûr, mon roi, murmurai-je par-devers moi en repensant aux commentaires de Lockhert sur les sorcières du Nord et en me remémorant la fillette que j'avais vue détaler dans les bois au cours de notre périple.

Une fois intronisé, Frederick, souverain divin de nous autres pauvres mortels, vous aviez tenu tête aux nobles qui remettaient en question votre pouvoir absolu, sans reculer devant le combat contre les Suédois afin de restaurer votre domination et pourtant, mon roi, je soupçonne que malgré le grand spectacle de la mise au bûcher de Liren Sand, vous êtes tout aussi effrayé que votre père par la magie noire des femmes.

M'avez-vous envoyée à Vardø afin d'avoir sur place une femme loyale à votre couronne qui saura promulguer votre volonté : une femme encore plus dévouée que votre propre épouse : une femme dotée d'intelligence, de courage et de ténacité ?

Car je réponds à une telle description, n'est-ce pas ? Et jamais je ne flancherai face à la tâche à accomplir.

Lockhert avait affirmé que le Démon était à pied d'œuvre, ainsi que sa cohorte – les sœurs et filles de la grande sorcière Liren Sand, dont le sort avait précipité votre père vers son trépas. Ces sorcières avaient disséminé la peste aux quatre coins de nos royaumes du Nord, ravageant Copenhague, Christiana et Bergen, menaçant de vous détruire.

Allaient-elles déclencher une peste semblable à la précédente, qui m'avait arraché tant de choses ?

Ces viles créatures doivent être éliminées une bonne fois pour toutes. Oui, oui, à présent je saisis votre intention, car mon exil n'était qu'une ruse, n'est-ce pas, un prétexte ?

Je ne suis pas une prisonnière, mais un soldat à vos ordres.

Tout en me blottissant près du feu, je vous adressai ma promesse : *Je vous débarrasserai des sorcières. Et vous me rendrez ma liberté.* Les yeux perdus dans les flammes, je me vis de nouveau dans votre étreinte, mon roi, votre cœur battant contre le mien, votre baiser sur mon front.

— Tout est pardonné, m'annonceriez-vous en prenant mon menton dans vos mains.

Et je vous pardonnerai moi aussi, mon roi.

Chapitre 6

Ingeborg

Des noix de beurre doré, des bols de fromages crémeux et des cruches de lait mousseux des vaches d'Heinrich Brasche. Des tranches de délicieux *lefse** pétris de sucre et de cannelle préparés par la Veuve Krog, sa cuisinière. Des harengs luisants grillés dans une noisette de beurre. De la morue séchée par le vent sur les râteliers à poissons, par piles entières, incorporée à chaque bouillon. Du poisson frais ! Pêché avec le bateau des Brasche. Un vaisseau plus robuste que tous ceux qui se trouvaient au village. Qui avait emmené le marchand et son fils tout au sud jusqu'à la grande ville de Bergen, où Heinrich avait commercé avec des négociants du monde entier. Maintenant, il apportait en présents à la mère d'Ingeborg des articles qu'il s'était procurés au cours de ses voyages à Bergen : un petit pot de sel cristallisé comme des flocons de neige, ou des épices jaunes dont il expliquait à sa mère qu'elles venaient d'Extrême-Orient. Un jour, Zigri en avait mis dans leur bouillon : elles avaient senti leur bouche prendre feu et Kirsten s'était précipitée dehors pour avaler de la neige par poignées, déclenchant l'hilarité d'Ingeborg et de sa mère.

Ingeborg ne cessait de penser à Axell et à sa promesse de devenir marchand, lui aussi. Si seulement c'était son frère qui leur ramenait des présents d'Orient.

Cela faisait si longtemps qu'Ingeborg n'avait pas vu sa mère sourire, et encore moins rire. Un rire à l'éclat léger, comme si les années se retranchaient d'elle à chaque fois que le fils du marchand lui rendait visite. Des sourires qui étaient imprudents, pourtant Ingeborg se réjouissait des cadeaux d'Heinrich Brasche. Elle dégustait le ragoût épicé avec joie, ayant compris qu'en le mangeant lentement, par petites cuillerées, elle parvenait à discerner en quoi l'épice exotique rehaussait le bouillon du *klippfisk**.

Le plus précieux de tous était un sac de céréales pour que sa mère puisse faire du *flatbrød*. De mémoire, Ingeborg n'avait jamais vu leurs réserves si bien approvisionnées.

Sa mère disparaissait parfois des heures durant, laissant à Ingeborg la tâche de réduire les arêtes de poissons en purée pour l'agnelle, d'aller chercher de l'eau et d'entretenir le feu. Quand elle réapparaissait, Ingeborg détectait toujours une légère différence : sa mère s'adonnait à ses tâches en fredonnant, elle la réprimandait moins, semblait moins triste. Un jour, elle revint avec un ruban bleu tressé à ses cheveux. Elle le garda des jours entiers. Ingeborg la surprenait à le caresser du bout des doigts, le regard perdu par-delà leur hutte de tourbe en direction du sommet de la colline et de la maison d'Heinrich Brasche.

Quel rêve impossible faisait-elle naître dans son imagination ?

Plus Heinrich Brasche les couvrait de présents, plus sa mère semblait distante. Non seulement d'elle et de Kirsten, mais de la communauté dans son ensemble. Ingeborg surprit les regards en coin des autres femmes, autour du puits, à chaque fois que sa mère allait puiser de l'eau. Elle avait entendu la Veuve Krog marmonner « Gare à toi, ma fille » en apercevant le ruban bleu de Zigri.

Ce n'est que lorsque les rumeurs atteignirent le village d'Andersby, et les oreilles de sa cousine Solve, que quiconque osa prendre sa mère à partie. Avec la fonte graduelle du manteau de neige, il avait fallu à Solve quatre heures pour traverser les terres marécageuses qui séparaient Andersby et Ekkerøy, chargée d'un panier de poissons séchés et de *flatbrød,* mais aussi de beurre dont elle leur expliqua qu'il avait été fraîchement baratté par la nièce de son mari, Maren Olufsdatter. Cette fois-ci, elle avait fait le déplacement seule et confié ses deux garçonnets aux soins de Maren.

Ingeborg fit du *klinning* à partir des ingrédients apportés par Solve tout en tendant l'oreille à la conversation entre les deux femmes.

— Sois prudente, cousine, murmura Solve. Il est marié.

Ingeborg lécha le beurre sur ses doigts. Même le beurre du marchand Brasche n'était pas aussi savoureux que celui baratté par la mystérieuse Maren Olufsdatter. Elle posa les yeux sur le petit pot de crème mousseuse. Et se pourlécha les lèvres nappées d'un goût sucré.

— Mais il m'apporte de quoi manger, avait rétorqué sa mère dans un murmure. Des choses que je n'ai jamais mangées ! Comment puis-je rejeter sa générosité ?

— Il ne te donne pas seulement à manger, n'est-ce pas ?

Un silence tendu s'éternisa entre les deux cousines. Sa mère finit par le briser d'une voix sourde.

— Ce ne sont pas tes affaires, Solve Nilsdatter.

— Nous sommes ta famille, contra Solve. Par conséquent ce sont mes affaires, à moi aussi. Comment peux-tu être si stupide ? Essaies-tu de te faire une ennemie de sa femme ?

— Elle ne sait rien, murmura Zigri. En plus, leur mariage est un mariage de convenance. Elle est beaucoup plus âgée que lui.

— Raison de plus pour ne pas t'en faire une ennemie, Zigri, siffla Solve. Si tu te sens seule, ce ne sont pas les pêcheurs sans femme qui manquent pour prendre soin de toi.

— Non, coupa sèchement Zigri. Je n'épouserai plus jamais de pêcheur. Jamais !

Ingeborg se rapprocha, chargée d'une assiette de *klinning*.

— Va chercher Kirsten, lui ordonna sa mère. Elle est dehors avec l'agnelle.

Ingeborg s'éloigna à contrecœur des deux femmes pour gagner la porte de la chaumière.

— Pense à tes filles, à moi et à ma famille, entendit-elle Solve plaider. Tu nous mets tous en danger.

— Comment ça ? demanda sa mère d'un ton interloqué.

— C'est exactement le genre de comportement dont la mère de Maren était soupçonnée sur l'île de Vardø. Le gouverneur affirme qu'elle l'a ensorcelé. C'est comme ça que l'accusation de sorcellerie a commencé.

Ingeborg s'arrêta sur le seuil, le cœur étreint par le mot *sorcellerie*.

Sa mère abattit sa main sur la table.

— Comment peux-tu me dire une chose pareille sachant que ce sont des sorcières qui ont emmené mon fils ?

Ingeborg se tourna, vit Solve poser une main sur le bras de sa mère et acquiescer d'une voix apaisante.

— Je sais. Mais tu vois bien, cousine, qu'ils vont dire que toi aussi tu l'as ensorcelé.

Sa mère laissa fuser un éclat de rire désabusé.

— C'est exactement l'inverse, dit-elle à Solve avant de s'interrompre en voyant Ingeborg sur le seuil. Je t'ai dit d'aller chercher ta sœur, Ingeborg.

Ingeborg trouva Kirsten assise sur un monticule de tourbe, son tablier crotté de boue, en train de chatouiller le ventre de sa petite agnelle, laquelle avait été baptisée Zacharias quand bien même il s'agissait d'une femelle.

Le temps qu'elles regagnent la chaumière, Solve était en train de rassembler ses jupes et d'arrimer son panier à son épaule. Les au revoir entre les cousines furent moins chaleureux qu'à l'accoutumée.

Comme Solve passait devant elle, Ingeborg remarqua la tache bleuie d'un ancien hématome sur sa joue, comme une ombre. Elles avaient l'habitude de voir Solve arborer bosses et ecchymoses. Deux étés plus tôt, Solve était arrivée chez elles avec un œil au beurre noir et Ingeborg avait demandé à sa mère ce qui lui était arrivé.

Zigri avait secoué la tête, les sourcils froncés, et expliqué qu'une vache lui avait donné un coup de sabot pendant la traite. Un tissu de mensonges, Ingeborg le savait.

Quand Strycke partait en mer, la vache ne donnait jamais de coups de sabot à Solve.

Kirsten accueillit avec un cri de joie l'assiette des *klinning* préparés par Ingeborg que leur mère déposa sur la table. Elles dirent une courte prière et Kirsten commença à manger, tout en donnant des petits morceaux à son agnelle sans que leur mère, qui mâchonnait d'un air absent, ne remarque rien.

Ingeborg sentit la peur lui serrer le ventre. La faim l'avait rendue imprudente. Elle avait mésestimé le danger que représentaient les présents d'Heinrich Brasche : la nourriture et le plaisir de se sustenter avaient fait taire ses pensées, tout comme le fait que Kirsten avait repris des couleurs et qu'elle ne s'endormait plus en larmes, l'estomac vide perclus de crampes.

Elle avait fait preuve de paresse. Des semaines durant elle n'avait pas pris la peine de chasser.

Il restait suffisamment de lumière dans le ciel et les soirées étaient longues, le soleil sombrant à l'horizon pour se lever de bonne heure le lendemain.

Ingeborg se leva de table en finissant de mâcher son morceau de *klinning*. Elle rassembla ses affaires de chasse.

— Où vas-tu ? demanda sa mère.

Ingeborg boutonna le justaucorps de son frère.

— Je vais poser des pièges.

— Mais nous avons largement de quoi manger. Heinrich Brasche nous a apporté un lièvre.

— Mère, tu devrais le lui rendre, affirma Ingeborg.

Sa mère écarquilla les yeux, mais ne dit mot.

Ingeborg suivit la côte. La mer de Varanger venait déverser ses rouleaux de vagues glacées sur le sable fin d'Ekkerøy. Ingeborg se languissait de l'été, et de pouvoir courir sur la plage pieds nus. Comme elle le faisait autrefois avec Axell.

Changeant de cap, elle se dirigea à l'intérieur des terres en coupant à travers les tourbières dont la lourde terre aspirait ses bottes. Avec la fonte des neiges, la terre avait commencé à se gorger d'eau. Elle progressait lentement, en faisant attention à ne pas s'enliser dans des bourbiers.

Elle se fraya un chemin dans la lande jusqu'aux bois clairsemés qui s'élevaient entre le marais et le fjord intérieur. Elle avait la sensation d'être épiée ou suivie, mais quand elle se retournait, elle ne voyait rien d'autre que l'immense ciel qui déversait sa lumière, et les sombres nuages de grésil qui venaient s'empiler au-dessus de sa tête.

Il se mit à grésiller au moment où elle s'abritait entre les troncs serrés des bouleaux. Elle tira le chapeau d'Axell sur son front. L'air froid et compact lui mordait les joues, mais le vent tomba brusquement dans l'immobilité de la forêt enneigée. Elle étudia le sol à ses pieds, tandis que sa respiration dessinait des volutes.

Il restait de la neige aux endroits que la lumière et le grésil n'avaient pas atteints et elle s'accroupit pour examiner les traces. Une fois encore, elle eut la sensation d'être épiée, sa part animale éprouvant un picotement le long de l'échine. Elle se redressa et décrivit un cercle à pas lents, mais ne discerna pas une âme alentour.

Une branche émit un craquement et, relevant brusquement la tête, Ingeborg aperçut un gros corbeau perché sur une ramure mince et haute de bouleau, dont l'ossature étiolée oscillait sous le poids de l'oiseau.

— Va-t'en, lui cria-t-elle, troublée par son regard perçant.

Mais le corbeau ne bougea pas.

Ingeborg rentra la tête dans les épaules et tâcha d'ignorer sa présence tout en cherchant des traces dans la neige. Des ombres s'insinuaient depuis la lisière du bois et les bouleaux semblaient nus dans l'obscurité grandissante.

Ingeborg finit par détecter les empreintes nettes d'un lièvre. Elle ramassa un bout de bois, le tailla en pointe à l'aide de son couteau puis l'enfonça de toutes ses forces dans le sol dur à travers l'épaisseur de neige. Elle noua une corde à son sommet à laquelle elle accrocha le collet qu'elle avait confectionné à partir d'un filet de pêche si tranchant qu'elle s'était coupé les doigts à plusieurs reprises. Elle termina par un nœud et, après avoir découpé une petite encoche dans un tronc rabougri de l'autre côté du sentier, y attacha le collet.

Elle recula de quelques pas. C'était un bon endroit, à découvert, où un lièvre serait susceptible de prendre de la vitesse sans voir le piège. Elle avait bon espoir qu'à son retour le lendemain ses efforts seraient récompensés. Ingeborg entreprit alors de poser plusieurs autres pièges à proximité des traces du lièvre, pour qu'au moins l'un d'eux soit prodigue.

En s'en retournant vers la tourbière, elle leva les yeux vers l'arbre où s'était perché le corbeau, mais l'oiseau avait disparu. Elle ressentit néanmoins le poids de son regard sévère. Une fois sortie du couvert des arbres, elle se mit à courir sous la déferlante de grésil glacé. La nuit brève était en train de tomber et Axell n'était pas là pour lui donner du courage.

Le lendemain matin, le ciel s'était éclairci bien avant son réveil. Ingeborg se remit en route et traversa la forêt de bouleaux avec un sentiment d'impatience qui faisait cogner son cœur dans sa poitrine. Si elle avait attrapé un lièvre, elle pourrait donner le gibier à sa mère, qui serait en position de refuser la nourriture offerte par Heinrich Brasche. Mais tout en se frayant un passage entre les arbres, Ingeborg s'efforçait d'ignorer ce qu'elle savait déjà en son for intérieur : Heinrich Brasche aurait beau se présenter chez elles les mains vides, cela n'empêcherait pas sa mère de s'éclipser la nuit venue, sa silhouette sortant du village à la lueur de la pleine lune pour flotter jusqu'à la maison des Brasche au sommet de la colline.

Il était encore tôt et Ingeborg avait la sensation d'être la première créature à s'être extirpée de son sommeil. Son ventre gronda ; son empressement était tel qu'elle était sortie vérifier ses pièges sans rien avaler. En arrivant au sommet du monticule où elle avait implanté son premier ouvrage, elle s'aperçut non seulement qu'il était vide, mais que les morceaux de bois avaient été arrachés sur sol et que le collet avait disparu. Elle vérifia toutes les autres installations ; toutes avaient été détruites.

Perplexe, elle resta un instant les mains sur les hanches, les yeux rivés sur l'emplacement de son premier piège. Personne au village ne ferait une chose pareille.

Soudain, la sensation d'être épiée la frappa de plein fouet.

Elle leva les yeux et découvrit une fillette qui se tenait devant elle. Son visage lui donnait à peu près le même âge qu'elle, pourtant elle était beaucoup plus grande. Ingeborg n'avait encore jamais vu une chevelure d'un tel noir, épaisse et entremêlée comme des fougères de mer, tandis que ses yeux étaient du vert de la glace des bassins profonds des fjords et sa peau du brun des eaux saumâtres des tourbières. Ingeborg posait les yeux sur elle pour la toute première fois, toutefois elle savait exactement à qui elle avait affaire : Maren Olufsdatter, l'étrange nièce de Solve. Depuis que la fillette était allée vivre chez son oncle et sa tante au cours de l'hiver précédent, des rumeurs avaient couru, affirmant que le vrai père de Maren n'était pas Oluf Mogensson, le pêcheur au teint pâle, mais un pirate de la côte des Barbaresques. La mort par noyade d'Oluf deux hivers plus tôt était le fruit du mauvais œil, après que sa sorcière d'épouse s'était rendue coupable d'adultère. C'était la même tempête qui avait coûté la vie à Axell ; celle pour laquelle sa mère blâmait les sorcières.

Et la mère de Maren avait été leur meneuse.

Ingeborg avait entendu quantité de commérages prétendant que Maren était comme sa mère. Une fille de sorcière. Et voilà que cette gamine élancée se tenait devant elle, et la fixait de son œil si semblable à celui du corbeau. Un œil critique, contempteur. Mais en quoi jugeait-elle Ingeborg ?

Comme la fille s'avançait d'un pas vers elle, Ingeborg vit avec stupéfaction un petit lièvre blanc faire un grand saut en arc de cercle dans son dos avant de détaler dans la forêt.

— C'est à toi, je crois, dit-elle en levant un des collets d'Ingeborg.

Le filet de pêche argenté scintilla dans la lumière du matin.

— Mais pour qui…

La sidération l'intima au silence lorsque Maren sortit une paire de cisailles de la poche de son tablier et entreprit de découper le collet en morceaux.

— Hé ! cria Ingeborg en s'élançant à grands pas furieux. Comment oses-tu !

Maren agita ses cisailles pour la dissuader de faire un pas de plus, puis termina de déchiqueter le filet, dont les lambeaux tombaient sur le sol comme des flocons de neige.

— Là, c'est mieux, tu ne trouves pas ? demanda Maren en lui souriant doucement. Je suis arrivée à temps.

— Il me fallait ce lièvre pour nourrir ma famille, plaida Ingeborg en donnant un coup de pied dans les bâtons épars du piège. Tu n'as pas le droit de te mêler de mes affaires et de tout casser.

Maren inclina la tête sur le côté.

— Ce n'est pas la peine de te mettre dans cet état, dit-elle en rangeant les cisailles dans la poche de son tablier.

— As-tu déjà eu faim au point de manger la mousse des pierres ? lança Ingeborg d'une voix tremblante d'émotion.

— Mais oui, tout à fait, répondit Maren avec une pointe de moquerie. Mais si tu chasses, tu dois le faire en toute connaissance de cause.

— Ce n'est qu'un lièvre !

La colère d'Ingeborg laissait Maren de marbre.

Elle lui tendit la main :

— Viens avec moi. Je vais te montrer de quoi je veux parler.

Chapitre 7
Anna

Je m'accrochais à ma foi, mais l'épreuve était rude. Ma nouvelle maison – comment lui donner un tel nom ? – était le lieu le plus sombre que j'aie jamais connu, malgré les heures qui s'allongeaient dans ces contrées du Nord, car entre les murs suintants d'humidité de cette misérable habitation, l'obscurité était permanente. Je sentais mon esprit sombrer lorsque me revenaient en tête des éclats de souvenir de ma maison spacieuse à Bergen et de tout le confort dont j'avais joui et considéré comme l'acquis de toute une vie.

Apprendre de la bonne Helwig que le dernier habitant de ma prison – un prêtre exilé du comté de Rogaland – était mort une semaine plus tôt dans le grabat sur lequel je couchais ne fit qu'ajouter à mon désarroi.

En dépit de la nature inhospitalière de ma nouvelle maison, le premier soir me trouva si épuisée que j'aurais pu dormir à même le sol de terre battue à côté des crachotements du feu de la cuisine, mais Helwig me poussa jusqu'à l'espace sinistre de la chambre à coucher.

Le lit semblait antédiluvien, avec ses tentures élimées et ses peaux d'animaux nauséabondes en guise de couverture.

— La literie est propre ? demandai-je à Helwig en songeant au vieux prêtre qui y avait rendu l'âme.

— Évidemment, dit-elle d'un ton offensé. Engelbert avait perdu la maîtrise de ses intestins. J'ai dû tout laver et refaire le lit.

Un seul coup d'œil à ses mains crasseuses et à son tablier grisâtre me fit douter de sa minutie. L'odeur de cette chambre à coucher me rappelait celle qui régnait dans les maisons des morts pendant la peste. Dans la flaque de lumière jetée par la bougie, j'aperçus une petite lucarne. Je passai promptement devant Helwig et tirai le calfeutrage, fait de peau de poisson.

La bonne s'approcha de moi à la lueur de sa bougie.

— Il y a un bout de bois sur l'étagère pour garder la croisée ouverte, dit-elle sans un geste pour m'aider.

Je calai le bâton pour maintenir le rabat vers le haut et faire déferler l'air frais du dehors.

— Il va faire très froid si vous laissez ouvert, m'avertit Helwig tandis que la mèche de sa bougie vacillait dans le courant d'air glacial.

Je sentais mon esprit revigoré par la lueur de la pleine lune qui se déversait dans la chambre. C'est alors que je discernai une grande malle disposée dans un coin de la pièce. Sous le coup de l'émotion, je poussai un cri de joie sans retenue.

— Cela vient d'où ? m'enquis-je en la montrant d'un doigt tremblant.

— La malle est arrivée par traîneau avant la dernière tempête, répondit Helwig dans un murmure. Je crois qu'elle vient du roi !

Je m'agenouillai pour l'ouvrir, les mains tremblantes à la perspective de découvrir ce que vous m'aviez envoyé. Le couvercle s'ouvrit sur une lettre, dont le sceau était brisé, qui donnait pour instruction au gouverneur du Finnmark de me remettre tous les articles intacts, et à laquelle était apposée votre signature royale. Je jetai la missive par terre tandis qu'Helwig contemplait avec émerveillement les beaux atours pliés à l'intérieur. Elle n'avait assurément jamais rien vu de tel de toute sa vie.

Vous aviez fait remplir le coffre de linge blanc empesé : trois coiffes ; des jupons dont un pourvu d'une grande poche ; trois cols en dentelle aux fuseaux ; deux chemises de nuit ; et trois nuisettes à col haut pour porter sous mes robes de satin, lesquelles étaient au nombre de deux – une couleur myosotis pour aller avec mes yeux et l'autre noire pour les occasions officielles. Ça n'était pas tout : un corsage *bøffelbay** d'un rouge chaud, une ceinture bleu foncé, une parure de bustier décorée de roses noires brodées sur or, un manchon de fourrure neuf, une pèlerine en fourrure et un chapeau piqué d'une plume d'autruche. Pour me chausser, vous aviez envoyé une paire de *pantofles* de brocart doré pour l'intérieur, et une paire de chaussures bleu nuit parée de roses en soie noire ; et plus utile, une paire de sabots en bois.

Sur tous ces vêtements soigneusement pliés reposait un petit miroir incrusté de nacre, un flacon d'eau de rose et une fiole d'huile de rose dont je me saisis aussitôt pour en inspirer profondément l'effluve et bannir la pestilence de cette chambre. C'est alors que mes yeux se posèrent sur un ultime trésor : dans un coin de la malle était rangée une cagette en bois remplie de citrons et à côté, emballé dans du papier, un cône de sucre parfaitement intact malgré la distance qu'il avait parcourue pour arriver jusqu'ici.

À chaque fois que je plongeais les mains au fond de la malle, je puisais de nouveaux trésors : une flasque de genièvre*, un sachet de dragées aux amandes, et deux livres pour accompagner ma bible usée et le Nouveau Testament de Pedersen : un exemplaire de *Daemonologie* du roi Jacques et une nouvelle publication de Rasmus et Thomas Bartholin, les médecins danois que j'admirais tant.

Vos choix bibliographiques me semblaient contradictoires : le premier expose un discours théologique sur la démonologie* alors que le second est un traité scientifique : *De nivis usu medico observationes variae* – observations diverses sur l'emploi médical de la neige. Était-ce là l'idée que vous vous faisiez d'une plaisanterie ? Mon nouvel environnement ne manquait pas de neige et les sorcières y étaient légion.

Quant au tout dernier article, il s'agissait d'une moquerie des plus cruelle, n'est-ce pas ? Je soulevai le rouleau de parchemin, dont l'épais vélin couleur crème était prêt à accueillir mon écriture, mais j'eus beau chercher, je ne trouvai ni encre ni plume, mon roi. Au plus profond de mon cœur, je savais que ces omissions n'étaient pas le fait du hasard.

J'étais partagée sur la signification à donner à cette malle. Son arrivée augurait-elle de mon pardon ou ces présents tenaient-ils lieu de dernier adieu ? Votre but était-il de me narguer en m'envoyant des vêtements que je n'aurais jamais l'occasion de porter au cours de mon exil forcé et un parchemin sur lequel je ne pouvais pas écrire ? Il me semblait hélas que c'était le cas, car vous avez tant changé, comme j'ai pu m'en apercevoir lors de ma dernière entrevue. C'est peut-être ce qu'il advient lorsqu'un prince devient roi ; il abandonne toute compassion à la place de l'autorité ; il refuse d'être à l'écoute tant il se doit de dominer toutes les âmes.

J'avais fait ce voyage avec pour seules possessions la robe que je portais, les perles de ma mère que j'avais cousues à l'abri dans la doublure et mon coffret à remèdes, dont les herbes et les teintures m'accompagnaient où que j'aille. Quelle aubaine de l'avoir emportée avec moi à Copenhague, loin que j'étais de me douter alors que je ne remettrais jamais les pieds à Bergen.

La joie que j'avais ressentie à la découverte de la malle se mua en détresse lorsqu'une nouvelle réflexion me traversa l'esprit : c'était par pure culpabilité que vous m'aviez envoyé une malle remplie d'articles que j'adorais et dorénavant vous vous emploieriez à oublier jusqu'à mon existence.

La puanteur de mes nouveaux quartiers se refermait déjà sur moi. J'inhalai de nouveau le flacon d'huile de rose avant d'ouvrir mon coffret à remèdes dont le contenu avait toujours eu pour vertu de m'apaiser.

J'en sortis un bouquet de romarin séché de mon jardin, noué par une ficelle.

Helwig jeta un regard soupçonneux à mes herbes, mais s'abstint de tout commentaire.

— Approchez la bougie, ordonnai-je.

J'enflammai le romarin puis éteignis la flamme en soufflant délicatement dessus. Les volutes de fumée ne tardèrent pas à flotter dans la chambre malodorante. Helwig me regarda faire tournoyer le bouquet.

— Il ne vaut mieux pas que Lockhert vous voie faire ça, dit-elle en secouant la tête. Il va croire que c'est de la sorcellerie.

— Eh bien, il se trompe. J'ai fait maintes fois l'usage de ces herbes pour purifier les maisons des pestiférés.

Helwig eut l'air encore plus effrayée à la mention de la peste. Elle déposa la bougie sur la petite table de chevet.

— Je serai à côté, dit-elle avant de s'éclipser.

J'attendis que le gouverneur vienne se présenter, mais une semaine entière s'écoula sans qu'aucune invitation n'émane du château. Je me sentais offensée par cette grossièreté, sans compter que la solitude commençait à me peser. J'avais pour seule compagne une simple servante, Helwig, que je devais amadouer pour qu'elle s'associe à mes prières quotidiennes, et qui était bien loin d'être mon égale en conversation.

Avec la fonte des neiges, les journées d'obscurité raccourcissaient et la lueur du jour poignait dès le milieu de la nuit. La disparition de la neige sembla recouvrir le monde d'une chape grise. Chaque matin, je soulevais le rabat en peau de flétan de ma minuscule lucarne et contemplais l'étendue de terre boueuse. La vue sur la sinistre colonie de Vardø était barrée de rideaux de pluie d'un gris âpre. La maigre lueur du jour perçait avant mon réveil, pourtant la tonalité terne du paysage ne variait pas de toute la journée. Je me surpris à me languir de la nuit telle que je l'avais découverte à mon arrivée, avec son manteau immaculé de neige et son ciel semé d'étoiles.

Mes années à Bergen m'avaient habituée à la pluie. En ville, j'aimais le spectacle des pavés luisant à la lueur des averses argentées quand j'étais bien au chaud chez moi, devant la cheminée, et que j'écoutais le crépitement des gouttes sur notre toit. Les intempéries me faisaient apprécier le confort de notre demeure. Mais ici, au Nord, les précipitations étaient des manifestations violentes auxquelles je ne trouvais aucune beauté.

J'aurais pu sombrer dans la mélancolie et baisser les bras, tel que l'avait vraisemblablement fait le vieux prêtre qui était mort en cette chambre, mais ce n'était pas dans mon caractère. Vous le savez, je suis aussi obstinée qu'une chèvre des montagnes. Je m'employais donc à ordonner mes journées.

Je commençais chaque matin en prières à genoux, car je suis une bonne suppliante. J'ai passé le plus clair de mon existence à supplier Dieu tout-puissant d'entendre mes prières, mais tandis que je pressai l'une contre l'autre les paumes de mes mains, que j'appuyai le bout de mes doigts sur mes articulations, des questions s'égaraient dans mon esprit et me donnaient la tentation de me détourner de mon abnégation.

J'aurais voulu vous demander ce que cela faisait d'être roi tel que vous l'êtes, Frederick : un monarque absolu par sanction divine. Le bon Dieu prête-t-Il l'oreille à toutes vos prières ?

Et pourtant, lors de notre dernière journée ensemble, je ne perçus pas votre divinité, car vos lèvres dessinaient une ligne dure et vos yeux étaient aussi sombres que cruels. Je repense à votre regard posé sur moi et votre image me hante tandis que je prie, si bien que je dois serrer mes paupières et psalmodier les psaumes d'une voix forte pour la chasser.

Mes prières terminées, je lisais la Bible à Helwig, car je suis une bonne lectrice et que j'aimais à l'instruire.

La jeune femme se montrait captivée par le fléau des sauterelles du Livre de l'Exode, et elle avait le goût du Dieu de peu de miséricorde de l'Ancien Testament, mais c'est en lisant les écrits sur le fils de notre bon Seigneur, Jésus-Christ, que pour ma part je trouvais le plus grand réconfort. Quarante jours et quarante nuits qu'il passa à errer dans le désert. Je crains que mon exil ne soit plus long encore.

Quand les carillons de l'église sonnaient douze coups, nous déjeunions de potage et de bière. Après quoi, je dégustais une tranche de citron saupoudrée de sucre.

La toute première fois, Helwig me regarda manger mon dessert avec étonnement.

— Qu'est-ce que c'est ?

— C'est un citron.

— Et ça, c'est du sucre ? murmura-t-elle avec admiration.

L'eau lui vint à la bouche, elle se lécha les lèvres.

— C'est un goût raffiné, rétorquai-je en lui tournant le dos.

Je ne lui offris ni citron ni sucre, car ces deux denrées me sont aussi précieuses que les perles que j'ai cousues dans l'ourlet de ma robe.

Après les prières et la lecture de la Bible, j'étudiais les livres que vous m'aviez envoyés.

J'avais déjà lu *Daemonologie* du roi Jacques. Je savais que l'ouvrage avait été écrit avant ma naissance et je ne peux pas dire que je partageais toutes ses valeurs. Son affirmation selon laquelle une sorcière devait être torturée afin de lui faire dire la vérité était à mes yeux une théorie contraire et un outil de chasse aux sorcières qui n'était pas une pratique légale adaptée à notre époque.

Mes lectures terminées, j'ouvrais mon coffret à remèdes pour en examiner le contenu. En règle générale, l'exercice m'arrachait de profonds soupirs car je me demandais comment regarnir mes réserves dans un endroit si désolé.

Certains jours, je rejoignais Helwig au lavoir, où elle était occupée à frotter le linge à la poudre d'écorce de bouleau, et j'en profitais pour humer les vapeurs, me réchauffer dans les exhalaisons d'eau chaude et ajouter des gouttes de lavande sur mon linge.

Chaque après-midi, je marchais en décrivant un cercle dans la cour de la forteresse, et ce par tous les temps. J'enfilais ma cape et sortais patauger dans la boue avec mes sabots neufs. Quand je comparais ce lieu à votre palais, avec son vaste domaine, il me semblait que cette enclave lugubre de votre pouvoir aux confins septentrionaux de vos terres portait mal le nom de forteresse. Je m'appliquais à compter le nombre de pas entre la prison de ma maison longue, le lavoir et la hutte en tourbe des soldats, en passant devant la guérite où je surpris une ou deux fois le bailli Lockhert à m'épier, et enfin devant la maison du gouverneur. Les fenêtres du château étaient en verre, mais à part ou une deux qui étaient faiblement éclairées, toutes étaient sombres. De temps à autre, j'apercevais un garde à la porte mais ils n'étaient qu'une poignée : ici dans le Nord, six soldats seulement menaient le combat contre le malin.

Pour boucler la boucle, je passais devant un dernier bâtiment : le trou à sorcières. Son ombre s'allongeait sur le sol, à moins qu'elle ne soit le jeu de mon imagination sous les trombes de pluie et sa silhouette sombre aux façades borgnes me laissait la bouche sèche et la poitrine serrée. Ce n'était pas la peur, mais le sentiment d'anticipation qui me mettait dans cet état.

Le trou à sorcières est vide, mais plus pour longtemps.

Chapitre 8
Ingeborg

Ingeborg suivit Maren sous le couvert des arbres et au-delà, dans la toundra sauvage, de plus en plus loin de son village, là où elle n'avait encore jamais mis les pieds.

— Où allons-nous ? demanda-t-elle en réglant son allure sur celle de Maren.

— Je veux te montrer quelque chose.

Le manteau de neige avait presque entièrement fondu et la terre se détachait en lourdes mottes qui collaient aux bottes d'Ingeborg. Elles finirent par s'arrêter lorsque Maren leva la main, puis posa l'index sur ses lèvres pour intimer Ingeborg au silence. La voyant ramper au sol, Ingeborg s'accroupit à côté d'elle.

Droit devant sous une saillie rocheuse, un lièvre blanc nichait dans un creux recouvert de mousse. Ses longues oreilles s'étiraient en arrière et son nez remuait, mais il ne prit pas la fuite.

— Voici la hase que tu souhaitais manger, murmura Maren. Elle est pleine.

Ingeborg haussa les épaules. Il n'en restait pas moins qu'une partie d'elle était soulagée de ne pas avoir tué l'animal.

— Dans une vingtaine de jours elle va mettre bas jusqu'à huit bébés lièvres, expliqua Maren en se tournant vers Ingeborg. Savais-tu que les bébés lièvres naissaient les yeux ouverts ?

Ingeborg fit non de la tête. Elle regardait fixement la hase, qui lui rendait son regard. Pourquoi n'avait-elle pas peur ?

— Quand la maman lièvre partira se nourrir, je surveillerai les petits, affirma Maren en prenant Ingeborg par la main pour la faire reculer. Laissons-la tranquille, tu veux bien ? murmura-t-elle.

Tout chez Maren était source d'étonnement. Sa prévenance pour l'animal, le fait qu'elle tenait Ingeborg par la main. Comme elles faisaient demi-tour pour retraverser la toundra, elle s'arrêta pour frictionner les mains d'Ingeborg.

— Tu as la peau gelée. Mais tes yeux sont chauds, dit-elle et elle sourit. Ils sont d'un brun doux, comme les yeux de la hase.

Ingeborg retira vivement sa main. Elle n'aimait pas qu'on l'associe à la douceur.

— Il faut que je rentre, coupa-t-elle d'une voix pleine de colère. Les mains vides, sans rien à manger.

— Mais non, la rassura Maren. Je vais te donner du beurre et du lait. Nous en avons beaucoup.

Ingeborg ne voulait rien accepter de Maren, mais après tout c'était bien de sa faute si elle n'avait rien attrapé pour le repas.

— Tu es Ingeborg Iversdatter ? Ma tante est une cousine de ta mère, dit Maren qui marchait à si grandes enjambées que Ingeborg devait trotter pour ne pas se laisser distancer. Au début, j'ai cru que tu étais un garçon parce que tu n'es pas habillée comme une fille, et puis j'ai vu que tu étais trop jolie.

Ingeborg se sentit rougir. Les commentaires de Maren étaient déplacés. Sans doute à cause de ce qu'elle était. La fille d'une sorcière. Ingeborg se rappela que c'étaient les sorcières qui avaient tué son frère.

— Je n'accepterai pas de nourriture de toi, commença Ingeborg.

Maren fit volte-face pour la dévisager, les mains sur les hanches.

— Et pourquoi ?

— Ma mère dit que ta mère était une sorcière.

— Eh bien, c'est vrai, rétorqua Maren à la plus grande stupeur d'Ingeborg.

— Elle dit qu'elle a noyé mon frère Axell.

— Ça, c'est un mensonge ! Jamais elle n'aurait fait de mal aux pêcheurs. Son propre mari est mort noyé ! cria Maren avec véhémence. Ma mère n'aurait jamais fait de mal à l'un d'entre nous. Elle voulait seulement nous défendre contre les marchands et leurs façons de nous exploiter.

Ingeborg se mordit la lèvre, n'osant lever les yeux sur Maren.

— Et alors, elle a fait quoi, ta mère ?

— Le gouverneur du Finnmark avait peur d'elle parce qu'elle était amie avec les Sámis*, expliqua Maren en posant de nouveau sa main chaude sur celle, froide, d'Ingeborg.

— Le révérend Jacobsen dit que les Sámis chantent pour le Diable. Que ce sont des infidèles.

— La peur et l'ignorance lui font dire ça, contra Maren. Les Sámis comprennent mieux que nous ne le pourrons jamais ces territoires du Nord. Leur communauté prospère quand la nôtre meurt de faim.

Les yeux de Maren semblaient contenir toutes les couleurs des océans arctiques : le vert et le gris, jusqu'aux taches de bleu glacé.

— Ma mère et la femme sámie, Elli, étaient amies, mais elles n'étaient pas malfaisantes.

Malgré son regard profondément troublant, Ingeborg prêtait foi à ses paroles. Elle n'aurait su dire pourquoi, mais quelque chose chez Maren l'attirait irrésistiblement. Lui donnait des papillons dans le ventre et la bouche sèche.

À son retour, Ingeborg trouva la maison vide. Elle ne tarda pas à entendre la voix de sa mère mêlée à celles d'autres femmes dans la hutte voisine de la Veuve Krog, où elles étaient occupées à ravauder les filets de pêche pour les hommes. Leurs maris étaient rentrés depuis peu de la saison de pêche hivernale et il fallait réparer les embarcations et les filets en prévision de l'automne, lorsqu'ils reprendraient la mer pour pêcher les grandes morues.

Ingeborg ranima les cendres fumantes du feu de la cuisine avant de préparer le gruau, en ajoutant un peu du lait que lui avait donné Maren. Elle le remisa de côté pour plus tard et se leva, épousseta ses jupes et empoigna le seau.

Dehors, l'après-midi s'était chargé d'ombres. Comme elle descendait le seau dans le puits, Ingeborg aperçut la haute silhouette d'Heinrich Brasche qui descendait le sentier depuis sa belle demeure. À côté de lui marchait sa petite sœur Kirsten qui portait l'agnelle Zacharias dans ses bras. Heinrich avançait la main posée sur le sommet de son crâne. Sans la différence vestimentaire – Heinrich arborait un élégant gilet de couleur verte et un large chapeau noir, alors que Kirsten portait une vieille robe en laine ayant appartenu à Ingeborg –, ils auraient pu passer pour père et fille.

Ingeborg tira d'un coup sec pour remonter le seau. Il fallait qu'elle rejoigne sa mère avant que les autres femmes ne soient témoins de la scène, mais il était trop tard. Elles sortaient déjà de chez la Veuve Krog en transportant les filets de pêche ravaudés.

Dès que la mère d'Ingeborg aperçut Heinrich Brasche, elle rangea machinalement ses cheveux sous sa coiffe et lissa les plis de sa jupe. Ingeborg hissa le lourd seau d'eau et le traîna le plus vite possible pour arriver devant chez elles en même temps que le fils du marchand.

— Bonjour, Fru Sigvaldsdatter, j'ai trouvé cette jeune demoiselle sur la tourbière, annonça Heinrich à leur mère en tapotant la tête de Kirsten.

Les autres femmes s'en retournèrent chez elles. Il ne resta personne dehors, car les femmes ne voulaient pas être vues en conversation avec le fils du marchand ou interrogées sur les dettes de leurs maris. Ingeborg sentait leurs regards darder au travers des fissures des murs de tourbe. À les épier comme des faucons. Leurs pensées s'affolant comme des nuées de mouches.

— Que faisais-tu tout là-haut dans les marais, Kirsten ? la réprimanda sa mère. C'est dangereux, là-bas.

Ingeborg savait pertinemment qu'en l'absence d'Heinrich sa mère aurait giflé sa sœur.

— J'ai perdu Zacharias, avoua Kirsten en attendant une nouvelle salve de colère de sa mère.

Mais cette dernière était distraite par la présence d'Heinrich Brasche.

— Puis-je entrer dans votre demeure pendant quelques minutes, Fru Sigvaldsdatter ?

— Oh, fit la mère d'Ingeborg tandis que le rose lui mangeait les joues.

— C'est à propos des dettes de votre regretté mari, précisa Heinrich Brasche avec assurance.

— Oui, bien sûr, répondit sa mère dont le rose se répandait dans le cou. Les filles, attendez dehors.

Ingeborg posa le seau. Les yeux rivés sur la porte d'entrée qui se refermait, elle attendit.

La Veuve Krog sortit de chez elle et la rejoignit de son pas boitillant.

— Qu'est-ce qui lui prend, à ta mère ? siffla-t-elle. J'entends tout. Elle joue avec le feu.

— Est-ce qu'elle a le choix ? C'est le fils du marchand, se défendit Ingeborg.

— J'aimerais bien que ce soit mon nouveau papa, dit Kirsten.

— Chut, fit Ingeborg. Il est marié. Il a des enfants.

— Exactement, ajouta la Veuve Krog en secouant la tête d'un air affligé. Ta mère nous met toutes en danger. Attends que l'hiver soit là. Je connais la musique.

— Qu'est-ce que ça veut dire ? demanda Ingeborg quand bien même une part d'elle n'avait aucune envie d'entendre ce que la vieille femme avait à dire.

— Marette Andersdatter, la femme connue sous le nom de Liren Sand, a ensorcelé le gouverneur du Finnmark et l'a tenté jusqu'au péché. Son immoralité a été comme une cloche qui sonne pour faire venir le Diable. Et il est venu.

À présent, le rire de sa mère s'entendait depuis l'extérieur de la chaumière. Un rire forcé, qui n'avait rien de naturel.

La Veuve Krog secoua la tête.

— Que le bon Seigneur nous protège si le Démon se réveille encore, et abat tempêtes, famine et maladies sur nous, soupira-t-elle en faisant le signe de croix. Dis à Zigri de prendre garde à ne pas finir accusée de sorcellerie, comme Marette Andersdatter !

Sur ces mots, la Veuve Krog s'en retourna de son pas traînant en s'appuyant sur sa canne.

Sorcellerie. Le mot étranglait Ingeborg d'une terreur muette. Elle serra les paupières et resta un instant en arrêt à côté du seau plein d'eau du puits. Le rire de sa mère était encore audible. Il résonnait dans la cour silencieuse. Haut perché, comme le cri d'un guillemot. À coup sûr, la femme d'Heinrich Brasche pouvait l'entendre depuis tout là-haut sur la colline. À coup sûr, il résonnait par-delà la péninsule de Varanger, jusqu'au gouverneur dans sa forteresse, et plus loin encore jusqu'à la montagne de Domen et les tréfonds de ses grottes.

Le rire de sa mère parviendrait jusqu'au Seigneur des Ténèbres. Et il patientait, tapi dans l'obscurité épaisse, ses yeux rouges brillant d'excitation.

DEUXIÈME PARTIE

Printemps / Automne
1662

Le ruban bleu

Il était une fois une petite mendiante qui marchait dans la forêt avec sa mère mendiante. Elles avaient peu de nourriture et erraient de village en village en quête d'aumône. Mais personne ne voulait leur venir en aide.

Comme elles avançaient entre les troncs d'arbres, elles trouvèrent par hasard un ruban bleu qui reposait sur le tapis forestier. La fillette voulut le ramasser pour le nouer dans ses cheveux, mais sa mère lui dit qu'il était sans intérêt pour elles. Comment un ruban bleu pourrait-il remplir leurs estomacs vides ? La fillette abandonna le ruban, mais comme elles poursuivaient leur chemin, elle ne pouvait s'empêcher de ressentir l'appel du ruban bleu. Le désir de le nouer dans ses cheveux lui faisait oublier les affres de la faim.

Une fois sorties du couvert de la forêt, elles grimpèrent sur une montagne enneigée. Elles avaient passé une première crête quand sa mère, percluse de fatigue, déclara qu'elles allaient se blottir dans une grotte voisine pour se reposer. La fillette demanda l'autorisation d'aller chercher du bois dans la forêt. Elle redescendit à flanc de montagne en courant, s'enfonça entre les arbres et retrouva le ruban bleu qui reposait sur le tapis forestier. Sachant que sa mère serait très fâchée d'apprendre qu'elle était retournée le chercher, elle le noua autour de sa taille sous son corsage. À peine le nœud terminé, elle sentit une force incroyable s'emparer d'elle. Elle gravit la montagne à grandes enjambées bondissantes en portant une pile de bois sur son dos, comme si elle était un élan géant.

En arrivant à hauteur de sa mère, elle aperçut des lumières au loin, en surplomb d'elles.

— Mère, marchons en direction des lumières. Ce doit être un village où ils pourront peut-être nous donner de la nourriture et un abri contre le vent glacial.

— Très bien, répondit sa mère.

Mais en voulant se relever, elle manqua de tomber tant elle était fatiguée. Sa fille la souleva et la porta sur ses épaules. Sa mère était étonnée par la force de sa fille, qui était pourtant beaucoup plus petite qu'elle. Mais la fillette gravit la montagne au galop, comme si ses jambes étaient celles de l'élan géant.

Comme elles s'approchaient des lumières, sa mère s'inquiéta.

— Ce n'est pas un village normal. C'est une maison de troll, dit-elle d'une voix affolée. Il faut faire demi-tour parce que le troll va vouloir te voler et te cacher dans le ventre de la montagne.

— N'ayez crainte, mère, répondit la fillette. Peut-être s'agit-il d'un troll gentil.

— Cela n'existe pas.

Mais malgré ses protestations, la fillette continuait à galoper en direction de la maison du troll et la mère ne pouvait pas descendre de son dos.

Soudain, elles se trouvèrent encerclées par une meute de loups géants. Sa mère avait très peur, mais la fillette chanta une chanson sur le fait de nouer un ruban bleu autour du pin de la forêt et de rentrer à la maison. La chanson plut aux loups qui se couchèrent comme des chiots. Ils lui léchèrent les mains et elle leur flatta le ventre si bien qu'ils haletèrent de joie.

La mère de la fillette était abasourdie par les nouveaux pouvoirs de sa fille. Mais elle ne souffla mot, car elle préférait ne pas savoir d'où ils venaient.

Après avoir déposé sa mère sur le sol, la fille toqua à la porte de la maison. Un grand troll lui ouvrit. Le troll le plus grincheux, laid et immense que vous puissiez imaginer. Et qui n'était pas du tout content de les découvrir sur son seuil.

En le voyant, la mère terrifiée s'évanouit, mais la fillette n'avait pas peur car elle avait le ruban bleu noué à sa taille et sa famille de grands loups pour la protéger.

— Nous avons besoin de nourriture et d'un abri, dit-elle au troll.

L'audace de la fillette mit le troll dans une colère noire.

— Je vais vous dévorer, toi, ta mère et ces grands loups, hurla-t-il en brandissant un gros gourdin.

Mais lorsqu'il lança le gourdin sur elle, la fillette réussit à bondir dans les airs comme un lièvre. Le gourdin atterrit au milieu du cercle des loups et l'un d'eux s'en saisit dans sa gueule pour l'apporter à la fillette.

— À mon tour, dit-elle.

Le troll éclata de rire car il pensait qu'étant de si petite taille, elle ne réussirait jamais à soulever le gourdin, toutefois le ruban bleu lui conférait une force inouïe. La fillette empoigna le gourdin et l'abattit sur la tête du troll. Elle frappa si fort qu'il vit des étoiles. Dans sa grande stupéfaction, il baissa les yeux sur sa mère et trouva qu'elle était très belle femme.

— Entrez, entrez, les invita-t-il docilement. Et soupez donc avec moi.

La fillette au ruban bleu porta sa mère dans la maison du troll.

Quand la mère reprit connaissance, toute tremblante et apeurée, le troll leur servit du *flatbrød* et du beurre, des harengs salés et des pots de lait crémeux.

La fillette au ruban bleu apprit au troll à lire tous les livres qu'il avait dérobés aux rois et aux princes. Elle lui enseigna les bonnes manières et à être gentil envers les grands loups qui se prélassaient devant chez lui. Et le troll fit tout ce qu'elle lui disait parce qu'il était tombé amoureux de la mère de la fillette.

Le troll finit par demander à la mère de la fillette si elle voulait bien partager sa couche avec lui.

La mère de la fillette avait très peur qu'il ne la dévore dans son lit, comme le font tous les trolls.

La fillette au ruban bleu prit la main de sa mère dans la sienne.

— Je ne crois pas que ce troll soit aussi méchant qu'on le dit. Voyez comme il est gentil avec nous : à partager sa nourriture et son toit alors que personne d'autre ne le faisait à travers tout le royaume ?

— Mais il est un troll et c'est dans sa nature de vouloir nous tuer, répondit sa mère.

— C'est ce que l'on nous a répété, dit la fillette. Il ne faut pas le juger.

Ainsi la mère partagea-t-elle la couche du troll parce que, en vérité, elle aimait la couleur de ses yeux. Elle lui rappelait le vert des feuilles par une belle journée de printemps.

Dans le lit, le troll demanda à la femme l'autorisation de l'embrasser. Elle fut très étonnée de sa requête, car vraiment aucun homme n'avait jamais demandé sa permission, pas même le père de sa fille.

Quand le troll embrassa la mère de la fillette, il devint à ses yeux le roi le plus galant de tout le vaste monde.

— Tu vois, ma fille ! s'exclama-t-elle au petit déjeuner le lendemain. Le troll s'est transformé en roi. Une méchante sorcière avait dû lui jeter un sort et à présent il est redevenu comme avant.

Mais, bien évidemment, la fillette voyait bien que le troll était encore un troll et qu'en effet le troll se savait être encore un troll, mais aucun des deux ne détrompèrent la mère de la fillette tant elle était heureuse. Et, effectivement, la mère de la fille donnait l'impression au troll d'être un roi.

Ils vécurent heureux tous les trois pendant de longues années dans la maison du troll, quand bien même la mère insistait sur le fait qu'il s'agissait d'un château et qu'elle en était la reine.

Un jour, la fillette annonça à sa mère et à son nouveau père qu'elle devait s'en aller. Le ruban bleu lui tiraillait le cœur, et elle savait que le moment était venu pour elle de partir à la découverte de sa destinée. Mais avant cela, elle devait dévoiler à ses parents l'origine de sa force. Ainsi détacha-t-elle le ruban bleu de sa taille pour le nouer dans ses cheveux.

— Ah, le ruban bleu ! s'exclama sa mère. Alors comme ça, tu es retournée le chercher ?

— Parfois, les choses les plus infimes possèdent le plus de magie, dit sa fille avec sagesse.

Après avoir embrassé sa mère et son père troll, elle s'en fut. Mais elle ne partit pas seule, car les loups l'aimaient et la suivirent dans les bois. Et ils allaient la suivre jusqu'au bout du monde.

Chapitre 9
Anna

Les pluies persistantes cessèrent et au lieu de marcher en rond d'un pas lourd tous les après-midi, la tête courbée, je pouvais enfin lever les yeux. En ce premier jour dégagé, un corbeau décrivait des cercles en croassant bruyamment, comme pour se plaindre d'être dans l'enceinte de la forteresse ; mais cet idiot d'oiseau avait la possibilité de s'envoler à tire-d'aile vers la liberté dont j'étais privée. J'aurais voulu l'abattre à coups de pierre, l'écraser contre le pavé de la cour. Pourquoi ce vulgaire volatile avait-il le droit de faire tout ce raffut alors que je devais rester tête baissée et tenir ma langue ?

Fi, Anna, comporte-toi dignement. Ce n'est qu'un oiseau.

Comme je quittais des yeux le spectacle du ciel, je remarquai un escalier étroit qui courait à flanc de muraille. Cette découverte me réchauffa le cœur, car elle me donnait de nouvelles perspectives d'exploration. Je traversai la cour et gravis les marches. La pluie et une épaisse couche de mousse les rendaient si glissantes que je posai la main sur le mur pour ne pas perdre l'équilibre.

Les escaliers débouchaient en leur sommet sur les remparts, lesquels se composaient d'un chemin de guet sur toute la circonférence du château et de petits postes de vigie à chaque angle. En ce matin froid du mois de mai, il n'y avait pas un seul soldat en haut de la forteresse, et quelle en aurait été l'utilité ? Quelle armée ennemie pourrait bien envisager d'attaquer notre avant-poste lugubre aux confins du monde civilisé ?

Je baissai les yeux sur mon environnement immédiat et laissai mon regard glisser sur les murailles blanchies à la chaux qui surgissaient à une hauteur vertigineuse de leur colline boueuse. Nous étions situés à une telle hauteur en surplomb de la minuscule colonie de Vardø que la vue s'étirait sur toute la péninsule de Varanger jusqu'au sommet menaçant de la montagne Domen, celle-là même que nous avions vue depuis le bateau, la nuit de mon arrivée.

Sentant ma tête me tourner, je posai la main sur les remparts pour m'assurer. Même si je parvenais à me fabriquer une manière de corde, et à la nouer au rempart, l'à-pic était terrifiant. Je me réprimandai pour ces idées de fuite, car j'étais la prisonnière du roi et il était de mon devoir de ne pas esquiver le sort qui m'était réservé ; et par-delà mon malheur, ma loyauté envers vous était la plus forte. En outre, quand bien même je parviendrais à grimper sur les remparts pour descendre de l'autre côté, je ne connaissais pas âme qui vive sur cette île perdue qui eût pu me tendre une main secourable.

Derrière la forteresse, la colline descendait vers le minuscule village. À mi-chemin, je remarquai le menu bâtiment d'une église. Elle n'avait ni flèche ni tour, mais d'en haut je distinguais sa forme de croix et me représentais sans peine sa nef. Exception faite du château à l'intérieur de la forteresse, il s'agissait là de la seule bâtisse en pierre de l'île. J'espérais pouvoir un jour m'y rendre pour prier.

Au cours de ces dernières années, ma vue avait changé et il m'arrivait de devoir emprunter les lunettes d'Ambrosius pour lire – à son grand mécontentement, bien évidemment. En contemplant la vue depuis le sommet de la forteresse, je m'aperçus que ce changement me permettait de voir plus loin. Je parvenais à discerner les habitations massées autour du port. Elles étaient pour la plupart vides, car il était midi passé, heure à laquelle les pêcheurs devaient sans doute être en mer à cette époque de l'année. J'aperçus une des femmes du village, et une autre qui devait être sa fille, qui balayaient le seuil de leur petite chaumière. En les voyant travailler à l'unisson, je sentis mon cœur se serrer et dus m'arracher à ce spectacle pour regarder ailleurs.

Une langue de terre irrégulière s'enfonçait dans la mer. Cette seule vue me fit frissonner. Je sus d'instinct que ce promontoire isolé, battu par les vents, était vraisemblablement le lieu d'exécution de l'île. Au-delà, de l'autre côté de la péninsule et de ses eaux agitées, se découpait le continent.

De lourds nuages s'étaient de nouveau amoncelés et s'avançaient droit sur l'île de Vardø en déversant de grandes ondes majestueuses sur la péninsule de Varanger. Tour à tour, les rideaux de pluie dissimulaient et révélaient Domen, le royaume du démon.

— Les sorcières vont retrouver le démon sur Domen, m'avait soufflé Helwig au cours de la première nuit, après que j'avais sorti mon romarin. Le gouverneur est déterminé à se débarrasser de toutes les sorcières du Nord. (Elle avait secoué la tête.) Prenez garde, madame.

J'étais partie d'un rire hautain. Quelle créature ignorante était-elle pour s'imaginer que moi, Fru Anna Rhodius, fille du médecin du roi et prisonnière du roi, je pourrais un jour être soupçonnée de sorcellerie ?

Je contemplai les vastes étendues du Nord par-delà la masse de la montagne. Des étendues encore plus nues et sauvages que l'on pouvait imaginer. Où finissait notre monde et où commençaient les Enfers ?

Je posai une main sur mon ventre, la chaleur montait en moi, mon cœur s'affolait. Sentant une ombre s'étirer à côté de moi, je me retournai dans un sursaut. Devant moi se tenait un homme vêtu de noir, une collerette blanche autour du cou.

Je sus immédiatement de qui il s'agissait, car sa cicatrice le trahissait. On m'avait raconté que le gouverneur régional Christopher Orning comptait parmi vos commandants les plus courageux et loyaux au sein des armées qui avaient remporté la victoire contre les Suédois. Bien avant son affectation dans leurs rangs, il avait combattu pour votre père et survécu au moins une décennie des trente années de conflit entre les royaumes de Danemark et de Suède.

Sous le ciel plombé, le gouverneur Orning arborait la taille et la force d'un jeune soldat, mais la vie et la mort avaient couturé son visage. Sa cicatrice était la plus frappante, et dessinait une ligne blanche depuis le coin de son sourcil jusqu'à l'extrémité de son menton en traversant toute la joue gauche.

— Fru Rhodius, que faites-vous ici ?

Sa voix était étonnamment douce, toutefois il me dévisageait avec humeur.

L'absence de cérémonie et de présentation était insultante, et je suis certaine qu'il s'y employait à dessein.

— J'allais retourner dans ma maison, déclarai-je.

Je refusai de me justifier. N'étais-je pas déjà prisonnière entre les murs de cette forteresse ? Personne ne m'avait mise aux fers.

— Dans votre cellule, clarifia le gouverneur Orning. Vous seriez bien avisée de ne pas oublier votre statut, Fru Rhodius, en tant que prisonnière sous ma juridiction, et de ne pas vous baguenauder comme bon vous semble.

— Je ne pensais pas qu'il m'était interdit de faire une promenade quotidienne pour ma santé...

— Silence, femme ! coupa le gouverneur. Vous ai-je demandé votre avis ?

Je me mordis la langue, la rage bouillonnait en moi. La pluie arriva enfin de la péninsule sous la forme d'une averse glaciale et cinglante, et je remontai ma capuche.

— Descendez, maintenant, Fru Rhodius, m'ordonna-t-il en me poussant sans ménagement en direction des marches.

Je trébuchai dans la descente mais parvins à recouvrer l'équilibre une fois arrivée en bas. Le gouverneur me talonnait au point de marcher sur la semelle de mes socques, à croire qu'il avait l'intention de me faire un croc-en-jambe pour que je me brise la nuque, tout en déblatérant dans mon dos comme s'il se parlait à lui-même.

— On m'a prévenu que vous pourriez poser un problème, disait-il. On m'a mis en garde contre votre réputation de harangueuse. Le stathouder Trolle m'a écrit pour me conseiller de vous mettre une bride de grondement, sachant que même votre époux était incapable de vous faire taire.

À la mention du stathouder Trolle, je sentis mon corps se hérisser et une violente envie de riposter. J'avais dans ma manche tant de reparties spirituelles que j'aurais pu opposer à ce gouverneur, mais je m'obligeai à rester coite. Ma situation était suffisamment précaire et l'idée d'avoir un mors attaché à mon visage (le métal qu'on m'enfoncerait dans la bouche pour m'immobiliser la langue) était parfaitement abjecte. J'avais vu ces muselières en fer sur des femmes du peuple qui avaient fâché leur mari, appelées brides de réprimande par les autorités de Copenhague et de Bergen. On mettait le plus souvent ces muselières aux femmes âgées qui avaient la langue bien pendue, celles qui ne pouvaient s'empêcher de parler librement sans se soucier des conséquences.

À leur instar, j'avais ressenti le besoin de m'exprimer librement et m'y étais adonnée en toute confiance, persuadée que mes privilèges me protégeaient, mais sur Vardø ils n'avaient manifestement pas cours.

— Pardonnez-moi, gouverneur, dis-je d'une voix aussi docile que possible malgré mon indignation.

Au même instant, le ciel se déchira et la pluie tomba dru. Je me hâtai de regagner la maison longue, manquant de peu de m'étaler dans la boue, accablée d'un sentiment de déshonneur comme jamais je n'en avais éprouvé de ma vie.

Au bruit de mes socques martelant le seuil, je me retournai : le gouverneur se tenait au milieu de la cour, les bras croisés, mais il avait cessé de me regarder. Il avait levé les yeux sur l'averse et, en suivant son regard, j'aperçus de nouveau le corbeau qui décrivait ses cercles, ballotté par le vent.

Quelle vision étrange : le gouverneur régional du Finnmark absorbé dans la contemplation d'un corbeau comme s'il fallait attacher une signification particulière à un banal volatile au plumage noir, et l'oiseau qui tournoyait tout là-haut sans s'émouvoir de la pluie et d'une telle scrutation.

Chapitre 10

Ingeborg

La veille de la Saint-Hans. Autrefois, Ingeborg adorait cette radieuse journée, la plus longue de l'année. Toutes les familles de pêcheurs des villages environnants se rassemblaient autour d'un grand feu sur la plage en croissant de lune d'Ekkerøy. La bière coulait à flots des pichets en étain. On festoyait de viande de phoque fraîche rôtie et de bols de *rømmekolle**, épais et crémeux, préparés par les femmes qui avaient des vaches. Dès que le révérend Jacobsen avait le dos tourné, les enfants s'amusaient à faire des glissades pieds nus sur le sable doux.

Les préparations en vue de cet événement commençaient plusieurs semaines auparavant. Les maris pêchaient tôt et près de chez eux en juin ; et les après-midi étaient consacrés à la récolte de la tourbe et la réfection des toitures du village. Ils travaillaient jusqu'à tard dans la nuit claire à la réparation de leurs embarcations en prévision de l'automne, lorsqu'ils partiraient vers les territoires de pêche d'hiver, et en profitaient pour amasser des piles de vieilles planches pour le feu de Saint-Hans.

Le jour du haut soleil de minuit, pas une âme ne pensait aux mois d'obscurité et à leurs périls. L'atmosphère était emplie de minuscules particules de coton soulevées par la récolte de la tourbe. De tout le temps passé dans les marécages, Ingeborg avait la peau qui sentait le parfum puissant de la terre. Comme pour l'enraciner à ce territoire et lui rappeler : *C'est ici qu'est ta place*. Le long hiver morne pouvait s'ingénier à dissimuler le sol tendre, Ingeborg l'emportait sous son épiderme dès le milieu de l'été. C'est ce qui lui donnait de l'espoir.

Avant la disparition de son père et d'Axell, les cinq membres de la famille se rendaient aux festivités de la Saint-Hans les bras chargés de présents : sa mère apportait un succulent *rømmekolle* et son père un phoque charnu. Axell, quant à lui, transportait une armée de harengs à faire griller. On tressait dans les cheveux d'Ingeborg des fleurs *blåveis** que sa sœur et elle avaient ramassées sur les tourbières. Le bleu sombre de leurs pétales ressortait sur ses boucles rousses.

Mais l'année qui avait suivi la disparition en mer d'Axell, la magie de la fête du solstice s'était éteinte. Leur mère avait refusé de sortir de chez eux et Kirsten avait dû supplier leur père de les amener aux festivités sur la plage. Mais les saveurs n'étaient plus les mêmes. Son père n'était plus qu'un fantôme et le spectre d'Axell marchait à leurs côtés. Ingeborg repensait malgré elle à l'année précédente, quand Axell la faisait tournoyer sur la plage, si fort qu'ils avaient perdu l'équilibre et s'en étaient allés rouler dans les hauts-fonds. À rire tellement fort qu'ils en avaient eu mal au ventre.

Avec la mort de leur père et leur mère qui refusait de mettre le pied hors de la chaumière, la dernière fête de Saint-Hans avait été pire encore. Kirsten et elle avaient tenté de se joindre aux réjouissances, mais l'apitoiement de leurs voisins avait rendu Ingeborg malheureuse comme les pierres.

Voilà qu'en ce mois de juin, sa mère avait cessé de se terrer chez elle. Elle s'était déjà volatilisée, comme elle le faisait régulièrement depuis des semaines. Ingeborg préférait ne pas penser à ce qu'elle pouvait bien faire. Tout ce qu'elle savait, c'est que sa mère arborait avec fierté le ruban bleu que lui avait offert Heinrich Brasche, noué dans ses tresses de rouge et d'or.

Ses jupes étaient certes en lambeaux, mais sa chevelure la rendait éternellement resplendissante.

Ce jour-là, Ingeborg aurait voulu traverser les tourbières seule. Mais Kirsten lui avait emboîté le pas en la suppliant de l'amener au grand feu du solstice.

— Tout le monde sera là, Ingeborg, insistait Kirsten d'une voix plaintive, la petite Zacharias à ses côtés.

— Nous ferions mieux d'attendre mère.

— Mais il n'y aura plus rien à manger, gémit Kirsten en s'étreignant le ventre. Ça sent jusqu'ici !

Ingeborg se sentait désolée pour sa petite sœur, dont la moitié de la famille n'était déjà plus de ce monde.

— Très bien, céda Ingeborg. Mais laisse Zacharias ici. Pas question que quelqu'un s'amuse à l'embrocher !

Kirsten poussa un cri horrifié, mais ses yeux brillaient d'excitation. Ingeborg pria pour que sa mère rentre sans tarder, car son absence risquait de ne pas passer inaperçue.

*

C'était une nuit sans nuages et le soleil de minuit reflétait son rougeoiement vaporeux sur la mer d'huile. Ingeborg sentait la fièvre de cette lumière éternelle brûler dans sa poitrine. Elle touchait tout le monde au village, leur insufflant une énergie aussi frénétique que chez les mouettes des brumes qui plongeaient en piqué sur les falaises à grand renfort de cris perçants.

Les hommes s'envoyaient des chopes de bière, les femmes s'affairaient à la préparation des mets.

Le révérend Jacobsen promenait sa silhouette corpulente entre les villageois, s'assurant qu'aucun ne s'adonnait trop vivement aux réjouissances tandis que Solve, la cousine de sa mère, passait entre les fêtards avec un pichet de bière.

— Veux-tu de la bière, Ingeborg ? la taquina-t-elle comme elle passait devant les deux sœurs.

Ingeborg secoua la tête, sentant le regard noir du révérend peser sur elles.

— Solve Nilsdatter, je vous ai déjà mise en garde contre le fait de donner de la bière aux enfants.

— Mais c'est une petite tasse de rien du tout, révérend, et Ingeborg est presque une femme, rétorqua Solve en gratifiant la fillette d'un clin d'œil.

Le visage de Solve arborait de nouvelles contusions. La lueur qui tanguait dans ses yeux lui laissait à penser que la cousine de sa mère avait déjà absorbé une bonne dose de boisson. Ingeborg jeta un œil vers le mari de Solve, le pêcheur Strycke Anderson. Il se tenait en compagnie des autres hommes, mais elle voyait bien qu'il suivait d'un œil désapprobateur les facéties de son épouse.

Comme Solve poursuivait son chemin, Ingeborg fut tentée de la suivre. Mais que faire pour lui venir en aide ? Sa propre mère lui donnait déjà suffisamment de soucis, sans parler des questions des voisines qu'il lui fallait éluder.

L'odeur de viande rôtie qui flottait autour d'elles arracha un grognement à Kirsten :

— J'ai faim, Inge. Quand est-ce qu'on mange ?

Ingeborg sentit qu'on lui tirait la manche. Mais ce n'était pas Kirsten. Devant elle se tenait Maren Olufsdatter.

Maren était encore plus grande que dans son souvenir. Elle ne l'avait pas revue depuis qu'elle lui avait montré la hase dans son nid. La lueur du feu lui brunissait la peau et les flammes dansaient dans ses prunelles, qui avaient viré au vert sombre.

— Bonsoir, Ingeborg et Kirsten Iversdatter, leur sourit-elle.

— Qui es-tu ? voulut savoir Kirsten.

— C'est la nièce de Solve, répondit Ingeborg. Maren Olufsdatter.

C'était la première fois que Solve amenait Maren à Ekkerøy, ce qui valait à cette dernière d'essuyer les regards noirs de bien des femmes. Après tout, elle était la fille d'une sorcière renommée.

Maren ne semblait pas s'en émouvoir et, se tournant vers le feu, plissa les narines en sentant les effluves de viande grillée.

— As-tu déjà nagé avec les phoques ? demanda-t-elle à Ingeborg.

— Je ne sais pas nager.

— Je t'apprendrai, dit Maren.

Ingeborg sentit une violente pointe d'agacement. Axell était censé lui apprendre à nager – et à quoi cela avait-il servi à son frère ?

— Toi, tu as déjà nagé avec des phoques ? demanda Kirsten à Maren d'une voix mêlée de stupeur et d'admiration.

— Bien sûr ! Ils m'ont emmenée au fond de la mer où j'ai rencontré une *havfrue**.

— Était-elle très belle ? s'enquit Kirsten, les yeux ronds de fascination.

— Oui, très, et elle a chanté pour moi, sourit Maren en serrant l'une contre l'autre les paumes de ses mains. Mais si on la met en colère, elle est capable d'abattre des tempêtes terribles sur nous.

— C'est là qu'est papa ? Et Axell aussi ? Au fond de la mer avec une *havfrue** ? interrogea Kirsten.

— Bien sûr que non, ils sont au paradis avec Dieu tout-puissant. C'est une histoire, Kirsten, c'est tout, rectifia Ingeborg en lançant un regard de mise en garde à Maren.

— C'est la vérité, contra Maren d'un air de défi.

— Que fais-tu ici ? s'irrita Ingeborg. Pourquoi Solve ne t'a-t-elle pas laissée à Andersby pour surveiller ses fils ?

— Parce qu'ils sont venus avec nous. Mon oncle nous a tous amenés à bord de son bateau.

Maren montra du doigt le petit Peder, juché sur les épaules de son père, et Erik qui tirait sur ses hauts-de-chausses.

— Ce n'est pas aux garçons que je dois faire attention, mais à leur mère, dit-elle d'un air entendu en levant l'index devant son visage.

Ingeborg comprenait très bien le sous-entendu, mais elle préféra l'ignorer. La franchise de Maren la laissait sans voix, quoiqu'une partie d'elle la trouvât admirable.

— Kirsten, la viande est cuite. Mangeons, dit-elle en tendant la main à sa sœur comme certains hommes commençaient à détacher des lambeaux de chair rôtie pour les embrocher sur des bâtons.

— Tu viens ? demanda-t-elle en se tournant vers Maren.

Mais la fille élancée se contenta de secouer la tête.

— Je ne mange pas de phoque, parce que je leur parle.

Kirsten fronça les sourcils, mais Ingeborg l'entraînait déjà.

— Ça veut dire quoi, Inge ? s'enquit Kirsten.

— Ce sont des bêtises, répondit Ingeborg à sa sœur. Je ne crois pas qu'elle ait toute sa tête.

Mais en vérité, Ingeborg était tout aussi intriguée que Kirsten par les paroles de Maren.

Elle sentit la fille la suivre des yeux tandis qu'elles s'approchaient des agapes, et l'idée que Maren Olufsdatter la regardait lui mit le feu aux joues.

Les deux sœurs dévorèrent jusqu'au dernier morceau de viande grillée qu'on leur servit. Elle était si tendre qu'elle avait le goût de la mer, un goût plus riche que n'importe quel poisson, une chair sombre et ferme comme celle d'un renne. Ingeborg léchait ses doigts dégoulinants d'huile de phoque. Elle se sentait repue.

L'affirmation de Maren Olufsdatter la laissait interdite. *Comment peut-on parler à un phoque ?* Les phoques existaient pour qu'on les chasse. Sans leur chair, les humains périraient.

Leur festin terminé, Ingeborg et Kirsten s'assirent sur les dunes, au milieu des herbes marines, pour regarder les autres familles. Plusieurs voisines avaient demandé à Ingeborg où se trouvait sa mère.

Quand Ingeborg avait menti en prétendant que sa mère était à la maison, et que Kirsten l'avait mortifiée en disant que c'était faux, la Veuve Krog avait poussé un soupir dépité.

Les hommes avaient entonné des vieux chants traditionnels d'une voix rendue pâteuse par l'alcool. Quant au révérend Jacobsen, il s'était éclipsé chez lui après s'être sustenté d'une généreuse portion de viande.

Solve avait terminé le dernier pichet de bière et s'évertuait à persuader des femmes de danser avec elle, mais elles secouaient la tête en silence. Elle souleva les pans boueux de sa jupe et rejoignit Ingeborg d'un pas titubant.

— Fillette, où est ta mère ? dit-elle en mangeant ses mots. Elle voudra forcément danser avec moi !

— Je veux bien danser avec toi, tantine, dit Maren.

Voilà que Maren Olufsdatter était de retour, après s'être glissée subrepticement derrière elle. Les mains sur les hanches. À encourager sa tante à faire une scène.

— Mais il faut être plus que deux pour danser en cercle, déclara Solve en tendant les mains à Kirsten.

Avant qu'Ingeborg eut le temps d'intervenir, Kirsten bondissait avec jubilation.

— Le gros pasteur est allé se coucher, dit Maren la main tendue. Plus personne ne se préoccupe de nous. À quel autre moment aurons-nous une telle liberté ?

Ingeborg luttait pour ne pas regarder le visage de Maren. Le village disait qu'elle avait « un air étrange », « un teint d'une autre couleur », qu'elle était « étrangère ». Mais à la lueur du soleil de minuit, Ingeborg ne pouvait s'empêcher de la trouver magnifique. Elle eut un haussement d'épaules et laissa Maren lui prendre la main.

Elle sentit les doigts de Maren s'entremêler aux siens, et la chaleur de leurs paumes pressées l'une contre l'autre lui parut étonnamment apaisante.

Ingeborg était flanquée d'un côté de Kirsten, de l'autre de Maren, et devant elle se découpait le visage hilare de Solve, si jolie dans sa jupe rouge *bøffelbay* avec son col en dentelle, même si ses yeux étaient imprégnés de tristesse.

Il n'y avait plus de musique, les hommes ayant cessé de chanter en les voyant danser. Ingeborg sentait le poids de leurs regards sévères, lourds de silence. Maren étreignit sa main et comme Ingeborg se retournait pour la regarder, elle s'aperçut que les lèvres de Maren se mouvaient, comme pour formuler quelque prière muette. Mais ce n'était pas une homélie. Ingeborg saisit quelques mots arrachés par le vent – *à la ronde* et *boucles rousses* – et mêlés au fracas des vagues sur le rivage.

Tandis que leur cercle tournait lentement et que tous les regards étaient fixés sur elles, la voix de Maren s'enhardit :

Dansons à la ronde des filles
Une poignée de boucles rousses
Chut-là, pousse-là.
Nous finirons par terre.

Ingeborg avait conscience qu'il fallait briser la danse. Que c'était mal. Mais son corps entier y rechignait. Elle n'avait encore jamais entendu ces vers, pourtant elle avait l'impression de connaître les mots avant même que Maren ne les prononce.

Dansons à la ronde des filles
Une poignée de boucles rousses
En cendres ! En cendres !
Nous finirons dans les flammes.

À qui étaient ces boucles rousses ? S'agissait-il des boucles cuivrées de Solve qui scintillaient dans le soleil de minuit ? Ou de celles, flamboyantes, de Kirsten, qui tranchaient de manière saisissante sur le fond pâle de sa peau ? Mais dans l'esprit d'Ingeborg subsistait l'image de la chevelure rousse de sa mère, torrent doré d'exubérance qui tombait en cascade sur ses épaules.

Maren croisa son regard avec un air crâne et Ingeborg eut envie de chanter avec elle pour sentir le goût de la liberté sur ses lèvres. Comme ce devait être doux. Comme elle brûlait du désir de chanter avec Maren Olufsdatter.

Chapitre 11

Anna

Il était à peu près impossible de dormir pendant les semaines de lumière éternelle. Je ne relevais plus le rabat de la fenêtre afin de conserver l'obscurité dans la chambre, pourtant ce n'était pas tant la lumière qui me dérangeait que la cacophonie des oiseaux de mer qui piaillaient sans relâche sur le chemin qui les séparait de leurs nids à flanc de falaises.

La nuit de leur toute première apparition, je me réveillai en sursaut et me précipitai dans la chambre voisine jusqu'à la palette qui servait de couche à Helwig.

— Réveillez-vous ! hurlai-je en la secouant par les épaules. Que sont ces cris ?

— Madame, ce sont les oiseaux, dit-elle en se frottant les yeux de ses mains sales.

— Mais ils font un boucan épouvantable, je n'ai jamais entendu une chose pareille.

— Ils reviennent pour nicher tout l'été, expliqua Helwig. Ils volent jusqu'aux falaises de l'autre côté de la mer près du village d'Ekkerøy. (Elle s'assit, bien contente d'être savante sur un sujet dont je ne savais rien.) Venez voir.

Elle ouvrit le battant de l'entrée, laquelle n'était jamais fermée à double tour. Il suffisait à Lockhert de barricader les portes de la forteresse pour que nous soyons dans une prison.

Je suivis Helwig dans la cour. J'ignorais l'heure qu'il pouvait bien être. Peut-être le milieu de la nuit, étant donné que ce mois-ci le soleil ne se couche jamais dans ces contrées septentrionales. Le ciel au nord dessinait un paysage d'une délicatesse semblable à ces minuscules peintures hollandaises qui décoraient les lambris de notre salle d'hiver, et au sein duquel une nuée d'oiseaux blancs venaient semer la zizanie par milliers.

— Ils arrivent de l'est. Chaque année ils vont nicher à Ekkerøy, avec les guillemots et les pèlerins. Leurs œufs sont délicieux, dit-elle avec un sourire gourmand. Avec un peu de chance, le gouverneur nous en cédera un peu.

La seule mention des œufs fit grogner mon estomac. Dans ma demeure de Bergen, nous avions l'habitude de consommer des œufs de caille revenus dans un peu de beurre.

Nous retournâmes dans la sinistre maison longue qui nous tenait lieu de prison et malgré l'obscurité qui régnait entre ses murs, les cris stridents des oiseaux m'empêchèrent de trouver le sommeil. Le bruit faisait courir une telle panique que mon cœur battait de plus en plus fort, tant et si bien que je crus qu'il allait exploser dans ma poitrine.

Le lendemain, le raffut des oiseaux ne faiblit pas. Helwig m'expliqua qu'il allait perdurer pendant toute la durée de notre bref été, si bien que je serais bien avisée de m'y habituer.

Je ne savais pas jusqu'à quel point je pouvais faire confiance à Helwig. Une dame doit être assurée de pouvoir partager ses secrets avec sa bonne, mais Helwig était aussi ma geôlière, n'est-ce pas ? Elle me lançait des regards lourds de soupçons dès que j'ouvrais mon coffret à remèdes pour en faire l'inventaire. Si seulement j'avais pu faire pousser des herbes et des plantes, mais je doutais fort que cette roche posée sur la mer ait grand-chose à offrir en matière de variétés d'espèces botaniques.

De temps à autre, Helwig m'interrogeait sur l'usage de chaque feuille séchée, chaque racine, chaque flacon de poudre ou de teinture que j'avais en ma possession. Je lui expliquais que la racine de consoude soigne plusieurs affections, notamment les saignements ; les feuilles de menthe détendent le ventre et soulagent des ballonnements, tandis qu'en poudre elles atténuent les douleurs de l'accouchement ; et ma décoction de roses rouges était très efficace contre les maux de tête, les douleurs dans les yeux, les oreilles et les gencives.

— Et ça ? demanda Helwig en sortant mon flacon de sirop d'arroche à l'odeur fétide.

J'étais agacée qu'elle ait touché à ma précieuse mixture, si bien que je l'encourageai à retirer le bouchon pour la humer. Elle eut aussitôt un mouvement de recul, comme si quelque chose l'avait piquée et je me mordis les lèvres pour réprimer un éclat de rire disgracieux.

— Ça pue, dit-elle. Comme du poisson pourri. Quelle est cette chose infecte ?

— Le simple fait de le humer a fait du bien à votre ventre de femme. C'est le meilleur sirop à administrer à une femme en couches.

Il refroidit la matrice – car c'est l'échauffement de la matrice qui entraîne des difficultés à l'accouchement.

Elle me regarda bizarrement, mais je poursuivis.

— L'arroche odorante est régie par la planète Vénus, sous le signe du Scorpion. C'est un remède sans pareil contre les afflictions du ventre pour accompagner l'accouchement.

— Êtes-vous expérimentée dans l'art de l'accouchement ?

Je levai la tête, la poitrine fièrement gonflée en avant.

— J'ai mis plus de cent bébés au monde. Mon mari et mon père étaient médecins. J'ai beaucoup appris à leur contact, mais mon métier de sage-femme m'a été transmis par ma mère.

— Il n'y a plus de sage-femme sur Vardø.

— Que lui est-il arrivé ?

— C'était une sorcière, répondit Helwig à voix basse quand bien même nous étions seules. Cela fait dix ans que nous n'avons plus d'accoucheuse. Plus une femme ne veut porter ce titre.

C'était inutile de m'en dire plus. Bien des sorcières dont j'avais entendu parler étaient des accoucheuses. Pour ma part, ma pratique était fondée sur la science et la respectabilité, ce qui faisait de moi une sage-femme sans commune mesure avec ces campagnardes rouées.

— Nous nous retrouvons à nous entraider, dit Helwig en secouant la tête d'un air désabusé. Beaucoup de femmes sont mortes en couches sur l'île.

— C'est bien triste.

Ma sympathie était sincère. Je m'étais toujours donné comme raison d'être de préserver la vie des innocentes et il eût de loin été préférable que certaines femmes sur cette île aient connaissance des rudiments de ma pratique.

— Et la maîtresse, l'épouse du gouverneur, est enceinte, dit Helwig. L'avez-vous rencontrée ?

— Je n'ai toujours pas été conviée chez le gouverneur, répondis-je d'un ton acerbe.

Trois mois s'étaient écoulés et je n'avais toujours pas été présentée à la seule autre gente dame de toute l'île de Vardø.

— Fru Orning n'a pas la robustesse d'une îlienne, répondit Helwig prudemment.

Je ne gratifiai pas sa remarque d'une réponse, car qui était à mes yeux l'épouse du gouverneur, sinon quelque chimère que l'on refusait de me présenter ?

— Elle est toute frêle, continuait Helwig.

L'image de l'imposant gouverneur me revint à l'esprit. Je l'avais aperçu la veille, quand Lockhert et ses hommes avaient apprêté des armes pour leur départ à la chasse.

Il ne restait plus que trois soldats, dont le jeune capitaine Hans, pour me surveiller depuis la guérite. J'étais passée devant eux tantôt dans la journée pour jeter un œil subreptice aux solides portes de la forteresse – et aux chaînes qui les barricadaient. Tandis que je parcourais un énième tour de la forteresse, je sentis mon échine me picoter. Faisant volte-face, je ne vis pourtant pas une âme dans la cour. Des volutes de fumée s'échappaient du lavoir où Helwig faisait la lessive, il ne pouvait donc pas s'agir d'elle.

Je me retournai lentement et d'instinct portai mon regard jusqu'aux fenêtres du château. Tout au sommet d'une des plus petites ouvertures, je distinguai un visage dissimulé derrière un large éventail noir qui ne laissait dépasser que les yeux de sa propriétaire. Peut-être m'avait-elle épiée chaque jour de ma captivité, jubilant de me voir tourner en rond, seule dans la cour. Je levai résolument mon visage vers elle. Après tout, pourquoi baisserais-je la tête de honte ?

Prise sur le fait, elle ouvrit grand les yeux et ses sourcils s'arquèrent.

Je fis une révérence, en prenant soin d'étaler largement mes jupes, la tête inclinée. Lorsque je levai de nouveau les yeux, elle avait disparu.

Je me sentis offensée ; une dame n'est pas censée se détourner d'une révérence.

Au cours de ces nuits ensoleillées sans fin du mois de juin, je parvins à trouver le sommeil grâce à de la mélasse à l'huile aromatisée au pavot. Il n'en restait pas moins que les hurlements d'oiseaux venaient peupler mes rêves et que je me réveillais en sursaut, le cœur battant à tout rompre, luisante de sueur, tandis que les peaux d'animaux de mon lit me faisaient l'effet d'une étuve.

Quand j'ouvrais le rabat de la fenêtre pour faire entrer un peu d'air frais dans la chambre moite, j'étais bien en peine de dire l'heure. Le milieu de la nuit et le matin étaient du pareil au même, sans aucune ombre pour y trouver refuge.

Oh, mon roi, comme à chaque instant je me sens vulnérable.

Le gouverneur Lockhert et ses hommes s'en revinrent du continent avec du gibier. À travers les interstices de la porte, je les vis traverser la cour du château. Manifestement, ils avaient fait piètre chasse : une paire de lièvres et un tas de ptarmigans – pas de quoi pavoiser.

Helwig m'apprit plus tard que le gouverneur était de méchante humeur parce qu'ils avaient traqué un élan trois jours durant, qu'ils avaient creusé un fossé – stratagème infaillible pour piéger ces bêtes – et qu'en dépit de leurs efforts il leur avait échappé.

— La rumeur dit que quelqu'un détruit les pièges dans les bois, me dit-elle. Le gouverneur affirme que ce sont les sorcières.

— Comment êtes-vous au courant ?

— Guri me l'a dit. C'est la bonne de la femme du gouverneur, répondit Helwig en croisant les bras, assez contente d'elle. Ils ont chassé l'élan en direction de la fosse qu'ils avaient creusée. L'animal aurait dû tomber droit dedans, mais il l'a survolée comme par magie !

Le gouverneur n'autorisa pas que le moindre gibier fasse les honneurs de ma table. Les effluves de ptarmigan rôti flottaient dans la cour comme une raillerie à mon endroit tandis que j'avalais du bouillon de poisson huileux. Mon estomac se tordait et j'avais faim de victuailles nourrissantes – de fromage, viande et pain.

Je luttai contre la faim en suçotant une amande enrobée de sucre, puis je sortis une nouvelle tranche de mes précieux citrons, la saupoudrai de sucre et d'une petite goutte d'élixir pour m'aider à dormir – en pure perte. Les criailleries des oiseaux semblaient résonner à l'intérieur de mon crâne et dès que je fermais les yeux, je ne voyais rien d'autre que la cour de Copenhague emportée dans une farandole de robes qui virevoltaient au rythme sarcastique des souvenirs de mon passé.

Je fus brutalement sortie de ma torpeur par Helwig qui me tirait par la manche.

— Maîtresse, maîtresse, réveillez-vous.

— Comment osez-vous poser les mains sur moi… ? m'offusquai-je, mais elle continua d'une voix affolée.

— C'est Fru Orning, la femme du gouverneur. Vous devez y aller. Guri a dit au gouverneur que vous aviez le savoir-faire d'une accoucheuse.

— Comment le sait-elle ? m'irritai-je.

— Je lui ai dit, avoua Helwig dans un souffle. Il a donné l'ordre que vous veniez aider à l'accouchement.

Je n'avais aucune envie d'aller porter secours à la femme du gouverneur, mais Helwig dit alors :

— Peut-être qu'après il sera moins sévère envers vous.

— Uniquement si ça se passe bien, dis-je sans desserrer les mâchoires.

Dès mon arrivée dans la chambre d'accouchement, je sus qu'il était trop tard, tant la puanteur du sang me gifla comme un paquet d'embruns. La femme du gouverneur gisait sur un large lit, minuscule et échouée comme du bois flotté. La peau de ses joues grêlées était d'une blancheur effrayante, alors que toutes les parties inférieures de son corps étaient rouges et que les draps baignaient dans une flaque pourpre.

Sa bonne Guri, désemparée, le visage baigné de larmes dans une attitude qui seyait mal à son statut, tenait un minuscule paquet entre ses bras.

— Donnez-moi le bébé, lui ordonnai-je et elle me tendit la délicate forme langée.

Ah, mon roi, c'était un nouveau-né parfait, à la peau pâle, aux boucles noires collées sur le front, et pourtant par un souffle n'avait franchi dans cette vie la barrière de ses lèvres bleuies et silencieuses.

Guri l'avait lavé et bien emmailloté, ne laissant voir que les traits de son visage délicat dont jamais les yeux ne s'ouvriraient.

— Il est trop tard, annonçai-je. Le bébé est mort.

— Il est arrivé trop tôt, dit Guri, les traits gonflés par les pleurs.

Désireuse à tout prix de me débarrasser de la sensation de son corps sans vie contre ma poitrine, je déposai le pauvre petit dans le berceau.

Derrière moi, Helwig psalmodiait des prières. Guri posa une main moite sur mon bras. Je la repoussai. Décidément, la familiarité des femmes du Nord m'était insupportable.

— Sauvez ma maîtresse, me supplia-t-elle, les yeux écarquillés par l'effroi.

— Le gouverneur est-il au courant que l'enfant est mort-né ?

Elle secoua la tête avec lenteur.

— Ne lui disons rien, pas pour le moment, nous allons avoir besoin de calme.

La femme du gouverneur était jeune et frêle. Je n'étais pas sûre que la vie puisse lui être épargnée. Elle avait déjà perdu quantité de sang et continuait à saigner. Toutefois, en bon médecin, je refusai de battre en retraite. J'ouvris mon coffret à remèdes, fermai les yeux et pris une profonde inspiration.

Je sortis mon flacon de sirop d'arroche odorante dont je versai une cuillerée dans la bouche de la jeune femme.

Le goût et l'odeur lui firent froncer le nez, ce qui était tout à fait bon signe.

— Apportez-moi de l'eau chaude portée à ébullition, beaucoup de sel et des draps, ordonnai-je à Helwig tandis que Guri fondait de nouveau en larmes.

— Mais madame, elle n'arrête pas de saigner ! cria-t-elle.

— Cessez de pleurer et faites exactement ce que je vous dis.

Guri s'essuya le visage avec sa manche et s'appliqua avec dévouement aux tâches que je lui confiais.

— Allez faire bouillir du vin auquel vous ajouterez un doigt de graines de fenouil, ordonnai-je en lui tendant le flacon en question. Ramenez-le au plus vite.

Je sortis mon élixir de marrube vert et, redressant la femme du gouverneur, l'incitai à en avaler une cuillerée. Ses paupières papillonnèrent et elle poussa un gémissement. Je priai pour que cela suffise à lui faire expulser le placenta.

— Il faut que vous poussiez une fois encore, lui murmurai-je à l'oreille. Pour avoir la vie sauve, Fru Orning.

La frêle jeune femme se releva sur les coudes et me regarda. Des yeux de biche d'un brun magnifique éclairaient son visage par ailleurs mangé par la vérole.

— Il arrive, murmura-t-elle.

Dieu merci, le placenta fut expulsé dans un épais flot de sang. Dans l'intervalle, Guri était revenue portant le vin au fenouil.

— Aidez votre maîtresse à le boire. Je vais vérifier que sa matrice est bien nettoyée.

Malgré les tremblements qui la secouaient de la tête aux pieds, Guri prêta main-forte à sa maîtresse.

— C'est l'œuvre des sorcières, murmura-t-elle.

J'ignorai son commentaire et m'employai à endiguer le saignement à l'aide d'un cataplasme à base de racines de consoude. Il m'apparaissait que la femme du gouverneur abondait en humeurs mélancoliques, régies par la lune, dans le signe du Cancer.

Dès qu'elle aurait recouvré quelques forces – désormais je ne doutais plus de mes capacités à la sauver –, je lui prescrirais un bain avec mes décoctions de feuilles de lauriers et de baies. Le laurier est du Soleil, dans le signe du Lion, et donc une excellente défense contre toute forme de sorcellerie.

Tel est mon champ de bataille, mon roi. Vous envoyez vos hommes se battre pour notre royaume, et tant de garçons sont massacrés avant d'avoir du poil au menton. Mais nous autres femmes combattons, nous aussi, car notre lutte se joue dans la chambre d'accouchement. Vos soldats viennent au monde aux prix des efforts consentis par leurs mères, et c'est de plein gré que nous allons au combat tant les récompenses sont grandes. Mais quand elles font défaut… eh bien, je connais cette douleur, ancrée au plus profond de moi. J'en ai peut-être perdu la clé, et c'est aussi bien ainsi, car je ne souhaite plus jamais rouvrir le couvercle sur mes souffrances. Pourtant, à chaque fois que je suis sollicitée en tant que sage-femme, les vieilles blessures se rouvrent et une partie de moi se demande si la jeune femme ne serait pas mieux dans l'au-delà. Ainsi, des années de grossesses – et donc d'accouchements et de fausses couches – lui seraient évitées, et ses douleurs abrégées.

J'ai vu tant de jeunes femmes mourir en couches – plus que je n'ai vu de bébés naître ; chaque fille donnant sa vie pour une nouvelle vie.

La femme du gouverneur ne mourrait pas, j'en avais la certitude.

Helwig s'en revint chargée d'eau chaude et de linges. Avec l'aide de Guri, elle retira les draps tachés de sang pour en glisser des propres sous le corps de la femme du gouverneur tandis que j'encourageais cette dernière à terminer la décoction de vin au fenouil.

Quand je portai la tasse à ses lèvres, ses yeux papillonnèrent et elle gémit.

— Quel est son prénom ? demandai-je à Guri.

— Elisa.

— Elisa, répétai-je doucement. Buvez ceci.

Elle avait l'air d'avoir tout au plus vingt ans, alors que son mari le gouverneur Orning avait l'âge de son père. Cette réalité, bien que répandue à notre époque, m'était répugnante.

Désormais plus alerte, Elisa dardait des regards autour d'elle. Je savais pertinemment ce qu'elle cherchait, mais il était primordial qu'elle boive jusqu'à la dernière goutte de son infusion. Dans le cas contraire, les saignements risquaient de reprendre, or elle était déjà d'une pâleur de marbre et paraissait constamment sur le point de s'effondrer.

— Mon bébé, murmura-t-elle d'une voix rauque.

Je l'ignorai et continuai à verser le vin de fenouil entre ses lèvres réticentes.

— Vous devez boire, insistai-je.

Elle repoussa ma main avec plus de force que je n'avais escompté.

— Le bébé ! (Elle se tourna vers sa bonne.) Guri, où est le bébé ?

Incapable d'affronter le regard de sa maîtresse, Guri détourna les yeux pour dissimuler ses larmes.

— Non ! étouffa Elisa dans un cri. Il va être furieux.

— Fru Orning, vous devez boire ceci pour aller mieux, répétai-je en tentant de verser une nouvelle cuillerée de breuvage dans sa bouche.

— Non, résista-t-elle en secouant la tête. Dites-moi ce qui s'est passé !

Je sentis la lourdeur des mots dans ma bouche.

— Je suis désolée. J'ai été appelée trop tard. Le bébé est au ciel auprès de Dieu, à présent.

Elle me dévisagea, les yeux arrondis de terreur.

— Il va me tuer !

Avant que j'aie le temps d'intervenir, Guri se saisit de la forme emmaillotée que j'avais déposée, froide comme la pierre, dans le berceau. Nous étions tant occupées à sauver la vie de sa mère que nous en avions oublié l'enfant.

— Que faites-vous ? sifflai-je à Guri qui tendait déjà le bébé à la femme du gouverneur.

— C'était une fille, lui annonça-t-elle.

Elisa repoussa la dépouille.

— Hors de ma vue ! Je ne veux pas le voir, je ne peux pas !

Guri, prise de stupeur et de désarroi, serrait l'enfant contre elle.

— Ne peut-on sauver le bébé ? demanda Elisa en se tournant vers moi. Fru Rhodius, je vous en supplie !

Nous n'avions jamais été présentées, mais évidemment elle savait qui j'étais : Fru Orning n'était autre que cette silhouette à la fenêtre du château, qui épiait mes déambulations.

— Je suis désolée, répétai-je. Le bébé était déjà mort avant que j'arrive.

Elle baissa la tête en avant et ses mèches de cheveux blonds tombèrent sur ses joues humides. Je n'aurais su dire pour qui étaient ses pleurs : pour elle-même ou pour l'enfant mort.

Plus personne ne prononça un mot, et pour la première fois de la nuit j'entendis le cri des oiseaux qui semblaient se joindre au concert des lamentations.

— Est-il au courant ? s'enquit Fru Orning dans un souffle.

La pièce entière se figea comme si la menace du gouverneur était déjà tangible.

— Non, maîtresse, répondit Guri.

Fru Orning se tourna vers moi. Sa peau grêlée avait viré au jaune, mais elle avait cessé de saigner.

— Fru Rhodius, voulez-vous bien l'avertir ? demanda-t-elle d'une petite voix. Je ne puis affronter sa rage.

Les bonnes avaient l'air effrayées, mais le gouverneur ne me faisait pas peur.

— Je le ferai, promis-je, mais d'abord vous devez boire ce remède que je vous ai préparé. Il vous aidera à guérir.

Il serait difficile d'imaginer contraste plus frappant qu'entre la grande salle de la demeure du gouverneur et la prison de ma maison longue. La lumière se déversait à flots par les hautes fenêtres, emplissant l'espace d'une lueur dorée. Les planchers en bois étaient propres et polis et les murs étaient couverts de magnifiques tapisseries dépeignant des scènes de chasse d'antan – des hommes à cheval jetant leurs lances sur un petit ours dont les yeux roulaient de terreur.

En entrant dans la salle, j'eus la sensation qu'elle palpitait de chaleur, pourtant il m'était impossible de retirer ma cape, qui dissimulait mes jupes et ma nuisette imbibées du sang de l'épouse du gouverneur. Baissant les yeux vers le sol, je m'aperçus que les pantoufles de brocart que vous m'aviez envoyées étaient maculées de boue, malgré mes socques, depuis que j'avais traversé la cour à la hâte.

Comme je m'avançais dans la pièce, le gouverneur se leva de la chaise qu'il occupait à côté de la cheminée et me rejoignit à grands pas. Il arborait un visage sombre.

Il est au courant qu'il a perdu son enfant, songeai-je. La nouvelle se serait répandue dès l'instant où Helwig était sortie chercher l'eau chaude et les linges. Le gouverneur Orning était homme à savoir jusqu'au dernier mot échangé par ses domestiques. Dans ce cas, pourquoi n'avait-il pas gravi les escaliers jusqu'à la chambre de son épouse pour la réconforter ?

— Est-ce vrai ? s'enquit-il. Mon enfant a-t-il péri ?

— Je le crains, gouverneur, dis-je en baissant la tête.

— Mais vous êtes une sage-femme expérimentée, Fru Rhodius. Pourquoi n'avez-vous pas réussi à sauver mon fils ?

— C'était une fille, corrigeai-je en regrettant aussitôt de ne pas avoir tenu ma langue, car son visage se rembrunit.

— On m'a fait chercher trop tard, car à mon arrivée le bébé était déjà né. (Je passais la langue sur mes lèvres.) Elle n'a jamais respiré. Elle est auprès de l'Enfant Jésus et du bon Dieu, à présent.

— Allez au diable, Fru Rhodius, coupa le gouverneur en frappant du plat de sa main sur la table si violemment que je sursautai.

— Ce n'est pas de ma faute, répondis-je précipitamment. J'en ai été témoin à plusieurs reprises. Le bébé est arrivé trop tôt.

— Mais pourquoi est-il arrivé trop tôt, Fru Rhodius ? s'emporta-t-il. Pourquoi mon enfant m'a-t-il été enlevé ? Pourquoi me briser, moi qui suis un servant loyal du roi et de Dieu ?

— Telle est la volonté de Dieu, gouverneur.

— Mais quel est ce changement sur notre île de Vardø ? Qui a fait entrer le Démon en personne dans ma demeure, afin qu'il jette un sort sur moi et sur mon enfant ?

Je refusai de répondre à son sous-entendu odieux.

— Votre bonne Helwig m'a informé que vous possédiez un coffre rempli d'étranges potions et autres herbes, continua le gouverneur.

La petite vipère. Helwig !

— N'est-ce pas de la sorcellerie ? Êtes-vous entrée en ma demeure pour jeter un sort sur ma famille, femme ? C'est bien ce qui me semble !

— Je possède un coffre médicinal d'herbes et de teintures qui ont sauvé la vie de votre épouse, gouverneur, me défendis-je, soudain alarmée par ses accusations.

Il agita la main avec dédain comme si la vie de son épouse était sans importance. Je remarquai alors qu'il était flanqué par deux grands chiens pour la chasse au loup, dont les langues épaisses pendaient de leurs puissantes mâchoires.

— Je pense que vous êtes une sorcière, Fru Rhodius, et que vous maniez le *maleficum* contre moi.

J'eus un mouvement de recul devant la violence de ses mots.

— Gouverneur, je suis une servante dévouée de Notre-Seigneur…

Je sentais l'affolement déferler dans mes veines.

— Ce sont des sorcières qui ont saboté notre chasse en donnant à l'élan le pouvoir de voler par-dessus la fosse ! En vérité, quel spectacle macabre ce fut !

Il s'avança sur moi d'un pas menaçant que ses chiens accompagnèrent d'un grognement.

— Je vous crois dans une alliance avec d'autres sorcières, liguée avec le Démon, et pour cela vous serez brûlée au bûcher !

La terreur m'envahit face à la gravité de sa charge.

— Je suis une femme droite et pieuse, et je sers fidèlement notre roi, plaidai-je.

— C'est ce que prétendent toutes les sorcières !

L'espace d'un instant, l'image du lieu des exécutions que je pouvais discerner depuis les remparts vacilla dans mon esprit, accompagné de flammes ardentes. Quelque chose dans le regard du gouverneur Orning me laissait à croire qu'il pensait à la même chose.

Si je voulais avoir la vie sauve, je n'avais pas une minute à perdre.

— Je pense que le roi Frederick m'a envoyée à Vardø pour vous apporter mon aide, gouverneur, débitai-je précipitamment.

Le gouverneur haussa les sourcils, sa curiosité étanchant momentanément sa rage.

— Vous m'en direz tant, Fru Rhodius.

— Vous dites la vérité, gouverneur, car il se trouve en effet des sorcières dans le Nord, mais je n'en fais pas partie. Le roi souhaite en débarrasser la région.

— Et qu'est-ce qui vous fait présumer que le roi vous a choisie pour accomplir cette tâche ? s'enquit-il d'un air sombre. N'êtes-vous point une ennemie du roi, une prisonnière...

— Jamais ! m'écriai-je avec passion. J'aime mon roi et je donnerais ma vie pour lui.

Vous le savez tant et si bien ! Pour vous, j'ai tout fait, mon roi !

Le regard du gouverneur Orning sembla s'infléchir, passant d'une teinte ardoise à un gris froid.

— Je peux vous être utile, dis-je en passant nerveusement la langue sur mes lèvres. En vertu des lois de notre terre, vous pouvez arrêter les femmes soupçonnées de sorcellerie, mais il vous faut obtenir leur confession avant de les condamner. Les sorcières, vous le savez certainement, sont des créatures rusées, mais les femmes accepteront de se confier à moi parce que je suis femme, et prisonnière, moi aussi. Je les amadouerai pour gagner leur confiance et alors elles me confieront leurs secrets les plus sombres.

Le gouverneur prit une mine pensive, des flammèches dansaient dans ses yeux gris.

— J'ai entendu dire que ces sorcières folâtrent avec le Démon sur Domen lorsque leurs maris partent en mer. Elles se faufilent jusqu'au sommet de la montagne où elles s'offrent à lui, nues.

Il continua tout en caressant la tête d'un de ses chiens, les yeux fixés sur moi, une lueur enfiévrée dans ses prunelles.

— Si cela ne suffisait pas à en faire des dépravées, ces mères sacrifient leurs propres filles au Démon. Des filles jeunes, vierges encore, sont fiancées au Seigneur des Ténèbres.

— Quelle cruauté, murmurai-je en sentant mon cœur se serrer dans ma poitrine. Quelle femme peut bien infliger une chose pareille à sa fille ?

— Fru Rhodius, je vous ordonne de m'aider à lutter contre les sorcières de Varanger !

J'acquiesçai d'un mouvement de la tête aussi digne que possible, mais le soulagement le disputait à la honte. J'avais détourné le soupçon vers d'autres. Je me demandais s'il allait me récompenser, puis décrétai qu'il valait mieux ne point y songer car je n'avais nul besoin de ses récompenses.

Je purgerai le Nord du mal et quand vous, mon roi, verrez ce que j'ai accompli pour vous, vous me laisserez forcément rentrer chez moi.

Je regagnai la sortie de la grande salle dorée quand le gouverneur m'interpella, comme saisi d'une arrière-pensée.

— Fru Orning vivra-t-elle ?

— Je crois que oui, affirmai-je en me retournant.

— Débarrassez-vous du bébé mort, Fru Rhodius. Je ne veux pas poser les yeux sur cette chose maudite.

Il s'était adossé à une fenêtre. La lumière illuminait la blancheur de sa chevelure et creusait les rides de son visage. Je fus frappée par son grand âge, alors que sa femme n'était guère plus qu'une enfant.

De retour à l'étage, je trouvai Fru Orning en proie à de terribles douleurs au ventre. Pour tenter de les atténuer, j'ajoutai quelques gouttes d'huile de pavot à son breuvage.

— Emportez-la, murmura-t-elle, les paupières closes.

J'attendis que sa respiration s'approfondisse, puis donnai l'ordre à Helwig de prendre la dépouille.

— Je vous en prie, non, Fru Rhodius, supplia-t-elle avec horreur.

— Faites ce que je vous dis.

En restant inflexible, je faisais payer à Helwig d'avoir dit au gouverneur non seulement que j'étais sage-femme, mais que je possédais des herbes et des remèdes curatifs.

J'empoignai mon coffret à remèdes et quittai la chambre pour redescendre les escaliers du château, suivie par Helwig qui portait le petit corps sans vie. Nous ne croisâmes personne, mais avec la lumière implacable du dehors il était impossible de savoir si nous étions encore en pleine nuit.

Nous traversâmes la cour de la forteresse. Le gouverneur ne m'avait pas dit où enterrer l'enfant, et ici le sol était dur comme de la pierre.

— Qu'allons-nous en faire ? demanda Helwig. Fru Rhodius, je ne veux plus le sentir contre moi.

— Il nous faut trouver un moyen de creuser un trou.

Quelle tristesse que nous n'ayons pas eu le temps de baptiser l'enfant avant sa mort. Cette pauvre âme abandonnée avait forcément sa place dans un cimetière chrétien. Mais j'apprenais à mes dépens que le gouverneur avait des manières de faire aussi étranges que cruelles.

À part le bailli Lockhert, je ne voyais pas à qui d'autre emprunter des outils. Je marchai jusqu'à sa guérite et frappai à la porte. Elle s'ouvrit sur l'imposante silhouette du bailli qui m'accueillit d'un regard noir.

— Le gouverneur m'a chargée d'enterrer l'enfant que lui et Fru Orning ont perdu, mais nous n'avons aucun moyen de creuser la terre… me justifiai-je précipitamment.

— Donnez-le-moi, interrompit-il sans l'once d'une émotion. Le gouverneur est passé me raconter que les sorcières avaient jeté un sort sur son fils.

Rechignant à laisser le pauvre enfant entre les mains de cet homme repoussant, je m'entendis l'interroger :

— Mais qu'allez-vous faire ?

— Il n'est pas baptisé. Le mieux c'est de le brûler pour que le Démon ne puisse pas prendre possession de son âme.

Helwig étouffa un hoquet d'horreur mais lui tendit l'enfant sans broncher. Lockhert s'en saisit comme d'une vulgaire motte de tourbe.

Je pivotai vers la porte sur mes socques encombrantes, désireuse de laisser cette sombre affaire derrière moi.

Comme je m'éloignais, Lockhert m'interpella d'une voix railleuse :

— Alors comme ça, vous allez nous aider à chasser les sorcières, Fru Anna ? Vous n'avez pas intérêt à décevoir le gouverneur !

Je me laissai tomber sur mon lit, tirai les peaux froides des couvertures sur mes os fatigués et ôtai à la va-vite mes pantoufles pleines de boue. Je ne me sentais plus la force de retirer ma nuisette tachée du sang de Fru Orning. Pourtant, au moment de m'endormir, mon cœur se mit à battre à tout rompre et mes pensées à tournoyer dans ma tête.

Je craignais de ne pouvoir tenir les promesses que j'avais faites au gouverneur.

Chapitre 12

Ingeborg

Après l'épisode de la danse des femmes à la veille de la Saint-Hans, le révérend Jacobsen se lança dans ses prêches avec une ferveur renouvelée. L'été fugace s'estompa, laissant la place à la pluie et aux vents venant de l'ouest qui baignèrent le village d'un gris maussade et déferlèrent sur les tourbières avant d'aller siffler entre les bouleaux maigrichons.

Les rares journées où il ne pleuvait pas, Ingeborg cueillait les derniers flamboiements de couleurs dans la forêt, en suivant les sentiers faiblement éclairés d'une lueur pâle. Elle rapportait sa cueillette à la chaumière : les bruyères des marais, comme autant de taches pourpres et vertes sur la terre noire ; les feuilles dorées qui se détachaient des bouleaux et tombaient sur le sol en tourbillonnant.

Ingeborg avait abandonné la chasse à travers bois. Ses collets étaient systématiquement abîmés. À la place, elle trouvait toujours un présent : une assiette de mûres recouverte d'un couvercle, un petit pot de beurre crémeux, des bouquets d'herbes et de racines de tubercules, des poignées de champignons ou des frondes d'algues rôties et salées. Son agacement n'avait pas tardé à se muer en émerveillement. Comment cette fille, Maren Olufsdatter, réussissait-elle à faire apparaître de tels mets délicieux en cueillant simplement de la nourriture sur leurs terres inhospitalières ?

Le dimanche, toutes les femmes du village s'apprêtaient de leurs plus beaux vêtements. De jupes et de corsages en laine aux teintures délavées. Leurs lins étaient de couleur crème ou beige à force d'avoir été portés, tout comme les fichus qu'elles nouaient à leurs épaules, les tabliers et les coiffes dont elles se recouvraient la tête. Pas un cheveu n'avait le droit de s'en échapper. Un vrai défi pour Kirsten dont la tignasse rousse refusait son carcan.

Tous les pêcheurs se récuraient la peau à l'eau froide avant de se mettre en route d'un pas traînant, raides et mal à l'aise dans leurs vêtements, le visage rougeaud, pour s'entasser dans l'espace exigu de l'église. Une fois à l'intérieur, tout le monde restait debout. Tandis que le révérend Jacobsen parlait de sa voix monocorde, le mélange des odeurs donnait mal au cœur à Ingeborg. Le seul moyen d'échapper à l'envie de sortir en courant de l'atmosphère confinée de l'église était de laisser vagabonder son esprit. Comme si elle parvenait à séparer sa pensée de son corps.

La sensation qui s'emparait alors d'elle était agréable, et elle se laissait flotter en surplomb de la messe pour en observer les protagonistes. Ses voisins qui tentaient de dissimuler leur ennui et leurs bâillements. Elle se laissait flotter jusqu'aux bancs à l'avant de l'église où se tenaient le marchand Brasche, son fils Heinrich, sa femme et leurs enfants. Elle s'émerveillait de leurs dos bien droits, de leur concentration empreinte de dignité. Même les enfants se tenaient assis convenablement en restant bien sages. Peut-être était-ce plus facile de rester immobile sur son propre banc, avec des coussins confortables sur lesquels s'agenouiller. Elle s'attarda un instant au-dessus de leur groupe, détaillant les beaux atours de Fru Brasche avec son corsage de soie brodé d'un bleu aussi profond que les ciels au printemps. Comme ces parures seraient belles sur sa mère ! Fru Brasche buvait les paroles du révérend Jacobsen, murmurant les prières du bout des lèvres tandis que son mari Heinrich, qui dardait des coups d'œil à droite et à gauche, ressemblait à un cheval sur le point de s'emballer. Le couple dégageait un nuage de souffrance.

Le révérend Jacobsen continuait son prêche sous les auspices de l'imposant retable sculpté de petites colonnes et de vignes entrelacées. Derrière lui se déployait une grande peinture à l'huile représentant la famille Brasche – le vieux marchand et son épouse, accompagnés de leurs deux fils, dont Heinrich, et de leurs deux filles. Chaque membre se tenait vêtu d'austères habits noirs rehaussés d'une collerette blanche, les mains jointes en prière. Au premier plan de la toile étaient représentés trois bébés emmaillotés ; ceux qui n'avaient pas vécu. Les Brasche du tableau posaient un regard sévère sur la congrégation.

Ingeborg réintégra son propre corps serré entre celui de sa mère et de sa sœur. Elle tendit l'oreille à ce que le révérend leur disait, au son des vagues qui se brisaient sur les rochers à l'extérieur de l'église.

— Le Démon est susceptible de vous apparaître sous les traits d'un homme, les mit-il en garde, mais en y regardant de plus près vous saurez qu'il s'agit du Malin, car il aura des griffes à la place des mains, ou un étrange regard figé comme celui d'une vache. (Il poursuivit en braquant l'index sur les villageois :) Et à chaque fois, il sera vêtu en noir de la tête aux pieds.

Le révérend Jacobsen lui-même n'était-il pas vêtu de noir ? À part sa collerette blanche serrée autour de son cou qui faisait ressortir un rouleau de chair d'un rouge vif, tout le reste de sa personne n'était qu'une superposition de tissus noirs, à tel point qu'on distinguait difficilement la forme de son corps rondelet en dessous.

— Le Démon vous promettra des richesses, mais il n'a pas le pouvoir de vous les donner. Ne croyez pas ses paroles. Il cherche à vous asservir. Le Malin vous manipule afin de causer des ravages et la mort sur vos époux, frères et fils.

Ah, évidemment le révérend Jacobsen mettait les femmes en garde. Car leurs maris ne tarderaient pas à prendre la mer pour pêcher au cours des mois d'hiver. Les semaines d'obscurité totale qui les attendaient étaient une période de tentation.

Le révérend s'avança d'un pas et fit un geste circulaire de la main comme pour bénir toute la congrégation.

— Il y a plusieurs démons, dit-il dans le silence qui s'était emparé de l'église. Chaque sorcière sert son propre démon, auquel elle se donne.

Ingeborg ne distinguait plus le visage de Fru Brasche, mais elle pouvait voir la légère inclination de sa tête, et imaginer l'expression fervente qui éclairait son visage. Ce que le révérend voulait dire était que les méchantes femmes forniquaient avec le Démon, après quoi elles devenaient des sorcières.

Une vision déplaisante lui traversa l'esprit. Celle de sa mère et d'Heinrich Brasche dans l'étable le soir du solstice. Elle coula un regard en biais à Kirsten qui remuait à côté d'elle. Était-elle en proie aux mêmes souvenirs ? Toutefois sa petite sœur ne donnait pas l'impression de prêter attention au révérend. Elle était occupée à enrouler à son doigt un fil qui pendait de son tablier.

Ingeborg regarda sa mère. Elle était d'une telle beauté – un vrai danger pour une jeune veuve. La ligne gracieuse de sa nuque laissait voir des mèches de boucles dorées échappées de sa coiffe. La peau de ses joues était immaculée, sans commune mesure avec celle, ridée, de Fru Brasche.

Sa mère se tenait immobile, son attention entièrement captivée, elle aussi. Mais lorsque Ingeborg suivit le regard de sa mère, ce n'est pas le révérend Jacobsen qu'elle vit.

Sa mère regardait ouvertement l'arrière de la tête de Heinrich Brasche.

Du jeune homme, elle pouvait voir les épaisses boucles châtaines, l'échine droite qu'il n'avait jamais brisée en charriant des filets, ni meurtrie en s'épuisant à la tâche. Il avait une carrure élancée qui ne se courbait pas devant la peur de ne pas subvenir aux besoins de sa famille. Était-ce lui, le Démon tapi en leur sein ?

— Pour exercer leur magie noire, ces femmes répugnantes font appel à leur apôtre maléfique ou à leur familier, continuait le révérend Jacobsen.

Maren Olufsdatter n'avait-elle pas dit à Ingeborg et Kirsten que sa mère avait deux familiers – un corbeau noir et un grand élan ? Ingeborg passa sa langue sur ses lèvres gercées. Elle aurait tout donné pour un peu d'eau tant la chaleur qui régnait dans l'église était suffocante. Quels avaient été les mots de Maren ? *La seule manière de nous protéger d'eux est de leur faire peur.*

Ils avaient soutenu que la mère de Maren avait chevauché l'océan à califourchon sur un tonneau, les bras tendus vers le ciel, qu'elle avait lancé des éclairs blancs sur les flots déchaînés et que ses cheveux noirs faisaient comme des serpents qui sifflaient en pleine tempête.

Était-ce une manière de leur inspirer la peur, à l'aide d'histoires de sorcellerie et de magie exercée sur les éléments ?

Le révérend Jacobsen avait terminé son sermon. Tous les fidèles s'étaient agenouillés. Les villageois se serraient les uns contre les autres, le genou posé sur la pierre froide et dure. Quelqu'un laissa échapper une flatulence et Ingeborg entendit sa sœur rire à côté d'elle.

Elle réprima l'envie de l'imiter. Elle pressa l'une contre l'autre les paumes de ses mains et ferma les yeux. Au bout d'un instant, elle finit par pincer Kirsten pour qu'elle arrête de glousser. On leur avait enseigné que le rire, tout comme le plaisir, appartenait au Démon.

— Protège ma mère du Malin et de la tentation du plaisir, murmura-t-elle.

Dans sa tête, le Démon dansait. Il avait l'épaisse chevelure brune et les mêmes yeux marron qu'Heinrich Brasche. Il faisait quelques pas de gigue, les poings sur les hanches, et prenait la main de sa mère, dont la chevelure rouge et or flottait dans les airs tel un drapeau d'abandon. Le Démon et sa mère tournoyaient. Leur danse était si frénétique que pas une âme n'aurait pu les séparer.

Le dernier dimanche d'août baigna dans une lueur dorée et une brise légère qui soufflait de l'ouest, dernier sursaut de chaleur avant que l'air mordant de l'est ne se lève. L'église dégorgea ses ouailles qui semblèrent revenir à la vie en avalant à grandes goulées l'air doux et lumineux.

Une fois chez elles, Ingeborg et Kirsten libérèrent leurs cheveux du carcan de leurs coiffes.

— Allons cueillir les dernières myrtilles, proposa Ingeborg.

Kirsten battit des mains avec joie.

— Zacharias peut venir avec nous ?

— Non, bêtasse, elle va nous gêner.

— C'est une agnelle très gentille, bien plus qu'un chien.

— Elle risque de se faire attraper par un renard, la mit en garde Ingeborg. Tu ne veux pas perdre Zacharias, dis ?

— N'encourage pas ta sœur à trop s'attacher à elle, intervint leur mère d'une voix glaciale. Kirsten, tu sais que cette agnelle est notre bétail. Un jour, nous devrons l'abattre pour consommer sa viande.

Le visage de Kirsten se rembrunit, mais elle ne dit mot, sachant que sa mère la giflerait à la moindre insolence.

— Maman, tu viens avec nous cueillir des myrtilles dans les bois ? proposa Ingeborg tandis que Kirsten tirait sur sa jupe en sifflant « non ! ».

Ingeborg cherchait à garder un œil sur sa mère tout en la tenant éloignée du fils du marchand.

Mais Zigri Sigvaldsdatter secoua la tête. Elle avait déjà noué son ruban bleu à ses cheveux.

— Non, les filles, j'ai d'autres affaires à régler.

— Maman, tu te souviens des mots du révérend Jacobsen ce matin ? dit Ingeborg à mi-voix.

Sa mère, dont les joues s'empourprèrent instantanément, parut décontenancée.

— Qu'essaies-tu de me dire, Ingeborg ?

Un silence lourd tomba entre elles. Les mots s'étranglaient dans la gorge d'Ingeborg. Elle aurait voulu les hurler à sa mère. *Ne va pas lambiner du côté de l'étable d'Heinrich Brasche parce que quelqu'un risque de t'y voir, comme cela nous est arrivé !* Mais sa mère affichait une mine résolue. Elle avait goûté à quelque chose dont elle ne pouvait plus se passer, et Ingeborg savait que toutes ses admonitions auraient pour seule vertu de lui valoir une gifle.

Elle secoua la tête et après un haussement d'épaules se saisit du premier panier, avant de tendre l'autre à Kirsten.

Ingeborg chérissait les maigres forêts autour de chez elles. Elle avait entendu dire que l'île de Vardø, où résidait le gouverneur du Finnmark, ne comptait pas un seul arbre. Comment les habitants pouvaient-ils supporter cela ? Elle adorait leurs arbres, aussi étiolés fussent-ils.

Sa sœur et elle s'élancèrent entre les bouleaux et les pins. Contrairement aux épicéas, qui restaient bien évidemment fournis, ils avaient déjà perdu beaucoup de feuilles. Elle inspira le parfum pur des résineux, laissant ses peurs s'estomper au sujet de sa mère et d'Heinrich Brasche.

Comme elles s'approchaient d'un buisson de myrtilles, elles aperçurent une silhouette chargée d'un panier qui ramassait les baies charnues de teinte noire.

— Maren Olufsdatter ! l'appela Kirsten.

Maren fit volte-face.

— Bonjour, les sœurs Iversdatter, les salua-t-elle. La terre est riche !

La crinière noir de jais de Maren lui tombait à la taille. Elle était aussi grande qu'avait été le père d'Ingeborg, avec de longues jambes et des hanches étroites comme un poulain.

Maren les guida jusqu'à une enclave dans la forêt dont le sol était tapissé d'arbustes de myrtilles.

— C'est Zare, mon ami sámi, qui m'a montré cet endroit, dit-elle en léchant le bout de ses doigts bleuis par le jus des baies. Il est le fils d'Elli, la femme sámie qui a été arrêtée en même temps que ma mère.

— Elle est morte aussi, comme ta mère ? voulut savoir Ingeborg.

— Non, elle s'est échappée de la forteresse ! s'exclama Maren. Elli est encore en vie.

Elles se délectèrent de myrtilles jusqu'à ce que leurs lèvres soient bleues et leurs ventres gonflés.

Au bout d'un moment, Kirsten s'assit lourdement sur le sol en se tenant l'estomac.

— J'ai mal au cœur, dit-elle en grognant.

— Mâche ça, ça va passer, dit Maren en lui tendant une branchette de menthe.

Maren laissa tomber son panier rempli à ras bord et s'étira par terre à côté de Kirsten. Elle avait écarté les bras et les jambes de manière inconvenante et Ingeborg pouvait distinguer la peau sombre de ses jambes sous ses jupes retroussées.

— Reposons-nous un peu, décréta-t-elle.

Kirsten, qui ne désirait rien tant que d'échapper à la corvée de la cueillette, s'allongea à côté d'elle.

— Kirsten, la terre risque d'être mouillée. Relève-toi tout de suite, ordonna Ingeborg.

— Oh, mais non, fit Maren en se redressant sur son séant. Repose-toi, Ingeborg. Tu travailles dur tout le temps.

Ingeborg s'assit avec précaution. Elle s'attendait à ce que le sol soit dur et glacial, mais il était plus moelleux encore que leur matelas fait de branches de bouleaux. De surcroît, la terre dégageait une chaleur réconfortante.

— Je vous raconte une histoire ? proposa Maren en sortant des feuilles vertes et des tiges de bois noueux des poches de sa jupe.

— Oh, oui, s'enthousiasma Kirsten en prenant des mains de Maren la tige succulente qu'elle entreprit de mâchouiller telle une menue créature des bois.

— Dans ce cas, je commence, dit Maren ravie d'avoir un auditoire. Il était une fois une fille qui traversait la forêt dans le sud de la Norvège, là où poussent les noisetiers. Elle cassait des noisettes qu'elle venait de récolter.

Maren fixa Ingeborg de son regard d'un vert envoûtant. Ingeborg sentit aussitôt ses joues lui brûler. Elle se demanda si Maren avait déjà vu ou même goûté à une noisette. Son père pirate lui en ramenait-il parfois ?

— Cette fille – et si nous l'appelions Freyja, d'après la déesse de l'amour *et* de la guerre ?

— Chut, la réprimanda Ingeborg. C'est dangereux de parler de la vieille religion.

— Qui peut bien nous entendre ? contra Maren en choisissant la plus longue tige de bois noueux gorgée de sève pour l'offrir à Ingeborg.

Incapable de résister, Ingeborg s'appliqua à aspirer le jus de la tige tandis que Maren reprenait son récit.

— Freyja trouva un ver à l'intérieur d'une noisette, et s'apprêtait à jeter la noisette lorsqu'elle tomba sur le Démon. Elle savait qu'il s'agissait du Démon parce qu'il était coiffé d'un large couvre-chef noir et qu'il avait des griffes à la place des doigts.

Kirsten pressa ses mains l'une contre l'autre, les yeux brillants de ravissement.

— Freyja interrogea le Démon : « Est-ce vrai, tout ce que l'on dit sur toi ? Que tu peux changer de forme et de taille comme il te plaît ? Et passer d'une montagne à un ver minuscule ? » (Maren poursuivit d'une voix grave.) « Évidemment, que c'est vrai ! » répondit le Démon avec fierté. (Elle gratifia Kirsten d'un sourire avant de continuer.) « Dans ce cas, dit Freyja, montre-moi comment tu te glisses dans le trou de ver de ma noisette. » Elle déplia les doigts pour montrer la petite noisette piquée d'un minuscule trou de ver dans la paume de sa main.

» Le Démon considéra d'un air amusé le défi qu'elle lui lançait. Il retira son couvre-chef et le déposa soigneusement au pied d'un arbre. Il frappa trois fois dans ses mains et se transforma en ver dans la paume tendue de la fille. Puis il se faufila dans le trou de la noisette.

— Oh, mais comment le Démon fait-il pour entrer dans le petit trou ? interrompit Kirsten.

— Il peut avoir la taille qu'il veut, il l'a dit ! répliqua Maren.

Ingeborg secoua la tête. Elle devrait empêcher Maren de farcir la tête de sa sœur de toutes ces bêtises, mais cela faisait une éternité qu'elle n'avait pas vu Kirsten si heureuse. Et puis une partie d'elle se délectait de l'histoire, de laisser son esprit s'emplir de la voix des personnages, tout en contemplant Maren.

Maren était la fille d'un pêcheur pauvre comme toutes les autres et pourtant, au fil de son histoire, Ingeborg voyait en elle les traits de Freyja, la déesse de la mythologie nordique – dans le noir pur de ses yeux, dans le dessin de sa lèvre supérieure. L'amour et la guerre.

— Freyja se saisit d'une brindille et la ficha dans le trou de la noisette. Puis elle ramassa l'imposant couvre-chef du Démon et s'en coiffa la tête, dit Maren en mimant le geste. « Maintenant, se dit-elle, je tiens le Démon dans la paume de ma main. » Et elle poursuivit son chemin dans les bois avec fierté en arborant le chapeau du Démon.

Kirsten posa la tête sur les genoux d'Ingeborg et ses boucles rousses s'éparpillèrent sur son tablier blanc. Ingeborg enroula une mèche de ses cheveux à ses doigts, comme des anneaux dorés. Les deux sœurs ne quittaient pas Maren des yeux.

— Au bout d'un moment, Freyja sortit des bois et descendit la colline qui menait au village. Elle se disait : « Je donnerais bien une bonne leçon à ce Démon prétentieux », alors elle se rendit chez le forgeron qui travaillait devant sa forge.

Maren se leva d'un bond et inclina son chapeau imaginaire en faisant semblant d'être Freyja.

— « S'il vous plaît, monsieur Forgeron, demanda-t-elle de sa voix très polie, pouvez-vous briser cette noisette pour moi ? » et Freyja sortit la noisette du Démon de sa poche.

Maren se planta les mains sur les hanches, jambes écartées pour imiter le forgeron.

Kirsten poussa un cri de joie.

— « Pourquoi me déranges-tu avec tes bêtises ? dit le forgeron d'un air beaucoup plus effrayant que le Démon. Et enlève immédiatement ce chapeau ridicule. »

» Mais Freyja refusa d'obéir et supplia le forgeron d'essayer de casser la noisette.

» L'homme se saisit de la noisette en secouant la tête à tant d'idioties mais, à sa grande surprise, alors qu'il essayait de toutes ses forces de briser la coquille de sa poigne puissante, il ne parvint pas à ouvrir la noisette.

Maren se laissa tomber par terre à côté d'Ingeborg et Kirsten. Elle se pencha vers Ingeborg et caressa les cheveux de Kirsten.

Maren a l'odeur de la forêt, songea Ingeborg. *Un mélange de pin et de feu de bois*. Comme Ingeborg avait gardé les doigts enroulés aux cheveux de sa sœur, leurs mains s'effleurèrent. Relevant les yeux, elle vit que Maren lui souriait. Lentement, Ingeborg retira ses doigts des cheveux de sa sœur, sentant de nouveau la chaleur lui monter aux joues. À son tour, Maren retira sa main, tout en continuant de lui sourire.

— Alors le forgeron empoigna un petit marteau et dit : « C'est bien étrange. » Il posa la noisette sur son enclume et abattit son marteau dessus, mais la noisette ne se brisait toujours pas, continua Maren en mimant la scène. Il empoigna un marteau plus grand et l'abattit de toutes ses forces et malgré tout la noisette ne se brisait toujours pas.

» À ce moment, le forgeron était bien en colère. Pourquoi n'arrivait-il pas à briser cette petite noisette ? Il empoigna sa plus grosse masse et l'abattit de toutes ses forces. Alors la noisette se brisa avec une telle violence que le toit de sa forge s'envola.

— Ça a fait beaucoup de bruit ? voulut savoir Kirsten, bouche bée.

— Un tel vacarme que tout le monde au village se précipita chez soi pour fermer les écoutilles, persuadé qu'un orage arrivait !

— Oh, ils sont trop bêtes ! s'exclama Kirsten, l'œil brillant.

— Le forgeron était tout étourdi. « Eh bien, cette noisette était si dure, c'est à croire que le Démon en personne se cachait dedans », déclara-t-il, fort mécontent que le toit de sa forge ait été arraché. « Mais oui, c'était le cas », répondit Freyja en abaissant le grand couvre-chef du Démon sur son front avant de quitter le village d'un pas sautillant pour regagner la forêt. Une fois seule, elle avala tout cru l'intérieur de la noisette ouverte. Elle retira son chapeau et le déposa au pied de l'arbre pour que le Démon puisse le retrouver, mais elle ne revit jamais ce dernier.

— Mais est-ce que ça veut dire que le Démon est à l'intérieur de Freyja, puisqu'elle a mangé la noisette ? intervint Kirsten.

Maren haussa les épaules.

— En tout cas, ça s'est passé comme ça.

— C'est une histoire imaginaire, Kirsten, ce n'est pas pour de vrai, intercéda Ingeborg.

— Il y a toujours une part de vérité dans les contes, Ingeborg, la défia Maren.

— Où as-tu entendu une histoire aussi ridicule ? demanda Ingeborg en se levant.

Elle épousseta les morceaux de feuilles et les tiges de ses jupes. Elle avait mangé trop goulûment les mets de Maren et se sentait barbouillée en plus d'avoir mal aux mâchoires d'avoir tant mâchonné.

— Ma mère me l'a racontée, répondit Maren en lui tendant un regard empreint de solennité.

— Ta mère la sorcière ? s'ébaudit Kirsten.

Maren opina du chef.

— Raconte-moi une autre histoire que ta mère t'a racontée, lui enjoignit Kirsten.

— Ça suffit, coupa fermement Ingeborg.

Elle attrapa sa sœur par la main pour la faire se lever, quand bien même son cœur la suppliait *Oui, encore, encore !*

— Il faut rentrer, maintenant.

Elle sentit le regard de Maren dans son dos tandis qu'elle s'enfonçait à grands pas entre les bouleaux, traînant Kirsten dans son sillage, son panier cognant contre ses jambes. Maren et son histoire la tiraient vers l'arrière et Ingeborg brûlait d'envie d'entendre d'autres récits de filles capables de déjouer les machinations du Démon, mais à laisser leurs imaginations vagabonder il ne sortirait rien de bon. Rien du tout.

Ingeborg se mit à courir, malgré les protestations de Kirsten. Elle avait l'impression de courir contre le vent, pourtant pas une branche ne remuait au-dessus d'elle.

Chapitre 13

Anna

Le bref été s'était envolé comme des draps soufflés par la brise sur la corde à linge d'Helwig. Puis vint la pluie, à grandes eaux, depuis l'ouest – chaude au début mais lourde, elle détrempa toute l'île. Des petits ruisseaux coulaient du toit du château et formaient des flaques dans la cour. Nous ne tardâmes pas à nous retrouver enfoncées à mi-chevilles dans une boue épaisse à chaque fois que nous sortions au puits ou au lavoir.

Dans la prison froide et humide de la maison longue, la pluie dégoulinait à travers le toit de tourbe affaissé et le long des murs, donnant l'impression que la bâtisse entière pleurait de longs sentiers de larmes. Helwig, dans tous ses états, fourrait des morceaux de tourbe dans les orifices pour empêcher les rats d'entrer. À peine avait-elle débusqué et rebouché un trou qu'elle en découvrait un autre. À mon sens, elle se donnait beaucoup de peine pour rien.

— Ils vont bientôt arriver, disait-elle d'une voix entrecoupée par l'angoisse.

Je n'avais pas peur des rats, quand bien même mon lien avec eux était de sinistre mémoire.

Durant la peste, quand je prodiguais des soins à Bergen, les rats rôdaient sans relâche autour des malades. J'avais vu un rat mordre le doigt d'un enfant mourant. Le garçonnet, délirant de fièvre, n'avait pas eu un cri. Peu de temps après, le pauvre agneau avait rejoint le troupeau des âmes innocentes auprès du bon Dieu.

J'avais tenté d'apporter du réconfort à tant de ces petits anges, pour certains seuls au monde, la peste ayant emporté leurs parents avant eux.

Quand sur l'île le vent tourna, en soufflant depuis la Russie, la pluie se refroidit pour former des petites boules de grêle qui me pilonnaient à chaque fois que j'étais convoquée auprès du gouverneur. Après la grêle s'en vint le grésil, violent et pénétrant.

Les mois de septembre dorés d'autrefois à Copenhague me manquent cruellement. J'aimerais tant pouvoir me promener de nouveau dans vos jardins, mon roi, et prendre le temps d'admirer l'éventail des couleurs des paons. Oh, ces rayons du soleil qui s'égaillaient tout autour de moi, ombre et lumière, et de nouveau je vous vois. Le soleil sur vos mains que vous leviez jusqu'à mes joues, votre visage dissimulé sous les rebords de votre chapeau, vos yeux indéchiffrables tandis que le paon inclinait ses plumes et bombait son poitrail bleu pour attirer sa partenaire.

La nuit dernière, tandis que je cherchais le sommeil en dépit des hurlements du vent d'est, j'ai cru entendre le cri strident du paon. J'entraperçus le bleu chatoyant de son cou et sa gorge étroite tandis que son corps entier ondoyait de désir. Le tempo entêtant de son cri et sa persistance perçant ma tête comme des aiguilles m'empêchèrent de fermer l'œil.

Pourtant je ne me trouvais point dans la minuscule cellule de ma prison dans la maison longue, ni chez moi dans la demeure de mon mari à Bergen. Des années, des décennies avaient reflué, et j'étais dans le cabinet de curiosités de ma maison d'enfance à Copenhague. Dans cette pièce, mon père avait entreposé une collection d'objets rassemblés au cours de toute une vie de pratique de la médecine et de la philosophie. À ses yeux, elle avait plus de valeur que tout au monde – y compris sa femme et sa fille, à mon avis. Je me souvenais de la grande table qui trônait au milieu du sol aux carreaux noir et blanc, encombrée de ses dernières découvertes. Des étagères remplies de trouvailles partout sur les murs et surmontées d'une grande variété de squelettes et de créatures empaillées inconnues sous nos latitudes. Des carapaces de tortues géantes, des petits oiseaux arctiques posés bien droit, des ramures, des cornes et d'étonnants poissons avec des ailerons en rasoir ou des gueules grandes ouvertes. Deux grandes fenêtres en treillis donnaient sur le jardin botanique, si bien que le soleil en se déversant dans la pièce au matin illuminait la poussière d'un autre âge qui virevoltait dans l'air. Oh, je me revois assise sur la banquette près de la fenêtre, les pieds repliés sous mes jupes, en train d'examiner coquillages et pierres dans le creux de ma main et de m'imaginer les pays chauds et secs d'où ils venaient. Mon père laissait derrière lui une collection hors du commun.

Et à présent qu'elle est en votre possession, mon roi, puisque le cabinet de curiosités de mon père a été légué à l'État après son décès, je me demande si vous allez prendre soin des travaux de toute sa vie.

Enfant, je passais des heures dans cette pièce à aider mon père à classifier et répertorier les artéfacts.

L'écriture en latin sur les coffrets est de ma main. Je vous implore de suivre ces lettres du bout des doigts : *Lapides* pour les pierres et les fossiles ; *Conchilia marina* pour les coquillages ; *Ceraunia* pour les pierres de tonnerre dont on pensait qu'elles étaient tombées sur terre dans une pluie d'éclairs.

Mon père partageait son savoir avec moi, car pour lui, je n'étais ni garçon ni fille mais son patrimoine, et il estimait qu'il relevait de son droit et de son devoir de m'instruire. Le cabinet de curiosités de mon père recelait des savoirs scientifiques, mais aussi de magie et de mystère.

Tu vois les cornes de la licorne ? Note bien sa forme de spirale – c'est tout à fait exceptionnel, ne trouves-tu pas ?

Vous savez, car mon père vous l'a dit, que la licorne est une créature mythique et que cette corne enroulée n'appartient pas à un conte populaire. Mon père l'avait trouvée sur un crâne et après de minutieuses recherches, en avait conclu qu'il s'agissait d'une baleine, ces animaux magnifiques qui vivent ici dans le Nord. Si vous veniez jusqu'aux confins hyperboréens de votre royaume, vous pourriez bien m'apercevoir sur les remparts, le regard perdu sur les eaux glacées, à guetter les narvals – ces créatures que mon père aurait tant aimé voir dans leur milieu naturel.

Pour vous, je trouverai un narval, et si vous me permettez d'avoir de l'encre, je vous le dessinerai sur le parchemin que vous m'avez fourni.

S'il vous plaît, mon roi, il vous suffit de m'envoyer de l'encre et une plume.

Dans la pièce qui abritait le cabinet de curiosités de mon père, je levais les yeux tout là-haut sur l'ourson polaire empaillé, qui articulait déjà son grondement, en m'interrogeant sur la taille qu'il aurait pu atteindre – immense, peut-être bien la taille de toute la salle. Cet ours polaire aurait pu réduire le cabinet en charpie et nous dévorer tout crus. Parfois, quand je scrutais l'animal, ses yeux morts me gratifiaient d'une œillade, comme pour dire *Petite Anna, si seulement tu pouvais me rendre ma liberté*.

J'étais à côté de mon père le jour où il vous montra son cabinet de curiosités. À l'époque, j'étais âgée de quinze ans. Vous souvenez-vous de moi, mon roi, gauche dans ma toute dernière métamorphose en jeune femme, toute rougissante dans ma robe noire sans fioriture ? C'était une distinction peu commune qu'un prince royal daigne s'intéresser aux travaux de mon père, mais vous en aviez entendu parler et vous désiriez découvrir ses trésors. Vous étiez ravi, je me souviens que vous preniez le temps d'examiner chaque objet, aussi petit et trivial fût-il. Vous étiez enflammé par la même passion pour l'inconnu que mon père, et que moi. Vous retourniez chaque pierre, scrutiez chaque ossement, la petite souris mécanique vous avait fait rire et notre automate originaire des Amériques fort intrigué. Pourtant, l'article qui avait retenu votre attention par-dessus tout était celui qui m'effrayait le plus : le crâne de troll.

— Où l'avez-vous trouvé ? aviez-vous interrogé mon père en rejetant vos longues boucles noires par-dessus vos épaules.

Vos cheveux étaient si chatoyants ! Je me souviens que vos beaux atours étaient aussi éblouissants que les paons de vos jardins. Vous portiez un pourpoint de soie dorée paré de rubans sur les manches et brodé de brocart rouge ; le col était de la plus pure dentelle blanche, car vous étiez un jeune prince à la mode, âgé de vingt et un ans, bien loin des collerettes démodées. Ce jour-là, vos bas étaient d'une teinte écarlate effarante et je restai fascinée par la forme de vos mollets, par vos chevilles fines et vos chaussures dorées aussi richement décorées de rubans que vos manches. Quel spectacle vous offriez, et comme je me sentais quelconque dans ma robe noire, malgré ma coiffe, mon mouchoir et mon tablier d'un blanc immaculé.

Vous aviez effleuré les orbites vides du crâne de troll.

— Je l'ai trouvé lors d'un voyage à Amsterdam, vous avait expliqué mon père ce jour-là. Mais je crois savoir qu'il provient de l'extrémité nord de la Norvège.

— Ah, bien sûr, aviez-vous hoché la tête. C'est la région qu'habitent les trolls ? Celui-ci aurait-il pu être au service du Démon en personne ?

— *Tous* les trolls ne sont-ils pas au service du Démon, mon prince ? avait répliqué mon père.

Vous aviez acquiescé sans détacher le regard de l'énorme crâne.

Vous aviez compris l'obsession que mon père nourrissait à l'égard du monde naturel car vous étiez un prince, à présent roi, qui souhaitait tout connaître de son royaume.

Nous, en tant que peuple, classifiés et répertoriés, sommes tout comme les animaux, de sorte que quand notre chair s'évanouit inéluctablement et que nos âmes sont libérées, il ne reste de nous que des os. Notre foi à vous et moi, mon roi, prend racine dans le monde réel, car nous existons pour le peuple, n'est-ce pas ?

Mon mari Ambrosius était une tout autre créature, la tête dans les étoiles, le regard détourné de notre monde, en quête de principes et de prédictions dans le mouvement des planètes. Bien que botaniste astrologue, je n'ai rien à voir avec mon mari, car je vois les propriétés des planètes au sein du monde matériel, sur la terre et dans les plantes capables de nous guérir.

Toutefois, mon mari et moi avions un point commun : nous étions tous deux des étrangers dans la ville de Bergen. Notre ennemi était le stathouder Trolle, lequel est encore le vôtre, mon roi ! Songez plutôt à son patronyme : *Trolle*. Quel nom approprié, même si je ne puis m'empêcher de penser que le stathouder Trolle de Bergen était un petit homme maigrichon dont la stature était tout sauf imposante. Ah, mais l'opinion qu'il avait de lui-même était immense.

Il protège ceux qui désirent vous démolir – les dépravés, les corrompus de la ville de Bergen. Oserais-je dire ici, mon roi, que j'ai la certitude que le stathouder Trolle connaît le Seigneur des Ténèbres ?

Je trouverai ses collaborateurs ici à l'extrême nord de la Norvège, et l'assemblée des sorcières qui cherchent à semer le chaos et la destruction sur votre royaume. Je vous protégerai jusqu'à mon dernier souffle, mon roi, et alors vous apprécierez la sincérité de l'amour que je vous ai toujours porté.

Par-delà les maigres limites de mon cœur, par-delà mon mari et la famille, je reste à jamais votre fidèle servante.

Permettez-moi de vous raconter dans quelles circonstances le gouverneur et moi avons entamé notre collaboration.

Depuis que j'avais sauvé la vie de sa jeune épouse, il m'arrivait d'être invitée à dîner à sa table, ce qui contrariait le bailli Lockhert, qui détestait toute femme.

Le gouverneur avait entendu parler de la taille de ma bibliothèque dans ma demeure de Bergen et savait que j'étais instruite. C'est ainsi que lui vint l'idée de débattre avec moi des écrits des grands démonologistes. Le gouverneur Orning était démesurément attaché à trois ouvrages : *Daemonologie* de Jacques VI, *Malleus Maleficarum** de Kramer et Sprenger, et tout particulièrement *Undervisning* de Niels Hemmingsen. Sa théorie voulait que les sorcières couchaient avec le Démon – même si j'objectais que les trois volumes étaient quelque peu datés, tout particulièrement *Malleus Maleficarum*, puisqu'il avait été publié pour la toute première fois près de deux siècles plus tôt.

— Il existe d'autres théologiens intéressants à l'ère moderne, suggérai-je au gouverneur. Peu avant mon arrivée à Vardø, je suis tombée sur les écrits du théologien anglais Thomas Ady. Connaissez-vous son traité sur la nature des sorcières et de la sorcellerie intitulé *Une bougie dans le noir* ? Il se présente sous la forme de recommandations formulées à l'intention des juges, magistrats, tels que vous-même.

Je ne développai pas davantage, tant il était risqué de mentionner Thomas Ady et son scepticisme notoire envers la sorcellerie. Connaissez-vous ses écrits, mon roi ? Que pensez-vous de son argument selon lequel la guerre civile qui a mis l'Angleterre à sang était la punition que Dieu infligea pour la brutalité des procès de sorcières ? Il affirme en effet que n'apparaissent nulle part dans la Bible les méthodes qui nous servent à démontrer l'existence de la sorcellerie. J'ai écumé ma propre bible après avoir étudié son traité et en suis venue à penser qu'il est possible de concevoir le mot « sorcière » comme voulant dire « papiste », tel qu'il l'affirme.

Thomas Ady et son discours engagé m'avaient quelque peu déstabilisée et une partie de moi rejetait son idée que les sorcières n'étaient guère plus que des mélancoliques bercées d'illusion. Car le Diable existe, n'est-ce pas, et de tout temps nous savons que les sorcières sont ses servantes. Et nous connaissons bien les tentations du Seigneur des Ténèbres, vous et moi.

— Ah, mais je préfère exercer ma propre autorité sur la question de la sorcellerie, contra le gouverneur. Les déclarations de Luther sur les sorcières ne sont-elles pas celles qu'il faut faire respecter par-dessus tout, tant il a été à ce propos d'une clarté exemplaire. (Le gouverneur ménagea une pause dramatique et me gratifia d'un regard grave avant de citer Martin Luther :) « Vous ne devez pas avoir de pitié pour les sorcières, quant à moi je les brûlerais. »

— Ces sorcières sont des rats, intervint Lockhert que notre débat érudit ennuyait à l'extrême.

Quand il y en a une, il y en a d'autres et elles pullulent à toute vitesse.

— Comment distinguer les sorcières des autres ? m'interrogea le gouverneur.

J'avais soigneusement posé ma serviette de lin sur sa table à manger raffinée, mon appétit rassasié par du poisson frais, du *gullbrød** et du vin rouge doux. J'écartai de mon esprit les raisonnements de Thomas Ady.

Si tout se passait bien, j'avais bon espoir que le gouverneur reconnaisse le soutien que je lui avais apporté et qu'alors – oh, et alors – que votre pardon arrive telle une bénédiction tombée des cieux.

— Ce n'est pas aussi compliqué que l'on pourrait le croire, dis-je au gouverneur. Car c'est son comportement qui révèle la vraie nature d'une sorcière.

L'épouse du gouverneur leva les yeux de l'assiette qu'elle avait à peine touchée et me scruta avec curiosité.

— Prenez le cas de Maren Spliid, dis-je à Orning. La sorcière originaire de Ribe au Danemark. Elle avait la langue la plus affûtée de tout le pays et ne cessait de maudire ses voisins et de blasphémer contre le bon Dieu.

— Si tel est le cas, Fru Rhodius, on pourrait vous traiter de sorcière ! s'esclaffa le bailli Lockhert.

— Je n'ai jamais proféré de malédiction de toute ma vie, répondis-je froidement.

— Lockhert, cessez de vous moquer de Fru Rhodius, elle est conviée à notre table, réprimanda le gouverneur avec un regard sans appel à son bailli.

Lockhert me toisa d'un air revêche, la lueur malveillante qui habitait ses yeux comme une provocation.

Je répétais tout ce que j'avais lu sur la nature des sorcières, et le débitais au gouverneur comme si j'en étais fermement convaincue, mon pardon oscillant devant mes yeux comme un beau fruit mûr.

— Il existe d'autres moyens de savoir si une femme est une sorcière, continuai-je. Par sa personnalité. Par exemple, si une femme tombe enceinte en dehors des liens du mariage.

— Ah, une grande gueule à la vie dissolue, commenta de nouveau le bailli Lockhert. La plupart des femmes de la péninsule de Varanger correspondent à cette description.

— Dans ce cas, ce sont forcément des sorcières, répondit le gouverneur Orning d'un air entendu.

— Il y a d'autres moyens pour prouver qu'une femme est une sorcière, dit Lockhert de son accent écossais qui étranglait les mots danois. Chez moi, on n'y allait pas par quatre chemins. C'était efficace.

Helwig m'avait expliqué que c'était la raison pour laquelle le gouverneur Orning s'était tourné vers l'Écosse pour trouver son bailli, avec votre approbation – afin de l'épauler dans sa chasse aux sorcières.

Tout le monde savait que l'Écosse comptait plus de sorcières que tout autre terre de la chrétienté. Le roi Jacques VI d'Écosse et Ier d'Angleterre avait épousé la princesse danoise Anne, et l'union des deux pays leur avait valu une grande offensive des sorcières. Le roi Jacques, mort depuis longtemps, avait passé des décennies à purger l'Écosse, mais d'après Lockhert les sorcières sévissaient encore et toujours, des villes aux Highlands hostiles.

— L'épreuve par l'eau est un bon moyen de débusquer une sorcière, tout comme l'examen de la peau pour trouver les marques du Diable, expliqua Lockhert au gouverneur. Et puis nous avons des outils d'interrogatoire, comme les grésillons* par exemple, qui ne m'ont jamais fait faux bond...

— Il importe d'agir correctement, l'interrompit le gouverneur tandis que je m'interrogeais sur la nature des grésillons écossais. Toutes les femmes accusées auront droit à un procès et à la possibilité de prouver leur innocence. Une politesse dont le Démon, dans ses actes diaboliques, nous prive.

— Mais quand allons-nous commencer ? tonna Lockhert. Quand pourrai-je lancer la chasse à ces ignobles chiennes ?

Le gouverneur tira sur sa barbe d'un air pensif.

— Je pense qu'il vaut mieux attendre que les pêcheurs aient pris la mer. C'est au cœur de l'hiver que le Seigneur des Ténèbres rappelle ses sorcières à lui. Mais nous ne l'accepterons pas ! (Il tapa du poing sur la table avec une brutalité qui fit sursauter son épouse.) Ce sont les sorcières qui m'ont enlevé mon fils et je me vengerai.

Fru Orning regarda son mari d'un air ébahi.

— Sans vous, Fru Rhodius, ma douce Elisa aurait péri, elle aussi, dit le gouverneur en posant la main sur celle de sa femme, qui tressaillit imperceptiblement.

Je hochai la tête d'un air digne et pris bonne note d'engranger la dette du gouverneur, bien soulagée de constater qu'il avait abandonné la théorie selon laquelle j'étais porteuse d'une malédiction.

— Je tiens à ce que vous vous penchiez sur un détail en particulier, Fru Anna, dit le gouverneur en se levant de table, sa minuscule épouse s'efforçant de suivre le mouvement quand bien même elle n'avait rien avalé. Le plus odieux des crimes. J'ai lu des pamphlets narrant le fléau des sorcières dans le centre de l'Allemagne et comment ces infâmes créatures offrent leurs propres filles au Seigneur des Ténèbres lors d'une cérémonie d'alliance.

La femme du gouverneur le dévisagea avec une expression d'horreur médusée. Le gouverneur Orning me lança un regard perçant.

— Nous devons purger notre région non seulement des mères sorcières, mais aussi de leurs filles. J'attends votre aide en l'espèce, Fru Anna.

Le gouverneur et sa très jeune épouse se retirèrent dans leur chambre. Fru Orning n'avait cessé de trembler, et j'écartai de mes pensées l'image déplaisante de ce que le gouverneur pouvait faire en privé avec cette jeune femme. Elle m'apparaissait plus effrayée de son propre époux que des sorcières.

Le gouverneur parti, Lockhert se leva et donna un coup de pied dans ma chaise.

— N'oubliez pas que vous êtes ma prisonnière, Fru Rhodius, dit-il d'un air mauvais. Rentrez à la maison longue avant que je décide de vous enchaîner dans la cave du gouverneur.

Malgré les battements affolés de mon cœur, je me composai un masque de sang-froid et me levai avec dignité. Je retraversai la cour boueuse en faisant de mon mieux pour préserver les chaussons que vous m'aviez envoyés en marchant d'un pas léger dans mes socques jusqu'à l'atmosphère sinistre et glaciale de ma prison.

Helwig s'était endormie sur sa paillasse et le feu de cuisine était presque éteint. Je rajoutai de la tourbe et me recroquevillai autour des flammes pour me réchauffer les os. Je repensai aux paroles que le gouverneur avait eues à propos des mères qui sacrifiaient leurs filles au Démon. D'effroi, ma poitrine se serra.

Je n'adhérais pas à cette théorie répugnante selon laquelle les mères abandonnaient leurs filles entre les griffes du Diable, et l'empressement du gouverneur à y souscrire m'inquiétait. Car, mon roi, tous les enfants ne sont-ils pas innocents aux yeux du bon Dieu ? J'avais décelé toute la ferveur du gouverneur et je savais reconnaître un homme en mission quand j'en voyais un. Il ne se laisserait pas aisément persuader du contraire. Que pouvais-je bien faire, moi qui n'étais désormais pour lui que l'instrument de sa volonté ?

Je priai pour que les sorcières qu'il prendrait en chasse n'aient pas de filles.

De retour dans ma chambre, il me fallut de longues heures avant de trouver le sommeil. Lorsqu'il vint, je retournai en rêve dans le cabinet de curiosités. Cette fois-ci, je prenais sur les étagères de mon père un bocal contenant un fœtus difforme. Une étrangeté, un enchevêtrement embryonnaire de membres rabougris que Dieu n'avait pas bénis du souffle de la vie. Et qui pourtant était à nous.

Chapitre 14
Ingeborg

Le jour où les pêcheurs prirent la mer, la pluie avait balayé les premières neiges. Les dernières bruyères d'automne flamboyaient d'un rouge ambré dans la lande marécageuse. De nouvelles chutes de neige ne tarderaient pas à tout recouvrir ; les deux extrêmes prenant leurs redoutés quartiers d'hiver entre le ciel noir et la terre blanche.

Pas une seule femme d'Ekkerøy ne regarda son mari s'embarquer de gaieté de cœur. Ils avaient beau être des brutes, ou être portés sur la bouteille, mieux valait ne pas être privées de leur protection. Toutes savaient que s'ouvrait la saison des sorcières, quand elles couraient le risque d'être frappées de malédiction ou, pire encore, d'être entraînées dans un pacte avec le Diable.

— Ma tante va me gronder encore plus fort que d'habitude, dit Maren à Ingeborg tandis qu'elles regardaient les bateaux de pêche gagner le large, leurs vieilles voiles mille fois reprisées claquant vaillamment au vent du sud-ouest. Elle a plus peur du Diable que de son homme. Si j'étais à sa place, sincèrement, ce serait l'inverse. Mon oncle n'est pas un bon époux.

Ingeborg regarda Maren avec inquiétude. Qu'y avait-il plus à craindre que le Diable ? Aucun mortel ne s'en approchait. Pas plus que les poings du mari de Solve.

Une bourrasque de vent glacial souffla sur la mer et se glissa sous le châle d'Ingeborg, qui réprima un frisson. Elle fit un signe de croix et récita une prière pour la traversée des pêcheurs.

— C'est pour nous que tu devrais prier, commenta Maren. Maintenant que nos hommes sont partis, le gouverneur et ses hommes vont venir chasser les sorcières. (Elle écarta l'enchevêtrement de mèches noires qui striaient son visage.) Écoute-moi, Ingeborg. (Elle tendit la main et effleura sa manche. Ingeborg baissa les yeux sur les doigts de Maren. Sa peau était aussi sombre que le museau pourpre d'un renard polaire.) La seule manière de se protéger est de montrer qu'on a du pouvoir. De leur inspirer la crainte.

Encore cette litanie. Ingeborg retira sa main, agacée par le sous-entendu ridicule de Maren. Il valait forcément mieux ne pas faire de vagues, se faire toute petite, disparaître. C'était le seul moyen de survivre.

— Comment veux-tu que le gouverneur de Vardø craigne les gens comme moi !

— Je peux te montrer, murmura Maren en éludant son regard.

Ingeborg secoua la tête avec obstination et rentra au village d'un pas lourd. Loin de les aider, ces beaux discours allaient surtout leur attirer des ennuis.

Ingeborg espérait de tout son cœur que Maren se trompait à propos de la chasse aux sorcières, car au village les rumeurs sur sa mère allaient bon train.

La semaine précédente, à l'office, Fru Brasche s'était arrêtée en sortant de l'église pour fixer sa mère droit dans les yeux. Heinrich Brasche était devenu rouge comme une airelle, les joues en feu, avant de faire avancer sa femme, qui avait craché par terre aux pieds de la mère d'Ingeborg.

Fru Brasche était au courant. *Oh, doux seigneur*. Ingeborg avait fait le signe de croix. *Elle était au courant !*

Qui le lui avait dit ?

Tout le monde avait regardé le crachat par terre dans un silence horrifié. La mère d'Ingeborg, sans un mot, s'était contentée de relever la tête et de marcher dessus. Elle était rentrée d'un pas léger jusqu'à chez elle tout en bas de la colline.

Était-ce ainsi que l'amour agissait sur une femme ? En la rendant idiote ? Si tel était le cas, Ingeborg préférait ne jamais tomber amoureuse. Sa mère était devenue folle et inconsciente.

Tel que Maren l'avait prédit, cinq jours après le départ des pêcheurs, un bateau venant de Vardø apparut à l'horizon. À l'avant se découpait la silhouette massive du bailli Lockhert, avec sa chevelure rousse chatoyant dans les bourrasques humides, sa barbe hirsute piquée de glaçons, ses yeux rivés sur sa proie.

La plupart des femmes travaillaient dans la lande aux dernières récoltes de tourbe, mais à l'apparition du navire elles avaient abandonné leur tâche pour se précipiter au village et s'enfermer chez elles. Comme si les murs frêles de leurs maisons pouvaient empêcher l'ogre d'entrer.

La mère d'Ingeborg lui donna l'ordre d'écraser les arêtes de poissons pour nourrir les vaches d'Heinrich Brasche, tandis que Kirsten en profitait pour se cacher dans un coin avec Zacharias.

— Au travail, Ingeborg.

Malgré son intonation calme, Ingeborg sentait la peur dans son regard. Elle avait envie de hurler : *Trop tard, maman ! Il fallait y penser avant.*

Ensemble, elles écrasèrent les arêtes bouillies dans le grand chaudron, cependant que Lockhert et ses hommes traversaient le village jusqu'à la demeure du marchand Brasche. Un silence de mort enveloppa toutes les huttes comme un épais brouillard. Ingeborg se représenta leurs voisines en train de retenir leur souffle au souvenir de la chasse aux sorcières qui s'était soldée par le supplice de la mère de Maren.

Le silence fut brisé par le bruit sourd des hommes débarquant dans le hameau, et de Lockhert qui tambourinait à chaque porte avant de hurler après les femmes à l'intérieur.

Les mains d'Ingeborg tremblaient de peur et Kirsten s'était agrippée à Zacharias.

— Les filles, nous n'avons rien à voir avec le Diable. Pourquoi le bailli viendrait-il chez nous ?

Mais les paroles de sa mère ne suffirent pas à l'apaiser. Ingeborg sentait son estomac se retourner et la terreur lui glacer l'échine comme une prémonition sourde.

Soudain la porte de leur masure s'ouvrit à la volée et Lockhert fit irruption dans la pièce, flanqué de deux soldats.

Sa mère recula avec effroi, renversant le chaudron dans son élan. Les entrailles gluantes des poissons se déversèrent sur le feu de cuisson avant de s'étendre tout autour d'eux sur le sol en terre battue.

Ignorant la confusion, Lockhert restait fixement concentré sur son seul et unique point de mire : la mère d'Ingeborg. Il s'avança vers elle d'un pas menaçant.

— Vous êtes en état d'arrestation, Zigri Sigvaldsdatter, gronda-t-il.

Sa mère était acculée au mur fissuré. Kirsten s'était recroquevillée tout contre Zacharias, et fermait les yeux en serrant fort les paupières. Ingeborg, quant à elle, était tétanisée. Le bouillon de poisson s'infiltrait dans le sol, dégageant une odeur qui lui donna un haut-le-cœur tandis que ses pieds nus pataugeaient dans l'ignoble bourbier.

— Zigri Sigvaldsdatter, sur ordre de l'honorable gouverneur de Vardø, je suis chargé de vous amener à la forteresse de Vardø, où vous répondrez de faits d'accusation de sorcellerie.

— Qui m'accuse ?

Ingeborg vit un éclair de panique traverser le visage de sa mère.

— Un témoin vous a vue passer un pacte avec le Démon.

— Je suis une veuve pieuse, interrogez le révérend Jacobsen : je vais à l'église chaque semaine. Je n'ai pas passé de pacte avec le Démon.

— C'est Fru Brasche qui vous a vue avec le Démon. Oseriez-vous prétendre que la belle-fille du marchand Brasche profère des mensonges ? Une fervente chrétienne comme elle ?

Pouvez-vous en dire autant ? asséna-t-il en désignant d'un geste leur minuscule masure.

Comme sa mère restait coite, Ingeborg prit la parole.

— Fru Brasche dénonce ma mère pour se venger.

Le bailli l'ignora et donna l'ordre aux soldats d'arrêter sa mère. Agrippée au mur, elle n'avait nulle part où s'enfuir et se trouva réduite à clamer son innocence tandis qu'ils se saisissaient d'elle pour la traîner jusqu'au dehors.

De désespoir, Ingeborg se planta devant le bailli Lockhert.

— Vous devez me croire, ma mère n'est pas une sorcière.

La remarquant enfin, Lockhert haussa les sourcils et esquissa un fin sourire devant une telle démonstration d'audace. D'un geste véloce, il lui administra une gifle et elle tomba violemment contre le sol à quelques pas du mélange nauséabond.

— Laissez-la, hurla sa mère.

— Silence, chienne ! gronda Lockhert.

D'un bond, Ingeborg fut sur ses pieds. Elle sentait la colère bouillonner en elle. Elle se retenait de frapper le bailli avec le bâton du chaudron, sachant que le moindre déferlement de violence se retournerait contre sa mère. Elle serra le manche dans sa paume, secouée d'une envie bestiale de détruire cet homme.

— Ingeborg, non ! Arrête !

Les supplications de sa mère la coupèrent dans son élan. Ingeborg lâcha le bâton qui s'abîma sur le sol.

Ingeborg et Kirsten suivirent Lockhert et ses hommes à distance respectueuse tandis qu'ils traînaient leur prisonnière jusqu'à la maison du marchand Brasche. Leur mère s'était murée dans le silence, consciente que toute protestation ne ferait qu'entraîner des souffrances.

Dans le petit hameau, personne ne bougea. Les femmes et les enfants restèrent cloîtrés. Ingeborg sentait le poids de leurs regards à travers les trous et les fissures des masures.

Sorties de la petite enclave d'habitations, après avoir longé la plage incurvée et gravi la pente qui menait au plateau de terres riches et meubles, elles arrivèrent devant la grande maison en bois du marchand Brasche. Le grand homme en personne sortit sur le seuil, les bras croisés sur son large torse, pour toiser l'arrivée de la sorcière.

Lockhert fit descendre à leur mère une volée de marches extérieures qui menaient à la cave du marchand Brasche. En se refermant, les lourds verrous semblèrent résonner jusqu'au village.

Le bailli Lockhert emboîta ensuite le pas au marchand, qui le gratifia d'une tape dans le dos, et les deux hommes entrèrent dans la maison.

Arrivée en bas des marches, Ingeborg posa les mains à plat sur la porte de la cave.

— Mère ? murmura-t-elle. Mère ?

— Les filles, tout va bien se passer, répondit Zigri d'une voix tremblante.

À la lueur du crépuscule, la silhouette corpulente du révérend Jacobsen se précipita vers elles, sa toge noire traînant dans la boue.

— Le révérend Jacobsen est là, dit Ingeborg à sa mère. Je vais lui demander de parler en ta faveur.

Ingeborg se releva en chancelant et tira Kirsten tout contre elle. Elles remontèrent les marches en courant pour rejoindre le prêtre. Au même moment il commençait à pleuvoir à verse.

— Révérend, je vous en prie, aidez ma mère, l'implora Ingeborg. Ils l'ont enfermée dans la cave du marchand Brasche pour faits de sorcellerie.

Le révérend la scruta d'un œil froid.

— Je suis au courant, mon enfant. J'allais de ce pas l'interroger.

— Et après, elle pourra rentrer à la maison ? voulut savoir Kirsten.

Il regarda sa petite sœur et son expression s'adoucit.

— Non, des faits lui sont reprochés, expliqua-t-il tandis que les gouttes de pluie dégoulinaient de son gros nez. Demain matin, elle sera amenée à Vardø pour y être jugée.

Les mots frappèrent Ingeborg en plein cœur avec la violence d'une lame. Aucune femme n'était revenue vivante d'un procès à Vardø.

— Vous voudrez bien parler en sa faveur, révérend ? supplia Ingeborg.

— Elle a été reconnue comme étant une sorcière et devra en répondre devant le gouverneur en personne, répondit le révérend sans ménagement.

Il sortit un grand mouchoir en lin de sa poche et s'essuya le nez.

— Rentrez chez vous et priez pour son âme. Pour l'heure, c'est tout ce que vous pouvez faire.

Comment pouvait-elle envisager de rentrer chez elle pour prier ? Sa mère se tenait à quelques pas d'elle, de l'autre côté du mur de la cave. Le révérend entra dans la maison et Ingeborg en profita pour se glisser le long de la façade. Les voix des hommes qui s'entretenaient à l'intérieur étaient perceptibles depuis l'extérieur. Elle entendait même leurs rires. Ils festoyaient de bières et de victuailles pendant que sa mère était prise au piège sous leurs pieds.

Arrivée à sa hauteur, Kirsten s'employa à gratter la boue qui maculait les murs de la cave.

— Inge, regarde, il y a un trou !

Unissant leurs forces, elles tirèrent sur la planche de bois pourri. Les échardes leur lacérèrent la peau, mais elles n'en avaient cure. Ingeborg sentait s'estomper la colère que lui inspirait la dépravation de sa mère. En dépit de tout, elle restait sa mère et Ingeborg avait besoin d'elle. Elle ne pouvait pas se permettre de perdre un autre membre de sa famille. Sans compter que sa mère n'était pas une sorcière.

— Mère, l'appela Ingeborg. On arrive !

De l'autre côté de la paroi, leur mère tirait elle aussi de toutes ses forces sur les planches. Mais la décomposition du bois n'était que superficielle, et malgré leurs efforts conjugués elles réussirent à peine à dégager un trou de la taille du poing de Zigri.

Ingeborg étreignit la main tremblante que sa mère tendait à travers l'ouverture.

— Ingeborg, il faut que tu ailles trouver Heinrich et que tu lui demandes de l'aide.

— Mais c'est sa femme qui t'accuse.

— Il me sauvera malgré tout, affirma-t-elle d'une voix confiante.

Sa mère retira sa main. Ingeborg ne distinguait pas l'intérieur de sa cellule, mais aussitôt sa main réapparut. Elle tenait le ruban bleu serré entre ses doigts.

— Tu lui donneras ça.

L'air était saturé par la fumée de tourbe qui s'élevait en volutes blanches dans le ciel noir. Ingeborg et Kirsten passèrent à pas feutrés devant le seuil du marchand Brasche avant de regagner la sente de bruyères recouverte d'une fine pellicule de glace jusqu'à la demeure de son fils.

Kirsten tremblait de la tête aux pieds, sans compter qu'elle devait mourir de faim, pourtant pas une plainte ne franchissait ses lèvres.

— Si tu rentrais te sécher à la maison ? lui suggéra Ingeborg.

— Non, répondit sa sœur avec férocité et deux ronds de couleur enflammèrent ses joues pâles. Je veux t'aider, Ingeborg.

C'est la Veuve Krog qui ouvrit la porte des Brasche.

— Que Dieu nous bénisse, que fais-tu ici, Ingeborg Iversdatter ? murmura la femme au visage hâve, les traits crispés.

— Je veux parler à Heinrich Brasche, affirma Ingeborg en dépit du tremblement dans sa voix.

— Oh non, soupira la Veuve Krog en posant les yeux sur le ruban bleu qu'Ingeborg serrait dans sa main. Va-t'en d'ici, ma petite.

— Je vous en prie, Fru Krog, notre mère a été arrêtée pour sorcellerie.

La veuve blêmit.

— Je l'avais prévenue. Combien de fois lui ai-je dit qu'elle allait à sa perte ?

— Mais ce n'est pas une sorcière, rétorqua Ingeborg en lui tendant le ruban. Je vous en prie, vous êtes sa seule chance !

La Veuve Krog, profondément troublée, laissa son regard errer entre les deux sœurs.

— Bien sûr que ta mère n'est pas une sorcière, Ingeborg Iversdatter, dit-elle en écartant le battant pour les laisser se glisser à l'intérieur. Entrez, puisque c'est ça.

Mari et femme étaient assis de part et d'autre du feu. Ce n'était pas un maigre feu de cuisson, mais un vrai âtre avec un manteau et une cheminée. Sur le manteau reposaient trois bols sámis en argent, et à côté du feu un grand seau en cuivre rempli de tourbe à côté d'un tisonnier suspendu, d'une paire de pinces et de soufflets posés sur une étagère d'alcôve. À côté du couple se dressait une grande table recouverte d'une toile de tapisserie ornée de riches motifs de feuilles, de fleurs et de fruits. Quelle belle image que ce mari qui fumait sa pipe tandis que sa femme brodait.

Ils levèrent la tête de concert d'un air interdit en voyant arriver Ingeborg.

— Qui sont ces filles de pêcheurs toutes dépenaillées, Heinrich ? lança Fru Brasche d'une voix haineuse. Elles sont en train de salir notre plancher tout propre.

Fru Brasche interpella la Veuve Krog, mais la vieille femme avait disparu. Sans doute se cachait-elle en cuisine, en priant pour qu'on ne lui reproche pas l'intrusion des filles Iversdatter.

Ingeborg se tourna vers le fils du marchand.

— Monsieur, notre mère a été arrêtée par le bailli Lockhert et accusée de sorcellerie, énonça-t-elle d'une voix déchirée par l'émotion.

Elle est retenue prisonnière dans la cave de votre père.

Heinrich se leva d'un bond, laissant sa pipe tomber sur le sol avec fracas. Ingeborg sentit le regard glacial de sa femme se poser sur elle.

— Personne ne m'en a informé, dit-il d'un air troublé.

— Bien sûr que si, vous étiez au courant, Heinrich, dit sa femme. Votre père en parlait hier encore. Il s'est engagé à aider le gouverneur à débarrasser notre village des sorcières.

— Ma mère est innocente, déclara Ingeborg sans quitter des yeux le visage inquiet d'Heinrich Brasche.

— Mais elle a été vue en compagnie du Diable, ma petite, rétorqua Fru Brasche d'une voix sans appel.

N'en pouvant plus, Ingeborg prit à partie cette femme qui la toisait d'un air triomphant.

— C'est vous qui l'avez accusée.

— Qu'est-ce que cela signifie ? demanda Heinrich à son épouse. Pourquoi accuser Zigri Sigvaldsdatter de sorcellerie ?

— Comme je viens de l'expliquer, répondit sa femme en plissant ses jupes du plat de la main pour se composer un air calme, même si Ingeborg voyait le tremblement de ses mains, je l'ai vue en compagnie du Diable dans notre étable. C'était parfaitement évident. Ils étaient en train de forniquer.

Kirsten étouffa un cri et Ingeborg la saisit par la main, qu'elle serra pour l'intimer au silence. Elle tourna de nouveau le regard vers Heinrich Brasche dont le visage n'était plus qu'un enchevêtrement d'émotions contradictoires, et dont la portion de peau qui dépassait de son col avait pris une violente teinte rouge sous l'effet de la honte.

Ingeborg sortit le ruban bleu de sa poche et l'agita devant le fils du marchand. Cette apparition eut un effet immédiat sur le jeune homme. Il porta une main à sa poitrine en remuant la bouche tel un poisson en train de suffoquer.

— Vous devez dire à votre père et au gouverneur de Vardø que ma mère est innocente et que votre femme a fait erreur, insista Ingeborg d'une voix plus courageuse qu'elle ne se sentait réellement.

— Comment oses-tu aborder mon mari avec de telles exigences ? s'emporta Fru Brasche.

Elle portait deux rangées de perles serrées autour du cou et un magnifique corsage de soie verte. Nonobstant ces beaux atours, la mère d'Ingeborg la surpassait largement par la beauté.

— Sortez d'ici ! ordonna-t-elle en désignant la porte.

Ingeborg refusait de céder.

— Vous savez que ma mère n'est pas une sorcière, vous le savez, implora-t-elle Heinrich.

Sa voix était de plus en plus tendue par la frustration et sa rougeur avait reflué, pâlissant ses traits. Ses yeux noisette s'étaient assombris.

— Vous devez l'aider.

Comment cet homme de pouvoir pouvait-il rester sans rien faire ?

— Je n'ai aucune influence sur le gouverneur Orning à Vardø, finit-il par dire.

— Demandez à votre père, insista Ingeborg.

— Mon père ne m'écoutera pas, répondit Heinrich d'un ton amer. Il est convaincu que la plupart des femmes de pêcheurs d'Ekkerøy sont des sorcières.

— Débarrassez-vous de ces filles, Heinrich, ordonna sa femme, les yeux rivés sur le ruban bleu. Qu'avez-vous à faire de leur sorcière de mère ?

— Laissez-moi, femme, coupa Heinrich en arrachant des mains d'Ingeborg le ruban qui disparut dans son poing fermé.

Un éclair de fureur traversa le visage de Fru Brasche, mais elle ne dit plus un mot. Après tout, le mal était fait. Elle reprit son ouvrage de broderie en gratifiant Ingeborg et Kirsten d'un regard de dégoût.

Heinrich déplia son poing et contempla le ruban bleu.

— Je suis désolé, mon enfant, mais tu dois partir.

— Mais pourquoi lui avez-vous donné le ruban ? insista Ingeborg en tirant sur sa manche d'un geste désespéré.

Éludant son regard, Heinrich repoussa sa main. Ingeborg sentait toute l'étendue du courroux de Fru Brasche, mais cela lui était bien égal, à présent. Elle en voulait à Heinrich.

— Ma mère vous a tant donné !

Elle arracha le ruban de la paume ouverte d'Heinrich. Il appartenait à sa mère et elle avait la ferme intention de le lui rendre.

— Quelle insolence ! Faut-il t'enfermer, toi aussi ? asséna Fru Brasche d'un ton tranchant.

— Lisebet, silence, je vous en conjure ! asséna Heinrich.

Elle lui adressa un regard dénué de toute haine. Il ne disait plus que la douleur.

— Je vais essayer de plaider en faveur de votre mère, dit Heinrich en s'adressant de nouveau à Ingeborg. Mais cela pourrait jouer en sa défaveur. (Il conclut après un long soupir.) J'irai trouver mon père. Voir ce qui peut être fait.

Il fit appeler la Veuve Krog pour qu'elle lui apporte son chapeau et sa cape.

— Rentrez chez vous, dit-il à Ingeborg. Priez pour votre mère. Je ferai de mon mieux pour elle.

De retour à côté de la cheminée, Fru Brasche couvrait les deux sœurs d'un regard noir. Sa broderie avait glissé par terre et ses yeux brillaient de larmes.

— Rentrez chez vous, répéta Heinrich.

Des nuages noirs tourbillonnaient haut dans le ciel, poussés par le vent hurlant. Ingeborg et Kirsten suivaient Heinrich Brasche.

Il remontait à grands pas le chemin qui menait à travers la tourbière chez son père et sa longue cape noire claquait comme deux grandes ailes dans son sillage. Il disparut à l'intérieur de la maison sous le regard des deux fillettes.

Aussitôt, elles se précipitèrent vers le mur de la cave.

— Il est arrivé, murmurèrent-elles. Heinrich est là. Il va vous sauver, mère.

Aucun son ne leur parvint. Leur mère était-elle encore de l'autre côté de la paroi ? L'avait-on déplacée ? Pire, l'avait-on battue au point qu'elle eût perdu connaissance sur le sol de sa cellule ?

Ingeborg et Kirsten attendirent, plongées dans la nuit noire. Quand enfin la pluie cessa et que les nuages se dissipèrent, elles aperçurent le premier croissant de lune. L'espace d'un instant, Ingeborg se représenta le moment où Heinrich ressortirait de la maison en compagnie de sa mère, et les imagina descendre les marches côte à côte, tels un prince et une princesse. Mais les heures passèrent, et personne ne sortit.

Kirsten tremblait de froid et de faim. Ingeborg savait qu'en restant dehors trop longtemps elle mettait en péril la santé de sa petite sœur. Elles rentrèrent tant bien que mal chez elles. Il ferait bientôt jour. Alors, elles pourraient retourner auprès de leur mère.

Après avoir emmitouflé sa sœur dans des peaux contre le flanc de Zacharias, Ingeborg rebroussa aussitôt chemin pour regagner la maison du marchand Brasche. Arrivée devant les murs de la cave, elle se mit à les gratter à quatre pattes comme un chat qui chasse des rats. Il y avait forcément un moyen de passer de l'autre côté. Elle donna des coups autour de l'orifice dégagé plus tôt en appelant sa mère à voix basse.

Derrière elle éclata soudain un aboiement sauvage. Le molosse noir du marchand Brasche roulait ses grands yeux injectés de sang en montrant ses crocs dégoulinants de salive.

Ingeborg prit une profonde inspiration, mue tant par la peur que par la rage puis soudain... elle se mit à feuler sur l'animal. Le sifflement qui émana de sa bouche la surprit : le bruit bestial, féroce, n'avait rien d'humain. Elle sentit sa colonne vertébrale se cambrer, sa peau fourmiller. Le chien grondait, la bave aux lèvres. Elle feula de plus belle, puis s'élança.

Le chien bondit sur elle, la mordit à la main et lui arracha un cri, mais elle continua à courir. Jamais elle n'avait couru à cette vitesse. Le chien la prit en chasse, pourtant elle distançait l'imposant cerbère.

Elle dévala la pente jusqu'au village, son corps fusant à la vitesse du vent. Elle se rua chez elle en refermant la porte si brutalement que le bruit avait dû éveiller tout le voisinage. Pourtant, pas une âme ne se manifesta. Elle n'entendait rien d'autre que le bruit de l'animal qui reniflait sur le seuil de la maison.

Ingeborg, adossée au battant, se tenait les flancs. La porte n'était pas fermée par un verrou et le chien qui ne cessait de renifler sa trace n'aurait eu aucun mal à l'ouvrir. Elle sentait son haleine brûlante. Au bout d'un moment, l'animal se lassa et elle l'entendit s'éloigner au petit trot.

Ingeborg alla s'asseoir près des braises mourantes pour réchauffer la peau fripée et glacée de ses pieds. Le sang gouttait régulièrement de la plaie à sa main. Sa mère l'aurait lavée et pansée en un clin d'œil, mais elle se sentait trop épuisée pour s'en occuper. Elle porta la main à sa bouche et suça son sang. L'entaille n'était pas profonde. Les crocs acérés de l'animal avaient à peine écorché la peau. Comment avait-elle réussi à courir à une telle vitesse ?

Ingeborg lécha le sang jusqu'à ce que sa peau luise de blancheur à la lueur du feu.

Ce n'est qu'à ce moment-là qu'elle se rendit compte que Kirsten ne dormait pas. Recroquevillée contre l'agnelle endormie, elle la fixait de ses grands yeux écarquillés.

— J'ai vu mère avec le Démon, murmura-t-elle. Exactement comme l'a dit Fru Brasche.

— Non, Kirsten, ma chérie, ce n'est pas ce que tu as vu, je te le promets.

— Que va-t-il arriver à mère ? demanda-t-elle d'une voix apeurée.

— Elle sera sauvée, répondit Ingeborg avec une conviction inattendue.

— Mais comment ?

Ingeborg sortit de sa poche le ruban bleu de sa mère.

— Tu te souviens de l'histoire du ruban bleu qu'Axell nous racontait tout le temps ?

Kirsten hocha la tête.

— Le ruban lui conférait des pouvoirs spéciaux. C'est le cas avec mère et ce ruban.

— Mais le ruban est ici avec nous. Pas avec elle.

— Dans ce cas, il faut le lui rendre.

Ingeborg se glissa à côté de sa sœur et tira les peaux de rennes sur ses épaules. Elle était transie de froid et d'épuisement, mais à chaque fois qu'elle baissait les paupières, l'image des yeux injectés de sang du molosse lui revenait à l'esprit. Le Démon pouvait se manifester sous la forme d'un chien noir – elle l'avait entendu tant et si bien de la bouche du révérend Jacobsen.

Elle sentait sa main palpiter quand bien même le saignement avait cessé. Venait-elle d'être marquée par le Démon ?

Réprimant un frisson, elle pressa ses mains contre sa poitrine, recroquevilla ses orteils et frotta ses pieds l'un contre l'autre.

— Si on rend son ruban à mère, elle pourra s'enfuir comme la fillette dans l'histoire ? murmura Kirsten. Elle s'enfuira avec les loups ?

On leur avait appris à craindre ces bêtes, pourtant Ingeborg aurait préféré savoir sa mère au milieu d'une meute qu'à la merci des hommes qui faisaient la loi.

Ingeborg réveilla Kirsten à la première lueur de l'aube grise qui filtra à travers les fissures de leur masure.

Vêtues d'un tablier propre et d'une coiffe blanche, elles s'agenouillèrent pour prier devant la maison du marchand Brasche sous une pluie battante qui eut tôt fait de tremper le fin tissu sur leur tête et la laine de leur veste. Elles tremblaient de froid, pourtant Ingeborg refusait d'abandonner. Elle ne pouvait rien faire d'autre si ce n'est en appeler à la pitié des hommes au pouvoir. Les villageoises qui passaient devant elles pour aller au puits ne leur prêtèrent pas la moindre attention. Si seulement Solve, la cousine de leur mère, était là, ou alors Maren Olufsdatter. Elles se seraient forcément jointes à leurs prières. Sans doute la nouvelle n'était-elle pas encore arrivée jusqu'à leur village d'Andersby.

Quand Ingeborg revit enfin sa mère, la stupeur de l'arrestation avait cédé la place à une terreur pure. Lorsque le bailli Lockhert et ses hommes la firent sortir de chez le marchand Brasche, son corps tout entier se tordait de peur. Ses poignets étaient si étroitement ligotés que sa peau pâle était marquée de rouge. On lui avait retiré sa coiffe, libérant sa chevelure rousse. Ingeborg eut tout le loisir de contempler ses bras couverts d'hématomes et sa lèvre fendue. Cette dernière vision lui lacéra le cœur.

Derrière sa mère, Ingeborg vit la silhouette d'Heinrich, que retenaient son père et un domestique.

— Je vous en supplie, père ! implorait le fils. Lisebet fait erreur. Ce n'est pas le Démon qu'elle a vu avec Zigri.

Fru Brasche n'était pas sur les lieux pour admettre son mensonge.

Le père d'Heinrich lui lança un regard furieux.

— Ne vois-tu donc pas que tu es ensorcelé, mon fils ?

— Père, elle est innocente ! Je vous en supplie !

D'un geste vif, le vieux marchand sortit un couteau dont il plaqua la lame contre le cou de son fils.

— Cesse de piailler, sinon je vais finir par croire que tu es complice. Et que tu n'es plus mon fils. Je te déposséderai de tout, Heinrich !

Il fit signe à son servant de ramener Heinrich à l'intérieur. La porte claqua derrière eux.

Le bailli Lockhert et ses hommes traînèrent Zigri en direction du port, comme une jument récalcitrante.

Kirsten s'élança après eux. Ingeborg partit à sa poursuite.

— Maman ! Maman, j'ai ton ruban bleu.

Arrivée à sa hauteur, Kirsten fourra le ruban effiloché dans la main de sa mère qui s'en empara sans un mot pour sa fille.

— Oh, Heinrich, gémit-elle en regardant Ingeborg.

Mais le fils du marchand avait disparu entre les murs de la maison.

Pas une porte ne trembla tandis que le bailli Lockhert traînait Zigri à travers le village d'Ekkerøy.

Ils arrivèrent au port, où les attendait le bateau du bailli. Les soldats poussèrent Zigri sur le pont. Elle trébucha et tomba à genoux en sanglotant ; les larmes baignaient son visage. Elle avait compris qu'Heinrich Brasche ne pourrait pas lui épargner Vardøhus.

Ingeborg sentait ce spectacle lui meurtrir le corps. Il fallait qu'elle rejoigne sa mère.

— Elle est innocente, écoutez-moi ! s'écria-t-elle en jouant des coudes entre les soldats.

En l'apercevant, le bailli poussa un mugissement exaspéré. Il l'agrippa par le col et la souleva jusqu'à ce que ses pieds pendillent dans les airs.

— Espèce d'insolente ! Cesse, ou je te balance dans le trou à sorcières de Vardø avec ta sorcière de mère.

Elle se tortillait vainement, comme un poisson à un hameçon.

— Je vous en prie, laissez-la partir, bailli, c'est une enfant, supplia sa mère.

Lockhert relâcha Ingeborg qui atterrit sur les genoux dans un bruit sourd, le corps traversé d'une onde de douleur.

Sa mère était recroquevillée sur le pont du bateau, les yeux vrillés par la terreur.

— Ingeborg, va chercher de l'aide, articula-t-elle muettement. Promets-le-moi !

— Je le promets, murmura sa fille.

Sa mère leva ses mains entravées en supplique, le ruban entremêlé à ses doigts, le bleu implorant de ses yeux déchirant le cœur d'Ingeborg.

Elle avait promis de l'aider. Mais comment ?

Les hommes du bailli jetèrent les amarres, les voiles blanches se gonflèrent et le bateau roula sur le néant gris des vagues, avec pour seuls témoins un radeau de canards d'hiver qui le regardèrent disparaître derrière une falaise.

Ingeborg resta longuement à scruter l'horizon après que les voiles et que la chevelure de sa mère, telle une bannière dorée, se furent évanouies à l'horizon. Elle se représenta sa mère roulée en boule dans la cale du bateau de l'infâme bailli, en train de traverser la mer de Murman jusqu'à l'île de Vardø et la forteresse du gouverneur.

Comment faire pour la ramener saine et sauve à la maison ?

TROISIÈME PARTIE

Hiver

1662

Les trois mères

En un temps dépassant notre imagination, il était une fois trois mères qui vivaient tout au fond d'Yggdrasil, l'Arbre-Monde, dans le royaume des Ases, près de la source sacrée du destin. Elles avaient pour tâche d'alimenter le grand arbre à l'aide des eaux pures de la source sacrée, de préserver sa vie à l'aide de l'argile blanche de la source et de recueillir des gouttes de cette source afin d'en asperger l'herbe de rosée. Les trois mères s'appelaient Urth, Verthandi et Skuld, et c'étaient elles qui tissaient les destinées de tout un chacun.

Pour les autres mères, tout le monde était traité à la même enseigne parce que personne – pas même Odin, père des dieux et des hommes – n'exerçait de domination sur elles. Tous étaient soumis à leur sort. Les mères, également connues sous le nom de Nornes, étaient peut-être sœurs, peut-être pas, en tout cas elles ne pouvaient pas vivre les unes sans les autres. Les mères avaient pour tâche d'assister à la naissance de tous les nouveau-nés et de tisser le récit de leurs vies. Comme elles ne prenaient pas cette mission à la légère, elles consacraient un soin tout particulier à créer une existence pour chaque nouvelle âme.

Urth incarnait le passé, ou le destin. Elle avait une longue chevelure qui changeait de teinte avec les saisons, allant du doré au brun. L'hiver, elle était du marron foncé des eaux des tourbières, mais l'été elle prenait la couleur des champs d'orge. Sa peau aussi évoluait avec les saisons, tout comme ses yeux : couleur miel et noisette l'été, couleur crème et braises brûlées l'hiver. Pleine de rires et de lumière, Urth enrichissait les histoires de chacun en chantant la vie dans le tissu de leur destin. Chaque note qui franchissait la barrière de ses lèvres se muait en un fil dont la couleur illuminait un chemin que l'âme pouvait emprunter.

Verthandi était le présent, ou l'être. Elle avait une chevelure bouclée aux mille nuances de rouge. Verthandi était la plus petite des trois mères – aussi minuscule que les nains-elfes – mais c'était elle qui possédait le plus grand pouvoir. C'était elle qui tissait le secret de la joie dans la vie d'une âme. Mais son essence était le fil le plus difficile à trouver. Elle ne chantait pas ni ne parlait, mais elle insufflait la vie délicatement dans le cœur des gens ; elle était tel le bruit de la mer sur le rivage par une belle journée d'été, tel le doux balancement du vent dans les branches.

Skuld était l'avenir, ou la nécessité. Elle avait les cheveux d'un noir profond, avec une seule et unique mèche d'un blanc immaculé. Skuld était la plus difficile des mères. Parfois elle ne voulait plus du tout être une mère et se rebellait contre ses sœurs.

— À quoi bon travailler dur à tisser les destins de chaque nouvelle âme quand nos propres avenirs sont à ce point incertains ? se plaignait-elle en agitant le parchemin vierge dans sa main.

Mais le reste du temps, quand les deux autres mères l'avaient apaisée avec force fruits et vin, Skuld prenait son rouleau sur lequel elle écrivait, écrivait et écrivait encore. Elle ne parlait jamais des histoires qui tissaient le destin des nouvelles âmes : elle couchait le récit de leurs vies par écrit.

Personne n'échappe aux trois mères en entrant dans la vie. Que nous soyons des dieux, des déesses, des humains, des elfes, des nains, des trolls ou des géants du givre. Aux yeux des trois mères, nous sommes tous pareils. Certains d'entre nous auront un destin doré, et certains peineront à sortir de l'ombre, mais nous sommes tous nés d'une mère, que cela nous plaise ou non, par le sang ou par le cœur.

Les trois mères considéraient que leur tout premier devoir était de protéger les femmes en couches. Elles puisaient la guérison dans l'Arbre-Monde et cueillaient les fruits de ses branches, qu'elles brûlaient dans un feu à son pied. Elles administraient ces fruits brûlés aux femmes en couches afin que ce qui était dedans puisse être dehors.

Les trois mères tissaient dans chaque nouvelle âme le ciel et la terre, à l'aide des fils pourpres de la foi d'Urth, des fils verts de l'amour de Verthandi et des fils orange de l'espoir de Skuld.

Autant de présents pour tous ceux qui ouvraient leur cœur pour recevoir la sagesse de leur mère : nous possédons un destin, et nous pouvons tirer sur les fils de notre choix.

Le plus grand présent était la pierre précieuse que Verthandi enfouissait dans le troisième œil caché de tous ceux qui vivent sur cette terre. Même Odin à l'œil unique en possède un.

Il est là, entre nos deux yeux, sur notre front.

Fermez les yeux et cherchez-le. Le voyez-vous briller ? C'est une pierre précieuse, la plus pure et riche de toutes, incorporée dans le tissu de votre vie par les trois mères.

C'est votre vérité.

Chapitre 15
Anna

Le soir de l'arrivée de la première sorcière de Varanger à la forteresse de Vardøhus, j'avais passé la journée à souffrir de saignements abondants. Je ne m'attendais pas à avoir mes menstrues, étant donné que je n'avais pas eu l'infortune de saigner depuis mon procès l'hiver d'avant. Je tenais ma bonne Helwig pour responsable, car il est de notoriété publique que des femmes qui vivent sous un même toit saignent au même moment. Chaque mois à Bergen, mes servantes et moi souffrions de douleurs de menstrues à la pleine lune et pour certaines femmes qui n'avaient pas eu un comportement exemplaire, laissez-moi vous dire que c'était un vrai soulagement.

Pendant des années, l'arrivée de mes saignements mensuels avait sapé mes espoirs, car mes chances de devenir mère s'estompaient et je m'étais montrée incapable de donner un héritier à mon mari.

Pour un homme, a fortiori pour un roi, vous aviez un intérêt marqué pour le fonctionnement du corps des femmes, car je me souviens que vous m'aviez interrogée sur mon ressenti, avant, pendant et après mes saignements chaque mois.

— Ce n'est jamais la même chose, vous avais-je répondu. Selon les femmes. J'ai la chance de ne pas souffrir de trop de douleurs ni d'un flux excessivement abondant.

Ces dernières années, le cycle de mon corps s'est modifié car il peut se passer des mois sans que je saigne, et puis soudain un flux incontrôlable déferle et des crampes insoutenables me plient en deux. J'ai essayé plusieurs remèdes, sans qu'aucun ne m'apporte le moindre répit. La violence qui se déchaînait dans mon propre corps me donnait l'impression qu'il se rebellait contre moi.

Parfois, la nuit, une vague de chaleur me submergeait avec une telle force que ma peau était en feu et seul mon désir le plus profond subsistait. Mais lorsque mes règles se sont arrêtées pour de bon, tous mes espoirs ont disparu avec.

Et maintenant que je suis prisonnière, la promesse la plus ténue que je pouvais encore avoir de porter un enfant s'est évanouie à tout jamais.

Ainsi, en ce jour pluvieux d'octobre qui allait marquer l'arrivée de la sorcière, Helwig rassembla nos tissus tachés de sang afin de les faire bouillir dans des écorces de bouleau au lavoir, le corps courbé par la douleur, le visage blême.

— Attendez, lui ordonnai-je prise d'un élan soudain de compassion pour elle tandis que je serrais la main contre mon propre ventre en feu. Je vais vous donner de quoi apaiser la douleur.

J'ouvris mon coffre à remèdes, soulevai le couvercle du haut et sortis un petit morceau de racine de consoude. Du même endroit, je pris ensuite un couteau aiguisé et m'appliquai à en raboter une lamelle.

— Mettez de l'eau à chauffer, dis-je à Helwig.

Elle laissa de côté sa lessive pour exécuter mon ordre. Sous son regard soupçonneux, je déposai la racine de consoude dans l'eau que je portai à ébullition. L'odeur terreuse me rappela aussitôt les plates-bandes de mon jardin botanique à Bergen. Le souvenir me serra le cœur, comme pour faire écho à la douleur qui enserrait mon ventre.

Je laissai refroidir la décoction puis en servis une tasse à Helwig, qui attendait de pouvoir porter au lavoir son panier de tissus tachés de sang.

— Qu'est-ce que c'est ? demanda-t-elle en plissant les yeux.

— La racine de la consoude. Nous l'avons utilisée pour atténuer les saignements de Fru Orning, vous souvenez-vous ?

L'air rassurée, elle me prit la tasse des mains et l'avala à grands traits.

— Ça a un drôle de goût, dit-elle avant de laisser échapper un rot et de s'essuyer la bouche du revers de la manche.

Je grimaçai devant un tel étalage de vulgarité, et en vins à regretter d'avoir partagé ma précieuse racine de consoude avec cette fille rustre.

— Cela fera partir la douleur, lui dis-je avant de boire une tasse à mon tour.

Helwig souffla d'un air sceptique, pourtant quand elle revint quelques heures plus tard avec les bouts de tissus propres, elle avait retrouvé un peu de couleur aux joues et je la surpris à préparer le dîner en fredonnant joyeusement.

De mon côté, la racine de consoude avait eu pour effet de calmer mes saignements et m'avait permis de continuer à écrire dans le plus grand secret pendant qu'Helwig était occupée ailleurs.

Notre bouillon de poisson prêt, je m'apprêtais à passer à table lorsque j'entendis des voix d'hommes et le bruit de bottes à l'extérieur. Il se passait si peu de choses dans notre forteresse silencieuse, sans aucune autre prisonnière que moi, que d'instinct je me levai de table. Mue par une même curiosité, Helwig me suivit jusqu'à la petite fenêtre qui donnait sur la cour. Je soulevai le rabat et risquai un œil au-dehors.

Les rares heures de luminosité avaient cédé le pas à des lueurs saphiréennes virant au noir sous l'effet de la pleine lune qui s'était levée, auréolée d'une lumière argentée qui inondait la cour. Je distinguais des silhouettes éclairées à la lueur des torches : celle immense du bailli Lockhert, semblable à un troll, et celles de plusieurs gardes. Mais celle qui retint mon attention appartenait à une femme : elle avait les mains entravées et ses cheveux défaits dissimulaient son visage. La forme de sa poitrine et de ses hanches me laissait penser qu'il s'agissait d'une femme plutôt jeune. À côté de la solide stature des hommes qui l'entouraient, son corps entier semblait secoué de tremblements incontrôlables.

— Jetez-la dans le trou à sorcières, ordonna Lockhert.

Quand les hommes du bailli la traînèrent dans la cour, elle n'opposa aucune résistance.

— Qui est-ce ? murmura Helwig dont l'haleine chargée de relents de poisson me fit reculer.

— Éloignez-vous de la fenêtre, dis-je en portant mon mouchoir parfumé à la lavande à mon visage.

— Mais qui est cette femme ? insista Helwig dont l'expression laissait entendre qu'elle connaissait la réponse.

— J'imagine qu'il s'agit d'une accusée de sorcellerie, puisqu'ils la mettent dans le trou à sorcières.

Je retournai m'attabler devant mon dîner, désormais froid. Je baissai les yeux sur le mélange visqueux de gras et de poissons – plus d'arêtes que de chair – dans lequel surnageait une carotte esseulée. J'avais le cœur au bord des lèvres. Je sentais ma poitrine enserrée par mon corset, mes lèvres séchées par l'angoisse.

J'allais bientôt devoir entrer en scène.

Chapitre 16
Ingeborg

La vaste étendue de la mer de Murman scintillait dans son écrin gris, ceinte au loin par les montagnes capuchonnées de blanc sous le ciel du crépuscule. Les pensées d'Ingeborg se portaient vers sa mère. Avait-elle de quoi manger et un feu pour supporter les semaines glaciales de novembre ?

Elle s'efforça de se la représenter, sa silhouette fine, ses cheveux dorés dissimulés sous une coiffe blanche, en train de lui faire signe de la main depuis un bateau qui arrivait au rivage. Heinrich Brasche à ses côtés. Son sauveur. Mais plus elle fixait son regard sur la mer, plus l'image semblait se jouer d'elle.

Les canards d'hiver, une centaine au moins, se laissaient flotter d'un air contenté à la surface des eaux. Elle aurait aimé faire partie de leur radeau et se laisser porter sans peur par les tourbillons glacés du fjord.

La nuit, dès qu'elle fermait les paupières, c'était encore sa mère qu'elle voyait. En des temps lointains, bien avant le délire de son ivresse pour Heinrich Brasche, avant qu'Axell et son père ne disparaissent. Elle était encore petite, avant la naissance de Kirsten, et sa mère était gentille avec elle. Ingeborg se souvenait encore de l'odeur de cette époque lointaine, qui mêlait la sauge que sa mère utilisait en cuisine et les herbes marines qu'elles cueillaient au bord de la mer. Elle sentait encore la peau veloutée de sa mère, la force qui se dégageait de ses mains quand elle les refermait sur les siennes.

Sa mère lui manquait terriblement. Son absence était une douleur sans fond dans le creux de son ventre. Comme celle qui la tenaillait lorsqu'elle mangeait trop d'airelles.

Quelques jours après l'arrestation, Ingeborg était retournée devant la maison d'Heinrich Brasche tôt le matin, alors qu'il faisait encore nuit, à une heure à laquelle seuls les serviteurs étaient déjà debout. Elle avait bien vu la tentative désespérée d'Heinrich de venir en aide à sa mère. Elle réussirait forcément à le persuader d'intercéder auprès du gouverneur.

Mais le peu d'espoir qu'il lui restait s'évapora à l'annonce que la Veuve Krog lui chuchota par l'entrebâillement de la porte :

— Ingeborg, je suis navrée mais Heinrich Brasche est parti.

— Où ça ?

— Il est parti en voyage d'affaires pour son père à Bergen.

— À Bergen !

Ingeborg étouffa un cri. La ville natale du marchand était à des lieues de distance. Un périple de plusieurs semaines.

— Mais il a promis d'aider ma mère, gémit-elle.

La Veuve Krog posa sa main froide sur la sienne et fourra une galette de *lefse* dans sa main.

— Je suis désolée, mon enfant. Ta mère n'est pas une sorcière, mais elle a humilié Fru Brasche, soupira la vieille femme. Je crains qu'elle ne le lui pardonne jamais.

Ingeborg entendit soudain la voix stridente de Fru Brasche. Elle dut se retenir de pousser la porte pour aller l'affronter en personne. Mais que dire pour lui faire changer d'avis ? Ingeborg n'eut pas le temps de réagir : la Veuve Krog lui avait fermé précipitamment la porte au visage.

Elle était rentrée chez elle en courant, pleine de rage, de plus en plus vite, le vent arrachant les larmes de ses joues.

Heinrich Brasche avait menti. Il s'était enfui en abandonnant sa mère. C'était un lâche, comme le père d'Ingeborg avant lui.

Quand il se mit à neiger pour de bon, Ingeborg et Kirsten fermèrent leur petite hutte et, chaussées de skis, Zacharias les suivant non sans peine sur les sentiers glissants, elles se mirent en route.

Kirsten avait insisté pour que Zacharias les accompagne. L'agnelle avait grandi et pesait désormais son poids, mais Ingeborg n'avait pas réussi à lui faire changer d'avis. Après tout, Zacharias était leur seule possession de valeur. Ingeborg finit par sangler l'animal sur une petite luge qu'elle tirait avec le reste de leurs maigres provisions emballées dans des sacs en peau de phoque.

Elles avançaient dans la neige fraîche, traversant de vastes étendues immaculées, sillonnant les bois de bouleaux efflanqués. Le long de la péninsule de Varanger, la mer de Murman faisait halte dans le fjord de Varanger. Le ciel verdâtre de midi pesait sur leur petit cortège.

Lorsqu'elles arrivèrent au village d'Andersby chez Solve, la cousine de leur mère les accueillit froidement.

— Ce qui arrive à Zigri est terrible, dit-elle sans prendre la peine de les inviter à franchir le seuil. Mais vous n'auriez pas dû venir ici, les filles.

— Nous n'avons nulle part où aller, protesta Ingeborg, blessée par sa réaction.

— Demandez au révérend Jacobsen de vous placer dans une famille, suggéra Solve.

— Quelle famille acceptera de nous prendre ?

— Une famille pourrait prendre Kirsten. Elle est encore petite.

— Non, non, s'insurgea Kirsten. Ne m'abandonne pas, Ingeborg.

— Calme-toi, Kirsten. Tu ne crains rien, dit-elle en lui prenant la main avant de se retourner vers Solve. S'il te plaît, il nous faut un abri. J'ai apporté de la nourriture et on pourra traire l'agnelle quand elle aura grandi. Nous travaillerons dur pour mériter le gîte, je te le promets !

— Ingeborg, je ne peux pas me permettre d'être liée à vous, répondit Solve, une main sur la tête de Peder qui s'agrippait à ses jupes. Nous avons déjà Maren et je dois penser à mes garçons.

Au cours de leur conversation, Maren et Erik étaient sortis de l'étable, chargés de deux seaux remplis de lait.

— Elle a recommencé, maman ! s'écria Erik d'un air ravi. Regarde tout le lait que Maren a réussi à traire de la vache !

Solve vira au cramoisi.

— Ne crie pas comme ça, voyons.

Le visage de Maren se fendit d'un immense sourire lorsqu'elle aperçut Ingeborg et Kirsten.

— Enfin, vous voilà. Je vous attendais.

— Elles ne vont pas rester, ma nièce, nous ne pouvons pas les loger, dit sa tante.

Maren regarda autour d'elle.

— Mais nous avons largement de quoi faire pour tout le monde !

— Là n'est pas la raison, contra Solve en passant nerveusement la langue sur ses lèvres. C'est trop dangereux de se lier avec les filles de Zigri.

Maren posa les mains sur ses hanches et toisa sa tante comme si elle était stupide.

— C'est trop tard pour s'en préoccuper maintenant ! Ton mari t'a mise en danger le jour où il m'a prise chez lui. Ma mère aussi a été condamnée comme sorcière !

Solve s'agita d'un air gêné.

— Je n'ai pas eu voix au chapitre, mais c'est fini tout ça.

— Ce n'est jamais fini, ma tante, rétorqua Maren implacablement. Nous devons nous unir, montrer notre force.

Solve l'interrompit d'un rire cassant.

— De quelle force veux-tu parler, ma pauvre fille !

Mais Maren l'ignora et tourna son attention vers Ingeborg et Kirsten.

— Entrez, mes sœurs.

Ingeborg crut voir l'expression de Solve s'adoucir. Elle n'allait pas mettre à la porte les enfants de sa cousine.

— Après tout, vous n'êtes que des filles, qu'est-ce que les hommes du gouverneur pourraient bien vous vouloir ?

Les rayons bas d'un soleil d'hiver invisible se reflétaient sur le fjord de Varanger. Des volutes de fumée s'élevaient du littoral à l'endroit où la glace se frottait à la mer dans un brassage digne de l'Enfer. Le souffle du Démon. Ingeborg était assise sur la bordure glacée tandis que les dernières lueurs disparaissaient. Le ciel était paré de bleu, la neige virait au rose. C'est là que la glace brûlait, que l'air était fin et cassant.

Un autre endroit au monde dégageait-il une telle puissance ? Elle l'éprouvait dans le fourmillement de ses doigts, dans le picotement de sa peau. Oh, dompter ce pouvoir et souffler le feu. Si seulement elle pouvait faire fondre les lieues sans fin de glace et de neige qui la séparaient de sa mère.

Maren trouva Ingeborg près du fjord. Elle avait retiré ses skis. Elle était perdue dans la contemplation de la vapeur qui s'élevait de la glace et se demandait si cette dernière était assez solide pour supporter son poids. L'été, le ciel aurait été empli de sternes arctiques en route pour nicher près de leur village d'Ekkerøy, mais à la lueur sombre de ce jour de novembre, il n'y avait pas un bruit dans le ciel, percé seulement d'une lune d'hiver. De temps à autre résonnait le cri d'un pétrel de mer et le craquement de la neige qui saupoudrait les arbres au bord du fjord.

Ingeborg regardait fixement l'étendue sauvage, son visage baigné de larmes. Elle était en colère contre Heinrich Brasche, contre sa mère qui était tombée amoureuse de lui, contre son père qui n'était jamais rentré du large et contre Axell qui s'était noyé. Elle était en colère contre ce qu'elle était : une enfant, fille d'un pêcheur mort. Qui allait l'écouter ? Comment sauver sa mère ? Elle ne savait pas même par quel moyen se rendre à Vardø.

— Ne pleure pas, dit Maren en posant sa main sur le bras d'Ingeborg. Laisse sortir la tristesse et fais-en une force pour secourir ta mère.

— Mais ma mère est condamnée, dit Ingeborg submergée d'un nouveau flot de larmes. Elle est accusée d'être une sorcière.

— Tout comme la mienne ! Mais souviens-toi que le marchand Brasche, le gouverneur, et même le bailli Lockhert ont peur des sorcières, dit-elle en agrippant Ingeborg par les épaules. Et leur peur nous donne du pouvoir !

Ingeborg s'essuya les joues du revers de la manche. Maren avait tort. Pas âme qui vive n'avait peur d'elle. Elle n'était encore qu'une enfant. Une pauvre fille qui tentait de survivre alors que le monde entier était ligué contre elle.

— Ils n'ont pas du tout peur de nous ! cracha-t-elle en dirigeant sa frustration contre Maren. Ils nous oppressent. C'est nous qui avons peur d'eux.

— Et pourtant, ils mettraient jusqu'à la dernière femme au bûcher, s'ils le pouvaient, contra Maren froidement, son regard vert d'eau éclairé d'une lueur sourde. Cela nous fait du mal de les laisser nous dominer. Mais ces hommes ne sont pas invincibles. Ils croient au Diable. Ils croient que le Diable peut les détruire et que les sorcières œuvrent pour lui.

— Mais en quoi cela peut bien aider ma mère ? gémit Ingeborg. Elle est enfermée dans la forteresse du gouverneur de l'autre côté de la mer de Murman…

— Nous pouvons l'aider, l'assura Maren à mi-voix.

Elle jeta un œil alentour. Il n'y avait personne sur le fjord. Les derniers filaments de lumière sombraient dans le crépuscule précoce. Tout là-haut la lune scintillait, mettant en relief des portions de glace flottante, jetant une lueur argentée sur les joues sombres de Maren.

— Qui sont les sorcières selon toi, Ingeborg ?

— Je ne sais pas. Pas ma mère…

— Les sorcières sont les parias. Celles qui sont différentes. Rejetées. Souillées et maltraitées. Ensemble si nous nous redressons, nous nous donnerons de la force.

— Qu'est-ce que tu racontes ? chuchota Ingeborg.

— Le gouverneur, le marchand Brasche et le bailli Lockhert — jusqu'au roi en personne, nous mettent toutes dans le même sac de la sorcellerie. Ils sont fermement décidés à anéantir toutes les sorcières du Nord. Pourquoi ? Pourquoi se préoccuper de femmes et de veuves de pêcheurs sans le sou ? Parce que, une fois encore, ils craignent la puissance que nous avons grâce à notre harmonie avec la nature, avec les animaux et les phases de la lune. Ils craignent les femmes ensemble. Notre sagesse leur échappe.

— Je n'ai aucun pouvoir, Maren. Personne ne m'écoutera !

— Oblige-les à t'écouter, Ingeborg, asséna Maren. Deviens maîtresse de l'inconnu, car ce sera le seul moyen de vous protéger, toi et Kirsten.

— Mais comment ?

Maren se mordilla la lèvre d'un air pensif.

— J'ai un secret, que tu ne dois jamais révéler à ma tante Solve. Tu me le promets ?

Ingeborg hocha la tête. L'expression qui se peignait sur le visage de Maren lui redonnait un peu d'espoir.

— Je te le promets, assura-t-elle.

— Je vais te conduire chez quelqu'un qui pourra nous aider.

— Qui ?

Il n'y avait pas un seul homme d'influence dans les environs. Les Brasche exerçaient un contrôle total.

— Chausse tes skis et suis-moi, déclara Maren. Nous allons chez les Sámis.

Ingeborg hésita, mais après tout elle avait passé de trop longues heures infructueuses à prier le bon Dieu. Si le révérend disait vrai en affirmant que les Sámis étaient ses disciples, il était temps de demander l'aide du Diable.

Chapitre 17
Anna

Une semaine après l'arrivée de la sorcière à la forteresse, je fus convoquée pour un dîner en compagnie du gouverneur Orning et de sa femme. Après mon taudis glacial, la chaleur qui régnait dans leurs appartements manqua de me faire tourner de l'œil ; un feu crépitait dans l'âtre, dont l'éclat semblait s'infiltrer dans le moindre recoin de la pièce et de mon être. Les flammes faisaient chatoyer les couleurs des tapisseries tendues aux murs et danser les motifs des tapis qui recouvraient le plancher.

L'odeur du festin monta à mes narines comme je m'approchais de la table. Elle était recouverte d'une pile de *flatbrød* tout juste sortis du four, d'une assiette de harengs grillés au beurre et d'un grand saladier de *rømmekolle* fumant saupoudré de cannelle.

Je me servis une petite portion, quand bien même je mourais d'envie de tout engloutir. Le gouverneur Orning me tendit un verre de vin dont je goûtais discrètement une gorgée parfumée. Ah, boire dans des verres fins ! Après des semaines entières à boire de la bière amère, le liquide me rappelait les étés dans le Sud, les cerises noires, les mûres forestières et les épices savoureuses.

— Notre travail commence sérieusement, Fru Rhodius, déclara le gouverneur Orning de l'air solennel de l'homme qui s'apprête à partir en guerre contre les sorcières.

— Tout à fait, gouverneur, répondis-je en prenant une nouvelle gorgée de vin.

— La première sorcière, qui répond au nom de Zigri Sigvaldsdatter et vient du village d'Ekkerøy, est emprisonnée dans le trou à sorcières et attend que vous l'interrogiez.

— De quel *maleficium* est-elle accusée ? m'enquis-je.

Le gouverneur planta les coudes sur la table, entrelaça ses doigts et posa son menton dessus avant de se lancer, le front barré d'un pli soucieux de circonstance :

— Un marchand, Brasche, m'informe que Zigri Sigvaldsdatter fut l'une des sorcières responsables d'avoir modifié le temps et provoqué le naufrage de son bateau l'hiver dernier alors qu'il naviguait au sud chargé d'un plein cargo de *klippfisk*. Non seulement tout l'équipage a péri, mais la perte financière en riksdalers* fut considérable.

Le gouverneur continua à voix basse avec des airs de conspirateur, quand bien même les seules personnes en présence étaient moi-même et sa bonne épouse Fru Orning, laquelle, fidèle à ses habitudes, picorait dans son assiette avec nervosité.

— En plus de ça, cette fameuse Sigvaldsdatter a été vue en train de forniquer avec le Diable.

Je sentis le désespoir m'envahir, et fis de mon mieux pour ne rien laisser paraître. J'écoutai docilement la suite, les mains croisées sur mes cuisses, les yeux fixés sur les victuailles alléchantes. Le gouverneur avait ferré sa première proie et pourtant, j'étais obnubilée par l'envie de sentir la crème à la cannelle des *rømmekolle* sur mes papilles.

— Sans le marchand Brasche et sa flotte, nous ne disposerions d'aucune route commerciale en direction de Bergen, dit le gouverneur Orning. Sans ses ressources, notre colonie serait appauvrie. Mais il m'informe que la péninsule regorge de sorcières au point que sa famille s'en effraie.

Le gouverneur ménagea une pause, le temps de se carrer confortablement dans son siège, et avala une gorgée de vin avant de poursuivre.

— Les pêcheurs ne cessent de se plaindre de leurs dettes de céréales, mais ce sont eux qui se mettent en vilaine posture en ne pêchant pas suffisamment de poissons pour rembourser le marchand Brasche. Et puis leurs femmes se laissent attirer par le Diable. (Il se tapota les lèvres à l'aide de sa serviette avant de la replier soigneusement à côté de son assiette.) Le marchand Brasche a laissé entendre qu'il souhaitait retourner vivre à Bergen. Toutefois, Fru Rhodius, une telle décision n'est pas du tout envisageable. Nous devons lui garantir que la péninsule de Varanger est débarrassée de ces sorcières une bonne fois pour toutes.

— Qui accuse cette Zigri Sigvaldsdatter ? m'enquis-je.

Réunis tous les indices, Anna. Que ton dossier soit à toute épreuve.

— Ma foi, le marchand en personne, car lui-même a vu les sorcières s'envoler comme des oiseaux et modifier les conditions du temps. (Il se pencha en avant.) Mais c'est la femme de son fils Heinrich qui a vu Zigri Sigvaldsdatter s'ébattre avec le Diable dans leur étable.

— Les deux sont disposés à témoigner ?

— Mais bien sûr. Le marchand a d'ailleurs témoigné dans le procès de la sorcière Marette Andersdatter. Quant à Fru Brasche, c'est une femme très bien. Cependant, j'aimerais beaucoup que nous puissions persuader Zigri de passer aux aveux et de se repentir de ses péchés. Selon nos lois, il faut que la sorcière avoue afin de pouvoir la condamner.

Le gouverneur me dévisagea et je me surpris à baisser les yeux sagement en salivant à l'idée de prendre une nouvelle tranche de *flatbrød*.

— C'est pour cette raison que je souhaite que vous parliez à Zigri Sigvaldsdatter, et que vous usiez de vos talents de persuasion féminine pour obtenir ses aveux et, de surcroît, la dénonciation des autres sorcières impliquées dans les faits odieux de modification du temps.

Le gouverneur Orning claqua des doigts et Guri s'affaira à débarrasser les assiettes avant que j'aie eu le temps de grappiller le *flatbrød* tant convoité. Je notai une fois encore que Fru Orning n'avait pas touché à son assiette. Un simple coup d'œil à son visage grêlé, à sa peau tendue sur ses os, m'informa qu'elle avait besoin d'un solide reconstituant.

Le gouverneur se leva et je l'imitai.

— Suivez-moi, Fru Rhodius.

Sa haute silhouette ne tarda pas à quitter la chaleur du salon, ses deux chiens de chasse sur les talons, et moi qui les suivais au petit trot. Nous suivîmes un couloir jusqu'à une grande pièce haute de plafond. L'air était si glacial que notre souffle formait des volutes de vapeur. Je resserrai mon châle sur mes épaules en regrettant de ne pas m'être munie de la pèlerine en fourrure que vous m'aviez fournie.

Un pan de mur était recouvert d'une immense tapisserie et la lueur de la lune qui s'infiltrait par les hautes fenêtres me permit de distinguer une énième scène de chasse ; cette fois-ci, un groupe de chasseurs encerclait un loup qui se recroquevillait sous les assauts de leurs lances. Sous les fenêtres était disposé un imposant fauteuil, semblable à un trône, surmonté de bois d'élan et flanqué d'un grand coffre.

Les proportions de la salle étaient impressionnantes, pourtant, en la remontant sur toute sa longueur, j'eus la sensation que ma poitrine était prise dans un étau. L'effet d'enfermement était encore plus prégnant que dans la maison longue qui me servait de cellule.

Le gouverneur désigna la salle d'un geste ample.

— Ma chère, voici votre salle de tribunal. Fermez les yeux et imaginez-la comble, car le temps venu elle sera pleine à craquer.

— Pour le procès de Zigri Sigvaldsdatter ?

— Pour le procès de toutes les sorcières de Varanger, car elle n'est pas la seule, dit-il en prenant place dans l'imposant fauteuil, les bras à plat sur les accoudoirs sculptés. Avez-vous entendu parler de Liren Sand ?

— Non, gouverneur, mentis-je afin de taire ce que je savais des sorcières de Vardø.

— Elle était la cheffe des sorcières, et je suis ravi de pouvoir affirmer qu'elle a été arrêtée, et brûlée sur le bûcher il y a deux ans, gronda le gouverneur d'une voix sourde. Mais elle avait pour complice une femme sámie du nom d'Elli, qui a pris la fuite. Je suis toujours à sa recherche. (Il se leva et se planta devant moi, les bras repliés dans le dos.) J'ai entendu dire qu'elle était connue de certaines femmes d'Ekkerøy.

Tandis que je méditais ses paroles, il s'agenouilla devant le coffre, l'ouvrit et en sortit une clé en fer. La croisade du gouverneur contre les sorcières avait commencé bien avant mon arrivée.

Il se releva, fit volte-face et s'avança vers moi en brandissant la clé.

— Voyez à quel point je vous fais confiance, Fru Rhodius, bien plus que ne le fait notre roi béni. J'ai besoin de vous et vous avez besoin de moi, ajouta-t-il avec un demi-sourire malgré la lueur impitoyable dans son regard. Ensemble, nous pourrons accomplir de grandes choses pour notre royaume, ne pensez-vous pas ?

— Oui, gouverneur Orning, murmurai-je.

Quand bien même il agitait sous mon nez l'opportunité de recouvrer ma liberté, je ne lui faisais pas confiance. Il s'avança d'un pas, et je sentis son haleine sur ma joue. L'espace d'un instant, je me demandai quelles pouvaient être ses intentions : il avait posé une main sur ma taille, ses yeux plongés dans les miens. Des yeux durs qui avaient vu quantité de batailles et étaient insensibles à la douleur.

Je ne bronchai pas, consciente qu'il ne fallait surtout pas le laisser détecter une once de faiblesse.

De sa main libre, il agita la clé devant moi.

— Ceci, madame, est l'une des clés qui ouvrent le trou à sorcières. Je vous confère l'autorité d'y aller et venir comme bon vous semble.

Sa main quitta ma taille pour remonter le long de mon corps. Il retira mon mouchoir de mon corsage, dévoilant la blancheur crémeuse de ma peau qui se soulevait laborieusement dans le carcan de mon corsage. Ses lèvres s'arquèrent en un sourire déplaisant tandis qu'il glissait la clé entre mes seins avant de les tapoter du plat de la main.

— Elle sera à l'abri ici, n'est-ce pas, Fru Rhodius ? Vous êtes une femme chaste.

À mon grand dam, je me sentis rougir.

— Je ne vous confie pas cette clé à la légère. Vous avez pour mission d'aller parler à Zigri Sigvaldsdatter afin qu'elle avoue son crime. Tâchez de savoir si la Sámie Elli est derrière ces actes de sorcellerie. Faites qu'elle dénonce les autres sorcières qui habitent la péninsule de Varanger.

— Oui, monsieur le gouverneur, acquiesçai-je sans discuter.

Que pouvais-je faire d'autre ?

— Si vous ne parvenez pas à persuader Zigri Sigvaldsdatter d'avouer de son propre chef, vous devrez l'informer des conséquences, continua-t-il en tapant du pied si brutalement que je sursautai. Savez-vous ce qui se trouve dans ma cave, juste en dessous de cette vaste salle, Fru Rhodius ?

De nouveau, il tapa du pied par terre, et un rictus cruel déforma ses traits.

— Le fief du bailli Lockhert. Avec ses instruments de persuasion, dont ceux qu'il affectionne particulièrement : les grésillons et le chevalet*.

— Votre Honneur, je... je crois qu'il est contraire à la loi danoise de torturer les prisonniers...

Dieu seul sait ce qui me prenait de proférer ces paroles, qui plus est d'une voix chevrotante.

— Nous vivons une période extraordinaire, Fru Rhodius, qui exige des mesures extraordinaires. Nous sommes en plein règne de la terreur et devons faire le nécessaire pour protéger notre roi et notre pays.

Je n'avais aucune envie de me représenter la salle de torture de Lockhert et priai pour que Zigri Sigvaldsdatter se montre coopérative, quand soudain une pensée me traversa l'esprit.

— La sorcière est-elle mariée ? A-t-elle des enfants ?

Le gouverneur Orning se rassit dans son fauteuil de juge, les jambes écartées, la cicatrice qui lui balafrait le côté du visage aussi livide que le blanc des bois d'élan contre le mur.

— Elle est veuve, Fru Rhodius – une veuve joyeuse, à ce qu'il semblerait, qui a deux filles.

— Votre Honneur, puis-je suggérer que le bailli entreprenne le déplacement jusqu'à son village pour aller interroger ses filles ?

Le gouverneur croisa les mains sur ses cuisses.

— Comme vous êtes intelligente, Fru Rhodius. Mais je m'en chargerai moi-même en compagnie de ma chère et tendre épouse. Elle est très douce et saura leur parler. En effet, le témoignage des filles pourrait nous être très précieux.

Je sentis mon cœur se serrer : mon intention était d'éloigner Lockhert de cette femme pour lui éviter les pires tourments. Je refusai de collaborer à des actes de torture.

Toutefois, en apprenant que le gouverneur était en route pour interroger ses filles dans son village, l'accusée n'avouerait-elle pas plus facilement ? Le gouverneur Orning ne pouvait pas nuire aux enfants, car même lui n'oserait pas contrevenir à la loi. De mon côté, je pouvais ramener Zigri Sigvaldsdatter sur le chemin de notre bon Seigneur et la conduire avec douceur à sa fin.

Je pouvais sauver son âme.

Car de toute ma vie je n'ai jamais enfreint aucune de vos lois, malgré mon statut de prisonnière.

N'oubliez pas, mon roi, je n'ai enfreint *aucune* loi.

Chapitre 18
Ingeborg

Elles dépassèrent Andersbyvatnet à toute allure, en passant par un chemin qu'Ingeborg n'avait encore jamais emprunté, à travers ses marais recouverts de neige. Les skis en bois d'Ingeborg fendaient l'épaisse couche immaculée, tandis qu'au-dessus de leurs têtes le ciel gris se diluait lentement dans l'indigo nocturne, que la neige devenait bleue, que leur peau devenait bleue. Tout autour d'elle se parait d'une teinte profonde d'un bleu téméraire.

Maren les conduisait à l'intérieur des terres. Le ciel s'emplissait d'étoiles tandis que la neige scintillait sous la pleine lune. Elle finit par ralentir pour ne pas distancer Ingeborg.

Cette dernière était à bout de souffle, et malgré le froid transpirait à grosses gouttes sous sa peau de bête. Maren, en revanche, donnait l'impression de n'avoir fourni qu'un maigre effort.

— La lune nous éclaire le chemin, déclara-t-elle sans détourner son regard d'un point fixe à l'horizon.

— C'est encore loin ? demanda Ingeborg avec nervosité. Et si le blizzard se met à souffler de l'est ?

Elles étaient désormais trop éloignées d'Andersby pour trouver refuge le cas échéant. Maren huma l'air.

— Aucune tempête en vue ! affirma-t-elle avec confiance.

Devant elles, le ciel déployait son immensité et la toundra ses petits monticules enneigés. Leurs skis s'enfonçaient dans l'épaisse pellicule de neige et l'ascension était instable. Lorsqu'elles firent halte sur une crête, leur souffle formait des petits nuages blancs dans l'air glacial.

— Nous y sommes ! dit Maren en pointant son doigt.

Un bosquet de bouleaux rabougris laissait voir des troncs tordus dans la neige, mais Maren désignait un point au-delà. En bordure d'un lac intérieur se dessinait un cercle de quatre *lavvus** sámies – des peaux de rennes tendues sur une structure circulaire soutenue par de longues perches fichées dans le sol et entrecroisées pour former en leur sommet un trou de fumée.

Si son père s'était souvent rendu chez les Sámis pour troquer viande et peaux de rennes, Ingeborg posait les yeux pour la toute première fois sur un campement sámi. Elle ressentit comme un bourdonnement dans sa poitrine, mais aucune peur. Pas comme quand Lockhert avait emporté sa mère.

Derrière elle, une brindille émit un craquement et, se retournant, Ingeborg aperçut un garçon sámi adossé à un bouleau, qui les dévisageait sans ciller. Il devait être un peu plus âgé qu'elle et portait un chapeau bleu saisissant de forme carrée et tressé de bordures rouges, jaunes et blanches. Son père donnait un nom au type de chapeau en forme d'étoile que portaient les hommes sámis : les chapeaux « quatre vents ». L'accessoire apparut pittoresque à Ingeborg, comparé surtout au couvre-chef noir et pointu qu'arborait Heinrich Brasche.

— Zare ! s'écria Maren.

Le visage du garçon se fendit d'un large sourire, quoiqu'il ne quittât pas Ingeborg des yeux. Malgré le froid intense, elle sentit une bouffée de chaleur lui grignoter les joues.

À la grande surprise d'Ingeborg, Maren s'adressa au garçon en sámi.

— Tu parles sámi ? demanda-t-elle à Ingeborg, et comme cette dernière répondait par la négative, elle continua : parlons norvégien, dans ce cas. Zare, voici mon amie, Ingeborg Iversdatter.

Les Sámis avec lesquels son père faisait affaire n'étaient que des personnages d'ombre de son enfance. Son père partait avec du poisson, parfois des céréales, et revenait avec de la viande et des peaux de rennes, ainsi que des bottes en peau. Les Sámis étaient différents d'eux et Ingeborg n'avait jamais pris le temps de réfléchir à ce peuple dont elle découvrait à présent le petit cercle de *lavvus*, les familles qui circulaient entre les habitations, le fumet de la nourriture en train de cuire, le bourdonnement des voix. Il se dégageait de ce tableau une impression de calme qui contrastait avec la tension qui régnait dans leur village, surplombé qu'il était par la maison du marchand Brasche.

— Allons voir les rennes, proposa Zare.

Ils partirent à skis à la suite du garçon, traversant les habitations du *siida** de part en part. Une seule femme sámie les regarda passer. Il semblait évident que Maren n'avait rien d'une étrangère.

Pour leurs pâturages d'hiver, les rennes étaient rassemblés sur le plateau et dans les bois de bouleau clairsemés. Les enfants retirèrent leurs skis qu'ils appuyèrent en équilibre à un arbre, tandis que Zare leur tendait à chacune une poignée de mousse. Un garçon sámi montait déjà la garde auprès des bêtes.

Maren lui fit un petit signe de la main avant de s'approcher des rennes qui s'agglutinèrent autour d'elle, en se donnant force coups de ramure, pour fourrer leurs museaux dans le creux de ses mains.

— Chacun son tour, mes chéris, dit Maren en les caressant.

Ingeborg tendit son offrande de mousse, attirant l'attention d'un animal qui arriva au petit trot. Les poils de son museau chatouillèrent sa main.

Zare les rejoignit et posa une main sur la tête de l'animal.

— Ils sont si paisibles, dit Ingeborg.

— Je ne sais pas pourquoi Dieu leur a donné des ramures, tant les rennes n'ont pas une once d'agressivité en eux, affirma Maren.

— Le bouvillon n'en manque pas, contra Zare avant de la regarder droit dans les yeux. Cela fait plusieurs jours que tu n'es pas venue. Qu'est-ce qui t'amène ?

Maren détourna son attention des rennes, et regarda Ingeborg comme pour lui dire *Fais-moi confiance* avant de se tourner vers Zare.

— Nous sommes venues demander de l'aide à ta mère. La mère d'Ingeborg a été arrêtée pour sorcellerie et emmenée à Vardøhus pour y être jugée. Tu comprends très bien ce que cela veut dire.

Zare resta mutique un instant, comme s'il retenait son souffle.

— Oui, je comprends très bien, finit-il par concéder à mi-voix.

— Tu veux bien nous amener auprès de ta mère ? demanda Maren. Elle saura nous aider.

Zare se tourna vers Ingeborg.

— Je suis désolé pour ta mère. Mais je dois protéger les miens.

— Elli me doit bien ça, exigea Maren. Elle a pu fuir, ma mère non. C'est à elle de décider si elle veut ou non nous aider, tu ne crois pas ?

Zare donna le reste de mousse au renne.

— Très bien, lâcha-t-il à contrecœur. Je vais vous conduire jusqu'à elle.

Ils retraversèrent les pâturages d'hiver à skis jusqu'au *siida* avant d'emboîter le pas à Zare jusqu'à la *lavvu* qui s'élevait au milieu du cercle des habitations.

Il écarta le rabat de la tente et leur fit signe d'entrer.

À l'intérieur, la fumée qui s'élevait du feu central montait en volutes vers l'ouverture. La blancheur de la neige au-dehors renvoyait sa luminosité entre les pans de la tente.

Ingeborg s'accroupit près de Maren à côté d'un tas de tourbe et d'un chien noir et blanc hirsute qui leur renifla les pieds. L'air était saturé du parfum des feuilles d'oseille dont elle imagina la légère amertume sur ses papilles, adoucie par une touche de lait et de sucre.

Une petite femme frêle remuait la marmite sur le feu. Elle était encore plus menue qu'Ingeborg.

La femme sámie releva la tête qu'elle hocha à l'intention de Zare. Cet infime acquiescement fit office d'invitation, et Maren alla s'asseoir sur des peaux de rennes. Ingeborg l'imita. Les peaux entreposées sur leur cadre de bois de bouleau sur le côté du feu dévolu aux invités étaient douces et moelleuses.

Zare alla s'installer de l'autre côté des flammes. La femme servit trois tasses de lait de renne chaud parfumé aux herbes et Zare en passa une à Maren, puis une autre à Ingeborg avant de prendre la sienne.

Ils restèrent un instant en silence, leurs tasses sculptées dans du bois de bouleau au creux de leurs mains, avant d'aspirer une première gorgée.

La femme brisa le silence en prenant la parole en norvégien.

— En quoi puis-je t'aider, Maren Olufsdatter ?

Ce doit être Elli. À première vue, Ingeborg l'avait trouvée vieille, mais elle se rendait compte à présent que la femme n'était guère plus âgée que sa mère et que sous ses traits creusés par une vie passée au grand air, elle avait les mêmes yeux d'un bleu perçant que son fils. Tandis qu'Elli portait la tasse à ses lèvres, Ingeborg remarqua qu'elle avait les doigts rabougris, et brisés pour certains.

— Voulez-vous bien jeter des sorts sur le gouverneur Orning et ses hommes ? lui demanda Maren.

— Pourquoi souhaites-tu une telle chose ? s'enquit Elli.

— Parce qu'ils retiennent ma mère prisonnière dans le trou à sorcières, répondit Ingeborg qui ne pouvait plus retenir sa langue.

Elli poussa un soupir. Un soupir long et triste qui fit sombrer l'espoir d'Ingeborg comme une pierre.

— Les sorts ne pourront rien pour ta mère, dit-elle doucement.

— Ne pouvez-vous lancer un *gand* ? insista Maren. Après tout, vous en vendez aux marchands afin qu'ils les jettent sur leurs ennemis dans le Sud.

Ingeborg frissonna. Axell lui avait raconté que les sorciers sámis étaient capables de projeter ces fameux *gands*, ces sortilèges, sur de grandes distances : « Ils décochent leurs malédictions comme des flèches dont la pointe est tout aussi mortelle », avait-il dit en mimant le geste à l'aide d'une flèche et d'un arc imaginaires.

Elli laissa échappa un petit rire sec.

— Oh, Maren ! Ce ne sont pas de vrais sorts. Nous les vendons à ces imbéciles de marchands pour gagner de l'argent.

Maren eut l'air dépitée.

— Je suis désolée, les filles, dit Elli. Je ne peux pas envoyer de sort pour aider ta mère.

— Mais ma mère disait qu'ensemble vous...

— Ta mère était une amie très chère, interrompit Elli d'une voix triste. C'est grâce à elle si je suis aujourd'hui devant vous. Mais nous ne pratiquions pas la sorcellerie ensemble.

Le feu crépita, laissant fuser une escarbille incandescente jusqu'aux peaux de rennes. Zare l'écrasa.

Le front barré d'un pli soucieux et déstabilisée par ses révélations, Maren scrutait Elli. Ingeborg suivit son regard.

La femme sámie regardait fixement les flammes, son visage tantôt dans la lumière tantôt dans l'ombre, profondément absorbée dans ses pensées.

— Il existe peut-être un moyen de sauver ta mère, dit-elle en se tournant enfin vers Ingeborg. Mais c'est dangereux.

Les yeux de Maren se mirent à briller.

— Dites-le-nous, Elli, par pitié.

— Il y a un tunnel. Ta mère et moi avions découvert une grande fosse dans le trou à sorcières, que les gardes ne pouvaient pas voir. Nous avons creusé à mains nues de notre côté tandis que Zare et son père creusaient depuis l'autre côté de la muraille. Il a fallu des semaines, mais les deux moitiés ont fini par se rejoindre. Nous avions creusé un passage. C'est ainsi que nous nous sommes échappées.

— Ma mère s'est échappée ? souffla Maren.

— Oui, oui, en effet. Je suis désolée, je ne t'ai jamais raconté ce qui s'est passé, poursuivit Elli en plongeant de nouveau son regard dans les flammes. Nous avons réussi à sortir, mais des soldats nous ont vues courir en direction du bateau que le père de Zare avait camouflé dans la baie.

Maren dévisageait Elli avec une expression féroce.

— Elle a glissé sur les rochers. Ils l'ont rattrapée.

— Oh, non ! s'écria Maren qui manqua de faire tomber sa tasse de lait, dont quelques gouttes s'échappèrent.

— Elle avait décidé d'aller te chercher chez ton oncle, et de venir vivre ici avec nous, continua Elli. Sa place était auprès des Sámis.

Plus personne ne souffla mot. Ingeborg pensait à la mère de Maren. À cette course éperdue sur les rochers glissants, à sa chute. Elle s'était retrouvée seule tandis que ses amis prenaient la fuite en bateau.

— Pourquoi ne m'avez-vous rien dit plus tôt ? demanda Maren d'une voix blessée.

— La vérité risquait de te faire du mal, répondit Elli en posant sur Maren un regard plein de compassion.

Maren reposa sa tasse et essuya les taches de lait sur ses vêtements.

— Je suis contente que vous m'ayez tout raconté, dit-elle d'une voix revigorée. Si ma mère a pu s'enfuir, ta mère le fera aussi, Ingeborg.

— À condition de trouver le tunnel, répondit Ingeborg qui n'osait nourrir trop d'espoirs. Vous voulez bien nous dire comment le trouver ? Où est-il ?

— Zare va vous montrer, répondit Elli.

— Non ! s'écria Zare en se tournant vers sa mère. Et s'ils reviennent te chercher ? Je dois te protéger.

— Zare, j'ai une dette envers la mère de Maren, et nous nous devons d'aider son amie.

Zare avait l'air furieux.

— Mère, les habitants d'Ekkerøy ne feraient jamais ça pour nous ! Les hommes du gouverneur vont venir t'arrêter.

— Mon fils, je te promets que jamais plus je ne serai enfermée, affirma Elli d'une voix sans appel. Pense plutôt au sort de cette pauvre fille, dit-elle en levant la main et en ouvrant sa paume en direction d'Ingeborg.

Zare dévisagea Ingeborg, qui soutint son regard. Il avait les yeux d'un bleu étrange comme il ne lui avait jamais été donné de voir. Aussi glacial et profond que les eaux du fjord.

— Nous comprenons que tu tiennes à protéger ta mère, Zare, dit Maren. Mais souviens-toi de nous quand nos mères ont été faites prisonnières ? À présent Elli est en sécurité, même si j'ai perdu ma mère. Mais il est encore temps de sauver celle d'Ingeborg.

— Je t'en supplie, murmura Ingeborg.

Elle vit la fureur s'estomper dans les yeux de Zare, la glace de son regard fondre. Un regard franc qui la fit rougir. Pour autant, elle ne détourna pas le sien.

Le feu crépita tandis qu'au-dehors le vent appuyait sur les pans de la *lavvu*. Ingeborg réprima un frisson malgré la chaleur qui régnait au sein de leur petit cercle. Dehors il faisait froid et sombre et sa mère était loin d'ici, prisonnière du lieu le plus froid et sombre qui fût.

— Je t'en supplie, répéta-t-elle en s'agrippant de toutes ses forces à l'infime espoir entre les mains de ce jeune Sámi.

— Très bien, dit-il en secouant la tête d'un air contrarié. Nous partirons dans quelques heures.

Ingeborg sentit son cœur s'affoler dans sa poitrine.

— Mais il faut que je retourne prévenir ma sœur que…

— On n'a pas le temps, Ingeborg ! coupa Maren. Il faut aller à Vardø le plus vite possible. Kirsten sera en sécurité avec tante Solve et les garçons.

Ingeborg se sentait désespérée.

— Elle va croire que je l'ai abandonnée.

— Mais en fin de compte elle comprendra que tu es allée sauver votre mère, contra Maren. Kirsten sera aux anges de vous voir revenir toutes les deux !

Ingeborg sentit le doute l'étreindre. Elle l'écarta. Bien sûr que Kirsten aimait sa mère, aussi fort qu'elle. Et quand Ingeborg la ramènerait à la maison, leur mère serait comme avant, comme dans son rêve.

— Pour l'heure, tu dois te reposer, dit Elli en lui tendant une peau de renne. Ferme les yeux et prends des forces, tu vas en avoir besoin.

Recroquevillée dans un coin de la *lavvu* à côté de Maren, Ingeborg se sentait trop aux aguets pour trouver le sommeil. Toutefois, elles avaient beau se trouver dans une habitation transportable, faite de perches et de peaux de rennes, la tente lui donnait l'impression d'être plus solide que les huttes en tourbe d'Ekkerøy. Si bien que la chaleur qui régnait à l'intérieur et le doux sifflement du vent finirent par la bercer et elle s'endormit.

Sa mère lui apparut affublée de la somptueuse robe en soie verte de Fru Brasche, ses cheveux roux détachés, auxquels était noué le ruban bleu. Dans son rêve, Ingeborg se trompait : sa mère n'était pas prisonnière de la forteresse de Vardø ; non, Heinrich Brasche l'avait secourue et elle vivait libre dans la ville de Bergen.

« Mère, pourquoi nous as-tu abandonnées, Kirsten et moi ? Pourquoi nous as-tu oubliées ? » implorait-elle. Mais c'était elle, Ingeborg, qui n'était qu'un fantôme et sa mère regardait à travers elle.

Elle était là, Zigri Sigvaldsdatter, en compagnie d'Heinrich, assise en bout de table à un grand banquet, devant des cônes de sucre et des plateaux de fruits mûrs comme Ingeborg n'en avait vus que sur les tapisseries du salon d'Heinrich Brasche à Ekkerøy. Le couple, bien portant, les joues rouges, se goinfrait de fruits sucrés dont le jus dégoulinait sur leurs mentons. Ils mangeaient de plus en plus, avec un appétit insatiable. Ils festoyaient avec des convives d'un autre monde, des créatures des enfers : des renards en veston rouge, des chèvres en justaucorps, des trolls au pelage d'ours, des loups en haut-de-forme, des centaures, mi-hommes mi-chevaux, le poitrail recouvert d'épais poils frisés.

Un chat noir en livrée tapait sur un tambour pour annoncer l'invité d'honneur. Ingeborg aurait voulu détourner le regard, ne pas le voir, mais elle sentit sa tête prise dans un étau, maintenue en place en même temps qu'elle était incapable de fermer les yeux.

Il fit une entrée triomphale, telle qu'on pouvait l'attendre du Prince des Ténèbres, s'élançant dans le grand salon de la demeure d'Heinrich Brasche dans sa longue cape noire.

Le chat tambourinait de plus belle. *JE. SUIS. LÀ. POUR. TOI.*

Le Diable la regardait. Elle n'avait jamais vu de tels yeux.

Elle fut secouée d'un soubresaut.

— Maren ! cria-t-elle.

— Je suis là !

Ingeborg sentit qu'on la secouait, qu'elle s'extirpait de son cauchemar diabolique.

— Réveille-toi, Ingeborg.

Elle ouvrit les yeux, tomba sur les iris étincelants de Maren – verts comme une herbe marine, dorés comme un crépuscule, argentés comme une écaille – leur teinte indescriptible n'avait rien d'humain, à l'instar des yeux du Diable dans son rêve. Elle frissonna de peur.

C'était une grave erreur. Et si elle mettait encore plus sa mère en danger en se liant avec la fille d'une sorcière et avec un Sámi ?

Mais qui d'autre pouvait l'aider ?

Le tambour cognait sans relâche. Ce n'était plus dans son rêve, plus dans sa tête. Elle se rendit compte que le bruit provenait de l'extérieur.

— C'est quoi ce tambour ? souffla-t-elle d'une voix enrouée.

— C'est le *noaidi**, le shaman sámi, expliqua Maren avec enthousiasme. Viens, allons voir, dit-elle en tirant sur sa main sans force.

Le martèlement inlassable du tambour résonnait à travers tout le *vidda**. Elles se trouvaient au centre du rythme, pourtant il en émergeait d'autres sons. Des voix au timbre céleste étrange.

— Le *noaidi* est en train de *yoiker** et de *runer* avec son tambour magique, dit Maren le regard brillant de mystère. Allons écouter de plus près.

— Non, s'affola Ingeborg. C'est de la sorcellerie ! C'est le Diable qui produit ces sons.

— Et alors, quand bien même ? la défia Maren en se faufilant hors de la *lavvu* dans la nuit nue. Je n'ai pas peur du Seigneur des Ténèbres.

Elle maintint le rabat écarté et fit signe à Ingeborg de la suivre. Cette dernière obtempéra, soudain poussée par un désir irrésistible. Dehors, l'air vibrait de sonorités étranges. Étaient-elles d'origine humaine ? Elle n'aurait su dire.

— Maren, on ferait mieux de rentrer, dit-elle en la tirant par la manche, regrettant d'avoir cédé à la curiosité.

Maren se dégagea et poursuivit en direction du tambour. L'intrépidité de Maren était de la folie pure. Ne savait-elle donc pas qu'elle touchait à un monde capable de les avaler toutes crues ? Pour ne jamais les rendre à leurs semblables ?

Le tambour était de plus en plus fort, accompagné de chants plaintifs dont Ingeborg comprit qu'ils provenaient d'une *lavvu* située au centre du *siida*. Une voix en particulier sortait du lot, semblable aux hurlements d'un loup.

Elles s'étaient approchées de la tente dans laquelle Ingeborg situait le rassemblement sámi. Les battements du tambour étreignaient son cœur, qui faisait écho à son rythme. Le révérend Jacobsen leur avait expliqué que la pratique du *runebomme** sámi éveillait les démons. Était-elle en train de répondre à l'appel du Malin ?

Maren plongea dans la neige pour poser ses mains sur les peaux de rennes tendues de la tente. Oserait-elle franchir le seuil ? Son irruption au beau milieu de leur rituel allait forcément déranger les Sámis ! Toutefois Maren ne pénétra pas dans la *lavvu* : elle s'agenouilla dans la neige gelée.

Ingeborg l'imita. Maren épiait à travers une déchirure dans la peau de renne. Elle recula pour laisser Ingeborg jeter un coup d'œil. Le visage appuyé contre la peau rêche, elle regarda à l'intérieur.

Dans la *lavvu*, le *noaidi* jouait de son *runebomme*. Loin d'être en noir comme le Diable, il était vêtu d'une veste colorée brodée de rouge et de bleu. Il arborait une barbe pointue et son visage était aussi tanné que de la viande de renne séchée. Il tapait sur son tambour avec un petit marteau, faisant rebondir des baguettes en laiton sur sa peau tendue. Ingeborg distingua un soleil au milieu de la peau du tambour et des petits bonshommes avec des rennes. Le *noaidi* avait les yeux perdus au loin, comme si son âme était partie dans quelque périple, un peu comme les sorcières lorsqu'elles volaient en compagnie du Diable.

Était-il en train de lancer des *gands* ? Pourtant Elli avait expliqué que les *gands* étaient des sorts factices qu'ils vendaient aux marchands de Bergen en mal de vengeance.

Dans ce cas, que pouvaient signifier les dessins qui paraient le tambour ? Ingeborg brûlait de le tenir entre ses mains, de déchiffrer ses motifs pour en comprendre les symboles.

— Le tambour est un présent du Prince des Ténèbres, lui chuchota Maren qui s'était glissée à côté d'elle pour regarder par l'interstice.

D'autres hommes et femmes du *siida* se trouvaient dans la tente en compagnie du *noaidi* : chacun imitait les sons produits par le *noaidi*, le chant des hommes haut perché, celui des femmes plus grave. Elli se tenait près du chaman, près du feu, les yeux rivés sur les gestes du chaman.

Puis, soudain l'homme s'arrêta. Il posa son tambour par terre, rassembla des cendres et les jeta sur son corps. Puis il s'assit et but dans une tasse tandis que les autres continuaient à dérouler leur chant effréné.

À la grande surprise d'Ingeborg, le *noaidi* s'allongea et ferma les yeux, cependant qu'Elli allait s'asseoir à côté de lui. À présent, sa voix dominait celle des autres chanteurs de ses circonvolutions indomptables.

— Le chaman est parti chercher la sagesse dans un autre monde, chuchota Maren. Elli doit le ramener, sans quoi il va mourir.

Tandis qu'elle s'employait à rappeler le *noaidi*, il émanait d'Elli une force indicible. Ingeborg était abasourdie, mais soudain elle recula, honteuse d'épier tout un monde secret.

Les pupilles de Maren brillaient à la lueur de la lune, elle avait l'air satisfaite par le spectacle qu'elle venait de voir. Il n'y avait pas de quoi. Ingeborg était sûre et certaine que le révérend Jacobsen jugerait que leurs âmes couraient un danger mortel. Mais plus que la peur, Ingeborg sentait leur intrusion. Maren et elle n'avaient pas leur place dans cette cérémonie. Elles n'avaient pas leur place à épier les Sámis et leur *noaidi*.

Elle tira Maren par la manche.

— Partons.

Maren s'accroupit sur ses talons.

— Je me demande si la cérémonie est pour nous, Ingeborg, réfléchit-elle à voix haute. Je me demande si le *noaidi* sonde notre avenir. Je me demande quel esprit animal le guide ? Je crois que le renne mâle est le plus puissant de tous !

Ingeborg lâcha un petit rire moqueur. Pourquoi le *noaidi* se lancerait-il dans ce rituel pour Maren et pour elle ? Pourtant, le battement du tambour habitait encore son corps, telles les vagues de l'océan se brisant sur la plage d'Ekkerøy. D'un geste machinal, elle se pencha en avant pour épier de nouveau par la petite fissure.

Elli montait toujours la garde auprès du chaman allongé sur le sol et poursuivait sa mélopée saccadée. Derrière un rideau de fumée, Ingeborg distingua les yeux d'un bleu incandescent de Zare, son visage profondément concentré.

Elle recula. L'avait-il vue ?

— Zare est là, chuchota-t-elle.

— Évidemment, répondit Maren. Le *noaidi* est son père et un jour il prendra sa place.

— Oh, fit Ingeborg avec surprise.

— Zare est très loyal envers son peuple. Ils passeront toujours avant sa personne, avant qu'il trouve une femme et qu'il ait des enfants, dit Maren sur un ton de défi.

— N'est-ce pas le cas de la plupart des hommes ? répondit Ingeborg avec véhémence, sentant ses joues rougir d'agacement. Le devoir passe avant l'amour.

Maren haussa les épaules.

— Les tenants et les aboutissants de la vie maritale des hommes ne sont pas un sujet qui me préoccupe.

— Mais un jour, tu te marieras, Maren, objecta Ingeborg. Tout comme moi.

— Je ne crois pas que je me marierai, rétorqua Maren d'un ton ferme. Les hommes ne pourront jamais me donner ce que je veux.

— Ne désires-tu pas avoir d'enfants ? s'étonna Ingeborg.

— Et toi, Ingeborg Iversdatter ? lança Maren en soutenant son regard. Au fond de ton cœur, en as-tu le désir ?

Ingeborg se sentait troublée. Elle ne s'était jamais vraiment posé la question de savoir si elle voulait avoir sa propre famille un jour. Pour les autres femmes de pêcheurs d'Ekkerøy, cela ne semblait pas être une question de choix. Mais depuis le *siida* des Sámis, la vie dans son village natal donnait l'impression de s'être étiolée telle une vieille écorce arrachée au tronc d'un bouleau, et n'être plus que l'écho lointain et racorni de ce qu'elle aurait pu être.

Elle frissonna, des petits nuages de condensation s'échappaient de sa bouche à la lueur de la lune. Pendant leur échange, les chants avaient cessé. Le silence reposait lourdement autour d'elles. La tente était bondée, pourtant pas un soupir n'en sortait.

Derrière elles une brindille émit son craquement caractéristique. Ingeborg fit volte-face. Zare, les mains sur les hanches, les surplombait de toute sa taille. Comment s'était-il éclipsé à l'extérieur ? Elle sentit ses joues s'embraser et se redressa tant bien que mal.

— Le tambour était fort, ça nous a réveillées ! plaida Maren en prenant les devants. Nous avons voulu voir ce que c'était.

Zare inclina la tête sur le côté.

— Et alors, es-tu satisfaite, Maren Olufsdatter ?

Maren poussa un gros soupir avant de glisser son bras sous celui d'Ingeborg.

— Non, pas du tout, pas vrai, Ingeborg ? Parce qu'on aimerait bien savoir ce que ton père fabriquait. Elli l'a ramené ?

— Mon père va bien.

— Où est-il allé ? Qu'a-t-il vu ? insista Maren.

Zare secoua la tête, pourtant il dévisageait Ingeborg et non pas Maren. Ingeborg n'aurait su dire si leur présence énervait le garçon, ou lui était indifférente. Lorsqu'il reprit la parole, toutefois, son ton se fit moqueur :

— Au lit, les Norvégiennes. Il faut vous reposer. Une longue route nous attend jusqu'à Vardø pour accomplir votre entreprise courageuse… et stupide.

Ingeborg se sentit piquée au vif. Pensait-il que la vie de sa mère était affaire à plaisanter ?

— C'est loin d'être stupide ! rétorqua Maren en prenant sa défense. Nous refusons de nous plier à la volonté du gouverneur. Nous tous réunis sommes plus nombreux qu'eux, Zare, si seulement ton peuple résistait. Je ne comprends pas pourquoi on les laisse nous écraser !

— Pour commencer, ils ont des mousquets, Maren, fit valoir Zare de son même ton moqueur.

— Mais nous, on a la magie, contra Maren en étreignant le bras d'Ingeborg.

Zare poussa un soupir, comme si Maren n'était qu'une enfant à l'imagination débordante.

— Allez, au lit, dit-il en les chassant. Si ma mère vous trouve ici en plein froid, vous allez l'entendre.

Ingeborg fut tirée de son sommeil par des coups de langue humides sur sa main ; celle-là même que le molosse du marchand Brasche avait mordue. En ouvrant les yeux, elle découvrit un des chiens sámis en train de lécher soigneusement sa blessure. C'est alors seulement qu'elle s'aperçut que sa peau infectée était gonflée et la démangeait. Il flottait dans la *lavvu* encore plongée dans la pénombre le fin craquement du feu et l'odeur de la tourbe chaude mélangée au fumet d'un bouillon de viande.

Elle se redressa sur sa couche en prenant soin de laisser le chien à son ouvrage. La sensation de sa langue sur sa peau meurtrie était apaisante. Ses yeux s'habituèrent à l'obscurité et elle s'aperçut que Maren n'était plus allongée à côté d'elle ; la *lavvu* était déserte, exception faite d'Elli qui, accroupie près du feu, retirait des filets de poisson séché d'une dalle en pierre pour les étaler sur une autre. Après quoi elle remua la marmite sur le feu. Un nouvel effluve de ragoût de viande flotta jusqu'à Ingeborg, qui sentit l'eau lui venir à la bouche. Elli ajouta un quartier de viande au liquide bouillant avant de tourner les yeux vers Ingeborg.

— Où est Maren ? s'enquit cette dernière.

— Elle est avec Zare et son père. Ils rassemblent des provisions pour votre voyage. (Elli baissa les yeux sur la main tailladée d'Ingeborg.) Que t'est-il arrivé ?

— Le chien du marchand Brasche m'a mordue.

— Une brute de chien, comme son maître, déplora Elli en délaissant ses fourneaux pour s'approcher d'Ingeborg. Déguerpis, dit-elle gentiment au chien en le gratifiant d'une tape sur la tête.

Elle se saisit de la main d'Ingeborg. En voyant le pouce tordu et les doigts brisés d'Elli, Ingeborg se demanda comment elle parvenait à accomplir la moindre tâche.

— Je vais faire infuser des feuilles d'oseille dans du lait. La plaie n'est pas profonde, l'oseille aidera à cicatriser. Tu es de petite taille mais solide, n'est-ce pas, Ingeborg Iversdatter ?

Ingeborg opina du chef, quelque peu impressionnée par la femme sámie, obnubilée par ses mains noueuses.

— Quelle est ta question, mon enfant ? demanda Elli.

— Vos mains, murmura Ingeborg. Qu'est-il arrivé à vos mains ?

Dans le silence qui s'ensuivit, Ingeborg regretta aussitôt sa question. Quand elle releva la tête, elle surprit l'expression sombre d'Elli, dont les lèvres s'étaient pincées en une ligne raide.

— Mieux vaut que tu ne l'apprennes pas. Surtout sachant où tu vas, affirma Elli en resserrant son châle à ses épaules.

— C'est arrivé là-bas, sur Vardø ?

Elli leva ses mains tordues à hauteur de son visage et les contempla en silence.

— Ma chère amie, Marette Andersdatter, s'est vu refuser une sépulture digne de ce nom, de sorte qu'elle ne retrouvera sans doute jamais le chemin des *sáivu**.

— Qui sont les *sáivu* ?

— Ce sont les Huldres*, nos ancêtres dans l'au-delà. Ils vivent parmi nous, même si nous ne les voyons pas, mais ils ont leurs propres troupeaux de rennes. Ils ne souffrent jamais de la faim ni de quoi que ce soit comme nous. Et là où ils vivent, le gouverneur ne peut pas les atteindre.

Ingeborg se demandait si son père et Axell vivaient désormais en ce lieu, même si le révérend Jacobsen leur décrivait le Paradis comme étant très haut et très loin. Un royaume auquel une fillette comme elle avait peu d'espoir d'accéder.

— Mes mains meurtries sont le souvenir de la mère de Maren, jamais je n'oublierai. Elles me font mal, souvent elles me tourmentent. Quand Maren m'a demandé de l'aide hier, la douleur a palpité dans mes mains jusqu'à ce que je cède. (Elli ménagea une pause, passa une langue sur ses lèvres et plongea son regard farouche dans celui d'Ingeborg.) Je sais que mon fils Zare est aussi rusé qu'un loup, qu'il peut réchapper à tous les collets, mais Maren… Elle ne doit pas se faire prendre, Ingeborg Iversdatter, parce que les sentiments que le gouverneur a pour sa mère sont profonds. Il aimait Marette Andersdatter, avant de la haïr. Une haine indicible. Il ne supportera pas l'idée que sa fille unique vive, quand bien même elle n'est encore qu'une enfant.

Chapitre 19

Anna

La clé nichée entre mes seins était dure et froide contre ma peau chaude. Une sensation qui me plaisait. Posséder une clé qui ouvre une porte ! Certes, une porte qui donnait sur un lieu que personne n'aurait voulu habiter, mais il n'en restait pas moins que la confiance et la mission que me conférait le gouverneur me gonflaient de fierté. J'étais digne d'être détentrice de la clé du trou à sorcières.

De retour dans ma maison longue, je repêchai la clé d'entre mes seins et la glissai dans ma poche sous mes jupons. Je fis quelques pas dans la pièce en la sentant cogner agréablement contre ma cuisse. De temps à autre je m'arrêtais, sortais la clé et la contemplais dans le creux de ma main.

Quand Helwig me vit avec la clé, elle s'énerva vertement. Sa réaction me mit en joie, car cela me rappellerait à l'avenir qu'elle était ma prisonnière et non pas ma bonne.

— Qui vous a donné cette clé ?

— Le gouverneur en personne.

— Ça ouvre quoi ? Elle est trop petite pour les portes du château.

— Le trou à sorcières, dis-je en empochant le sésame. Le gouverneur m'autorise à y aller et venir comme bon me semble. Je dois interroger la femme accusée de sorcellerie.

Helwig prit un air consterné.

— Fru Rhodius, vous devriez éviter de vous mêler de ça.

Ses manières présomptueuses m'agaçaient, si bien que je lui tournai ostensiblement le dos. Malgré tout, sa mine abattue et ses mots de mise en garde me taraudaient. En gâchant ma menue victoire, elle m'avait mise dans une colère noire.

— Regardez plutôt la crasse par terre, la tançai-je. Je vous prie de bien vouloir faire votre travail et de garder vos opinions pour vous.

Je pris ma bible, aspergeai mon mouchoir de lavande et me préparai à aller interroger la prisonnière.

Tout du long, Helwig ne cessa de me regarder en secouant la tête, et s'employa à balayer sans grand enthousiasme.

Je ne m'étais pas attendue à une telle obscurité, mais évidemment le trou à sorcières était une pièce borgne. La cellule la plus exiguë et la plus sombre de toute la forteresse était en fait une sorte de hutte. De l'extérieur, j'avais distingué une minuscule ouverture ménagée dans la toiture affaissée, mais elle donnait sur le magasin des munitions, construit au-dessus du trou à sorcières et séparé de ce dernier par un plafond de poutres pourries. Le soldat qui m'accompagnait, le capitaine Hans, tenait une torche dont la lueur malmenée par les courants d'air vacillait en tous sens. Sa maigre lumière me permit de distinguer un espace sinistre, de la forme d'un cercueil, de la taille de mon garde-manger de Bergen. Le lieu était totalement dépourvu du moindre confort domestique ; pas de bougies, pas de tabouret, pas de feu, pas même de trou à fumée. J'étais de plain-pied dans une boîte noire et glacée posée à même la terre battue et empuantie de relents de poisson pourri, de corps sales et de matières fécales.

Je sortis mon mouchoir que je pressai contre mon nez.

— Où est la sorcière ? murmurai-je à l'attention du capitaine Hans, car il me semblait bien sentir sa présence à défaut de la voir.

Il souleva la torche droit devant lui et dans le coin le plus éloigné de la masure, je distinguai une silhouette recroquevillée, dont émergèrent les contours blêmes et imprécis d'un visage.

— Passez-moi la torche, ordonnai-je tandis que mes yeux se faisaient à l'obscurité. Allez attendre dehors.

— Ne devrais-je pas rester à vos côtés ? s'inquiéta le jeune homme. C'est quand même une sorcière.

— N'ayez crainte.

Il évitait scrupuleusement le regard de la femme, craignant à l'évidence quelque envoûtement. En tant que femme, j'étais fermement convaincue qu'elle ne pouvait pas me jeter de sorts.

Je m'approchai de l'accusée, la dénommée Zigri Sigvaldsdatter, dont je commençai à discerner les grands yeux sur un visage en forme de lune, comme deux immenses gouffres de tristesse. Elle était blottie sous une pile de peaux de rennes qui m'empêchaient de distinguer son allure. J'étais contente de voir qu'on lui avait fourni de quoi se tenir au chaud, même s'il s'agissait d'un piètre acte de gentillesse de la part du gouverneur qui voulait vraisemblablement éviter que sa prisonnière ne meure de froid avant d'avoir avoué connaître toutes les sorcières du Nord.

— Je suis Fru Anna Rhodius. Le gouverneur m'a envoyée pour prendre soin de vous.

— Prendre soin de moi ? répéta Zigri d'une voix éraillée.

— Oui, dis-je à mi-voix. Avez-vous faim ? Soif ?

Il convient d'apprivoiser les sorcières, mon roi, car il ne sert à rien de les pousser dans leurs retranchements.

— Oui, souffla-t-elle d'une voix tremblante.

— Je vais faire le nécessaire pour qu'on vous apporte des victuailles, annonçai-je en m'éloignant vers la porte.

Je sentis cogner contre ma cuisse la merveilleuse clé cachée au fond de ma poche.

— Ne me laissez pas ici, dans le noir ! hurla-t-elle.

— Je vais revenir avec de quoi manger. Gardez la foi.

J'observai Zigri Sigvaldsdatter le temps qu'elle engloutisse sa bière et son *flatbrød* accompagné d'une tranche de fromage à pâte brune. Elle était d'une beauté saisissante qui paraissait invraisemblable au vu de sa basse extraction. Sa chevelure brillante tombait en cascade de part et d'autre de son visage sale et un ruban bleu s'enroulait à une de ses tresses. Je notai avec soulagement qu'elle ne portait pas de contusions, si ce n'est sur ses poignets après qu'on les avait entravés.

— Dites-moi, commençai-je à mi-voix en m'accroupissant à côté d'elle. Que faites-vous ici ?

Elle avala sa dernière gorgée de bière qui sembla lui redonner du cœur.

— C'est un malentendu. J'ai été calomniée et accusée à tort.

— Qui vous accuse ?

— Fru Brasche, dit Zigri d'une voix pleine de haine. C'est une mégère !

— Mais pour quels motifs vous accuse-t-elle ?

Zigri Sigvaldsdatter tira sur la mèche de ses cheveux parée du ruban bleu qu'elle effleura sur toute sa longueur.

— C'est une affaire délicate, dit-elle en me coulant un regard par en dessous. Elle affirme m'avoir vue dans l'étable avec le Diable, mais ce n'est pas vrai. (Elle soupira profondément.) J'étais dans l'étable avec son mari. C'est pour cela qu'elle m'attaque !

— Forniquer avec un homme marié est un péché terrible.

J'étais bien obligée de la réprimander de la sorte, quand bien même, et vous le savez fort bien, je n'en croyais pas un traître mot. Car quand l'amour vrai éclot entre de rares élus, cet amour-là transcende toutes les restrictions morales.

Zigri Sigvaldsdatter baissa la tête.

— Je sais, Fru Rhodius, dit-elle d'une voix soumise. Mais cela ne fait pas de moi une sorcière.

Je restai un instant sans rien dire et m'humectai les lèvres en me remémorant les consignes du gouverneur : j'étais censée obtenir un aveu, pas sympathiser avec l'accusée.

— Fru Brasche jure sur la Sainte Bible qu'elle vous a vue avec le Diable, Zigri Sigvaldsdatter, et que son mari était à ce moment-là en compagnie de son père.

— Que dit Heinrich ? Où est-il ?

Elle cessa de caresser le ruban et tendit ses mains sales pour m'agripper le bras.

— Où est Heinrich ? Il m'a promis qu'on ne me ferait aucun mal.

La puanteur de son corps se fit encore plus prégnante ; de près, je détectai une autre odeur — celle de la terreur : une odeur de vomi et d'urine. Je pressai mon mouchoir contre mon visage et inspirai profondément les vapeurs de lavande.

— Où est Heinrich ? répéta-t-elle.

J'écartai mon mouchoir pour lui répondre.

— Il n'est pas à Vardøhus, Zigri Sigvaldsdatter. Je ne puis vous en dire plus.

Elle s'étreignit le ventre, les yeux écarquillés d'incrédulité.

— Mais il m'a promis, souffla-t-elle de sa voix enrouée.

— Je vais poser la question autour de moi, dis-je en me relevant.

J'avais les jambes engourdies, je me sentais envahie par l'odeur qui régnait entre ces quatre murs. De nouveau, je me tapotai le visage à l'aide de mon mouchoir.

— Pendant ce temps, Zigri, je vous invite à réfléchir. Heinrich Brasche se trouvait-il réellement dans l'étable, sachant que son père, le marchand Brasche, affirme l'inverse ? Le Diable a-t-il pu vous duper ?

— Non, non, protesta-t-elle en secouant la tête. Non, c'était Heinrich et il m'aime !

Ah, mon roi, n'était-elle pas une simple femme ? Vous êtes bien placé pour savoir que l'amour d'un homme ne suffit pas à protéger une femme déchue. Face au devoir, la passion flétrit, aussi grande fût-elle. Heinrich Brasche ne lèverait pas le petit doigt pour elle, car la misérable s'était laissé séduire en rêvant d'une grande vie hors de sa portée.

Je sentais peser sur mon esprit l'importance de l'interroger sur les accusations de modification du temps que le marchand Brasche avait portées à son encontre et à l'encontre d'autres sorcières ayant prétendument détruit son navire, mais je n'avais plus la force d'affronter cette pauvre créature.

Serrant la clé dans ma main, je brandis la torche devant moi et regagnai la porte du trou à sorcières d'un pas incertain.

— Je vous en supplie. Retrouvez Heinrich. Il parlera pour moi.

Sa voix résonnait encore dans ma tête tandis que je regagnais la maison longue à grands pas. La douleur qui s'entremêlait à ses suppliques et le désir profond qu'elle nourrissait pour son amant trouvaient écho au plus profond de mon corps.

Mon roi, l'abandon de cette femme était aussi perceptible que l'avait été le mien.

Chapitre 20
Ingeborg

Ils cheminaient à travers la forêt clairsemée, Zare ouvrait la voie, les deux filles dans son sillage, dans un silence que rien ne venait troubler si ce n'est le grincement des maigres branches ployant sous la neige et le bruissement de leurs skis.

Ils débouchèrent sur un énième lac gelé. Les épais nuages nocturnes s'étaient effacés et le ciel, à la lueur argentée de la lune, brillait d'un bleu profond. Ingeborg discerna un carcajou qui courait sur le lac. L'animal ne les voyait pas tant ils ne faisaient qu'un avec la nature.

Leur entreprise était de la folie pure : deux filles et un garçon sámi dans une quête pour sauver une sorcière emprisonnée dans la forteresse de Vardø. Mais Ingeborg avait perdu toute raison. Il lui fallait atteindre Vardø avant qu'il ne soit trop tard.

Ils skièrent deux jours durant, la plupart du temps dans le noir ; de brefs répits au crépuscule cédaient le pas aux nuits d'hiver. L'effort épuisait Ingeborg ; Maren et Zare semblaient n'être jamais fatigués, mais ménageaient néanmoins des moments de repos.

Le jeune Sámi cherchait alors un emplacement adéquat pour faire un feu. Après quoi lui-même et Ingeborg partaient rassembler du bois, ou déterraient de la tourbe restée à l'abri de l'humidité sous la mousse recouverte de neige. Pendant ce temps, Maren disparaissait et s'en revenait avec des racines de bistorte alpine au goût de noisette sucrée ou des tiges tendres d'angélique.

— Et si on prenait un lièvre au collet ? demanda Zare à Maren.

— Nous n'avons pas besoin de sa chair.

— Tu es bizarre, dit Zare en sortant de la viande de renne séchée de sa poche pour en proposer à Ingeborg.

Ingeborg aimait bien ramasser du petit bois en compagnie de Zare. Ils s'y employaient le plus souvent en silence, mais sa présence la réconfortait.

Plus tard, ils se rassemblaient autour du feu, blottis sous les mêmes peaux pour rester au chaud et en vie dans ces contrées gelées, et ils passaient leur plan en revue. Ingeborg était assaillie par une foule de questions, d'une multitude de *et si*. Mais elle avait peur d'en parler. L'échec n'était pas envisageable.

La deuxième nuit, de grandes bandes lumineuses se mirent à danser en tourbillons irisés de violet et de vert dans le ciel. Maren quitta sa couche à côté du feu et leva la tête et les bras vers la luminescence, comme si elle accueillait le présent de leurs couleurs.

— Incline la tête, siffla Zare. Il faut faire preuve d'humilité devant les *Guovssahasat**, les lumières du Nord.

Le père d'Ingeborg lui avait expliqué que les Sámis vénéraient les aurores boréales, alors que dans le monde chrétien leur apparition était redoutée, une prophétie de l'Enfer, et l'augure de magie noire.

Ces lumières dépassaient le spectre des gris qui coloraient le quotidien d'Ingeborg.

Maren fit volte-face, les yeux étincelants.

— Ma mère est là-haut, elle danse dans ces lumières. Elle m'a toujours dit que je la retrouverais là-haut.

Zare secoua la tête avant de tisonner le feu avec un bâton.

— Sa magie coule encore dans mon corps, Ingeborg, dit-elle en se rasseyant. Ma mère nous protégera.

— Tes histoires de magie vont nous envoyer au bûcher, mit en garde Zare.

Un loup hurla, bientôt imité par le reste de sa meute. Ingeborg darda un regard nerveux en direction des bois plongés dans l'obscurité.

— Ces loups ne nous dérangeront pas, ajouta Maren d'un ton confiant.

Mais Ingeborg avait trop peur que le feu s'éteigne si elle venait à s'endormir. Elle s'allongea comme ses camarades, mais resta les yeux grands ouverts, à écouter le hurlement des loups en tentant de déceler s'ils se rapprochaient de leur campement.

— Je vais surveiller le feu, lui lança Zare. Tâche de dormir, Ingeborg.

Elle le regarda droit dans les yeux, qu'il avait du même bleu que les flammes, et se sentit en sécurité. Lentement, elle accepta de baisser les paupières.

L'aube accueillit le troisième matin de leur périple. La lune traçait un chemin argenté sur l'épaisse couche de neige tandis que les volutes vaporeuses de lumière verte et violette continuaient à danser dans le ciel. Les aurores boréales n'avaient cessé de scintiller pendant toutes les heures qu'avait duré son repos anxieux. À présent, Ingeborg se tenait au pied du Domen, le royaume du Diable. Les planches de bois de leurs skis recouvertes de peaux de rennes pour leur donner plus d'adhérence, ils se lancèrent dans l'ascension de la pente enneigée. La montagne n'était pas escarpée, mais elle était vaste et la neige abondante. Ingeborg s'enfonçait jusqu'au genou.

Maren et elle avaient remonté leurs jupes pour les glisser sous leur ceinture et à l'arrière de leur corset, sous l'armature en osier. Elles portaient l'une comme l'autre un vieux pantalon ayant autrefois appartenu à l'oncle de Maren et qu'Ingeborg avait enfilé à son arrivée chez la tante de Maren. Le pantalon flottait sur elle, et en se gorgeant d'eau pesait sur ses jambes et entravait ses mouvements. Elle enviait Zare avec son haut *gákti** à ceinture et ses jambières *gálssohat** qui lui permettaient de négocier l'ascension avec aisance.

Ils atteignirent le sommet. Des tourbillons de brouillard laissaient entrevoir une vaste étendue de terre blanche qui s'étirait à perte de vue dans toutes les directions – au nord, au sud et à l'ouest. Aucun loup ne les suivait, ni ne se profilait à l'horizon. À l'est s'élevait la pente de la montagne. Les lueurs éthérées des aurores boréales s'étaient estompées et le ciel se teinta brièvement d'un bleu azur rehaussé d'une bande rose doré au-dessus du brouillard. Ingeborg s'avança d'un pas incertain jusqu'au bord de la falaise. En contrebas se déployait la mer de Murman qui léchait le pied de la montagne dans un sifflement strident. En se penchant vers la droite, elle distingua la courbe de la roche et le trou sombre d'une grotte.

— Imagine un peu, dit Maren d'une voix sourde. On raconte qu'il y a sous nos pieds un labyrinthe de grottes qui mène à l'entrée de l'Enfer !

Ingeborg n'avait aucune envie d'imaginer une chose pareille. Zare, quant à lui, avait trouvé la description de Maren des plus réjouissantes.

— Superstitions chrétiennes ! railla-t-il.

— Que représente Domen pour toi, Zare ? lui lança Maren sur un ton de défi.

— C'est une colline. C'est tout.

— Tu ne crois pas en la magie ? Quel drôle de Sámi tu fais.

— La magie existe, Maren, mais pas telle que tu la décris.

— Tu te trompes ! déclama-t-elle avant d'appuyer sur ses skis pour repartir à la vitesse du vent sur la crête de la montagne, minuscule silhouette glissant sur l'immensité du dos nu de Domen.

— On ferait bien de la suivre, dit Ingeborg qui s'inquiétait de savoir Maren seule.

— Elle s'en sortira très bien, observa Zare. Elle a passé suffisamment de temps seule en pleine nature pour savoir se défendre. (Il désigna le bord de la falaise.) Tu veux voir où on va ?

Le brouillard commençait à se détacher du sommet de la montagne, laissant voir à Ingeborg les contours d'une terre au large.

Vardø. L'île ailée. Un caillou aux côtes déchiquetées surmonté d'une colline nue. Pas un seul arbre ne poussait sur cette terre désolée. Ingeborg aperçut le minuscule port entouré d'un groupe de maisons, puis l'église et la silhouette de la forteresse blanche.

Son regard se fixa sur la forteresse. Sa mère était derrière ces murs.

Zare regarda Vardøhus avant de lever les yeux vers le ciel.

— La tempête arrive. Il faut traverser sans tarder.

Ingeborg se demandait comment il pouvait affirmer une chose pareille alors que tout était immobile sur la montagne. C'était à peine si elle entendait les remous de l'eau au loin et les cris des oiseaux. Elle s'apprêtait à s'élancer à la poursuite de Maren lorsque Zare l'arrêta d'une main sur le bras.

— Ne fais pas de geste brusque.

Effrayée, elle sentit sa peau la picoter, son échine frissonner. Elle plongea son regard dans le sien et y lut plus que cette simple mise en garde. Le regard rassurant de Zare disait *Ne crains rien, je te protège*, mais elle y décelait aussi de l'appréhension.

Tandis qu'ils se détournaient lentement du bord de la falaise, Ingeborg comprit ce que Zare avait détecté.

Un lynx s'avançait vers eux.

Chapitre 21
Anna

C'est vous qui êtes venu me chercher. Vous souvenez-vous, mon roi ? C'est vous qui êtes venu à moi en premier.

C'était au cinquième jour d'octobre 1634, le soir dit *Det Store Bilager* – le mariage le plus majestueux de toute l'histoire de Copenhague et le jour des noces de votre frère, le prince-électeur Christian, à Madeleine-Sibylle de Saxe. Votre frère et sa jeune épouse baignaient dans toute la splendeur et la gloire de la royauté danoise. Les préparatifs du mariage durèrent des semaines, sans que vous ayez vraiment conscience de l'ampleur de la tâche, et mon père fut mis à contribution pour soigner les femmes de cuisine qui s'étaient brûlées et les domestiques qui étaient tombés d'une échelle en accrochant des guirlandes dans le jardin du roi. Le temps était encore suffisamment clément pour que les invités puissent se promener sur le domaine et profiter des dernières langueurs de l'automne avant l'arrivée d'un long hiver.

Je n'avais jamais vu telle quantité de viande pour un seul festin ! Votre père, le roi Christian, semblait résolu à ce que personne ne souffre de la faim. Les bouchers abattirent des bêtes pendant des jours entiers avant le mariage, et la rumeur disait que près de cent bœufs, un millier de moutons, des dizaines de dindes et de poules furent préparés, sans oublier d'immenses boudins noirs, d'énormes jambons fumés et des faisans et des colombes cuites au four.

En qualité de médecin du roi, mon père était une personnalité importante, ce qui lui valut d'être invité au mariage. Ma famille au grand complet était conviée, mais je n'avais aucune envie d'y aller. Ma mère dut m'amadouer ; j'étais une jeune fille timide de dix-neuf ans et je savais pertinemment que mon apparence serait passée au crible par tous les hommes en présence afin de jauger mon potentiel de mariage ; car il était grand temps de me marier.

Je n'avais aucune envie de me pavaner en compagnie de toutes les autres jeunes filles apprêtées et exposées pour l'occasion, préférant rester dans la bibliothèque ou dans le cabinet de curiosités de mon père ou, mieux encore, dans ses jardins botaniques. La perspective de m'attabler devant des assiettes d'argent et des verres vénitiens en compagnie de nobles, non seulement de Copenhague mais de toute l'Europe ainsi que de leurs rois, de leurs reines, de leurs princes et princesses me mettait dans un tel état de nervosité que j'en étais fébrile.

— Je vous en supplie, père, je veux rester à la maison.

— Je ne puis encourager cette idée, Anna. Le roi s'intéresse personnellement à ton mariage.

— N'a-t-il pas assez à s'occuper avec ses filles ? protestai-je.

— Je crains qu'il ne se lasse pas du jeu des noces, rétorqua mon père d'une voix morose.

Comme vous le savez, votre père, le roi Christian IV de Danemark – que mon père visitait quotidiennement en raison des multiples maux qui l'assaillaient ces dernières années – avait engendré plus de vingt enfants légitimes, sans compter les illégitimes. J'avais grandi dans une demeure proche du palais de Rosenborg et quoique n'ayant pas le droit de jouer avec les enfants royaux, je regardais chaque jour les petites princesses se promener en compagnie de leurs gouvernantes.

Je vous avais observé vous aussi, alors que vous n'étiez encore qu'un jeune prince, avec vos boucles serrées d'un noir de jais. Je vous avais vu grandir. Chaque année, vos épaules devenaient plus larges, vos jambes plus robustes sous leurs bas et leurs hauts-de-chausses et du poil vous était venu au menton. J'adorais votre moustache distinguée et vos grands yeux bruns aussi implorants que ceux d'un chien docile. Vous dégagiez de l'élégance et de la présence, sans jamais vous départir d'un calme résolu, à l'opposé de votre frère aîné turbulent et sa réputation de démesure.

Je vous observais, tout en pensant n'être point vue de vous, même après notre rencontre dans la bibliothèque toutes ces années plus tôt, ou dans le cabinet de curiosités de mon père. Je pensais que vous m'aviez oubliée en un clin d'œil, car qui étais-je à côté de vous ?

Oh, mais revenons-en à mes souvenirs de la nuit qui suivit la célébration du mariage de votre frère. Il était le futur roi du Danemark – c'est en tout cas ce que nous pensions tous à l'époque – le prince Christian, ainsi nommé d'après son père, vêtu de soies et de brocarts et repu de vin et de bonne chair, qui tapotait son ventre rassasié avec un sourire large comme un croissant de lune. Son épouse n'aurait pu être plus différente : une femme soigneuse et réservée, qui bien que portant une robe de brocart d'un doré resplendissant, ses cheveux noirs en tresses et décorés de minuscules perles comme des étoiles dans la nuit, dégageait une certaine austérité. Plus son époux devenait tape-à-l'œil, plus elle étreignait la croix pendue à son cou, en se contentant de picorer ses assiettes en argent débordant de mets délicats.

Je savais que Madeleine-Sibylle était une jeune femme très pieuse. Je possède d'ailleurs dans ma bibliothèque de Bergen une édition du livre de prières – un très bel ouvrage – qu'elle écrivit peu de temps après le décès de votre frère. Cette luthérienne devait voir d'un bien mauvais œil les dépenses excessives engagées pour son mariage, le défilé sans fin de bonne chair annoncée à grand renfort de trompettes et de timbales.

Nous prîmes place aux tables débordant de toute l'opulence de la plus grandiose des noces – viandes, pains, fromages, piles de pâtes d'amande, cônes de sucre – et aussitôt je sentis votre regard sur moi. Je m'étais habillée du mieux que nos moyens me le permettaient, mais je savais très bien quelles couleurs me seyaient, si bien que j'avais pris le soin de sélectionner une robe en soie bleue, rehaussée par la rangée de perles de ma mère serrée à mon cou. J'arborais un magnifique éventail en plumes de paon qui appartenait autrefois à ma grand-mère, derrière lequel je dissimulais mon visage ; non pas par timidité, mais parce que mes joues s'étaient embrasées quand vous aviez posé les yeux sur moi.

Je glissai un regard furtif vers votre maîtresse, Marguerite Pape. Une créature sublime, hautaine et fière, en me demandant comment vous pouviez arracher votre attention à sa contemplation.

Le banquet de mariage ne tarda pas à tourner à la torture ; après les premiers plats, j'étais rassasiée, et les heures se succédaient au rythme de mets infinis, plus riches les uns que les autres. Mon corset me mordait les côtes, et devant la profusion des saveurs le vin me laissait un goût amer dans la bouche.

On annonça enfin le ballet royal dans la salle de danse du palais, où nous nous rassemblâmes, serrés les uns contre les autres dans la chaleur ambiante, à réprimer les rots que nous infligeait l'excès de nourriture tout en prêtant attention aux danseurs. Je reconnais que le spectacle fut merveilleux, et la grâce des interprètes restera gravée dans ma mémoire.

Ensuite – vous souvenez-vous ? – votre père mena la première danse avec sa nouvelle maîtresse, qui avait été la servante de sa deuxième épouse.

Tout en les observant, je songeais à quel point les femmes étaient superflues dans le monde des rois, que dis-je dans le monde des hommes, où elles n'étaient que des dépendances : épouses et maîtresses, sans parler de celles dont on taisait la fonction. Votre père peinait à se mouvoir, mais sa maîtresse était agile sur ses pieds. Personne à la cour ne l'appréciait et je sentais l'hostilité dans l'air, aiguisée et cinglante, car c'était une chose de passer de maîtresse à deuxième épouse lorsqu'on était une femme noble, mais une autre chose, parfaitement impensable, que de vouloir s'élever lorsqu'on était une simple servante. Toutefois le roi semblait follement épris, même si en cet instant le visage de sa maîtresse ne trahissait aucun plaisir, me poussant à me demander si elle voulait du roi comme amant. Bien évidemment, une femme ne peut pas refuser – c'était forcément le plus grand des honneurs.

Les flammes des bougies vacillaient dans le cristal des chandeliers qui les magnifiaient en un grand embrasement au-dessus de nos têtes. L'air était saturé de la fumée qui s'échappait des mèches et des parfums que dégageaient tous ces nobles gens – la soie imbibée de transpiration et l'haleine chargée des épices de notre festin – mais le pire était encore l'air de malveillance qui planait sur l'assemblée. À l'époque déjà, je le sentais. Tous ces nobles danois qui se pavanaient autour du roi et du prince-électeur, avec force courbettes, avec leurs yeux de serpents. Ils voulaient vous anéantir, tous autant qu'ils étaient.

Vous eûtes tout le loisir de vous en aviser peu de temps après – voyez plutôt ce qui est arrivé au roi Charles anglais ! Mais je suis toujours restée à vos côtés, vous le savez, pour toujours et à jamais. Mon souhait est d'exalter la monarchie.

Un prétendant me proposa une danse, un homme si insignifiant que son nom ne me revient pas, quand bien même il s'adressa à moi en allemand. Je maîtrisais suffisamment bien cette langue, même si l'effort de la traduire en danois dans ma tête me donnait le tournis, cependant que le sentiment d'être exposée au même titre que toutes les filles non mariées me raidissait dans le carcan de mon corsage et que je peinais à respirer. Valait-il mieux danser, et profiter du cérémonial pour jouir d'une sensation d'ordre et d'espace ? Ou valait-il mieux se faire écraser par la foule des curieux ?

J'aperçus mon père en grande conversation avec un groupe de jeunes nobles dont les regards se posèrent sur moi. Je sentis ma gorge se nouer de peur, car l'idée d'épouser un noble et de mener une existence oisive m'était détestable, sans parler des périls de l'enfantement. Je désirais avoir un but qui dépassait le rôle d'épouse et de mère qui m'était assigné. Je voulais laisser une marque sur le monde, mon roi, et que mon héritage ne se résume pas à une progéniture.

Nous changeâmes de partenaire de danse et, à ma grande surprise, je me retrouvai au bout de votre main, à tourner sur moi-même, absorbée par l'ocre de vos yeux.

— Anna Thorsteinsdatter.

Vous n'aviez murmuré que mon nom, mais cela suffit à secouer tout mon corps d'un tremblement. Vous vous souveniez donc de moi, quatre ans après la visite du cabinet de curiosités de mon père.

Je sentis le regard pénétrant de Marguerite Pape peser sur moi tandis qu'elle suivait le mouvement de la ligne des danseurs à côté de nous.

— Votre Altesse, répondis-je en inclinant la tête, le feu aux joues.

Nous n'eûmes pas l'occasion de poursuivre, car votre bras s'enroula à celui de votre partenaire suivante et moi-même je fus emportée par un autre cavalier.

Une fois la danse terminée, je fendis la foule pour m'épargner une nouvelle invitation. Je profitai de l'ouverture d'une porte-fenêtre donnant sur la véranda pour m'éclipser dans l'air frais de cette nuit d'octobre. C'était contraire à l'étiquette pour une jeune femme de flâner seule dans les jardins du roi, mais je ne supportais plus la lumière vive et le brouhaha de la fête. J'avais décidé de prendre l'air et de retourner à l'intérieur avant que l'on remarque mon absence.

Je déambulai le long des allées bordées d'arbres, apaisée par le murmure des fontaines et le cri nocturne d'une chouette solitaire. Je m'arrêtai devant le bassin dans lequel se mirait la lune.

Je levai les yeux sur la fontaine. La beauté de l'ouvrage ne parvint pas à me mettre du baume au cœur. Je ne cessais de penser au destin qui m'attendait. Bientôt, cela ne faisait aucun doute, j'allais épouser un homme d'un ennui mortel qui m'interdirait de lire.

Un bruit de pas vint troubler mes pensées et je me retournai précipitamment, persuadée que mon père était venu me réprimander. Mais ce n'était pas mon père, puisqu'en effet c'était vous qui vous teniez devant moi.

Sous le choc, je restai bouche bée.

— On se croirait à la cour de France, vous ne trouvez pas ? dîtes-vous d'un ton familier comme si nous avions passé la nuit à bavarder. Cette fête empeste le baroque catholique !

— Elle est tout à fait somptueuse, acquiesçai-je d'une voix timide.

— À nous voir, on ne croirait pas avoir affaire à des luthériens. Mais mon frère doit absolument montrer au reste de l'Europe qu'il est le plus riche de tous les princes !

Votre lourd soupir en dit long sur l'étendue de votre désapprobation.

Je ne savais que dire et me gardai d'émettre le moindre jugement négatif à l'égard du prince-électeur.

Vous aviez poursuivi d'un ton moqueur :

— Où allez-vous comme ça, Anna Thorsteinsdatter, fille du médecin du roi ? Fuyez-vous la plus grande fête jamais donnée à Copenhague ?

— Je ne me sens pas très bien, Votre Altesse, répondis-je avec nervosité.

— Je suis navré de l'apprendre. (Sur ce, vous m'aviez offert votre bras.) Venez, permettez-moi de vous accompagner dans les jardins.

Je glissai mon bras sous le vôtre et sentis une grande joie exploser dans mon cœur.

— Dites-moi, votre père a-t-il ajouté beaucoup d'objets à son cabinet de curiosités depuis la dernière fois ?

Un frisson délicieux me parcourut l'échine à l'idée que vous vous souveniez du jour où mon père et moi avions été vos guides.

— Une peau de serpent, venue des Afriques, dis-je en songeant aux nobles à la fête : des serpents sous leurs beaux atours. Mais cette année, il se concentre surtout sur son jardin botanique et son apothicaire.

— Ah oui, certes, voilà qui me passionne particulièrement. Apprendre les vertus médicinales de nos herbes et plantes est une merveilleuse occupation.

— Nous sommes désormais à la tête de plus de deux cents espèces spéciales au sein de notre jardin botaniques affirmai-je fièrement.

— Quand vous dites « nous », Anna Thorsteinsdatter, ai-je raison de penser que vous avez une connaissance personnelle des plantes qui se trouvent dans le jardin de votre père ?

Je rougis.

— Ma foi, oui. C'est une de mes passions.

Vous m'aviez regardée dans les yeux. Votre expression m'était cachée par la clarté de la lune, qui en jetant des ombres tiraient leur teinte brune vers le noir.

— J'aimerais beaucoup visiter ce jardin.

— Il n'est pas aussi beau que celui du roi. Et vous ne manquez pas ici de fruits, légumes et herbes dont les bienfaits ne sont plus à prouver.

— Y aurait-il d'ailleurs quelque chose à portée de main qui pourrait vous aider à vous sentir mieux ce soir ?

Je gonflai d'orgueil : vous me demandiez de partager mes connaissances.

— Ma foi, oui. Je crois voir de la menthe, dis-je en me penchant pour en cueillir.

— Vous sentez une faiblesse dans votre estomac ?

J'étais ravie que vous sachiez reconnaître les propriétés de cette plante. Je vous adressai un sourire en hochant la tête, même si à dire vrai, je sentais surtout mon ventre se serrer à être si près de vous, et seule.

Je vous tendis la feuille de menthe. Sa senteur rafraîchissante m'apaisait déjà : depuis, le parfum de la menthe me ramène invariablement à cette soirée à vos côtés.

— Je voudrais vous montrer mon endroit préféré dans le jardin de mon père, aviez-vous déclaré.

J'hésitai, car mon attitude était tout à fait inconvenante pour une jeune dame, mais après tout vous étiez prince, et je pouvais difficilement vous dire non.

Nous franchîmes un portail qui donnait sur un verger de poiriers dont les derniers fruits dorés laissaient voir leurs formes généreuses dans la nuit d'automne. Vous en avez cueilli une, votre haute taille le permettait, et vous l'avez croquée avant de me la tendre.

De toute ma vie, le goût de cette poire est resté sans égal – sucrée, gorgée du jus de la tentation.

— Je vous ai observée toute la soirée, Anna Thorsteinsdatter.

— Mais pourquoi, mon prince ? bafouillai-je.

Il me semblait étrange que j'attire votre regard au milieu des plus grandes beautés de toute l'Europe, et qui plus est à côté de votre maîtresse Marguerite Pape.

À ma grande surprise, vous vous étiez penché en avant pour me caresser la joue.

— Vous possédez une qualité rare à la cour, de nos jours.

Quelle qualité ? me demandai-je sans oser poser la question. Profondément troublée par votre geste, je sentis mon ventre se serrer au contact de vos doigts sur ma joue.

Comme si vous lisiez dans mes pensées, vous aviez aussitôt ajouté :

— L'innocence.

J'avais rosi jusqu'aux oreilles, submergée par l'odeur de menthe qui persistait sur mes doigts et le goût sucré de la poire dans ma bouche.

Je vous admirais depuis tant d'années. Vous étiez le prince de mes rêves, et voilà que vous étiez devant moi, à me prodiguer des éloges. Seule en compagnie d'un homme qui n'était pas un membre de ma famille, j'étais partagée entre embarras et ravissement.

— Dites-moi, Anna, votre vertu est-elle intacte ?

Après la caresse sur ma peau, cette question me parut brutale et blessante, mais je n'en restai pas moins éblouie par votre présence.

— Bien évidemment, vous êtes vertueuse, Anna Thorsteinsdatter, aviez-vous répondu à ma place. Votre père a-t-il déjà arrangé votre mariage ?

Je secouai la tête.

Votre main s'attarda de nouveau sur ma joue, puis sur mon cou et ma poitrine, engoncée dans mon corset.

— J'aimerais tant que vous soyez ma maîtresse.

J'écarquillai les yeux d'étonnement.

— Mais Marguerite Pape… !

Votre soupir m'avait intimée au silence.

— C'est une belle femme, mais elle ne possède pas votre intelligence, Anna. J'aimerais une maîtresse avec qui discuter des bienfaits de ces plantes, une maîtresse qui s'intéresse aux livres que vous m'avez montrés le jour où je vous ai rencontrée. J'aimerais avoir dans mes appartements privés une compagne à la hauteur de mon intellect. Aimeriez-vous occuper cette place ?

J'étais bouleversée.

Oubliant toute ma réserve, je lui répondis dans un murmure hardi, sans l'ombre d'une hésitation :

— Oui.

Vous aviez souri et mon cœur s'était enroulé sur lui-même. Oh, votre sourire m'avait toujours donné des jambes en coton.

— Votre réponse me fait grand plaisir, Anna Thorsteinsdatter, aviez-vous conclu avant de vous pencher pour m'embrasser.

Je m'étais perdue dans votre long baiser – oh, j'étais si perdue en effet – et vous avais laissé m'allonger sur l'herbe froide du verger. C'est sous ces branches chargées de fruits que nous avions consommé notre accord pour la toute première fois. Malgré votre délicatesse, je ressentis une douleur qui m'arracha un halètement et il me sembla que ma réaction enflamma votre passion. Enfoui dans mes jupes, vous aviez arraché vos lèvres aux miennes pour pousser un gémissement de plaisir qui m'avait emplie de fierté.

Jamais je n'oublierai notre première fois tant la culpabilité le disputa au plaisir. J'étais en plein péché, et pourtant le fils d'un roi divin avait jeté son dévolu sur moi, la fille sans attraits d'un médecin. Vous m'aviez choisie non pas pour mon importance ou pour ma beauté, mais pour mon esprit.

Chapitre 22
Ingeborg

Ingeborg eut le souffle coupé par ce spectacle d'une beauté féroce. Sa fourrure blanche vaporeuse donnait envie de plonger les mains dedans, mais l'approcher aurait entraîné une mort certaine. Sa mâchoire majestueuse laissait entrevoir des crocs acérés, pourtant il les regardait sans hostilité. Ingeborg savait très bien que ses pattes immenses dissimulaient des griffes rétractiles mortelles. Son poil blanc était moucheté de brun sombre et sa tête magnifique était couronnée d'oreilles pointues surmontées d'une fine touffe. Son regard était irrésistiblement attiré par les yeux de l'animal, d'une teinte riche et chaude : dorée, ambrée, avec des pointes de vert d'eau et de brun profond.

Le lynx décrivit un cercle autour d'eux, lentement, presque avec langueur. Du coin de l'œil, Ingeborg vit le couteau de Zare scintiller dans sa main. Mais cette fine lame ferait-elle le poids face à ce prédateur hors pair ? Zare et Ingeborg retenaient leurs respirations.

Soudain, comme s'il se désintéressait d'eux, le félin tourna les talons. Il s'éloigna furtivement sur la neige, puis se mit à courir en direction de l'ouest, par où ils étaient arrivés.

— Il retourne à l'intérieur des terres à la recherche de zones boisées, expliqua Zare en rengainant son couteau. Je suis étonné d'en croiser sur la montagne, où les proies sont rares.

— Pourquoi ne nous a-t-il pas attaqués ? demanda Ingeborg d'une voix tremblante.

Zare se tourna vers elle.

— Il y a peu de risques qu'un lynx s'en prenne à nous, plutôt un loup ou un ours. Mais à cette époque, ils hibernent encore. (Malgré son calme apparent, Ingeborg voyait bien qu'il était secoué, lui aussi.) Tu frissonnes de froid.

Il l'attira contre lui et la serra dans ses bras. Le geste était si intime et inattendu qu'elle ne sut comment réagir. *Il me réchauffe, pour éviter que je meure de froid, c'est tout*, se raisonna-t-elle. Elle ne put s'empêcher de humer son odeur. Lorsqu'il recula, elle aurait aimé que leur étreinte perdure.

— On ferait mieux de rattraper Maren !

Maren. L'évocation de son nom provoqua un drôle de sursaut. Les yeux du lynx, aux multiples teintes. Terre d'ombre et or, les éclats de vert d'eau…

Elle se ressaisit. Quelle idée absurde. Maren allait être déçue d'avoir raté le lynx.

Ils glissèrent à vive allure sur le sommet gelé de Domen, se propulsant de plus en plus vite sur leurs skis jusqu'à dévaler l'autre versant. La neige giclait tout autour d'Ingeborg, lui piquant le visage.

Une bourrasque les enveloppa soudain d'un brouillard de neige, mais ils poursuivirent sans relâche.

Quand la tempête s'apaisa, ils étaient arrivés au pied de la Montagne du Diable. Les nuages se déchirèrent pour révéler le détroit de Varanger. Au bord de l'eau, une petite colonie sámie avait établi un cercle de *goahtis** recouvertes de tourbe. De l'autre côté des eaux écumeuses s'élevait l'île rocheuse de Vardø.

Une rafale de neige s'abattit sur eux en même temps que Maren dérapait dans la neige pour s'immobiliser à leur hauteur.

— Tu es arrivée par où ? lui demanda Ingeborg.

— Je m'étais perdue, mais me voici.

— Où étais-tu ?

— Qu'est-ce que ça peut faire ? dit-elle en posant sa main recouverte d'une mitaine sur le bras d'Ingeborg. À partir de maintenant, je ne te quitterai plus.

Maren dévisageait Ingeborg comme si elle avait perdu quelque chose en elle. Entre les deux filles, l'air semblait épais et chaud.

Ingeborg détailla les lèvres de Maren, de la couleur des mûres arctiques, l'éclat de sa peau rehaussé par l'effort. Il exsudait de Maren la fameuse force qu'elle invoquait tout le temps.

Ingeborg ne se sentait pas son égale.

Maren détourna brusquement le regard, mais la sensation entre elles perdura : étrange et tacite.

— Je vais demander refuge au village, annonça Zare. Le cousin de mon père est marié à une Sámie. Nous n'avons pas vu Morten depuis des années, mais j'ai le souvenir d'un homme bon.

— Comment allons-nous faire pour traverser jusqu'à Vardø ? demanda Ingeborg tandis que le vent forcissait de nouveau en soulevant des tourbillons de neige à la lueur du crépuscule.

— Nous ferons un échange contre l'utilisation d'un *bask**, dit Zare. Personne ne voudra ramer avec nous jusqu'aux terres du gouverneur sur Vardø, mais Morten me prêtera sa barque.

— En échange de quoi ? demanda Maren. Je n'ai rien sur moi si ce n'est une poche pleine de plumes et je doute qu'Ingeborg ait beaucoup plus.

— Ma mère m'a donné quelques articles à troquer. Les Sámis qui vivent sur les côtes sont friands de viande de rennes, de peaux, et de ramures dont ils font des outils. Et puis j'ai du fil en tendon d'animal pour sa femme, dit-il en tapotant le sac qu'il portait sur son dos. À la place du poisson, nous demanderons l'utilisation de son bateau. Attendez-moi ici, dit-il avant de rabattre son chapeau sur ses yeux et de se mettre en route pour la colonie.

Les courtes heures du crépuscule avaient cédé la place à une profonde obscurité, des masses de nuages dissimulant la lune et les étoiles, tandis que tout autour d'Ingeborg et Maren les tourbillons de neige s'épaississaient.

— Zare t'aime bien, dit Maren d'un ton détaché, mais la tension dans sa voix n'échappa pas à Ingeborg.

— Toi aussi, il t'aime bien ! rétorqua Ingeborg en se tournant vers elle.

Maren secoua la tête d'un air entendu.

— Ne fais pas ta farouche, Ingeborg Iversdatter. Je vois bien ce qui se passe entre vous.

— Il ne se passe rien ! contra Ingeborg, piquée au vif. Je suis une chrétienne croyante, et il est Sámi !

— Et alors ? Les Sámis peuvent s'amuser à jouer aux chrétiens. On connaît des pêcheurs à Ekkerøy qui ont pris des Sámies pour épouses et qui ont eu des enfants. Tu te souviens d'Einar Robertson et sa femme Ragnild ? N'était-elle pas sámie ? Ils ont eu une ribambelle de beaux enfants, tous élevés dans la foi chrétienne !

Ingeborg dévisagea Maren d'un air éberlué. Qu'est-ce que c'étaient que ces histoires d'enfants ?

— Zare est ton ami, pas le mien, Maren.

Dans le noir, alors qu'elles étaient séparées par les rideaux de neige, Ingeborg ne distinguait plus le visage de Maren. Elle ne voyait que sa silhouette, vaporeuse, sans formes. Elle avait envie de la prendre par la main et de l'attirer tout contre elle. Elle désirait ardemment plonger son regard dans les joyaux de ses yeux et absorber un peu de sa force ; de s'en frotter la peau comme l'huile de foie de morue que sa mère préparait quand elle était petite.

Mais si Elli avait demandé à Ingeborg de veiller sur Maren, c'était parce que Maren était vulnérable – et non pas Ingeborg.

— Pourquoi m'aides-tu ? lui demanda-t-elle à brûle-pourpoint.

— Parce que tel est mon désir, répondit Maren.

— Mais pourquoi ?

Maren resta coite. La neige tombait en rangs serrés et seul le bouillonnement de la mer au loin brisait le silence. Le vent poussait contre son dos et elle sentit son cœur battre de plus en plus fort. La tempête était imminente. Il fallait traverser le détroit de Varanger sans tarder, sans quoi il faudrait attendre que la tempête s'éloigne et cela pourrait prendre des jours. Des jours et des nuits entières pendant lesquels sa mère resterait seule, rongée par la peur, dans le trou à sorcières.

— Je veux me venger du gouverneur de Vardø, avoua Maren à mi-voix.

— Mais c'est impossible. C'est l'homme le plus puissant de tout le Finnmark. Sa forteresse est gardée par des soldats. Comment peux-tu…

— Chut, murmura Maren. Je n'aurais pas dû te le dire. N'essaie pas de me faire douter. Tout ce qui compte pour toi, c'est que j'ai l'intention de sauver ta mère.

Maren s'approcha d'elle. Les nuages de neige filaient dans le ciel et un rai de lune tomba sur la joue de Maren. Sa peau brilla d'un reflet cuivré, comme si on l'avait polie. Ingeborg dut se retenir d'enlever sa mitaine pour poser sa main sur ce visage et s'assurer que cette étrange fille était bel et bien de chair et d'os.

Zare s'en revint, porteur de la nouvelle que son cousin Morten les conviait à se reposer dans sa *goahti* avant l'ultime étape de leur voyage. Le troc s'était bien passé, et en échange des viandes de rennes, des peaux, des ramures et des fils que Zare avait sur lui, Morten les autorisait à utiliser son embarcation.

— Je ne pourrai pas rester plus d'une matinée sur l'île, parce qu'il ne peut se séparer de son bateau que le temps d'une journée de pêche.

— C'est assez pour trouver le tunnel et libérer ma mère ? s'inquiéta Ingeborg.
— Il le faudra bien.

En entrant dans la hutte recouverte de tourbe de Morten, Ingeborg constata que l'habitation était très différente de celle de Zare dans son *siida* d'Andersby. Elli n'était pas là pour les accueillir avec des tasses de lait de renne chaud à l'oseille. Morten et sa femme restaient sur leurs gardes en évitant de croiser leurs regards. Quant aux enfants, ils les avaient éloignées dans un coin de la *goahti*.

Lorsque Maren s'adressa à eux en sámi, ils détournèrent la tête.

— Pourquoi ne veulent-ils pas me parler, Zare ? demanda Maren en norvégien tandis qu'ils se serraient dans la portion de la hutte réservée aux visiteurs. Je souhaiterais les remercier.

— Ils ne sont pas contents de t'avoir chez eux, avoua Zare. Il a fallu les persuader, car ils considèrent que ton peuple a volé leurs poissons. Au début, ils m'ont conseillé de t'emmener à Svartnes, le village de pêcheurs suivant.

— Mais on ne peut pas faire ça. Ils nous livreraient au gouverneur.

— C'est ce que j'ai expliqué, et j'ai transmis le message de ma mère sollicitant leur aide, dit Zare. Morten a beaucoup de respect pour mes parents.

À l'extérieur des solides murs en tourbe de la *goahti*, le vent faisait entendre ses sifflements stridents.

— Il faut partir tout de suite, s'impatienta Ingeborg. Avant la tempête.

Zare se tourna vers elle. La lueur du feu avait adouci le bleu perçant de ses yeux pour y mêler les nuances d'un ciel d'été. Elle était nostalgique de ces journées baignées de lumière. C'était avant que l'arrestation de sa mère ne vienne briser le destin de sa famille.

— Je suis désolé, Ingeborg, mais il est trop tard, il faut attendre, dit Zare.

Ingeborg sentit ses espoirs s'effondrer. Elle n'osait plus compter le nombre de jours qui s'étaient écoulés depuis que sa mère avait été faite prisonnière. Chaque heure qui passait la mettait davantage en péril.

La tempête se déchaîna sans relâche pendant deux jours et deux nuits. La plupart du temps, ils restaient à l'abri dans la *goahti* avec Morten et sa famille. Sa femme leur donnait à manger de la morue et du *flatbrød*.

Le couple avait trois filles. L'aînée avait le même âge que Kirsten, tandis que les deux autres étaient à peine sorties des langes. La plus grande des deux ressemblait à un renard arctique, avec son menton pointu et ses grands yeux inquisiteurs. Ingeborg sentit la culpabilité l'étreindre à la pensée de sa sœur. Kirsten lui manquait. Pour se donner bonne conscience, Ingeborg sourit à l'enfant, mais cette dernière enfouit son visage bougon contre sa mère.

Quelle sensation étrange que d'être un objet de crainte.

Zare et Morten fumaient la pipe en échangeant quelques mots en sámi. À une ou deux occasions, Maren prit la parole dans leur langue, mais à chaque fois Morten se taisait et secouait la tête à l'intention de Zare.

— De quoi parlent-ils ? demanda Ingeborg à Maren.

— Morten recommande à Zare de ne pas se mêler à la chasse aux sorcières, parce que cela aurait des conséquences néfastes sur le peuple sámi.

— Il n'a sans doute pas tort, dit Ingeborg le cœur lourd.

— Les Sámis ont déjà été accusés, et le seront de nouveau. Ce que nous faisons tous les trois ne changera pas grand-chose à leur sort.

Ingeborg se réveilla les muscles raidis, mais recroquevillée à côté de Maren elle ne sentait pas le froid. C'était le troisième jour. Aussitôt, elle tendit l'oreille. Son cœur se serra : le vent sifflait sans relâche et au loin les vagues se brisaient avec fracas. Elle ferma les yeux en serrant fort les paupières et adressa une prière au bon Dieu. *Notre Père qui êtes aux Cieux, je vous en supplie, ayez pitié de ma mère. Faites que le vent retombe. Que nous puissions prendre la mer en sécurité.*

À côté d'elle, Maren s'étira comme un chat, sans pour autant se réveiller. Une semaine plus tôt, cette fille lui était totalement inconnue. À présent, elles passaient leurs nuits accrochées l'une à l'autre pour lutter contre le froid. L'odeur de Maren restait sur sa peau, boisée et puissante, comme une forêt au cœur de l'hiver. La proximité de cette fille avait quelque chose de singulier. Ingeborg brûlait d'envie de l'interroger sur son père. Était-il vraiment un pirate des Barbaresques ? Quel était son nom ? Comment ses parents s'étaient-ils rencontrés ? Pourtant, toutes ces questions risquaient de mener à une autre : était-il vrai, tel que l'affirmaient les femmes d'Ekkerøy, que le père de Maren était le Seigneur des Ténèbres ?

Le plaisir qu'Ingeborg éprouvait à être proche de Maren, à être vue d'elle, soutenue d'elle, n'était-il qu'une tentation qui finirait par causer du tort à Ingeborg et sa mère et par alimenter les accusations de sorcellerie ?

Toutes ces questions étourdissaient Ingeborg. Elle aurait voulu sortir de la *goahti*, quitte à être malmenée par la tempête. Elle jeta un œil de l'autre côté de la hutte. Elle discerna le contour du chapeau de Zare, son bras replié sur sa poitrine, et les formes allongées des membres de la famille de Morten. Elle avait dû se réveiller en pleine nuit, car personne ne bougeait. Mais comment en être sûre ? Le matin était aussi sombre que le cœur de la nuit.

Sans faire de bruit, elle s'avança jusqu'à la porte de la hutte, et appuya de toutes ses forces sur le battant. Une fois dehors, le vent la plaqua violemment contre les murs de l'habitation. Il faisait partout une nuit sans fond. Pas une lueur ne perçait les agitations effrénées de la nature et les tourbillons de neige piquaient sa peau comme les lames d'une dague. S'il le voulait, le vent avait le pouvoir de détruire tout mortel qui s'aventurait au-dehors.

Elle voulut prier, mais c'est à peine si elle parvenait à se tenir debout.

Ingeborg cessa ses prières, cessa ses efforts pour respirer. Elle s'en remit au vent qui sembla respirer pour elle. Elle détendit tout son corps et se laissa emporter au gré de son souffle. Quand elle se retrouva face à la *goahti*, elle écarta grand les bras et se laissa tomber en arrière contre le vent. Sa force l'empêchait de s'affaler sur le dos et manquait de soulever ses pieds du sol.

Oh, pouvoir prendre son envol !

La porte de la *goahti* s'ouvrit. Son instinct lui dicta qu'il s'agissait de Zare. Dans l'obscurité, il ressemblait à un ours sortant de sa tanière. L'image de l'ours Zare lui arracha un rire, qui se perdit dans la fureur des rafales. La porte s'ouvrit davantage et la lueur feutrée du feu qui brûlait à l'intérieur illumina furtivement les traits de Zare.

La porte claqua derrière lui, mais elle parvint à distinguer sa large silhouette qui avançait vers elle, arc-boutée contre les assauts tourbillonnants du vent. Il lui cria quelque chose, mais elle secoua la tête. Le vrombissement de la tempête empêchait ses mots d'arriver jusqu'à elle. À son tour, Zare tourna le dos aux bourrasques et écarta les bras. Ils se retrouvèrent ainsi côte à côte, le bout de leurs doigts tendus s'effleurant presque, tenus par la force du blizzard et la puissance de la nature.

Une bourrasque plus virulente que les autres propulsa Ingeborg sur le côté et la fit chuter. Elle s'enfonça profondément dans la neige. Zare s'accroupit à côté d'elle. Au ras du sol, elle eut la sensation qu'ils se tenaient sous le couloir de vent. Dans un infime espace de calme et de silence.

— Tu t'es fait mal ?

Elle secoua la tête.

— La tempête va encore durer longtemps ?

L'euphorie qu'elle avait ressentie en se laissant porter par les éléments s'était évaporée. La peur qu'elle éprouvait pour sa mère revint en force.

— Bieggolmai, le dieu du vent, ne va pas tarder à pelleter le vent dans ses grottes, comme à chaque fois, dit Zare.

— Il existe un dieu du vent ? demanda-t-elle en songeant aux prières qu'elle adressait à un dieu de toutes choses.

— Oui, dit Zare en la regardant. Dans notre tradition, toutes les choses ont une âme et nous respectons toute chose dans le monde qui nous entoure. Nous avons plusieurs divinités, tels que le soleil, la lune, le tonnerre, la déesse primordiale et ses filles. Bieggolmai, le dieu du vent, compte parmi les plus puissants. S'il ne cesse pas de souffler aujourd'hui, nous pourrons *yoiker* à son intention ce soir.

Il s'humecta les lèvres, l'air préoccupé.

— Que se passe-t-il ? demanda Ingeborg qui sentait son malaise.

— Morten a raté deux jours de pêche. Je ne suis pas sûr qu'il puisse encore nous prêter son bateau…

— Oh non ! Mais alors, quand ?

Zare prit ses mains dans les siennes.

— Je lui ai donné une grande quantité de viande de renne pour sa famille. Si le vent tombe aujourd'hui, il nous laissera partir.

Ingeborg baissa les yeux sur les mains rugueuses de Zare. Ils n'avaient pas pris le temps d'enfiler leurs mitaines et le froid marbrait leur peau de nuances de bleu. La sensation de sa présence était différente de celle de Maren, pourtant Ingeborg la désirait tout autant. Quelque chose chez Zare lui rappelait Axell. Le sentiment d'être en sécurité. Sans qu'elle sache comment.

Maren lui faisait ressentir l'inverse exactement, comme si elle jouait avec le feu. Pourtant, elle avait tout autant envie d'être à ses côtés. Pourquoi désirait-elle que tous deux la touchent et prennent soin d'elle ? Était-elle à ce point privée d'affection qu'elle essayait de la trouver auprès de la première personne venue ?

Zare étreignit sa main et lui murmura quelques mots sous le tumulte du vent.

— Restons allongés dans la neige. Elle est sèche, et je vais *yoiker* Bieggolmai tout de suite, mais tu dois me promettre de ne le raconter à personne.

— Je te le promets, dit-elle, honorée de sa décision.

Ils restèrent côte à côte sous la tempête, main dans la main. Ingeborg écouta le *yoik* de Zare, dont les sonorités n'étaient pas sans rappeler ce que Maren et elle avaient entendu dans le *noaidi*, quand le père de Zare était entré en transe. Des notes étranges et éthérées à nulles autres pareilles ; rien à voir avec les cadences raides de l'église. À croire qu'elles venaient d'un autre monde.

Sur la couche de neige poudreuse, allongée sur la courbure de la terre, Ingeborg ferma les yeux en serrant fort les paupières et s'efforça de ne pas s'inquiéter de ce qu'elle prenait ou non part à de la magie noire. Tout ce qu'elle voulait, c'était retrouver sa mère et lui sauver la vie.

Elle écouta la mélopée qui sortait des lèvres de Zare en se concentrant sur la sensation réconfortante de ses doigts entrelacés aux siens. Elle n'aurait su dire combien de temps ils restèrent ainsi, car elle restait insensible au froid.

Lorsqu'elle rouvrit les yeux, Zare s'était tu et le vent avait disparu. Le ciel avait revêtu le bleu sombre d'une matinée d'hiver, comme une mince lueur s'efforçant de percer le noir.

Elle tourna la tête vers Zare.

— On ferait bien d'y retourner.

Ils avaient prononcé les mêmes mots en même temps. Zare écarquilla les yeux et Ingeborg se surprit à sourire.

Dans le demi-jour, elle distingua un fil qui les reliait, aussi ténu et argenté qu'une toile d'araignée. Elle cligna des yeux et le fil disparut.

La porte de la *goahti* s'ouvrit dans un grincement et elle entendit le souffle de Maren qui s'avançait dans la neige.

— Vous êtes là ! s'exclama-t-elle en les surplombant de sa taille, les mains sur les hanches, cheveux défaits, yeux plissés.

Ingeborg se hâta de lâcher la main de Zare.

— Qu'est-ce que vous fichez là ? Ou la question se pose-t-elle vraiment ? dit-elle avec mépris.

Ingeborg lut la douleur dans ses yeux. Ils l'avaient exclue. Elle aurait voulu protester qu'il ne fallait pas se fier aux apparences, qu'elle n'avait pas eu l'intention de la tenir à l'écart. Quand Ingeborg s'était aventurée en pleine tempête, Maren dormait à poings fermés. Elle ignorait que Zare allait la suivre. Quant à ce qui était arrivé dans la neige, c'était de la magie. Mais Ingeborg n'aurait pas su par où commencer.

Maren tourna les talons et retourna vers la *goahti* d'un pas lourd, sa longue chevelure voletant dans son sillage.

Ingeborg se releva tant bien que mal, rongée par un sentiment de culpabilité. Zare s'était redressé à son tour. Une gêne qu'ils ne connaissaient pas s'était immiscée entre eux.

— Merci, chuchota-t-elle

Zare hocha la tête.

— C'est une ouverture dans la tempête, mais Bieggolmai ne va pas tarder à revenir. Il va prendre sa pelle et faire de nouveau souffler le vent.

Ils poussèrent tous les trois sur la mer agitée la petite embarcation que Morten leur avait prêtée. Ingeborg avait remonté son pantalon et l'eau froide clapota contre ses jambes nues lorsqu'elle se hissa à bord. Zare l'agrippa par la main et Maren suivit seule avec agilité.

Ils passèrent le long de la colonie sámie puis débouchèrent sur le détroit. La force des courants secoua périlleusement leur frêle barque. Ingeborg sentit son estomac se nouer. Malgré la peur qui l'envahissait, elle restait déterminée. Il était trop tard pour faire demi-tour.

En vue de Vardø, le ciel vira au gris au-dessus des huttes en tourbe et l'obscurité sembla se refermer sur eux. Les vagues malmenaient la barque et Zare peinait à garder le cap.

Ingeborg contempla ses mains larges qui agrippaient les rames. Lui vint soudain le souvenir d'un vieux rêve, dans lequel deux mains comme celles de Zare étreignaient délicatement son visage. Cette pensée la fit rougir. Dans ses rêves, Ingeborg éprouvait parfois le genre d'amour qu'elle n'avait jamais connu dans la vraie vie. Elle avait ressenti un profond amour sororal pour Axell, mais là c'était différent. Ce n'étaient pas les mains de son frère.

Les soubresauts du bateau affolèrent son cœur. Zare posait de nouveau sur elle son regard acéré. Elle eut un mouvement de recul, et tira son chapeau sur son front. Maren lui jeta un coup d'œil en fronçant les sourcils.

Des filaments de brume argentée voilaient le détroit et le vent s'était remis à souffler. Des morceaux de glace tourbillonnaient à la surface de l'eau, semblables à ceux représentés à grands coups de pinceau sur les peintures à l'huile des Brasche qui décoraient l'église de leur village. En baissant les yeux, elle vit passer un éclat de glace polie qui lui renvoya son reflet : l'ovale furtif de sa peau pâle, son chapeau en peau de renne, une mèche échappée de cheveux bruns.

Le petit *bask* rua sur les eaux tumultueuses. Ingeborg s'agrippa des deux mains à sa coque. Zare arrêta de ramer. Il releva les rames au moment où des gouttelettes translucides éclaboussaient la mer agitée.

— Pourquoi tu t'arrêtes ? lui demanda Maren.

— Pour sentir les courants. Pour comprendre dans quel sens ramer jusqu'au rivage.

La mer entière était dans les yeux de Zare. L'immense fracas des vagues.

Il sembla sur le point de dire quelque chose à Ingeborg, puis se remit à souquer.

Le vent forcissait, l'obligeant à ramer de toutes ses forces. Maren s'empara de la troisième rame posée au fond de la coque pour lui prêter main-forte. Autour d'eux, la mer bouillonnait comme au fond d'un chaudron.

Ils parvinrent enfin à franchir la barrière des courants pour gagner les eaux calmes. La barque accosta sur la grève et sa coque crissa sur les galets.

— Un de nous devrait rester pour surveiller le *bask*, suggéra Zare. Ingeborg, tu veux bien ?

— Non ! C'est ma mère qui est prisonnière, protesta-t-elle en serrant les poings.

— Ce serait plus sûr si…

— Non ! hurla-t-elle avec fureur à l'idée qu'il la relègue au rivage.

— Très bien, dans ce cas – Maren ? Il faut que je montre l'emplacement du tunnel à Ingeborg.

— L'esprit de ma mère est piégé sur Vardø entre les vivants et les morts, rétorqua Maren avec amertume. Je ne resterai pas auprès du bateau. Je n'ai pas fait tout ce chemin pour ça.

— Très bien. Ne perdons pas de temps à nous disputer alors, conclut Zare en leur faisant signe de descendre du bateau en transportant les rames.

Une fois sur le rivage, Ingeborg se retourna. Zare portait la barque en équilibre sur sa tête et alla la déposer sur une roche plate en cale sèche. Avec ses allures de carapace de tortue géante, difficile de se dire que le *bask* avait réussi à les transporter sur ces eaux agitées.

— Gageons que la chance sera de notre côté et que l'embarcation sera encore là à notre retour, déclara Zare.

Ingeborg leva les yeux sur les nuages d'orage qui s'accumulaient dans le ciel sombre.

— Ce n'est pas trop tard ?

— Espérons-le, fit Zare. Nous ne pouvons plus faire demi-tour, à présent.

Ingeborg escalada les rochers glissants dans le sillage de Maren et Zare. Ils avançaient avec une telle vélocité qu'elle avait du mal à ne pas se laisser distancer. Zare se dirigeait à l'intérieur des terres et, en levant la tête, Ingeborg distinguait déjà les remparts de roche blanche de Vardøhus. Ils gravirent une falaise à pic, puis se tapirent derrière une saillie rocheuse.

— D'après ma mère, les soldats passent leur temps à fumer la pipe dans leur hutte plutôt que de monter la garde, et personne ne devrait nous surprendre, mais mieux vaut rester prudents, affirma Zare.

Ils poursuivirent leur ascension jusqu'aux fondations du château. Zare s'assurait avec les mains, et se retournait régulièrement pour vérifier qu'Ingeborg et Maren suivaient.

— Le tunnel est par là. Je m'en souviens.

Il dégagea plusieurs cailloux à la base de la forteresse et finit par mettre à jour une petite ouverture.

Zare se glissa le premier, suivi par Maren, puis Ingeborg. Ils avançaient en rampant à plat ventre et Ingeborg sentit une peur indicible lui enserrer sa poitrine. Un noir d'encre régnait partout. Elle ne distinguait plus Zare et Maren. Seuls résonnaient leurs souffles saccadés et le crissement de leurs corps à même le sol.

Soudain, Zare s'exclama en sámi et Ingeborg percuta le dos de Maren.

— Que se passe-t-il ? murmura-t-elle.

— Ils ont rebouché le tunnel, souffla-t-il en étouffant un juron. On aurait dû y penser. On est trop bêtes !

— Il n'y a pas la place de passer ? Même en creusant ? demanda Maren.

— Non, c'est de la roche. Avec mon père, on avait mis des jours entiers à dégager le tunnel, on n'a pas le temps.

— Mais il faut avancer, supplia Ingeborg.

Sa mère se trouvait de l'autre côté, seule et désespérée dans le trou à sorcières. Elles n'étaient séparées que de quelques pas l'une de l'autre.

— C'est impossible, dit Zare.

Ingeborg frappa rageusement du plat de la main sur les parois qui l'entouraient, dont la roche acérée lui blessa la peau.

— Non ! Non !

— On va trouver une solution, siffla Maren.

De retour à l'extérieur, ils furent accueillis par le tourbillonnement des nuages noirs et le cri du vent.

— Ne traînons pas, la tempête revient en force, les mit en garde Zare. Morten a besoin de son bateau, et de toute façon on ne peut pas se permettre de rester coincés sur l'île. On risque de mourir de froid ou de se faire prendre.

Ingeborg leva les yeux sur la forteresse de Vardøhus et sa muraille irrégulière. Elle posa la main à plat dessus pour en sentir toutes les aspérités. Là, devant elle, se dessinait une première prise. Plus haut, de minuscules anfractuosités dessinaient un chemin jusqu'au sommet de la forteresse.

Les paroles qu'Axell avait prononcées des étés plus tôt lui revinrent en mémoire. *Imagine que tu es un chat*.

— Je peux escalader le mur, déclara-t-elle en se tournant vers Zare.

Il la dévisagea d'un air atterré.

— Tu vas tomber, et mourir, dit-il sans ménagement. Tu n'es pas assez forte, Ingeborg.

Mais Maren, à ses côtés, glissa sa main dans celle d'Ingeborg, et la serra fort.

— Si, elle en est capable, et je grimperai avec elle. On va y arriver.

Zare fixa les filles d'un air incrédule.

— Retourne au bateau, ordonna Maren.

Zare secoua la tête.

— C'est de la folie.

— J'ai déjà grimpé des parois plus difficiles, dit Ingeborg en repensant aux falaises d'Ekkerøy. Si on ne te rejoint pas à temps, rentre auprès de Morten et de sa famille.

Zare tenta de l'arrêter, une main sur son bras.

— Ne fais pas ça, Ingeborg.

— Il le faut.

Elle lut au fond de ses yeux qu'il comprenait, et vit son regard s'adoucir.

— Je ferais la même chose pour ma mère. Mais je ne pourrai pas attendre très longtemps. La tempête arrive et il est hors de question que je finisse jeté dans une cellule !

Ingeborg se tourna face à la muraille, Maren à son côté. Elle relâcha les bras le long de son corps avant de lever les mains et de prendre une profonde inspiration. Mue par une bouffée d'énergie, elle se hissa en enfonçant les doigts dans les fissures qui s'offraient à elle. Ses pieds suivirent le mouvement, et elle se hissa d'un cran. *Ne regarde pas en bas*.

Maren suivait derrière elle. Elle entendait ses halètements d'effort.

Ingeborg déployait tous ses sens. Elle se hissait furtivement, avec le sentiment de porter quelque chose en elle. Ses ongles s'agrippaient à la roche comme des griffes, elle adhérait parfaitement à la paroi rugueuse. Elle savait qu'elle ne chuterait pas.

Elle poursuivit son ascension avec régularité malgré les bourrasques de vent qui la ballottaient. Elle finit par atteindre le sommet, se glissa de l'autre côté et jeta un regard par-dessus les remparts. Maren avait disparu. Elle sentit son ventre se serrer, mais soudain une voix rieuse susurra à ses côtés.

— Nous y voilà, mon amie féline.

Ingeborg jeta un ultime regard en contrebas. Elle aperçut la silhouette minuscule de Zare à côté du bateau. Au loin, le soleil couchant jeta des reflets magenta sur la neige, puis s'enfonça dans une flaque mauve avant de sombrer dans l'obscurité.

Les deux filles s'accroupirent à côté d'un canon pour se protéger du vent. La pièce d'artillerie était mangée par la rouille et la glace, et Ingeborg songea qu'elle n'avait jamais dû servir.

— Qu'est-ce qu'on fait maintenant ? lui demanda Maren.

Ses yeux verts brillaient d'excitation. La peur semblait ne pas avoir d'emprise sur elle.

Ingeborg jeta un regard plus bas. Il ne faisait pas encore tout à fait nuit noire et l'intérieur des remparts était ponctué de grandes torches embrasées qui creusaient la pénombre. Elle distingua la hutte des soldats. Elle entendit le murmure de leurs voix, perçut l'odeur du feu de tourbe. D'un côté de la hutte se dressait le château. Sa façade entière était plongée dans le noir, exception faite d'une petite lucarne éclairée. En tournant la tête, elle aperçut la guérite et les portes de la forteresse. C'est par là qu'il leur faudrait sortir, à moins qu'elles mettent la main sur une corde qui leur permette de descendre les remparts. Pourquoi n'avaient-elles pas pensé à se munir d'une corde ?

— Regarde, ce n'est pas le trou, là-bas ? murmura Maren en montrant par-delà la guérite une longue bâtisse basse et borgne.

— Quel endroit abominable.

Maren attira l'attention d'Ingeborg vers un point par-delà l'île.

— Tu vois la langue de terre, après l'endroit où Zare nous attend ?

Ingeborg opina.

— C'est Stegelsnes*, le lieu d'exécution. C'est là qu'ils ont brûlé ma mère.

Ingeborg sentit la douleur comprimer de nouveau sa poitrine. Envisager une telle mort pour sa mère était au-dessus de ses forces.

— Il faut qu'une de nous deux aille prendre la clé dans la guérite, dit-elle à Maren. Pendant que l'autre trouve un moyen d'entrer dans le trou.

— Deux tâches impossibles, énonça Maren en haussant les sourcils.

Sans se laisser démonter, elle ajouta :

— Je m'occupe de la clé.

Il y eut soudain du mouvement dans la cour. La porte du trou à sorcières s'ouvrit. À la grande surprise d'Ingeborg, ce fut non pas un soldat, mais une femme qui en sortit. Elle était grande, se tenait le dos droit. Elle verrouilla la porte du trou à sorcières et glissa la clé dans une poche dissimulée sous sa cape. D'un pas raide, elle traversa l'étendue de neige et pénétra dans la grande bâtisse basse.

— On dirait bien que tu viens de trouver comment entrer, commenta Maren.

— Je vais aller chercher la clé, approuva Ingeborg.

Elle se demandait comment elle allait bien pouvoir s'y prendre, et qui d'autre habitait cette longue bâtisse, mais ce choix lui semblait plus propice que d'affronter les soldats.

Elles descendirent les marches qui menaient à la cour. Un vent glacé les transperçait, et Ingeborg songea avec soulagement qu'il dissuaderait sans doute les gardes de mettre le nez dehors.

Elle se retourna vers Maren pour lui dire de faire attention, mais sa comparse avait déjà disparu. La cour était vide. Un gros rat détala dans la pénombre.

Ingeborg se glissa furtivement sur le sol gelé jusqu'à la maison longue. Un fin plumeau de fumée sortait de son toit affaissé. Elle posa la main sur la porte et poussa.

Chapitre 23
Anna

J'étais votre maîtresse cachée. Nous nous retrouvions en secret dans nos lieux de prédilection : la bibliothèque royale, le jardin botanique, le verger de poires, le cabinet de curiosités de mon père – mes yeux rivés sur le rictus de l'ourson polaire tandis que vos longs cheveux noirs tombaient en cascade sur mes seins nus.

Quatre années durant, j'attendis votre invitation à me joindre à la cour au palais en qualité de maîtresse en titre, en vain.

C'est long, quatre années quand on est si jeune. Aujourd'hui, c'est à peine un clignement de paupières. Oh, quelle naïve je faisais, totalement sous votre emprise : si vous m'aviez donné rendez-vous au poulailler, j'y serais allée sans hésiter !

Vous me dévoriez par petits morceaux, du bout de mes orteils au sommet de mon crâne, mes reins, mon cœur et jusqu'au dernier recoin de mon esprit. Je ne vivais que pour vous, mon prince, dans l'attente de la livraison quotidienne d'un petit carré de parchemin cacheté de votre sceau royal. Aussitôt vos lettres décachetées, vos mots pleins d'affection m'enivraient et j'accourais à perdre haleine jusqu'au lieu de notre rendez-vous, après avoir appliqué à toute hâte quelques touches d'huile de rose sur ma poitrine. Comme vos étreintes me grisaient tandis que vous retiriez ma robe et mes jupons avant de vous enfouir dans ma jeune chair.

Vous ne profitiez pas de moi : je vous désirais. Le reconnaître est un choc, mais je connais bien la lascivité à laquelle une femme peut se laisser succomber. J'étais habitée du désir de m'accoupler, car à peine rentrée chez moi, je me languissais déjà du rendez-vous suivant.

Mon roi, dites-moi, vos souvenirs sont-ils aussi limpides que les miens ?

Je ne pense pas. Vous avez eu des mots d'une telle tendresse à mon endroit, et vous m'avez étreinte avec une telle affection lorsque j'étais une jeune fille. Et pourtant, vous étiez si méconnaissable lors de notre dernière entrevue, un tout autre homme. Je peux paraître différente aujourd'hui : ma peau s'est ternie, ma taille s'est épaissie et mes cheveux noirs sont striés de gris, mais en mon for intérieur, je n'ai jamais cessé d'être cette jeune fille amoureuse de son prince. J'avais séparé les péchés de la chair de l'amour pur qui était gravé dans mon cœur.

Désormais seule dans ces contrées, avec peu d'objets de distraction, je ressasse ces années lointaines. Et je m'interroge : en d'autres circonstances, aurais-je pu devenir Marguerite Pape, votre maîtresse officielle et la mère de votre fils illégitime ? Mais en fin de compte, même Marguerite Pape se vit évincée au profit de Sophie-Amélie de Brunswick-Lunebourg, que vous avez épousée. Une femme dont il valait mieux éviter les foudres dont votre sœur Leonora Christina a fait les frais.

La reine Sophie-Amélie est-elle elle aussi derrière mon exil immérité ? Elle me considéra avec un tel dédain lorsque nous fîmes connaissance par la suite. Mais alors j'avais quitté Copenhague depuis longtemps, et j'étais une femme mariée.

Chapitre 24
Ingeborg

À l'intérieur de la maison longue, Ingeborg perçut la présence de la femme à son odeur – un effluve écœurant d'huile de rose mêlée à la fumée de tourbe la prit aux narines – mais ne vit âme qui vive. Le feu crachotait sa fumée qui volait en épaisses volutes jusqu'aux chevrons avant de se glisser par le trou dans le toit. Ingeborg distingua une lanterne qui reposait sur une table bancale, deux tabourets branlants et une chaise à dos droit sur laquelle reposait un coussin en tapisserie élimée. L'ensemble était rassemblé autour d'une minuscule lucarne scellée par un rabat, comme pour grapiller le peu de lumière qui filtrait du dehors.

Où était passée la porteuse de la clé ? De l'autre côté de la pièce, une porte était entrebâillée. Ingeborg s'avança à pas feutrés sur les planches irrégulières et poussa délicatement le battant.

La femme lui tournait le dos, agenouillée devant une malle ouverte. Elle en ressortit un petit grimoire qu'elle posa par terre avant de se relever avec lenteur. C'est alors qu'elle aperçut Ingeborg et réprima un sursaut de peur.

Ingeborg songea qu'elle devait en effet faire une drôle d'impression : mi-fille, mi-garçon avec son pantalon et sa robe à moitié retenue par sa ceinture, coiffée d'un grand chapeau sur ses cheveux mouillés qui encadraient son visage de mèches désordonnées. Par opposition, Ingeborg eut tout le loisir de constater que la femme qui se tenait devant elle était de noble naissance. Elle devait approcher l'âge de la Veuve Krog, et pourtant elle avait le port de tête d'une jeune fille et Ingeborg discerna le noir de ses cheveux sous sa coiffe blanche. Sa taille fine était corsetée sous une somptueuse robe bleue et la peau de ses joues était aussi pâle que lisse. Seul un fin faisceau de rides au coin de ses yeux trahissait son âge.

— Qui es-tu ? lança-t-elle d'une voix impérieuse. Et que fais-tu dans ma chambre ?

— Il ne vous arrivera rien. Il vous suffit de me donner la clé, ordonna Ingeborg.

Elle avait parlé d'une voix plus confiante qu'elle ne l'était vraiment. Elle sentait son cœur tambouriner dans sa poitrine, ses mains se recouvrir d'une pellicule moite, mais pour rien au monde elle n'aurait laissé transparaître sa peur. Il fallait qu'elle mette la main sur la clé.

La femme haussa les sourcils.

— Quelle clé ?

— Celle que vous cachez dans une poche sous vos jupes.

— Et pourquoi ferais-je une chose pareille ? Dis-moi qui tu es.

Ingeborg dégaina le petit canif de chasse d'Axell de sa ceinture et le brandit en s'avançant d'un pas. Mais la femme ne trahit aucune crainte.

— Ça ne vous regarde pas. Pour la dernière fois, donnez-moi la clé, ordonna Ingeborg en pressant la lame du couteau sur la gorge palpitante de la noble femme.

— Très bien, maugréa-t-elle.

Ingeborg rabaissa la lame tandis que la femme sortait la clé de sa poche. Elle la tripota un instant entre ses doigts comme par provocation.

— Donnez.

Ingeborg se tenait si proche qu'elle voyait le bleu implacable de ces yeux, comme deux glaciers. Elle pressa de nouveau son arme contre la fine gorge de la femme en priant pour ne pas avoir à aller plus loin.

— Ça va mal se finir, dit la femme en obtempérant. Comment penses-tu t'en sortir ?

Ingeborg entendit soudain du mouvement dans la pièce voisine. Elle passa la porte à reculons et constata avec soulagement qu'il s'agissait de Maren, qui agitait une grosse clé d'un air satisfait.

— Un jeu d'enfants. Le vieux bailli dormait à poings fermés ! J'ai été tentée de lui trancher la gorge, mais ça m'aurait pris trop de temps.

— Toi ! s'écria la noble dame qui avait suivi Ingeborg en montrant Maren du doigt. Je t'ai vue ! Avec le lynx !

Maren lui adressa un grand sourire.

— C'était bien moi, en effet !

Ingeborg ne voyait pas comment Maren pouvait connaître cette femme, mais elle n'avait pas le temps de s'en préoccuper.

— Ligote-la à la chaise, dit-elle à Maren.

— Tu as essayé de me tuer, continuait la femme en fixant Maren.

— Pas vous, madame, dit Maren en retirant la ceinture à sa taille pour attacher la femme à la vieille chaise branlante.

Au même instant, la porte de la maison longue s'ouvrit et une bonne chargée d'une brassée de tourbe s'immobilisa sur le seuil. Elle poussa un petit cri, laissa tomber son chargement et ressortit en hurlant.

— Sauvez-vous toutes les deux, intima la noble femme dans un murmure.

Ingeborg et Maren se ruèrent hors de la maison, mais déjà les soldats sortaient de leur hutte en file indienne, mousquet au poing. Lockhert sortit au pas de charge de la guérite, le visage empourpré de rage.

— On peut encore s'en sortir, Ingeborg, chuchota Maren.

Mais Ingeborg ne voyait pas comment. Elles étaient encerclées.

— Je n'abandonnerai pas ma mère.

— Très bien, dans ce cas restons, dit Maren comme si elles n'avaient d'autre choix.

Ingeborg laissa tomber son canif sur le sol. À quoi bon le brandir contre un mousquet braqué en pleine poitrine ?

Un soldat l'empoigna et lui immobilisa les bras dans le dos. Ses épaules prises en étau, elle poussa un cri de douleur.

Le bailli Lockhert agrippa Maren par ses longs cheveux et lui arracha la clé des mains. Après quoi il lui administra une gifle d'une telle force qu'elle s'étala sur le sol gelé.

La bonne rentra dans la maison longue en courant.

— Qu'est-ce que vous manigancez, bande de sales voleuses ? grogna Lockhert avant de se tourner vers Ingeborg. Je te reconnais ! Tu es la fille de la sorcière Sigvaldsdatter.

Ingeborg secoua la tête sans lâcher un mot.

La noble femme sortit de la maison longue après avoir été libérée de ses liens par sa bonne. Elle s'approcha des filles. Ingeborg tenait encore la clé dans la paume de sa main. La femme la contourna, puis Ingeborg sentit qu'on desserrait son poing pour lui arracher la clé. La femme rebroussa chemin pour se planter devant elle, en prenant le soin de dissimuler de nouveau la clé sous ses jupes.

— Alors comme ça, tu es la fille de la sorcière ?

Ingeborg regarda fixement ses yeux froids. Ils étaient inexpressifs. Il ne s'en dégageait ni haine ni compassion, aucune émotion. Qui était-elle ? Pourquoi détenait-elle la clé du trou à sorcières ?

Soudain, une lueur ovale tomba sur leur petite assemblée, comme un homme de grande stature traversait la cour depuis la porte ouverte du château.

— Votre Honneur, nous avons appréhendé ces deux filles alors qu'elles tentaient de faire évader la sorcière Zigri Sigvaldsdatter, dit Lockhert en s'adressant à la silhouette sombre.

— Ma mère n'est pas une sorcière, je le jure ! s'insurgea Ingeborg.

— Silence ! mugit Lockhert.

L'homme de haute taille pénétra dans la flaque de lumière projetée par la lanterne de Lockhert. Sur un pan de son visage, une longue cicatrice lacérait sa joue depuis le sommet de ses sourcils broussailleux jusqu'à son menton.

— Voici donc la fille aînée de la sorcière Zigri Sigvaldsdatter ? énonça-t-il en montrant Ingeborg du doigt. Et qui est cette étrange créature ?

— Ma mère s'appelait Marette Andersdatter ! déclama Maren avec morgue en se relevant de sa chute.

Le gouverneur tressaillit.

— Vous vous souvenez d'elle, hein ? le défia Maren en s'approchant de lui, mais un soldat la tira sur le côté. Elle était également connue sous le nom de Liren Sand.

— En effet, une sorcière des plus maléfiques que nous ayons connues par ces contrées, dit le gouverneur avec un geste désinvolte de la main. Et te voici à ton tour, visiblement envoyée par le Diable, comme ta mère.

Le gouverneur se tourna vers la noble femme qui se tenait immobile tandis que Maren luttait pour échapper au soldat.

— C'est ce que je vous disais, Fru Rhodius. Les sorcières sacrifient leurs propres filles au Démon.

— Je n'en suis pas si certaine, gouverneur, répliqua la dénommée Fru Rhodius d'une voix calme. Je ne l'ai jamais vu de mes propres yeux. À l'évidence, ce sont des filles téméraires…

— Ce sont des filles de sorcières, déclara Lockhert. J'ai vu ça en Écosse. Ma terre natale était assiégée par les sorcières et leurs filles.

Le gouverneur s'approcha d'Ingeborg. Il la surplomba de toute sa taille.

— Les sorcières de Vardø menacent tout le royaume de Norvège et du Danemark, jusqu'au roi lui-même, par la terreur et la peste. Les sorcières, de mèche avec le Diable, sont incontrôlables. (Il se pencha pour lui murmurer à l'oreille :) Et je vois bien que toi aussi tu as pactisé avec le Seigneur des Ténèbres.

Ingeborg tenta de ne pas montrer sa peur.

— Votre Honneur, ma mère ne m'a liée à aucun pacte. Elle est innocente, plaida-t-elle d'une voix tremblante.

— Silence ! Je ne t'ai pas autorisée à parler, lui postillonna-t-il en plein visage. Tu auras tout le temps de t'exprimer au tribunal.

Le gouverneur sortit du halo de la lanterne. Son expression était dissimulée par l'obscurité.

— Jetez-les dans le trou à sorcières, Lockhert.

— Ne vaudrait-il pas mieux qu'elles logent avec moi, Votre Honneur ? intervint Fru Rhodius. Elles sont si jeunes…

— … mais suffisamment grandes pour être des sorcières, coupa le gouverneur. Leur place est au trou.

Les soldats poussèrent Ingeborg et Maren à travers la cour. Ingeborg pensait à Zare. Combien de temps allait-il les attendre ? Elle pria pour qu'il ne fût pas fait prisonnier à son tour. Le vent soufflait sur la forteresse et les nuages défilaient dans le ciel. Une averse de grêle commença à tomber. La tempête était de retour et le dieu du vent, Bieggolmai, soufflait fort. Sur le trajet du retour, il pousserait Zare avec ardeur vers le continent.

Lockhert déverrouilla la porte du trou à sorcières et les soldats jetèrent Ingeborg et Maren à l'intérieur. Ingeborg eut tout juste le temps de voir que la noble femme Fru Rhodius suivait la scène en secouant la tête, comme si elle avait affaire à deux vilaines filles qui n'avaient pas dit leurs prières. Il s'agissait pourtant de bien plus que d'une simple incartade.

Ingeborg et Maren atterrirent en même temps sur le sol dur. Ingeborg tendit la main dans le noir et sentit la surface d'un mur gluant de saleté. L'obscurité complète empêchait de discerner la taille de la cellule ou ce qui était à l'intérieur. Elle se releva d'un bond en hurlant :

— Mère !

Elle perçut un léger cri étouffé dans le noir.

— Mère, c'est moi !

— Ingeborg ? lui répondit la voix de sa mère, faible et éraillée. Oh, doux Seigneur, Ingeborg, que s'est-il passé ?

Elle sentit Maren se mouvoir à côté d'elle, puis un bruissement. Suivi d'une étincelle entre deux cailloux. Et d'une lueur.

Maren tenait le bout d'une bougie dans la paume de sa main. Sa menue flamme vacillante permettait de discerner la forme recroquevillée de l'autre côté de la minuscule cellule. Le cachot ne devait pas mesurer plus de sept pas sur six. Les murs en bois étaient fissurés et crasseux, le sol en terre battue hérissé de cailloux et de tourbe séchée. Rien qui laissait présager la présence d'un tunnel. Le lieu empestait les excréments et l'odeur métallique du sang. Il y régnait un tel froid qu'Ingeborg sentit sa gorge se contracter. Mais tout cela n'avait pas d'importance. Sa mère était là, et elle était en vie.

— Nous sommes venues te sauver.

— Oh, Ingeborg, gémit sa mère. Mais quelle folie.

Ingeborg s'approcha de sa mère et chercha à tâtons ses mains sous les piles de peaux de bêtes. À la lueur de la bougie, elle discerna ses traits.

Ses yeux brûlaient de colère.

— Espèce d'imbécile, cracha-t-elle en se levant pour gifler Ingeborg.

Bouleversée par l'emportement de sa mère, elle sentit de lourdes larmes lui monter aux yeux.

— Tu ne fais qu'empirer la situation ! Je t'ai dit d'aller chercher Heinrich. Qu'il parlerait pour moi.

— Heinrich Brasche est à Bergen, mère, répondit Ingeborg d'une voix blessée. Son père l'y a envoyé pour affaires.

Sa mère afficha une mine terrifiée.

— Il est parti le jour qui a suivi ton arrestation.

— Non, non ! soupira sa mère dont la colère fanait déjà. Il m'avait promis.

— Nous pouvons vous sortir de là, Zigri Sigvaldsdatter, dit Maren à la lueur de la bougie mourante, qui jetait une teinte ambre dans ses yeux.

— Comment ? lui demanda Ingeborg.

— As-tu vu la peur du gouverneur quand je lui ai parlé de ma mère ? dit Maren avec excitation. Nous allons leur faire peur. En menaçant de leur jeter des sorts, à lui et à sa femme.

La mère d'Ingeborg, secouée de sanglots, n'écoutait déjà plus.

— C'est le gouverneur de Vardø, Maren ! Il a des soldats armés et plus de pouvoir qu'on ne peut en rêver ! Notre seul espoir est d'obtenir sa clémence.

— Il n'en a aucune, rétorqua Maren en s'accroupissant de l'autre côté de la mère d'Ingeborg. Nous allons trouver une solution.

Ingeborg sentit le désespoir lui ronger le cœur. Elle s'affaissa à côté de sa mère. Prit sa main dans la sienne.

— La vérité finira par éclater au grand jour, mère, tenta-t-elle de la rassurer. Tu es innocente, le procès le démontrera.

Secouée de sanglots incessants, sa mère se recroquevilla, la tête posée sur les genoux de sa fille.

— Et Kirsten est en sécurité, mère. Elle est chez Solve.

Sa mère cessa de pleurer, essuya ses larmes et planta son regard dans celui d'Ingeborg. Un regard implacable.

— Il y a quelque chose qui cloche chez Kirsten, murmura-t-elle. C'est à cause d'elle qu'Axell s'est noyé.

Ingeborg regarda sa mère avec stupéfaction.

— Non, mère !

— Zacharias est un petit démon.

— Kirsten n'a que douze ans...

— Kirsten est mauvaise, coupa sa mère.

Après un reniflement, elle ajouta :

— Elle est démoniaque.

Chapitre 25
Anna

Les tempêtes venues du nord s'abattirent sur l'île de Vardø et le vent souffla, à croire que des hordes de créatures maléfiques survolaient le toit de ma maison longue. Je me recroquevillais sous mes peaux de bêtes et j'abaissais les tentures pour conserver un semblant de chaleur. J'étais cernée de fantômes, et pas seulement ceux des pauvres âmes qui étaient mortes dans cette cellule, tel le vieux prêtre trépassé dans son lit.

Il y avait d'autres fantômes, de mon passé. Les visages de toutes celles et tous ceux que j'avais tenté de soigner pendant la Grande Peste. Je ne me souvenais pas de leurs noms, mais je n'oublierais jamais le nombre d'âmes disparues ; j'ai veillé sur trois cent quatre âmes pendant cette terrible saison de maladie et, mon roi, je n'ai jamais eu peur de les tenir dans mes bras. La souffrance des petites gens était insondable, la brutalité de la douleur et de la peur de mourir me faisait souffrir bien au-delà des larmes. De temps à autre, un éclat de pureté s'élevait de leur dernier souffle, quand l'âme se détachait du corps. Je voyais l'éther se soulever, ma vision se brouillait et je sentais l'âme s'en aller à la chair de poule qui piquetait ma peau ainsi qu'au murmure à mon oreille qui m'annonçait son départ. Le poids du défunt s'allégeait soudain dans mes bras, et devenait aussi aérien qu'un œuf évidé, tandis qu'une profonde sérénité m'emplissait, tel le jaune dans sa coquille.

Le passage de la vie vers la mort devint pour moi une force familière et grisante. Ce spectacle m'entêtait : lorsque la lutte cessait et que la paix déferlait sur leurs paupières closes, au moment où la grâce de Dieu touchait leurs âmes.

Ces fantômes virevoltaient tout autour de moi dans ma prison de la maison longue au cœur de la forteresse de Vardø, mais ils ne me voulaient aucun mal. Les âmes perdues pendant l'année de la peste m'apportaient un réconfort qu'aucun mortel n'avait jamais été capable de m'offrir.

Et pourtant, les âmes de mes propres enfants, perdues dans ma quête de maternité, ne cessaient de se dérober à moi.

Retournons en juillet 1638, ma vingt-troisième année, et celle de ma première grossesse.

Oui, mon roi, l'enfant était de vous, mais vous ne l'avez jamais su, non, jamais.

Vous étiez en visite en France à la cour de Louis XIII cependant que chaque matin je fus malade, pendant les neuf jours que dura votre absence. Dans ma sotte candeur, je me crus terriblement malade et demandai à mon père de m'examiner.

— Tu n'es pas malade, Anna, avait-il annoncé d'un air grave en se lavant les mains dans une bassine. Tu es enceinte.

J'étouffai un cri, quoiqu'une partie de moi fût enchantée, car je songeai aussitôt que mon prince serait obligé de faire de moi sa maîtresse en titre et de me sortir de l'ombre pour me dévoiler à toute la cour. Le roi Christian IV serait forcément ravi que la fille de son médecin de prédilection soit devenue la favorite de son fils, non ?

— Anna, que s'est-il passé ? voulut savoir mon père.

Le pourpre lui mangeait les joues, sa colère comme des nuages de tempête, il venait de comprendre pourquoi j'avais éconduit tous les prétendants qui m'avaient été proposés en mariage.

— Père, je porte l'enfant du prince Frederick.

Sa réaction me laissa sans voix. Pour la première fois de sa vie, mon père fit usage de la force et m'empoigna par les deux bras pour me secouer.

— Cesse donc de raconter des inepties, ma fille, et dis-moi la vérité.

— Mais c'est la vérité, père ! Je suis la maîtresse du prince ! annonçai-je.

— La maîtresse du prince est Marguerite Pape, c'est une baronne, rétorqua mon père avec une pointe de désespoir. Avoue, est-ce mon étudiant, Ambrosius, qui a abusé de toi ? J'ai bien vu comment il te regarde.

— Oh, non ! dis-je en réprimant un rire à cette idée.

Ambrosius Rhodius était un jeune étudiant en médecine allemand qui logeait chez nous depuis trois mois. C'était à peine si je l'avais remarqué tant j'étais subjuguée par ma liaison avec vous. Voilà que j'apprenais que ce jeune Allemand dégingandé n'avait d'yeux que pour moi, qu'il ne cessait de trébucher et de renverser son assiette en ma présence. Moi qui le croyais tout bonnement maladroit, étant donné qu'il m'avait à peine adressé un mot depuis que nous avions été présentés.

— Ce ne serait pas la pire des choses qui pourrait t'arriver, Anna, continua mon père en ignorant mes dénégations. Ambrosius a de l'avenir. Il est issu de la vieille noblesse allemande, quoique sa famille ait perdu toutes ses terres.

— Père, c'est à peine s'il m'a fait un baisemain !

Mon père s'interrompit, la mine sombre.

— Mais qui est-ce, alors, Anna ? Cesse de mentir et réponds-moi.

— Je vous l'ai déjà dit. Cet enfant, dis-je en posant fièrement la main sur mon ventre, appartient au prince Frederick. Il m'installera forcément à la cour lorsqu'il découvrira...

— Doux Seigneur, lâcha mon père en enfouissant son visage dans ses mains.

— Père, l'idée ne vous a pas une fois traversé l'esprit ? Toutes ces lettres en provenance du palais royal, qui m'étaient adressées ? Je suis sa maîtresse depuis quatre ans.

Mon père releva la tête, me laissant voir son expression de pure horreur.

— Je croyais que les lettres étaient de la princesse Léonora, car je sais qu'elle apprécie ses promenades en ta compagnie... (Sa voix resta en suspens.) Ce n'était pas Léonora qui sortait marcher avec toi ?

— Non, père.

— Pas un mot à ta mère, ordonna-t-il en plissant les yeux. As-tu la moindre idée de la posture dans laquelle tu nous mets ?

— Mais je parlerai au prince à son retour de France, le rassurai-je en prenant ses mains glacées entre les miennes. Il m'aime, père ! N'ayez crainte. Il est le prince, il prendra soin de moi.

— Oh, Anna, souffla mon père d'une voix brisée avant de retirer ses mains.

Il savait, évidemment : mon père détenait la sagesse qui m'échappait et savait que mes mots n'étaient que chimère, mais j'étais jeune, j'étais amoureuse, et persuadée que vous l'étiez aussi.

À votre retour de France, une semaine s'écoula avant que je reçoive une lettre de vous. Mon père passait son temps à me talonner en m'assurant qu'il était possible d'arranger un mariage avec Ambrosius Rhodius. Ma grossesse ne se voyait pas encore, mais je refusais de l'écouter.

Je reçus enfin quelques lignes de votre merveilleuse écriture que j'aimais tant, m'invitant à vous retrouver dans le jardin du roi à une heure matinale avant que les domestiques ne soient en activité. Vous me donniez pour instruction de traverser les parterres de lavande jusqu'au mûrier, dont les baies pâles n'étaient pas encore arrivées à maturité.

Oh comme j'aimais le mois de juillet, la saison estivale dans le Nord, avec son soleil perpétuellement accroché dans des ciels d'un doux azur. D'excitation, mon cœur tambourinait dans ma poitrine tandis que je sortais à pas feutrés de la demeure de mon père, une cape ne laissant voir que mes yeux. Je me faufilai à travers nos ruelles malodorantes, mes souliers en cuir de chevreau protégés dans des socques en bois, jusqu'à déboucher enfin dans les jardins du roi où m'accueillirent des senteurs florales. J'avais l'impression de voler dans les airs tant la perspective d'écrire un nouveau chapitre de mes aventures à vos côtés m'enflammait.

Lorsque j'arrivai au mûrier, je ne trouvai personne et attendis non sans impatience. Les abeilles bourdonnaient autour de moi et l'air était déjà chargé de chaleur. Vous arrivâtes enfin, à pas lents, sans vous jeter dans mes bras tel que je l'avais anticipé. Je sentis ma confiance se briser, quelque chose avait changé. Votre boucle d'oreille en or avait disparu, tout comme les bas écarlates et le pourpoint de brocart doré. Vous étiez entièrement vêtu de noir et coiffé d'un haut chapeau pointu. J'eus instantanément la sensation qu'un nuage épais venait de recouvrir le soleil dans le ciel.

— Mon amour, lançai-je avec effusion, mais vous m'aviez déjà coupé la parole en reculant d'un pas.

— Chère Anna Thorsteinsdatter, je vous remercie d'avoir accepté cette entrevue matinale.

Votre ton formel me déconcerta, sans parler du fait que vous détourniez la tête comme si vous vouliez éviter de croiser mon regard.

— Il est de mon devoir de vous informer que notre arrangement doit prendre fin. J'ai beaucoup apprécié votre compagnie, mais Marguerite est enceinte. Ma place est auprès d'elle. Je lui en ai fait la promesse.

Ces mots me fendirent le cœur.

— Mais elle n'est pas votre épouse, protestai-je. Vous n'êtes pas marié, mon prince, et vous êtes libre de choisir…

— Ah, non, ma chère enfant, je ne suis pas libre de faire de tels choix, m'aviez-vous interrompue en secouant la tête. Je me dois de fixer des principes. Et nous savons l'un comme l'autre que vous ne pourriez jamais figurer à mes côtés à la cour, parce que vous n'êtes pas de haute noblesse.

Je restai figée par le choc, tremblante, le corps glacé malgré les rayons du soleil sur ma peau.

— Vous avez toute la vie devant vous, douce Anne, conclut-il en levant les yeux sur moi. Un mari de votre rang à trouver, et votre propre famille à construire. Vous me remercierez de vous avoir rendu votre liberté. Pour ma part, je suis un oiseau en cage, et ne pourrai jamais me libérer.

— Mais, mon prince, je vous aime…

Vous aviez levé la main pour m'intimer le silence.

— Vous êtes trop jeune pour comprendre le genre d'amour que je partage avec Marguerite. Ce que je vous ai offert est une éducation des sens ; ce que vous m'avez offert est une appréciation de mon enseignement.

Je reculai, ébranlée par la douleur.

— Je vous ai apporté un cadeau.

Vous aviez sorti une fine chaîne en or de votre poche, au bout de laquelle oscillait une petite croix noire.

— C'est de l'onyx. Je l'ai trouvée à Rome.

Vous me l'aviez tendue, et j'avais pris l'offrande d'une main raide.

— Noire comme vos cheveux, aviez-vous dit en secouant la tête d'un air triste, à croire que c'était moi qui rompais avec vous. Portez-la, et priez pour votre pardon.

La chaîne pendouillait entre mes doigts, vous ne preniez pas même la peine de l'accrocher à mon cou.

Sur ce, vous aviez tourné les talons pour vous éclipser dans la brume vibrante du jardin du roi, tandis que les papillons butinaient la lavande et que le parfum de notre amour s'imprégnait en moi.

J'aurais voulu vous lancer cette croix à la figure, au lieu de quoi je me laissai tomber dans l'herbe pour vomir au pied du mûrier.

Que faire ? Je sentis la panique enfler en moi, comme si l'un de ces papillons était piégé dans ma cage thoracique.

D'une main tremblante, je soulevai la croix noire. Elle scintilla, son onyx rutilant comme la carapace d'un scarabée. J'avais été à vous pendant quatre ans, et en guise de récompense je recevais une petite croix. Je ne cessais de penser à la profusion de bijoux qui paraient le cou de Marguerite Pape. Pour moi, pas un rubis, pas un saphir.

Ah, mais il y avait bien plus que cela. Vous aviez semé une vie dans mes entrailles. Mais ça, vous ne le sauriez jamais.

Chapitre 26
Ingeborg

Jour et nuit fusionnaient en une longue obscurité glacée. Le froid pénétrait les moindres recoins du corps d'Ingeborg, qui gisait recroquevillée sous les peaux de rennes entre sa mère et Maren. En l'absence de feu dans leur masure, l'air était aussi cinglant que du fer gelé. Elles s'abîmaient les unes contre les autres, une seule et même créature à trois cœurs blessés. La faim les tenaillait. Une fois par jour, les sentinelles leur apportaient un seau du puits de la forteresse. L'eau était maculée de vase, rien à voir avec l'eau pure du puits de leur village. Mais cela n'en restait pas moins de l'eau, qu'elles avalaient d'un trait, avec tout son cortège de mouches mortes. Un second seau servait à leurs besoins. Elles n'avaient pas encore eu l'occasion de le vider, et la puanteur qui régnait dans leur cellule était abominable. En guise de nourriture, on leur avait donné un bouillon aqueux d'arêtes de poissons, si salé qu'Ingeborg avait eu l'impression de boire la tasse. Elle en avait eu la nausée.

Même Maren devenait irritable. Elle avait confié à Ingeborg que ses règles allaient arriver, et comment faire sans tissus de protection ?

La mère d'Ingeborg était constamment en larmes, à se torturer à propos d'Heinrich Brasche. Ingeborg ne l'avait jamais vue verser une seule larme sur son père. Et voilà que pour cet homme, dont elle savait forcément qu'il ne pourrait jamais lui appartenir, elle se tordait les mains en sanglotant comme une jeune éprise. Et c'était à Ingeborg que revenait la tache de réconforter sa mère en la serrant dans ses bras.

Il y avait autre chose. Sur le visage de sa mère, une certaine lourdeur dans sa mâchoire, dans sa manière de se mouvoir – maladroite et déséquilibrée à chaque fois qu'elle se levait pour étirer son corps dans l'espace exigu. Un seul cycle lunaire s'était écoulé sans qu'elles se voient, pourtant sa mère avait perdu sa carapace. Elle passait son temps arrimée à Ingeborg, à lui demander dans un murmure éraillé s'il restait le moindre espoir.

Ingeborg pensait à Zare. Même si le jeune Sámi avait réussi à rejoindre sa colonie et sa mère Elli, ils ne pourraient rien pour elles. Elle avait fini par trouver l'entrée du tunnel à l'intérieur du trou à sorcières : l'orifice avait été recouvert de lourdes roches impossibles à déloger.

Trois jours passèrent – quatre, peut-être, difficile à dire – avant que la clé ne tourne dans la serrure. Cette fois-ci, la porte de leur prison ne s'ouvrit pas sur un soldat venu apporter un bouillon ou de l'eau, mais sur une lanterne qui illuminait le visage du bailli Lockhert.

À l'intérieur de la cellule exiguë, qui l'obligeait à se courber pour passer sous les chevrons, il paraissait encore plus monstrueux. Derrière lui suivait la noble femme Fru Rhodius, qui se fraya un chemin entre les immondices, un mouchoir pressé sur le nez.

L'étalage de son dédain révolta Ingeborg. Ça lui plairait, peut-être, de dormir à côté d'un seau rempli de ses excréments ?

— On se croirait dans la porcherie de mon père, par ici, commenta Lockhert d'un ton goguenard.

— Leur seau à excréments a-t-il été vidé ? s'enquit Fru Rhodius.

— Les soldats refusent d'y toucher. Ils ont peur de la sorcière.

Fru Rhodius laissa échapper un petit bruit de bouche désapprobateur.

— Sa culpabilité n'a pas encore été prouvée, Lockhert. Les deux filles ne peuvent-elles pas sortir vider le seau par-dessus les remparts ?

Lockhert aboya des instructions à ses soldats, et Ingeborg et Maren eurent pour ordre d'évacuer le seau.

En le soulevant, Ingeborg fut prise de haut-le-cœur. Une fois sortie, la sensation sur ses joues de l'air pur et frais, dans lequel tournoyaient des flocons, fut une véritable bénédiction.

Elles portèrent le seau jusqu'en haut des marches des remparts et le vidèrent par-dessus le rebord. Elles virent les déjections salir d'une traînée marron la blancheur de la neige. Les flocons ne tarderaient pas à recouvrir la tache d'une pellicule fraîche.

— Ah, goûte un peu ces flocons sur ta langue, Ingeborg, murmura Maren.

La tête en arrière, elles ouvrirent la bouche. La neige qui tombait sur leur peau sale, avec délicatesse et douceur, leur serra le cœur.

Leur garde s'impatienta et tapa du pied avant de les pousser sans ménagement vers leur cellule.

— Regarde, Ingeborg, dit Maren en montrant un tourbillon de neige et un corbeau noir qui décrivait des cercles au-dessus de la forteresse en croassant bruyamment. Qu'en penses-tu ? Est-ce l'une des nôtres qui appelle nos sœurs ?

— Chut, siffla Ingeborg.

Ce genre de bavardage les enverrait droit au bûcher. Et pourtant, une partie d'elle aurait tant aimé que Maren eût raison.

De retour dans la cellule, l'air était lourd de menace.

Fru Rhodius se dressait entre Lockhert et sa mère, qui se tenait prostrée contre le mur crasseux. La noble femme avait ouvert la Bible qu'elle agitait sous le nez de Lockhert.

— Réfléchissez aux paroles de l'Éternel, Lockhert, déclama-t-elle avec passion. Et aux lois de son royaume.

— Le gouverneur vous faisait confiance pour obtenir des aveux de la sorcière, mais vous avez échoué. L'heure est venue de changer de méthode, grogna Lockhert.

Ingeborg vit briller un objet dans la main du bailli. Son cœur se mit à battre avec un bruit sourd, sourd, sourd, de terreur.

— Il est contraire à la loi de tourmenter une femme accusée de sorcellerie dans le royaume du Danemark ! Elle doit avouer librement, contra Fru Rhodius.

Lockhert lui agita son instrument de torture sous le nez.

— Arrêtez de vous mêler de tout, sinon vous allez goûter à mes grésillons, dit Lockhert, et

Fru Rhodius tressaillit en voyant le sang séché qui maculait le métal. Ici, sur Vardø, nous avons nos propres lois.

Ingeborg ne perdait pas une miette de la scène. L'image des mains meurtries d'Elli vint empoisonner son esprit.

Fru Rhodius prit une profonde inspiration.

— C'est le gouverneur qui m'a demandé de « me mêler » des choses.

— Et vous n'avez obtenu aucun résultat ! La sorcière ne nous a rien appris. Hors de ma vue, femme ! hurla Lockhert.

Mais Fru Rhodius ne bougea pas. Elle prit la parole d'une voix si mince qu'Ingeborg l'entendit à peine.

— Vous ne pouvez pas la toucher. Cette femme est enceinte.

Sous le choc, Ingeborg recula d'un pas et percuta Maren qui se tenait derrière elle.

— Comment le savez-vous ? riposta Lockhert avec humeur.

— Mais regardez-la donc !

Depuis le début de leur échange, la mère d'Ingeborg gémissait dans un coin de la pièce. Fru Rhodius s'approcha d'elle et retira délicatement les peaux de bêtes posées sur ses épaules.

Ingeborg étouffa un cri. C'était évident, clair comme le jour. Le corsage tendu sur la petite bosse de son ventre.

— Quelles que soient vos lois ici dans le Nord, elles ne peuvent s'employer à tourmenter une femme enceinte.

Lockhert était hors de lui.

— De même qu'elle ne peut être envoyée au bûcher dans cet état, continua Fru Rhodius en s'acharnant sur le bailli.

— Mais la sorcière est veuve ! fulmina Lockhert. Elle a forcément baisé avec le Diable…

— Non ! Ce n'est pas vrai ! s'écria Ingeborg. C'est impossible. Mère, dis-leur.

La mère d'Ingeborg, le visage baigné de larmes, se laissa glisser contre le mur.

Lockhert fit volte-face, et dévisagea Ingeborg et Maren comme s'il avait oublié qu'on les avait envoyées vider le seau sur les remparts.

— Eh bien, si la mère ne peut pas parler, dans ce cas j'interrogerai sa fille, dit-il en brandissant les vis à ailettes* serrées dans son poing.

— C'est hors de question, bailli ! déclara Fru Rhodius d'une voix si impérieuse que Lockhert baissa les mains. Elles sont trop jeunes, vous le savez fort bien.

— Elles m'ont l'air d'être des femmes.

Fru Rhodius s'approcha d'Ingeborg et de Maren. Examina la première, puis posa les yeux sur la seconde.

— Quel âge avez-vous, jeunes filles ? demanda-t-elle tandis que le bailli leur lançait des regards noirs.

— Seize étés, répondit Ingeborg en regardant derrière Fru Rhodius la forme affaissée de sa mère.

— Et toi ?

La noble femme s'était adressée à Maren et Ingeborg surprit son regard qui détaillait sa peau, ses cheveux noirs en tignasse indisciplinée.

— Pareil. Je suis grande pour mon âge, répondit-elle avec une insolence qui n'échappait pas à Ingeborg. Je tiens ça de mon père.

— Et qui est donc cet homme ? demanda Fru Rhodius à mi-voix.

— La question se pose, dit Maren en souriant comme un chat prêt à bondir sur sa proie. D'aucuns affirment qu'il était un pirate de la côte des Barbaresques et le Seigneur des Ténèbres des mers orientales.

Mais à quoi jouait-elle ?

Lockhert s'avança vers Maren d'un air furieux.

— Noire à l'intérieur comme à l'extérieur, dit-il avant de cracher un gros glaviot à ses pieds.

Ils étaient si proches les uns des autres qu'Ingeborg, serrée tout contre Maren, retenait son souffle. La pensée de sa mère enceinte d'Heinrich Brasche tournoyait dans sa tête. Était-ce réellement une catastrophe ? Fru Rhodius avait raison. Cela pourrait lui sauver la vie. Pourtant Ingeborg sentait la colère enfler en elle. Sa mère avait tout donné à Heinrich Brasche, et ce faisant, les avait mises en danger, elle et Kirsten.

Lockhert sortit du trou à sorcières à grands pas, abandonnant Fru Rhodius et la lanterne.

Ingeborg se précipita vers sa mère et la tira par les bras.

— Mère, mère, pourquoi ne m'avoir rien dit ?

Malgré elle, sa voix était lourde d'indignation.

— J'espérais, chuchota sa mère. J'espérais qu'Heinrich viendrait…

— Personne ne vous croira, observa Fru Rhodius avec une pointe de tristesse. On dira que vous portez l'enfant du Diable. La preuve sera retenue contre vous, Zigri Sigvaldsdatter.

— Mais c'est faux ! s'insurgea Ingeborg malgré le silence de sa mère.

— Venez, je vous ai apporté un peu de *flatbrød* et de harengs salés, pris sur mes rations. Et des amandes sucrées, aussi, dit Fru Rhodius qui sortit des tranches de pain et un petit pot de harengs de sous sa cape.

Elle tendit les amandes à Maren, prudemment, comme si elle donnait à manger à quelque animal sauvage.

Maren les lui arracha des mains.

— Goûte, Ingeborg, dit-elle la bouche pleine.

Tandis qu'elles se sustentaient, s'émerveillant du goût sucré des amandes, Fru Rhodius faisait les cent pas dans leur cellule.

— Je suis venue ce soir vous lire des prières.

Maren s'accroupit sur le sol crasseux en léchant le sucre de sa dernière amande avant de l'engloutir.

— Je ne vois pas votre soutane, Fru Rhodius, dit-elle. Laissez tomber les prières. Vous voulez que je vous raconte une histoire de mon cru ?

Fru Rhodius hésita. Ses boucles d'oreilles brillaient à la lueur de la lanterne comme deux gouttes de clair de lune. L'espace d'un instant, Ingeborg crut que la femme allait admonester Maren, les obliger à se mettre à genoux. À la place de quoi elle poussa un gros soupir.

— Ma foi, si vous voulez, Maren Olufsdatter.

Ingeborg s'accroupit à côté de Maren. Pourquoi Fru Rhodius tolérait-elle ces histoires ? La tête de Maren était peuplée de trolls, de magiciens, de bandits et du Diable en personne. Mais c'était un monde imaginaire.

Sa mère cessa enfin de pleurer et s'employa à mâchonner son hareng d'un air morne.

— Pardonne-moi, Ingeborg, murmura-t-elle d'une voix brisée.

Ingeborg lui tournait résolument le dos. Sa mère les avait trahies, elle et sa sœur, et tout ce qu'elles étaient. Une famille. Ingeborg serra les dents, soudain submergée par le souvenir de son père.

Elli avait affirmé que l'esprit des morts vivait parmi eux dans leur propre monde, dans lequel la nourriture était abondante et que personne ne connaissait la souffrance. Ingeborg aurait aimé y croire, mais malgré tous ses efforts elle ne parvenait pas à se représenter son père et Axell parmi les Huldres. Ici, dans le trou à sorcières, il n'y avait pas d'air, pas de lumière et pas de place pour un autre royaume des esprits. Elles étaient prises au piège dans les confins sordides dévolus aux femmes déchues.

Elle cligna des paupières pour refouler les larmes de honte qui lui venaient aux yeux à l'idée de ce que son père aurait pensé de sa mère. Peut-être son père ne s'était-il pas noyé ? Peut-être avait-il navigué par-delà la douleur de sa femme en quelque lieu dont il ne pouvait désormais plus revenir ?

Maren prit la main d'Ingeborg dans la sienne et l'étreignit d'un geste rassurant.

— Voici une histoire que je tiens des Sámis, lui dit-elle en lui adressant un regard plein de compassion.

Ingeborg entendait les sanglots de sa mère qui avaient repris de plus belle, mais aussi le bruissement des jupes de Fru Rhodius comme cette dernière s'approchait pour écouter, puis tous ces bruits s'estompèrent dès que Maren démarra son récit. Son histoire esquissa autour d'elles une petite bulle réconfortante, quelques instants d'échappatoire à la réalité.

— Mon histoire se passe dans le *vidda* au printemps, lorsque la neige est à son plus haut niveau et que les ciels de jour s'emplissent de rose délicat et d'orange brillant. Un jour, un groupe de bandits croisa le chemin d'une riche veuve, son troupeau de rennes et ses deux filles. Les bandits ligotèrent la veuve mais laissèrent les deux filles en liberté pour qu'elles puissent s'occuper du troupeau. Comme on l'emmenait, la mère glissa un sachet de plumes dans la main de l'aînée et murmura quelques mots à l'oreille de la cadette. La riche veuve était en réalité une magicienne qui transmettait des sortilèges à ses filles.

« Ces hommes costauds et cruels ligotèrent la veuve à un rocher et la laissèrent grelotter toute la nuit, obligèrent les filles sámies à rester dehors pour surveiller le troupeau tandis qu'ils se réfugiaient dans la tente *lavvu* de la veuve, mangeaient toute sa viande de renne et déterraient ses réserves de lait de renne pour les boire. Ils avaient en outre de la bière, qu'ils burent jusqu'à plus soif. Chaque fois que l'un d'eux sortait pour pisser, il raillait les deux filles. Les bandits avaient trouvé ça drôle de leur faire des tresses et de nouer ces tresses à leurs bras pour qu'elles soient prisonnières l'une de l'autre. En réalité, l'entrave leur donnait de la force, car elle les obligeait à se mouvoir comme si elles ne formaient qu'une seule personne, en harmonie.

Maren prit une longue mèche de cheveux d'Ingeborg et s'appliqua à la lisser entre ses doigts. Ingeborg écouta le reste de l'histoire les yeux mi-clos.

— Lorsque les bandits s'installèrent pour la nuit, les filles leur expliquèrent qu'elles les appelleraient si jamais les loups venaient s'attaquer aux rennes, car ce n'étaient pas deux fillettes frêles et sans armes qui allaient pouvoir les repousser.

Maren sépara la mèche d'Ingeborg et commença à la tresser.

— Une fois auprès du troupeau, les filles firent venir le grand mâle, qui était leur gardien. À l'aide de ses grands bois, l'animal coupa les liens qui retenaient leur mère à la roche, afin qu'elle puisse s'envoler en toute liberté. Leur mère se transforma en aigle qui virevolta dans la nuit noire. Ensuite, les fillettes crièrent au loup tout en ouvrant le sachet de plumes et en prononçant les mots magiques que leur mère leur avait enseignés. Aussitôt, les plumes se muèrent en flocons de neige, et au moment où les bandits sortirent du *lavvu* en courant, ils furent emportés par un blizzard brutal, incapables de discerner les filles ou le troupeau.

Les mains habiles de Maren avaient terminé la tresse d'Ingeborg, qu'elle déposa délicatement contre son dos.

— Le renne mâle s'inclina devant les deux filles sámies qui grimpèrent sur son dos, unies par leurs tresses pour toute l'éternité. Elles chevauchèrent vers l'ouest tandis que leur mère-aigle décrivait des cercles au-dessus d'elles. Quant aux bandits, ils moururent de froid.

Son récit terminé, Maren applaudit d'allégresse.

— Qui t'a raconté cette histoire ? voulut savoir Fru Rhodius.

— C'est un conte connu du peuple du Nord, répondit Maren à la Danoise.

Mais Ingeborg n'avait jamais entendu ce récit. Elle aimait l'idée des deux sœurs liées par la force, mais ne pouvait se représenter Kirsten et elle ne faisant qu'une. Que faisait sa petite sœur en cet instant ? Elle pria pour que Kirsten soit en sécurité, mais le ver du doute la rongeait, dessinant une boule d'angoisse dans son estomac. Elle n'aurait jamais dû laisser Kirsten derrière elle.

Chapitre 27
Anna

Ma transformation, de maîtresse du roi à respectable épouse de médecin, s'opéra en l'espace d'une semaine. Après notre entrevue dans le jardin du roi, j'étais rentrée chez mon père et je m'étais alitée. L'odeur de cloaque qui régnait dans la rue flottait jusqu'à ma fenêtre ouverte, pourtant je n'avais pas la force d'aller la fermer. Ma mère ne comprenait pas pourquoi je refusais de sortir de mon cocon d'affliction tandis que mon père, devinant la situation, arrêtait rapidement les décisions qui s'imposaient. Il ne prit pas la peine de m'interroger sur mes souhaits, tant, de son point de vue, mon comportement excluait toute forme de choix. Je devais être mariée dans les plus brefs délais afin que mon époux ne se doute pas de l'identité du père de mon enfant.

Car j'allais avoir un enfant. Cette seule pensée aurait dû m'emplir de terreur, ou tout du moins d'opprobre, toutefois j'étais reconnaissante envers cette vie qui poussait en moi, car elle portait en elle une partie de vous. Cette certitude atténuait la douleur de votre désertion.

Quelles que furent les transactions sur lesquelles mon père et Ambrosius Rhodius s'accordèrent, je n'en fus jamais informée. Je sais seulement que, dans la semaine qui suivit, Ambrosius et moi fûmes unis dans l'église Saint-Pierre, à quelques pas de l'université de mon père. Mon père était fort bien connecté dans les milieux académiques, ce qui expliqua vraisemblablement qu'Ambrosius bénéficia en outre d'un nouveau poste à l'école latine de Bergen. Quelques jours plus tard, nous embarquions à bord d'un navire pour la Norvège, laissant Copenhague loin dans notre sillage au profit des confins occidentaux de votre royaume.

Je me souviens de m'être tenue sur les marches de l'église Saint-Pierre le jour de mon mariage, à la fin du mois de juillet 1638, et d'avoir contemplé la silhouette de la ville. En apercevant les tourelles aux toits verts de votre palais de Rosenborg, je n'avais pu m'empêcher de me demander s'il vous arrivait parfois de regarder par la fenêtre en vous languissant de moi. Selon toute vraisemblance, j'appartenais à un chapitre révolu de votre existence, et vous-même étiez passé à un autre chapitre avec Marguerite Pape et votre futur enfant.

Au fil des ans, je me suis appliquée à aimer mon mari. Ses attraits ne manquaient pas : Ambrosius Rhodius était passionné par ses études et jonglait avec toutes sortes d'idées aussi originales qu'intéressantes. Il était (et je ne peux qu'imaginer qu'il l'est encore) obsédé par les enseignements de l'alchimiste Paracelsus. Ambrosius croyait en la valeur prédictive des rêves et en la capacité de médecin-prophète de cet homme. Je dois dire que si j'avais tenu de tels propos, en tant que femme j'aurais été taxée d'hérétique ou de sorcière, mais mon mari était un noble et un médecin de moindre talent que moi : il ne courut jamais aucun risque. Mieux que tout, Ambrosius m'autorisait à lire et à collectionner des livres. C'est moi qui lui fis connaître divers théologiens et enseignements issus de toute la doctrine protestante. Vous pourriez désapprouver certains corpus de textes, mais mon mari et moi ne dérogeâmes jamais à notre foi luthérienne, je vous en fais la promesse.

Ma vie à Bergen était agréable. Mon mari me consultait chaque jour sur ses travaux d'érudit et de médecin, auxquels j'apportais de précieuses contributions.

Son poste était assorti d'une maison sise sur un terrain dans le quartier Sandviken de Bergen. Lorsque je proposai la création d'un jardin botanique, il s'enthousiasma pour l'idée et me confia la tâche d'élaborer les plans et de sélectionner les plantes du futur jardin. De toutes les années que nous passâmes ensemble, ce fut le plus beau cadeau que me fit mon mari ; sincèrement, aucune profusion de bijoux n'aurait pu me donner plus de joie que notre jardin. Mon cœur saigne à y penser aujourd'hui. Ambrosius parvient-il à l'entretenir ? Nous avions deux jardiniers, mais Ambrosius les dirige-t-il aussi bien que moi ?

Et pourquoi ne m'écrit-il pas ?

La douleur est trop vive quand je pense à mon mari. Après tout, il m'a trahie.

À la place, permettez-moi de me souvenir des premières semaines de ma nouvelle vie en qualité de jeune épouse à Bergen à l'automne 1638.

J'étais maîtresse en ma propre demeure, et bien qu'âgée de vingt-trois ans à peine, j'endossai le rôle avec aisance. J'employai trois solides femmes à mon service. Sidsel était douée dans l'art de tenir une maison et, de pair avec Kjersti, cuisinait, nettoyait les vitres, cirait les planchers et organisait les sorties hebdomadaires au lavoir. Ma troisième servante, Hege, était une couturière douée, talent dont ma mère avait toujours déploré l'absence chez moi. Nous avions un grand métier à tisser au dernier étage de la maison, et Hege passait le plus clair de son temps à filer la laine, à ravauder, à coudre et à tricoter. Elle avait même un certain goût pour la broderie.

Mes trois domestiques me permettaient de dégager du temps pour approfondir la botanique. J'avais déjà beaucoup appris au contact de mon père et étudié les traités médicaux d'éminents docteurs tels que les Bartholin. À Bergen, je discutais avec les femmes du marché de l'utilisation qu'elles faisaient des herbes et des plantes, et je m'entretenais avec l'apothicaire. C'est ainsi que j'appris les propriétés de chaque plante en lien avec les signes du Zodiaque. Cette étude intéressait particulièrement Ambrosius, lui-même grand adepte des mouvements des planètes, qu'il s'appliquait à étudier. J'avais lu tout ce que j'avais trouvé sur la botanique, et ce faisant m'étais retrouvée à remettre en question certains enseignements de mon père en matière médicale.

J'avais pour ma part toujours pensé que les saignées affaiblissaient les patients et en voyant l'utilisation que Sidsel faisait des herbes dans notre alimentation, je compris qu'herbes et plantes, loin de retrancher, suppléaient au bien-être des patients. Ce devait forcément être une bonne méthode pour retrouver l'équilibre, non ? Mais qui étais-je pour contredire les enseignements de tant de grands hommes ? Quand bien même, pendant un temps je délaissai mes livres et passai du temps en cuisine à interroger Sidsel sur sa connaissance des herbes. En l'espèce, sa connaissance était encyclopédique, ce qui me poussa à lui demander d'où elle la tenait, elle qui ne savait ni lire ni écrire.

— Je tiens ça de ma mère, madame. Et elle-même de sa mère avant elle, me répondit-elle.

L'existence de la lignée matriarcale du soin fut pour moi une révélation, qui renforça ma confiance en moi : ce n'étaient pas seulement les hommes érudits tels que mon père qui étaient capables de soigner. Je m'accrochai aux paroles de Sidsel et pris quantité de notes tandis que j'expérimentais des remèdes.

Ah, mon roi, je divague et me laisse déborder par les souvenirs joyeux de mon passé qui m'emplissent d'images d'herbes et de plantes, d'années passées à l'étude de la botanique et à cultiver le plus beau jardin de toute la Norvège.

Pourtant, lors de mes premiers mois à Bergen, je ne vous oubliai pas – comment aurais-je pu, sachant que votre enfant grandissait en moi ? Il me revient en mémoire en cet instant même une scène joyeuse : Hege brodait mon corsage rouge de fil vert tandis que, frémissante d'impatience, les mains sur mon ventre arrondi, je dessinais délicatement un cercle.

À présent, je vous imagine dans un état de grande perplexité – *Mais cet enfant, alors ?* Oui, pour vous je n'ai pas d'enfants, alors qu'en est-il de votre progéniture ?

Je n'avais pas encore annoncé ma grossesse à Ambrosius. Je m'étais appliquée chaque soir dans l'intimité de notre chambre à ce qu'il n'y ait pas la moindre ambiguïté dans son esprit, de sorte qu'à l'arrivée anticipée de l'enfant, je puisse déclarer qu'il se languissait de faire son entrée dans le monde avant de détourner l'attention de mon époux en lui parlant de prévisions astrales.

Mais je n'eus pas besoin de recourir aux mensonges.

Nous étions en septembre. Un air froid et une lumière brumeuse filtraient par la fenêtre grillagée de notre chambre. Je me réveillai le visage glacé, frissonnante sous les couvertures. Je sus d'emblée que quelque chose n'allait pas. Dieu merci, Ambrosius était déjà parti à l'école latine.

Des crampes s'acharnaient sur moi, longues et implacables. Je pris une profonde inspiration, et glissai une main entre mes jambes. En la ramenant à hauteur de mon visage, je constatai que mes doigts étaient maculés de sang.

En cet instant, qu'éprouvai-je ?

Un faisceau d'émotions contradictoires. Je ne voulais pas laisser partir cet enfant, pourtant sa disparition ne me simplifierait-elle pas la vie ? J'étais jeune et j'avais encore de nombreuses années devant moi pour tomber enceinte de mon mari. C'est cette dernière pensée qui me fit fondre en larmes : j'avais un mari, à présent, et tout ça pour rien. Ambrosius était un homme bon, mais je ne l'aimais pas.

Seules mes domestiques surent toute la vérité concernant l'apparition de mes règles au troisième mois de mon mariage. Elles furent témoins de mes saignements abondants, de ce que mon corps purgeait. Sidsel fit infuser des racines de consoude, qu'elle sucra au miel, et Hege me borda dans mon lit.

Ambrosius, ne souhaitant rien savoir des menstrues de sa femme, resta soigneusement à l'écart.

C'est ainsi qu'entre les cloches de dix heures et celles de onze heures je perdis votre enfant. Alors que le sang s'épancha d'entre mes jambes, que les larmes dégoulinèrent sur mon menton et qu'à l'agonie je sentais mon ventre se déchirer et la vie que nous avions créée quitter mes entrailles, périssaient les espoirs que je nourrissais pour nous.

Jamais plus je ne sentirais votre main sur moi.

Chapitre 28
Ingeborg

Quand les autres arrivèrent, la forteresse était plongée dans *mørketiden*, la nuit polaire. Le soleil avait disparu et ne reviendrait pas avant des semaines. Ingeborg avait été envoyée seule au puits. Combien de jours venait-elle de passer enfermée dans le noir ? Elle aurait été incapable de le dire, mais pendant sa captivité une telle quantité de neige était tombée sur le trou à sorcières que les soldats durent déblayer l'entrée.

Elle traversa un tunnel de neige ; la lumière flottante, d'un vert aqueux, lui donna l'impression d'avancer sous l'eau. Une fois sortie du tunnel, elle gravit un monticule de neige qui arrivait à la hauteur du toit de la maison longue, là où habitait Fru Anna.

La neige tombait dru et de biais, chatouillant Ingeborg de petits flocons glacés qui s'emmêlaient à ses cils et recouvraient ses peaux de rennes d'une poudre blanche. Elle aurait tant voulu s'enfoncer dans ce tapis délicat et sombrer dans l'oubli.

Le ciel était éternellement noir. Ingeborg savait qu'elle était en pleine nuit grâce à la cloche de l'église et à l'étoile du Nord qui scintillait haut.

Elle s'avança vers le puits, de la neige jusqu'à mi-cuisses, et brisa la pellicule de glace à l'aide d'un bâton.

Tandis qu'elle remplissait son seau d'eau glacée, les portes de la forteresse s'ouvrirent avec un bruit de ferraille. Un traîneau fit son entrée en fusant sur les tas de neige, bientôt suivi de deux autres. Au tintement des cloches des rennes, les soldats sortirent précipitamment de leur hutte et formèrent tant bien que mal une colonne en bien piteux état.

Le premier traîneau était piloté par la haute taille de Lockhert. Derrière lui se dessinait une silhouette dissimulée par un enchevêtrement de peaux de bêtes et de chaînes. Lockhert donna l'ordre aux soldats de sortir la personne du traîneau, ainsi que celle qui occupait le deuxième traîneau.

Le gouverneur Orning descendit du troisième traîneau, accompagné d'une jeune femme pâle, de petite taille, dont Ingeborg supputa qu'elle était sa femme. Avec ses épaisseurs de fourrure, il ressemblait à un ours. Elle faisait penser à une petite souris.

Deux autres silhouettes se détachèrent derrière eux et, tandis que la neige tombait moins fort et qu'Ingeborg s'approchait, elle discerna avec stupéfaction le grand gabarit du révérend Jacobsen et, à côté de lui, Kirsten. Elle se figea, laissa tomber son seau, le cœur au bord des lèvres.

Sa petite sœur était engoncée contre le gros prêtre, le visage transi de peur et de froid. Ingeborg dut se retenir de toutes ses forces de hurler son nom. Si le gouverneur la surprenait, il la battrait pour nulle autre raison que le simple fait qu'elle eût parlé. Il fallait attendre le bon moment. Attendre et guetter la suite des événements.

Comme on faisait sortir les silhouettes emmitouflées des traîneaux, Lockhert leva sa lanterne pour éclairer le visage des deux pauvres âmes enchaînées : Solve, le visage blême, éblouie par la lanterne et la Veuve Krog, qui se tenait aussi droite que possible sans sa canne.

Ingeborg sentit son souffle s'emballer, et laissa échapper de sa bouche des petits panaches paniqués. Ni Solve ni la Veuve Krog ne s'avisèrent de sa présence.

Lockhert traversa la cour à grandes enjambées pour aller cogner à la porte de la maison longue. Fru Rhodius en sortit aussitôt, comme si elle patientait derrière le battant. Elle était emmitouflée dans une cape fourrée, les mains protégées dans un manchon. Elle traversa l'épais manteau de neige jusqu'au gouverneur, qui l'attendait en tirant d'un air mauvais sur le bout de sa barbe grise, tandis que sa femme regagnait précipitamment le château.

Ingeborg s'avança au plus près, les yeux rivés sur sa sœur. Kirsten était agrippée aux bords du traîneau et jetait des regards apeurés alentour. Mais elle n'aperçut pas sa sœur. Ingeborg tendit l'oreille.

— Fru Rhodius, accompagnez ces nouvelles prisonnières au trou à sorcières et faites-leur bien comprendre la nécessité d'avouer, ordonna le gouverneur.

— Oui, Votre Honneur, répondit la Danoise docilement.

— N'oubliez pas ce qui est en jeu si vous me faites faux bond, ajouta-t-il à voix basse.

Anna Rhodius se raidit dans un mélange de peur et de ce qui sembla à Ingeborg être de l'aversion.

Le gouverneur se tourna vers le révérend Jacobsen, qui soufflait en tapant du pied pour se réchauffer.

— Révérend Jacobsen, aidez Fru Rhodius, et occupez-vous des âmes damnées de ces femmes.

— Et la fille ? s'enquit Jacobsen.

— Je la jetterai dans le trou à sorcières avec les autres, répondit Lockhert.

Ingeborg sentit son cœur tressaillir. Elle désirait tant serrer Kirsten dans ses bras. Elles allaient se retrouver toutes ensemble au même endroit, pour autant elle aurait voulu épargner à sa petite sœur les horreurs et la puanteur de leur prison, infestée toute la nuit par les rats. La peur qui attendait Kirsten était sans fond.

— L'endroit n'est certainement pas approprié pour une jeune fille, objecta Fru Rhodius.

Le gouverneur réfléchit un instant.

— Elle risque de se laisser intimider par sa sorcière de mère, et de nous cacher la vérité. Emmenez la fille dans votre prison, Fru Rhodius.

Anna Rhodius appela Helwig qui apparut, toute tremblante, un fin châle en laine sur les épaules.

— Les histoires que raconte la fille Iversdatter m'intéressent, dit le gouverneur à Fru Rhodius. Vous me rapporterez scrupuleusement tout ce qu'elle dit.

Cette requête emplit Ingeborg d'épouvante. Qu'avait bien pu raconter Kirsten ? Elle se souvint des mots prononcés par sa sœur : *J'ai vu mère avec le Démon. Exactement comme l'a dit Fru Brasche.*

La peur lui enserra la poitrine. Il fallait la mettre en garde.

— Kirsten ! s'époumona-t-elle en traversant la cour glissante, les mains en avant. Kirsten, ne dis pas un mot, ma sœur !

Un des soldats agrippa Ingeborg par-derrière et la jeta sur le sol. Mais Kirsten l'avait vue.

— Inge ! Inge ! Ils m'ont dit que maman est une sorcière !

— Non, ce n'est pas...

La main rugueuse de Lockhert se plaqua contre sa bouche et on l'entraîna au loin, tandis qu'Helwig tirait Kirsten jusqu'à la maison longue d'Anna Rhodius.

— Ingeborg ! cria sa sœur d'une voix nouée par la peur. Ils ont tué Zacharias ! Ils ont dit que c'était mon familier. Mais Zacharias m'aimait !

Ingeborg se débattit, mais Lockhert la jeta de force à genoux.

— Ramasse ton seau, rejeton de sorcière, remplis-le et retourne au trou. Après ces autres sorcières.

Ses mots lui firent l'effet d'une brûlure. *Rejeton de sorcière*. Sa mère n'était pas une sorcière, et elle non plus. Mais il était vain de se battre contre cette brute. Elle croisa le regard vitreux de Solve, le visage hagard de la Veuve Krog qui la regardait.

D'une main tremblante, Ingeborg alla remplir le seau. Les larmes aux yeux, elle vit Helwig emmener sa petite sœur dans la maison longue. Un soldat resta pour la surveiller tandis qu'un autre, avec Lockhert, poussait Solve et la Veuve Krog claudicante dans le tunnel de neige qui menait au trou à sorcières. Fermant la marche derrière le corpulent révérend Jacobsen, Fru Rhodius marchait la tête haute.

Elles seraient désormais cinq femmes originaires du village d'Ekkerøy à occuper cette minuscule cellule. Ingeborg sentit son souffle se briser face à un nouvel assaut de panique. Elle avait bien vu l'avidité dans le regard du gouverneur lorsqu'il avait donné l'ordre à Fru Rhodius de leur soutirer des aveux.

Mais elle était Ingeborg Iversdatter, la fille aînée pleine de ressources. Celle qui trouvait toujours une solution. Son père le répétait souvent quand elle ravaudait ses vieux filets de pêche pour les faire durer un an de plus, qu'elle ramassait quantité d'algues pour les nourrir, ou encore qu'elle déterrait la tourbe la plus sèche ; Ingeborg, celle qui ne baissait jamais les bras et qui voulait toujours faire mieux là où son père, sa mère, son frère ou sa sœur se seraient contentés de faire avec. Ingeborg n'abandonnait jamais, jamais. Pas comme son père.

Pour l'heure, elle était perdue. Elles étaient dans un puits sans fond, et elle ne voyait aucun moyen d'en sortir.

Chapitre 29
Anna

Le gouverneur et le bailli Lockhert étaient revenus avec deux sorcières capturées sur la péninsule de Varanger, et accompagnés d'un prêtre, le révérend Jacobsen. J'avais échoué à obtenir les aveux de Zigri Sigvaldsdatter. Le gouverneur Orning en était fort mécontent, sans parler du fait que la prisonnière était enceinte – ce qui la mettait à l'abri des mauvais traitements ainsi que du bûcher.

— Elle prétend porter l'enfant d'Heinrich Brasche, mais son père a envoyé le fils à Bergen, informai-je le gouverneur dès le premier soir. Pourrions-nous attendre son retour afin qu'il nous confirme ces dires ?

Nous étions sur le point de manger notre bouillon lorsqu'on m'avait envoyée chez le gouverneur, laissant Helwig en compagnie de la fillette Kirsten Iversdatter. Mes socques glissaient sur la surface gelée de la cour, et je sentais mon ventre tressauter de faim et de peur : la perspective d'affronter le dépit du gouverneur n'était pas réjouissante.

Mon premier interrogatoire des sorcières de Varanger s'était mal passé. Je n'avais pas réussi à obtenir la moindre information utile, sans parler d'un aveu de quiconque. La vieille chouette bossue, avec ses cheveux gris et sa verrue poilue au menton, ressemblait réellement à une sorcière. J'ai en horreur les cheveux gris et, chaque soir, je passe au crible ma chevelure noir de jais pour en arracher la moindre mèche indésirable. La vieille chouette en question répondait au nom de Veuve Krog et avait obstinément refusé de m'adresser la parole.

L'autre prisonnière, Solve Nilsdatter, était la cousine de Zigri Sigvaldsdatter, ainsi que la tante de la fille à la peau sombre, Maren.

À peine Solve Nilsdatter avait-elle posé les yeux sur sa cousine et sa nièce qu'elle s'était lancée dans des récriminations acerbes, les accusant de l'avoir dénoncée.

— Je n'ai rien dit du tout, s'était défendue Zigri en pleurant à chaudes larmes.

Mais quand Solve avait vu le ventre arrondi de sa cousine, elle s'était répandue en reproches.

— Regarde le résultat, Zigri ! Je t'avais mise en garde, et maintenant nous sommes enfermées, toutes. Ce qui arrive à tes filles est de ta faute.

— Kirsten aussi ? s'était enquis Zigri en plissant les yeux.

L'aînée de Zigri, Ingeborg, était apparue derrière moi chargée d'un seau d'eau.

— Ils la gardent avec Fru Rhodius à la maison longue, dit-elle en posant le seau par terre.

— Je prendrai soin d'elle comme si elle était ma propre fille, dis-je.

Un long silence suivit, pendant lequel Zigri digéra la nouvelle. Pourtant sa réaction à l'annonce que sa cadette se trouvait elle aussi dans la forteresse fut totalement inattendue.

— Cette petite va essayer de vous faire gober ses mensonges, cria-t-elle d'une voix perçante.

Ces mots finirent de cuirasser mon cœur contre cette femme. Quel genre de mère parle en ces termes de sa propre fille ?

— Tout ça, c'est de ta faute, continua Zigri en s'en prenant à Maren. À farcir la tête de Kirsten avec tes inventions et tes histoires de trolls.

— Ce ne sont pas des inventions…

Les protestations de Maren avaient été interrompues par l'arrivée du révérend Jacobsen qui avait ordonné aux femmes de faire silence.

— À genoux, dit-il d'une voix sévère. Nous devons prier Notre-Seigneur pour qu'Il nous aide à dire la vérité à Fru Rhodius.

En disant ces mots, le prêtre m'avait adressé un regard plein d'inimitié, ne laissant pas de doute sur le fait qu'il réprouvait mon implication dans l'affaire. Pour ma part, j'avais déjà pris la mesure du bonhomme lors de notre précédente entrevue. Le révérend Jacobsen avait un intellect limité. Il était de ces serviteurs obstinés de Dieu qui échouent à inspirer leurs frères. N'était-ce pas entièrement de sa faute si une partie de son troupeau s'était égarée ?

Les prières terminées, les femmes s'étaient montrées encore moins inclines à me parler tant le révérend s'était fait oiseau de mauvais augure. De toute façon, leur long périple en traîneau à travers la péninsule de Varanger les avait épuisées. Je n'avais pas le cœur à les pousser dans leurs retranchements.

Je me tenais à présent dans le grand salon du gouverneur, qui s'employait à dévorer un plateau de viande de phoque grillée, les lèvres pleines d'huile qui dégoulinait sur sa barbe. Les relents de nourriture me mirent l'eau à la bouche mais je ne fus pas conviée à table, ni même à m'asseoir confortablement au coin du feu. À l'évidence, la gratitude du gouverneur après que j'avais sauvé la vie de son épouse s'était tarie.

Lorsque je pris la parole, tous les yeux se braquèrent sur moi : l'expression exsangue du gouverneur, le regard cruel de Lockhert, les yeux froids du révérend Jacobsen et ceux papillonnants de l'épouse nerveuse du gouverneur.

Le gouverneur accompagna d'un rot sa réponse à ma suggestion d'attendre le retour de Bergen d'Heinrich Brasche :

— C'est hors de question ! Fru Brasche est catégorique : elle a vu l'accusée avec le Diable, a fait parvenir un témoignage écrit, qui complète le récit que fait le marchand Brasche du naufrage de son navire. En outre, fit le gouverneur en s'interrompant pour se servir une caille rôtie, nous obtiendrons le témoignage de l'enfant, Kirsten Iversdatter, conclut-il en broyant les menus os de l'oiseau sous ses dents. Elle m'a affirmé avoir vu sa mère avec le Diable, comme l'a dit Fru Brasche. Vous aurez pour tâche de veiller à ce qu'elle ne revienne pas sur son témoignage.

Le gouverneur me gratifia d'un regard noir qui m'incita à riposter.

— Il faudra attendre l'accouchement de la mère avant de l'accuser...

Le gouverneur agita la main.

— La progéniture du Diable, tonna Lockhert dont le visage n'était plus qu'un masque de haine.

J'entendais son souffle entrecoupé, ses halètements me faisaient penser à un chien méchant qui tire sur sa laisse.

— Il nous faut les aveux des deux autres femmes : Solve Nilsdatter et la Veuve Krog.

— Pourquoi sont-elles accusées de sorcellerie, Gouverneur ?

— Solve Nilsdatter boit trop de bière pour une femme, intervint le révérend Jacobsen. Non seulement ça, mais elle en donne aux autres femmes, même aux jeunes filles, et les incite à danser.

Il ménagea une pause pour plus d'effet, cependant que je refusais de laisser paraître la moindre émotion.

— Et ? m'enquis-je froidement.

Le révérend semblait surexcité.

— Elle a gravi seule la montagne pour aller retrouver le Diable.

— Je pense qu'elle fait partie des sorcières qui ont rejoint le sabbat diabolique de Zigri Sigvaldsdatter pour faire couler le bateau du marchand Brasche, interjeta le gouverneur.

— Et la vieille femme ? demandai-je.

— La Veuve Krog encourageait à la danse au solstice d'été et elle a reçu l'art de la sorcellerie de la femme sámie qui répond au nom d'Elli, expliqua le révérend. Fru Brasche a vu la veuve recevoir un poisson de la sorcière sámie, lequel a rendu la Veuve Krog malade. C'est la preuve irréfutable que la vieille harpie a été infectée par la sorcellerie.

— Je suis convaincu qu'Elli la Sámie et la Veuve Krog étaient les deux autres sorcières impliquées dans la modification du temps et la destruction de la cargaison du marchand Brasche ainsi que de toutes les âmes qu'il y avait à bord, conclut le gouverneur Orning.

— Il faut remettre la main sur Elli la Sámie, dit Lockhert d'un air menaçant. Elle est derrière tous les mauvais coups sur la péninsule de Varanger.

— Donc, tel que vous pouvez le constater, Fru Rhodius, nos crimes sont bel et bien établis, mais j'ai besoin des aveux et des noms des autres sorcières de la péninsule, insista le gouverneur en se servant une caille. Que ces femmes comprennent les conséquences si elles n'avouent pas. (Il s'interrompit le temps de recracher des os.) On les enverra à Lockhert qui a grand hâte de les familiariser avec toutes nos méthodes d'interrogatoire.

— Oh, Christopher, non !

Elle était si effacée que j'en avais presque oublié que Fru Orning prenait part au repas. La jeune femme dévisagea les hommes qui l'entouraient d'un regard horrifié, ses cicatrices de la variole enflées et rougies sur son visage blême.

Le gouverneur Orning posa une main sur celle de sa femme.

— Ce sont des sorcières maléfiques, Elisa. N'oubliez pas qu'elles ont jeté un sort à notre fils.

Les yeux d'Elisa s'emplirent de larmes, mais elle se tint coite et se contenta de retirer sa main, la tête penchée au-dessus de son assiette à laquelle elle n'avait toujours pas touché.

La promesse de torture me glaçait le sang, mais j'étais en position délicate et devais faire très attention à ma manière de formuler mes objections.

— Et qu'en est-il des deux filles, Ingeborg et Maren ? m'enquis-je. Ne faudrait-il pas les séparer des autres femmes ? Il n'y a pas la place de les garder toutes dans le trou à sorcières.

Je songeai à leurs cinq corps entassés entre les murs froids et humides du cachot, qui était à peine assez grand pour une seule prisonnière. Alors cinq. J'aurais voulu séparer les filles des cas désespérés qu'étaient Zigri, Solve et la Veuve Krog, et les ramener dans le giron de notre bon Dieu.

— La nièce, Maren Olufsdatter, est très certainement une fille perdue, dit le gouverneur. Nous allons suivre la méthode écossaise de Lockhert en faisant veiller les sorcières pendant six jours. Si aucune ne passe aux aveux, les deux filles iront habiter avec vous, Fru Rhodius, avec la plus jeune, de sorte que Lockhert puisse changer de méthode pour faire avouer les autres femmes.

Il essuya avec une serviette son visage maculé de graisse et me sourit avant de conclure :

— Le procès aura lieu avant la fin de l'hiver. Je compte sur vous pour glaner la vérité auprès de ces filles. Sur tous les faits de sorcellerie de la péninsule de Varanger.

— Très bien, Gouverneur, dis-je en m'inclinant légèrement.

Je sentais mon cœur étouffer dans ma poitrine. Les trois filles – Maren, Ingeborg et Kirsten – étaient en danger de mort. C'était à moi que revenait la responsabilité de les sauver avant le procès.

Chapitre 30

Ingeborg

Fru Rhodius lissa les pans de soie bleue de ses jupes, puis releva la tête et leur adressa la parole.

— J'agis sur les ordres directs de l'illustre gouverneur Orning et par conséquent sous les ordres royaux. Je vous encourage à tout m'avouer. (Elle se tut, passa la langue sur ses lèvres fines.) Vous, femmes de Varanger, connaissez parfaitement les raisons de votre présence ici. Il est inutile de vous obstiner à dissimuler votre culpabilité, car elle éclatera au grand jour.

La Veuve Krog leva le menton avec défi. Elle regarda Anna Rhodius droit dans les yeux et prit la parole à son tour.

— Honte sur vous, Fru Rhodius, de condamner d'autres femmes si facilement.

— Pensez à votre damnation éternelle, rétorqua Anna Rhodius, les joues empourprées. Si vous refusez d'avouer, votre âme sera vouée à l'Enfer.

— Pire que les hommes sont les femmes qui traquent les autres femmes, dit la Veuve Krog d'une voix grave pleine de fureur.

Fru Rhodius lui tourna le dos pour s'attaquer à Solve, qui tremblait de tout son corps.

— Vous avez été séduite par le Démon et ses fausses promesses d'une vie meilleure.

Solve la regarda d'un air suppliant.

— Je vous en prie, mes fils sont seuls. Je n'ai rien fait de mal. Je vous en conjure...

Ingeborg observa Fru Rhodius mépriser les supplications de Solve et reprendre son sermon.

— Vous vous êtes laissé tenter par l'avidité, au lieu de vous soumettre à la volonté de Dieu et d'accepter cette vie terrestre et les épreuves qui vont avec. À présent, vous devez faire face aux conséquences de l'abandon du bon Dieu.

— Je n'ai fait aucune promesse au Diable, déclara Solve. Je ne suis pas une sorcière.

À la lueur de la lanterne que Fru Rhodius serrait dans son poing, Ingeborg discerna des petites perles de transpiration sur son front. Malgré le froid qui faisait des nuages de fumée de nos souffles, elle avait les joues cramoisies. *Elle fait ça à son corps défendant*, songea-t-elle. Malgré ses imprécations, la Danoise agissait vraisemblablement contre sa volonté.

— Écoutez-moi, murmura Fru Rhodius. Ils ne vous laisseront pas rentrer chez vous.

— Mais vous nous avez promis d'attendre le retour d'Heinrich, plaida la mère d'Ingeborg.

— Ce n'est pas à moi de faire des promesses. Prions pour qu'Heinrich rentre avant le procès.

En entendant le mot « procès », Ingeborg sentit sa gorge se serrer.

Solve poussa un cri d'horreur.

— Non, non, je n'ai aucune raison d'être jugée ! Je n'ai pas eu affaire au Diable.

Fru Rhodius secoua la tête et ses boucles d'oreilles en demi-lune accrochèrent la lumière de sa lanterne.

— Il y a d'autres sorcières. Il faut les arrêter, dit-elle sèchement.

— Qui ? demanda Solve frénétiquement tandis qu'Ingeborg surprenait le regard farouche que Maren posait sur la Danoise.

À l'écoute, silencieuse, Maren était comme un chat prêt à bondir.

— Elli la Sámie, répondit Fru Rhodius. L'une de vous sait-elle où elle se trouve ?

Les femmes secouèrent la tête en signe de dénégation.

— Si vous refusez de me parler, vous serez envoyées auprès du bailli Lockhert.

Fru Rhodius passa une nouvelle fois sa langue sur ses lèvres, cette fois avec nervosité :

— Il utilise d'autres méthodes d'interrogatoire – des méthodes terribles telles que le chevalet. Je veux vous épargner de telles souffrances.

Ingeborg sentit son corps entier se raidir. Il existait pire, bien pire que les outils en fer que Lockhert appelait ses grésillons.

Ingeborg vit Solve frémir, une expression de terreur sur le visage, et l'air hébété de sa mère, tandis que la Veuve Krog secouait la tête. Son épaisse chevelure blanche ressemblait à une couronne en plumes de hibou. La vieille femme prit la parole. Son élocution était lente, mais d'une grande clarté.

— Je ne mentirai pas sur moi-même ni sur aucune autre femme. Nous ne sommes pas des sorcières.

Après le départ de Fru Rhodius, un soldat fut posté à leur surveillance, avec pour consigne de les empêcher de dormir. Sept lanternes furent accrochées aux murs de leur masure et éclairèrent jour comme nuit. Si l'une d'elles s'endormait, le soldat lui donnait des coups de bâton. La douleur physique était terrible, mais c'était surtout les à-coups portés aux cœurs de ces femmes épuisées qui les mortifiaient le plus – la conscience d'être prises au piège dans le trou à sorcières.

Avec le passage des jours, la mère d'Ingeborg accusait Kirsten de plus en plus violemment.

— C'est une enfant rebelle et sournoise. Voyez un peu comme elle a filé en douce pour raconter toutes sortes de sornettes au gouverneur !

— Mère, ce n'est pas vrai ! Elle est prisonnière, elle aussi, la défendait Ingeborg même si elle s'inquiétait des tendances de sa sœur à laisser son imagination embellir la vie au sein de leur village austère.

Solve, de son côté, ne cessait de tancer Maren au sujet de sa propre sorcière de mère : comment Maren avait apporté le malheur sur sa famille depuis qu'elle était arrivée sous son toit. Quand elle ne s'en prenait pas à sa cousine qu'elle traitait de traînée ; ce à quoi Zigri rétorquait qu'au moins son mari ne l'avait jamais battue ni violée, ce qui lui valait une nouvelle bordée d'injures de la part de Solve.

Il fallut l'intervention sévère de la Veuve Krog pour faire taire les deux cousines.

— Si nous sommes dans cette cellule, ce n'est la faute d'aucune fille ou femme.

— Mais où sont les sorcières de Varanger ? lui demanda Ingeborg à voix basse.

La Veuve posa sa main glacée sur celle d'Ingeborg.

— Il n'y a pas de sorcière dans notre village, Ingeborg, mais le Diable existe bel et bien. Regarde nos accusateurs droit dans les yeux et tu le verras.

Malgré ses mots, Ingeborg se demandait si la Veuve Krog n'était pas la seule vraie sorcière parmi elles, tant elle se montrait défiante. Maren et la Veuve Krog parlaient souvent entre elles pour se raconter des histoires. Étaient-ce donc elles, les deux sorcières en leur sein ? Ingeborg avait mal à la tête à force de combattre l'angoisse et la peur, tandis que la faim lui tordait le ventre et que son corps entier souffrait du froid.

Elle ne désirait qu'une chose : revenir à l'époque où Axell vivait encore à ses côtés. Sa disparition s'était abattue sur elle comme une tempête tonitruante qui l'avait dévastée, la laissant terrassée de douleur.

Lorsqu'elle releva la tête, les lanternes continuaient à jeter des ombres sur les murs du trou à sorcières. Ingeborg vit le Démon dans leurs formes. Un chapeau pointu, dont sortaient des cornes, des griffes à la place des mains et des sabots en guise de pieds. Elle se pinça avec une telle frénésie que sa peau se mit à saigner.

*

Pour garder les yeux ouverts et éviter les coups de bâton, les femmes se racontaient des histoires. Maren se lançait dans des récits de trolls grincheux et intelligents, de filles sámies courageuses, tandis que la Veuve Krog allait puiser ses contes dans la vieille religion.

C'est ainsi que les femmes, serrées les unes contre les autres, cessèrent de se disputer.

— Voici les histoires que me racontait ma grand-mère, murmura la Veuve Krog. Et sa grand-mère avant elle.

Elle gratta son menton poilu d'un air pensif, les paupières alourdies par la mélancolie.

— Mes enfants se sont éparpillés aux quatre vents, et je suis contente que mes filles soient loin de Varanger, dit-elle avec un soupir. Mais je crains qu'elles oublient ces histoires.

— Nous saurons nous en souvenir, promit Maren.

La Veuve hocha la tête d'un air approbateur. Elle poursuivit dans un murmure, quand bien même le soldat entendait tout dans l'espace exigu.

— Avant la venue du Seigneur sur notre terre de Norvège et avant la naissance de Jésus-Christ, dieux et déesses dominaient le territoire. Au centre de leur domaine s'élevait un immense frêne, Yggdrasil, l'Arbre-Monde. Il était si puissant que ses branches montaient jusqu'au Paradis et ses racines descendaient jusqu'en Enfer. Parmi ses branches vivaient des dieux et des déesses, des lutins, des nains et des trolls. De sa base partaient trois racines noueuses ; la première reliait Asgard, le royaume des principaux dieux ; la deuxième reliait le domaine des géants de glace ; et la troisième passait dans le domaine des morts.

La mère d'Ingeborg posa la tête sur son épaule, et Ingeborg lui caressa les cheveux comme à une enfant. Sa colère contre elle ne durait jamais longtemps : malgré les comportements indignes de sa mère, l'amour était toujours plus fort. Ingeborg ferma les yeux. Elle se représenta l'Arbre-Monde en train de fendre le sol rocailleux du trou à sorcières, ses branches qui perforaient les chevrons bas, qui traversaient le magasin à munitions pour ressortir par le toit en tourbe.

La Veuve Krog n'était pas une conteuse aussi pleine d'entrain que Maren, mais Ingeborg trouvait du charme à ses histoires de vieille religion. Elles parlaient du bien et du mal sans faire mention du Démon. Avec l'histoire que la Veuve leur narra des trois mères, Ingeborg trouva l'occasion de porter un regard différent sur son monde. Elle se souvint des paroles de Zare, des dieux qui peuplaient toute chose dans sa croyance sámie, dieux que les Sámis vénéraient mais pouvaient également toucher.

Et si le maître de toutes choses n'était pas Dieu tout-puissant dans le ciel ?

À l'idée d'une telle hérésie, elle sentit ses mains trembler. Elle pressa l'une contre l'autre ses paumes et tenta de prier pour son salut, mais en vain : elle ne cessait de voir les trois mères dans sa tête. Urth, Verthandi et Skuld en train de tisser son destin au pied de l'immense Arbre-Monde Yggdrasil.

Emmène-moi sur le Bifröst, le pont en arc-en-ciel des histoires de la Veuve Krog, emmène-moi loin de cette terre jusqu'à Asgard, le royaume des dieux,* implorait son cœur. Lorsqu'elle fermait ses paupières et se concentrait de toutes ses forces, elle entrevoyait parfois la lueur vacillante du feu ardent du pont de la vieille religion. De l'autre côté l'attendait non pas sa famille, ni même les anciens dieux nordiques, mais à sa grande surprise, Elli, occupée à *yoiker* et Zare à taper sur un *runebomme*.

Au milieu du concert de gémissements, de toux et de sanglots des prisonnières, Ingeborg s'accrocha à la ligne du *yoik* et aux battements du tambour. Ensemble, ils nourrissaient un infime espoir en elle, un refus obstiné de s'avouer vaincue.

Chapitre 31
Anna

Le périple de mon mariage dura vingt-cinq ans. Un théâtre de guerre qui m'éprouva sur le plan physique, comme tout soldat. Mes batailles n'étaient pas contre mon mari Ambrosius, car jamais il ne leva la main sur moi ni ne se montra intraitable. Non, mon roi, le combat était contre ma propre chair et mon propre sang, car mon corps refusait de se plier à ma volonté.

Mon corps, qui saignait et se déchirait, m'assaillait de souffrances sans fin – et jamais je n'en sortais victorieuse. Je ne désirais qu'une chose : avoir un fils, mais la volonté de Dieu sans cesse s'y opposait.

De temps en temps, j'avais vent de la réussite du fils que Marguerite Pape avait porté pour vous. Par le nom qu'il portait – Ulrik Frederik Gyldenløve – vous proclamiez haut et fort qu'il était le fils illégitime du roi du Danemark – Gyldenløve – oh, et ce faisant quel honneur vous confériez à la baronne Pape ! J'avais entendu parler de l'ascension de votre fils dans la noblesse de Copenhague, et de ses talents de soldat, car sa gloire à la bataille de Nyborg est légendaire. Dans une certaine mesure, je me sentais partie prenante, car une voix dans ma tête me susurrait souvent : *Ulrik Frederik Gyldenløve aurait pu être ton fils, Anna, et tu aurais pu être faite baronne comme le fut sa mère.*

Mais ma vie, bien que faite de privilèges, se jouait dans des cercles plus modestes et j'en étais bien aise, à présent. En toute sincérité, je peux dire que mon existence parmi les gens du peuple de Bergen m'apprit à mieux voir les injustices de notre monde. Il me semble qu'autrefois vous vous préoccupiez du bien-être de vos sujets, mon roi, mais à présent vous délaissez vos devoirs, engoncé que vous êtes dans votre carcan protecteur de monarque absolu sans aucune limite ni contrainte imposées par les lois qui gouvernent votre peuple. Ah, mais combien de temps encore saurez-vous repousser celles et ceux qui sont en quête de vérité et de justice ? Vous ne pourrez pas exiler tous vos dissidents sur Vardø.

J'étais l'épouse d'un médecin et pourtant je frayais parmi les gens du peuple dans les rues pavées de Bergen. J'écoutais les femmes me parler des plantes médicinales et cueillais moi-même les racines et les graines dans les collines boisées aux environs de la ville. Je les ramenais pour les planter dans notre jardin.

Mes voyages me permettaient de voir à quel point les gens luttaient pour survivre, vulnérables qu'ils étaient à tous les maux. Des mendiants qui étaient autrefois des soldats, assis sur les quais ou sur le marché aux poissons, le corps mutilé, l'âme en souffrance. En dépit de toutes leurs difficultés, je n'entendis jamais de la bouche des pêcheurs, des négociants, des boulangers, des marchandes, autre chose que des mots d'amour et de dévotion pour leur roi. Non, les paroles contre vous étaient prononcées dans les hautes sphères, et je sentais mon sang bouillonner de voir ces aristocrates, le stathouder Troll à leur tête, augmenter les impôts et détourner des centaines de riksdalers des gens et de *vous*, mon roi. Mais tout cela, vous le savez, car je n'ai eu de cesse de vous envoyer des missives à ce propos au fil des années. Même si vous n'avez pas une seule fois pris la peine de répondre.

Mon désir de mettre au monde un enfant ne s'estompa jamais. Pourtant, après la perte de notre sixième nouveau-né, Ambrosius me supplia d'arrêter.

— Anna, vous ne survivrez pas à une nouvelle grossesse.

— L'avez-vous lu dans les planètes ? le défiai-je. Dois-je mourir en couches ?

— Non, dit-il d'une voix brisée. Mais nous avons enterré trop d'enfants. Des petits corps bleuis qui n'ont jamais connu un souffle de vie.

Une larme coula sur sa joue, me mettant en rage. Comment osait-il pleurer alors que je poursuivais vaillamment mon destin de mère ? Tout homme ne se doit-il pas d'avoir un fils ?

— Nous aurons un garçon, Ambrosius, quand bien même je dois le mettre au monde dans mon dernier souffle.

Ces mots me venaient du fond du cœur, croyez-moi.

Quelle souffrance que toutes ces années de fausses couches, d'enfants mort-nés, d'hémorragies et de spasmes qui me déchiraient les entrailles et me brisaient le cœur sans relâche.

Mon péché avec vous était-il si grand que je n'aurais jamais d'enfant vivant ? Par moments, dans les affres de l'accouchement, quand je savais que le nouveau-né ne survivrait pas, j'apercevais le Seigneur des Ténèbres qui me regardait. Il se tenait dans un coin de la chambre et contemplait d'un œil lubrique les parties intimes de mon corps ouvertes en grand. L'enfant mort en sortait, non baptisé, et il le prenait dans ses bras pour le faire sien.

Oh, la souffrance de toutes ces âmes perdues !

Mais alors, oh mon roi, survint la période la plus douce de toute ma vie.

En avril 1646, deux ans avant votre accession au trône du Danemark, je tombai de nouveau enceinte. Le monde était bouleversé par le combat que se livraient nobles et rois à travers toute l'Europe, mais mon univers s'apaisa enfin, car le bébé s'accrocha à mes entrailles et tint bon, et le soir où nous apprîmes la mort de votre frère, le prince-électeur, je donnai naissance à une petite fille en parfaite santé. Nous l'appelâmes Christina, en hommage à votre frère.

Christina. Si je ferme les yeux et retiens mon souffle en me concentrant de toutes mes forces, je suis capable d'invoquer l'odeur de ma fillette et de m'échapper de l'humidité rance de la maison longue pour me retrouver à Bergen, à bercer mon bébé dans mes bras. Je la sens sur ma propre peau, je revois mes doigts s'enrouler à ses fines mèches de cheveux et me souviens des bonds de joie de mon cœur.

— Nous avons une fille, exultai-je.

— Tu es merveilleuse, Anna, me sourit Ambrosius.

Jamais je ne m'étais sentie aussi heureuse qu'en cet instant, lovée dans les bras de mon mari, notre enfant contre moi.

Christina. C'était un nourrisson adorable qui passait son temps à sourire et à charmer son entourage. Mes domestiques rivalisaient pour imposer la meilleure nourrice, mais je refusai leurs conseils et décidai de l'allaiter moi-même. Je n'avais pas souffert huit années de stérilité pour laisser mon enfant se nourrir au sein d'une autre femme. Ma décision choqua toute la maisonnée, y compris Ambrosius, mais je restai intraitable.

Je me souviens encore de la sensation de l'allaitement, de sa petite bouche sur mon mamelon, du tiraillement dans mon ventre comme si mes entrailles étaient encore reliées à elle. Hege s'asseyait avec moi et tricotait des petites couvertures pour Christina – une telle quantité de couvertures ! – les yeux brillants de joie pour moi. Les femmes de la maison nous adoraient, ma petite fille et moi ! Sidsel, qui prétendait que j'étais trop maigre, préparait des brioches à la cannelle saupoudrées de sucre et Kjersti me concoctait des tonifiants pour soigner mon ventre et me redonner de la force.

La première année de Christina se déroula sous les auspices de ces trois femmes, et Ambrosius devint une ombre. Il s'asseyait à côté de Christina et moi, mais le soir venu il préférait dormir seul loin des cris et des tétées.

À l'âge de trois ans, Christina était encore plus adorable : elle s'accrochait à nos jupes de ses petits poings serrés et montait et descendait les escaliers en se dandinant. Quand ce n'était pas avec moi, c'était avec Hege, Sidsel ou Kjersti. Elle avait la peau laiteuse et douce, les yeux d'un bleu d'été et les cheveux roux bouclés – soit très peu de ressemblance avec moi. Ambrosius affirmait qu'elle ressemblait à sa sœur avec toutes les taches de rousseur sur son nez. Je m'amusai un jour à les compter, et en dénombrai vingt-cinq, comme une pluie de petites étoiles sur son visage. Chaque soir, je racontais à Christina des histoires du bébé Jésus, elle s'endormait dans mes bras et pendant son sommeil j'adressais mes remerciements au bon Dieu.

À huit ans, Christina était aussi rapide qu'un martinet mais aussi silencieuse que de la fumée quand elle dévalait les escaliers. Contrairement à ses parents, elle était une enfant silencieuse. Elle écoutait et absorbait de ses grands yeux bleus tout ce qui se passait autour d'elle. Elle observait Sidsel et Kjersti en cuisine, où elle apprit à faire des teintures et des décoctions. Quand je lui demandais d'aller cueillir telle ou telle herbe ou feuille du jardin, elle savait où la trouver et quel usage en faire.

J'étais si fière de ma fille, de sa beauté et de son intelligence, que je m'interroge : cette fierté entraîna-t-elle ma chute ?

Le temps passant, il lui fallut une nouvelle robe. Je désirais avoir son portrait miniature et Ambrosius, quoique le travail de peinture fût coûteux, accéda à mon souhait. L'adoration qu'il vouait à sa fille était aussi grande que la mienne.

Le jour où le colis fut livré depuis le port jusqu'à notre maison de Bergen, il pleuvait. Sidsel déballa le papier taché d'eau, dont elle sortit la longueur de brocart d'une teinte émeraude. En découvrant le tissu, j'applaudis de joie. Ainsi vêtue, Christina allait ressembler à une princesse.

Quand Hege découvrit la beauté de la matière, elle se mit aussitôt au travail avec allégresse. Avec l'aide de Sidsel, elle mit le tissu à sécher devant l'âtre. De la vapeur ne tarda pas à s'en échapper et à emplir la cuisine d'une senteur musquée de terres étrangères, car en effet j'avais passé commande du brocart à Amsterdam, et l'on m'avait informé qu'il avait fait tout le trajet depuis Alger en Afrique du Nord.

Lorsque je rentrai du marché aux poissons avec Christina, Hege m'informa qu'elle était prête à prendre les mesures de la petite. Quelle excitation s'ensuivit, mon roi, tandis qu'on apposait le tissu séché à la silhouette de mon enfant. De joie, Christina sautillait sur place et Hege la suppliait de rester immobile de crainte de la piquer avec ses aiguilles.

Ce sont de tels moments que je déroule dans mon esprit lorsque je me retrouve seule avec mes pensées les plus sombres. Je pense que la suite des événements est à mettre en lien avec le paquet que je reçus d'Amsterdam, et que je m'étais donné tant de mal à obtenir, pour l'amour de Christina.

Chapitre 32

Ingeborg

Le bailli Lockhert faisait osciller sa lanterne d'avant en arrière. Ingeborg sentait sa tête lui tourner. Elle avait les yeux secs, comme si on avait rempli ses paupières de petits grains de sable, et la gorge desséchée, peu importe la quantité d'eau glacée qu'elle buvait du seau. Depuis combien de jours les empêchait-on de dormir ? Même pour des femmes du Nord, rompues à la lumière implacable des nuits d'été, l'épreuve était insoutenable.

Les yeux de Solve roulaient dans leurs orbites, l'épuisement secouait son corps entier de soubresauts. De la joyeuse mère qui aimait danser chez elle à Andersby, il ne restait plus rien.

Sentant qu'elle était la plus vulnérable de toutes, Lockhert concentrait son attention sur elle.

— Femme, dites-moi la vérité sur toutes les actions odieuses menées pour terroriser la population chrétienne de Varanger, disait-il en continuant à balancer sa lanterne d'avant en arrière.

— Je suis innocente, répondit Solve d'une voix tremblante. Je vous en prie, mes garçons. Je dois retourner auprès de mes garçons.

Lockhert laissa fuser un rire cruel.

— Commencez par avouer votre rôle dans la modification du temps, Solve Nilsdatter. (Il la poussa du bout de son bâton comme sa tête partait en avant.) Le marchand Brasche vous a vues, toutes, sous la forme d'oiseaux. Une colombe blanche, continua-t-il en pointant du doigt la mère d'Ingeborg, la vieille un cygne blanc, Elli la Sámie une mouette à tête noire et vous un pluvier, Solve Nilsdatter. À vous quatre, vous avez jeté un sort sur le bateau du marchand Brasche, si bien qu'il a coulé en emportant tout son équipage.

Il les regardait, les yeux plissés. Ingeborg, en plein désarroi, sentait sa tête lourde. Comment le marchant Brasche avait-il bien pu affirmer à Lockhert que les oiseaux qu'il avait vus dans le ciel étaient en réalité des femmes, et qui plus est des sorcières ?

Mais le bailli n'en démordait pas, et bouillait d'une telle rage qu'il se mit à battre Solve qui continuait à clamer son innocence.

— *Croa, croa, croa* ! cria Maren en se levant d'un bond pour tourner sur elle-même, les bras écartés comme des ailes. Vous aussi vous aimeriez bien être un oiseau, chef Lockhert ! (Ingeborg la suivait des yeux d'un air éberlué.) Le seul moment où l'on se sent libre, c'est quand on plane tout là-haut, au-dessus de la saleté et des péchés des hommes. Quand on s'envole dans le ciel.

Lockhert s'avança vers elle dans une attitude menaçante, mais elle le provoquait sans relâche :

— Nous faisons le tour de la lune, nous attrapons les étoiles, nous plongeons dans la mer pour visiter les royaumes aquatiques. Ah, quelle glorieuse indépendance que d'être cet oiseau.

— Es-tu en train de me dire, fille, que tu te transformes en oiseau ? murmura-t-il, l'œil sombre.

— Mais oui, fit Maren. Mais seulement moi, dit-elle en désignant les autres femmes d'un geste ample. Car on ne choisit pas de changer de forme. Non, c'est votre oiseau qui vous choisit. (Elle cessa de tournoyer et porta les mains à son cœur.) Le voilà – le reflet du corbeau dans mes yeux quand je plonge les yeux dans la glace sur la margelle du puits. Et au sommet de la forteresse, je vois tout au travers des yeux d'un corbeau. (Elle rit.) Posez la main sur mon visage, et vous verrez qu'il y a un bec à la place de mon nez, dur et froid au toucher. Je lève la tête pour chercher des yeux mes sœurs corbeaux et je les appelle : *croa, croa, croa* !

Elle s'approcha de Lockhert en battant des bras. C'est alors qu'Ingeborg comprit ce que faisait Maren. Sur le visage de l'imposant bailli s'abattit une expression de peur pure. Aucune supplication, aucun appel à sa clémence ne pouvait infléchir sa soif de tortures, mais voilà que Maren, qui faisait l'oiseau en s'ébouriffant les plumes, prête à lui jeter un sort, le pétrifiait. Il restait bouche bée et la contemplait comme si elle s'était effectivement muée en un énorme corbeau noir.

— Le corbeau se perche dans mon cœur et transforme mon corps en oiseau, continua

Maren sans lâcher Lockhert des yeux. J'écarte les bras, je déplie les doigts et je vois pousser des plumes noires. Aïe, ça fait mal, bailli Lockhert. Chaque plume perce ma peau et me brûle. Tout se contracte en moi. Je deviens de plus en plus petite. Mes sens s'aiguisent, ma vision s'élargit, et je suis libre de mes mouvements.

Les yeux de Maren étincelaient, et Ingeborg se mit à craindre le pire pour elle. Elle aurait voulu l'arrêter, la faire taire. Plus elle parlait, plus elle se condamnait. Pourtant Maren n'avait pas l'air apeurée. Elle s'approcha du bailli et inclina la tête sur le côté. Peut-être qu'en cet instant il eut l'impression de poser les yeux sur un corbeau.

— C'est moi, bailli, je suis assise sur le rebord de fenêtre de votre guérite, prête à m'en prendre à vous. Et c'était moi au sommet du mât sur le navire qui vous a amené sur notre île. Le Seigneur des Ténèbres m'a envoyée, il vous traque.

Maren laissa éructer son rire avant de faire de nouveaux cercles en criant : – *Croa, croa, croa* !

Le bailli finit par sortir de sa torpeur en hurlant.

— Ça suffit !

Mais il ne leva pas la main sur Maren, pas plus qu'il ne reprit son interrogatoire. À la place, il donna l'ordre aux soldats d'éteindre les lanternes.

— Laissez ces chiennes dans le noir, elles ne méritent pas mieux.

La bénédiction des ténèbres. Instantanément, les cinq femmes sombrèrent sans un mot dans l'oubli bienheureux d'un sommeil de plomb.

Chapitre 33

Anna

Souvenez-vous, mon roi, 1654 fut en Norvège l'année de la Grande Peste, qui jeta chaque âme qui vive, de noble naissance comme de basse extraction, dans une terreur insondable. La « peste du diable » frappait brutalement, sans discrimination et personne n'était à l'abri de son féroce appétit pour la mort.

Dans notre maisonnée de Bergen, Sidsel tomba malade la première, frappée d'une fièvre si fulgurante qu'elle demandait qu'on lui rapporte de la neige. Kjersti et moi la soignâmes du mieux possible. Je lui administrai de la mélasse faite à base de gentiane, cependant que Kjersti posait des linges humides sur son corps pour faire tomber la température. Quand Ambrosius rentra de l'école, nous n'eûmes pas à lui expliquer ce qui arrivait à Sidsel. Nous avions découvert avec horreur un bubon noir qui enflait sur son cou, un autre sous son aisselle, et un autre encore. Je fis bouillir une racine de lys blanc, que je mélangeai à du lard de cochon et appliquai en cataplasmes sur les plaies pour les faire éclater, mais en vain.

Pauvre Sidsel. Elle demanda sa mère à grands cris, les yeux roulant d'effroi, mais au bout de quelques heures, le premier jour, elle mourut.

— Il faut l'envelopper étroitement dans un linceul et demander aux autorités de ramasser le corps, expliquai-je à Kjersti qui se tenait les bras serrés sur sa poitrine, figée dans une expression de terreur sans nom. Après quoi il faudra traiter toute la maison avec des fumigations de romarin.

— Mais les autorités vont-elles nous confiner chez nous ? demanda-t-elle d'une voix tremblante. Et barricader les portes ? Sommes-nous condamnées ?

— Non, nous ne leur dirons rien. Ambrosius certifiera qu'elle est morte de la fièvre des marais.

Je gravis les escaliers en courant, le cœur battant à tout rompre, pour m'assurer que Christina allait bien.

Je trouvai ma fille en compagnie de Hege, en train d'apprendre le maniement du métier à tisser. Je l'observai depuis l'embrasure de la porte, en m'émerveillant de la dextérité de ses petits doigts. J'annonçai à Hege la nouvelle du décès de Sidsel. Elle accusa durement le coup.

— Mais Sidsel allait bien ce matin, dit-elle en faisant un signe de croix.

Je me gardai de donner les raisons de sa mort et me contentai de prendre avec moi le brocart que nous avions reçu d'Amsterdam.

De retour dans la cuisine, je le jetai au feu sous le regard perplexe de Kjersti. Je n'aurais su trouver les mots pour lui expliquer que les lointaines origines du tissu étaient pour moi une source d'inquiétude.

À son retour en début de soirée, Ambrosius était porteur de nouvelles alarmantes, même si son visage ne trahissait aucun affolement.

— Trois personnes sont mortes de la peste aujourd'hui. Sa propagation va être rapide. Nous devons immédiatement quitter la ville avec Christina. J'ai réussi à nous réserver des chambres dans la ferme Rozenkrantzes Hatteberg sur une des îles. Nous y serons à l'abri de la pestilence.

— Et Hege et Kjersti ?

— Elles devront rester à Bergen, répondit Ambrosius avec fermeté. Nous ne pouvons pas les prendre avec nous. Il y a des domestiques à la ferme. Cela réduira les risques.

— Ambrosius, nous ne pouvons pas les abandonner, ces femmes sont sous notre protection !

— Anna, la peste va se répandre dans tout Bergen comme une traînée de poudre. Notre devoir est envers Christina, il faut la sortir de la ville le plus vite possible.

Pour ma fille, j'étais prête à trahir Hege et Kjersti, deux âmes chères qui m'avaient aidée à traverser mes années de stérilité en m'apportant leur réconfort.

On enleva la dépouille de Sidsel en vue de son inhumation et Ambrosius confirma que la fièvre des marais l'avait emportée – son linceul était si étroitement serré que personne n'examina le corps. L'image de sa dépouille transportée sur une charrette raviva le souvenir des corps emmaillotés de mes bébés morts, et ma gorge se noua.

Ambrosius et moi passâmes la nuit qui suivit à faire nos malles.

Si nous avions fait fi de nos possessions et pris la fuite séance tenante de cette cité pestilente, notre destin aurait-il été différent ?

Le lendemain matin, tandis que je fermais nos malles et préparais nos habits de voyage, Christina entra dans ma chambre. Elle était en chemise de nuit, pieds nus.

— Viens, mon enfant, nous devons nous préparer.

En l'observant de plus près, je vis ses joues rouges et ses yeux vitreux. J'eus la sensation qu'une main enserrait mon cœur tandis que j'étouffai le cri qui surgissait dans ma gorge, me forçant à rester calme pour elle, pour ma fille adorée.

— Maman, murmura-t-elle. J'ai mal à la tête.

Ma main tremble, et vous verrez que la feuille de papier est gondolée par mes larmes. Cette lettre est la plus dure de toutes celles que j'ai pu vous écrire. *J'ai perdu ma fille* – ces quelques mots laissent un goût âcre dans ma bouche alors que les souvenirs affluent avec violence.

La peste déferla sur notre ville de Bergen et emporta tous les êtres qui m'étaient chers. Kjersti, Hege et moi mîmes tout notre savoir au service de notre fille. Nous glissions des cuillerées de mélasse dans sa petite bouche en forme de bouton de rose, au mépris des mises en garde d'Ambrosius, qui n'entrait jamais dans la chambre sans un masque sur son visage, et nous ordonnait de rester à l'écart, mais en pure perte. Comment pourrais-je laisser Christina mourir seule ? Nous prenions ses mains brûlantes dans les nôtres, et nous lui racontions des histoires de l'Enfant Jésus. Quand son heure arriva, malgré les emplâtres, les bubons noirs qui avaient éclos sur son corps étaient monstrueux. Pourtant ses yeux restaient de la teinte bleue des myosotis.

Elle voyait loin, bien plus loin que les simples mortels.

— L'Enfant Jésus est ici, murmura-t-elle en remuant ses lèvres craquelées. Il est avec moi.

Après qu'on m'eut arraché le corps de Christina des bras, mon mari éploré l'emmaillota et l'emporta, puis ce fut au tour de Hege de tomber malade. Kjersti fit de son mieux pour soulager ses souffrances, mais Hege ne tarda pas à rejoindre ma fille dans les ténèbres. Je me sentis perdre pied. Ai-je pleuré pour Hege ? Je ne m'en souviens pas, je sais seulement que chaque jour j'effleure du bout des doigts ses ouvrages de couture en disant une prière pour son âme.

Kjersti, avec son esprit pratique et stoïque de servante, prépara encore plus de mélasse à basse de gentiane et de feuilles de laurier de notre jardin. J'eus pour consigne d'en boire avec Ambrosius, après sa mort. Après quoi elle s'alita et ne se releva jamais.

J'attendis mon tour. Mais je ne tombai pas malade, et Ambrosius non plus. Notre maison, autrefois pleine de joie et de rires, était devenue une tombe.

Une fois les dépouilles de Kjersti et Hege emportées, Ambrosius me supplia de partir à la campagne. Tous les nobles avaient fui et les habitants qui restaient mouraient en pleine rue ; les autorités barricadaient les maisons des pestiférés, nous allions finir emprisonnés. Mais je refusai de partir. J'avais perdu l'envie de vivre. Mon seul désir était d'être auprès de Christina.

Pourtant, telle était la volonté de Dieu, un châtiment d'une grande cruauté fait à Ambrosius et à moi. À la réflexion, je me dis que notre souffrance était le dessein du Seigneur pour nous amener à comprendre qu'il nous fallait aider ceux qui souffraient.

Au cours des journées sombres qui suivirent, nous vînmes à bout du pot de mélasse que Kjersti nous avait laissé. L'absorption de cuillerées de ce mélange amer nous a peut-être sauvé la vie : mais pourquoi nous et pas les autres ?

Je me souviens d'avoir préparé à mon tour de la mélasse à base de gentiane et de feuilles de laurier. J'en remplis tous les contenants que je trouvai et sa senteur florale imprégna tous les pores de ma peau.

— Que fais-tu, Anna ? me demanda Ambrosius, les yeux rougis et cernés par la douleur. Je t'en prie, dit-il en me tendant la main. Il faut partir immédiatement, je t'en prie.

— Non.

Je me souviens de ce mot comme étant le premier que j'adressai à mon mari depuis la mort de Christina.

— Nous allons rester et nous allons aider.

Il me dévisagea avec incrédulité.

— Nous sommes médecins, notre place est auprès des malades, Ambrosius.

— Mais nous en mourrons, dit-il d'une voix enrouée, le regard voilé par la terreur.

— Et cela nous rapprochera de notre chère fille.

C'est alors qu'il comprit et me regarda, les yeux écarquillés.

— Tout le monde dit que Christina me ressemblait, mais c'est faux, Anna. Elle est en toi.

Sa voix se brisa et il écrasa une larme qui s'était échappée sur sa joue.

— Très bien. Je resterai. Très bien, répéta-t-il d'une voix éteinte par la résignation.

Pendant l'été pluvieux et l'automne morne de l'année 1654, mon mari et moi œuvrâmes d'arrache-pied auprès des malades et des mourants de la ville de Bergen. Sans relâche, nous administrions de la mélasse aux enfants. Quand la fièvre était déjà installée, il était trop tard, mais je m'aperçus que le remède protégeait ceux qui n'étaient pas encore infectés. Je m'employai également à récurer avec un mélange d'écorce de bouleau bouillie les sols des masures des pauvres gens, car j'en étais arrivée à la conclusion que la pestilence n'aimait pas la propreté : plus je m'acharnais à laver et frotter, plus les pauvres gens de Bergen restaient en vie. Ils nous appelaient les saints – le médecin et sa femme – parce que nous étions restés pour soigner les nécessiteux, les laissés-pour-compte de notre grande cité norvégienne, cependant que le stathouder Trolle et consorts avaient pris la fuite. Mais en vérité, mes intentions étaient loin d'être aussi honorables : j'attendais de me réveiller un matin avec un mal de tête et une protubérance sur ma peau. J'attendais de retrouver Christina dans l'au-delà en compagnie de tous les autres anges. Mais ce jour ne vint jamais.

Chapitre 34

Ingeborg

Des tréfonds de son sommeil, Ingeborg entendit un tapotement contre le mur derrière elle. *Tap. Tap. Tap.* Une voix l'appela « Ingeborg ! Ingeborg Iversdatter, où es-tu ? »

Son ombre se détacha de son corps et de son esprit écrasés par la fatigue. Elle se redressa, agile et forte, et tira sur la planche de bois. L'effort arracha ses ongles, les échardes perforaient sa peau, mais elle s'acharna jusqu'à déloger la planche. Elle se courba et jeta un regard au-dehors.

Qui se tenait là si ce n'était Maren Olufsdatter ! Comment s'était-elle enfuie de leur cellule ? Pourtant c'était bien elle, qui dansait dans la neige de Noël en compagnie du Seigneur des Ténèbres. Ce dernier n'était pas aussi répugnant que dans la description qu'en faisait le révérend Jacobsen, mais il était grand, avec des cheveux d'un noir brillant, une peau brunie de la teinte du cuivre et les yeux d'un bleu d'écaille.

Maren laissa le Seigneur la faire tournoyer avant de bondir dans les airs. Au lieu d'atterrir dans la neige, elle prit son envol. Ingeborg sentit une vague d'émerveillement déferler en elle en voyant ses bras se muer en deux magnifiques ailes noires. Elle était si belle !

« Viens, envole-toi ! » lui disait Maren.

Ingeborg voulut aussitôt partager cette merveille avec les autres. Alors elle les réveilla et leur montra le trou dans le mur.

« Allons-y, sortons », les incita-t-elle, et elles se pressèrent les unes contre les autres.

Dehors il neigeait, mais elles n'avaient pas froid. Les femmes se tenaient par la main. Enfin, elles étaient unies toutes ensemble. Elles levèrent les yeux sur Maren, qui avait pris son envol sous les traits d'un corbeau. Elle se posa devant la porte close de la maison longue de Fru Anna Rhodius et toqua du bout de son bec. Comme par magie, le battant s'ouvrit et la sœur d'Ingeborg parut sur le seuil.

« Kirsten ! » l'appela Ingeborg.

Kirsten lui fit un signe de la main avant de traverser la cour enneigée et de se joindre aux femmes qui gravissaient les marches à l'intérieur de la forteresse.

« Mère, je suis là », dit Kirsten, et pour une fois Zigri ne détourna pas le regard, mais prit ses mains entre les siennes.

En file indienne, elles s'avancèrent en équilibre sur les remparts – la vieille Veuve Krog, Solve avec ses boucles de cheveux cuivrés, Zigri et l'enfant qu'elle portait en elle, qui tenait la main à Kirsten et Ingeborg. Tout Vardø se déployait devant elles : l'île recouverte d'un manteau blanc, sous le dôme du ciel vibrant de couleurs : le vert de sa puissance, le rouge de sa fureur et le violet de ses sombres ténèbres. Des faisceaux entiers de lumière qui les appelaient, et l'étoile du Nord qui faisait signe à Ingeborg.

Sous le regard d'Ingeborg, Maren le corbeau se laissa emporter par le vent et décrivit un cercle spectaculaire. L'heure était venue de la suivre. Ingeborg, Kirsten et leur mère s'élancèrent en même temps. Elles se jetèrent dans le vide, et rebondirent sur le vent jusqu'à ce que leurs bras écartés leur permettent de planer.

Sa mère riait. « Regardez, les filles ! Ils ne peuvent plus rien nous faire, maintenant. »

Le gouverneur et ses hommes les regardaient d'un air stupéfait. Le révérend Jacobsen restait bouche bée tandis que le bailli Lockhert agitait le poing malgré l'expression de terreur qui se peignait sur son visage.

Solve et la Veuve Krog les suivirent. Une fois dans les airs, elles volèrent en cercles autour de la ville de Vardø. Le sacristain fit sonner les cloches et tous les habitants sortirent en les montrant du doigt toutes les six dans le ciel. Ingeborg était grisée par le vent dans ses plumes, par sa vitesse et la puissance de son vol.

Pourquoi n'avait-elle encore jamais pris les airs ? Ingeborg se sentait légère comme une plume, aussi droite qu'une flèche. Toutes s'étaient mues en oiseaux. Zigri la colombe, Veuve Krog le cygne, Solve le pluvier, Maren le corbeau et Kirsten un moineau à l'œil vif. Et Ingeborg, quel oiseau était-elle devenue ?

Elles planèrent un instant au-dessus de la fine pellicule enneigée du fjord, entre glace et mer. L'ombre qu'elle jetait ressemblait à un aigle. Ingeborg éprouvait la puissance de l'oiseau en elle ; sa majesté, sa sagesse, sa force.

Elles fusèrent jusqu'aux sommets de Domen, et à leur arrivée le Seigneur des Ténèbres accueillit les femmes en grande pompe, à grand renfort de tranches de pains d'épices et d'une ribambelle de pichets de lait crémeux à la cannelle. Elles dansèrent en cercle, et le Diable jouait une mélodie sur son violon rouge. Comment pouvait-il être maléfique alors qu'il leur apportait tant de joie ?

Ingeborg se réveilla dans le noir complet et la puanteur, agrippée à sa mère. Ce n'était qu'un rêve. Elles n'étaient pas plus des oiseaux que les puces qui infestaient leur peau crasseuse. De toute façon, Kirsten n'était pas avec elles et sa mère n'avait eu cesse de rejeter sa cadette. Elle étouffa un sanglot et referma les yeux. *Ramène-moi, ramène-moi dans le grand ciel avec ma sœur et ma mère. Nous trois en harmonie et en liberté.* Mais impossible d'y retourner. Elle avait perdu son oiseau, sa famille et sa liberté.

Chapitre 35

Anna

Il est un adage répandu, n'est-ce pas, qui dit qu'au cœur de la nuit la plus noire, il y a toujours un éclat de lumière, une étoile perdue, une bougie qui brille quelque part ?

Mon étoile perdue était Kirsten Iversdatter.

Je me souviens de la nuit de son arrivée. En rentrant à la maison longue après avoir interrogé les nouvelles prisonnières, j'avais trouvé Kirsten assise sur un tabouret près de la table, occupée à engloutir le bouillon de poisson que lui avait servi Helwig.

La bonne l'observait depuis l'autre bout de la pièce, les bras croisés, l'œil critique.

— Il y a quelque chose qui cloche chez elle, me confia Helwig dans un murmure sonore.

Kirsten, qui avait entendu les mots d'Helwig, interrompit son repas, sa cuillère dégoulinante à mi-chemin de sa bouche. Elle me regarda droit dans les yeux comme si Helwig n'était pas dans la chambre.

C'est à ce moment que je remarquai son apparence : la ressemblance me frappa comme un coup de tonnerre. Je reculai en titubant et saisis Helwig par la manche.

— Vous voyez bien qu'elle est bizarre, avec ces yeux, chuchota Helwig qui avait mal interprété ma réaction.

Je lâchai son bras, mortifiée par ma perte de sang-froid.

— Ne dites pas n'importe quoi.

Helwig me scruta.

— Je vous ai mise en garde contre toute cette affaire, Fru Anna. Mieux vaut ne pas vous mêler de ça.

— Je n'ai pas voix au chapitre, Helwig, dis-je avec humeur sans quitter Kirsten des yeux, qui s'était remise à manger.

Je m'approchai d'elle et l'abordai d'une voix douce.

— Il n'y a rien à craindre, Kirsten. Je vais prendre soin de toi.

Elle leva les yeux et cette vision me transperça le cœur. Comment cette fille pouvait-elle exister ?

Kirsten avait les mêmes grands yeux bleus, les mêmes longs cils noirs qui semblaient peints sur sa peau de porcelaine. L'arête de son nez était mouchetée de taches de rousseur et je me demandai si elles étaient au nombre de vingt-cinq. Les boucles emmêlées de ses cheveux étaient du même roux vif et ses dents de devant saillaient légèrement sur sa lèvre inférieure, comme Christina.

Cette enfant de pêcheur, Kirsten Iversdatter, était le portrait même de ma fille morte. La seule différence était leur âge : Christina était morte à huit ans ; on m'avait informée que Kirsten en avait douze, et en effet elle était plus élancée, quoique n'ayant pas perdu ses traits d'enfant.

— Ils ont tué mon agnelle, dit-elle les yeux pleins de larmes. Ils ont tué Zacharias.

— Les agneaux sont destinés à être tués. C'est leur raison d'être.

Ma réponse l'étonna. Elle cessa de manger, bouche ouverte.

— *Agnus Dei*, expliquai-je en m'asseyant à côté d'elle.

— Qu'est-ce que ça veut dire ?

— Cela signifie « Agneau de Dieu » en latin, la langue de notre Église, et c'est parfois le nom que nous donnons au Christ. *Agnus Dei, qui tollis peccata muundi, miserere nobis.* Agneau de Dieu, qui enlevez les péchés du monde : ayez pitié de nous. Il a sacrifié Sa vie pour nous.

Elle reposa sa cuillère et s'essuya la bouche du revers de la manche.

J'allais devoir lui apprendre à utiliser une serviette.

— Zacharias a sacrifié sa vie pour moi ? s'enquit-elle en fronçant les sourcils. Elle bêlait beaucoup. Je ne crois pas qu'elle avait envie de mourir.

— Eh bien, Jésus-Christ non plus n'avait pas envie de mourir, mais il l'a fait pour nous sauver.

Je brûlais d'envie de la toucher, de m'assurer que cette évocation vivante de ma Christina était réellement faite de chair et d'os, et animée d'un cœur battant.

La première nuit dans la maison longue, Kirsten alla dormir avec Helwig sur sa paillasse. Mais en pleine nuit la bonne me réveilla.

— Elle marche en rond, les yeux ouverts, mais elle m'ignore quand je lui dis de retourner se coucher. C'est insupportable, Fru Anna.

Nous retournâmes dans la pièce principale. Kirsten, en chemise de nuit, ses pieds nus maculés de terre, décrivait des cercles autour du feu de cuisine. Oh, cette vision me perça le cœur, tant elle me rappela ce dernier matin, quand Christina était entrée dans ma chambre. Ses derniers mots me revinrent en mémoire. *Maman, j'ai mal à la tête.*

Je sus instantanément à quoi m'en tenir : il me paraissait évident que Kirsten souffrait de somnambulisme. J'avais été témoin du phénomène en qualité de femme de médecin à Bergen.

— Elle est somnambule, annonçai-je.

Helwig me lança un regard furieux.

— Je ne sais pas ce que ça veut dire, mais de ce que je vois, le Diable la possède.

— Pas du tout. C'est une maladie. Assez répandue. Elle marche pendant qu'elle dort, c'est aussi simple que cela.

— Mais elle a les yeux ouverts, Fru Anna ! Regardez ses yeux !

Les yeux arrondis de Kirsten regardaient fixement au loin, ou en profondeur, comme si elle scrutait sous l'eau.

— Je vais la réveiller. Il n'y a pas matière à vous inquiéter.

Helwig secoua la tête.

— Cette fille n'est pas normale, Fru Anna, elle va nous attirer des ennuis…

— Ça suffit ! Je vous demanderai de ne pas parler de cet épisode à qui que ce soit à la forteresse.

Helwig avait l'air furieuse, mais elle finit par se rallonger sur sa paillasse tandis que je ramenais Kirsten dans ma chambre pour la réveiller délicatement.

La fillette me dévisagea d'un air hagard.

— Où suis-je ?

— Tu es ici, avec moi, dans ma chambre, Kirsten. Tu marchais dans ton sommeil.

— Je ne m'en souviens pas, avoua-t-elle d'un air déconcerté.

— Grimpe dans mon lit et rendors-toi.

La fillette obtempéra et se rendormit en un clin d'œil.

J'allumai une bougie, joignis les mains et priai le bon Dieu de protéger Kirsten. Le comportement de Kirsten m'avait troublée et l'avertissement d'Helwig me taraudait. Je ne laisserais pas le Démon s'emparer de ma fille.

Je finis par me convaincre que Kirsten avait été affectée par la mort de son agnelle, ce qui avait vraisemblablement déclenché son somnambulisme. Il était pourtant étrange de voir à quel point elle était bouleversée par cet événement, alors qu'elle n'avait pas dit un mot à propos de sa sœur Ingeborg ou de sa mère, alors qu'elle savait que les deux étaient prisonnières dans le trou à sorcières.

Après cette première nuit, j'informai Helwig que Kirsten dormirait désormais dans ma chambre. Je lui donnai l'ordre de préparer une couche au bout de mon lit, à l'aide de branches de bouleaux et de peaux de rennes, mais la plupart du temps, à l'insu d'Helwig, je laissai Kirsten se glisser dans mon lit.

Je remarquai que les crises de somnambulisme de Kirsten suivaient les jours de lune décroissante, et cessaient les nuits de lune noire. À la place, elle se réveillait en pleine nuit et sanglotait en réclamant son agnelle. Alors je la laissais s'allonger à côté de moi et réchauffer entre les miens ses pieds glacés. Je ne craignais pas le froid. Entre les deux parties de la nuit, il m'arrivait de lui lire des histoires de l'Enfant Jésus dans la Bible, et parfois, je lui donnais un thé de fleurs de bourrache et d'eau de rose sucrée pour l'aider à se rendormir. Elle finissait par s'assoupir tandis que je lui caressais les cheveux en m'émerveillant de leur texture soyeuse.

Mon roi, j'étais si avide d'aimer une autre âme.

Mais les terreurs nocturnes de Kirsten étaient impitoyables. Je me réveillais, son visage se découpait au-dessus de moi, ses yeux agrandis par la peur. Quand je l'interrogeais, elle me répondait qu'elle rêvait qu'elle se noyait en pleine mer, tel que c'était arrivé à son père et à son frère.

— Tu es en sécurité ici avec moi, la réconfortais-je.

— Mon père me manque. C'est lui qui m'aimait le plus fort.

— Mon père à moi aussi est mort. Mais j'aime me rappeler les bons moments en sa compagnie. As-tu quelque meilleur souvenir avec ton père ?

— Oui. Il me prenait sur ses genoux et il me chatouillait sous le menton.

Ambrosius n'avait jamais juché Christina sur ses genoux. J'essayais de me représenter le père de Kirsten Iversdatter ; un pêcheur vigoureux aux mains douces.

— Papa me racontait des histoires de la grande baleine bleue et de son royaume aquatique où vivent tous les pêcheurs perdus. Avez-vous déjà vu une baleine ?

— Non, mais mon père possédait une corne de narval.

Je lui parlais du cabinet de curiosités de mon père. Le récit la captiva. Chaque soir, elle me demandait de lui décrire un nouvel artéfact, et de me préciser ses origines.

— Mais comment savez-vous que ce n'était pas une corne de licorne ? me demanda-t-elle une fois encore à propos du narval. Comment êtes-vous sûre que les licornes n'habitent pas une terre inconnue ?

— Parce que personne, nulle part sur la terre de notre Dieu tout-puissant, n'a jamais vu de licorne, alors que mon père a bel et bien vu un squelette de narval.

Kirsten secoua la tête.

— Ce n'est pas parce qu'on ne peut pas voir quelque chose que cela n'existe pas. Moi, je n'ai jamais vu Dieu.

C'était une fillette intelligente, quand bien même Helwig prétendait qu'elle était simple d'esprit parce qu'elle pouvait passer des heures à regarder fixement le feu de la cuisine alors que le potage était en train de brûler sous ses yeux. Mais je savais que Kirsten Iversdatter ne voyait pas ce qu'elle avait sous le nez pour la bonne raison qu'elle avait la capacité de voir au loin, très loin, soit à travers les flammes jusqu'à la vallée de l'Enfer, ou bien dans le Ciel, là où habitaient Dieu, les anges et ma Christina.

J'étais convaincue que Kirsten Iversdatter pouvait voir ce qui se cache derrière le voile.

Et pourtant, à d'autres moments, elle était ni plus ni moins une fillette comme une autre qui voulait prendre la vie à la légère. Au grand dam d'Helwig, elle s'amusa à donner un nom à tous les rats, même si je me demandais bien comment elle faisait pour différencier nos locataires indésirables. Elle puisa les noms dans les histoires que lui racontait son père : Per-la-Fortune, le Charbonnier, Katie au Manteau de Bois, Courte-Pattes et Håken Barbe-de-Lynx. Kirsten essayait de prendre les rats dans ses bras pour leur chanter des chansons, tel qu'elle le faisait sans doute avec son agnelle, mais les rats détalaient sans demander leur reste.

— Ma foi, c'est un moyen comme un autre de s'en débarrasser, commentait Helwig d'un air désapprobateur.

Un matin, je fus réveillée par Kirsten qui me scrutait en me tâtant le visage du bout des doigts.

— C'est quoi, ce que vous avez là, Fru Anna ?

Je répondis d'une voix calme. Pouvais-je avoir la vérole ? Ou pire encore ?

— Va chercher mon miroir dans la malle, Kirsten.

Je me suis souvent demandé pourquoi vous aviez pris la peine d'ajouter un miroir à mes effets. Était-ce un présent pour me montrer votre estime ? Ou, tel que je le sais au fond de mon cœur, vouliez-vous me torturer en me renvoyant l'image de mon vieillissement au fil des années ?

Ce que je découvris dans le miroir me fit le même effroi que la vérole : j'avais sur la joue une énorme tache marron, plus grosse que toutes celles de la Veuve Krog.

— Ça va partir en frottant ? s'interrogea Kirsten.

Je secouai la tête, au bord des larmes en m'imaginant la réaction de Lockhert : « Fru Anna a la marque du Diable sur le visage ! »

Kirsten me dévisageait avec curiosité.

— Kirsten, va ouvrir mon coffre à remèdes, lui ordonnai-je.

Je sortis rapidement de mon lit en resserrant ma cape autour de mes épaules.

Kirsten adore regarder à l'intérieur de mon coffre à remèdes. C'est une fillette intelligente, je l'ai déjà écrit ici : en deux semaines à peine, elle a mémorisé le nom de toutes les herbes et potions, ainsi que leur usage.

— Vous pouvez la faire partir ? s'enquit-elle.

— Non, mais je peux la cacher, répondis-je en sortant ma petite fiole de poudre d'arsenic. C'est quoi, ça ? demandai-je pour tester ses connaissances.

— C'est de l'arsenic, et je ne dois jamais le toucher ou le porter à la bouche parce que ça me tuerait.

— Très bien. Si j'en prends une toute petite quantité, que je mélange à du vinaigre dans un petit flacon, avec un peu de craie blanche, je peux l'appliquer sur ma peau. En faisant bien attention, le résultat est satisfaisant et sans danger.

Kirsten contemplait mes gestes avec fascination tandis que je m'employais à préparer le mélange que j'avais proposé un nombre incalculable de fois aux dames de Bergen – celles qui se réveillaient avec une tache de vieillesse sur le visage, les coquettes, ou celles qui rêvaient d'une peau plus pâle. À l'époque, je trouvais toutes ces femmes tristes, et voilà que je venais de rejoindre leurs rangs.

Mon travail de maquillage terminé, le défaut avait disparu.

— C'est de la magie ! applaudit Kirsten d'un air ravi.

— Non, Kirsten, c'est de la science.

Hier, depuis la fenêtre de ma maison longue, j'ai vu qu'on emmenait la prisonnière Solve Nilsdatter chez le gouverneur pour l'interroger. J'évitai de penser aux horreurs qu'elle allait subir, et priai pour qu'elle soit véritablement une sorcière, et que les tortures soient justifiées, mais je craignais surtout que Lockhert ne commette un grave péché en enfreignant nos lois.

Une heure s'écoula, puis une autre, que je passai à la fenêtre. Kirsten resta à côté de moi en me tenant la main, et nous patientâmes en silence.

La lune de ce mois de janvier était pleine et faisait luire le manteau de neige. Enfin, Solve Nilsdatter s'en retourna au trou à sorcières. En voyant son état, j'intimai l'ordre à Kirsten de détourner le regard.

Oh, mon roi, qu'avait-on infligé à cette jeune mère ? Elle avançait, un bras ballant le long de son corps comme une aile brisée, du sang dégoulinait de ses doigts cassés, sans parler des brûlures, pire encore. Son corsage avait été arraché, la laissant quasiment nue sous sa chemise longue. À la lueur de la lune arctique, je vis que la peau de sa poitrine était à vif, rouge, et une odeur de soufre flotta jusqu'à moi. L'infâme bailli Lockhert en avait versé sur ses seins.

Solve marchait la tête baissée, si bien que je ne vis pas son visage, et son dos était courbé, comme si elle avait vieilli de cent ans. Elle traversa la cour d'un pas traînant, poussée sans ménagement par un soldat, et se glissa dans le trou à sorcières.

Pendant ce temps, le bailli Lockhert rebroussait chemin jusqu'à sa guérite d'un petit air satisfait. Je sentis mon estomac se soulever.

— Apporte-moi mon coffret à remèdes, Kirsten.

Elle obéit sans un mot et me regarda fouiller son contenu jusqu'à mettre la main sur un petit flacon d'eau distillée de pas-d'âne et de fleur de sureau, qui me servirait à panser les brûlures de Solve.

Malgré mon incapacité à obtenir le moindre aveu des prisonnières, je détenais encore la clé du trou à sorcières. J'enfilai ma cape et mon chapeau.

— Je peux vous accompagner, Fru Anna ? me demanda Kirsten de ses grands yeux bleus implorants.

— Non, mon enfant.

Je ne voulais pas qu'elle voie sa mère ou sa sœur dans cet endroit, et encore moins l'état des autres prisonnières.

— Il est tard, regarde, Helwig dort déjà. Va donc chauffer le lit en attendant que je rentre.

— Allez-vous ramener Ingeborg avec vous ?

— Je n'aurai pas le droit ce soir, mais bientôt – le gouverneur m'a promis qu'elle et Maren sortiraient du trou à sorcières.

C'était la première fois que Kirsten faisait allusion à sa famille depuis qu'elle habitait sous mon toit. Sa question concernant Ingeborg me déstabilisait, car j'avais commencé à me convaincre que Kirsten appartenait à moi seule, et qu'elle désirait être à mes côtés.

Je me glissai dans la pénombre du trou à sorcières. L'odeur de soufre que j'avais décelée au-dehors me prit à la gorge et je portai mon mouchoir à mon visage en inspirant profondément. J'accrochai ma lanterne au mur et m'avançai, mon coffret à remèdes serré contre la poitrine.

Les trois femmes et les deux filles étaient recroquevillées les unes contre les autres.

— Voyez plutôt ce que le bailli lui a fait, dit la Veuve Krog en posant son regard accusateur sur moi, comme si j'y étais pour quelque chose.

— Je ne suis pas responsable des méthodes qu'il emploie, rétorquai-je. Je suis venue panser ses plaies.

J'examinai la pauvre Solve, mais je ne pouvais pas faire grand-chose pour atténuer ses souffrances. J'appliquai sur ses brûlures des linges trempés dans de l'eau de pas-d'âne et lui fis boire un gobelet de vin auquel j'ajoutai quelques gouttes d'huile de lavande pour calmer ses nerfs. Elle était allongée la tête sur les genoux de sa cousine – entre les deux femmes, toute animosité avait disparu.

— Il l'a obligée à avouer, dit Zigri dans un murmure effrayé. Elle nous a toutes dénoncées.

Je secouai la tête, le cœur affligé par les souffrances de ces femmes. À présent le gouverneur disposait des preuves nécessaires pour mener à bien son procès.

— Il ne faut rien laisser paraître de notre peur, affirma Maren qui faisait fi de ma présence à côté d'elle. N'ayez crainte. Notre pouvoir est immense.

Une fois sortie du trou à sorcières, je ne retournai pas dans ma prison car, en dépit de ses menaces, je n'avais pas peur du bailli Lockhert. J'avais trop souffert par le passé pour me préoccuper de l'avenir. C'est ainsi que je cognai à grands coups à la porte de la guérite.

De toute évidence, Lockhert avait bu. Les relents d'alcool flottaient jusqu'à moi. Sa tunique était maculée de rouge et il n'avait même pas pris la peine de se laver les mains du sang de cette pauvre femme.

— Eh bien, Fru Rhodius. Votre visite me flatte, mais vous êtes un peu trop âgée à mon goût.

Je me retins de lui hurler mon outrage en plein visage.

— Entrez donc ! dit-il comme je restais impassible sur le seuil.

— Non, répliquai-je, bien déterminée à ne pas mettre un pied dans sa tanière. Je suis ici (je m'interrompis, le temps de trouver les mots justes) pour vous supplier de cesser de tourmenter ces femmes.

Ses yeux étincelèrent à la mention de ses ignobles actions.

— Et pourquoi ferais-je une chose pareille ? En une journée, j'ai obtenu les aveux de cette chienne, alors que depuis des semaines vous faites les quatre volontés des sorcières sans en tirer quoi que ce soit.

— Il est contraire à la loi…

— Silence, femme ! me coupa-t-il. Dans mon pays, vos harangues sans fin vous auraient emmenée à la potence depuis bien longtemps.

Sa grosse main se plaqua sur ma poitrine et il me repoussa violemment. Je tombai dans la neige, et lâchai mon coffret à remèdes dans ma chute.

— Pour qui vous prenez-vous ? dit-il en me lançant un regard noir. D'abord, laissez-moi vous dire qui je suis, *moi*, si ce n'est pas suffisamment clair. Mon objectif, jusqu'à mon tout dernier souffle, est de chasser les sorcières. C'est pour ça que le gouverneur du Finnmark m'a envoyé ici. En Écosse, on sait affronter les sorcières, pas comme ici !

Je me redressai dans la neige, ramassai mon coffret qui par bonheur ne s'était pas brisé.

— Des sorcières m'ont arraché ma famille. Nous étions quatre à naviguer en direction de la Norvège depuis l'Écosse, mais ma femme et mes deux enfants sont morts noyés. (Il se pencha vers moi et une pluie de salive s'abattit sur ma joue.) Comme le marchand Brasche, j'ai vu deux sorcières sous forme d'oiseaux qui planaient au-dessus de notre bateau, après quoi la tempête a éclaté. Elles savaient ce qu'on était venus faire ici et elles ont voulu nous envoyer par le fond. Mais j'ai survécu !

Sur ce, il me cracha dessus, et un gros glaviot atterrit sur mon front. Après quoi il se dressa, tourna les talons et claqua la porte derrière lui.

J'essuyai le crachat, le cœur au bord des lèvres, et me ressaisis.

Quel homme abominable. Et, je vous le demande, mon roi : pourquoi cette âme vivait-elle encore alors que tant d'autres avaient été cruellement emportées, parfois en un battement de cils ?

Et pourtant, j'avais perçu quelque chose dans ses yeux – un chagrin profond et obsédant, qui m'était familier. Le bailli Lockhert avait le regard de celui qui a perdu tout ce qu'il a jamais aimé.

Chapitre 36
Ingeborg

Le matin qui suivit le retour de Solve à l'agonie après son interrogatoire avec le monstre Lockhert, Ingeborg et Maren furent sommées de sortir du trou à sorcières.

— Je préférerais vous garder enfermées toutes ensemble, déclara le bailli. Mais le gouverneur veut vous séparer.

Il se pencha et toisa Ingeborg avec froideur. Ses yeux écarquillés, qui dardaient des regards nerveux, lui firent penser à une vache que la maladie aurait rendue folle.

— Estimez-vous chanceuses, les filles, d'être sous la surveillance de Fru Rhodius. Vous avez intérêt à lui dire toute la vérité, poursuivit-il en enfonçant son doigt crasseux dans la poitrine d'Ingeborg. Sans quoi on vous renverra chez moi.

Ingeborg fit de son mieux pour ne rien laisser paraître de sa peur en serrant les poings le long de son corps.

— Le gouverneur pense qu'en vous éloignant de l'influence des sorcières de votre famille, vous finirez par avouer, dit-il en se tournant vers Maren avec une expression méfiante. Si ça ne tenait qu'à moi, je vous tordrais le cou jusqu'à en extraire la vérité, car votre nature de sorcières ne fait aucun doute.

La mère d'Ingeborg, les mains crispées sur son ventre arrondi, sanglota en la voyant partir. Les dernières bribes de colère qui brûlaient encore dans le cœur d'Ingeborg se muèrent en pitié. Elle lui renouvela sa promesse de faire tout son possible pour l'aider.

Elles traversèrent la cour rendue glissante par les intempéries et furent reçues par Fru Anna Rhodius et Helwig, la bonne revêche, dans la maison longue de la prison. Ingeborg avait perdu sa mère, mais au moins Kirsten était hors de danger.

— Bonjour, Inge, la salua Kirsten en baissant les paupières.

Elle était assise sur un tabouret, les jambes ballant dans le vide, comme si la veille encore elles étaient dehors à ramasser de la tourbe.

— Ma sœur !

Ingeborg s'élança vers elle, mais Kirsten recula.

— Tu sens mauvais ! protesta-t-elle en fronçant le nez de dégoût.

Ingeborg et Maren furent envoyées au lavoir en compagnie d'Helwig, qui les frotta vigoureusement comme si elle essayait d'extraire le Démon de leurs pores.

— C'est ma couleur, pas la peine d'essayer de l'éclaircir ! cria Maren en tentant d'échapper aux coups de brosse d'Helwig. Ma peau est comme ça !

Helwig rougit jusqu'aux oreilles.

— C'est la première fois que je vois ça.

Ingeborg trouvait Maren magnifique. Face à la taille élancée et le port altier de son amie, elle se trouvait fade et fragile. Que ferait-elle sans l'obstination de Maren à ne pas céder d'un pouce devant les menaces de Lockhert ? Maren lui donnait du courage ; la sensation étrange qu'il y avait bien plus que ses yeux ne lui laissaient percevoir. Si elle acceptait de croire en sa puissance alors peut-être, peut-être allait-elle se révéler.

Une fois lavées, elles enfilèrent de vieux corsages de laine grise et de lourdes robes noires ayant appartenu à des domestiques mortes depuis longtemps. Ingeborg nageait dans ses nouveaux vêtements.

— Tu ressembles aux nains elfes des histoires de la Veuve Krog ! se moqua Maren.

— C'est pas vrai ! s'indigna Ingeborg.

— Mais si, viens voir.

Maren la prit par la main et la guida au-dehors jusqu'à une longue plaque de glace formée par l'eau de ruissellement du lavoir.

— Regarde ! rit Maren en lui faisant signe de scruter son reflet.

Ingeborg s'avança en traînant des pieds dans ses vieilles bottes. Soudain elle prit peur : à quoi pouvait-elle ressembler après toutes ces semaines passées dans le trou à sorcières ? Mais Maren avait raison. Elle avait l'air ridicule. Une minuscule souris engloutie par un épais lainage gris et noir. Oh, cette grimace dramatique, ses grands yeux de faon. Un grand éclat de rire s'échappa de sa gorge et chassa toute la tension de son corps.

C'était sans doute mal de rire de leur malheur, mais c'était plus fort qu'elle. Et son rire redoubla lorsqu'elle vit le reflet de Maren, qui s'évertuait à faire toutes sortes de grimaces dans la glace. Et la robe de Maren était trop courte ! On lui voyait non seulement les chevilles, mais carrément les mollets, recouverts d'épais poils noirs.

Elles rirent jusqu'aux larmes. Et soudain leur hilarité s'évapora. Elles se regardèrent, l'une si grande, l'autre si petite. Deux filles, tout simplement. Maren écarta les bras et Ingeborg enfouit son visage dans la laine rêche. Elles sanglotèrent l'une contre l'autre, secouées de tremblements incontrôlables, jusqu'à ce qu'Helwig leur hurle de cesser leur tintamarre.

Après les jours et les nuits sans début ni fin passés dans le trou à sorcières, Fru Anna imposa l'ordre et la routine dans la prison de la maison longue. Après la récitation dans la pénombre des prières du matin, on allumait une bougie pour qu'elles apprennent l'alphabet. Fru Anna possédait une édition danoise de la Bible luthérienne. Sa couverture comportait un portrait du roi Christian III, le grand-père du roi Frederick. Ingeborg n'avait encore jamais touché de livre.

Fru Rhodius prenait place devant elles et leur donnait des leçons de lecture. Elle les autorisait, l'une après l'autre, à suivre du doigt les lettres imprimées sur les pages de la bible – à condition qu'elles aient les mains propres. Ingeborg ne cessait de caresser les contours arrondis du B, comme un ventre de femme enceinte. Puis ceux du S, comme un serpent, car elle avait appris à lire le mot *SATAN*.

Un serpent, un lavvu sámi, un arbre, un autre lavvu, et la montagne de l'autre côté.

— En sachant lire la Bible, vous vous rapprochez de Dieu, déclara Fru Anna. Parfois Dieu décide qu'une femme ne sera pas mère. Parfois, son devoir sera de répandre la parole de Jésus-Christ.

Fru Anna leur racontait des histoires de la Bible à propos de Jésus et, pendant ces brefs instants, Ingeborg parvenait à oublier où elles se trouvaient. Jésus était très pauvre, lui aussi. Il était né dans une étable, entouré d'animaux. Il aimait les animaux, comme Maren, et refusait de traiter les femmes différemment. Ingeborg avait soif d'entendre les histoires de Jésus et de Marie-Madeleine. Mais après ces récits venait le temps du catéchisme : des heures pénibles pendant lesquelles Fru Anna leur posait des questions et elles devaient s'appliquer à répondre en citant précisément les mots imprimés dans l'exemplaire du catéchisme de Luther que lui avait confié le révérend Jacobsen.

— « Qu'est-ce que le baptême ? » les interrogea Fru Anna.

Ingeborg avait appris son catéchisme auprès du révérend Jacobsen à Ekkerøy, pourtant les mots se délitaient dans sa mémoire. Kirsten, quant à elle, avait été une élève studieuse pendant son séjour chez Fru Anna.

— « Le baptême n'est pas une eau ordinaire, mais une eau administrée par la suite d'un commandement de Dieu, et unie à sa Parole. »

Fru Anna posa la main sur la tête bouclée de Kirsten et la gratifia d'un sourire bienveillant.

— C'est bien, mon enfant, dit-elle avant de retirer sa main pour se saisir du livre de catéchisme et lire la question suivante. « Quels sont l'effet et la grâce du baptême ? »

— « Le baptême opère la rémission des péchés, il délivre de la mort et du diable, et il donne le salut éternel à tous ceux qui croient, conformément aux paroles et aux promesses de Dieu », récita Kirsten.

— « Quelles sont ces paroles et promesses de Dieu ? »

Maren bâilla à s'en décrocher la mâchoire avant de se gratter la jambe sous son épaisse jupe de laine.

Fru Anna lui lança un regard désapprobateur avant de retourner son attention vers Kirsten, le visage illuminé d'un sourire plein d'espoir.

— « Notre-Seigneur Jésus-Christ déclare, au dernier chapitre de saint Marc. (Kirsten ferma les yeux avant de poursuivre :) Celui qui croira et qui sera baptisé, sera sauvé. Mais celui qui ne croira point, sera condamné. »

Ingeborg dévisagea Kirsten avec étonnement. Sa sœur n'avait jamais professé un grand intérêt pour le catéchisme quand le révérend le leur faisait réciter chaque semaine. Mais sa sœur n'était plus la même quand Fru Anna s'adressait à elle. Comme si une lueur s'éclairait en elle. À bien y penser, cette lueur était déjà là avant, mais elle s'était éteinte le soir où leur père avait disparu en mer.

— « Comment l'eau peut-elle opérer de si grandes choses ? » demanda Fru Anna en tournant son entière attention vers Kirsten, comme si Maren et Ingeborg étaient invisibles.

Kirsten leva le visage vers Fru Anna et psalmodia d'une voix enjouée les mots qu'on lui avait inculqués.

Comprend-elle seulement leur signification ?

— « Ce n'est pas l'eau, certes, qui opère ces grandes choses, mais c'est la Parole de Dieu unie à l'eau, et la Foi qui se fonde sur cette Parole de Dieu dans l'eau. Car sans la Parole de Dieu, cette eau est une eau ordinaire et non le baptême ; mais avec la Parole de Dieu, c'est le baptême... », hésita Kirsten.

— « ... c'est-à-dire une eau de grâce et de vie... », l'encouragea Fru Anna.

— « ... et le bain de la régénération dans le Saint-Esprit », reprit Kirsten.

— « Comme le dit saint Paul à Tite, au troisième chapitre », compléta Fru Anna avant de conclure d'un lourd soupir, tandis que Maren regardait Ingeborg en levant les yeux au ciel.

L'impertinence de Maren était choquante mais, au fond d'elle-même, Ingeborg aurait bien levé les yeux au ciel, elle aussi. Toute sa vie, elle s'était estimée être une bonne chrétienne – elle connaissait autrefois son catéchisme sur le bout des doigts. Et pourtant on l'avait jetée dans un cachot en l'accusant d'être une mauvaise chrétienne doublée d'une mauvaise fille.

Elle soupira, sentit son cœur se serrer, troublée qu'elle était par la récitation dévote de sa sœur devant l'exemplaire tout usé du catéchisme de Luther.

— Alors, Ingeborg, dit Anna en posant sur elle son regard glacial. « Qu'implique le baptême dans notre vie de chrétiens ? »

Ingeborg sentait les mots lui échapper. L'eau noyait, oui, l'eau noyait le diable, après quoi tout était pur. Il y avait quelque chose de cet ordre-là dans la réponse, mais elle ne se souvenait plus de la formulation, et se contenta de secouer la tête.

Fru Anna eut un petit claquement de langue réprobateur.

— Maren ? Connais-tu ton catéchisme ?

Maren haussa les épaules.

— Évidemment, mais répéter ces mots sans intérêt est d'un ennui… Je ne peux pas raconter une histoire à la place, Fru Anna ?

— Plus tard. Même si, mon enfant, tes histoires ne t'apporteront rien de bon. Si tu apprends ton catéchisme, tu pourras…

— « Le baptême implique que le vieil homme, qui est en nous, doit être noyé dans une contrition et une repentance de tous les jours, qu'il doit mourir avec tous ses péchés et ses convoitises, et que, tous les jours aussi, doit renaître en nous un homme nouveau, qui vive à jamais dans la justice et la pureté devant Dieu », débita Maren à toute vitesse avant de se pencher en avant et de pointer l'index sur Fru Anna qui la regardait d'un air éberlué. Et nous dans tout ça, madame ? Les domestiques, les mères, même les nobles dames comme vous ? Pourquoi aucune mention d'Ève ? Dites-moi, comment Luther a-t-il pu nous oublier, sachant qu'il est arrivé en ce bas monde à travers l'une de nous ?

Fru Anna, sous le choc, écarquilla les yeux. Pourtant elle s'abstint de toute réprimande. À la place, elle se leva et déposa le livre sur la table. Elle glissa la main dans sa poche. Ingeborg se représenta ses doigts qui effleuraient la clé du trou à sorcières. Elle aurait tant voulu plonger sa main dans cette poche pour la lui arracher.

Fru Anna ressortit son poing serré. Elle s'avança vers les filles et déplia les doigts. Sur sa paume reposaient trois amandes encore plus grosses que celles qu'elle leur avait données des semaines plus tôt dans le trou à sorcières. Dessus, le sucre luisait comme de la poudre de neige, et Ingeborg saliva à la perspective d'en croquer une.

— Voulez-vous goûter une amande sucrée ? demanda Fru Anna avant de poursuivre sans attendre leur réponse. C'est le roi du Danemark qui me les a envoyées en cadeau. Je les partagerai avec vous pour vous récompenser si vous êtes bien sages. (Son regard se fit plus inflexible.) Pour cela, il suffit de répondre chacune à une seule question : Ingeborg est-ce que ta mère, ou Maren est-ce que ta tante, vous ont données au Diable ?

Une seule question, mais quelle question !

— Ma mère... commença Kirsten, les yeux sur l'amande, mais Ingeborg l'interrompit d'une main sur le bras.

— Notre mère n'a rien fait de tel, coupa-t-elle en jetant un regard à Maren.

Comme cette dernière restait mutique et se contentait de toiser Fru Anna d'un air menaçant, Ingeborg répondit à sa place.

— Et la tante de Maren ne l'a pas donnée au Diable.

Lut-elle le soulagement sur les traits de Fru Anna ? La noble dame donnait l'impression d'avoir retenu sa respiration, et laissa échapper un profond soupir. Elle leur offrit à chacune une amande, quand bien même elles n'avaient rien avoué du tout.

Le goût sucré envahit son palais, plus onctueux encore que celui des baies d'été, mais quand elle croqua l'amande, le goût d'une autre vie sembla s'offrir à elle. Non pas le goût des repas de poisson qu'elle connaissait d'Ekkerøy, mais le goût d'un monde qu'elle aurait tant voulu sillonner avec son frère Axell.

Certains après-midi, Fru Anna sortait des plantes médicinales de son coffre à remèdes et leur expliquait leurs propriétés, en les mettant en garde contre la toxicité de certaines d'entre elles. Ingeborg se perdait au milieu de la profusion de noms et d'usages, mais Kirsten et Maren apprenaient vite.

Avant de passer à table, les filles s'entraînaient à écrire en traçant des lettres dans la poussière qui s'entassait dans les coins de la maison longue.

— Regarde, Ingeborg, c'est ton prénom le plus long, dit Maren tandis qu'Ingeborg déchiffrait laborieusement les trois noms inscrits dans la saleté : Ingeborg, Maren, Kirsten.

— Toutes ensemble, déclara Maren d'un air satisfait.

Quand la cloche de l'église sonnait les douze coups de midi, elles passaient à table, déjeunant la plupart du temps de potage et de morue salée. Maren refusait de manger du poisson et Ingeborg craignait qu'elle s'amaigrisse. Mais sa comparse trouvait toujours le moyen d'agrémenter son repas de racines ou de tiges de tubercules qu'elle suçait pour se sustenter. Fru Anna ne lui demandait jamais où elle les avait trouvées.

Les semaines passèrent et le soleil se glissa de nouveau au-dessus de la ligne de l'horizon, donnant quelques heures de lumière de part et d'autre de midi. Un bleu profond émergeait de sous la croûte de neige et emplissait le ciel.

Quand Ingeborg levait la main, sa peau se recouvrait d'une sorte de lueur éclatante et elle imaginait le ciel qui s'évertuait à l'attirer derrière ses pans de couleur. Elle serait volontiers allée s'y cacher, pourtant son exposition était implacable et la vie au sein de la prison de la maison longue poursuivait sa litanie quotidienne de prières, tâches, catéchisme et interrogatoires. Comment sa mère et Solve avaient-elles découvert leurs prédispositions ? Comment rencontraient-elles le Diable ? Comment avaient-elles participé à la modification du temps ? Malgré leur refus de répondre, Maren et elle n'étaient jamais punies. Mais ce qui inquiétait le plus Ingeborg était les longues heures que Kirsten passait avec Fru Anna dans la chambre de cette dernière. C'est là qu'elle dormait la nuit – au pied du lit sur une toute petite paillasse – alors qu'Ingeborg et Maren partageaient celle de la bonne Helwig.

— Qu'est-ce que tu racontes à Fru Anna ? demanda Ingeborg à sa sœur.

Kirsten la dévisagea avec une expression vide.

— Rien. Elle me donne du sucre, avec du citron, et des amandes sucrées aussi. (Après une pause, elle ajouta :) Elle aime bien m'appeler Christina. Je crois que c'était le prénom de sa fille.

Ingeborg se renfrogna.

— N'oublie pas que tu n'es pas sa fille, Kirsten.

— Mère ne m'a jamais aimée, Inge ! s'écria-t-elle en partant en trombe.

Le procès arrivait à grands pas, et sa sœur était sous la coupe de Fru Rhodius. Le temps était compté.

Des soldats montaient la garde devant le trou à sorcières, empêchant Ingeborg de s'en approcher. Le soir, devant le feu de la cuisine, le regard d'Ingeborg se posait fixement sur les vêtements de Fru Rhodius. Sous ses jupons, au fond de sa poche, reposait la clé qui ouvrait le trou à sorcières. Il fallait absolument qu'elle se la procure. Mais la Danoise ne s'en séparait jamais et la nuit venue, la cachait sous son oreiller.

Ingeborg dormait écrasée entre Maren et Helwig, les poings serrés contre ses tempes. *Réfléchis, Ingeborg, réfléchis. Il y a forcément une solution.*

Ingeborg avait été convoquée au château pour être interrogée par le gouverneur. Le bailli Lockhert la poussa sans ménagement dans les appartements d'Orning avant de pivoter sur ses talons et de s'en aller d'un pas lourd. Elle resta un instant sur le pas de la porte, ses épaules encore endolories par la poigne de Lockhert, impressionnée par la splendeur des lieux. La salle était encore plus grande que le salon d'Heinrich Brasche, entièrement tendue de riches tapisseries et de tableaux à l'huile, et chauffée par un grand feu de cheminée, alimenté non pas par de la tourbe mais par de précieux morceaux de bois qui crépitaient dans l'âtre. La chaleur lui fit couler le nez, qu'elle s'essuya de la manche, en évitant de penser à la piètre image qu'elle renvoyait.

Le gouverneur Orning, avec sa longue balafre de guerre qui fendait en deux son visage buriné, était installé dans un des grands fauteuils en bois qui trônaient à l'autre bout de la pièce.

À côté de lui était assise une jeune dame, dont Ingeborg supposa qu'elle était sa femme. Ses cheveux étaient d'une telle pâleur qu'ils en étaient presque blancs, d'autant plus qu'elle était vêtue d'une robe en satin noir ; son col de dentelle était accroché à l'épaule et décoré d'une rose en soie pourpre en son milieu. La rose contrastait violemment avec son décolleté blanc. Une grosse chatte noire dormait en boule sur ses genoux, dont Ingeborg perçut le ronronnement régulier. La majeure partie du visage de Fru Orning était dissimulée par un immense éventail de dentelle noir qu'elle agrippait de sa petite main pâle pour se protéger de la chaleur virulente du feu de cheminée.

Le gouverneur se leva, faisant sursauter les deux chiens de chasse allongés à ses pieds. La chatte jeta un regard indifférent aux canidés sans interrompre son ronronnement indolent.

— Suis-moi, fillette, dis le gouverneur en recourbant son index.

Sa femme figea le mouvement de son éventail. Ses yeux exprimaient une mise en garde. Mais que pouvait bien faire Ingeborg ? Elle ne pouvait pas s'opposer au gouverneur du Finnmark.

Ingeborg le suivit jusqu'à l'autre extrémité du salon puis dans une grande salle. L'espace était dénué de mobilier, si ce n'était un fauteuil majestueux surmonté de bois d'élan accrochés au mur, et un grand coffre. Là encore, des tapisseries et des peintures paraient la salle, et les carreaux des fenêtres étaient nus. En l'absence de feu de cheminée, il régnait un froid glacial. À travers les fenêtres, Ingeborg voyait tomber la neige.

— Sais-tu à quoi sert cette salle ? l'interrogea le gouverneur Orning.

Ingeborg secoua la tête et frissonna, prise d'un terrible pressentiment.

— C'est la chambre du tribunal de Vardøhus, dit-il avec une étincelle dans le regard. Bientôt, elle sera bondée. Il y aura moi, mon fidèle bailli Lockhert et un jury de douze hommes justes. Sans oublier les sorcières accusées.

Ingeborg sentit l'effroi lui parcourir l'échine.

— Oui, dans quelques semaines, nous serons débarrassés des sorcières ! déclama-t-il en prenant place sur le grand fauteuil.

Il lui fit signe d'approcher. Ingeborg obtempéra à contrecœur et s'avança d'un pas.

— Je dois t'interroger sur un incident qui s'est produit récemment, dit le gouverneur avec un regard sévère. Le marchand Brasche m'a envoyé une missive m'informant de ce qui s'était passé au domicile de son cousin Anders Pedersen à Kiberg le soir de Noël.

Ingeborg joignit les mains, prête à subir son interrogatoire.

— Des sorcières sont arrivées sous la forme d'oiseaux avant de se transformer en chats qui se sont introduits dans sa cave. Là, elles ont retrouvé le Diable et bu toute la bière d'Anders Pedersen. Que peux-tu me dire de cet incident, Ingeborg Iversdatter ?

Ingeborg regarda le gouverneur avec étonnement.

— Je ne suis pas au courant de ces événements, Votre Honneur.

— Tu mens, siffla-t-il. Le marchand Brasche t'a vue de ses yeux. Lui et Anders Pedersen sont tombés sur toi et sur la fille de l'autre sorcière,

Maren Olufsdatter, ainsi que sa tante Solve Nilsdatter et ta propre mère.

Ingeborg sentit enfler en elle une vague de panique.

— Non, répondit-elle en secouant la tête. Ce n'est pas vrai. Les prisonnières se trouvaient ici même le soir de Noël...

Sa voix resta en suspens tandis que le gouverneur se levait d'un air navré.

— Solve Nilsdatter a avoué les faits. Elle a dit que vous vous étiez transformées en chats et que vous aviez creusé le sol de vos griffes pour sortir du trou à sorcières. Après quoi vous étiez devenues des oiseaux et aviez survolé le détroit de Varanger jusqu'au village de Kiberg.

— Elle raconte n'importe quoi, protesta Ingeborg.

Le gouverneur s'approcha d'elle à grands pas et enfonça son index dans sa poitrine. Ingeborg recula contre le mur.

— Comprends-tu la gravité de ce crime ? Que des femmes s'introduisent chez un homme, dans sa cave, et boivent toute sa bière ?

— Le marchand Brasche se trompe. C'est peut-être lui et Anders Pedersen qui ont bu la bière.

— Sont-ce des propos calomnieux que j'entends ? s'interrogea le gouverneur en haussant les sourcils d'un air amusé. Tu es certes jeune, mais tu n'as pas froid aux yeux, je me trompe, fillette ?

Elle ne répondit rien, en priant pour qu'il la laisse tranquille.

— Quel âge as-tu, Ingeborg Iversdatter ? continua le gouverneur qui n'avait manifestement aucune envie de la laisser tranquille.

— J'ai seize ans, Votre Honneur.

— À peine un an de plus que ma femme quand j'ai commencé à coucher avec elle, observa Orning.

Ingeborg pensa à la jeune femme pâle dans sa robe noire, avec la rose en soie, le visage dissimulé derrière son éventail.

— Ça a fait toute une histoire. Il m'a fallu obtenir le pardon du roi, car je l'avais prise contre la volonté et sans le consentement de sa famille. Le père d'Elisa était dans une colère !

Le gouverneur Orning lui adressa un sourire sombre avant de dégager du bout du doigt la mèche de cheveux qui lui tombait sur le visage. Ingeborg tressaillit comme un animal effrayé.

— C'est bien dommage que tes cheveux aient cette couleur terreuse, parce que tes yeux me plaisent bien. On dirait de la cannelle chaude, aguicheurs avec ça. (Le gouverneur laissa son regard glisser sur le reste de son anatomie.) Et tu nages dans tes vêtements, mais je sais que dessous c'est à mon goût.

Il pesa avec force sur ses épaules, la forçant à reculer. Elle sentit ses omoplates s'enfoncer dans le mur.

— En réalité, il n'y a pas de comparaison possible, étant donné que ma femme est la fille d'un noble et que tu es la basse progéniture d'une putain du Diable mais, d'une manière ou d'une autre, tu m'appartiens, à présent.

Il se pencha sur elle avec concupiscence. Jusqu'au ton de sa voix avait changé. Ingeborg prit appui sur le bois glacial des murs.

— Voyons voir si tu as la marque du Diable. Fais voir ta main.

Elle n'eut d'autre choix que de s'exécuter. Il examina ses deux mains l'une après l'autre.

— Qu'est-ce que cette cicatrice ? lança-t-il d'un air courroucé.

— Le chien du marchand Brasche m'a mordue, murmura-t-elle.

Il inclina la tête sur le côté. La toisa d'un air incrédule.

— Déchausse-toi, ordonna-t-il.

Elle retira ses bottes usées en peau de renne. Ses vieux collants de laine trouées laissaient dépasser ses orteils.

— Enlève tes bas, dit le gouverneur en pressant les paumes de ses mains l'une contre l'autre. Ainsi que ton corsage et ta jupe.

Elle se figea d'horreur.

— Fais ce que je te dis, ordonna-t-il d'une voix dure. Comment veux-tu sinon que je voie si tu as des marques de Satan ?

— Votre Honneur, je vous en supplie, je n'ai aucune connaissance du Diable…

— Enlève tes vêtements, fillette, sinon je demande à Lockhert de te les arracher !

Elle avala la boule qui s'était formée dans sa gorge. Elle refusait de pleurer devant le gouverneur. Elle ferma les yeux et commença à dénouer son corset, les joues brûlantes d'une humiliation croissante au fur et à mesure que les lacets se dénouaient.

Sous l'œil du gouverneur, elle se retrouva à frissonner dans sa simple chemise de sous-vêtement. Il lui souleva les bras, écarta son col, passa la main sous le tissu et palpa le contour de ses seins. La main à plat sur le renflement minuscule de son sein gauche, il pressa son mamelon. La douleur arracha un gémissement à Ingeborg.

— Tout est normal ici, quoique tu aies le physique d'un garçon, dit-il avec un sourire mauvais. Mets-toi debout sur la malle.

Elle grimpa sur le couvercle du grand coffre entreposé à côté du fauteuil. À travers la haute fenêtre elle vit tourbillonner le blizzard.

— Remonte ta chemise jusqu'à ta taille.

Elle avala une nouvelle boule et secoua la tête.

— Soulève ta chemise, je te dis.

Juchée sur le coffre, elle faisait la même taille que le gouverneur. Ses yeux étaient à hauteur des siens, comme les yeux d'un poisson mort. Elle fit de nouveau non de la tête.

— Dans ce cas, je vais le faire pour toi, dit-il en remontant brutalement les pans de son sous-vêtement.

D'instinct, Ingeborg le repoussa, descendit d'un bond preste du coffre et s'élança à travers la grande salle du tribunal pour regagner la porte.

— Reviens ici, espèce de chienne !

Elle tira de toutes ses forces sur la poignée de l'immense battant. Il tombait des rideaux de neige. Pieds nus, dans sa longue chemise ample, elle se précipita dans le blizzard.

Il eut tôt fait de la rattraper. Elle sentit son souffle sur sa nuque, la puanteur de vieux vin et de feu de cheminée. Il saisit son bras et le tordit dans son dos. Ingeborg poussa un cri, aussitôt avalé par les intempéries. Il la projeta sur le sol dur et gelé. Elle se défendit, les mains tendues, mais il les écarta et s'appuya de tout son poids sur elle. Il la gifla brutalement puis tira sa chemise jusqu'à sa taille.

— Tu es une salope de sorcière, comme ta mère, grogna-t-il.

Sa salive lui mouchetait les joues. Elle ressentait la fureur de ce corps chargé de haine qui la clouait au sol.

— Essaie de me résister et je vous envoie toutes au bûcher, même ta petite sœur.

Ingeborg cessa de lutter. Elle ne pouvait pas mettre la vie des autres en danger, pas pour ça.

N'aie pas peur, résonna la voix de Maren dans sa tête. *Nous sommes capables d'un grand pouvoir.*

Ingeborg ferma les yeux, entendit le bruit de sa boucle de ceinture, sentit ses mains rugueuses lui écarter les jambes, la chaleur et l'horreur de son souffle sur ses joues.

Il s'enfonça en elle.

Tout son poids sur elle, qui l'écrasait. La sensation, comme s'il avait enfoncé la lame d'un sabre au plus profond d'elle. La douleur la déchira.

Son corps devint flasque comme s'il était sans vie. Elle pensa à Axell sombrant dans les profondeurs de la mer, au temps qu'il lui avait fallu pour qu'il se noie. Et elle compta. *Un. Deux. Trois. Quatre. Cinq. Six. Sept. Huit. Neuf…*

Elle sentit son corps se soulever du sol glacé. Lorsqu'elle rouvrit les yeux, elle vit le gouverneur d'en haut, avec son pantalon aux genoux en train de l'agresser.

Elle prit de l'altitude et se transforma en oiseau. Elle prit son envol et quitta la forteresse pour traverser le détroit de Varanger.

En contrebas, les vagues se brisaient sur des plaques de glace, dont émergeaient des roches pointues. Ingeborg discernait les bulles d'air prisonnières de leur carcan gelé. Cette eau emprisonnée comme l'amour qu'elle recherchait.

Elle se dirigea vers la terre ferme. À l'approche du littoral, la glace était plus épaisse, et des lignes de gelée blanche sillonnaient sa surface en formant des motifs irréguliers. Elle survola les hauts enneigés de la montagne de Domen, sans pour autant voir le Diable en son sommet. Elle poursuivit sa course effrénée par-dessus l'étendue désolée de la péninsule de Varanger. Une meute de loups filaient en contrebas, et son chef leva la tête pour hurler. La meute entière ressentait sa douleur.

Ingeborg continua jusqu'à Ekkerøy, survola son village en cercles concentriques pour observer ses voisins qui vaquaient à leurs occupations. Elle eut beau les appeler, personne ne la vit et ses cris restèrent sans réponse. Elle plana au-dessus de la demeure du marchand Brasche, dont elle éclaboussa le perron de déjections, avant de faire de même devant chez le fils du notable.

Elle atterrit sur une tourbière gelée, où elle trouva le Diable sous la forme d'un chien noir. Elle siffla pour attirer son attention et l'obligea à s'incliner devant elle. Au même moment, elle réintégra instantanément son corps auquel le gouverneur infligeait son ultime assaut.

— Dieu de miséricorde ! s'écria une femme en danois. (Ingeborg reconnut la voix.) Gouverneur, je proteste !

Le visage d'Anna Rhodius, rendu blême par le choc, apparut dans son champ de vision. Elle vit sa main se poser sur l'épaule du gouverneur.

— Comment osez-vous faire une chose pareille ?

Le gouverneur se retira, l'air furieux. Il repoussa violemment la main d'Anna Rhodius.

— Gouverneur Orning, c'est une jeune fille !

Fru Rhodius s'était exclamée d'une voix impérieuse qui impressionna Ingeborg. Cette femme tenait tête à l'homme le plus puissant de tout le Finnmark !

— C'est la fille d'une putain au service du Démon ! s'emporta le gouverneur en se lançant dans une flopée d'injures.

— Cela n'a pas encore été prouvé, Votre Honneur, dit Anna à voix basse en détournant le regard.

Le gouverneur se leva, le visage cramoisi, et boutonna son pantalon.

— Oui, exactement, le Diable a pris possession de la fille, et m'a donné la tentation de la toucher, affirma-t-il. Dieu merci, vous êtes arrivée, Fru Rhodius.

Anna Rhodius ignora le gouverneur et se pencha sur Ingeborg. D'un geste délicat, elle baissa sa chemise sur ses jambes et lissa le tissu. Puis elle lui tendit la main pour l'aider à se relever.

Mais Ingeborg refusa son aide. Non, cette femme, qui semblait si bienveillante, n'était pas son amie. La fureur secoua tout son corps tandis qu'elle se remettait seule sur pied, puis s'éloignait à grands pas dans la neige.

— Reviens, Ingeborg ! Tu es pieds nus, en chemise ! C'est inapproprié et tu vas geler, l'interpella Anna.

— Laissez-la, entendit Ingeborg de la bouche du gouverneur. Les portes de la forteresse sont fermées. Elle n'ira pas loin. Une petite balade dans la neige lui donnera peut-être envie d'avouer tout ce qu'elle sait.

Ingeborg s'éloigna, la honte collait à ses pas lourds. Le froid mordait la plante de ses pieds nus. Elle passa devant la guérite des soldats en faisant de son mieux pour ignorer leurs yeux rivés sur elle. Entre ses jambes, la douleur était crue, comme une flamme dévorante. Elle restait néanmoins décidée à ne pas pleurer. Le trou à sorcières se découpa enfin devant elle, obscurci par les tourbillons de neige. Elle aurait tant voulu s'y réfugier auprès de sa mère. Peu lui importaient la faim, la saleté et l'odeur, du moment qu'elle n'était pas seule.

Elle gravit les marches enneigées jusqu'au sommet des remparts. Elle en fit le tour, en équilibre sur la couche de neige, sans se soucier de faire un plongeon mortel. Arrivée dans l'encoignure du créneau d'angle, Ingeborg contempla la vue sur Vardø. Le vent était si déchaîné qu'aucun oiseau ne se hasardait dans le ciel. La neige virevoltait dans le noir. Elle aurait tant aimé qu'une bourrasque la jette en pleine mer.

Elle baissa les yeux sur ses pieds. Du sang avait éclaboussé ses orteils bleuis par le froid. En regardant dans son sillage, elle remarqua qu'elle avait laissé une traînée de sang. Elle s'agenouilla, dissimulée derrière un créneau, et souleva sa chemise.

L'intérieur de ses cuisses était maculé de sang et lorsqu'elle passa la main sur son entrejambe, sa paume en ressortit tachée. Sa chemise aussi était rouge.

Cet homme répugnant lui avait volé sa virginité, la laissant ruinée à tout jamais.

Soudain, elle entendit un chant. Intriguée, elle sortit de sa cachette. Elle rampa sur le haut de la muraille pour s'en rapprocher. Les mots qui lui parvenaient n'étaient ni danois ni norvégiens, et n'avaient rien à voir avec les hymnes qu'elle connaissait de l'église. La volute de notes faisait davantage penser à un marmonnement, un murmure lancé vers le ciel, qui montait et descendait comme autant d'oiseaux plongeant en piqué.

Elle reconnut le son : c'était du *yoik*.

Ingeborg jeta un coup d'œil par-dessus le rempart. Adossé à la maison du gouverneur s'étirait un étroit passage entre le bâtiment et les murs de la forteresse. Un servant se tenait là, qui lui tournait le dos. Elle reconnut qu'il était sámi à son *gákti* d'un bleu sombre bordé de tresses rouges entremêlées de fils verts et jaunes, retenu par une ceinture à sa taille. La couleur vive de son vêtement tranchait sur le paysage immaculé. Le garçon était occupé à donner à manger de la viande de renne aux deux chiens de chasse du gouverneur – jamais Ingeborg n'avait vu les deux mastiffs si dociles. C'était à eux deux que s'adressait la mélopée du Sámi.

Le son du *yoik* l'apaisait. À croire que c'était à elle qu'était destiné son chant, comme si elle faisait partie de la meute.

Il y avait quelque chose chez ce garçon.

Ingeborg se pencha davantage pour mieux l'entendre, mais la couche de poudreuse céda sous son corps, et elle glissa de son promontoire pour atterrir en contrebas sur une congère. Les chiens reculèrent en grognant tandis que le garçon faisait volte-face.

C'était lui.

— Zare ! cria-t-elle en se débattant pour se relever.

— Tu t'es fait mal ?

Il lui avait parlé en norvégien, tout en calmant les chiens pour qu'ils les ignorent et se remettent à manger. Ingeborg secoua la tête. Que faisait-il ici ?

— Mais tu saignes, dit-il en s'approchant.

— Non ! le stoppa-t-elle d'une main tendue. (Elle était heureuse de le voir, mais elle ne voulait pas qu'il soit témoin de son opprobre.) Va-t'en !

Il se figea.

— Ingeborg, que se passe-t-il ?

En voyant la pitié sur son visage, Ingeborg eut envie de pleurer. Elle porta les mains à ses joues brûlantes, incapable de retenir plus longtemps le flot de douleur.

Zare posa délicatement sa peau de renne sur ses épaules. La tendresse de son geste finit de la faire éclater en sanglots.

— Le gouverneur m'a agressée, dit Ingeborg en portant la main à sa chemise maculée de sang. Là.

Les yeux de Zare prirent une teinte d'encre. Elle entendit le long sifflement qu'il poussa dans un souffle ; le même que celui du chat qui s'apprête à bondir sur un rat. Puis il ramassa une poignée de neige et entreprit de laver les mains ensanglantées d'Ingeborg.

— Il te laissera tranquille, maintenant, dit-il en lui séchant les mains pour les réchauffer.

— Qu'en sais-tu ? (Mais Zare ne répondit pas.) Comment as-tu fait pour entrer dans la forteresse ? Pourquoi donnes-tu à manger aux chiens du gouverneur ?

— Parce que c'est mon travail, répondit Zare d'une voix tendue. Le gouverneur embauche toujours des garçons sámis, parce qu'on connaît très bien les chiens – et parce qu'il peut nous traiter comme des animaux, nous aussi.

Ingeborg se sentit submergée d'une vague de gratitude. Ce jeune garçon, qu'elle connaissait à peine, avait pris un emploi dans la forteresse pour pouvoir leur prêter main-forte. Lui, un Sámi, alors que personne dans son village n'était venu à leur secours.

— Qu'est-ce que tu chantais pour les chiens ?

— Le *yoik* du loup. Le loup est leur ancêtre, ce chant les calme.

Les deux chiens avaient terminé leur repas et les rejoignirent au petit trot. Zare caressa la tête du premier, qui remua la queue. L'autre regarda Ingeborg de ses yeux bleus féroces.

— Celle-ci, c'est une femelle et je l'appelle Beaivenieida*, la fille soleil, parce qu'elle a un halètement joyeux. Et lui, c'est Gumpe, le loup, parce que au fond de son cœur c'est un loup.

Ingeborg tendit la main pour caresser Beaivenieida sur la tête. Au passage, ses doigts effleurèrent Zare. Gumpe se faufila jusqu'à eux, fourra son museau dans la paume de sa main et lécha les dernières traces de sang. Les grands coups de sa langue chaude la chatouillèrent et elle ne tarda pas à se sentir mieux.

Zare la scrutait d'un air pensif.

— Je viens ici tous les matins pour nourrir les chiens. Tu peux me trouver ici si tu as besoin de moi.

— Nous aideras-tu à nous échapper, Zare ?

Il eut l'air troublé. Mais il avait forcément un plan, s'il avait trouvé à se faire employer dans la forteresse ?

— Que sais-tu du procès ? lui demanda-t-il. Qui sont les accusées ?

— Ma mère, sa cousine Solve, et la Veuve Krog de notre village.

— Ces trois-là seulement ?

Ingeborg se souvint des allusions faites à Elli, la mère de Zare.

— Je crois qu'ils soupçonnent aussi ta mère, ajouta-t-elle.

Zare serra sa main dans la sienne.

— Tu veux bien tendre l'oreille à ce qui se dit, Ingeborg ? Et puis venir m'en informer, quand tu peux ?

— Oui, mais comment allons-nous nous échapper d'ici ? Les portes de la forteresse sont toujours gardées et fermées à double tour, et nous n'avons pas de corde pour descendre le long des remparts. En plus, on nous verrait...

Elle avait passé des nuits entières à élaborer un plan d'évasion.

Zare frictionna de nouveau ses mains entre les siennes, comme s'il voulait faire des étincelles pour démarrer un feu.

— Je vais y réfléchir. Maintenant il faut vite que tu rentres. Il fait froid, tu n'es pas chaussée et à peine vêtue.

*

Cette nuit-là, Zare lui rendit visite en rêve. Sans un mot, il tendait la main à Ingeborg et ensemble ils couraient avec les loups. Côte à côte, ils faisaient partie de la meute et leur souffle formait un nuage de buée, tandis que la lune illuminait leur chemin sur la neige étincelante. L'union faisait leur force. Sauvage et féroce. Il fallait qu'ils s'enfuient de Vardø avant le procès des sorcières.

Malgré ce que lui avait fait subir le gouverneur, Ingeborg se réveilla plus confiante qu'elle ne l'avait été ces derniers jours. Zare allait trouver une solution.

Chapitre 37

Anna

Ma fille Christina me parle. « Sauve les filles », murmure-t-elle.

Je sens sa douce haleine sur ma joue, je sens l'odeur du romarin qui brûle dans sa chambre frappée de pestilence, et oh, la délicatesse de ses doigts sur mon front.

Sauve les filles. Telle est ma mission, car je ne peux plus rien pour les femmes emprisonnées dans le trou à sorcières. Je le sais sans l'ombre d'un doute depuis que le gouverneur m'a informée que le jury avait été sélectionné pour le procès qui se tiendra dans quatre semaines.

— Douze hommes bons et honnêtes de l'île de Vardø. Je présiderai en qualité de magistrat et Lockhert soumettra les preuves, ainsi que les aveux de la sorcière Solve Nilsdatter.

J'avais été convoquée dans le salon privé du gouverneur pour évoquer le sujet des filles des sorcières.

— C'est à vous que revient la tâche de faire avouer à ces filles que leurs mères les ont vendues au Diable, me dit-il.

Après ce que je l'avais vu infliger à Ingeborg Iversdatter, j'étais mal à l'aise en sa présence, pourtant lui-même ne m'apparaissait nullement décontenancé.

— Mais, Votre Honneur, je ne suis pas certaine de la véracité des affirmations selon lesquelles les filles ont été données au Diable...

Le gouverneur abattit la main à plat sur son bureau en me fixant d'un regard noir.

— Bien sûr que si, c'est la vérité. Il suffit de le leur faire avouer. (Il se rassit, le dos droit.) Maren Olufsdatter est la fille de Liren Sand. Et où est le père, je vous le demande ? Car elle n'a pas la peau pâle d'une Norvégienne. Son père est le Démon, c'est évident. Quant à l'autre fille, Ingeborg Iversdatter, ma foi... (Il lui lança un regard dur.) Vous avez vu de vos propres yeux à quel point c'est une tentatrice malfaisante.

Je sentis mon visage s'empourprer devant la perversité des propos que tenait le gouverneur. J'avais été témoin de son agression, néanmoins je devais prendre soin de ne pas le braquer, car je restais le seul et unique espoir pour ces filles.

— Je veux que vous les prépariez au procès. Assurez-vous qu'elles apportent suffisamment de preuves pour condamner les sorcières.

— Et si je les rends à Dieu, seront-elles libérées ?

— Si elles sont capables de réciter leur catéchisme à la perfection, cela sera la preuve qu'elles ont retrouvé le chemin du Seigneur et je ferai alors le nécessaire pour qu'elles vivent, concéda-t-il.

— Qu'en est-il de la plus jeune, Kirsten ? demandai-je en sentant ma poitrine se contracter à sa seule évocation.

Un fin sourire fendilla le visage du gouverneur.

— Ah, oui, il faut la persuader de dénoncer sa mère en séance.

Je sentis une profonde souffrance me serrer les entrailles en même temps que j'entendis derrière moi le son cristallin du rire de ma tendre Christina. Oh, oui, mon amour, je serai là pour toi, pour toujours.

Ma décision fut immédiate et j'éprouvai de tout mon cœur qu'elle était juste.

— Je le ferai. Mais, après, vous devez me la donner. Définitivement.

— Comment cela ? s'étonna le gouverneur en fronçant les sourcils.

— Je ferai ce que vous me demandez, mais une fois le procès terminé Kirsten viendra vivre avec moi dans la maison longue. (Je repris après un silence.) Jusqu'à ce que le pardon du roi vienne sanctionner l'aide que je vous ai apportée, après quoi l'enfant s'en ira avec moi.

Le gouverneur haussa les sourcils de surprise.

— Cette fille de pêcheur est une gamine sans valeur.

— Sommes-nous d'accord sur les conditions ? insistai-je en éludant sa remarque. (Que pouvait-il bien comprendre, de toute façon ?) Êtes-vous d'accord pour obtenir mon pardon et me laisser partir ensuite avec Kirsten ?

Il poussa un soupir.

— Vous êtes pénible, avec toutes vos exigences. Mais oui, autant que vous vous occupiez d'elle, étant donné que personne n'en voudra une fois que sa mère aura brûlé.

Ses mots, prononcés avec une telle désinvolture, me révoltèrent.

— Toutefois, si vous échouez, Fru Rhodius (sa voix se fit plus menaçante), nous brûlerons la fille et vous logerez ici le restant de vos jours.

Un éclair de colère me transperça, mais je tins ma langue.

J'étais prise dans sa toile, et j'avais beau me débattre avec fureur j'étais bel et bien piégée.

Chapitre 38
Ingeborg

Les *Nordlys** allaient arriver dans la nuit. Ingeborg sentait leur approche imminente à la fine tension qui régnait dans l'air, et à l'éclat azuré qui sous-tendait le bleu profond du ciel. L'étoile Polaire scintillait déjà.

— Qu'est-ce que tu regardes ?

Zare s'était glissé à côté d'elle sur la muraille. C'est en ce lieu secret qu'ils se retrouvaient depuis une semaine, loin de la peur et de la tristesse qui régnaient en contrebas, dans l'enceinte de la forteresse.

Perchée sur la muraille, Ingeborg n'avait qu'à lever les yeux vers le ciel pour s'évader par le rêve. Elle montra du doigt l'imposante étoile, celle qui lui avait servi de guide au plus profond des mois sombres.

— Je regarde l'étoile du Nord, dit-elle à Zare.

— Nous l'appelons *Boahjenásti**, dit-il en se rapprochant d'elle. C'est la seule étoile fixe sur tout le dôme du ciel. (Elle sentit son souffle doux sur sa joue, une forte attirance pour lui.) Toutes les étoiles tournent autour d'elle.

— Elle brille beaucoup plus fort que toutes les autres.

— Chaque automne, nous sacrifions un renne mâle en l'honneur de l'étoile du Nord, lui expliqua-t-il.

Ses yeux reflétaient la lueur argentée de la lune. Ils étincelaient comme s'ils étaient faits de cristaux.

— Un sacrifice ? répéta Ingeborg. Comme quand Jésus s'est sacrifié pour l'humanité ?

— Oui, mais nous, c'est pour empêcher que le monde ne se disloque. (Il lui sourit, et elle remarqua qu'une de ses dents de devant était finement ébréchée.) Le sacrifice maintient l'équilibre et empêche les piliers de notre monde de s'effondrer.

— Qu'est-ce qu'un pilier du monde ? voulut savoir Ingeborg qui se représentait les piliers du retable du révérend Jacobsen dans l'église d'Ekkerøy.

Zare changea de position et Ingeborg sentit la puissance de ses muscles lorsque ses jambes l'effleurèrent.

— C'est un grand arbre, qui tient le ciel.

Comme Yggdrasil, l'Arbre-Monde de la vieille religion dont leur a parlé la Veuve Krog, songea-t-elle. Pourtant les croyances de Zare n'étaient pas celles de l'ancienne religion de la Veuve Krog. Elles étaient différentes. Propres au peuple sámi.

— Si le pilier se brise, le ciel tombe et c'est la fin du monde.

— Comme le jour du Jugement dernier ?

— D'une certaine manière, acquiesça Zare. L'Arbre-Monde a pour messager un aigle qui est là pour te rappeler toutes les choses grandes et bonnes que tu peux accomplir dans ta vie. Il envoie un message à tout le monde.

— Ça ne me concerne pas, moi je suis une fille. Je ne peux rien accomplir de grand, murmura Ingeborg en essayant de ne pas penser au fait que ses jours sur terre étaient sans doute comptés.

— Ce n'est pas vrai, contra Zare en la dévisageant avec une telle intensité qu'elle se sentit subjuguée. Les Sámis révèrent les filles autant que les garçons.

Ingeborg resta stupéfaite. Le révérend Jacobsen avait toujours décrit les Sámis comme des sauvages et des sorciers. Dont il fallait avoir peur. Pourtant, elle n'avait jamais entendu un garçon ou un homme – ni même son propre frère – affirmer que les filles et les garçons étaient égaux. Même les femmes ne le pensaient pas. Ingeborg ne connaissait qu'une seule personne partageant cet avis.

— Maren dit que les filles sont capables d'un grand pouvoir.

— Elle a raison. Quoique pas en tant que sorcière.

Zare posa une main sur la sienne. Elle sentit sa chaleur à travers leurs moufles.

— Les Sámis ne pensent pas que les femmes puissent être des sorcières.

Ingeborg tenta de se représenter un monde sans sorcières, mais comment expliquer tous les terribles épisodes qui avaient eu lieu ? La tempête qui avait envoyé son père et son frère par le fond ? La famine qui les empêchait d'attraper des poissons ? La maladie et la mort des vaches et des agneaux ? Elle s'apprêtait à opposer tous ces arguments à Zare, mais il avait porté son index à ses lèvres pour l'intimer au silence. Il leva le menton en direction du ciel. Ingeborg suivit son regard.

— C'est l'âme des défunts, chuchota-t-il.

D'immenses ondes jaunes, vertes et écarlates traversaient le ciel. Elles dessinaient le grand « S » de la bible de Fru Anna, mais à l'envers. La lumière tourbillonnait comme des étoffes puis s'estompait aussi rapidement qu'elles étaient arrivées. Ingeborg entendit un craquement et son corps entier sembla s'emplir de la puissance des brasillements.

— *Guovssahasat**. Les lumières que l'on peut entendre, murmura Zare.

Les lumières irradiaient leurs teintes argentées et vertes ourlées de violet et de rose comme une couronne flamboyante. Elles étaient les plis colorés d'une robe virevoltante, une princesse troll tournoyant dans le ciel. Elles étaient un cercle de femmes dansantes. Ingeborg se remémora le solstice d'été. La Veuve Krog qui tapait le rythme avec sa canne tandis que toutes les femmes se prenaient par la main pour former une ronde. On les accusait d'avoir dansé avec le Diable, ce soir-là.

— Le Diable et ses sorcières, tout cela n'existe pas, affirma Zare.

— Mais le Diable m'a attaquée, murmura Ingeborg. Il m'a transpercée de son épée.

— Ingeborg, ce n'est pas le Diable qui a abusé de toi.

Au sommet de la forteresse, sous la protection de Zare, Ingeborg se laissa transporter par les oscillations chatoyantes de la lumière. Elle se vit sortir en courant de la maison du gouverneur. Elle vit le gouverneur qui la violait.

La précision de son souvenir l'effraya. Elle étreignit la main de Zare.

— Il m'a volé ma chasteté. Je suis perdue.

— Ingeborg Iversdatter, tu n'es pas perdue, contra Zare en lui caressant la main. Je vois en toi la lumière de notre déesse Sáráhkká*.

Ingeborg plongea son regard dans les yeux bleus de Zare. Elle aurait tant voulu le croire.

Le jeune Sámi prit le visage d'Ingeborg entre ses mains et l'embrassa. Délicatement, sur le front. Ingeborg vit de nouveau l'étoile du Nord, mais cette fois elle brillait au fond d'elle, si fort qu'elle crut exploser de lumière.

Chapitre 39

Anna

— Comment Solve Nilsdatter a-t-elle fait venir le Diable à toi ?

Telle était la question que je posais sans relâche, en quête de preuves suffisantes pour pouvoir condamner sa tante, mais chaque jour Maren me racontait une histoire différente. Elle affirmait qu'elle avait appris la sorcellerie d'une vieille femme sámie qui lui avait vendu un talisman, ou d'un lièvre blanc qui lui avait chanté une chanson, ou d'un minuscule moineau qui sautillait sur son bras. Plus les jours passaient et plus ses récits étaient farfelus : elle faisait la connaissance du Diable alors qu'elle chevauchait une baleine bleue, ou alors qu'elle libérait le renne des fosses de chasse du gouverneur, ou alors qu'elle flottait sur la banquise en compagnie d'un ourson polaire.

Dès que je prêtais foi à l'une de ses histoires, Maren se ravisait.

— Il me semble plutôt que j'ai fait la connaissance du Diable lorsqu'il s'est présenté à moi sous la forme d'un phoque au repos sur le littoral d'Ekkerøy, dit-elle en inclinant la tête sur le côté pour réfléchir. Oui, c'est bien cela, Fru

Anna. Et il m'a persuadée de lui vendre mon âme moyennant une poignée de pièces de monnaie.

— Cesse de jouer, Maren Olufsdatter, ordonnai-je en sentant la frustration grandir en moi. Avoue une bonne fois pour toutes : comment ta tante Solve s'y est-elle prise pour te donner au Seigneur des Ténèbres ?

— Vous devez d'abord me promettre une chose, demanda Maren.

— Et quoi donc ? demandai-je sans entrain.

Que pouvais-je donc bien offrir à cette sauvageonne, alors que j'étais moi-même prisonnière ? Maren me fixa de ses yeux farouches.

— Prêtez serment : jurez que l'on ne touchera pas un cheveu d'Ingeborg Iversdatter. Ni de sa sœur Kirsten.

— Je ferai tout ce qui est en mon pouvoir pour protéger *toutes* mes filles.

— En tant que guérisseuse, le jurez-vous ? insista-t-elle en serrant ma main de sa poigne puissante.

— Oui, répondis-je en retirant ma main pour la porter à la croix en onyx qui pendait à mon cou.

— Très bien. Je vais vous dire qui m'a transmis la sorcellerie, mais me l'a transmise à moi seule.

Maren croisa les bras sur sa poitrine, et contempla à travers la petite fenêtre de la maison longue la neige qui tombait maintenant depuis des jours.

— Ce n'est pas ma tante Solve, mais ma mère qui m'a transmis la sorcellerie, dans un bol de bière. Au fond, ça ressemblait à des crottes de souris, mais j'ai tout de suite su que c'était l'infusion du Diable. J'ai fait tomber les graines noires par terre, mais trop tard. Je sentais le goût de brûlé sur la langue, le vice qui me glissait dans la gorge.

Elle se leva brusquement et se mit à marcher en rond à pas lents.

— La première fois le Diable s'est présenté sous la forme d'un chien noir avec des cornes de chèvre sur la tête et il est entré en bondissant dans notre chaumière. Il m'a demandé de le servir, mais j'ai refusé. Il a insisté mais j'ai tenu bon, alors il s'est enfui.

» La deuxième fois, au milieu de la nuit, il est revenu sous la forme d'un homme barbu qui avait des cornes aux genoux et un grand chapeau noir. Il m'a demandé de le servir, mais j'ai encore refusé.

» La troisième fois, il m'a dit que si je le suivais, jamais plus je n'aurais faim. Qu'il m'apporterait du *lefse* dégoulinant de beurre et de sucre. Mon estomac grondait si fort. Et il a ajouté que, pour ma mère, il aurait un grand saladier de *rømmekolle*. Ça lui ferait plaisir, non ?

» Il m'a souri. Je me suis sentie si heureuse que j'ai répondu oui, que j'allais le servir.

— Maren, tu dois répéter ce que tu viens de me dire au gouverneur pendant le procès.

Elle inclina la tête sur le côté.

— Si j'avoue, je serai sauvée ?

— Oui, répondis-je en sentant mon visage s'empourprer. Mais tu dois aussi réciter le catéchisme, pour que tout le monde sache que tu es retournée auprès de Dieu. Tu étais très jeune quand ta mère t'a livrée au Seigneur des Ténèbres, il n'est pas trop tard pour te sauver.

— Pensez-vous que toutes les heures que nous avons passées à genoux à prier Dieu suffiront à me sauver la vie, Fru Anna ? demanda Maren en bâillant paresseusement comme si elle n'avait d'autre souci au monde que de réciter quelques prières.

— Oui, oui, répétai-je en serrant ma bible contre ma poitrine.

L'inverse était inenvisageable.

Maren s'étira avec une grâce toute féline, bras tendus au-dessus de sa tête, et posa sur moi ses yeux verts mouchetés d'ambre et de brun. Je repensai à la toute première fois que je l'avais vue, aux côtés du grand lynx. Peut-être était-ce un rêve ?

Maren bâilla de plus belle, dévoilant ses dents pointues tout en me dévisageant de son calme animal. Cette fille n'avait pas peur de la mort, et en cela nous n'étions pas si différentes.

Chapitre 40
Ingeborg

Ingeborg titubait sous le poids de la tourbe que Maren et elle ramenaient à la maison longue. Elles étaient quasiment arrivées sur le seuil lorsque Ingeborg entendit un aboiement. Elle se retourna, en prenant soin de ne pas faire tomber son chargement, pleine d'espoir à l'idée de voir Zare en compagnie des chiens de chasse Beaivenieida et Gumpe. Mais c'était le gouverneur Orning, qui marchait en direction du puits. Dans la main droite, il tenait une petite besace en toile qui ne cessait de se tortiller en tous sens, et autour de laquelle ses chiens sautaient avec excitation. Fru Orning le talonnait, les mains tendues vers la besace, mais le gouverneur la maintenait à bout de bras hors de sa portée. Fermant la marche, la chatte noire de Fru Orning poussait des feulements stridents. La cacophonie fit sortir les soldats de leur hutte, prêts à tirer, mais dès qu'ils aperçurent le gouverneur et sa femme, ils abaissèrent leurs mousquets et les suivirent des yeux d'un air intrigué.

Ingeborg recula contre le mur de la maison longue, son chargement de tourbe vacillant dans ses bras. Elle n'avait pas revu le gouverneur depuis l'agression. Elle n'était qu'à un pas de la porte, et aurait pu se réfugier à l'intérieur, pourtant son corps entier était figé, comme paralysé par un tourbillon d'émotions. La douleur. La colère. La honte.

Maren aussi était pétrifiée. À l'affût, immobile.

— Je vous en supplie, Christopher, ce sont des chatons innocents, s'écria Fru Orning dans le sillage de son époux.

Dépourvu de son éventail noir, le visage de la jeune femme, recouvert d'une épaisse couche de poudre blanche, était d'une pâleur de craie.

Le gouverneur s'arrêta brusquement en dérapant sur les graviers gelés. Il éprouvait une telle fureur contre sa femme qu'il ne remarqua pas les témoins de la scène alentour. Ni même Fru Anna et Kirsten qui sortirent en se tenant la main sur le perron de la maison longue.

Cette apparition déconcerta Ingeborg. Le lien entre sa sœur et Fru Anna était malsain, mais dès qu'elle évoquait la question sa sœur la repoussait.

— Fru Anna est gentille avec moi, Ingeborg.

— Mais elle n'est pas ta mère.

Kirsten la transperçait de son regard candide.

— Je sais. Elle m'aime plus que mère.

— Kirsten !

Mais sa sœur refusait d'en écouter davantage et s'éclipsait pour observer Fru Anna en pleine préparation des teintures qu'elle apportait à Solve dans le trou à sorcières. Sa sœur avait d'ores et déjà une connaissance plus approfondie que Maren et elle des propriétés des plantes médicinales.

Le gouverneur s'était arrêté devant le puits et tenait la petite besace tremblotante au-dessus du vide.

— Pitié, non ! Je vous en prie ! implorait Fru Orning.

Une larme de sueur dessinait un trait sur son visage blanc. Ingeborg vit le rictus cruel sur le visage du gouverneur. Il prenait plaisir à la détresse de son épouse.

La chatte noire sauta d'un bond sur la margelle du puits et prit appui sur ses pattes arrière pour tenter d'attraper la besace de ses pattes avant. Le gouverneur la repoussa de sa main libre. Elle se réceptionna par terre devant les deux mastiffs, pourtant ces derniers la laissèrent tranquille. La chatte fit le gros dos en crachant sur le gouverneur.

— Je devrais tuer votre chatte, elle aussi. Elle est possédée par le Démon. Même mes chiens en ont peur.

— Nous avons besoin des chats pour éloigner les rats ! plaida Fru Orning. Les chatons feront de bons chasseurs, comme leur mère.

— Ce ne sont pas des chats, femme. N'avez-vous donc pas remarqué leur étrangeté ? Je nous débarrasse du mal qu'ils portent en eux.

— Je vous jure que vous faites erreur, insista sa femme au regard impétueux malgré son visage hâve. Comment pouvez-vous avoir peur de deux chatons ?

Un soldat laissa échapper un ricanement. Le gouverneur décocha un regard noir en direction du petit attroupement.

Fru Orning avait profité de la diversion pour s'approcher du puits et tirer le gouverneur par le bras.

Orning baissa les yeux sur sa femme. Son expression se rembrunit. Il plia son bras libre et lui asséna un coup de coude dans le ventre. Elle tomba à côté de la chatte noire, qui n'avait cessé de cracher sur le gouverneur.

— Comment osez-vous douter de moi, femme ? Je vous ordonne de retourner à la maison.

Fru Orning se releva en chancelant, les mains appuyées sur sa poitrine, le souffle court.

Un tourbillon de colère s'empara d'Ingeborg, qui se mit à trembler sous le poids de son chargement de tourbe. Elle retenait sa respiration. *Ne bouge pas*, se répétait-elle.

À sa grande stupéfaction, elle vit Maren lâcher son tas de tourbe.

Le fracas fit se retourner le gouverneur. Voyant Ingeborg, il plissa les yeux. Elle sentit ses joues s'enflammer et son cœur se contracter dans sa poitrine. Le gouverneur la regarda comme si elle n'était guère qu'un excrément sur sa botte. Ses yeux glissèrent jusqu'à Maren et s'écarquillèrent lorsque cette dernière se mit à marcher droit sur lui.

— J'ai une question pour vous, Gouverneur, dit-elle sans aucune déférence ni peur dans la voix.

Le gouverneur était si abasourdi par l'attitude de la fille de la sorcière qu'il en oublia de jeter les chatons dans le puits. Il baissa la main, le poing serré autour de la besace.

— Quoi donc, fille ?

— Si je vous avoue quelque chose, relâcherez-vous les chatons ?

Le gouverneur Orning lança un regard noir à Maren Olufsdatter.

— As-tu le toupet de marchander avec moi ? gronda-t-il.

Maren lui sourit. Puis elle pinça les lèvres et émit un sifflement aigu. Les deux chiens du gouverneur cessèrent d'aboyer. Maren siffla de nouveau et les chiens la rejoignirent au petit trot avant de s'asseoir à ses pieds. Elle leva la main et siffla une troisième fois. Les chiens roulèrent sur le dos dans la cour enneigée.

Maren s'agenouilla pour leur frotter le ventre, et les chiens lui léchèrent la main.

— Oui, j'ai le toupet de marchander avec vous, finit par répondre Maren en levant les yeux sur le gouverneur.

Il la dévisagea avec stupéfaction, ne sachant trop que faire de son arrogance. Il n'avait pas l'habitude que des femmes, et encore moins des filles, aient le toupet de lui répondre. Et comment faisait-elle pour exercer une telle domination sur ses chiens ?

Ingeborg éprouva une bouffée de fierté. L'attitude de Maren était totalement inconsidérée, mais d'un courage sans borne. Elle avait réussi à détourner l'attention du gouverneur, au point que la chatte noire était remontée sur la margelle pour tenter de sauver ses petits. De ses griffes, elle agrippait la besace.

D'un geste vif, Fru Orning se précipita en avant et la lui arracha des mains.

Le gouverneur fit volte-face avec fureur.

— Comment osez-vous ? hurla-t-il en dégainant son pistolet pour le braquer sur sa femme.

Derrière lui, le capitaine des soldats souleva son mousquet. S'il ne visa pas le gouverneur, Ingeborg voyait bien que l'homme était effaré par l'attitude de son chef.

— Du calme, Gouverneur, intervint Maren. Comme votre femme l'a bien dit, les chats s'occuperont des rats.

Le gouverneur Orning baissa lentement son arme.

— Quelle créature pathétique, lança-t-il d'une voix rageuse tandis que Fru Orning ouvrait la besace pour en sortir les deux chatons.

Un tigré et un roux.

— Vous voyez ? Ils sont maudits ! se récria-t-il. Comment une chatte noire peut-elle avoir des chatons de teinte différente ? C'est de la magie démoniaque...

— Laissez-leur la vie et je vous ferai un aveu, le provoqua Maren en détournant son attention de la fourrure des chatons.

Le gouverneur plissa les yeux. Ingeborg voyait bien qu'il était tiraillé entre la cruauté et la curiosité.

— Très bien, dit-il. Avoue !

Maren se redressa, et les chiens sautèrent tout autour d'elle. Elle tournoya sur elle-même, ravie d'être le centre de l'attention.

— J'avoue... l'aiguilla-t-elle. J'avoue sincèrement... (Elle s'approcha de Fru Orning et s'inclina profondément devant la minuscule femme.) Je crois que votre femme est une princesse et que vous êtes un troll qui la retenez prisonnière.

Un silence stupéfait s'ensuivit. Aucun des soldats n'osait rire.

Maren fit la révérence devant Fru Orning, qui tenait les chatons contre sa poitrine et la dévisageait d'un air éberlué.

— Que dites-vous de ça, Gouverneur ? Avez-vous du sang de troll dans les veines ?

Le chargement tremblait dangereusement dans les bras d'Ingeborg, et son cœur battait à tout rompre. Le gouverneur allait forcément ordonner l'exécution de Maren. Il la regardait avec une telle fureur. Mais à la grande surprise de toutes les personnes assemblées dans la cour, son air renfrogné se fendilla et il partit d'un grand éclat de rire.

Maren sautilla sur le côté, ravie par sa réaction. Le gouverneur, les mains sur les hanches, rit de plus belle. Maren adressa un immense sourire à Ingeborg. *Tu vois, quand on leur montre notre pouvoir,* semblaient dire ses yeux.

Les soldats se mirent à rire et même le visage apeuré de Fru Orning se fendit d'un sourire.

Ingeborg était incapable de se joindre à l'hilarité générale. Elle ne voyait rien d'autre que le courroux dans les yeux du gouverneur. À côté d'elle, Kirsten rigolait, mais Fru Anna restait coite. *Elle le voit, elle aussi.*

Le gouverneur cessa de rire aussi brusquement qu'il avait commencé. Il s'avança d'un pas véloce vers Maren et la gifla en plein visage.

Elle tituba en arrière, mais parvint à ne pas tomber.

— Profite de tes plaisanteries tant qu'il est encore temps, Maren Olufsdatter, mais crois-moi, c'est moi qui rirai le dernier.

Il pivota sur ses talons et regagna le château à grands pas, ses chiens trottinant dans son sillage. Une fois sur les marches, il se retourna et gronda à l'attention de sa femme :

— Débarrassez-vous de ces chatons.

Fru Orning resta figée, les yeux fixés sur Maren avec émerveillement.

Le spectacle terminé, les soldats s'en retournèrent dans leur hutte, tandis qu'Anna et Kirsten rentraient dans la maison longue. Ingeborg, toujours chargée de sa brassée de tourbe, s'approcha de Maren. Elle était tiraillée entre la colère et l'admiration. Maren avait fait preuve d'un tel aplomb.

Avant qu'elle ait eu le temps de prendre la parole, Fru Orning s'approchait de Maren.

— Merci, dit-elle en posant la main sur la joue que son mari venait de gifler, comme pour l'apaiser.

Maren haussa les épaules.

— C'est une brute. Mieux vaut lui tenir tête, parce que de toute façon il nous fera du mal. Mais au fond de votre cœur, vous vous sentirez mieux, dit Maren en prenant la main de Fru Orning pour la poser sur la poitrine de cette dernière. À condition de vous faire entendre. Ce n'est pas ça qui pourra empirer la situation, si ?

— Qu'en savez-vous ? murmura Fru Orning, les yeux remplis de larmes.

Maren ne dit rien, et les deux jeunes femmes se dévisagèrent longuement avant que Maren finisse par briser le silence.

— Vous feriez mieux de nous confier les chatons, nous les garderons chez Fru Anna. Elle sera bien contente qu'ils chassent les rats.

Elle passa les deux chatons à Maren tandis que la chatte noire se faufilait entre leurs jambes. Fru Orning se pencha pour la prendre dans ses bras. Puis les deux jeunes femmes s'approchèrent l'une de l'autre pour que la chatte puisse faire la toilette à sa portée.

— Je vais prendre soin de tes petits, promit Maren à la chatte noire.

Maren s'inclina de nouveau, un chaton dans chaque main, et Fru Orning rougit.

— À mes yeux, vous êtes une princesse, murmura Maren.

Sur ce, elle tourna les talons et passa devant Ingeborg pour regagner la maison longue. La corvée de tourbe lui était totalement sortie de l'esprit.

Fru Orning resta longuement à la regarder partir. D'une main, elle tenait sa chatte contre elle. Elle porta l'autre à sa joue, effleura sa peau d'albâtre. De près, Ingeborg vit que la couche blanche était craquelée. Pourquoi se couvrir la peau de craie quand on est si jeune ? se demandait Ingeborg. Sentant peser sur elle le regard d'Ingeborg, Fru Orning la regarda avant de baisser les yeux.

— Je suis navrée de ce qui vous arrive, chuchota-t-elle avant de partir en courant vers le château.

Chapitre 41

Anna

Je ne sais plus que faire, mon roi, car pour la première fois de ma vie, je m'avoue rongée par le doute. J'ai passé un marché avec le gouverneur. Si Kirsten témoigne contre sa propre mère, le gouverneur m'a promis de solliciter en personne auprès de vous mon pardon en vertu de l'aide que je lui ai apportée dans sa mission d'éradication des sorcières du Nord. Ce pardon me permettrait de m'en aller de cette île de malheur et d'emmener Kirsten avec moi. Kirsten et Christina – la symétrie de leurs prénoms n'est-elle pas lourde de sens ? Ensemble, nous serions libres et je pourrais retrouver mon mari, notre demeure et notre jardin de Bergen, avec une fille. Je pourrais emmener Kirsten à Copenhague et l'introduire à la cour, où tous s'accorderaient sur sa beauté. Je vous présenterais *ma* fille, je vous dirais : « Mon roi, voyez, la voici, et elle est mienne » et vous seriez témoin de ma libération.

Tandis que les chutes de neige balaient les premières semaines de mars sur Vardø, les congères ne cessent de croître à l'intérieur de la forteresse, et je me prends à rêver de

Copenhague l'été. De l'odeur de lavande et de chèvrefeuille dans le jardin du roi, qui m'emplit d'un profond désir de retourner sur les pas des jeunes gens que nous étions, quand nous contemplions les martinets à queue fourchue qui volent bas à toute vitesse en poussant des cris perçants présageant de l'avenir. Je veux retourner dans le passé et pourtant mon corps est prisonnier du présent, plaqué à la souffrance des femmes de Varanger dont les tourments résonnent jusque dans le cri des oiseaux.

Solve Nilsdatter avait cédé et dénoncé les deux autres, qui pourtant ne l'en blâmaient pas. Quand je leur rendais visite, les trois accusées faisaient de leur mieux pour se tenir au chaud et je leur administrais du vin à la lavande pour les aider à trouver le sommeil.

Chaque soir, je sortais de la maison longue en me glissant sans bruit à côté de la vieille paillasse d'Helwig sur laquelle dormaient Ingeborg et Maren. Ma bonne n'avait pas tenu plus d'une semaine sous le même toit que les filles des sorcières. Elle avait prétendu que sa mère était malade et avait besoin de sa fille sur le continent, mais j'avais bien lu la peur dans ses yeux.

Je n'avais plus besoin des services d'Helwig, Maren et Ingeborg se chargeaient des tâches quotidiennes.

En dehors du trou à sorcières, il m'arrivait de m'entretenir avec le capitaine Hans. Le jeune soldat, lui aussi originaire de Copenhague, se montrait moins cruel que le gouverneur et le bailli. Il me faisait présent de nourriture, ou d'une petite flasque de rumbullion* prise à ses soldats pour apaiser les souffrances des prisonnières.

Dans le trou, je m'appliquais à soigner les brûlures et les lésions de Solve et de la Veuve Krog. Ils avaient fait subir des supplices sans nom à la Veuve, sans obtenir le moindre aveu de sa part. J'avais eu vent que le gouverneur cherchait à trouver la trace d'une femme sámie du nom d'Elli, qui avait autrefois été de mèche avec la grande sorcière Liren Sand, mère de Maren. La Veuve Krog s'était contentée de dire d'une voix rauque qu'elle avait acheté un poisson à Elli la Sámie, et rien de plus. Chaque fois qu'on l'incitait à avouer des faits de sorcellerie ou à dénoncer les autres, la Veuve Krog restait inflexible : elle refusait de mentir sur elle-même ou sur une autre femme.

L'admiration que m'inspirait la vieille femme avait grandi au gré de la résistance qu'elle opposait aux épreuves et, en mon for intérieur, j'avais commencé à douter de sa culpabilité.

Après avoir prodigué les meilleurs soins possibles aux deux femmes, j'examinais Zigri Sigvaldsdatter. J'écoutais les battements de cœur opiniâtres de son bébé à l'aide d'une corne en bois appliquée contre son ventre. La naissance de l'enfant était imminente. Je craignais même qu'elle advînt avant le procès.

Que faire ? Il me faut la preuve irréfutable que ces femmes sont des sorcières qui ont pour projet de nous tuer dans notre sommeil. De telles preuves feraient taire mes doutes.

De retour dans la prison de la maison longue, j'observe Kristen en m'émerveillant de sa ressemblance avec Christina, tant dans son apparence que dans son attitude. Kirsten a l'habitude de tirer sur une boucle de ses cheveux en l'enroulant à son petit doigt tel que le faisait autrefois ma fille, et ce geste anodin fait toujours vaciller mon cœur. Bien évidemment, la voix de Kirsten est différente, teintée de son dialecte norvégien septentrional, mais quand elle chante les psaumes en danois, alors son intonation est aussi douce que fut celle de ma chère et tendre fille. Vivre au contact de cette enfant au jour le jour est tout autant une joie qu'une souffrance.

Je sens une scission de plus en plus forte entre Kirsten et sa sœur Ingeborg ; et avec Maren, aussi, la sauvageonne. J'avoue en être heureuse, surtout depuis que j'ai surpris leur dispute à mots couverts un jour qu'elles s'acquittaient de leurs corvées.

— Tu t'imagines que tu l'as vu ! disait Ingeborg avec force.

— Mère m'a toujours détestée, soufflait Kirsten. Tu as oublié comme elle me frappait, Ingeborg ? Elle me traitait de rejeton du diable !

Quand les deux aînées sont au lavoir, ou à ramasser de la tourbe, ou à balayer la neige sur le perron, je partage mes précieux citrons avec Kirsten : j'en coupe de fines tranches que je saupoudre de sucre. Les yeux dans les yeux, nous nous régalons de la sensation du jus sucré qui pétille contre nos palais. Je profite de ces instants pour préparer le terrain.

— Aimerais-tu venir vivre avec moi dans ma maison de Bergen ? Tu auras ta propre chambre et des tas de belles robes. Plus jamais tu n'auras faim.

Kirsten me dévisagea de ses yeux bleus émerveillés en aspirant la chair du citron.

— Je pourrai avoir un petit chien ?

— Oui, bien sûr.

Je lui souris et elle me répondit du même sourire plein de dents qu'avait Christina.

— Je l'appellerai Zacharias, dit-elle d'un air satisfait.

— Et je t'emmènerai à Copenhague faire la connaissance du roi.

Elle se moqua en riant de l'idée, qu'elle trouvait ridicule, et je dus l'assurer que je connaissais véritablement le roi.

— Quand je l'ai rencontré, il était encore prince, et j'étais à peine plus âgée que toi, Kirsten.

Kirsten cessa de rire et me regarda avec respect.

— Vous êtes une grande dame de la société, Fru Anna, dit-elle avec révérence. J'espère être comme vous, un jour.

Ses mots venaient emplir le puits profond de ma tristesse.

Ces quelques semaines constituent le calme avant la tempête et ces instants en compagnie de Kirsten sont des gouttelettes de lumière et de joie. Mais nous éprouvons toutes l'imminence du procès et les replis de l'obscurité qui se referment sur nous comme des nœuds coulants à notre cou.

Le bleu de l'hiver traîne en longueur et grignote le mois de mars, tant et si bien que j'en viens à me demander si le Nord a déjà entendu parler du printemps. Je crains que nous ne recouvrions jamais la lumière et passe de longues heures à prier le bon Seigneur pour que le gouverneur tienne parole.

Chapitre 42
Ingeborg

Plantée au milieu de la cour, Ingeborg leva les yeux sur le ciel noir. Des corbeaux tournoyaient au-dessus de la forteresse. La neige qui tombait dru pénétrait la couche extérieure de ses vêtements. Ingeborg inspira l'air glacé avant d'ouvrir la bouche pour accueillir les flocons sur sa langue. Les aiguillons gelés crépitèrent sur son visage, parsemant sa peau d'un frisson.

Abandonnant le seau à côté du puits, Ingeborg rampa jusqu'au trou à sorcières en dépassant furtivement la hutte des soldats. Pour une fois, le froid et la neige avaient dissuadé quiconque de monter la garde. Ingeborg creusa un trou dans les petites congères jusqu'à atteindre les vieilles planches de la cellule. Elle retira ses moufles et posa les mains à plat sur le bois. Elle se représenta sa mère en compagnie de Solve et de la Veuve Krog de l'autre côté. Elle y appuya sa joue, tendit l'oreille et murmura : « Mère ? », mais aucune réponse ne lui vint.

Le claquement d'une porte résonna depuis l'autre côté de la cour. Le bailli Lockhert quittait la guérite, sa large ceinture de clés tintant à sa taille.

Ingeborg s'éclipsa par l'arrière de la maison du gouverneur et descendit l'allée où Zare avait donné à manger aux chiens.

Parvenue aux marches dérobées, elle grimpa sur les remparts. Il faisait nuit noire. Ni la lune ni les étoiles n'étaient de la partie et elle retrouva son chemin de mémoire. Au sommet de la muraille, un vent fort l'accueillit et la ballotta sur le reste de sa progression.

Derrière la muraille se dessinait une silhouette accroupie. Sans qu'aucun accord ait jamais été passé, ils se retrouvaient tous les soirs ou presque sur les remparts.

— Zare, murmura-t-elle.

— Ingeborg, murmura-t-il en retour tandis qu'elle distinguait ses yeux qui brillaient dans le noir.

— Comment te sens-tu ? demanda-t-il en posant sa main sur la sienne.

Elle éprouva la chaleur de sa peau. Leurs doigts s'entrelacèrent. Il ne s'était rien passé depuis le baiser chaste qu'il avait déposé sur son front, pourtant son contact la fit rougir jusqu'aux oreilles. À la faveur de la nuit, elle était bien contente qu'il ne puisse pas s'en apercevoir.

— Je me sens aussi bien que possible, répondit-elle. Mais Fru Anna dit que le procès ne va pas tarder…

Elle s'interrompit et dut reprendre son souffle à la seule pensée de sa mère et de sa grossesse avancée.

— As-tu du nouveau sur ma mère ? l'interrogea Zare.

— Oui. Lockhert a envoyé trois de ses soldats à ses trousses.

Ingeborg ménagea une pause. Zare étreignit sa main.

— Il faut que j'aille la prévenir. C'est pour cela que j'ai pris un emploi à la forteresse.

Ingeborg, contrariée, retira sa main. Ainsi il n'était pas à Vardøhus pour lui venir en aide. Il était là pour espionner pour le compte de sa mère.

— Mais comment vas-tu faire pour repartir ? demanda-t-elle d'une voix rauque.

— Je suis domestique, pas prisonnier.

— Bien sûr, dit-elle, blessée.

C'était elle qui était prisonnière, et non pas Zare.

— Chaque jour on m'envoie prendre du poisson au port pour les cuisines du château. Demain, je ne reviendrai pas.

Ingeborg sentit son cœur vaciller sous le poids de la déception. Elle aurait tant voulu le supplier de ne pas la laisser. Mais elle ne pouvait pas lui demander de la choisir au détriment de sa mère.

— Je croyais que tu étais venu m'aider. Je pensais...

Elle se tut, sentant poindre la réprobation dans sa voix.

— C'est le cas, dit-il et le blanc de ses yeux brilla dans le noir. Mais je dois prévenir ma mère. Sans quoi ils la tueront sans prendre la peine d'organiser un procès. En tant que femme sámie, elle a encore moins de droits que toi.

— Je n'ai aucun droit, rétorqua Ingeborg amèrement en se souvenant de ce que le gouverneur lui avait fait subir.

— Au moins tu auras droit à un procès, Ingeborg, observa-t-il d'un ton froid. Au moins ta manière de vivre et tes traditions ne sont pas en danger.

Le vent les poussa d'une brusque rafale. Ingeborg ferma les yeux et inspira l'odeur de Zare. Il la quittait. Elle allait être seule.

Zare tendit la main vers elle pour resserrer les peaux de rennes autour de ses épaules.

— Tu comprends que je doive prévenir ma mère ? Il faut l'emmener loin, sur les pâturages de la toundra à l'ouest, là où les gouverneurs et ses hommes ne la retrouveront jamais.

Elle fit oui de la tête, mais elle sentait la peur l'envahir. Comment allait-elle tenir le coup sans voir Zare chaque jour ?

— Comment vais-je faire ? murmura-t-elle.

Zare approcha son visage du sien.

— Ne cède jamais face à eux, Ingeborg. Refuse d'avouer et de dénoncer quiconque. Ils ne pourront pas te condamner.

— Mais le gouverneur veut nous tuer toutes…

— C'est un seul homme. J'ai entendu dire que les habitants de Vardø avaient écrit au roi en personne pour lui demander l'envoi d'un autre juge.

L'espoir se saisit d'Ingeborg avec une telle violence qu'elle se jeta dans les bras de Zare.

— C'est vrai ?

— Oui, *min kjœre*, dit-il de ses lèvres qu'elle sentait effleurer sa peau, mais il sera peut-être trop tard pour ta mère.

Son cœur se serra lourdement. Zare avait raison. Le juge n'arriverait pas jusqu'ici avant très longtemps. Il lui faudrait faire le voyage depuis Copenhague jusqu'à Bergen, soit un périple ardu en plein hiver. De là, la traversée jusqu'à la côte septentrionale de la Norvège prendrait des semaines.

— Mais je vais revenir, promit-il. À la prochaine lune noire, je serai de retour à la colonie et Svartnes. Je traverserai le détroit de Varanger chaque matin et je t'attendrai jusqu'au crépuscule.

— Dans ce cas, il faut que je trouve un moyen de sortir de la forteresse, répondit Ingeborg avec une détermination inébranlable.

Zare lui caressa la main.

— Demande à Maren.

Que voulait-il dire ? Maren était prisonnière au même titre qu'elle. Et pourtant, quand elle se réveillait parfois en pleine nuit, l'emplacement à côté d'elle sur la paillasse était vide. Au petit matin, son amie se réveillait avec des plumes de corbeau emmêlées à ses cheveux, les yeux cernés d'ombre comme si elle n'avait pas dormi.

— Promets-moi que tu reviendras, dit-elle en sentant monter son angoisse à l'idée que Zare allait partir.

— Je te le promets. Je te donne ma parole.

Il la serra dans ses bras, et elle ferma les yeux. Elle glissa sa tête contre le haut de son torse, et il posa le menton sur le sommet de son crâne. Il était sámi. Différent d'elle. Pourtant c'était le seul à qui elle dévoilait son cœur.

— Ingeborg, il m'est difficile de te quitter, crois-moi.

Après un silence, profondément plongé dans ses pensées, Zare reprit :

— Et si tu venais avec moi ? On pourrait te faire passer pour un domestique et tu pourrais t'éclipser avec moi demain ?

Ingeborg secoua la tête, quand bien même son cœur criait *oui*.

— Viens avec moi, Ingeborg, l'exhorta Zare. Viens vivre avec les Sámis. À parcourir la toundra, à courir avec les loups, à être libre, toujours.

— Je ne peux pas abandonner ma mère et ma sœur, dit-elle, déstabilisée par sa proposition.

— Bien sûr, fit-il en baissant la tête. Je suis désolé d'avoir demandé. Mais je reviendrai pour toi. Je t'emmènerai loin, très loin d'ici.

Elle sentit l'éclat du danger. Il lui avait fait ressentir des choses, lui avait fait croire que c'était pour elle qu'il était venu à la forteresse. Alors qu'en vérité c'était pour sa mère.

— Je ne peux pas vivre avec toi, répondit-elle sévèrement. Je ne veux pas que tu m'emmènes où que ce soit.

Elle sentit le corps de Zare se détacher du sien. À l'intérieur de son crâne, une voix la suppliait : *Arrête. Ne dis plus un mot*. Mais la douleur l'aiguillait.

— Je suis norvégienne et tu es sámi, énonça-t-elle d'une voix dure. Jamais nous ne pourrions être ensemble, parce que je suis chrétienne et que tu es…

— Un *sauvage* !

Il s'écarta brusquement d'elle et elle se sentit s'effondrer. Comme il se levait, elle s'écroulait. Autour d'eux, le vent hurlait. Il faisait si noir qu'elle ne voyait pas l'expression sur son visage.

— Nous sommes différents, dit-elle, et le vent lui arracha les mots de la bouche.

— Tu as tort, Ingeborg Iversdatter.

Elle aurait voulu qu'il lui demande à nouveau de partir avec elle. Qu'il la serre dans ses bras.

Qu'il lui renouvelle ses promesses, et alors elle l'aurait cru. Alors elle lui aurait dit oui.

Mais il n'en fit rien. Il s'éclipsa en un clin d'œil, se laissant glisser le long du mur pour se couler dans l'allée sombre.

— Zare ! lança-t-elle dans un murmure rauque. Zare, excuse-moi.

Les larmes lui montèrent aux yeux. Qu'avait-elle fait ?

Elle descendit dans son sillage et remonta l'allée en courant, mais il avait disparu. Elle s'arrêta dans la cour, les mains sur les côtes, les joues baignées de larmes. Comme il devait la mépriser à présent, autant pour l'étroitesse de son esprit que pour ses préjugés.

Soudain, surgissant de la nuit noire, Maren se dressa devant elle. Ingeborg étouffa un cri.

— Qu'est-ce que tu fais ici ?

— Je te retourne la question, dit Maren, visage sombre dans la nuit, cheveux au vent. Mais je sais déjà que tu étais avec notre ami sámi, Zare. (Elle poussa un soupir.) Je crois qu'il est amoureux de toi, Ingeborg Iversdatter.

— Non, ce n'est pas vrai ! protesta Ingeborg en écartant Maren de son chemin, le visage tendu, l'irritation perçant dans sa voix.

Mais Maren n'y était pour rien. Peut-être Zare l'avait-il aimée, mais dans ce cas, elle avait tout gâché. Et à présent, il devait avoir une piètre opinion d'elle. Elle avait perdu sa seule et unique chance d'échapper à son misérable destin. Elle ne serait plus jamais libre.

QUATRIÈME PARTIE

Printemps
1663

Cellui[1] qui garde le troupeau de rennes et le loup

Dès sa naissance, cellui qui gardait le troupeau de rennes désira de tout son cœur avoir autant de puissance et de force qu'un loup, *Gumpegievra*.

Lorsqu'iel annonça à son père qu'iel rêvait de devenir un loup, son père lui répondit que cela revenait à vouloir être nuisible.

— Le loup attaque nos rennes, dit son père. Il est notre ennemi.

Mais le loup avait beau voler leurs rennes, cellui qui gardait le troupeau avait une révérence profonde pour cette grande bête.

— Il vit sa vraie nature.

— Le loup est dangereux, mettait en garde son père. Il n'a de pitié pour aucune créature.

— Il n'est pas monté contre nous, Père. C'est le contraire.

1. Dans sa version originale, ce conte est écrit en anglais non binaire, ce qui se traduit par l'utilisation des pronoms « *they* » et « *them* » (et de l'adjectif « *their* ») en place et lieu de « *he/him* » et/ou « *she/her* ». En français, la traductrice a fait le choix des pronoms équivalents « iel » et « cellui », et tourné le texte de manière à respecter la non-binarité de « l'enfant ».

Le père dit à son enfant d'oublier son rêve de devenir loup et lui rappela que son devoir était de surveiller le troupeau de rennes et de les protéger des loups.

Mais iel continuait à rêver des loups. Iel s'inquiétait que son âme fût retenue prisonnière. Ainsi iel rendit visite au *noaidi* du village, qui était celui qui guérissait, celui qui savait et voyait toutes choses.

— Je rêve d'un grand loup gris, dit-iel au *noaidi*. Je le suis partout. Mon âme libre est-elle prisonnière du loup ?

— Je vais aller chercher ton âme captive et te la ramener, lui promit le shaman.

Il entra en transe pour se mettre en quête de l'âme captive de cellui qui garde le troupeau de rennes.

Cellui qui garde le troupeau de rennes attendit.

Lorsque le *noaidi* revint de son voyage au royaume de la mort, il lui annonça que son esprit n'était pas prisonnier. Le shaman prit son tambour et se mit à yoiker. Sur la peau du tambour, cellui qui garde le troupeau de rennes vit le loup gris courir à toute allure, en décrivant des cercles, à travers toutes les images et les symboles du monde sámi.

Quand le shaman revint du monde des esprits, il lui dit que son esprit bienfaisant était un loup.

— Trouve l'arbre courbé au milieu de la forêt et passe en dessous en direction du soleil, lui dit le shaman. Après quoi tu pourras courir avec les loups, parce que le loup te donnera puissance et sagesse.

Cellui qui garde le troupeau de rennes fit ce que lui avait dit le shaman, même si iel savait que son père n'apprécierait pas qu'iel devienne un loup. Mais son esprit bienveillant l'appelait et iel ne pouvait pas l'ignorer.

Cellui qui garde le troupeau de rennes traversa la vaste *vidda* enneigée, à pied et à skis, sous l'immense ciel nocturne. Mánnu, la lune, guidait son chemin. Enfin, iel arriva à une grande forêt. Iel se faufila entre les arbres en suivant un sentier éclairé par la lueur argentée de la lune jusqu'à atteindre un immense arbre au tronc incurvé, dont les branches s'élançaient en se tordant vers le ciel. Iel sut qu'il s'agissait de l'arbre dont le shaman lui avait parlé.

Iel s'assit et mangea de la viande de renne séchée et but une tasse de neige fondue en attendant le lever du soleil. La lune s'éclipsa dans son dos tandis que le soleil printanier se levait par-dessus le manteau neigeux en colorant le ciel de la couleur des mûres arctiques.

Cellui qui garde le troupeau de rennes recula de trois pas, puis passa en courant sous le tronc incurvé de l'arbre en direction du soleil.

Iel courait et se sentait encore comme un être humain. Iel courait et soudain put courir plus vite. Iel courait et ses mains se transformèrent en pattes devant ses yeux, et ses bras se couvrirent d'une épaisse fourrure grise. Iel tomba à quatre pattes tandis que son échine s'arquait et que le reste de son corps se parait de fourrure grise. Son cœur accéléra et iel sentit son sang sámi s'épaissir pour devenir l'épais sang du loup. Iel tourna la tête et vit sa magnifique queue grise qui se soulevait dans le vent. Iel ouvrit grand la bouche et des crocs étincelants émergèrent, iel sentit ses yeux rouler dans ses orbites et lorsque iel les rouvrit, le monde était différent : le ciel était plus vaste et la neige sous ses pattes l'ancrait à la terre. Le paysage était une profusion de parfums et de sons ; l'odeur des autres créatures, l'infime claquement des brindilles.

En vérité, iel n'avait jamais éprouvé tant de force et de puissance.

Le shaman avait prévenu cellui qui garde le troupeau de rennes : iel pouvait courir comme un loup pendant deux semaines et à travers les neuf vallées du monde sámi, mais si iel ne retournait pas à temps à l'arbre incurvé, iel resterait à jamais un loup.

Son ivresse à être un loup était telle et si grande était sa fierté qu'iel voulut se montrer à son père. Iel courut vers son village. Mais dans son excitation, iel effraya les rennes qui s'éparpillèrent en tous sens.

— C'est moi ! cria cellui qui garde le troupeau de rennes, mais ses mots s'étaient mus en hurlements de loup.

Apercevant son père, iel bondit vers lui.

— Regardez, Père ! Regardez, je suis un loup ! Voyez ma force et ma puissance !

Mais son père ne sourit pas en le voyant. Non. Et s'il y avait quelque chose chez ce loup qui le fit hésiter – un instant de reconnaissance entre lui et la bête – son père réprima cette intuition et se rappela que les loups étaient des prédateurs. Il leva son arc et sa flèche et frappa l'enfant-loup en plein cœur.

Le père rejoignit le loup d'un pas lourd. L'animal avait été bien stupide de ne pas s'enfuir. Mais son pelage ferait des vêtements chauds pour sa famille. Il s'en servirait pour faire une toque en fourrure à cellui qui garde son troupeau.

Une tache de sang maculait la neige de rouge et le père poussa un cri. Car devant lui gisait non pas le grand loup gris, mais son enfant, une flèche dans le cœur. Il tomba à genoux, suppliant les esprits du domaine de la mort de lui rendre son enfant, mais il était trop tard.

Cellui qui garde le troupeau de rennes courait avec les loups, et iel ne reviendrait jamais.

Chapitre 43

Anna

Le matin du procès, le trois avril de l'an de notre bon Seigneur 1663, le vent soufflait bas en gémissant autour de la maison longue. Les vagues éclaboussaient les côtes de l'île de Vardø tandis que de grandes volées de goélands décrivaient des cercles dans le ciel. Mon mari Ambrosius aurait affirmé que tous ces rouages de la nature étaient autant d'augures et en effet, la rigueur des intempéries m'écrasait d'un sentiment d'appréhension. La terre nue était recouverte de plaques de verglas sans fin et il faudrait attendre des semaines avant la fonte estivale. Quel que soit le nombre de couches de vêtements de laine dont je m'emmitouflais, je ne cessais de frissonner ; non, ce n'était pas le froid qui m'assaillait, mais la peur quand je songeais au sort qui attendait mes filles.

Je les habillai toutes trois avec grand soin, en brossant leurs jupes et leurs corsets, et en enroulant un de mes cols blancs à leur cou. Malgré leurs protestations, j'avais persuadé Ingeborg et Maren de porter des coiffes pour dissimuler leurs tignasses indisciplinées, et j'avais noué mes rubans verts aux tresses rousses de Kirsten, car en ce jour sombre, elle était mon étoile.

Devant la porte de la salle du tribunal, je m'assurai une dernière fois que les filles étaient présentables. De l'autre côté du battant, on entendait le brouhaha des habitants de l'île qui s'étaient entassés pour venir assister au drame. Tant de mois s'étaient écoulés sans que je côtoie âme qui vive que je me sentais accablée par une nausée soudaine. Je calmai mes nerfs, et malgré le goût acide de bile dans ma bouche, je m'adressai à Maren, Ingeborg et Kirsten.

— La salle du tribunal sera remplie de gens qui vont vous regarder et vous écouter. (*La mise en garde valait tout autant pour elles que pour moi.*) Il est primordial que vous parliez clairement et surtout que vous restiez calmes. Ne pleurez pas. Ne criez pas, sans quoi on ne prendra pas vos paroles au sérieux.

— Je vous ai déjà dit que je ne témoignerais pas, Fru Anna, dit Ingeborg.

Ses yeux débordaient de colère, mais je voyais bien sa peur dans sa manière de se mordre les lèvres et de darder des coups d'œil inquiets à Kirsten.

— J'en ai déjà informé le gouverneur, dis-je à Ingeborg. Il a néanmoins insisté pour que tu sois présente. (Je repris après un soupir.) Les filles, je ne sais pas ce qui va se passer derrière cette porte, mais je vous conjure de dire la vérité, même si vous avez peur.

— Je n'ai pas peur, rétorqua Maren avec un regard hautain. Cela fait des semaines que j'attends ce jour.

Je la dévisageai avec angoisse. Malgré sa tenue austère, l'apparence ténébreuse de Maren était séduisante, et ses yeux étincelants semblaient briller de mille feux. Elle glissa son bras à la taille d'Ingeborg et lova son menton contre son cou pour lui glisser quelques mots à l'oreille.

— Que lui dis-tu ? demandai-je, mais Maren se contenta de me sourire, les yeux emplis d'animosité.

— Rien qui vous concerne, Fru Anna.

Je n'eus pas le temps de l'interroger davantage car, sur ces entrefaites, la grande porte du tribunal s'ouvrit.

Tous les yeux se braquèrent sur nous. La salle était éclairée d'une pléthore de bougies qui jetaient des ombres théâtrales sur l'imposante masse des spectateurs. Je notai qu'il s'agissait pour la plupart de femmes, puisque les hommes n'étaient toujours pas rentrés de la pêche d'hiver. Je sentis leurs regards noirs peser sur nous. En me retournant, j'aperçus les tapisseries qui paraient les murs. Elles dépeignaient des scènes de chasse. J'en remarquai d'autres qui représentaient des scènes de batailles débordant d'hommes : guerriers, héros, fauchés par la mort.

Les filles avançaient la tête baissée, tel que je leur en avais donné l'ordre. Il régnait une atmosphère étouffante, entre les odeurs de sueur de la foule, les relents de poissons et la chaleur dégagée par tous ces corps et toutes ces bougies, sans oublier le feu qui ronflait tout au fond de la salle.

J'avais cessé de frissonner, saisie par la sensation qu'une fournaise brûlait en moi, et la nausée revint impitoyablement me nouer le creux de l'estomac. J'aurais tant donné pour pouvoir boire une gorgée de vin parfumé à la lavande.

À côté de la cheminée trônait le gouverneur, et derrière lui se tenait le bailli Lockhert dans sa posture monolithique. À côté encore était assis un clerc armé d'une plume et d'un encrier pour prendre en note les témoignages.

Je lui jetai un œil envieux. Comme j'aurais aimé vous envoyer une missive d'une écriture claire et lisible, mon roi !

De l'autre côté du gouverneur se tenait le révérend Jacobsen, vêtu de sa longue soutane noire, qui suivait l'entrée des filles avec sa grosse face ronde arrangée en une expression solennelle. Tous les hommes étaient affublés de collerettes placées haut sur leur cou comme s'ils voulaient rejouer les procès des sorcières du temps de votre père au Danemark.

Le long du mur, un jury de douze hommes de bien avait pris place sur des bancs, tous vêtus de laine noire et de collerettes blanches, eux aussi. À travers une petite fenêtre située juste au-dessus des jurés, j'aperçus des nuages couleur d'étain qui filaient dans le ciel bleu, moucheté ici et là de flocons de neige.

Ingeborg fut appelée à témoigner en premier, mais elle refusa de quitter son banc.

— Votre Honneur, dis-je d'une voix sonore qui était plus solide que je ne me sentais réellement. Ingeborg Iversdatter n'a aucun témoignage à donner.

Le gouverneur plissa les yeux.

— Ce sera à moi d'en décider, contra-t-il en posant son regard lourd de courroux sur Ingeborg. La fille Ingeborg Iversdatter est appelée à la barre.

Ingeborg resta tête haute et, à ma grande surprise, lui rendit son regard plein de colère, tant et si bien que sa balafre vira au cramoisi sur sa peau craquelée.

— Très bien, siffla-t-elle d'une voix tout sauf docile.

Chapitre 44
Ingeborg

Toute la salle retenait son souffle, attendant qu'Ingeborg prenne la parole. Elle se retourna pour chercher des yeux Fru Rhodius et Maren, assises toutes deux sur le banc. La Danoise l'encouragea d'un hochement de la tête, et Maren lui adressa un regard éloquent. Ingeborg entendit le murmure de sa voix dans sa tête.

Dis la vérité. Qu'ils aient peur de ta puissance. Ils ne pourront pas te faire de mal.

Mais pour Ingeborg, le mal était déjà fait. Elle sentit brûler sur elle le regard cruel du gouverneur et se tourna vers la foule des habitants de Vardø. Une mer de visages inconnus, pour la plupart des femmes, la dévisageait intensément. Personne de leur village d'Ekkerøy n'était là.

La masse des femmes dégageait des vagues d'hostilité. Ingeborg se souvint de sa dernière embrassade avec Zare, et regretta qu'il ne se trouvât pas dans cette foule. Mais il l'avait abandonnée et elle se retrouvait seule. Elle dut puiser au plus profond d'elle-même pour trouver la force de continuer.

— Raconte à la cour ce qui est arrivé la nuit de Noël, ordonna le bailli Lockhert qui la surplombait de toute sa taille. Raconte à la cour comment toi et d'autres sorcières vous êtes transformées en chats pour vous glisser dans la cave d'Anders Pedersen. Où vous avez retrouvé le Diable et bu toute la bière d'Anders.

Ingeborg secoua la tête. Si les gens de Vardø voulaient l'entendre parler de la seule et unique fois où elle avait croisé le Diable, alors elle allait leur dire la vérité.

— Je n'ai croisé le Diable qu'une seule fois, répondit Ingeborg.

Alors qu'elle s'exprimait devant la cour, le crachin à l'extérieur se transforma en giboulée de grêle qui martela le toit de la grande salle du gouverneur, fit vaciller les bougies et manqua de noyer sa voix. Elle sentit la tension de la salle entière comme tous les cous s'étiraient vers elle. Tout le monde prêtait foi à ses paroles. Tout le monde retenait son souffle pour ne pas rater un seul mot qui sortirait de sa bouche.

Elle comprenait à présent pourquoi Maren parlait de puissance.

— J'étais debout sur la grande boîte, affirma Ingeborg en montrant du doigt l'imposant coffre à côté des jurés. Quand le Diable m'a attaquée.

Elle se retourna pour dévisager le gouverneur. Il avait le cou marbré de rouge, le visage blême, pourtant ses yeux soutenaient son regard. Et la mettaient en garde. Mais la peur avait quitté Ingeborg. Elle n'avait plus rien à perdre, et quelque chose la poussait à parler, quelles qu'en soient les conséquences.

— Le Diable a mis sa main ici, dit-elle en posant la main sur son sein. J'ai sauté de la boîte et j'ai traversé la salle en courant jusqu'au dehors. Le Diable m'a pourchassée. Il m'a rattrapée, m'a traînée dans la cour. Il m'a frappée et il a relevé ma jupe. (À ce moment-là, Ingeborg prit une profonde inspiration en vue de la salve finale.) Il m'a percée de son épée.

Elle fit courir sa main vers le bas, à l'endroit de sa jupe que tout un chacun savait identifier.

Un frisson traversa la foule, mais Ingeborg ne quittait pas le gouverneur des yeux. Ce dernier avait le visage écarlate, traversé par le trait d'un blanc argenté de sa balafre.

Elle entendit quelques femmes échanger des murmures, car toutes avaient compris de quel type d'outrage il était question.

— Cette histoire est inventée de toutes pièces ! beugla Lockhert. Donne à la cour ton témoignage vrai, Ingeborg Iversdatter. Connais-tu d'autres sorcières ?

— Non.

— N'as-tu pas dansé en compagnie de sorcières sur Domen en présence du Diable ?

— Non.

— N'es-tu pas apparue en compagnie d'autres sorcières sous la forme de phoques dans la mer, en train de repousser les poissons avec des tiges d'algues afin qu'ils ne puissent être pêchés ?

— Non, je n'ai rien fait de tout ça.

Le bailli Lockhert la fusilla du regard.

— Ton témoignage n'a aucune valeur, petite. Pour être sauvée, tu dois donner des noms.

Elle avait la bouche sèche, les mots refusaient de sortir. Elle pressa fort les paumes de ses mains, s'arrima à son courage.

— Non, dit-elle. Je ne connais aucune sorcière.

Lockhert la repoussa en direction de Fru Rhodius, tandis que des murmures traversaient la foule et que les gens remuaient nerveusement d'un pied sur l'autre. Son récit n'avait laissé personne indemne. C'était un récit de violence et d'abus. Personne n'avait envie de l'entendre de la bouche d'une fille, car dans ces mots sans doute ces femmes se reconnaissaient-elles : quand leurs maris ou leurs pères les avaient traînées dehors pour les battre sous la neige ; quand leurs maîtres étaient sous l'emprise de l'alcool au point de les prendre de force en pleine nuit. Les douze hommes justes du jury s'agitèrent avec embarras sur leur banc, réticents à prêter foi aux paroles de la fillette Iversdatter, tant il était plus facile d'accuser le Diable de toutes les traces de coups sur leurs femmes et leurs filles ; plus facile d'accuser les sorcières d'avoir vidé leurs fûts de bière. Plus facile de traiter de disciples du Diable les domestiques aux grossesses non désirées.

— Cette fille ne sert à rien, Fru Rhodius, dit Lockhert à la Danoise en repoussant Ingeborg contre elle. C'est une simple d'esprit.

Mais Ingeborg lut la compassion dans le regard que Fru Rhodius posa sur elle. Elle savait qu'elle disait la vérité.

Chapitre 45

Anna

Quelle imprudente, une vraie sotte ! J'aurais voulu secouer Ingeborg un bon coup, car les mots qui sortaient de sa bouche allaient infailliblement signer son arrêt de mort. Le gouverneur, le visage puce, bouillonnait de rage en écoutant son témoignage et pourtant je ne pouvais m'empêcher d'admirer cette jeune fille qui avait eu le cran de dire la vérité. J'avais été témoin de l'outrage du gouverneur sur sa personne et si j'étais intervenue, je n'en avais soufflé mot à âme qui vive. À présent je vous en informe, mon roi, et vous exhorte de débarrasser le Finnmark du gouverneur de district Orning, tant pour sa cruauté abjecte que pour sa conduite dépravée.

Tandis qu'Ingeborg reprenait sa place sur le banc à côté de moi, le bailli Lockhert appela Maren à la barre. Elle alla se poster, taille haute, peau sombre, au centre de la salle et fit le serment de dire la vérité. La foule d'insulaires se pencha en avant pour mieux la dévisager, le visage empreint de méfiance, car Maren leur était étrangère et avait des airs sauvages, quand bien même j'avais fait de mon mieux pour apprivoiser son apparence.

Son serment prononcé, Maren posa les mains sur ses hanches avec des airs de défi. J'avais certes eu pour mission de lui soutirer des aveux, mais en cet instant je craignais les mots susceptibles de sortir de sa bouche.

— La sorcière Solve Nilsdatter t'a désignée comme étant en sa compagnie dans la cave d'Anders Pedersen le soir de Noël, avec l'autre fille, Ingeborg, et sa mère, Zigri Sigvaldsdatter, quand, déguisées en chats, vous avez bu toute sa bière. Que réponds-tu à cette accusation ? l'interrogea Lockhert d'une voix bourrue, même s'il semblait quelque peu décontenancé par son aplomb.

— Le soir de Noël, bailli, nous étions des convives dans le trou à sorcières sous votre nez, comment voulez-vous donc que nous nous soyons trouvées à l'autre bout du détroit de Varanger, à Kiberg, en train de boire la bière de Pedersen ? demanda-t-elle d'une voix douce.

— Vous avez creusé un trou pour vous échapper, et vous vous êtes transformées en oiseaux, beugla Lockhert. Vous avez été vues par moi, par le gouverneur et le révérend Jacobsen, ainsi que par le marchand Brasche et Anders Pedersen !

Maren inclina la tête sur le côté.

— Et quel oiseau étais-je donc, bailli ?

Lockhert plissa les yeux.

— Tu sais très bien que tu étais un corbeau, fillette.

Mon imagination me jouait-elle des tours, ou entendis-je Maren articuler à voix basse le cri du corbeau – *croa, croa, croa* ?

— Ce que je vous dis ne fera pas un iota de différence, bailli Lockhert, parce que vous croyez tous nous avoir vues, alors à quoi bon dire autre chose à des hommes si érudits ? lança Maren en écartant les bras devant les jurés avant de s'avancer d'un pas en direction de la silhouette imposante de l'inquisiteur écossais. Mais j'ai une question pour vous. Si nous pouvons nous transformer en chats et creuser le sol pour nous échapper du trou à sorcières, et si nous pouvons voler tels des oiseaux au-dessus du détroit de Varanger, pourquoi faisons-nous le choix de rester en captivité ?

Le bailli Lockhert était furieux d'être pris à partie par une accusée et son incapacité à répondre à Maren prouvait à quel point il était pris au dépourvu.

— Ce n'est pas à toi de poser des questions, Maren Olufsdatter. Ton devoir est de répondre honnêtement à celles que l'on t'adresse, intercéda le gouverneur Orning d'une voix tonitruante.

Maren pivota sur ses talons pour regarder son interlocuteur droit dans les yeux.

— Je n'ai pas fait l'objet d'une arrestation, gouverneur Orning, puisque je me suis rendue à Vardøhus de mon propre chef, objecta Maren en le montrant du doigt, de la même manière que j'avais vu des femmes accusées de sorcellerie désigner du doigt celles qu'elles dénonçaient.

Maren ménagea une pause. Son attitude envers les hommes en position d'autorité allait forcément lui jouer des tours, et peut-être comprit-elle la futilité de sa posture, car je vis la colère prendre le pas dans ses yeux comme elle reprenait la parole.

— Est-ce que je rêve ou est-ce vraiment arrivé ? Une grande foule de femmes se rassemble devant la forteresse, aussi nombreuse que des grains de glace dans la neige épaisse, et nous entrons dans votre château pour y mettre le feu. Nous voulons vous brûler, gouverneur Orning !

La fureur transperçait le corps de Maren, la rendant encore plus élancée, plus grande que tous les hommes, comme si elle était en proie à la puissance d'une bête sauvage. Je me demandai, mon roi, si le Diable s'était emparé d'elle pour la doter de pouvoirs surnaturels. Assurément, les habitantes de l'île durent se dire la même chose, car elles reculèrent en échangeant des murmures affolés.

— Vous pensez peut-être que je mens, car quand a-t-on vu pour la dernière fois un tel attroupement de femmes devant votre château ? Ah, mais nous étions sous forme d'oiseaux, Gouverneur, tout à fait, une grande volée d'oiseaux en tous genres – corbeaux, colombes, pluviers, aigles, moineaux, cormorans, cygnes, goélands. Tout un sabbat d'oiseaux de toutes formes et de toutes tailles venus vous regarder brûler !

Le gouverneur ne quittait pas Maren des yeux, mais je crus bien déceler de la peur dans son regard, car il restait sans voix, et moi-même ne l'avais jamais vu dans cet état.

— Satan lui-même vous a-t-il envoyée pour nuire à l'illustre gouverneur ? demanda le bailli Lockhert d'une voix rauque d'excitation en voyant Maren se condamner elle-même, et les autres avec.

— Non, pas du tout. C'est ma mère, Liren Sand, car elle a des comptes à régler avec le gouverneur Orning, dit Maren avec morgue à l'évocation de sa mère. Et les femmes qui étaient à mes côtés sous forme d'oiseaux étaient celles que vous avez brûlées parce qu'elles étaient des sorcières.

— Toutes les sorcières sont sous la coupe du Diable, contra Lockhert. Il a dû vous envoyer, mais le gouverneur, qui est pieux, a réussi à le repousser.

— Nous sommes venues de notre propre chef pour nous venger, car vous savez mieux que moi où le Diable est susceptible de se loger, fit valoir Maren.

L'espace d'un instant, je fermai les yeux et vis des femmes, sous forme d'oiseaux, qui planaient ailes étendues dans un ciel de plomb au-dessus de la forteresse, et je sentis leur délivrance irradier chaque partie de mon corps.

Lorsque je rouvris les yeux, Maren avait terminé de parler et la grande salle du tribunal baignait dans un silence éberlué après cette prise de parole effarante.

Le visage repoussant du bailli Lockhert se renfrogna.

— C'était Satan avec vous, car c'est lui qui vous donne la capacité d'agir en tant que sorcières.

— Oh, non, bailli, fit Maren en agitant l'index dans sa direction.

Là encore, son effronterie me laissait sans voix. Plus elle s'évertuait à l'aiguillonner, plus les conséquences seraient désastreuses, et pourtant Maren semblait de pas s'en inquiéter le moins du monde.

— Ce n'était pas le Seigneur des Ténèbres qui était avec nous, je l'aurais su. Le Seigneur des Ténèbres rôde ici même à Vardø. Oui, oui, il est en ce moment même dans cette salle parmi nous !

Un remous agita la foule comme si une bourrasque de vent avait secoué le tribunal. Le tribunal de Vardøhus n'avait encore jamais vu une telle scène.

— Écoutez, dit-elle en s'adressant aux spectatrices avec un regard avide d'attention. Ma mère, Liren Sand, était plus forte que n'importe quel homme. Liren Sand est aussi grande que ce château, elle est surmontée des bois d'un renne et armée des griffes d'un lynx. Elle est magnifique, Liren Sand, c'est ma mère, et elle me tend la main. Tous les pêcheurs partis en mer ne reviendront peut-être pas, mais pas Liren Sand. Elle reste à mes côtés contre vents et marées.

Maren ménagea une nouvelle pause et fit le tour de la salle. Elle se délectait de l'attention, quand bien même son outrecuidance entraînerait sa perte.

— Liren Sand est une guide, une conseillère et nous la suivrons dans son reinaume. Elle me montre un lac en feu plein de flammes ardentes et elle souffle les flammes depuis sa pipe dans l'eau. Elle jette de la farine, du sucre et du gingembre dans le lac et tout ressort cuit. Liren me donne du pain d'épices et danse avec moi. (Elle tournoya devant la foule.) Et nous voici en route pour la vallée des ténèbres. Et j'aperçois toutes les autres accusées au bout d'un long, long tunnel. Elles m'attendent en pleine lumière. Liren Sand danse avec elles – elle est si belle, gouverneur Orning ! Vous souvenez-vous de ses mains, de ses lèvres, du parfum de sa peau ?

Le gouverneur s'était levé d'un bond, les yeux étincelants de colère.

— Arrête immédiatement cette mascarade, et donne-moi le nom des sorcières de Varanger !

Maren sourit, enroula une boucle de ses cheveux sombres autour de son doigt, la tête inclinée sur le côté, d'un air presque aguicheur.

— Écoutez mes paroles, dit-elle. Si vous faites du mal à l'une d'entre nous, je vous en ferai tant et plus, tel que Liren Sand m'a appris à le faire.

Une stupéfaction totale régnait dans la salle. Seul résonnait le martèlement de la grêle sur le toit.

— Vous pouvez nous frapper, nous tourmenter, écraser nos pouces, briser nos os… vous ne briserez jamais nos esprits.

Maren se tourna vers la foule, puis s'en approcha, se délectant de voir les habitantes de l'île se recroqueviller, tandis que les jurés restaient figés d'horreur.

— Je peux vous jeter des sorts qui vous feront dépérir et mourir ! proféra-t-elle en agitant le doigt. Brûlez ne serait-ce que l'une d'entre nous sur le bûcher et je vous brûlerai tous dans vos lits. Je mettrai le feu à tout Vardø !

Un courant d'effroi traversa la foule. Les gens détournaient le regard, terrifiés par le mauvais œil de Maren. Le feu qui ronflait emplissait la salle d'une telle touffeur qu'il me semblait que le Diable en personne me soufflait dessus. Je m'éventai de la main, prise de panique, le souffle court.

Maren recula vers moi et reprit sa place sur le banc, un sourire incongru sur le visage. Son explosion lui vaudrait forcément de finir sur le bûcher.

Derrière elle, le gouverneur se leva de toute sa taille robuste et menaçante, surmontée d'un chapeau pointu et parachevée d'une cape noire virevoltante. Il s'approcha du jury, les bras ouverts en grand, l'image même d'un grand corbeau noir.

— Vous voyez à quel point ces créatures sont dangereuses ! argua-t-il en s'adressant aux douze hommes. Nous devons nous débarrasser de ces sorcières du Nord et de leur guerre de terreur !

Alors qu'il proférait ces paroles, celles de Maren me revinrent en mémoire.

Le Seigneur des Ténèbres rôde ici même à Vardø.

Le procès était loin d'être terminé ; on venait de faire entrer les trois femmes accusées, entravées par des fers. J'avais vu bien des âmes en peine pendant l'année qu'avait duré la peste, pourtant Solve Nilsdatter, la Veuve Krog et Zigri Sigvaldsdatter offraient un bien piètre spectacle. En les voyant pénétrer dans la salle blotties les unes contre les autres, Ingeborg étouffa un cri en découvrant sa mère, et Maren marmonna des malédictions à voix basse sur le sort de sa pauvre tante. Zigri Sigvaldsdatter, la mère d'Ingeborg et Kirsten, était la moins ravagée des trois sorcières, quoiqu'elle arborât une silhouette grotesque, à tel point que plusieurs hommes de l'assemblée détournèrent le regard. Zigri aurait dû être en couches : son ventre était aussi rond que la pleine lune, et elle avançait en oscillant d'un pas incertain. Sous la crasse, son visage était d'une pâleur cadavérique et ses cheveux d'or étaient tombés par poignées entières, laissant des plaques chauves sur son crâne.

Je serrai la main de Kirsten pour la rassurer, mais je sentis sa paume froide et flasque dans la mienne, tandis qu'elle regardait sa mère bouche bée.

Un silence de plomb s'abattit sur la salle. Pas une raillerie, pas de chahut comme dans les autres procès de sorcellerie qui s'étaient tenus au Danemark. Je me demandai si les habitantes de l'île avaient pitié de ces femmes de pêcheurs, pas si différentes d'elles, ou si l'émotion prédominante était plutôt l'effroi. *Voici trois sorcières de Varanger ! Gardez-vous bien de les regarder dans les yeux sans quoi elles vous jetteront un sort !*

Solve Nilsdatter, avec ses dents cassées, ses moignons sanglants et ses bras comme des ailes brisées, semblait aussi vieille que la Veuve Krog ; mais le pire était l'état de sa poitrine. Je sentis la bile remonter dans ma gorge. J'avais pourtant prodigué des soins quotidiens à cette femme, mais la vue de ces lambeaux de chair brûlée et purulente à la lumière crue de la salle de tribunal me retourna l'estomac comme si j'étais en pleine mer. J'avalai ma salive, pris une profonde inspiration et posai la main à plat sur mon ventre pour me calmer.

C'est elle que l'on traîna en premier devant le gouverneur et son jury. Les chiens couchés à ses pieds dressèrent les oreilles, pourtant ils posèrent sur la femme un regard dénué d'agressivité. Les joues creusées de Solve étaient baignées de larmes, et sa respiration rauque était laborieuse.

Le gouverneur lui donna l'ordre de présenter ses preuves, mais il était évident que la pauvre créature n'était plus en état de parler. Un gargouillis étranglé sortit de sa bouche, et un spasme d'épuisement et de douleur secoua son corps entier.

En lieu et place de son témoignage oral, le bailli Lockhert présenta une liasse de feuilles au gouverneur. Ce dernier y jeta un coup d'œil rapide.

— Visiblement la prisonnière a d'ores et déjà avoué librement les crimes, qui ont été consignés par le bailli Lockhert. Je vais vous les lire :

« Je, soussignée Solve Nilsdatter du village d'Ekkerøy, épouse de Strycke Anderson, avoue librement les crimes suivants. Avec ma cousine Zigri Sigvaldsdatter, la Veuve Krog et Elli la Sámie, nous avons, sous la forme de phoques brandissant des tiges d'algues, fait partir les poissons des côtes pour que la pêche soit mauvaise. Nous voulions faire souffrir les habitants de Varanger. Nous avons jeté des sorts pour modifier le temps, ce qui a fait couler par le fond le navire du marchand Brasche, a détruit tout son chargement et a noyé tous les hommes à bord. » En outre, elle avoue avoir fait couler le bateau qui amenait le bailli Lockhert depuis l'Écosse et noyé sa famille.

Après l'évocation du bailli et du triste destin de sa famille, le gouverneur se tut. Les traits de Lockhert se durcirent ; à ces yeux, il ne s'agissait pas de trois femmes, mais de trois sorcières qui avaient brisé la vie de ses bien-aimés, quoiqu'il fût difficile de prêter à Lockhert un sentiment tel que l'amour.

Le gouverneur reprit la lecture de la déposition de Solve. À chaque nouvel aveu, Solve baissait de plus en plus la tête, comme si le poids de ses chaînes la précipitait vers le sol.

— « À Noël, nous avons festoyé avec la bière de la cave d'Anders Pedersen en compagnie de Satan. Pour le solstice d'été, nous avons dansé avec des sorcières de tous les royaumes du Danemark, de Norvège et d'Écosse au sommet de la montagne de Domen. Nous avons dansé la bourrée avec Satan, fait des jeux et bu pichet après pichet de bière forte. »

Les images invoquées par ses mots étaient si vives que je dois reconnaître, mon roi, que je me surpris à douter une nouvelle fois de son innocence. Comment une simple femme de pêcheur pouvait-elle fabriquer de tels mensonges ? Ainsi avait-elle bel et bien dansé en compagnie du Diable, ce qui donnait raison à votre père : à savoir que le Seigneur des Ténèbres habitait ces contrées septentrionales ?

— « J'ai acheté des sortilèges d'Elli la Sámie, pour en user sur le gouverneur. Je les ai noués en pelotes de laine et les ai cachés dans les fissures des murs de la forteresse. »

En cet instant, le bailli Lockhert retira de la poche de son gilet une petite boule de laine sale et la tendit au premier juré pour qu'il l'examine.

— Nous avons trouvé ceci coincé dans une fissure dans le trou à sorcières, expliqua-t-il.

Le gouverneur reprit sa lecture du document.

— « Moi-même, la Veuve Krog, Zigri Sigvaldsdatter et ma nièce Maren Olufsdatter nous sommes rassemblées sous la forme d'une nuée de corbeaux à l'extérieur de la forteresse en menaçant d'y enfermer le gouverneur Orning et le bailli Lockhert et d'y mettre le feu. (Le gouverneur reposa le parchemin.) Je, soussignée Solve Nilsdatter, avoue être allée dans la montagne et m'être donnée au Diable. »

La foule entassée dans la grande salle laissa échapper un grondement de dégoût face à l'image de cette femme de pêcheur soulevant ses jupes pour le Seigneur des Ténèbres, et j'entendis murmurer des « *Brûle en enfer, souillon* ».

Après lecture des aveux de Solve, on fit avancer la Veuve Krog, qui titubait sous le poids de ses fers, sa peau recouverte de contusions et de lacérations. Elle n'avait plus que des moignons sanglants à la place des doigts, mais lorsqu'elle leva la tête, ses yeux brillaient encore d'une lueur de défi.

— Dorette Krog, je vous exhorte à passer aux aveux complets face à l'auditoire et sous la présidence de l'illustre gouverneur de district Orning, lui signifia le bailli Lockhert d'une voix ferme.

Loin de baisser la tête tel que l'avait fait Solve, la Veuve Krog regarda Lockhert droit dans les yeux. C'est d'une voix tremblante qu'elle lui adressa la parole.

— Je refuse d'avouer de quelque façon que ce soit.

Un murmure inquiet traversa la foule tandis que le gouverneur lui lançait un regard sans appel.

— Pouvez-vous nommer douze personnes prêtes à faire une déclaration à décharge en votre faveur ? l'interrogea Lockhert d'un ton de défi.

— Non, en effet, car qui irait parler en ma faveur, quand on risque de les accuser à leur tour ? répondit la Veuve avant de se tourner vers le gouverneur. Votre Honneur, ces accusations portées contre ma personne sont fausses.

— Vous avez été dénoncée par Solve Nilsdatter, rejeta le gouverneur.

— Mais Solve a été torturée jusqu'à ce qu'elle donne des noms. Je jure que je ne suis pas une sorcière. Je ne mentirai pas à mon propos, ni ne dénoncerai une autre femme. Jamais !

Le visage du gouverneur se rembrunit et ses mâchoires serrées firent saillir sa balafre sur sa joue.

— Visiblement le Diable a pris ses aises chez cette vieille mégère, lança-t-il à Lockhert. Nous devons la persuader de dire la vérité.

Lockhert hocha la tête à l'attention du gouverneur avant de s'adresser à la Veuve Krog.

— Pour prouver votre innocence, acceptez-vous d'être jugée par l'épreuve de l'eau ?

La foule retenait son souffle en attendant sa réponse. On entendait crépiter le feu et le choc des grêlons contre les vitres.

Comme vous n'êtes pas sans savoir, mon roi, l'épreuve de l'eau est la meilleure manière de prouver qu'une femme est une sorcière, car l'eau est sacrée. Ainsi l'eau prendrait à elle l'innocente et rejetterait le malin. Si la Veuve Krog se mettait à flotter telle une embarcation, ce serait la preuve qu'elle est une sorcière – et pourtant je n'ai jamais vu de femme réagir autrement à cette épreuve.

La Veuve reprit la parole d'un air horrifié, néanmoins elle accepta. Après tout, quel choix avait réellement cette pauvre femme ?

Le gouverneur annonça que le procès serait ajourné jusqu'au lendemain, après l'épreuve de l'eau.

Je peinais à m'imaginer une immersion dans les eaux glacées du Nord. Une fois plongée dans les vagues, la vieillarde mourrait de froid avant même d'avoir pu prouver ou réfuter quoi que ce soit.

Je me demandai soudain si ce n'était pas exactement l'issue recherchée par la Veuve Krog.

Chapitre 46

Ingeborg

On avait obligé les filles à descendre jusqu'au bord de l'eau pour être témoins de l'épreuve. Le gouverneur en avait profité pour déclarer qu'en l'absence d'aveux de leur part, elles subiraient le même sort. À leur arrivée sur place, elles trouvèrent tous les habitants de l'île serrés sur les roches humides. Devant ce parterre de spectateurs, la Veuve Krog était aussi pâle que sa chemise qui cachait à peine sa nudité, et elle claquait des dents frénétiquement, la peau bleuie par le froid. Avec le crépuscule, la baie était plongée dans la pénombre. Tous les habitants de Vardø se tenaient cois au bord de l'eau et seuls résonnaient les cris stridents des goélands et le claquement des rames des soldats qui emmenaient l'embarcation du gouverneur vers le large.

La Veuve Krog avait les mains enchaînées et liées aux chevilles. Les soldats la jetèrent dans les eaux glacées de l'océan Arctique comme un vulgaire sac de céréales, armés de cordes et de planches si jamais elle coulait par le fond.

Mais elle n'en fit rien.

La chemise blanche de la Veuve Krog se gonfla comme une grand-voile et elle flotta à la surface. Un frisson traversa la foule. Une voix s'éleva, puis une autre, jusqu'à ce que tout le monde scande en chœur : « *Sorcière, sorcière, sorcière !* »

Ils la sortirent de l'eau tel un filet de pêche pour la ramener séance tenante au rivage afin qu'elle ne meure pas de froid dans l'embarcation.

La foule continuait à psalmodier « *Sorcière, sorcière, sorcière !* » sous le regard triomphant des monstres de Dieu, le gouverneur Orning et le bailli Lockhert.

Comme l'embarcation s'approchait de la rive, la foule entière s'élança en avant en se laissant glisser le long des rochers. Ingeborg aperçut la Veuve Krog qui gisait au fond de la barque, sa chemise collée à sa peau dévoilant sa nudité aux yeux de tous. Elle tremblait de la tête aux pieds, les yeux liserés de sel de mer.

Maren s'approcha en fendant la foule.

— N'aie pas peur, sorcière ! Use de ta puissance, montre-leur !

La fièvre des paroles de Maren s'empara d'Ingeborg. Elle aurait voulu que la Veuve Krog se mette à hurler comme une louve, qu'elle emplisse le ciel de nuages noirs qui se déchirent sur leurs têtes, déversant le grondement du tonnerre et des éclairs qui viendraient frapper le gouverneur de Vardø. *Envoie le Thor de ton ancienne religion, Veuve Krog !*

Ingeborg pria le bon Dieu et tous les dieux sámis de Zare. Qu'une pluie glaciale diluvienne tombe sur les huées de la foule et les noie tous autant qu'ils étaient, englués dans leurs peurs et leurs préjugés.

Mais aucun éclair ne zébra le ciel, et la Veuve Krog tint bon.

— Je ne suis pas une sorcière, dit-elle dans l'entrechoquement de ses dents. Vous devez me croire ! Je suis innocente.

Mais l'eau l'avait rejetée, et n'était-ce pas là la preuve qu'elle était une sorcière ?

La Veuve Krog n'en démordait pas, et ils la traînèrent hors du bateau, l'enchaînèrent et la ramenèrent dans le trou à sorcières.

— Je n'avouerai pas ! gronda-t-elle. Et je ne dénoncerai personne.

Chapitre 47

Anna

Après le spectacle épouvantable de l'épreuve de l'eau, je retournai au trou à sorcières munie de mon coffret à remèdes. Ingeborg me suivait, chargée d'un chaudron fumant de bouillon de poisson pour les femmes.

La Veuve Krog devait être glacée jusqu'à la moelle, et je craignais qu'elle ne passât pas la nuit. J'avais choisi Ingeborg pour me prêter main-forte, par compassion envers elle et sa mère, afin qu'elles puissent échanger quelques mots. Kirsten n'avait pas demandé à la voir et sa mère n'avait posé aucune question sur sa cadette – ce qui ne faisait qu'exacerber mon désir de protéger la fillette.

Aie la foi, Anna, elle est ta fille, à présent.

Lorsque nous arrivâmes au trou à sorcières, le capitaine Hans nous interdit d'entrer, en m'informant que tels étaient les ordres du bailli Lockhert, qui se trouvait actuellement à l'intérieur avec les femmes. En outre, le capitaine avait reçu pour consigne directe du gouverneur de me reprendre la clé.

Je protestai avec véhémence, en arguant que les femmes avaient besoin de mes soins, mais le capitaine fit valoir d'un air triste qu'il avait reçu des ordres. Nous pouvions laisser le chaudron sur le pas de la porte, avec l'assurance qu'il le ferait suivre aux sorcières. Je sortis la clé de ma poche, non sans sérieux doutes quant à ce que le bailli Lockhert allait se permettre à présent que je n'avais plus accès à cette sinistre prison. Il m'apparut évident qu'Ingeborg pensait la même chose que moi, car elle me dévisagea de ses grands yeux graves. Ils brillaient d'une lueur accusatrice. Pourtant je ne suis pas responsable de la brutalité de Lockhert, et n'ai jamais eu autre chose à cœur que de mettre un terme à ses tortures.

Je n'ai aucun pouvoir, car ce n'est pas moi, mon roi, qui dirige le Finnmark !

*

Je ne fermai pas l'œil de la nuit, impatiente de voir filtrer le premier rai de l'aube à travers le rabat de la fenêtre. Pourtant, il faisait encore nuit noire lorsque j'entendis grincer la porte de ma chambre.

Je m'attendais à moitié à voir réapparaître Christina pieds nus dans sa chemise de nuit blanche.

Maman, j'ai mal à la tête.

Mais l'intrus n'était autre que la chatte noire du château, qui s'avança sur les lattes avant de grimper d'un bond sur mon lit. Je décidai de ne pas la repousser ; à la place, je la regardai me dévisager sans ciller, comme si elle lisait dans mon âme.

Les femmes et les filles étaient accusées de s'être transformées en chats le soir de Noël, soit une idée parfaitement absurde, pourtant plus je contemplais le félin, plus je lui trouvais une expression entendue.

— Que me conseilles-tu de faire ? lui murmurai-je.

Je sentais peser sur mes épaules la souffrance de ces femmes et ces filles de la péninsule de Varanger. Étais-je aussi impuissante que le gouverneur voulait me le faire croire ? On m'avait repris la clé du trou à sorcières et on m'avait exclue des interrogatoires, sous le prétexte que ma voix était celle de la dissidence.

Mon roi, le gouverneur n'a eu de cesse d'enfreindre vos lois, de tourmenter ces pauvres créatures.

La chatte s'avança furtivement vers moi sur le couvre-lit. Je ne savais pas trop si son intention était de me mordre et à tout hasard je levai la main pour qu'elle la renifle. Elle me remercia d'un coup de langue râpeux et se roula en boule à côté de moi. Bercée par le rythme régulier de son ronronnement, je passai le reste de la nuit dans un état de demi-sommeil.

Le lendemain matin, après les prières, toute notre petite maisonnée se remit en marche pour assister à la conclusion du procès dans la grande salle du gouverneur. Le fond de l'air s'était légèrement adouci, le ciel restait d'un gris morne, tandis que le brillant éclatant des congères s'estompait avec le début du dégel qui transformait le sol en boue. La vue d'une seule feuille verte aurait suffi à me redonner courage, mais alentour tout était atone. Sur le chemin, le silence lugubre était brisé par le fracas des longues stalactites qui se détachaient du toit du château pour s'écraser sur les dalles de la cour.

La salle du tribunal était tout aussi bondée que la veille, pourtant je sentais un changement dans l'humeur des habitants de Vardø. Dans la chaleur abêtissante de la salle d'audience, la frénésie provoquée par l'épreuve de l'eau était encore palpable et la tension semblait épaissir l'atmosphère. Pourquoi ces femmes de pêcheurs ne réfléchissaient-elles pas au fait que ces prétendues sorcières ressemblaient à leurs propres mères, à leurs sœurs et à leurs filles, voire à elles-mêmes ?

On fit entrer les deux cousines, Solve et Zigri, les mains menottées, mais la Veuve Krog n'était pas là. Je n'osais pas me représenter le supplice que Lockhert avait dû faire subir à cette pauvre femme pour lui arracher des aveux, et son absence en disait long sur son honorabilité, envers elle-même et envers les autres femmes. Sa résilience m'inspirait un profond respect. D'aucuns affirmeraient que c'est le Diable qui lui donnait sa force, mais je pense que c'était son sens de l'honneur. Qu'elle fût ou non coupable de sorcellerie, cette vieillarde croyait dur comme fer en son innocence et en celle de ses compagnes d'infortune.

Où était passé mon zèle ? J'étais arrivée en ces lieux une année plus tôt en étant convaincue que j'avais atterri sur cette satanée île pour y accomplir votre volonté et y chasser les sorcières en votre nom, mon roi. Je flamboyais de passion et de dévotion et j'aurais donné ma vie dans la quête de votre divinité. Mais en cet instant, mon cœur saignait de douleur et les doutes m'assaillaient quand je posais les yeux sur ces deux femmes meurtries. Et je me demandais quel pouvoir elles pouvaient bien avoir pour détruire le vôtre, vous, l'homme le plus formidable de tout le royaume du Danemark et de Norvège.

Ah, je me perds en conjectures, car en réalité je ne peux pas abjurer les raisons de ma présence ici. J'avais passé un marché avec le gouverneur et l'heure était venue de le mener à bien.

Le gouverneur appela à la barre Kirsten Iversdatter, fille de la sorcière Zigri Sigvaldsdatter. Notre heure avait sonné. Je me levai et tendis la main à Kirsten. Depuis la veille, elle portait mon ruban vert enroulé à ses boucles rousses. La lumière qui tombait en biseaux depuis les hautes fenêtres l'illuminait. Elle leva sur moi ses yeux bleus pleins de confiance ; on aurait dit un ange. L'image de Christina me revint en mémoire, quand j'avais promis à mon enfant mourant qu'elle vivrait car j'allais la sauver.

Kirsten prit ma main tendue tandis qu'Ingeborg blêmissait et lui murmurait à l'oreille :

— Kirsten, ne dis rien.

Mais sa sœur ne lui appartenait plus, car elle était à moi, à présent.

Elle s'avança vers la barre et j'aperçus l'expression de la femme du gouverneur, assise à côté de son époux : elle avait l'air aussi horrifiée qu'Ingeborg. Je la vis tirer son mari par le bras.

— Christopher, c'est une enfant, qu'est-ce que cela signifie ?

Mais il repoussa sa main et concentra sa sombre attention sur Kirsten. J'étreignis sa main et ses doigts se refermant sur les miens déclenchèrent en mon cœur un regain de courage.

Croyez-moi, mon roi, s'il y avait eu une quelconque solution pour sauver ma fille, je l'aurais choisie et je dois avouer, oui, je le dis, que je me languis de mon ancienne vie, et que je veux retrouver ma fille.

Ce monde sera éternellement marqué par la souffrance et la perte, mais cette fois-ci, ce n'est pas moi qui en pâtirai.

Tous les regards étaient rivés sur nous. Lockhert prit la parole de sa voix bourrue :

— Dis au gouverneur et au jury ce que tu as avoué à Fru Rhodius.

— Kirsten, mon enfant…

Zigri, entravée par le poids de Solve qui reposait contre elle avec ses ailes brisées, tira sur ses chaînes. Elle tenta de s'approcher de nous, mais deux soldats l'en empêchèrent. Un effluve d'air du trou à sorcières flotta autour de moi et je reconnus l'odeur de la sueur de leurs supplices, du sang de leurs tourments, des excréments de leur désespoir.

Une vague de nausée me traversa. J'aurais voulu rester sourde aux supplications de cette sorcière. De toute façon, la femme de son amant, Fru Brasche, avait déjà signé l'arrêt de mort de Zigri Sigvaldsdatter. J'étais déterminée à sauver sa fille d'un semblable destin, pour qu'un jour prochain on ne lui fasse pas le même procès. Elle était encore jeune, mais si elle restait à Vardø, Kirsten Iversdatter serait à jamais la fille d'une sorcière, comme Maren avant elle. Son destin en avait fait une sauvageonne et je craignais qu'arrivée à l'âge d'être condamnée Maren soit envoyée au bûcher. Zigri Sigvaldsdatter ne voyait-elle donc pas que je m'évertuais à sauver la vie de sa fille Kirsten ? En devenant ma fille, elle deviendra par la même occasion Christina Rhodius et bénéficiera de tout le confort et la sécurité de ma demeure de Bergen. Je veillerai sur elle, je m'assurerai qu'elle ne manque de rien.

— Silence, sorcière ! ordonna le gouverneur.

Le soldat plaqua sa main sur la bouche de Zigri, qui se débattit. Son gros ventre gênait les gestes du jeune homme qui tentait de l'immobiliser.

— J'ai vu ma mère avec le Diable, dit Kirsten à voix basse.

— Où as-tu vu ta mère avec le Diable ? l'incita Lockhert.

— Dans l'étable d'Heinrich Brasche, dit-elle d'une voix plus forte. Ma mère m'a frappée et m'a dit de ne pas en parler à âme qui vive.

— Que faisaient-ils ?

— Ils forniquaient, énonça Kirsten d'une voix claire comme de l'eau de roche.

Zigri cessa de se débattre, le corps secoué de lourds sanglots, et le soldat retira sa main.

— Oh, Kirsten, qu'as-tu fait ? gémit-elle.

Kirsten se tourna vers sa mère, sa main n'avait pas quitté la mienne.

— Tu disais que j'étais l'enfant du diable, que c'était ma faute si Axell s'était noyé... plaida Kirsten d'une voix tremblante.

— Je ne le pensais pas, Kirsten. Je pleurais la mort de mon fils.

Kirsten tourna le dos à sa mère et leva sur moi ses yeux implorants.

— On peut aller à Bergen, maintenant ? S'il vous plaît, Fru Anna ?

— Oui, bientôt, ma fille, promis-je tandis que nous regagnions notre banc.

Ce qui se passa ensuite était inattendu. Le gouverneur et le bailli conférèrent avec les jurés, puis le bailli reprit le devant de la scène. Les mots qui sortirent de sa bouche déferlèrent sur la population de l'île de Vardø entassée dans la salle d'audience.

— Puisque ces femmes ont passé un pacte avec le Diable, et pratiqué la sorcellerie, entraînant la souffrance des habitants de la péninsule de Varanger, que Dieu nous préserve, mais nous n'avons d'autre choix que de les punir en leur retirant la vie sur le bûcher.

Zigri et Solve s'étreignirent avec terreur. Oh, mon roi, j'aurais voulu ne pas les voir, mais où pouvais-je bien poser les yeux ? La foule basculait de nouveau dans une explosion d'hystérie, aux cris de : « Brûlez les sorcières ! » Seuls certains restaient silencieux, le visage fermé par une mine réprobatrice.

Je me sentais incapable de regarder Ingeborg, pourtant j'entendais son souffle rauque. On aurait dit un poisson jeté hors de l'eau.

— Qu'est-ce qu'il veut dire ? me demanda Kirsten dans un souffle affolé.

— Cela veut dire que notre mère brûlera sur le bûcher dès qu'elle aura accouché !

Ingeborg s'était emportée contre sa sœur avant même que j'aie eu le temps d'apporter une réponse apaisante à sa question.

— Mais elle était avec le Diable, balbutia Kirsten d'un air perdu. Et le bébé… c'est l'enfant du diable…

Elle chercha mon approbation du regard.

— Oui, oui, la rassurai-je.

Mais le procès n'était pas terminé, loin de là. Ce qu'il advint par la suite dépassa mon imagination et le sentiment de trahison qui m'étreignit manqua d'enrayer les battements de mon cœur.

Je n'oublierai jamais l'attitude du bailli Lockhert, vêtu de son plus beau pourpoint noir, ses cheveux indisciplinés aplatis sur sa tête avec de la graisse de mouton, qui gonflait le torse avec orgueil.

— En outre, Votre Honneur, nous devons rendre un jugement sur ces trois filles, Ingeborg et Kirsten Iversdatter et Maren Olufsdatter, qui ont appris et pratiqué la sorcellerie au contact de leurs mères.

Muette d'horreur, je lançai un regard plein d'effroi à Lockhert.

— Le Malin a toujours été dans leur vie, elles ne parviennent pas à s'en débarrasser, malgré les efforts répétés du prêtre qui a tenté de les convertir au Christ Notre-Seigneur. Le Malin ne les laissera jamais partir parce que la mère et la tante les lui ont sacrifiées.

Oh, mon roi, en cet instant je lus la trahison dans le regard étincelant du gouverneur Orning, car il ne fit montre d'aucun étonnement en écoutant les paroles de son bailli. Il se frotta les mains comme pour se les réchauffer devant les flammes qu'il désirait allumer, et hocha la tête pour inviter Lockhert à poursuivre.

— Dans ces circonstances, je demande à la cour s'il ne conviendrait pas de les punir en leur retirant la vie afin qu'elles cessent d'apprendre du Malin et que ce dernier ne puisse pas attirer d'autres enfants dans le péché.

La voix cruelle du gouverneur Orning me revint en mémoire. *Nous brûlerons votre fille, et vous resterez ici pour le restant de vos jours.*

Les gens de Vardø, sidérés par la requête brutale du bailli, firent silence. Ingeborg poussa un cri comme si on l'avait frappée en plein ventre. Quant à Kirsten, elle ne dit mot, mais sa main quitta la mienne.

Je ne pouvais plus respirer. Oh, mon bon Seigneur, oh, mon roi, c'était au-dessus de mes forces. Ces paroles infâmes se posaient sur toute chose comme une pestilence et les gens se mirent à tousser avec gêne, à marmonner des protestations balbutiantes. Seule une personne objecta d'un « Mais ces filles sont trop jeunes ! ».

Maren se leva en arrachant le col blanc amidonné de son cou et la coiffe de sa tête. Elle remonta prestement les rangées d'îliens jusqu'à se tenir devant le gouverneur et leva le visage sur lui au moment où sa chevelure de boucles folles d'un noir de jais se dévidait jusqu'au creux de ses reins.

— Gouverneur, écoutez-moi bien, vous qui souhaitez monter fille contre mère, et mère contre fille, sœur contre sœur, cousines, amies, toutes les femmes les unes contre les autres ! Que se passera-t-il quand il ne restera plus une seule femme, plus une seule fille vivante dans toute la péninsule de Varanger ? Que feront les hommes ? (Elle fit volte-face pour s'adresser à la foule des femmes en les pointant du doigt.) Il n'y aura plus une seule d'entre vous pour prendre soin du bétail, faire à manger aux hommes, laver leurs vêtements sales. (Maren se retourna vers le gouverneur et l'approcha d'un pas.) Plus une seule femme à baiser ni pour accoucher de vos fils. Plus une pour prier pour vous. Comment cela finira-t-il ? Avec un monde sans femmes, juste Dieu, ses hommes et le Démon qui *vous* accompagne partout !

Son explosion fut si soudaine que le gouverneur resta sans voix. Lockhert se précipita pour empoigner Maren. La femme du gouverneur, les mains jointes, contemplait Maren d'un regard enflammé.

— Laissez-la, commanda Fru Orning à Lockhert.

Le bailli hésita, chercha des yeux l'approbation du gouverneur.

Mais avant que ce dernier ait le temps de prendre la parole, Maren claqua des doigts. Des quatre coins de la salle du tribunal, des rats déferlèrent sur le plancher. Les spectateurs se mirent à hurler avant de s'élancer vers la sortie, empêchant les soldats d'entrer. Le gouverneur se dressa de toute sa taille pour appeler ses chiens de chasse, mais les molosses battirent en retraite, effrayés qu'ils étaient par les rats.

Je saisis Kirsten par la main et pivotai vers la porte. Kirsten tenta de se soustraire, mais je la tirai vers la sortie. Au même instant un cri perçant retentit derrière moi. Un hurlement que je ne reconnus que trop bien. Je me retournai : Zigri Sigvaldsdatter, les mains crispées sur son ventre, regardait l'eau qui s'écoulait entre ses jambes.

Son heure avait sonné.

Chapitre 48

Ingeborg

Dans la chambre de la maison longue, sous bonne garde, la mère d'Ingeborg se tordait de douleur sous la pile de peaux de rennes qui lui apportaient un semblant de chaleur.

Fru Rhodius congédia Lockhert d'un geste de la main.

— C'est une affaire de femmes. Vous pouvez faire le pied de grue devant la porte toute la journée, si cela vous chante, de toute façon cette sorcière ne s'envolera nulle part.

Lockhert lui lança un regard furieux avant de claquer la porte derrière lui.

— Ingeborg, mets un chaudron d'eau à chauffer, lui ordonna Fru Rhodius. Nous devons la laver. Je ne peux pas lui prodiguer des soins dans une telle crasse.

Ingeborg vérifia la chaleur de l'eau. Elle aurait voulu noyer cette Danoise dans de l'eau bouillante. Qu'elle y brûle. Mais les cris de sa mère l'en empêchaient, et elle obtempéra en silence. Fru Rhodius lui tendit un linge.

— Mets-le de côté pour le nouveau-né. (Elle gratifia Ingeborg d'un regard encourageant.)

Ne rends pas cet air inquiet, mon enfant. Ce n'est vraiment pas la première fois que je fais ça.

Pourquoi lui souriait-elle après l'avoir à ce point trahie ? À lui voler sa propre sœur ? Sa sœur qui était recroquevillée dans un coin de la maison longue, prostrée par le choc. Et où était Maren ? Elle était encore là à l'instant, et voilà qu'elle avait disparu.

Dans la chambre d'accouchement, Fru Rhodius n'était plus la même femme. Finis les sermons et les discours sur le bon Seigneur. Elle s'adressait à sa mère d'une voix empreinte de bonté.

— Relevez les jambes, voilà ; c'est bien, l'encourageait-elle.

Sa mère dardait des regards vers Ingeborg, les yeux exorbités par la douleur.

— Tu es là, Ingeborg, murmura-t-elle.

Elle agrippa la main de sa fille avec une telle force qu'Ingeborg crut que ses doigts allaient se briser.

— Oui, je reste avec toi.

— Je suis désolée, ma fille, pardonne-moi…

— Chut, mère, ne parle pas.

Fru Rhodius lava les jambes de sa mère à l'aide des linges mouillés avant de remonter ses jupes et de l'ausculter.

Sa mère gémissait comme une bête en agrippant la main d'Ingeborg de toutes ses forces.

— Votre enfant ne va pas tarder, annonça Fru Rhodius.

Des vagues de douleur se brisèrent sur le corps de sa mère.

— Non, je ne veux pas qu'il arrive, non !

Mais elle n'avait plus son mot à dire face aux forces de la nature qui avaient pris le contrôle de son corps.

Ingeborg vit la tête de l'enfant qui commençait à sortir. Son crâne maculé de sang lui fit l'effet d'une vision miraculeuse.

L'accouchement fut rapide. Au dernier coup de midi, l'enfant était né. Une petite fille, coiffée d'une tignasse de cheveux noirs. Elle poussait des cris vigoureux. Fru Anna l'emmaillota soigneusement et la déposa sur la poitrine de Zigri.

— Allez, donnez le sein à votre fille, l'encouragea-t-elle.

Le visage de sa mère n'était plus qu'un tourbillon d'émotions : la joie de découvrir son enfant, la peur de la suite des événements, à présent que sa grossesse ne la protégeait plus de rien. Elle s'adossa au mur de la maison longue, serra l'enfant contre elle, qui aussitôt prit le sein.

— Comment peuvent-ils penser que mon petit bébé est l'enfant du Démon ? souffla Zigri d'une voix épuisée en levant les yeux sur Fru Rhodius. Ne voyez-vous donc pas que je n'ai rien à voir avec le Diable ?

Fru Rhodius lui tourna le dos sans un mot.

— N'y pense pas, mère, chuchota Ingeborg.

Elle essuya la sueur qui perlait sur le front de sa mère, désireuse de faire durer la magie de cette naissance le plus longtemps possible sans songer au terrible destin qui les attendait toutes les deux.

— Aujourd'hui marque la venue au monde de ton enfant.

— Et je ne vivrai pas un jour de plus, répondit sa mère en laissant échapper un sanglot.

Les larmes de sa mère épuisèrent les dernières forces d'Ingeborg. Les terribles événements qui s'étaient déroulés au tribunal la traversèrent comme une onde. Sa mère, Kirsten et elle étaient condamnées à périr sur le bûcher. À brûler vives ! Avec Solve et Maren. C'était inconcevable. Impensable. Elle s'accrocha à la pensée de Zare, à la promesse qu'il avait faite de venir la chercher. Mais ne la méprisait-il pas après tout ce qu'elle avait pu lui dire ?

Quant à sa petite sœur qui venait de naître, Ingeborg savait sans l'ombre d'un doute ce qui l'attendait. L'enfant serait retirée à sa mère et on renverrait cette dernière aux fers dans le trou à sorcières. Le nouveau-né aurait pour nourrice une autre femme de Vardø et une autre encore serait choisie pour l'élever. Cette enfant connaîtrait le même destin que Maren : elle serait à jamais marquée de la malédiction d'être la fille d'une sorcière. Avant d'être condamnée à son tour. Un cycle maudit sans fin.

— C'est tragique, vous ne trouvez pas ? dit Ingeborg en se tournant vers Fru Rhodius, le visage baigné de larmes.

Les cheveux noirs de Fru Anna retombaient en désordre sur ses joues rougies par l'effort. Malgré son âge, elle lui apparut soudain très belle dans les rayons timides du printemps qui filtraient par les minces ouvertures de la chambre. Elle se détourna d'Ingeborg, et il sembla à cette dernière que la Danoise écrasait une larme – une seule. Quand elle reprit la parole, sa voix était sans appel.

— Crois-tu qu'il soit souhaitable qu'une sorcière sacrifie sa petite fille au Diable, tel que ta mère l'a fait avec toi ?

— Voulez-vous me voir brûler sur le bûcher, Fru Rhodius ?

— Non ! s'exclama-t-elle avec véhémence. Je vous sauverai toutes les deux.

— Sans ma mère, je ne veux pas être sauvée, siffla Ingeborg.

Sa mère resta quelques minutes à peine au contact de son enfant. Dès que les pleurs du nouveau-né retentirent, Lockhert et un soldat firent irruption dans la chambre, suivis par une nourrice.

— Prenez l'enfant de cette sorcière, ordonna Lockhert au soldat.

— Elle n'a pas terminé de l'allaiter, protesta Fru Rhodius.

— Nous avons une nourrice. L'enfant sera adopté à Vardø.

— Je vous en supplie, laissez-moi plus de temps, gémit sa mère en serrant l'enfant contre sa poitrine.

— Laissez-lui un instant de plus, le bébé doit manger, plaida Fru Rhodius.

— Comment osez-vous envisager de laisser cet enfant dans les bras d'une sorcière ? aboya Lockhert avec fureur.

Il s'avança d'un pas lourd vers la mère d'Ingeborg en écartant Fru Rhodius du passage. L'idée que ce rustre mette la main sur la peau délicate du nouveau-né révulsa Ingeborg.

— Maman, donne-la-moi.

— Non, répondit sa mère en secouant la tête. Je ne suis pas une sorcière. Ils doivent me croire.

— Donnez l'enfant à Ingeborg ou ils vous l'arracheront des bras, la mit en garde Fru Rhodius. Ils lui feront du mal. Donnez-la à Ingeborg. Je vous promets qu'il ne lui arrivera rien.

À son corps défendant, sa mère finit par lui tendre le bébé emmailloté dans ses langes.

Ingeborg le serra dans ses bras. Le geste lui sembla le plus naturel du monde. Pourtant, jamais elle ne deviendrait mère.

Elle céda l'enfant à la nourrice, qui se hâta de quitter la maison longue tandis que résonnaient les hurlements de sa mère.

— Silence, sorcière, ordonna Lockhert.

Comme elle continuait, secouée de sanglots, Lockhert la gifla, sans effet.

Ce n'est que lorsque Ingeborg prit son visage entre ses mains qu'elle cessa de pleurer. La fille plongea son regard dans les yeux torturés de sa mère et lui transmit tout l'amour dont elle était capable.

— Je vais trouver une solution, lui murmura Ingeborg.

Les mots trouvèrent leur chemin jusqu'à sa mère, qui s'apaisa malgré les tremblements qui secouaient encore son corps après l'accouchement. Lockhert et le soldat la mirent sur pied et la traînèrent au-dehors pour lui faire traverser la cour jusqu'au trou à sorcières.

Ingeborg suivit la traînée de sang qui maculait la neige fondue.

À l'insu des soldats, elle s'agenouilla le long du trou à sorcières et posa les mains à plat contre le mur fissuré.

— Mère, mère, chuchota-t-elle. Je suis là. Je vais te sortir de là.

Chapitre 49
Anna

Mon roi, le gouverneur de district Orning a l'intention de brûler de simples filles sur le bûcher, dont *ma* fille, Kirsten – elle n'a que treize ans !

Après cet effroyable procès, le monde entier avait basculé. Je pensais que mes propres tribulations avaient atteint leur heure la plus sombre, mais non, le gouverneur Christopher Orning et son homme de main le bailli Lockhert avaient fait une mascarade de la vérité. Ce sont eux les diables parmi nous !

J'écris ces mots du plus vite que je peux, mais à quoi bon, car qui lira ces lettres ? Je n'ai pas réussi à vous en envoyer une seule, et quand bien même aurais-je trouvé le moyen d'en confier une à un navire en partance pour le Danemark pour la livrer au palais, vous seriez-vous rappelé notre astuce secrète ? Jamais je n'ai oublié les missives d'amour que vous m'envoyiez autrefois, rédigées avec du jus de citron afin que personne ne puisse les lire, et qu'il suffisait d'approcher de la flamme d'une bougie pour que le parchemin se pare de vos mots d'affection pour moi.

Vous m'avez aimée. Je vous ai rappelé ma place dans votre cœur la dernière fois que nous nous sommes vus, il y a de cela moins de deux ans. J'ai pris ma main dans la vôtre et c'est avec grand courage que je vous ai parlé.

J'attendais dans votre étude lorsque vous m'aviez donné l'ordre de pénétrer dans vos appartements privés dans le palais de Rosenborg. Nous étions seuls, pas même votre valet de chambre n'était présent.

Devant moi se dressait le lit royal, qui accueillait vos étreintes avec la reine Sophie-Amélie, car c'est ainsi que je me le représentais. La chambre à coucher en question, avec ses murs tendus de soies et de peintures de Chine, était davantage décorée que votre étude lambrissée et je me demandai si c'était là le fruit des goûts opulents de la reine.

— Frederick, souvenez-vous l'amour qui était le nôtre, vous implorai-je, submergée par une vague de nostalgie. Vous avez pris ma virginité, et je vous ai donné tout mon cœur. Mon roi, il est encore entre vos mains.

Vous buviez mes paroles tel un homme assoiffé et je vis la lueur qui traversa votre regard, la passion qui se ravivait. Mais brusquement, vous aviez réprimé votre élan et votre main avait repoussé la mienne, cependant que le moindre de vos gestes s'imprégnait soudainement d'une grande violence.

— Comment osez-vous toucher votre roi ! Comment osez-vous m'appeler Frederick ! Je devrais vous faire exécuter !

Sur le moment, je ne crus pas la virulence de vos paroles, d'autant plus que vos sentiments m'apparurent clairement dans l'ordre qui suivit :

je devais vous suivre dans votre chambre. Si ce n'était pour recouvrer notre intimité, pourquoi m'auriez-vous convoquée dans le sanctuaire de la chambre royale nuptiale ?

— Vous croyez-vous au-dessus de moi ? le défiai-je, submergée par l'émotion. Enfant, nous aimions les livres et les fleurs. Plus tard, nous avons formé un jeune couple qui s'embrassait sous un poirier.

— Ça suffit !

Votre gifle s'abattit sur ma joue, mais sans me faire mal. Votre colère me procurait de la joie, car elle me laissait voir les émotions qui bouillonnaient en vous.

— Je porte toujours la croix que vous m'avez donnée, dis-je en retirant mon foulard pour vous montrer l'onyx noir. Je la porterai jusqu'à mon dernier souffle.

— Qui arrivera plus tôt que vous ne le pensez si vous ne cessez pas immédiatement vos absurdités.

— Ne dites pas ça, *min kjœre*, protestai-je en posant la main sur votre manche.

Oui, j'avais l'outrecuidance de vous toucher, vous, le monarque absolu de notre royaume.

Vous avez écarté ma main, mais je voyais bien que vous étiez tiraillé, sans quoi vous auriez fait venir votre valet de chambre. Pourquoi ne pas m'ordonner de quitter les lieux ?

Ah, mais j'avais mal compris vos intentions, car votre désir était de m'infliger plus grande blessure encore.

— Anna Rhodius, vous êtes une femme vaniteuse et sans valeur. Vous n'êtes plus en âge d'enfanter et avez perdu les attraits de la jeunesse. En tant que femme âgée, vous n'avez plus aucun rôle à jouer et pourtant vous persistez à remettre en question l'autorité des hommes.

— Je n'ai fait que porter à votre attention la corruption du stathouder Troller qui agit en votre nom, me défendis-je les joues enflammées par votre incartade. Il rêve de détruire la monarchie.

— Vous avez été pour moi une grande source d'humiliation.

Tel était donc mon crime, si grand que jamais je ne pourrais le surmonter : j'avais froissé votre fierté royale et vous étiez mortifié à l'idée d'avoir pu aimer une femme comme moi.

Oh, mon roi, mon cœur se brisa une fois encore devant la dureté de vos accusations...

J'ai abandonné l'espoir de recevoir une lettre de réconciliation, mais je vous supplie de sauver ces citoyennes accusées à tort au sein de *votre* royaume. Certes, ce sont les plus pauvres parmi les pauvres, qui vivent dans des conditions difficiles, mais ce sont des femmes ordinaires et de bonnes filles. Seigneur, veuillez me pardonner le rôle que j'ai joué dans leurs tourments, car ce ne sont ni des sorcières ni des filles de sorcières.

J'ai presque utilisé le jus de tout un citron pour rédiger cette lettre invisible à l'aide de la pointe que j'ai taillée dans la plume d'un corbeau tombée sur la maison longue l'été dernier. Ma missive terminée, je plierai le vélin et y apposerai un sceau aux quatre coins avec la cire de ma bougie. Puis je la rangerai dans la boîte à côté de toutes mes autres lettres.

Le choc du verdict se répercutait encore dans la cour vide lorsque je la traversai en direction de la demeure du gouverneur. Tout semblait en proie à la plus grande confusion, je ne savais pas où se trouvaient les filles, quoiqu'elles fussent fatalement quelque part dans l'enceinte de la forteresse puisque deux soldats montaient la garde devant la porte bardée de chaînes.

Après l'invasion de rats dans la salle d'audience, tous les habitants de l'île s'étaient réfugiés chez eux. Solve avait été jetée dans le trou à sorcières, où Zigri n'avait pas tardé à la rejoindre après son accouchement. Je ne supportais plus la vue de cette hutte sombre et me hâtai de gravir les marches du château pour en pousser la porte.

Je pénétrai dans la salle d'audience vide, à présent désertée par les rats et qui semblait encore contenir les cris et la colère des femmes après que Lockhert avait exigé la condamnation des trois filles. Mue par l'indignation, je poussai la porte qui donnait sur les appartements du gouverneur.

Il était assis dans sa grande chaise, dos à moi, ses deux chiens à ses pieds. Le feu brûlait dans l'âtre et il était seul. Le fauteuil de Fru Orning était vide et Lockhert n'était visible nulle part. Si Orning sentit ma présence dans la pièce, il n'en laissa rien paraître et se contenta de se pencher en avant, un verre de vin rouge entre les mains, les yeux plongés dans l'âtre. Songeait-il à celles qu'il venait de vouer aux flammes ?

Je sentis ma poitrine se serrer à l'idée que les paroles que je m'apprêtais à prononcer risquaient d'empirer ma situation, mais je ne supportais plus de tenir ma langue.

— Gouverneur, puis-je m'entretenir avec vous ?

— Ah, je me disais bien que c'était vous, dit-il en ignorant ma requête. Quel est donc ce parfum dont vous vous parez, Fru Rhodius ? Huile de rose, n'est-ce pas ? Ça me rappelle les étés à Bergen sur le domaine de Rosenkrantz.

Il lâcha un soupir, comme si tous les malheurs du monde reposaient sur ses épaules.

— Oui, Votre Éminence, dis-je en posant la main sur votre croix en onyx pour apaiser mes nerfs. Je dois vous parler...

— Venez vous asseoir près de moi, Fru Anna, dit-il en désignant le fauteuil de sa femme.

J'obtempérai, non sans hésitation. Sur son visage, sa balafre ressortait comme l'arête blanche d'une montagne et je songeai au nombre d'âmes que le vieux soldat avait envoyées de vie à trépas dans l'exercice de ses fonctions. Un monde séparait la guerre entre les hommes et le sacrifice de femmes sur le bûcher.

— Votre Honneur, je suis venue vous rappeler votre promesse.

— Et quelle est-elle donc, Fru Rhodius ? dit-il d'une voix pâteuse en tournant vers moi son regard vitreux.

J'aperçus la carafe vide. Le gouverneur était ivre.

Il est malavisé de tenter de raisonner un homme aviné, pourtant je ne pouvais pas me permettre de rester silencieuse.

— Vous m'aviez promis que si Kirsten Iversdatter témoignait contre sa mère, vous solliciteriez le pardon du roi en ma faveur et que je serais libre de quitter les lieux *avec* Kirsten. Nous rentrerions dans ma demeure de Bergen dès qu'il serait possible de prendre la mer pour le Sud. Vous m'aviez fait la promesse solennelle que vous informeriez le roi de mon rôle dans la chasse aux sorcières dans le Nord.

Le gouverneur Orning caressa sa barbe pointue d'un mouvement lent tandis que sa tête dodelinait de droite à gauche.

— Je n'ai jamais fait une telle promesse, Fru Rhodius.

Je le dévisageai, sous le choc. Je connaissais les tendances cruelles et autoritaires du gouverneur, mais je ne l'aurais jamais cru capable de se parjurer.

— De surcroît, la mère a avoué avoir donné ses deux filles au Diable, conclut-il. Lockhert l'a interrogée.

Je n'osais pas imaginer ce que Lockhert avait fait endurer à Zigri Sigvaldsdatter au sortir de son accouchement.

— Je ne peux pas laisser la vie sauve à ces filles, qui risquent de corrompre d'autres enfants de leurs sortilèges.

— Et le nouveau-né ? murmurai-je.

— Il est avec une nourrice. Le révérend Jacobsen et sa femme prendront l'enfant chez eux. Ils lui ôteront jusqu'à la dernière trace du fléau de leur mère et de leurs sœurs. Vous voyez bien que j'ai sauvé une âme du Diable, non ?

— Gouverneur, je ne pense pas que le roi voudrait envoyer ces filles au bûcher. Kirsten a tout juste treize ans et les deux autres à peine dix-sept ans.

— Que savez-vous de la volonté du roi ? riposta Orning en se tournant vers moi.

Le poison de la boisson coulait dans ses veines. Ses yeux brillaient d'une étincelle de colère, et d'une force plus sombre encore.

— Fru Rhodius, ne comprenez-vous pas que nous sommes en guerre contre Satan et son monstrueux régiment de sorcières ? Je vous protège, vous et toutes les pauvres âmes qui habitez cette infortunée province du Finnmark, de la destruction et du chaos semés par ces viles sorcières.

— Mais je suis persuadée de pouvoir les ramener à Dieu, car chaque jour elles étudient leur catéchisme. Kirsten peut vous le réciter, et vous verrez que c'est une enfant pieuse.

Le gouverneur laissa fuser un rire cruel. À ses pieds, ses chiens s'agitèrent. L'espace d'un instant, il fixa mes yeux ourlés de larmes.

— Et leur attitude devant la cour, qu'en faites-vous ? Maren Olufsdatter est tout aussi possédée que l'était sa mère, et Ingeborg Iversdatter est sous son emprise. Que pensez-vous de l'apparition des rats, Fru Anna ? N'ont-ils pas été envoyés par le Diable en personne pour semer la terreur parmi les braves gens ?

— Mais Kirsten est une enfant innocente.

— La fillette a été donnée au Diable et a déjà exercé sa sorcellerie, sa propre mère me l'a avoué. Je suis marié à ma laideronne d'épouse sans que mon devoir conjugal ne produise le moindre enfant, ha ! Elisa était autrefois obéissante et soumise, mais les événements de ces dernières semaines sont allés lui donner des idées !

Il cracha un glaviot dans la cheminée. Les flammes sifflèrent, des escarbilles se répandirent sur le sol, qu'il écrasa du bout de sa chaussure à boucle.

— Pourquoi pensez-vous qu'un homme de ma stature a été envoyé ici ? À cause du père de mon épouse, le gouverneur Rosenkrantz de Bergen. Il m'a accusé d'abuser de sa fille ! La fillette était tout avenante avec moi, c'est elle qui m'a attirée dans ses rets pour que je l'épouse. Qui d'autre prendrait pour femme cette fille à la face grêlée, quelle que soit la taille de sa dot ?

Je remuai avec gêne sur mon fauteuil, en priant pour que le gouverneur m'épargne le récit de ses afflictions. Plus il s'ouvrait sur son passé, plus il était susceptible de se retourner contre moi une fois rendu à la sobriété.

— Je vous en conjure, Gouverneur, attendez l'été, coupai-je. Mandatez un juge d'appel de Copenhague. Organisons un nouveau procès pour les beaux jours, quand les journées seront longues…

— Il est trop tard. On construit en ce moment même les bûchers pour les sorcières Zigri Sigvaldsdatter et Solve Nilsdatter. Elles brûleront demain.

Cette seule pensée fit bondir mon cœur dans ma poitrine.

— Et la Veuve Krog ?

— Ah, oui, eh bien, souvenez-vous qu'elle n'a jamais avoué.

— Où est-elle ?

— À sa place, dit-il en me fixant avec une telle férocité que j'en fus réduite au silence. Hors de ma vue, poursuivit-il en agitant la main. Je ne veux plus voir votre visage ridé et vos seins de vieille peau, bafouilla-t-il, une lueur funeste dans le regard. Amenez-moi ma femme. Où est Elisa ?

— Mais les filles…

— Ça suffit, femme, cessez de me harceler ! Deux soldats sont partis chercher du bois en

Russie pour leurs bûchers. Elles brûleront dans la semaine, et nous serons débarrassés de toutes les sorcières et de leurs rejetons à temps pour le retour des hommes.

— Non, Votre Honneur, je vous implore...

— Cessez vos harangues ! cria le gouverneur. Ôtez-vous de ma vue avant que je vous jette dans le trou à sorcières.

Je me levai du fauteuil de sa femme, mon corps perclus de colère. Mais il était évident que mes supplications seraient vaines. Rien ne ferait changer d'avis cet homme infâme. Je me retrouvai une fois encore impuissante face à la situation. De frustration, j'aurais voulu l'agonir de fureur. L'espace d'un instant, je cédai presque au désir d'agir en véritable sorcière et de le maudire à l'enfer qu'il méritait.

Le gouverneur dut lire dans mes pensées, car il eut ces mots tandis que je lui tournais le dos pour regagner la porte.

— Je vous ferai brider, Fru Rhodius, si vous n'apprenez pas à tenir votre langue. Prenez garde, madame, car personne n'est au-dessus des tentations du Seigneur des Ténèbres !

*

Je traversai la cour à toute vitesse, écrasée tant par le poids de mon impuissance que de celui des nuages pourpres qui emplissaient le ciel.

Je n'avais pas le courage de retourner affronter la mine accusatrice de Kirsten dans la maison longue. Elle était persuadée que je l'avais trahie : moi qui aurais tout donné pour lui sauver la vie.

Devant le trou à sorcières, le capitaine Hans tenait la garde seul.

— Je n'ai pas l'autorisation de vous laisser entrer, Fru Rhodius, annonça-t-il en me voyant. Ordres du gouverneur.

— Je sais, répondis-je à voix basse. Mais dites-moi, comment vont les condamnées ?

— Elles sont désespérées, dit-il avec un lourd soupir. On ne me demande pas mon opinion, cependant... (Il se tut et secoua la tête.) Nous leur avons donné notre rumbullion. Au moins, si la boisson endort quelque peu leurs sens, elles souffriront moins.

— Quand j'étais jeune femme, on brûla une sorcière au bûcher à Ribe, près de chez moi. On l'avait couverte de poudre à canon pour abréger ses souffrances. Ainsi la mort est plus rapide.

La capitaine Hans leva les yeux vers le magasin de munitions au-dessus du trou à sorcières, comme s'il lisait dans mes pensées.

— Je ne peux pas manipuler la poudre à canon sans l'ordre du gouverneur. Il souhaite les voir souffrir.

Maudit soit le gouverneur Orning. Je ne le laisserai pas avoir le dernier mot. Certes je ne pouvais pas leur sauver la vie, mais je pouvais encore abréger leur supplice.

Je me penchai pour déchirer l'ourlet de ma jupe. J'avais envisagé de graisser la patte du gouverneur, mais sa promesse non tenue me laissait entrevoir qu'il n'aurait aucun scrupule à prendre de moi sans rien donner en retour. À tâtons, j'extirpai les trois grosses perles que ma mère m'avait confiées quand j'avais quitté sa maison toutes ces années plus tôt pour me marier.

Je tendis au capitaine les trois perles posées à plat dans la paume de ma main.

— En devenant soldat de l'armée du roi, je pensais combattre les Suédois. Un ennemi visible, cartes sur table, dit-il en me regardant de ses yeux graves pleins de tristesse. Mais ça… ces femmes… c'est déplorable, Fru Rhodius.

Sur ce, il prit les trois perles de ma main.

Chapitre 50
Ingeborg

Elles se tenaient toutes trois sur les remparts. Ingeborg se souvint du rêve qu'elle avait eu dans le trou à sorcières, quand elles s'étaient envolées sous la forme d'oiseaux. Mais cette fois-ci, elle se trouvait en compagnie de Maren et Kirsten. Sa mère, Solve et la Veuve Krog étaient enfermées en contrebas dans le trou à sorcières, et une condamnation à mort les attendait au petit matin.

Ingeborg aperçut un groupe de trois soldats au loin sur Stegelsnes, la péninsule déchiquetée qui saillait hors des flots. Ils construisaient deux tours branlantes faites de morceaux de bois. Elle ne pouvait pas se représenter sa mère sur ce bûcher. Son esprit refusait de s'y plier sans céder à la panique. Que faire pour la sauver ?

Elle scruta au loin le moindre signe susceptible d'annoncer la venue de Zare, mais les eaux étaient désertes. Pour une fois, la mer d'huile léchait délicatement les rivages de l'île. L'après-midi était clair et les nuages parsemaient le ciel de taffetas blanc. Le soleil avait fait son grand retour, pourtant il n'était pas le bienvenu. La clémence des éléments ne ferait qu'accélérer la mise à feu des bûchers.

Pourquoi Maren leur avait-elle dit de se poster à cet endroit ? Allaient-elles tenter de désescalader la muraille ? Pourtant elles n'avaient pas de corde et la hauteur était vertigineuse. C'était une chose de grimper, mais elle n'était pas sûre de pouvoir descendre. De toute façon, l'effort aurait été insurmontable pour Kirsten.

Eh bien, le cas échéant, elle la laisserait derrière elle. Après tout, sa sœur les avait trahies. Elle méritait son sort.

— Qu'est-ce qu'on fait ici ? demanda-t-elle à Maren.

— Il n'y a qu'un seul moyen d'empêcher l'exécution de demain. Nous allons conjurer une tempête. Elle détruira les bûchers et éparpillera le bois. Une tempête si violente que les habitants ne pourront pas sortir de chez eux.

Ingeborg se sentit traversée par un sentiment de colère mêlé d'incrédulité.

— C'est tout ? s'emporta-t-elle en enfonçant l'index dans la poitrine de Maren. Toutes ces semaines à déblatérer sur notre puissance et sur le fait qu'ils ne pouvaient rien contre nous ! Et tu n'as rien de mieux à proposer qu'un vieux maléfice folklorique ?

— Ça n'a rien de folklorique, rétorqua Maren d'une voix calme, l'œil brillant. C'est un sortilège que ma mère m'a appris.

— Et ça lui a servi à quoi ? piailla Ingeborg. Ta mère a brûlé sur le bûcher !

Ses mots avaient jailli de sa bouche avec une violence crue. Elle vit Maren vaciller et les regretta immédiatement.

Maren Olufsdatter n'avait pas toute sa tête. Son emportement en pleine salle d'audience en avait été la preuve, mais l'épisode des rats ? Voilà qui était pour le moins abracadabrant. Pourtant les paroles de Maren avaient soulevé en elle un vent de passion : Ingeborg avait dit les choses comme elle les pensait, et cette franchise lui avait fait le plus grand bien. Mais à présent, la culpabilité reprenait ses droits. Sa réaction avait joué en défaveur de sa mère. En défaveur d'elles toutes.

— C'est quoi, ce sort ? demanda Kirsten en parlant pour la toute première fois depuis l'énoncé du verdict.

— Nous tenons chacune le coin d'un morceau de tissu auquel nous faisons un nœud, après quoi nous prononçons une incantation ensemble, expliqua Maren. Puis nous la lâchons au vent en même temps.

— Mais nous ne sommes que trois, et nous n'avons pas de tissu, souligna Ingeborg d'un ton acerbe.

— Ah, non, nous sommes quatre, rétorqua Maren. La voilà qui arrive.

Maren eut ce sourire qu'elle adressait à Ingeborg aux tout débuts, quand elles s'étaient rencontrées. En se retournant, Ingeborg vit arriver la femme du gouverneur, Elisa Orning, qui gravissait les marches de la forteresse.

Fru Orning semblait changée. Ses cheveux nacrés tombaient librement sur ses épaules, et sa peau n'avait plus sa blancheur cireuse. Ses joues étaient striées de cicatrices de variole, mais ses yeux brillaient. Elisa sourit à Maren.

En apercevant Kirsten, elle la serra avec effusion dans ses bras. Ingeborg trouva ce geste venu d'une étrangère parfaitement déplacé. Elle-même n'avait pas touché sa sœur depuis le procès.

— Mon pauvre agneau, dit Elisa à Kirsten en passant ses doigts dans ses boucles rousses.

Les lèvres de Kirsten tremblèrent, ses yeux s'emplirent de larmes.

— On m'a piégée, murmura-t-elle d'une voix rauque.

— Je t'avais prévenue de ne rien dire, coupa sèchement Ingeborg. (Sa sœur trouvait toujours le moyen de s'attirer la commisération de tout le monde.) Comment as-tu pu dire de telles choses ?

— Je les croyais. C'est *elle* qui m'a persuadée.

Fru Anna Rhodius. La traîtresse. Qui avait promis de les aider, mais qui n'était là que pour servir ses propres intérêts.

— Venez, dit Maren. Nous n'avons pas beaucoup de temps. Le gouverneur va se demander où est passée Elisa. C'est maintenant ou jamais.

Elisa sortit un morceau de tissu blanc de sa poche et le tendit à Maren. Chacune se saisit d'un coin pour y faire un nœud.

Elles étaient si étroitement liées, à présent. Un carré soudé de quatre filles.

— Tenez votre nœud de la main gauche et levez le bras vers le ciel, dit Maren. Répétez après moi : « J'appelle le vent au nom de Liren Sand et de toutes celles qui l'ont précédée et de toutes celles qui la suivront. »

Les trois filles répétèrent l'incantation et continuèrent à calquer leurs paroles sur celles de Maren au fur et à mesure qu'elle les proférait.

— « J'appelle la pluie au nom des esprits du ciel et de la mer. J'appelle la grêle au nom de la grande baleine bleue, qui chante pour notre rédemption depuis les tréfonds des mers. J'appelle la tempête au nom des nuages pour qu'ils assaillent tous les hommes qui nous veulent du mal. » Et maintenant, lâchez.

Ingeborg s'attendait à voir le tissu retomber mollement sur les remparts, car elle ne sentait pas une once de vent autour d'elle, pourtant, à sa grande surprise le carré se souleva dans les airs. Comme si leurs incantations avaient fait se lever un souffle, il s'envola, semblable à la version miniature d'une voile de bateau. Elles le regardèrent flotter sur l'île, dépasser les soldats qui construisaient les bûchers, et s'éloigner en mer. Elles le suivirent des yeux jusqu'à ce qu'il ne soit plus qu'un petit point qui s'estompa au loin.

Elles attendirent. Mais rien n'advint. Pas un seul murmure du vent sur leurs joues.

Des sanglots de déception étranglèrent Ingeborg. Elle avait été bien stupide de croire aux envoûtements de Maren.

— Elle est où, ta tempête, Maren ? s'emporta-t-elle.

Maren joignit les mains et la regarda de ses yeux vert sauge.

— Elle viendra.

Au milieu de la nuit, Ingeborg se glissa hors de la maison longue. La pleine lune baignait la cour de sa lumière argentée. Le ciel dégagé était empli d'étoiles. L'étoile du Nord brillait le plus fort et Ingeborg sentit la colère l'envahir. Aucune trace de tempête à l'horizon. C'était sans espoir.

Elle rampa jusqu'aux abords du trou à sorcières. Si seulement elle réussissait à faire évader sa mère. Elle griffa le bois noueux jusqu'à ce que ses ongles se cassent et que ses doigts saignent, mais parvint à peine à creuser un infime trou dans la planche mangée par la moisissure.

Elle s'accroupit, approcha le visage du mur.

— Mère ! souffla-t-elle. Mère !

— Ingeborg !

Sa mère glissa ses doigts par l'orifice. Ingeborg les étreignit.

— Oh, mère !

Les mots lui manquaient. Elle s'allongea à plat ventre et embrassa les doigts sales et brisés de sa mère.

— Chut, allons, l'apaisa sa mère d'une voix si douce qu'elle la reconnut à peine.

— Je ne sais pas quoi faire, maman.

— Tu as fait tout ton possible, dit-elle d'une voix terrassée. Je suis seule responsable de mon sort.

— Non, non.

— Dis-moi, qu'est-il advenu à mon bébé ? demanda-t-elle d'une voix pleine de larmes.

— La femme du révérend Jacobsen s'en occupe, dit Ingeborg en répétant ce que Fru Rhodius lui avait appris le matin même.

— Tant mieux, avec eux elle sera à l'abri.

Ingeborg voyait ce que sa mère voulait dire. À l'abri d'une accusation de sorcellerie.

— Et Kirsten ? Comment va-t-elle ?

Ingeborg se tut, le souffle entrecoupé de hoquets.

— Demande-lui de me pardonner, chuchota sa mère.

— Mais c'est elle qui devrait te demander pardon...

— Non, Ingeborg. Ce n'est qu'une enfant et tu sais très bien comme j'ai pu être dure avec elle – avec toi aussi, mais tu es plus grande.

— Elle a dit...

— Peut-être Heinrich Brasche était-il véritablement le Diable, dit sa mère d'une voix qui se brisa de nouveau. Car j'ai succombé à ses mensonges. Il m'a déclaré son amour et je l'ai cru aveuglément. Mais mon péché était grand, Ingeborg. Kirsten n'y est pour rien.

Les larmes coulaient sur le menton d'Ingeborg. Elle n'avait plus la force de penser au lendemain. Comment faire face ?

— Prends soin de ta petite sœur. Promets-le-moi.

— Je ne peux pas.

— Ingeborg, elle ne savait pas ce qu'elle faisait, soupira sa mère. Je vous ai trahies, moi aussi. Le bailli m'a écrasé les doigts et la douleur, Ingeborg... il m'a fait dire que je vous avais vendues toutes les deux au Diable. Je suis désolée, ma chérie...

Ses mots piquèrent Ingeborg comme des gouttes d'eau glacée.

— J'ai pris un peu du rumbullion que les soldats nous ont donné. Solve a presque tout bu, mais la douleur est encore forte.

— Mère, nous as-tu dénoncées ?

Silence. Ingeborg tenait toujours la main de sa mère, mais elle sentit son cœur se glacer. Elle songea à la Veuve Krog – qu'était-il arrivé à la vieillarde ? – qui n'arrêtait pas de répéter *Je ne mentirai pas sur moi-même ni sur aucune autre femme*. Mais sa mère, Solve, Kirsten :

toutes avaient menti. Et maintenant elles allaient mourir.

Elle lâcha la main de sa mère.

— Ingeborg, Inge, je t'en prie, tu me pardonnes ? supplia sa mère d'une voix terrifiée en happant le vide de ses doigts.

Qu'aurait-elle fait à la place de sa mère ? Combien de tortures aurait-elle endurées avant de céder ? Ce n'était pas à elle de juger. Elle reprit la main de sa mère dans les siennes.

— Nous nous retrouverons dans le royaume de Dieu, mon amour, parce que j'ai fait mon repentir et aucune de nous n'ira en Enfer, souffla sa mère.

Ingeborg étreignait sa main. Elle s'appuya contre le mur mangé d'humidité, et elles restèrent ainsi toute la nuit, à mi-chemin entre le trou à sorcières et le monde extérieur. Les heures passant, le petit chat tigré vint se rouler en boule à côté d'elle.

Comme l'aube laissait filtrer ses fins doigts roses, Ingeborg sentit l'abattement la gagner. Où était la tempête tant promise par Maren ?

Chapitre 51

Anna

Les soldats nous firent avancer toutes les quatre – moi-même, Maren, Ingeborg et Kirsten – depuis la maison longue jusqu'à Stegelsnes, le site de l'exécution situé en bas de la colline surplombée par la forteresse. Nous traversâmes l'étendue de neige mouillée, les filles chaussées de leurs vieilles bottes en peaux de rennes et moi de mes socques, la boue du sol dégelé collant à nos talons.

Les filles évitaient de croiser mon regard, quand bien même les soldats nous obligeaient à avancer les unes serrées contre les autres. Personne ne disait mot, tant l'horreur de ce qui nous attendait nous rendait muettes.

La mer agitée avait une couleur de cendres et Domen donnait moins l'impression d'être une montagne qu'une ombre ou un nuage. Le soleil levant dessinait son disque doré dans le ciel, et s'efforçait de percer la couverture d'un gris orageux des nuages. Au loin, là où la mer caressait le rivage gelé de Domen, la brume s'élevait en volutes de vapeur, comme si la glace brûlait.

Mon regard était attiré par les deux grandes piles de bois flanquées des échelles qui attendaient les condamnées. Les soldats nous ordonnèrent d'attendre sans bouger, en rang face aux bûchers.

Les sorcières furent transportées sur le site par des bateaux qui bravèrent les eaux déchaînées de la mer Arctique depuis la forteresse. Depuis l'épreuve de l'eau de la Veuve Krog, l'atmosphère avait changé et les habitantes de l'île qui s'étaient rassemblées étaient vêtues de noir, un fichu sur la tête, qu'elles gardaient baissée. Un silence total régnait, brisé seulement par le clapotis de l'eau, le claquement des rames, les pleurs des goélands et le croassement des corbeaux dans le ciel.

Le gouverneur Orning descendit du premier bateau, sa longue silhouette parée de fourrures, et s'avança à grands pas dans la neige détrempée, entraîné par ses deux chiens qui tiraient sur leurs laisses. Sa frêle femme le suivit, la tête recouverte d'une capuche, qui me laissa voir néanmoins un éclair de son visage marbré d'un œil au beurre noir et d'une lèvre fendue, qu'elle avait tenté de dissimuler sous une épaisse couche de poudre crayeuse.

Venait ensuite le révérend Jacobsen, en soutane noire recouverte d'une lourde cape de laine, un chapeau de même étoffe sur la tête.

On tira les deux condamnées des bateaux : Solve Nilsdatter et Zigri Sigvaldsdatter. Seuls leurs poings étaient liés, et elles étaient vêtues de vestes et de jupes noires. Elles avaient réussi à se nettoyer le visage, mais leurs cheveux emmêlés retombaient en nœuds. La Veuve Krog n'était pas là, et je frissonnai en songeant à son sort.

À côté de moi, Kirsten sanglotait et Ingeborg était murée dans le silence. Je tentai de prendre la main de Kirsten, mais elle se déroba. Oh, comme mon cœur saigna.

Le révérend Jacobsen prononça une prière, cependant que Solve dardait des regards partout dans la foule, sur l'étendue de la mer, sur terre aussi, comme éperdue. Le capitaine Hans avait dû leur donner à boire du rumbullion, car Solve et Zigri vacillaient, et je priai pour qu'elles perdent connaissance avant la fin.

— Repentez-vous de votre pacte maléfique avec le Diable. Prions pour que le Seigneur vous accueille en Son sein, récitait le révérend d'une voix monocorde.

Les deux cousines ne priaient pas, non, elles regardaient le révérend d'un air incrédule, comme si la suite leur échappait irrémédiablement.

Comme les prières se poursuivaient, Lockhert se hissa hors du dernier bateau. Derrière lui, deux soldats traînaient la dépouille de la Veuve Krog. Sa jupe grise en lambeaux et ses mains calleuses pendaient mollement. Quant à son visage, il était noir à force d'avoir été battu, et ses yeux rouges comme si on les avait crevés. Un jet de bile jaillit dans ma gorge.

— Vous voyez, sous mon autorité aucune sorcière ne pourra échapper à son destin, lança le gouverneur en guise d'avertissement aux habitantes horrifiées. Je vous pourchasserai toutes et je purgerai le Nord de ce mal. (Il montra du doigt le cadavre de la Veuve Krog.) Que le destin de cette vieille peau vous serve à toutes de leçon.

Un des soldats noua une corde aux poignets de la Veuve Krog et traîna son corps sur le site d'exécution comme un vulgaire trophée de chasse. Conformément aux ordres de Lockhert, sa dépouille fut déposée sur un rocher face à la mer, où il resterait, j'imagine, jusqu'à ce que les mouettes aient arraché jusqu'au dernier lambeau de chair de ses os.

Après avoir suivi des yeux cette scène funeste, le gouverneur ordonna qu'on ligote Solve et Zigri aux échelles. Les deux femmes tremblaient de terreur – jamais je n'avais été témoin d'une telle expression de peur. J'aurais voulu hurler après le gouverneur, mais j'étais impuissante.

Mon roi, dites-moi, qu'aurais-je dû faire ?

Comme il se doit, les deux femmes se débattirent et Solve parut soudain émerger des vapeurs de l'alcool, une lueur affolée dans le regard.

— Votre Honneur, mon mari va peut-être rentrer, supplia-t-elle. Il va revenir de la pêche et il parlera pour moi.

— Votre mari ne reviendra pas avant de longues semaines. Et puis de toute façon il me remerciera de l'avoir débarrassé d'une infâme sorcière qui fornique avec le Diable, siffla le gouverneur.

— Dieu ait pitié de mon âme, ce n'est pas vrai.

Solve s'arracha à l'emprise de Lockhert et s'avança en titubant jusqu'à moi, son bras tuméfié tendu en avant, l'autre ballant le long de son corps.

— Je ne suis pas une sorcière, et ma cousine non plus ! Dites-leur !

Maren jaillit de la foule pour agripper la main ensanglantée de sa tante.

— Nous sommes avec toi, nous sommes avec toi, ma tante.

— Oh, Maren, ma belle, prends soin de mes garçons...

Lockhert arracha Solve à Maren et s'employa lui-même à la ligoter à une échelle.

— Mes garçons ! sanglotait Solve. Mes pauvres petits !

— Vos fils n'entendront plus jamais parler de vous, trancha le gouverneur. Leur dégoût sera trop grand.

— Non ! se débattit Solve.

Le gouverneur Orning donna l'ordre au capitaine Hans d'allumer le bûcher. Je croisai le regard du capitaine qui hocha imperceptiblement la tête à mon intention. Je priai pour que tout se déroule comme prévu et que la souffrance des femmes soit de courte durée.

Avez-vous déjà été témoin d'un bûcher de sorcières, mon roi ? Savez-vous à quel point l'attente est insoutenable, le temps que les flammes gagnent en puissance avant qu'on y abaisse les femmes ? Le gouverneur ne voulait surtout pas qu'elles meurent suffoquées par la fumée, non, il voulait les voir brûler vives.

Je me tournai vers Kirsten.

— Ferme les yeux, la suppliai-je.

Mais la fillette avait la tête levée vers le ciel, tout comme sa sœur et Maren.

Je suivis leurs regards : autour de nous, les oiseaux s'étaient démultipliés en un immense tourbillon de goélands et de corbeaux. Noir et blanc tournoyaient dans le ciel au son de leurs cris, tandis que des nuages s'amoncelaient avec vélocité. Je sentis une goutte de pluie sur mon front, puis une autre. Le vent siffla depuis le sommet de l'île, comme s'il s'adressait à nous.

Les flammes grandissaient et, sentant le vent tourner, le gouverneur ordonna qu'on descendît les femmes dans le brasier. Solve et Zigri, qui s'étaient souillées, poussaient des hurlements terrifiés.

Ce sera bientôt terminé. Je leur parlais en silence dans ma tête, et fis un signe de croix.

Quand soudain, sorti de nulle part, un coup de foudre illumina l'île en déchirant le ciel. La grêle se déversa sur nous, pilonnant la foule avec une telle violence que certaines habitantes furent renversées.

— Mère !

J'entendis le cri d'Ingeborg au moment où l'on abaissait l'échelle de sa mère dans les flammes.

Comme par miracle, la grêle éteignait le feu.

— Solve ! cria la mère d'Ingeborg. Nous sommes ensemble, ma cousine.

— Zigri, lui répondit Solve. Pour toujours !

Je vis Solve libérer son bras valide de ses liens et tenter de dénouer les cordes qui la retenaient à l'échelle.

— Rattachez la sorcière ! hurla Orning à Lockhert.

Le bailli enjamba la partie inférieure des flammes, qui durent lécher ses hauts-de-chausses, mais sa haine des sorcières était telle qu'il n'en avait cure. Il rattrapa Solve, qui de sa main valide agrippa son poignet. Il tenta de se défaire d'elle, mais tel un chien accroché à son os, elle semblait soudainement animée d'une force surnaturelle.

— Lâche-moi, sorcière ! cria-t-il d'une voix paniquée en sentant les flammes lécher sa peau.

— Jamais !

Après cet ultime mot proféré par Solve Nilsdatter, la poudre à canon que j'avais achetée et que le capitaine Hans avait placée à l'intérieur de leurs vestes, s'enflamma. Une seule étincelle engendra une déflagration assourdissante.

Kirsten poussa un cri déchirant, imitée par sa sœur Ingeborg.

Maren se précipita vers les bûchers, mais une deuxième explosion la souffla. Une boule de feu s'éleva dans le ciel, et en faisant trembler le sol nous projeta à terre.

Les deux mères d'Ekkerøy et le bailli Lockhert furent pulvérisés en un instant : leur chair se désagrégea. Selon mon souhait, elles étaient parties sans souffrance.

Quant à Lockhert… ma foi, il est vrai, mon roi – j'avoue que je suis contente que cet infâme butor s'en aille en Enfer.

Je me redressai en tremblant. Le gouverneur bouillait de rage à l'idée que les deux sorcières n'avaient pas eu la fin escomptée, lente et douloureuse. Non seulement leur mort était une insoumission, mais son précieux sbire avait péri. L'averse brutale de grêle noya les flammes qui moururent aussi vite qu'elles étaient nées.

Avant que le gouverneur ait eu le temps de donner le moindre ordre à ses hommes, une bourrasque de vent le renversa. Comme il se relevait, une masse tourbillonnante de corbeaux et de goélands tomba en piqué sur lui. Il agita les bras dans tous les sens pour les disperser, et ce faisant lâcha les laisses de ses deux chiens.

— Chassez-les ! hurla-t-il au capitaine Hans, mais l'homme et sa petite troupe se contentèrent d'observer le spectacle sans ciller, tout comme le reste de la foule assemblée.

Le grand tourbillon d'oiseaux s'en prenait à un seul homme : le gouverneur du Finnmark.

— Je vous ordonne de faire partir ces satanés oiseaux !

Les cris perçants du gouverneur se noyèrent dans l'assaut des volatiles qui lui arrachaient à coups de bec la chair des mains, du visage, le lacéraient jusqu'au sang. Il dégaina son pistolet et l'agita frénétiquement, mais un grand corbeau fondit dessus et l'arme lui échappa.

— À l'aide !

Mais pas un de ses soldats ne bougea. Lorsqu'il siffla, ses chiens le rejoignirent au petit trot.

— Attaque ! hurla-t-il.

Mais les deux mastiffs se contentèrent d'incliner la tête sur le côté et d'observer l'offensive des oiseaux. Orning donna un coup de pied à l'un d'eux. Au même moment, j'entendis un cri perçant par-dessus le hurlement du chien.

Maren Olufsdatter se glissa entre les deux chiens-loups et, agenouillée, posa une main sur chacun d'eux avant de murmurer quelques mots entre leurs oreilles dressées. Après quoi elle se releva.

Les deux chiens s'élancèrent, mais pas pour aider leur maître. Ils déchiquetèrent sa cape, arrachèrent le tissu de son pantalon tandis qu'Orning tentait de les repousser à coups de pied. Ils s'attaquèrent ensuite à son pourpoint. Ils mirent ses vêtements en pièces jusqu'à ce qu'il soit nu, et alors ils se jetèrent sur lui.

— Abattez-les ! hurlait le gouverneur tandis que les chiens ravageaient sa chair.

Nous contemplâmes le spectacle. En nous obligeant à être témoins de la mort de deux innocentes, il avait scellé son propre sort.

Jamais je n'aurais fait le moindre geste pour lui venir en aide.

— Abattez-les ! ne cessait-il de hurler.

Il se démenait pour repousser les oiseaux effrénés et ses propres chiens. Le capitaine Hans, qui se tenait devant lui avec son mousquet armé, ne bougea pas.

La première à réagir fut Elisa Orning, qui se jeta sur le pistolet de son mari tombé dans les cendres à côté de lui. Elle l'empoigna et l'arma.

— Elisa, abats ces foutus chiens !

Malgré son infortunée posture, entre les assauts des oiseaux et ceux de ses chiens, je vis briller dans son regard une petite lueur triomphale : il croyait que sa femme était encore sous sa coupe.

Elisa Orning fit feu. J'ignore où elle avait appris à tirer, en tout cas le coup partit avec la force d'un boulet de canon. On aurait dit qu'elle visait un chien, mais alors elle avait titubé, et je ne suis pas sûre que ce fût intentionnellement, mais l'arme s'était braquée sur la tête de son mari. Un trou rouge jaillit au milieu de son front et il tomba comme une pierre, lourde, froide et dure, tel l'homme qu'il avait été.

Alors le vent tomba.

Les flammes vacillaient encore ici ou là, mais il n'y avait plus qu'un tas de cendres là où s'étaient tenues les deux femmes et leur tortionnaire.

Maren Olufsdatter claqua des doigts et, après un ultime tourbillon, les oiseaux s'évaporèrent dans le ciel. Elle alla prendre le pistolet des mains de Fru Orning, qui regardait fixement son mari, dans un état second. Les chiens-loups s'étaient assis sur leurs pattes arrière pour lécher les blessures infligées par leur maître.

Un silence de mort se répandit tel un écho par-delà les côtes déchiquetées de l'île de Vardø. Nous restâmes hébétées, le goût et l'odeur du feu et de la chair calcinée sur nos langues, les yeux rougis par la fumée, la peau meurtrie par les grêlons acérés. Nous attendîmes la suite ; elle arriva sous la forme d'une averse de pluie qui nous transperça les os, mélangeant nos larmes à la terre et la boue à nos pieds.

La première à sortir de cet état d'horreur prostré fut Maren Olufsdatter. Elle retira sa cape et en recouvrit la dépouille de la Veuve Krog gisant sur son rocher. Ingeborg Iversdatter tomba à genoux dans les cendres en appelant sa mère. En vain. Elle récupéra quelque chose au milieu des cendres puis se releva et marcha jusqu'à la fin des terres de Stegelsnes, les yeux perdus dans les flots.

Je restai à côté de Kirsten, qui ne cessait de gémir et de sangloter. La scène dont je venais d'être témoin avait laissé mon esprit et mon cœur dans un état de profonde agitation. Ingeborg tourna alors les talons, marcha jusqu'à nous et tendit la main à Kirsten.

D'un geste affolé, j'agrippai l'autre main de Kirsten et la tirai à moi.

Je ne pouvais pas la laisser partir, elle était tout ce qui me restait.

Chapitre 52
Ingeborg

Ingeborg Iversdatter ne pourrait plus jamais songer sans défaillir au jour qui vit sa mère brûler sur le bûcher. Même elle, la fille la plus stoïque de tout le Finnmark, ne supportait pas d'y repenser. Le chagrin s'abattit sur elle en de longues vagues, comme celles que la tempête avait poussées ce jour-là. La douleur de sa perte était constamment présente et la submergeait avec la même régularité que les marées.

Le gouverneur Orning avait ordonné au capitaine des soldats de braquer son mousquet sur les filles et de les obliger à regarder. De toute façon, elle avait promis à sa mère de le faire. D'emblée, elle avait soutenu son regard terrifié, quand bien même son instinct lui dictait de détourner les yeux. Elle ne flancha pas lorsque les flammes vinrent lécher le bas du bûcher funéraire, et elle ne fit pas un geste pour réconforter Kirsten lorsque cette dernière se mit à sangloter. Elle s'entoura de la paix du Saint-Esprit qu'elle transmit par le regard à sa mère. Elle avait fait une promesse : « Je resterai avec toi jusqu'à la fin. »

Tout s'était déroulé si vite. Le ciel d'un bleu dégagé avait été balayé par des nuages noirs d'orage, et la mer aussi avait viré au noir, hérissée de crêtes d'écume fouettées par le vent venu de l'est. Les étincelles du feu s'éparpillaient en tous sens. Une escarbille atterrit sur la soutane du révérend Jacobsen qui l'écrasa d'un geste affolé.

Maren avait vu juste. Elles avaient créé cette tempête. Ingeborg avait senti renaître l'espoir quand la grêle s'était abattue sur elles et que le ciel blanc s'était déchiré avec fureur pour les bombarder d'éclats de glace géants. La zébrure d'un éclair, un coup de tonnerre, un autre encore. Si la grêle se transformait en pluie, elle éteindrait le feu.

Mais il était arrivé autre chose. Le jaillissement des flammes, la chute de Lockhert dans le feu et son cri, semblable à celui d'un ours pris au piège. Kirsten qui hurlait tandis qu'Ingeborg voyait sa mère s'enflammer malgré l'orage. Une nouvelle explosion et une grosse boule de feu dans le ciel, le sol qui tremblait et elles toutes qui tombaient à terre.

Quand Ingeborg se releva en titubant, la grêle avait cessé, laissant place à un maelström de cendres blanches et de battements d'ailes d'oiseaux. Leurs cris semblaient provenir de très loin, un bourdonnement accaparait ses oreilles et son cœur battait à tout rompre. Elle chancela, discerna la silhouette du gouverneur au cœur de la conflagration des oiseaux. Le loup tapi dans les chiens l'appela et elle les regarda se venger.

Il lui fallait atteindre sa mère. Ce n'est qu'alors qu'Ingeborg comprit que cette dernière n'était plus.

Elle tomba à genoux et plongea les mains dans les cendres brûlantes. Les flammes avaient pris si vite. La tempête les avait interrompues trop tard. La magie de Maren avait été vaine.

Les cendres lui brûlaient la peau, mais cela lui était égal. Elle cherchait sa mère. Une infime partie d'elle, un ossement s'il le fallait. Un minuscule fragment de teinte bleue attira son regard dans le sol gris. Elle sortit le ruban calciné et le serra dans sa main boursouflée.

Autour d'elle, l'air palpitait, et elle vit un aigle tournoyer au-dessus de sa tête. Elle se souvint des mots de Zare lui expliquant que les aigles étaient des messagers. Elle essuya ses yeux du revers de sa manche, se releva, le ruban serré dans son poing. L'aigle s'en alla à tire-d'aile, l'obligeant à détacher son regard du spectacle de désolation des cendres, pour le porter de l'autre côté des eaux jusqu'à Domen, au-delà de Stegelsnes.

L'oiseau majestueux disparut au loin, mais elle voyait désormais à travers son regard. Elle survola les terres sámies, la *vidda*, leurs forêts et montagnes. Sous elle couraient des troupeaux de rennes.

Le souffle de sa liberté la traversa. Il n'était pas froid ni humide, mais d'une chaleur légère.

La mer rosissait et les sommets enneigés de Domen émergèrent de sa couronne de verdure. Au pied de la montagne, elle aperçut des grottes noires comme des trous béants s'ouvrant sur un lieu sans retour. Ingeborg ferma les yeux et tendit l'oreille au ressac de la mer contre l'île de Vardø.

Lorsqu'elle rouvrit les yeux, le ciel était transpercé de teintes rouges frémissantes et d'un mauve solitaire. Il se mit à pleuvoir et un arc-en-ciel déploya sa voûte au-dessus de l'eau.

En dessous, Ingeborg vit une petite embarcation sámie ballottée par les vagues qui s'approchait de l'île.

Ingeborg resta les yeux rivés sur le *bask* de Zare qui filait vers elles sous les fins rideaux de pluie. Elle distingua sa solide silhouette dans son *gákti* bleu et rouge, et son chapeau des quatre vents qui recouvrait sa belle chevelure noire. Elle se représenta ses yeux vifs qui la cherchaient.

D'une main Ingeborg tenait le ruban bleu, de l'autre elle serrait les doigts glacés de sa sœur qu'elle traînait à travers la brume fumeuse et la pluie chargée de cendres. Elle faisait la sourde oreille à Anna Rhodius qui implorait Kirsten. Elle voulait oublier jusqu'à l'existence de cette femme et ses fausses promesses.

Elle se retourna une fois pour chercher Maren du regard. Cette dernière se tenait de l'autre côté des bûchers. Sa chevelure noir de jais flottait dans le vent, une pellicule de cendres recouvrait sa peau sombre. Un corbeau noir était perché sur son épaule.

— Tu viens ? l'interpella Ingeborg.

Maren secoua la tête.

— J'ai d'autres plans.

Quelle étrange sauvageonne. Tout le monde savait qu'elle était une sorcière, la fille de Liren Sand, la plus redoutable de toutes les sorcières. Toutefois Ingeborg ne percevait pas une once de méchanceté chez Maren. Elle voyait tant de qualités : d'empathie, de connaissance, et de résilience. Et oui, elle possédait en effet la puissance dont elle avait si souvent parlé.

Maren passa un bras autour des épaules de Fru Orning. La femme du gouverneur avait laissé tomber le pistolet par terre. Son mari était mort à ses pieds. Ingeborg le regarda gisant dans une flaque de sang, vit les goélands qui donnaient des coups de bec dans ses cheveux, et ne ressentit rien.

— Rendez-vous dans une autre vie, Ingeborg et Kirsten Iversdatter ! leur lança Maren.

Comme s'il s'agissait là d'un au revoir comme un autre. Comme si le cadavre d'un homme ne gisait pas entre elles.

Les deux chiens-loups s'étaient assis derrière leur maître en attendant Ingeborg. Elle les appela par leurs noms sámis – « Beaivenieida ! Gumpe ! » – et d'un bond ils emboîtèrent le pas aux deux sœurs en direction de la crique.

Zare était là. Elle avait douté de sa venue, pourtant il l'attendait dans le *bask* de son cousin qui tanguait dans la minuscule crique qui les avaient vues débarquer de longues semaines plus tôt. Kirsten et Ingeborg se hissèrent dans l'embarcation tandis que Beaivenieida et Gumpe les rejoignaient en bondissant.

Elle lui fut reconnaissante de ne pas poser de questions. Les volutes de fumée qui s'élevaient de Stegelsnes et les cendres argentées qui recouvraient les cheveux et la peau d'Ingeborg en disaient suffisamment long.

En voyant ses mains brûlées, il poussa un cri d'alarme.

— Ça ne fait pas mal, murmura-t-elle en glissant le ruban bleu dans sa poche.

Il la saisit par le poignet et immergea ses mains dans l'eau glacée. Le choc lui fit monter les larmes aux yeux. Les premières depuis que sa mère était morte.

Ingeborg baissa les yeux sur la surface étincelante de l'eau dont les ondulations s'étendaient en cercles concentriques depuis sa main.

— Ça va, Inge ? demanda Kirsten en s'accroupissant à côté d'elle, une main sur son dos.

— Oui, dit-elle sèchement en la repoussant de la hanche.

— Ma mère soignera tes brûlures, affirma Zare. Mais d'ici là, elles vont te faire souffrir.

— Où allons-nous ? demanda Ingeborg.

— Loin d'ici, dit Zare. Je lèverai la voile quand le vent nous sera favorable, et quand nous arriverons sur le rivage où la neige est encore épaisse, nous chausserons nos skis. Ma mère est cachée loin, à l'intérieur des terres, là où les hommes du roi ne la retrouveront jamais.

Il sortit les mains d'Ingeborg de l'eau, retira sa ceinture brodée et s'en servit pour panser sa chair à vif.

Elle se recroquevilla dans le bateau tandis que Zare amenait la voile. Beaivenieida et Gumpe s'allongèrent aux pieds d'Ingeborg, comme s'ils sentaient sa douleur. Zare tirait sur les cordes de ses muscles souples et puissants, elle écoutait le clapotis du bateau qui se faufilait dans le détroit de Varanger en direction de la terre ferme.

Zare était venu la chercher.

Un désir d'une force inouïe submergea son être entier. Il se retourna et Ingeborg sonda son regard, qui ne se cachait pas de son amour pour elle. Elle aurait voulu que Zare la serre dans ses bras, calme la tempête qui soufflait en elle depuis que le gouverneur Orning l'avait déclenchée au plus profond de son être, et apaise la douleur de la perte brutale de sa mère.

La pluie cessa, mais la brise persistait. La voile se gonfla et l'embarcation prit de la vitesse sur les eaux profondes.

— Pardonne-moi, ma sœur, murmura Kirsten.

Elle était en face d'Ingeborg, les genoux remontés contre sa poitrine, sa peau pâle brillant comme l'intérieur d'un coquillage ; ses yeux d'un bleu lointain.

Ingeborg secoua la tête. Elle n'avait pas la force de prononcer les mots *Je te pardonne*, il était trop tôt. Mais elle avait emmené sa sœur avec elle. Kirsten devait comprendre qu'il faudrait s'en contenter, pour le moment.

— Je peux te raconter une histoire ? demanda Kirsten à voix basse. Ça pourrait te faire oublier la douleur dans tes mains.

Ingeborg haussa les épaules. Rien ne pourrait effacer la douleur cinglante qui enserrait son cœur.

Sa sœur s'agrippa au bord de l'embarcation comme le vent forcissant les ballottait.

— Il était une fois une fille de pêcheur qui marchait sur la côte pour récolter des moules pour sa mère. Elle avait beau regarder partout, sous le moindre rocher, dans tous les trous d'eau salée, elle ne trouvait pas un seul coquillage fermé. Tous avaient été ouverts et tous étaient vides. Une grande quantité de coquilles étaient éparpillées sur le sable. Elle se mit en quête d'autre chose à rapporter à sa mère, mais en vain. Pas un brin d'algue, pas l'ombre d'un minuscule crabe.

Ingeborg se souvenait de ces journées, à peine un an plus tôt, quand Kirsten et elle étaient descendues chercher de quoi manger sur la plage en forme de croissant de lune de leur village d'Ekkerøy. Elles étaient si proches, alors, comme unies par le même souffle.

— Comme cette journée de début de printemps tirait à sa fin, le ciel se para des plus belles nuances de framboise et de mûre. Un beau bleu profond filtra depuis la mer jusqu'au ciel et la fille de pêcheur oublia qu'elle avait faim, reprit Kirsten. Elle oublia sa mère et sa sœur et sa petite agnelle qui l'attendaient à la maison pour manger. Elle se laissa emporter par l'heure bleue, ce moment entre jour et nuit. Elle ouvrit la bouche et se laissa emplir de bleu, si bien que son ventre ne criait plus famine. Le bleu lui chanta une chanson. Une berceuse qu'elle n'avait encore jamais entendue. Sa mère ne lui chantait jamais de chanson.

Kirsten s'interrompit et ferma les yeux. Puis elle se mit à chanter.

Dodo l'enfant do, au bord de la mer
Dodo l'enfant do, au bord de la mer
Quand je surgirai des profondeurs,
monte sur mon dos
Et alors dodo, l'enfant dormira bientôt.

Kirsten rouvrit les yeux et regarda Ingeborg. Mais Ingeborg refusait de soutenir son regard. Elle tourna les yeux sur les vagues que fendait la proue du bateau.

— La fille de pêcheur était envoûtée par le magnifique chant qui montait des profondeurs de la mer, parce qu'elle était très triste, reprit Kirsten. Depuis que son père et son frère s'étaient noyés dans un océan lointain, très loin de leur péninsule rocheuse, pas une nuit n'était passée sans qu'elle s'endorme en pleurant. Elle avait honte de laisser voir ses larmes à sa mère et sa sœur qui étaient si courageuses. Mais la petite fille de pêcheur était fatiguée de pleurer son père. Elle rêvait de s'asseoir sur ses genoux et de l'écouter lui raconter des histoires de pêcheur. Elle rêvait de sentir l'odeur salée sur sa peau et de sentir ses doigts vigoureux lui chatouiller le menton pour la faire rire en la contemplant de ses yeux débordants d'amour.

Ingeborg sentit un poids dans son cœur. Tous étaient morts, son père, son frère et maintenant sa mère. Elle se retourna vers Kirsten. Ses joues pâles étaient rehaussées par deux petits ronds roses.

— Comme la petite fille de pêcheur écoutait la berceuse, une immense île bleue surgit de la mer. Mais ce n'était pas une île bleue. C'était une grande baleine. Elle retira ses bottes et son épaisse robe en laine, ainsi que sa vieille coiffe sale, et elle s'avança dans l'eau glacée. Malgré sa peau qui virait au mauve, elle ne sentait pas le froid. Elle nagea jusqu'à la baleine et se hissa sur son dos. La baleine agita sa queue et aspergea la fillette d'eau claire. L'eau éclaboussa son visage et elle se sentit comme baptisée de nouveau. La baleine plongea dans l'océan et la fillette s'accrocha à son dos.

Ingeborg rêvait de voir une grande baleine et d'entendre le chant de l'animal, exactement tel que son père le lui avait décrit.

— La baleine l'emmena dans les eaux, dans les plus profondes profondeurs, par-delà les bancs de poissons argentés, les plantes ondulantes et les couronnes d'algues et de polypes. Par-delà les coraux étincelants et les grottes sombres. Elles dépassèrent une pieuvre noire géante qui étira vers elles ses longs tentacules, tels huit serpents entortillés. Les étoiles de mer luisaient d'or dans les profondeurs du bleu de minuit tandis que la baleine poursuivait sa plongée.

Sous les mers. Était-ce ainsi dans les profondeurs ? Ingeborg ferma les yeux et imagina le royaume qui se déployait sous leur frêle embarcation.

— Enfin, elles atteignirent une ville au fond de l'océan, continua Kirsten. Toutes les maisons étaient faites de perles blanches qui scintillaient. La fille de pêcheur descendit du dos de la grande baleine et s'avança dans les rues. Chemin faisant, elle croisa tous ceux qui avaient perdu la vie dans les mers démontées du Nord : Peder, le mari de la Veuve Krog ; le père de Maren, pirate de la côte des Barbaresques ; des pêcheurs et des marchands, qui tous habitaient de semblables maisons blanches et partageaient leurs possessions. Elle reconnut même les membres de la famille du bailli Lockhert avec leurs cheveux aussi roux que les siens et le visage constellé de taches de rousseur. Dans la toute dernière maison, la fille de pêcheur, pleine de joie, retrouva son père et son frère Axell. Ensemble en paix au fond de la mer.

— Oh ! s'exclama Ingeborg, les yeux pleins de larmes à cette évocation.

— Oui, ils y étaient, Ingeborg ! continuait Kirsten. La fille de pêcheur se jeta dans leurs bras. Ils étaient si heureux de la retrouver qu'ils l'invitèrent à s'asseoir à table et manger tout ce qu'elle voulait. Ils avaient plein de choses à manger. Du porridge crémeux, du *flatbrød* craquant, des harengs salés et des baies sucrées.

Ingeborg sentit un sourire se dessiner sur son visage. Son cœur s'apaisait à l'idée que son père et Axell vivaient dans un royaume aquatique où ils ne manquaient de rien.

— La maison débordait de toutes les choses dont son frère Axel avait toujours rêvé : des cristaux et des pierres de terres lointaines, du sucre et des épices de l'Orient, un petit hippocampe pour jouer et des rangées sans fin d'œufs de guillemots.

Des œufs de guillemots. Ingeborg sentit son sourire s'évanouir. C'est ainsi que tout avait commencé : Kirsten avait convoqué les sorcières en gardant les coquilles d'œufs.

Kirsten continua son récit avec insouciance.

— « Il faut les briser, conseilla la fille du pêcheur en se souvenant de la colère de sa mère quand cette dernière avait découvert les coquilles qu'elle avait gardées en secret. Sinon les sorcières s'en servent pour naviguer sur les flots et soulever des tempêtes. » Mais son père rit et Axell aussi. « Ça n'existe pas, les sorcières », dit Axell. « Le Diable existe, la prévint son père, les sourcils froncés. Il tient ta mère sous son emprise. »

Ingeborg sentit la rage bouillonner en elle.

— Je t'interdis de dire un mot de plus sur maman, Kirsten !

Mais Kirsten ne la regardait déjà plus, perdue qu'elle était dans les rets de son histoire, incapable de s'arrêter. Ingeborg lança un regard à Zare, mais le garçon s'employait à maintenir le cap de leur embarcation. Ingeborg était le seul auditoire de Kirsten.

— La petite fille de pêcheur était si heureuse de ces retrouvailles qu'elle faillit oublier que sa mère et sa sœur l'attendaient à la maison, tiraillées par la faim. « Vous rentrez avec moi ? » demanda-t-elle. Son père secoua la tête, imité par son frère. « Notre place est au fond de la mer, répondit son père. Nous ne pouvons pas respirer en dehors de l'eau. » « Je ne veux pas vous quitter », sanglota la fillette. « En temps voulu, mère baleine viendra te chercher, lui expliqua son père. Ferme les yeux, ma petite. » Il lui caressa la tête de ses mains rugueuses et chaudes et lui chanta une chanson.

Kirsten joignit les mains, leva le visage vers le ciel du Nord et entama son chant :

Dodo l'enfant do, au fond de la mer
Dodo l'enfant do, au fond de la mer
Quand tu préféreras la mort à la vie,
reviens vers moi
Et alors dodo, l'enfant dormira bientôt.

La mélodie s'enroula au cœur d'Ingeborg comme le ruban qu'elle serrait dans sa main.

Kirsten poussa un soupir, puis poursuivit son récit.

— Quand la fillette rouvrit les yeux, elle était sur le rivage, mais il faisait nuit. La neige tourbillonnait dans le ciel et la mer sifflait contre les congères. Elle rentra au village en courant.

Elle fit irruption dans leur petite hutte, mais la trouva vide. Elle se précipita dans les autres habitations, mais en la voyant, les voisines poussaient des cris avant de lui claquer la porte au nez. Que se passait-il ? Où étaient sa mère et sa sœur ? Où était son agnelle ?

La voix de Kirsten se fissura. Elle prit une profonde inspiration. Ingeborg vit les larmes perler dans ses yeux. Elle eut envie de la prendre dans ses bras pour la réconforter, mais sa colère la clouait au fond du bateau.

— La petite fille de pêcheur marcha seule toute la nuit, continua Kirsten. Elle finit par s'endormir et quand elle se réveilla au petit matin, elle se tenait devant la forteresse de l'île de Vardø. Une grande mare d'eau gelée s'étendait devant elle. En se penchant, elle vit son reflet. Elle poussa un cri d'effroi. Une moitié de son visage était tel qu'elle l'avait toujours connu : cheveux roux, joues roses et œil d'un bleu foncé ; mais l'autre moitié offrait une image épouvantable : sa peau était recouverte d'écailles, comme un poisson, mais en putréfaction, et son œil d'un blanc brumeux était profondément enfoncé dans son orbite. De ce côté-ci de son visage, ses dents étaient marron et cassées et les os de son crâne scintillaient à travers sa peau diaphane. Elle contempla son reflet, comprenant soudain ce qu'elle était devenue.

Hel. Ingeborg se souvenait de l'histoire tirée de la vieille religion que la Veuve Krog leur avait racontée dans le trou à sorcières. L'histoire de la fille de Loki, Hel. Mi-vivante, mi-cadavre. La reine du royaume des morts perdus. Celles et ceux emportés par la maladie, en couches, en bas âge ou à la vieillesse. Celles et ceux morts sans gloire qui n'étaient pas reçus dans le Walhalla où sont amenés les valeureux guerriers défunts.

Ingeborg regarda Kirsten et perçut en elle un écho de Hel, un œil humide, l'autre d'un blanc laiteux et aveugle. Ingeborg cligna des yeux et Kirsten était de retour. Avec ses deux joues roses et ses deux yeux emplis de larmes.

— La petite fille de pêcheur cogna aux portes de la forteresse. Elles s'ouvrirent, continua Kirsten d'une voix chevrotante. En l'apercevant, les soldats reculèrent de peur, et le bailli Lockhert aussi. Même le gouverneur de tout le Finnmark refusait de l'approcher. Ils ne voyaient que sa part sombre. Elle déverrouilla le trou à sorcières, dans lequel elle trouva sa mère et sa sœur parmi les autres femmes accusées de sorcellerie. (Kirsten joignit ses mains tremblantes tandis que les larmes continuaient de baigner son visage.) La petite fille de pêcheur dit à sa mère qu'elle était là pour la sauver, mais sa mère la regarda d'un air de dégoût, car elle ne voyait que la partie morte de sa fille : la moitié ombre, la partie mauvaise de la fille de pêcheur. Elle appela sa sœur, mais cette dernière ne la vit même pas. La douleur la rendait aveugle et elle se cramponnait à sa mère. « Tu ne pourras pas la sauver, elle est sous l'emprise du Seigneur des Ténèbres », dit la petite fille de pêcheur à sa sœur. Mais elle était sourde à ses paroles. Alors la petite fille de pêcheur pleura et le sel des larmes qui s'écoulaient de son œil rongea sa peau en dégageant une odeur de putréfaction. Même les femmes enfermées dans le trou à sorcières ne voulaient plus qu'elle reste avec elles.

Ingeborg en avait assez d'entendre cette histoire. Le souvenir du trou à sorcières et des femmes emprisonnées qui avaient perdu la vie était insoutenable.

— Ça suffit, Kirsten, murmura-t-elle.

Pourtant, une partie d'elle voulait entendre la suite. Elle rêvait d'une fin heureuse, même si cela était impossible.

— La petite fille de pêcheur se rendit dans la grande salle du château et se tint sous les rais de la lune pâle qui filtraient par les hautes fenêtres, continua Kirsten d'une voix douce. Elle entendit les voix qui résonnaient tout autour d'elle. La confusion entre mensonges et vérité. Jamais elle ne s'était sentie si seule de toute sa vie. Elle ferma les yeux, et elle murmura... (Kirsten s'interrompit pour regarder Ingeborg, les yeux pleins de larmes.) *Je choisis la mort*.

Autour d'elles l'océan se souleva et un cri de goéland retentit tandis que l'embarcation émettait un craquement. Ingeborg imagina qu'elle entendait, venant du fond des eaux, l'écho de la grande baleine. Était-ce la fin de l'histoire ?

Mais Kirsten prit une nouvelle inspiration et essuya son visage du revers de sa manche.

— Quand la fille de pêcheur rouvrit les yeux, une femme vêtue d'une robe en soie se tenait devant elle, qui se mit à chanter. De la fillette, la femme voyait la partie jolie, pas la partie morte.

Ingeborg se raidit. La femme en robe de soie était Fru Rhodius, qui lui avait volé sa sœur. Kirsten se mit de nouveau à chanter, cette fois d'un timbre aussi délicat que le miaulement d'un chaton.

Dodo l'enfant do, ouvre la porte du château
Dodo l'enfant do, ouvre la porte du château
Plongeons ensemble dans les profondeurs,
par-delà ciel et mer
Et alors dodo, l'enfant dormira bientôt.

Ingeborg vit Kirsten pour ce qu'elle était. Une fillette en quête d'amour maternel. De honte, elle baissa la tête. Comment pouvait-elle lui en vouloir ?

— La petite fille de pêcheur suivit la femme vêtue de soie : elles sortirent du château, sortirent de la forteresse, et marchèrent jusqu'à la mer. Mais la lune se faufila derrière un nuage, le ciel devint d'un noir d'encre et la petite fille de pêcheur voyait à peine devant elle. Alors, elle écouta la berceuse de la baleine qui venait jusqu'à elle depuis le souffle léger des vagues nocturnes.

Kirsten entama de nouveau son chant et chaque mot perça le cœur d'Ingeborg comme une épingle.

Dodo l'enfant do, au bord de la mer
Dodo l'enfant do, au bord de la mer
Quand je surgirai des profondeurs,
monte sur mon dos
Et alors dodo, l'enfant dormira bientôt.

— Je suis désolée, marmonna Ingeborg tête baissée en serrant les genoux contre sa poitrine.

Mais Kirsten, perdue dans son récit, ne l'entendit pas.

— Quand la lune ressortit de derrière les nuages, la femme vêtue de soie avait disparu, mais l'agnelle de la fille du pêcheur se tenait devant elle. Elle bêlait d'amour.

Kirsten claqua dans ses mains et Ingeborg leva la tête. Un rayon de soleil s'était échappé des nuages et illuminait sa sœur. La chevelure rousse de Kirsten lui faisait une couronne rouge et or, lui donnant un air béat, comme si elle était parée d'un halo de gloire.

— Kirsten ?

Ingeborg s'agenouilla devant elle. Mais sa sœur tendit la main en guise d'avertissement.

— Laisse-moi finir mon histoire. La petite fille de pêcheur prit son agnelle dans ses bras et attendit au bord de l'océan calme. La grande baleine remonta à la surface une fois encore et la fillette s'avança sur la mer. (Kirsten essuya ses dernières larmes.) La fille de pêcheur se retourna une fois, du côté mort de son visage. Elle regarda en direction du château et vit un grand incendie. Les flammes s'élevaient vers le ciel, la neige brasillait d'étincelles. Quand elle entendit les cris des femmes, la partie d'elle qui était morte devint cendres et se répandit sur la mer étale.

» Inge, la supplia Kirsten. Ce sont des pétales cendreux de culpabilité, de chagrin et de regret.

— Je suis désolée, répéta Ingeborg mais Kirsten ne semblait toujours pas l'entendre.

Elle avait le regard voilé, qui errait dans le lointain. Elle reprit son récit.

— La petite fille de pêcheur tourna le dos à la terre ferme et se hissa une nouvelle fois sur le dos de la grande baleine. (Kirsten pivota vers la mer. Ingeborg saisit à la volée les mots qui flottèrent entre elles.) La petite fille de pêcheur était de nouveau entière. Oui, entière. Elle avait la peau rose et les deux yeux bleus à la perspective de trouver la promesse d'amour éternel que lui avait faite son père.

Oh pourquoi Ingeborg n'avait-elle pas vu venir cette issue ?

Devant ses yeux, Kirsten se laissa glisser par-dessus bord.

— Non !

Ingeborg s'élança, main tendue, les chiens aboyèrent et Zare poussa un cri.

Les boucles rousses de Kirsten flottèrent un instant à la surface, mais ses habits de laine épaisse se gorgèrent d'eau et la tirèrent par le fond. Ses yeux s'arrondirent en deux grandes lunes de désespoir et elle disparut sous les flots.

Ingeborg se pencha pour attraper sa sœur, mais Kirsten croisa les mains sur sa poitrine en se laissant entraîner par le courant.

— Kirsten !

Zare surgit à côté d'elle.

— Je ne sais pas nager ! s'écria-t-elle, mais Zare avait déjà plongé.

Les vagues les submergeaient tous deux, à présent.

Ingeborg porta ses mains brûlées à son cœur. Elle ne sentait plus la douleur. À côté d'elle, les chiens s'agitaient et lui donnaient des coups de langue pour la rassurer.

Ingeborg était folle d'inquiétude. Kirsten n'avait que treize ans, soit un peu plus qu'Axell quand il s'était noyé. Pourquoi avait-elle été aussi dure avec sa petite sœur ?

Ingeborg retenait sa respiration, tandis que le vent ballottait l'embarcation et faisait claquer sa voile au rythme de son angoisse. Venait-elle de les perdre tous les deux ?

Enfin, la chevelure d'un noir luisant de Zare finit par émerger des eaux. Il nagea jusqu'au bateau et se hissa par-dessus bord en manquant de peu de les faire chavirer.

— Elle a disparu, dit-il en reprenant sa respiration, le visage dégoulinant d'eau glacée.

— Non, non.

Ingeborg se mit à hurler. Les chiens, affolés, donnaient de grands coups de langue à Zare pour le réchauffer.

— Je n'ai pas été à la hauteur... murmura Zare en claquant des dents.

— Non, coupa-t-elle en l'attirant à elle férocement.

Il tremblait de froid, dégoulinait d'une eau glaciale qui la trempait, mais pour rien au monde elle ne l'aurait lâché.

Chapitre 53

Anna

Les nouvelles vous parviendront bien avant cette lettre, si tant est que vous la lisiez un jour, des étranges événements survenus sur l'île de Vardø au septième jour d'avril de l'an de Notre-Seigneur 1663. La volonté du roi fut faite avec la condamnation au bûcher de deux femmes, dont les souffrances furent abrégées par le recours à de la poudre à canon. Mais la tempête ? Le tragique de la situation ne m'avait pas échappé, car si je n'avais pas manigancé pour obtenir de la poudre à canon, Solve Nilsdatter et Zigri Sigvaldsdatter seraient peut-être encore en vie. L'orage avait noyé les flammes et engorgé le bois – mais avait frappé trop tard pour empêcher l'explosion. Maren se tordait les mains en se demandant ce qui était arrivé à sa tante. Dans la dernière image que j'avais de Solve Nilsdatter, elle agrippait la main du bailli pour le tirer à elle, leurs deux silhouettes mêlées dans une danse macabre.

Une litanie de faits inexplicables, mon roi ; la tempête, la grêle, les oiseaux, les chiens-loups et le gouverneur abattu par sa propre femme.

Ah, mais plus étrange encore : l'espace d'un court moment, la petite île de Vardø ne fut pas sous la domination des hommes. La plupart des gens de l'île étaient des femmes de pêcheurs, qui disparurent dans leurs huttes, à œuvrer aux fourneaux et essayer d'oublier les horreurs dont elles venaient d'être témoins. Les soldats, sans le gouverneur ou son bailli, se retrouvaient en minorité. Ils déposèrent les armes devant la minuscule épouse du gouverneur, car tous savaient que Rosenkrantz, son père, était un homme puissant.

Je n'avais jamais vraiment prêté attention à Ingeborg Iversdatter, qui à mes yeux était une victime, mais j'avais tort. Malgré sa petite carrure, la jeune fille était dure comme le silex. Je n'oublierai jamais son regard d'acier quand elle arracha sa sœur Kirsten à moi.

— Ce n'est pas votre fille, énonça-t-elle d'une voix simple.

Je dévisageai Kirsten avec une expression implorante, et la fille me regarda en clignant des yeux. Était-elle vraiment de ce monde avec ses boucles rousses flamboyantes, son nez constellé de taches de rousseur, ses yeux d'un bleu aussi profond que mon chagrin, un puits sans fond auquel je ne pourrais plus jamais me désaltérer ? Une lueur habitait ces yeux, mais je n'aurais su dire si elle traduisait l'amour ou la haine. Je savais seulement que Kirsten nourrissait des sentiments envers moi.

— Je ne suis pas votre fille, Fru Anna, dit Kirsten.

Je tenais sa main froide entre mes doigts brûlants et mon cœur cognait si fort que je crus défaillir.

— Je ne suis pas votre fille, mais rentrez chez vous et vous la trouverez.

Ses mots étaient insensés : comment pouvais-je rentrer chez moi ? Ma maison de Bergen était à des lieues d'ici, loin dans le sud-ouest de la Norvège, et habitée par mon mari à qui je ne pourrais jamais pardonner sa trahison.

Vous savez pertinemment, mon roi, comment Ambrosius m'a abandonnée, puisque c'est sa mise en garde que je vous ai présentée, écrite de sa main, à propos du stathouder Trolle. C'était Ambrosius, et non pas moi, qui affirmait que vous seriez destitué par vos nobles d'ici la fin de l'année. Mais lorsqu'on lui posa la question sous serment, mon mari mentit. Il me regarda droit dans les yeux, moi son épouse de près de trente ans, et jura que c'était de mon fait. Que la trahison venait de moi et non pas de lui.

Mon mari Ambrosius attend à Bergen de recevoir la nouvelle de mon décès – je le sens. Après quoi il en épousera une autre, qui lui donnera le fils qu'il a toujours voulu.

Oui, mon mari en a fini avec moi, mon roi, tout comme vous, car vous pensez l'un comme l'autre que je n'ai plus aucune valeur.

Mais je m'inscris en faux, car je pense que *les mots* ont de la valeur : les mots qui sont les miens et l'histoire, qui est la mienne, d'une femme prisonnière de la violence que suscita la peur panique des sorcières sur l'île de Vardø dans l'hiver qui s'écoula entre 1662 et 1663. Oh, je ne doute pas que les scribes feront de moi un bouc émissaire, en me désignant comme la chasseuse de sorcières, mais vous savez que ce n'est pas la vérité.

Un jour, Ambrosius m'a dit : *Tu dois toujours prendre soin des autres, Anna, et les faire passer avant moi*. Il était persuadé que je me languissais d'être mère mais, à dire vrai, je me languissais de devenir médecin. Oh, oui, au fond de mon cœur, j'ai toujours été médecin. Oui, j'ai perdu mes bébés, et ma fille aussi, mais je n'ai jamais perdu ma passion pour le soin. À la mort de Christina, je n'ai pas fui la peste, je m'y suis jetée à corps perdu.

Un médecin digne de ce nom a pour vocation de faire passer le soin des autres avant ses propres besoins, en vertu de quoi il serait injuste de me jeter à la postérité sous les traits d'une folle égoïste.

Je lâchai la main de Kirsten. Je capitulai et la laissai partir. Je regardai les deux sœurs quitter ce lieu où l'air était saturé des cendres de leur mère. J'ignorais où elles pouvaient bien aller, mais je fus bien soulagée de voir qu'aucun soldat ne tenta de les retenir.

Je remontai péniblement la colline jusqu'à Vardøhus et m'attelai à la rédaction de cette lettre, pour solliciter une fois encore votre pardon.

Mon roi, laissez-moi recouvrer ma liberté, moi aussi.

La lumière se déversait déjà dans le ciel et je restai un instant à contempler la vue par la petite fenêtre. Après la tempête mystérieuse qui s'était arrêtée aussi brusquement qu'elle était arrivée, l'océan était de nouveau placide. Le ciel avait une teinte de mûre et le soleil sombrait dans des eaux sombres. Le clapotis des vagues montait jusqu'à moi tandis que la mer concentrait les dernières lueurs du jour en dessinant un trait doré sur sa surface ondulée. Et pendant un battement de cœur, la bosse d'une grande baleine surgit des flots, crachant un jet d'eau qui transperça la lumière vespérale. Puis le majestueux animal disparut sous la surface. Quelle vision miraculeuse ! Elle m'emplit d'une telle nostalgie que je sentis les larmes couler sur mes joues : combien d'années d'exil me faudra-t-il encore subir avant de pouvoir rentrer chez moi ?

Je tranchai un de mes précieux citrons pour fabriquer de l'encre invisible. Je découpai une tranche que je saupoudrai du sucre que Kirsten avait moulu pour moi la veille au soir. Les promesses que j'avais pu lui faire d'une magnifique maison, d'une garde-robe et d'un petit chien se raillaient de moi en tombant en lambeaux dans mon esprit.

Je pris une petite bouchée du citron sucré, mais ce n'était point du sucre qui recouvrit mes lèvres ; j'ai œuvré comme médecin suffisamment longtemps pour en avoir la certitude. Bien sûr, la substance était sans saveur, mais je reconnus la texture. J'allai sortir la petite fiole d'arsenic dans mon coffre à remèdes. Chaque soir, Kirsten avait pour rôle de préparer la pâte qui me servait à dissimuler la tache apparue sur mon visage. Elle avait pour consigne d'utiliser une infime quantité, or je trouvai la fiole vide.

Mon roi, j'aurais pu recracher la tranche de citron, mais je n'en fis rien. Je mâchai et avalai le fruit fatal.

Je ne suis pas votre fille.

Les mots étaient tracés dans la poussière qui recouvrait le plancher de ma maison longue, éclairés par un rai de lumière liquide dans le soleil couchant.

À présent, je rédige du plus vite que je peux, mon écriture se fait lâche et imprécise et les lettres se mélangent tandis que je cours après les dernières lueurs du jour avant que la nuit ne m'empêche de vous confier ce que j'ai à vous dire. Je vous ai professé sans relâche mon amour et ma loyauté, mais il y a quelque chose que vous devez savoir. Vous devez comprendre, mon roi, que de blesser un être aimant et loyal est un crime. Ma dernière volonté est que vous vous remémoriez notre dernière entrevue.

Permettez-moi de vous rappeler les mots que vous avez prononcés avant de fermer à double tour la porte de votre chambre.

Te tiendras-tu tranquille si je te baise ?

La vulgarité de la question m'a réduite au silence tandis que vous me donniez l'ordre de me tourner et de me pencher au bord du lit, pour que vous n'ayez pas à voir mon visage.

L'homme le plus puissant de tout le royaume de Norvège et du Danemark m'a donné l'ordre de me soumettre à lui, et j'ai dit non.

— Je ne veux pas.

— *Ti stille*. Tais-toi.

— Non, Frederick.

Vous m'avez poussée.

— *Hold Kœft*. Boucle-la. Ferme-la, ferme-la, ferme-la.

Vous avez sans doute enfoui votre ignominie au plus profond de vous, mais je vous la renvoie au visage avec cette lettre. Que son fardeau pèse lourdement sur votre conscience jusqu'à la fin de vos jours.

J'en ai fini, mon roi. Oui, je m'en vais m'asseoir, dans ma robe de satin de la couleur des yeux de ma fille, à la petite table de ma prison, et je vais manger le reste du citron que Kirsten a empoisonné à l'arsenic. Précisément un huitième de cuillère à thé, tel que je le lui ai enseigné.

C'est une mort douloureuse, mais rapide. Je vomirai du sang sur la fin de ce parchemin et je tracerai votre nom en lettres de sang : le Seigneur des Ténèbres.

Les mots de Kirsten tournent dans ma tête tandis que je me languis de trouver ma place au Ciel, où je pourrai prendre ma fille sur mes genoux et lui raconter des histoires de l'Enfant Jésus et de sa capacité infinie à aimer et à pardonner.

Je ne suis pas votre fille mais rentrez chez vous et vous la trouverez.

C'est étrange, car ce n'est pas le visage enjoué de Christina qui se dessine devant moi à présent que ma fin approche. C'est celui de Kirsten Iversdatter, dont le bleu des yeux déteint sur tout son corps. Elle est sous l'océan et me fait signe de la main.

CINQUIÈME PARTIE

« La caractéristique du lynx
est qu'il ne se retourne jamais,
mais court droit devant
en bondissant sans s'arrêter. »

Olaus MAGNUS,
Histoire des peuples du Nord, 1555

Chapitre 54
Ingeborg

Avril 1665

Les rennes savaient quand l'heure était venue de migrer vers le nord. Les femelles pleines prenaient la tête du troupeau. Tandis que le *siida* se séparait, Ingeborg et les membres de sa famille suivirent leurs rennes hors des forêts d'hiver après s'être assurés qu'il ne restait personne sur le plateau.

De temps en temps, tandis qu'elle progressait entre les troncs de bouleau étroits, Ingeborg apercevait une femme à ramure à ses côtés. Elle arborait de longs cheveux bouclés auxquels s'emmêlaient des feuilles en plein dégel et des brindilles printanières. Des yeux bleus étincelants. La femme cornue ne faisait qu'une avec la renne femelle à ramure ; elle faisait partie des lieux, au même titre que l'air printanier pur dont Ingeborg s'emplissait les poumons. Parfois, les cheveux de la femme à ramure étaient aussi dorés que le timide soleil de printemps, et le balancement de ses hanches identique à celui de sa mère ; à d'autres moments, sa chevelure prenait une teinte rouge profonde, brasillant tel un coucher de soleil et ses épaules devenaient aussi étroites que celles d'une fillette. Alors elle devenait Kirsten.

Sa mère et sa sœur marchaient à ses côtés dans la forêt, mais au printemps, quand Ingeborg descendait du plateau avec sa famille, elles restaient sur place pour y passer l'hiver. Elle savait qu'elle les y retrouverait l'année suivante. Elles seraient toujours là, à l'attendre. Unies par l'amour qu'elles portaient à Ingeborg. Unies comme elles ne l'avaient jamais été de leur vivant.

Ingeborg s'élança dans le paysage de printemps ; les rayons harmonieux du soleil haut dans le ciel rendaient la neige granuleuse et le terrain difficile tandis qu'ils acheminaient le troupeau en direction de la côte. C'était un travail ardu, mais elle aimait sillonner ces étendues sans fin avec pour seule compagnie Elli et son époux *noaidi* Find, Zare, et leur bébé Synnøve harnaché dans son dos.

Ils avançaient de préférence le soir et la nuit, quand la gelée nocturne recouvrait le sol d'une croûte dure, les rennes se déplaçant plus aisément sur un sol ferme.

Alors Zare lui racontait des histoires sur le ciel nocturne tandis que leur bébé dormait contre son dos.

— Voici Fávdna, dit-il en montrant le chasseur avec son arc et sa flèche. Et voici l'Élan, tu le vois, Inge ? La plus grande constellation.

— Fávdna chasse l'Élan ?

— Oui, c'est sa proie de prédilection, mais il ne l'attrape jamais.

La chaleur du sourire de Zare et l'intensité de son regard la réchauffèrent depuis son ventre jusqu'au sommet de son crâne malgré les températures glaciales. Elle était captive volontaire de son cœur depuis les deux ans que durait sa nouvelle vie de liberté avec les Sámis.

Quand arrivaient des gens de l'extérieur, Ingeborg restait dans un coin de leur *lavvu*, tête baissée. Tout le monde partait du principe qu'elle était une femme sámie, insignifiante et sans conséquence. En réalité, Ingeborg se trouvait chez elle au sein des Sámis. Quand elle écoutait Find, le père de Zare, qui jouait du tambour, et les autres qui psalmodiaient les *yoiks*, quand elle apprenait à parler sámi et les histoires de leurs dieux et déesses, elle avait l'impression d'avoir enfin trouvé sa place.

Ingeborg savait quand la côte approchait, parce que les rennes allongeaient le pas. Elle ne voyait pas encore la bande bleue se dessiner à l'horizon mais, à l'instar des animaux, elle sentait sur son visage l'air salé venu du large. Ils enfonçaient leurs skis dans la neige à moitié fondue, l'air était de plus en plus chaud, le soleil brillait un peu plus longuement chaque jour.

L'eau de mer coulait dans les veines d'Ingeborg. Après tout, elle était la fille d'un pêcheur. Après le vêlage en mai, ils passaient l'été sur les verts pâturages entre fjord et mer. Elle laissait le sel pénétrer sa peau.

L'été leur ménageait des jours de repos, des parenthèses pendant lesquelles elle et Zare s'allongeaient dans l'herbe pour jouer avec Synnøve tandis que les rennes femelles et leurs petits broutaient à proximité. Ils contemplaient la course des nuages dans le ciel. Parfois, Zare chantait le *yoik* qu'il avait composé pour elle.

Elle fermait les yeux, sentait sa fille se blottir contre sa poitrine, la douce caresse de son crâne duveteux dans son cou, et elle voyait les images du *yoik*. La nature contenue dans chaque inspiration de Zare, et dans chaque expiration qu'il lui offrait.

Son endurance était le sifflement du vent à travers les hautes herbes ; ses pleurs le cri du goéland. Sa tristesse le hurlement du loup. Sa nourriture le coup de langue d'une renne femelle. Son courage le coup d'ailes de l'aigle. Son rire le grésillement d'un feu de tourbe. Sa vie un saumon bondissant dans un fjord intérieur ; son envol, son éclair argenté, son éclipse dans une grande gerbe d'eau.

Chapitre 55
Maren

Janvier 1666

Maren fut réveillée par la sensation des lèvres d'Elisa sur sa joue. Elle ouvrit les yeux et la première vision qui l'accueillit fut celle du visage de sa bien-aimée. Elle aurait pu passer ses journées à contempler les yeux noisette d'Elisa. C'étaient eux qui avaient attiré Maren au début, ça et son immobilité qui lui faisait penser à une biche surprise par un rai de lumière dans une clairière. Pourtant Elisa n'était pas aussi docile qu'elle en avait l'air, et Maren aimait encore plus sa force cachée. Et par-delà son visage marqué par la variole, elle avait toujours perçu la beauté intérieure d'Elisa.

Elles s'enlacèrent sous les couvertures de la chambre plongée dans la pénombre de l'hiver. Entre les pans des lourds rideaux de velours qui paraient la fenêtre à treillis, Maren vit qu'il neigeait. La ville de Copenhague vivait un hiver rigoureux. La neige formait des congères aussi hautes qu'elles l'auraient été sur la péninsule de Varanger, toutefois le vent soufflait moins fort. Il régnait un tel froid au-dehors qu'il vous coupait la respiration, mais à l'intérieur Maren n'avait jamais éprouvé une telle chaleur. Un feu de bois crépitait dans l'âtre et Elisa la serrait contre elle sous les couvertures. Ginger et Tabby se prélassaient devant la cheminée tandis que Blackie grimpait d'un saut preste au pied de leur lit. La chatte se glissa jusqu'à Maren au rythme serein de son ronronnement et se mit en quête de l'emplacement le plus confortable pour s'assoupir.

De l'autre côté de la porte close filtrait la rumeur des bonnes qui s'affairaient dans l'escalier en bois, qui à nettoyer la grille du foyer des autres pièces, qui à balayer les planchers.

— Prends ma place, Blackie, dit Maren en cédant son emplacement à côté d'Elisa.

— Oh, où vas-tu ? protesta Elisa d'une voix ensommeillée.

— Je vais regarder la neige.

— Tu n'as pas vu assez de chutes de neige pour toute une vie ? rit Elisa.

Maren aimait tant les perles de rire de son amante, qu'elle avait entendues pour la première fois à leur arrivée à Copenhague.

Maren tira une couverture en laine du lit et s'en enveloppa les épaules. Elle refusait d'avoir des peaux de bêtes sur le lit, au grand mécontentement d'Elisa.

Elle ouvrit les rideaux et souleva le loquet de la fenêtre. Ce matin-là, Copenhague baignait dans une gracieuse lueur bleue. La vue apaisante lui insuffla un sentiment de paix. Il avait neigé abondamment pendant la nuit et Maren avait l'impression de poser les yeux sur un nouveau monde. C'était le genre de neige qu'elle aimait par-dessus tout – de gros flocons aux contours nets qui ressemblaient à de minuscules plumes de dentelle. Elle tendit la main et en attrapa un en plein vol. La sensation lui chatouilla la peau et elle souffla délicatement dessus, son souffle désagrégeant le gros flocon entre l'éventail de ses doigts.

La maison donnait sur le jardin du roi. Anna Rhodius parlait souvent de cet endroit. Mais elle se cantonnait à décrire les jardins pendant l'été, avec ses caractéristiques ornementales et ses allées bordées d'essences odorantes, ses vergers gorgés de fruits du printemps jusqu'au début de l'automne – pommes et poires, cerises, prunes, coings, figues, mûres et pêches. Maren aperçut les branches d'arbres qui ployaient sous la neige et l'étendue d'un blanc immaculé du jardin. Partout le silence, entrecoupé à peine par la neige qui craquait et se déplaçait comme quelque organisme vivant, et le jacassement esseulé d'une pie qui atterrissait en piqué sur le mur d'en face et attirait son attention avec son œil brillant.

— Bonjour, madame la pie, hocha-t-elle la tête à l'intention de l'oiseau au moment où sa partenaire ailée la rejoignait. « Une pour la peine, deux pour la joie. »

— Oh, Maren, veux-tu bien fermer la fenêtre, il gèle, se plaignit Elisa.

Un corbeau noir se posa sur le rebord devant Maren et ils restèrent un instant à se dévisager.

— Bonjour, Mère, murmura-t-elle.

Elle attrapa un dernier flocon cotonneux avant de fermer le battant et de contempler sa fonte lente dans la paume de sa main.

Elisa se redressa dans le lit, ses cheveux comme un halo de blancheur et posa sur elle un regard plein de tendresse.

Maren prit sa pipe et sa blague à tabac sur le manteau de la cheminée.

— Reviens te coucher, *min kjœre*, l'implora Elisa.

— Pas tout de suite.

Elle aimait son rituel de la pipe. Elle l'allumait et inspirait la première goulée de tabac sucré. Son parfum musqué la transportait en des contrées chaudes et dorées. Comme par magie. Elle aimait repenser au passé tout en tirant des bouffées sur sa pipe, ses jambes étendues sur un repose-pieds en velours.

Anna Rhodius avait autrefois habité semblable demeure. Les riches lambris de teinte sombre étaient incrustés de peintures miniatures venues d'Anvers, les fenêtres grillagées étaient en verre, le sol était fait de carrelages noir et blanc.

Maren se plaisait à penser qu'elle menait désormais une vie de luxe, de celle que Fru Anna rêvait de retrouver. Maren se remémorait la vision de la Danoise en train de s'étouffer dans son propre sang, les mains crispées sur un parchemin vierge, le front posé sur la table de la prison de la maison longue. Peu de choses choquaient Maren, mais elle n'aurait jamais pensé qu'Anna Rhodius mettrait fin à ses jours.

Derrière la silhouette recourbée de Fru Anna se découpait une écritoire en bois rempli de feuilles de parchemin pliées et scellés par des cachets de cire crasseuse. Elle les avait dépliées, mais elles étaient vides. Elle avait toutefois emporté l'écritoire quand Elisa et elle avaient quitté Vardø, sans oublier le précieux coffre à remèdes d'Anna Rhodius.

Ces trois dernières années, Maren n'avait jamais été éloignée d'Elisa. Au départ, elle avait été sa bonne. Elles avaient navigué ensemble au sud jusqu'à la ville de Bergen, en compagnie de leurs trois chats : Blackie, Tabby et Ginger. Le corbeau noir de Maren les suivait dans le ciel et venait se poser de temps à autre sur le grand mât quand Maren sortait faire quelques pas sur le pont. Au cours du voyage, Elisa lui avait confié les sévices qu'Orning lui avait fait subir.

Après sa fin macabre, il n'y avait pas eu de conséquences. Ses propres soldats détestaient le bonhomme et le jeune capitaine Hans eut l'obligeance de signaler que les décès du gouverneur et du bailli étaient le fruit de tragiques accidents.

À Bergen, le père d'Elisa, Jan Rosenkrantz, était impatient de remarier sa fille.

— Je ne veux être ni épouse ni mère, s'était plainte Elisa à Maren. Je ne veux pas d'enfants.

— Nous trouverons une solution, l'avait rassurée Maren.

— Toi et tes solutions, avait dit Elisa, mais elle lui avait souri, car elle lui faisait confiance.

Lors des rassemblements des nobles, on présenta Maren comme étant la bonne d'Elisa. Cette dernière se mit alors en quête de l'époux idéal pour elles deux. Elle ne tarda pas à le trouver en la personne d'Ulrik Frederik Gyldenløve, fils illégitime du roi Frederick III et personnalité des plus exubérante.

Ulrik avait des manières espiègles et de l'attrait, avec ses boucles dorées et son illustre carrière militaire. Surtout, il avait lui-même un amant. Quand Ulrik n'était pas en guerre, il était en France, en Italie, voire à Londres. Accompagné toujours de son fidèle valet et battement de cœur : Reinhard. Ulrik possédait en outre une maison dans le centre de Copenhague, qu'il occupait rarement, laquelle devint la résidence d'Elisa et Maren.

Mis à part la nuit qui suivit leurs noces, et qui ne pouvait être évitée, Ulrik et Elisa ne partagèrent jamais leur couche. Par leur union, ils se donnaient mutuellement la liberté d'aimer selon leur désir.

Peu de temps après le mariage d'Elisa, Maren prit l'identité d'une cousine norvégienne qu'elle avait depuis longtemps perdue de vue. Elle endossa son nouveau rôle de noble avec aisance, effaçant toute trace de son accent du Nord pour imiter celui des autres courtisans ; en son for intérieur, elle se moquait de leur propension ridicule à faire des ronds de jambe au roi.

Sans le savoir, Maren avait dîné dans les mêmes assiettes en argent devant lesquelles Anna Rhodius s'était autrefois attablée. Elle avait bu dans les mêmes verres de Venise.

Mais c'étaient les plaisirs simples qui comblaient Maren par-dessus tout : les baignades qu'elle et Elisa faisaient nues dans les fontaines du roi sous le soleil de minuit avant de courir en robes d'été légères sur l'herbe mouillée de rosée. Elles grimpaient dans leur immense lit à ressorts après avoir tiré les rideaux de velours et faisaient l'amour jusqu'à s'endormir l'une contre l'autre.

Elle jouissait des privilèges de la cour danoise depuis deux ans, mais c'était à peine un mois plus tôt qu'elle avait fait la connaissance du roi. Elisa avait esquivé les invitations à dîner, inquiète de la réaction qu'aurait la reine Sophie-Amélie en découvrant sa peau grêlée.

C'est la veille de ce fameux dîner royal que Maren avait découvert le secret de l'écritoire d'Anna Rhodius. Elle fumait sa pipe du soir quand elle avait décidé d'y jeter de nouveau un œil. Pourquoi la Danoise s'était-elle donné tout ce mal à replier soigneusement toutes ces feuilles vierges ? Elle se souvenait que Fru Anna n'avait pas le droit de posséder de quoi écrire, mais qu'elle avait vu une plume de corbeau aiguisée chez elle.

Elle sortit le premier carré de parchemin déplié dont elle avait brisé le sceau la toute première fois. Elle scruta sa surface et c'est alors, en tenant la feuille devant la bougie, qu'elle commença à distinguer les lettres sur le papier. Ainsi donc Anna Rhodius possédait-elle elle aussi quelques pouvoirs magiques : elle avait rédigé ses lettres avec du jus de citron pour rendre son écriture invisible.

Maren avait lu toutes les missives. Elle s'attendait à ce qu'elles soient adressées au mari de Fru Rhodius. Mais pas du tout. Elles étaient adressées au roi Frederick.

Après les avoir toutes lues, elle les avait de nouveau cachetées en faisant goutter la cire de sa bougie sur les coins irréguliers du parchemin. Elles les avaient rangées dans l'écritoire dont elle avait refermé le couvercle à double tour.

Elle s'était laissée aller contre le dossier de son fauteuil et avait rallumé sa pipe. *Eh bien*, avait-elle pensé.

Maren pensait que l'on pouvait franchir toutes les lignes, dans ce monde comme dans le suivant.

Au cours du dîner le soir qui suivit, elle étudia le roi qu'elle trouva dénué de charme. C'était un homme renfrogné alourdi par une épaisse croix accrochée à son cou qui se désintéressait de l'épouse de son fils et de sa cousine.

La reine, en revanche, ne quittait pas Maren des yeux.

— D'où venez-vous ?

— Du Finnmark.

La reine fronça les sourcils.

— Non, d'où venez-vous en vrai ? dit-elle en agitant la main devant le visage de Maren.

Maren sentit Elisa se raidir, mais Maren refusait d'être humiliée, y compris par une reine.

— Mon père était un Maure, affirma-t-elle avec fierté.

— Mais était-il chrétien ? intervint le roi, le front plissé.

— Oh, oui, un fervent chrétien, dit Maren d'une voix douce en serrant la main d'Elisa pour apaiser son indignation. Il s'est converti au luthéranisme avant ma naissance. J'ai passé le plus clair de mon enfance à prier.

Elle sentit le rire lui chatouiller la gorge, sentit Elisa se trémousser de joie à côté d'elle, ce qui lui donna encore plus envie de pouffer. Les mensonges qui sortaient de sa bouche ! *Respire, Maren, si tu continues, c'est la tête sur le billot*.

Elle avait eu une enfance libre en compagnie de sa mère, en pleine nature au milieu des animaux de l'île de Vardø. Elle n'avait jamais connu son père.

Au moment de prendre congé de leurs hôtes, Maren sortit la petite écritoire et la tendit au roi.

— Qu'est-ce ?

— Une dame du nom de Fru Rhodius me l'a confiée en me demandant de vous le remettre si jamais j'avais la fortune de me trouver un jour en votre présence.

Les yeux sombres du roi s'écarquillèrent.

— Donc elle est morte ? demanda-t-il abruptement.

— Oui, il y a trois ans.

Maren vit une lueur émue lui traverser le regard. Sentit la crispation de sa posture.

— Pourquoi me donnez-vous ceci ?

— Ce sont des lettres, Votre Majesté, qu'elle vous a écrites.

Il avait pris l'écritoire à contrecœur.

— Les avez-vous lues ?

— Bien sûr que non. De toute façon, elles sont cachetées.

Elle n'était pas née de la dernière pluie. Si le roi la soupçonnait de connaître ses secrets, ce ne serait pas sans conséquences.

Il lui arracha l'écritoire des mains si vite qu'elle ne la vit pas disparaître. Lorsqu'elle leva de nouveau les yeux, il tenait le coffret à deux mains de ses doigts parés d'énormes pierres précieuses.

Mais l'espace d'un murmure, Maren avait vu ses griffes disparaître dans son pourpoint.

Avec sa haute taille, Maren surplombait le roi, dont le sommet du crâne était visible. En fouillant du regard ses épaisses boucles grises et noires, elle aperçut les extrémités de ses cornes. Rouges comme les baies de houx des jardins d'hiver royaux.

Maren termina sa pipe et retourna se coucher à côté d'Elisa. Elle cala sa bien-aimée sous son bras et Elisa posa la tête contre sa poitrine.

— Le lynx est revenu, tu as entendu ? s'enquit Elisa d'une voix ensuquée.

— Je me demande ce qu'un lynx peut bien faire dans le jardin du roi à Copenhague ? lança Maren d'une voix taquine.

— Tu le sais très bien, *min kjœre*, dit Elisa en caressant la soie de la chemise de nuit de Maren. Un des jardiniers a raconté à Cook qu'il avait vu l'animal dans le verger de poiriers. Si tu ne me crois pas, on peut aller chercher ses traces de pattes dans la neige !

— Peut-être... fit Maren en souriant par-devers elle.

— Et apparemment le roi l'a vu. Le lynx était assis devant la fenêtre de la bibliothèque pendant que le roi lisait. L'animal était si immobile et le roi si absorbé par sa lecture, qu'au départ il ne l'a pas même remarqué. Mais il paraît qu'ils ont fini par se dévisager à travers le carreau. Le plus royal des hommes face au plus royal des animaux, l'un comme l'autre parfaitement immobile.

— Peut-être se sont-ils reconnus ? soupira Maren. Même si je crains bien qu'il ne s'agisse d'une histoire à dormir debout si c'est Cook qui te l'a racontée...

— C'est la vérité, protesta Elisa en tapotant doucement Maren.

Maren prit la minuscule main de sa bien-aimée, la blottit au creux de la sienne, puis la posa sur son cœur battant. De toutes les années qu'elle avait passées à fouler la terre du bon Dieu, jamais elle ne s'était sentie tant aimée.

— Ma foi, tes histoires m'en rappellent une autre que je voulais te raconter.

— Oh, oui, Maren, *min kjœre*, s'enthousiasma Elisa en la dévorant de ses grands yeux pleins de confiance.

Et jamais Maren n'avait ressenti une telle puissance.

L'histoire de Maren terminée, Elisa se rendormit. Maren continua à lui caresser délicatement la tête. L'odeur âcre de sa pipe flottait encore dans la chambre. Au loin les cloches de la cathédrale sonnèrent.

Au même moment, elle entendit du remue-ménage sur le toit. Un bruit trop fort pour qu'il s'agît d'oiseaux. Elle entendit les braillements, les grattements et coups portés sur l'épaisseur de neige qui finit par glisser des ardoises et atterrir sur le sol avec un bruit sourd.

La fenêtre s'ouvrit à la volée et depuis le ciel d'un bleu profond, toutes sortes de bêtes démoniaques s'engouffrèrent dans leur chambre. Le tintamarre réveilla Tabby et Ginger qui bondirent en crachant ; Blackie fit le gros dos tandis que Corbeau allait se poser sur l'épaule de Maren. Elisa continua à dormir sans se douter de rien.

Maren ne ressentait aucune peur. Elle attendait leur venue. Elle posa une main protectrice sur le front d'Elisa et murmura les paroles qu'elle connaissait par cœur.

Dansons à la ronde des filles
Une poignée de boucles rousses
Chut-là, pousse-là.
Nous finirons par terre.

Le chahut monstrueux des animaux encercla le lit : un satyre à face bleue et un faune duveteux, un griffon aux plumes ébouriffées et un minuscule dragon qui crachait des escarbilles. Et d'autres créatures qu'elle n'avait encore jamais vues : des bêtes à pied de cochon surmontées de tête de coq ; des poissons volants ; trois boucs bourrus ; des moineaux géants encore plus grands que des faucons ; une chouette vêtue de la vieille robe de la Veuve Krog ; un lièvre blanc bondissant, le ruban bleu de Zigri noué autour de ses longues oreilles ; les boucles cuivrées de Solve sur un chat noir ; un énorme rat noir tourbillonnant habillé de la robe en soie d'Anna Rhodius, la clé étincelante du trou à sorcières à la taille. Et sans oublier l'agnelle Zacharias sur ses pattes arrière, qui tenait une fleur d'un jaune éclatant entre ses sabots et bêlait, bêlait, les yeux pleins de larmes.

— Allez-vous-en, absurdes bêtes, déclara Maren. Chimères, terreurs nocturnes et ruses du patriarcat. Ouste !

La congrégation d'animaux démoniaques se mua en une multitude noire. Maren répéta son incantation.

Dansons à la ronde des filles
Une poignée de boucles rousses
Chut-là, pousse-là.
Nous finirons par terre.

Dans son esprit, elle les voyait toutes les trois danser en cercle. La petite Ingeborg avec son air sérieux et sa peau chauffée par le soleil. Kirsten qui riait sous sa cascade de boucles rousses. Et les trois de tourner, tourner, tourner. La résilience dans la sororité.

Dansons à la ronde des filles
Une poignée de boucles rousses
En cendres ! En cendres !
Nous finirons dans les flammes.

Les yeux injectés de sang des créatures que le Démon avait envoyées la dévisageaient, pleines de jubilation. Maren riposta en crachant de concert avec ses trois familiers – Blackie, Tabby et Ginger. Corbeau plongea en piqué et creva les yeux des monstres.

Dansons à la ronde des filles
Une poignée de boucles rousses
Chut-là, pousse-là.
Nous finirons par terre.

La horde s'envola. D'une seule bouffée d'air, les bêtes s'engouffrèrent dans le conduit de cheminée, léchées par les flammes.

À peine la dernière aile disparue, les familiers se rassemblèrent en un cercle protecteur autour du lit : Corbeau au nord, Blackie au sud, Ginger à l'est et Tabby à l'ouest. Maren et Elisa étaient en sécurité, quand bien même le Seigneur des Ténèbres n'était vraisemblablement autre que le roi du Danemark et de Norvège.

La fille abhorrée des terres de feu et de glace du Nord était venue vivre dans la cité promise de Copenhague avec ses maisons à briques rouges, ses palais à tourelles vertes et le jardin d'Espoir du roi. Le long des canaux de Christianshavn, elle partageait un amour si rare qu'il valait plus que tous les joyaux qui paraient une reine. Elle marchait aux côtés d'animaux apprivoisés, écoutait les oiseaux, savait reconnaître l'imminence de la tempête et des chutes de neige. Elle serait philosophe et poétesse. Bien-aimée. Sœur. Pour autant, au gré de toutes les années qui suivirent, Maren Olufsdatter n'oublierait jamais qu'elle fut autrefois une sorcière.

La sorcière, le lynx et le Seigneur des Ténèbres

Il était une fois une sorcière qui menait la vie d'une servante, ou d'une cuisinière ou d'une blanchisseuse, ou d'une couturière ou d'une nourrice, ou d'une épouse dans un grand château sur l'île la plus rocailleuse de l'extrême-nord.

Le premier hiver de sa vie d'adulte, elle se réveilla sans cesse au milieu de la nuit. Son premier sommeil était celui dont son corps épuisé avait besoin après l'accomplissement de toutes ses tâches, y compris celles intimes que requérait son maître. Mais chaque nuit la lune la réveillait, alors que le maître dormait d'une traite. Quand bien même il faisait nuit noire, elle sentait la pulsation du temps lunaire dans ses veines et dans ses os, si bien qu'elle perdait le sommeil.

À l'heure de la contemplation, elle sortait de son grand lit et posait ses pieds nus sur les dalles froides du sol. Elle allait regarder par la fenêtre du château, en direction de la mer qui déroulait ses flots déchaînés par-delà l'étendue de neige argentée. Elle percevait son appel et de tout cœur aurait voulu s'en aller du château, sans savoir pourquoi.

Son cœur suivait toujours son intuition. Elle sortait subrepticement de sa chambre, descendait l'escalier en pierre, ouvrait la grande porte et s'élançait au-dehors.

La sorcière qui ne savait pas qu'elle était une sorcière errait sur le rivage, l'oreille tendue aux bruissements de la mer sur la grève gelée, les yeux rivés sur la brume qui s'élevait en vapeurs argentées à la lueur de la lune. Tout en marchant, elle songeait à sa vie. Après une longue distance, enfin elle se sentait fatiguée et rentrait chez elle au château. Elle passait l'entrée, gravissait les escaliers et se glissait de nouveau dans le lit de son maître.

Alors avait lieu son deuxième sommeil, qui venait nourrir son âme.

Le matin, elle était réveillée par les coups de pied de son maître qui la chassait de sous les draps.

Allume les cheminées, prépare le gruau, lave mes cols et mon mouchoir, ravaude mes hauts-de-chausses, donne à manger au bébé et sois ce que je veux que tu sois.

La sorcière qui ne savait pas qu'elle était une sorcière mais qu'on appelait servante, cuisinière, blanchisseuse, couturière, nourrice – ou épouse, errait chaque nuit d'hiver au bord de la mer pendant tout un cycle de la lune. Quand se leva la lune martyre, à la vingt-huitième nuit, elle sentit arriver ses saignements. La sorcière fit demi-tour pour rentrer au château et tenter d'atténuer ses douleurs à l'aide d'un verre de genièvre qu'elle déroberait dans la cave de son maître.

Mais devant elle se tenait un lynx. Elle étouffa un cri de stupeur. D'où venait-il ? Il s'était approché d'elle si furtivement. Le lynx agita la queue et la fixa de ses yeux dorés. La sorcière qui ne savait pas qu'elle était une sorcière ne fit pas un geste, mais elle sentit le sang s'écouler entre ses jambes. Ploc. Ploc. Ploc. Sur la neige.

Le lynx s'approcha d'elle. La sorcière, persuadée de vivre ses derniers instants sur terre, porta sa main à son cœur. Le lynx se tenait désormais si près d'elle qu'elle sentait son souffle chaud sur ses mains nues. Elle s'attendait à sentir la morsure de l'animal mais, à sa grande surprise, le lynx lui lécha la main de sa langue rugueuse avant de la pousser sur le côté. Elle tituba en arrière et le lynx s'inclina devant elle avec une grâce toute féline. Puis le lynx s'allongea sur le sol et se roula dans le sang menstruel de la sorcière qui avait éclaboussé la neige.

Quand elle eut terminé, la femelle lynx se redressa. Son pelage blanc et fauve était moucheté de taches de brun rouille.

La sorcière qui ne savait pas qu'elle était une sorcière regarda le lynx dans les yeux.

Pourquoi t'es-tu recouverte de mon sang ?

Parce que je fais partie de toi. Je suis ton guide spirituel. Je suis ton familier.

La sorcière qui ne savait pas qu'elle était une sorcière éprouva un mélange d'émerveillement et d'effroi. Elle se mit à penser *Je suis plus qu'une cuisinière, plus qu'une servante, plus qu'une blanchisseuse, plus qu'une couturière, plus qu'une nourrice, plus qu'une épouse.*

Elle vaqua comme à son habitude à ses tâches, mais à l'intérieur d'elle une petite voix résonna toute la journée : *Tu es plus que ça.*

Peut-être le châtelain remarqua-t-il que la sorcière était différente, car le lendemain il la saisit par le coude.

— Où vas-tu, la nuit ? Tu crois que je dors, mais je t'entends, l'accusa-t-il. Tu soulèves le loquet de la porte de ma chambre et tu fais claquer la porte palière en sortant. Quand je regarde par la fenêtre, je ne te vois nulle part. Même les nuits de pleine lune, tu es invisible. (Le châtelain enfonça les ongles dans la peau de la sorcière.) Mais dans ma tête je te vois courir jusqu'à la mer sombre. Qui y retrouves-tu ? Quelle sorcellerie est-ce là ? Forniques-tu avec le Diable ?

La sorcière répondit à son maître qu'elle n'avait jamais quitté son lit.

— Je te repose la question : qui retrouves-tu ? Je sens les embruns sur ta peau. Je vois les algues emmêlées à tes cheveux. Le sang sur tes doigts. Tu en sais plus que moi, cela ne se passera pas comme ça.

La sorcière refusa de lui avouer quoi que ce soit car elle ne voulait pas que le châtelain aille tuer le lynx.

Alors le châtelain voulut briser la volonté de la sorcière.

— Dis-moi ton secret, ordonna-t-il en lui tordant le bras dans le dos.

Il entendit l'os craquer, pourtant il continua. La sorcière poussa un cri de douleur, mais il était persuadé qu'elle faisait semblant de pleurer. À chaque fois qu'il regardait la sorcière droit dans les yeux, c'est lui qui éprouvait une terreur sans nom qui lui tordait le ventre.

Il écrasa les pouces de la sorcière, mais cette dernière n'avouait toujours rien. Ses cris atteignirent le lynx au loin à l'est, dans les forêts qui bordent la Russie. L'animal se cambra de douleur et cracha des étincelles pour donner du courage à la sorcière.

Il fallut sept jours au châtelain pour faire sortir à coups de poing et de pied le démon tapi dans la sorcière. Pour briser sa volonté.

Il le lui fit dire de force. Ses lèvres meurtries crachèrent les mots. *Je suis une sorcière*.

— Tu as donné au Diable ce que tu me refusais à moi, accusa le châtelain.

— Vous aviez mon corps, ma loyauté et ma vie entière entre vos mains, murmura la sorcière qui n'était plus qu'un amas de douleur sur les dalles du château.

— Mais tu ne m'as jamais donné ton consentement, rétorqua le maître avec fureur.

La sorcière leva les yeux sur son grand seigneur et maître, avec sa peau bleuâtre et ses cheveux blancs. Il était fort et puissant, pourtant elle n'avait pas peur de lui. Elle sentit le regard froid et calme du lynx à l'intérieur du sien, le vit tressaillir comme si elle avait enfoncé une lame dans sa chair.

— Il est de mon devoir de te regarder brûler sur le bûcher, murmura-t-il en baissant la tête de honte.

Et c'est ainsi que la jeunesse de la sorcière, sa beauté et sa sagesse furent emportées par le Seigneur des Ténèbres. Ses cendres tourbillonnèrent au-dessus des épaisses neiges d'hiver.

Mais la sorcière ne meurt jamais car elle vit en vous, et elle vit en moi. Si jamais vous l'oubliez, fermez les yeux et vous verrez son magnifique lynx courir pour toute l'éternité, éclaboussé du sang de sorcière.

Les faits et la fiction

Les Sorcières de Vardø repose sur les terribles événements réels qui ont accompagné les chasses aux sorcières qui se sont déroulées sur l'île de Vardø entre 1662 et 1663. La plupart des personnages s'inspirent de gens du passé qui ont été happés dans les procès et dont les témoignages ont été consignés. Pour certains personnages, telle que Zigri Sigvaldsdatter, j'ai changé le prénom pour faciliter la lecture, sachant qu'à l'époque, il était fréquent que les gens portent le même prénom. (Le vrai prénom de Zigri était Maren.) Anna Rhodius, prisonnière du roi, fut véritablement envoyée sur Vardø en même temps que se tenaient les procès des sorcières, et c'est à elle que l'on impute depuis la « panique » qui s'ensuivit. J'ai souhaité raconter son personnage sous un autre angle, trouvant que l'Histoire s'accommodait plus volontiers de rejeter la faute sur Anna que sur les hommes au pouvoir. Quant à Maren et Ingeborg, elles avaient en réalité seize ans au moment des procès, et Maren est décrite dans les archives judiciaires comme une jeune fille ayant son franc-parler qui aime raconter des histoires pittoresques de ses rencontres avec le Diable.

Malheureusement, les véritables faits qui se sont déroulés en 1662-1663 sont encore plus horribles que dans mon roman. Au total, vingt femmes périrent dans la chasse aux sorcières entre octobre 1662 et avril 1663. Dix-huit furent brûlées sur le bûcher et deux torturées à mort. Quand je travaillais sur le roman, je récitais souvent leurs noms, comme un chant du souvenir :

Maren Sigvaldsdatter
Solve Nilsdatter
Ingeborg, épouse de Peder Krog (torturée à mort)
Dorette Lauritsdatter
Ragnild Clemidsdatter
Maren Mogensdatter
Maren Henningsdatter
Maritte Rasmusdatter
Sigri Olsdatter
Guri, épouse de Laurit
Ellen Gundersdatter
Karen Andersdatter
Margrete Jonsdatter
Sigri Jonsdatter
Gundelle Olsdatter
Dorette Poulsdatter (torturée à mort)
Barbra Olsdatter
Bodel Clausdatter
Birgitte Olufsdatter
Karen Olsdatter

Les femmes suivantes furent acquittées à la cour d'appel le 23 juin 1663 :

Gertrude Siversdatter
Ragnild Endresdatter
Magdalene Jacobsdatter
Karen Nilsdatter (épouse de Peder Olsen)
Six filles furent également acquittées :
Maren Olufsdatter
Ingeborg Iversdatter
Karen Iversdatter
Kirsten Sørensdatter
Karen Nilsdatter
Siri Pedersdatter

Plus tard, en 1671, une femme du nom d'Elli la Sámie, accusée de sorcellerie, mourut en détention.

Au cours des procès pour sorcellerie qui se tinrent au Finnmark dans le nord de la Norvège au cours du XVIIe siècle, parmi les 135 personnes jugées, 91 furent exécutées, pour la plupart sur le bûcher.

La dernière personne à mourir à l'issue d'un procès pour sorcellerie dans la région du Finnmark fut Anders Poulson en 1692, un homme sámi âgé de 100 ans accusé de posséder un tambour rune et de pratiquer le chamanisme.

Au Finnmark, le Steilneset Memorial à la mémoire des victimes des procès des sorcières est une collaboration artistique unique entre l'artiste américaine née en France Louise Bourgeois et l'architecte suisse Peter Zumthor. Le monument, qui se dresse sur l'ancien site d'exécution de l'île de Vardø, est une œuvre puissante et émouvante à la mémoire de toutes les personnes qui furent accusées et exécutées pour sorcellerie.

Quand j'habitais en Norvège, j'ai passé un temps considérable à mener des recherches sur l'histoire des procès des sorcières. J'ai voyagé par deux fois jusqu'à l'île isolée de Vardø dans l'intention de faire résonner avec force et tendresse la voix de ces femmes perdues qui furent exécutées pour des faits de sorcellerie. À travers mes écrits, j'espère être restée fidèle à l'esprit de ces femmes fortes du Nord et d'en avoir fait autre chose que des victimes. Toutefois, mon roman est une œuvre de fiction avant tout et je vous encourage à vous documenter plus avant sur cette période si la lecture du roman a éveillé en vous un intérêt pour l'Histoire.

Voici une liste d'ouvrages historiques[1] dont je recommande la lecture :

The Witchcraft Trials in Finnmark Northern Norway, Liv Helene Willumsen, traduit en anglais par Katjana Edwardsen, Skald, Bergen, 2010

Witches of the North, Scotland and Finnmark, Liv Helene Willumsen

Steilneset Memorial, Art, Architecture, History, Reidun Laura Andreassen, Liv Helene Willumsen (eds)

By the Fire, Sámi Folktales and Legends, recueil illustré par Emilie Demant Hatt, traduit par Barbara Sjoholm

Yoik in the Old Sámi Religion, Elin Margrethe Wersland, Gjert Rognli

Enemies of God, The Witch-Hunt in Scotland, Christina Larner

1. Les ouvrages sont en anglais.

Witchcraft in Early Modern Scotland, Lawrence Normand et Gareth Roberts

The Complete and Original Norwegian Folktales of Asbjørnsen & Moe, traduit par Tiina Nunnally

Witches of Scotland Podcast https://www.witchesofscotland.com

Remerciements

Un grand merci à mon agente Marianne Gunn O'Connor qui a cru en cette histoire et lui a trouvé une maison parfaitement adaptée. Merci à toute l'équipe talentueuse chez Manilla Press, tout particulièrement Kate Parkin, Margaret Stead et mon éditrice Justice Taylor. Mille mercis à Alison Walsh pour son avis expert sur le manuscrit, ainsi qu'à Helen Falconer pour ses précieux retours aux premiers stades du développement du projet.

Toute ma reconnaissance à la Pr Liv Helene Willumsen de l'université de Tromsø qui a eu la gentillesse de me rencontrer, de répondre à mes nombreuses questions et de me fournir des articles et des ouvrages sur les procès des sorcières dans le Finnmark et en Écosse. Toutes les erreurs historiques sont de mon fait et pour des raisons de licence poétique ! Les épigrammes au début des Parties 2, 3 et 4 sont issus de son livre *The Witchcraft Trials in Northern Norway*, et reproduites avec son aimable autorisation. Vous retrouverez la référence de l'ouvrage dans la bibliographie.

Je suis très reconnaissante envers Synnøve Fotland Eikevik du musée de Varanger à Vardø et envers Jorunn Jernsletten, conservatrice au Várjjat Sámi Musea pour ses conseils sur les parties du manuscrit qui abordent des personnes et la culture sámies, ainsi qu'envers de nombreux autres historien.ne.s et écrivain.e.s sur l'histoire de la sorcellerie, les procès des sorcières et les Sámis ;

envers la musique de la chanteuse sámie Mari Boine et l'artiste norvégienne Aurora qui m'ont inspirée tandis que j'écrivais ce livre.

Je suis très reconnaissante d'avoir pu bénéficier du fonds de Creative Scotland et de la Society of Authors, qui m'a permis la rédaction des *Sorcières de Vardø* pendant les deux confinements.

La liste des amis et membres de ma famille qui m'ont soutenue et permis de mener à bien le projet est infinie. Alors, à vous toutes et tous qui avez cru en moi et qui m'avez encouragée dans ce périple, merci du plus profond de mon cœur. À tous mes lecteurs et toutes mes lectrices d'hier et de demain, merci de partager votre précieux temps avec mes histoires.

Glossaire

bask

nom traditionnel de la barque côtière des Sámis. Embarcation à rames dotée d'une petite voile.

Beaivváš

nom sámi du dieu du Soleil.

Beaivenieida

nom sámi de la fille du dieu Soleil.

Bieggagállis

nom sámi du dieu du Vent.

Bifrost

dans la mythologie nordique, arc-en-ciel faisant office de pont entre Asgard et le royaume des dieux.

Blåveis

fleur bleu foncé aux feuilles vertes en forme de coupe que l'on trouve en Norvège.

Boahjenásti

nom sámi donné à l'étoile du Nord.

bøffelbay

matière légère et épaisse en laine cardée, à mailles larges, rugueuse d'un côté, lisse de l'autre.

chevalet
instrument de torture destiné à l'écartèlement. Cadre en bois légèrement surélevé du sol avec un cylindre d'enroulement à une extrémité ou aux deux extrémités. Les chevilles de la victime sont attachées par une corde ou une chaîne à un cylindre et les poignets à l'autre. Au fur et à mesure que l'interrogatoire progresse, on tourne la poignée fixée au cylindre du haut pour tendre la corde ou la chaîne, étirant ainsi les membres de la victime jusqu'à ce que les tendons et ligaments s'arrachent, entraînant une douleur insoutenable.

démonologie
branche de la théologie qui se concentre sur l'étude des démons ou des croyances sur les démons. Pendant la période la plus intense de la chasse aux sorcières entre 1350 et 1750, la démonologie était considérée comme un domaine d'étude important et sérieux. De nombreux théologiens éminents rédigèrent des ouvrages sur le sujet de la démonologie et de la sorcellerie, dont le roi Jacques VI d'Écosse qui publia *Démonologie* en 1597. Petit à petit, un mouvement émergea, mené par ceux qui doutaient de l'existence de la sorcellerie, tel que Reginald Scot dont l'ouvrage *The Discoverie of Witchcraft* fut publié pour la première fois en 1584.

Domen
montagne proche de Vardø tristement célèbre pour être un haut lieu de sabbat de toutes les sorcières dans le nord de la Norvège.

flatbrød
pain sans levain, plat et sec cuit sur des pierres, habituellement à base de seigle.

Gákti
tunique sámie traditionnelle.

Gálssohat
caleçons longs traditionnels sámis confectionnés à partir de peaux de pattes de rennes.

genièvre
gin néerlandais.

***goahti* / gamme**
hutte ou tente sámie couverte de mousse de tourbe, de tissu ou de bois et moins mobile qu'un *lavvu*.

grésillons
instrument de torture dont le nom écossais était « pinniwinks ».

Gullbrød
flatbrød enrobé d'œuf et de lait.

Guovssahasat
mot sámi désignant les aurores boréales et voulant dire « les lumières que l'on entend ».

havfrue
sirène.

Huldres
peuple d'êtres surnaturels dans la mythologie nordique.

klinning
sandwich de purée de poisson, beurre et tranches de *flatbrød.*

klippfisk
morue séchée.

Lavvu
habitation temporaire utilisée par les Sámis du Nord, semblable au tipi des Amérindiens bien que de structure moins verticale et donc moins en prise aux vents forts.

liren
oiseau de mer, également connu sous le nom de pétrel.

lefse
sandwich de pain sans levain fin et moelleux fourré au beurre, sucre et cannelle.

Malleus Maleficarum
(Latin, signifiant « marteau des sorcières »). Un des traités les plus célèbres du Moyen Âge sur les sorcières, publié pour la toute première fois en Allemagne en 1487. Son principal objectif était de démontrer l'existence des sorcières et d'enseigner aux magistrats à identifier, interroger et condamner les sorcières.

Mørketiden
nuit polaire.

Noaidi
chamane sámi.

Nordlys
les aurores boréales.

grésillons
instrument de torture dont le nom écossais était « pinniwinks ».

riksdaler
pièce en argent, devise principale de la Norvège entre 1544 et 1813.

rømmekolle
pudding à la crème aigre.

rumbullion
rhum.

runebomme
nom norvégien commun désignant le tambour sámi utilisé dans les rituels chamaniques. Le nom provient d'une lecture erronée des symboles parant le tambour, dont on pensait qu'ils étaient des runes.

Sámis
peuple de tradition de pastoralisme nomade du nord de la Norvège, de la Suède et de la Finlande, et de la péninsule de Kola en Russie.

Sáivu
le monde des enfers où vont les morts chez les Sámis.

Sáráhkká
déesse sámie de la naissance et de la fertilité, mère de Dieu.

siida
campement nomade sámi.

stathouder
fonction de gouverneur général

Stegelsnes
également connu sous le nom de Steilneset. Site d'exécution sur l'île de Vardø.

Vis à ailettes
instrument de torture. Étau parfois hérissé de clous à l'intérieur. Les pouces ou doigts de la victime placés dans l'étau étaient lentement écrasés.

vidda
plateau montagneux en Norvège.

yoik
chant sámi traditionnel.

Rejoignez l'assemblée
de sorcières

Chères lectrices et chers lecteurs,

Merci d'avoir choisi la lecture des *Sorcières de Vardø* et d'avoir passé du temps dans son univers. Cette histoire me passionne depuis des années, depuis l'époque où, habitant en Norvège, je suis tombée pour la toute première fois sur le récit des faits réels relatifs aux procès des sorcières dans le pays. Avec ce roman, mon but est d'offrir une voix aux femmes accusées de sorcellerie tout en donnant une dimension contemporaine à une histoire remontant au XVIIe siècle.

En Norvège, les procès des sorcières se tinrent sur la petite île isolée de Vardø, bien au-delà du cercle polaire arctique. Lors de mes recherches, j'ai passé du temps sur Vardø, où j'ai pu faire l'expérience de l'obscurité hivernale, des tempêtes de neige et des orages qui m'ont retenue prisonnière sur l'île, ainsi que de la lumière sans fin de l'été et des cris incessants des oiseaux nicheurs de l'Arctique sous le soleil de minuit de la péninsule de Varanger. Dans un tel environnement d'extrêmes, je n'ai pas eu de mal à imaginer qu'on ait pu croire en la magie noire et en la menace du Diable attirant ses proies dans son domaine sous la montagne de Domen. J'ai visité le mémorial érigé à la mémoire des personnes accusées de sorcellerie à Steilneset, déambulant dans la longue coursive saisissante surmontée d'ampoules nues de Peter Zumthor, pénétrant dans la structure carrée de Louise Bourgeois, avec sa chaise en métal sur laquelle est projetée l'image de flammes, contemplant mon reflet dans les miroirs géants. Tandis que les vagues venaient se briser avec violence sur les côtes déchiquetées qui avaient vu brûler les sorcières au bûcher, j'ai senti mon cœur se briser et la colère enfler en moi. Qu'avaient-elles dû ressentir en étant accusées d'être des sorcières et en connaissant à l'avance l'issue de leurs procès, sachant que peu réchappaient au bûcher ? Comment avons-nous pu oublier les milliers de femmes accusées de sorcellerie et condamnées, non seulement en Norvège mais à travers le monde entier, et pas seulement dans le passé ?

Pourtant, le message que je souhaite transmettre avec *Les Sorcières de Vardø* n'est ni sombre ni désespéré, car le roman vise à redonner une capacité d'action aux femmes qui en peuplent les pages. Pendant mon séjour en Norvège, j'ai eu la chance de voir des grands lynx. Je suis restée bouche bée devant leur grâce majestueuse qui m'a semblé incarner le symbole du féminin sauvage qui nous habite TOUTES ET TOUS autant que nous sommes, quel que soit notre genre. Dans *Les Sorcières de Vardø*, parallèlement à l'histoire des procès faits aux sorcières, vous trouverez des fils de magie ancestrale et de relectures de contes folkloriques nordiques que vous pourrez attraper et tisser dans votre cœur et votre esprit. Et dans ces frontières floues entre le réel et le magique c'est ensemble que vous (en tant que lecteurs et lectrices) et moi (en tant qu'autrice) pourrons libérer les femmes et les filles de Vardø du traumatisme des persécutions subies dans le passé. Les sorcières de Vardø émergent du XVIIe siècle pour prendre chair et vie dans nos actions, nos pensées et nos mots. Elles célèbrent tous les petits pas que nous faisons pour démanteler le patriarcat et nous rappellent de danser, danser, danser, quels que soient notre genre et notre âge et surtout toutes et tous ensemble !

Si vous voulez en savoir plus sur mes livres, ainsi que sur l'histoire des sorcières de Vardø, vous pouvez consulter www.anyabergman.com où vous pourrez vous inscrire à mon Club de lecture (the Anya Bergman Reader's Club). L'inscription est affaire de quelques clics et il n'y a ni piège ni frais cachés.

Mon éditeur anglais veille à ce que vos données restent privées et confidentielles et ne soient jamais transmises à une tierce partie. Nous ne vous enverrons pas de spams, seulement des mails de temps à autre pour vous donner des nouvelles de mes livres et vous pouvez vous désinscrire à tout moment.

Et si vous voulez participer à une conversation plus large sur mes livres, n'hésitez pas à laisser un commentaire à propos des *Sorcières de Vardø* sur les sites de vente en ligne, sur votre propre blog et sur les réseaux sociaux, à en parler avec vos ami.e.s, votre famille ou vos groupes de lecture ! Vos commentaires seront utiles aux autres, sans compter que j'aime lire les avis sur mon travail.

Encore merci pour votre lecture des *Sorcières de Vardø*.

Avec toute mon amitié,

Anya
www.anyabergman.com

14344

Composition
NORD COMPO

Achevé d'imprimer à Barcelone
par CPI Black Print
le 16 mars 2025

Dépôt légal mars 2025
EAN 9782290398494
OTP L21EPLN003620-620135

ÉDITIONS J'AI LU
82, rue Saint-Lazare, 75009 Paris

Diffusion France et étranger : Flammarion